dtv

Abschaffel, kleiner Angestellter, Flaneur und »Workaholic des Nichtstuns« streift durch eine Großstadt, eine von Geld und Konsum beherrschte Welt. Er verweigert sich dieser Welt, indem er alle Zerstreuungsangebote der Freizeitindustrie ausschlägt, und kompensiert die äußere Ereignisöde seines Daseins durch innere Phantasietätigkeit. Die kleinen Vorkommnisse und Mißgeschicke des Alltags erscheinen ihm in geradezu monströser Aufgeblasenheit. So nimmt etwa ein gewöhnlicher Schnupfen einen ganz unverhältnismäßigen Platz in seiner Wahrnehmung ein und stellt sich seinen zaghaften Ausbruchsversuchen wie ein gigantisches, unüberwindliches Hindernis entgegen. Was aber Abschaffel zu einem recht kläglichen Helden macht – sein Zwang, Mücken in Elefanten und Maulwurfshügel in Berge zu verwandeln –, macht das Buch selbst zu einem komischen Meisterwerk.

Wilhelm Genazino, 1943 in Mannheim geboren, lebt heute als freier Schriftsteller in Heidelberg. Berühmt wurde er mit seiner ›Abschaffel‹-Trilogie, die in den 70er Jahren erschien. Für seine Werke erhielt er zahlreiche bedeutende Auszeichnungen, zuletzt den Georg-Büchner-Preis 2004.

€ 1,50-

Wilhelm Genazino

Abschaffel
Die Vernichtung der Sorgen
Falsche Jahre

Roman-Trilogie

Deutscher Taschenbuch Verlag

Von Wilhelm Genazino
sind im Deutschen Taschenbuch Verlag erschienen:
Ein Regenschirm für diesen Tag (13072)
Eine Frau, eine Wohnung, ein Roman (13311)
Die Ausschweifung (13313)
Fremde Kämpfe (13314)
Die Obdachlosigkeit der Fische (13315)
Achtung Baustelle (13408)
Die Liebesblödigkeit (13540 und dtv großdruck 25284)
Der gedehnte Blick (13608)
Mittelmäßiges Heimweh (13724)

Ungekürzte Ausgabe
Dezember 2002
6. Auflage Februar 2009
Deutscher Taschenbuch Verlag GmbH & Co. KG, München
www.dtv.de
Lizenzausgabe mit Genehmigung des Carl Hanser Verlags

Erstausgaben 1977, 1978, 1979 Reinbek bei Hamburg
Umschlagkonzept: Balk & Brumshagen
Umschlaggestaltung: Stephanie Weischer unter Verwendung einer Fotografie
von gettyimages/Gen Niskino
Gesetzt aus der Garamond 9,75/11,5·
Gesamtherstellung: Druckerei C. H. Beck, Nördlingen
Gedruckt auf säurefreiem, chlorfrei gebleichtem Papier
Printed in Germany · ISBN 978-3-423-13028-8

Abschaffel

Die Stunden außerhalb des Bureaus
fresse ich wie ein wildes Tier.
Franz Kafka
(aus: Briefe 1902–1924)

Weil seine Lage unabänderlich war, mußte Abschaffel arbeiten. Er war schon mehrere Jahre in der gleichen Firma beschäftigt; er war Angestellter, und er arbeitete in einem Großraumbüro, das die Firma vor zwei Jahren eingerichtet hatte. In dem Großraumbüro saßen sich alle Angestellten in Zweiergruppen gegenüber. Zwischen den einzelnen Schreibtischkomplexen standen Gummibäume und andere Topfpflanzen, über die Abschaffel gelegentlich lachen mußte. Überhaupt war es ihm möglich, in diesem Büro sein Leben vorübergehend zu vergessen. Er mußte oft lachen, nicht nur über die Pflanzen zwischen den Schreibtischen. Er lachte über den mannigfachen Betrug, der hier mit den Angestellten getrieben wurde und der die Angestellten dazu ermunterte, sich auch selbst zu betrügen. Ein erster Höhepunkt des Betrugs waren die Berufsbezeichnungen der Angestellten; sie galten als Kaufleute, und in ihren Papieren und Zeugnissen wurden sie sogar Exportkaufmann, Importkaufmann oder Speditionskaufmann genannt. Sie telefonierten ein wenig, bis der Morgen vorüber war, oder sie füllten Formulare aus oder diktierten Briefe. Auch Abschaffel füllte Papiere aus, errechnete Frachtmargen oder bediente einen IBM-Schreibautomaten. Ruhig standen und saßen diese etwa hundert Angestellten in ihren weißen Hemden und grauen Anzugjacken da und zogen über den Knien ihre Hosen hoch, wenn sie sich setzten. Gelegentlich verschwand eine junge Angestellte in der Toilette und kam bald wieder heraus mit frisch geschminkten Lippen. Auch darüber wollte Abschaffel eigentlich lachen, aber er behielt es für sich, weil er nicht mochte, daß in diesem Büro über ihn nachgedacht wurde. Der etwa fünfzigjährige Mann, der ihm in grünlich schimmerndem Anzug gegenübersaß, war einer der Lächerlichsten im ganzen Büro. In seiner Aktentasche hatte er oft Frage- und Testbogen für Führungskräfte, die er sich aus Wirtschaftszeitschriften ausschnitt. Er füllte sie in der Mittagspause aus und schickte sie zurück an die Redaktion. Er aß Wurstbrote, schnaufte dabei und zupfte unablässig an sich herum. Wenigstens einmal am Tag hatte Abschaffel Lust, ihm zu sagen: Hören Sie auf damit, Sie werden niemals Führungskraft. Aber er sagte nichts zu ihm.

Abschaffel rauchte im Büro und drehte dabei zwischen Daumen und Zeigefinger die Haare seiner Augenbrauen. Er zwirbelte kleine Bündel zusammen und sah dann auf seine Fingerkuppen. Häufig lösten sich einzelne Haare, und Abschaffel legte sie vorsichtig nebeneinander auf den Aschenbecherrand. Manchmal steckte er sich ein einzelnes Augenbrauenhaar in den Mund, spielte eine Weile damit und zerkaute es. Abschaffel wußte, daß diese Art des Zeitvertreibs keinen guten Eindruck auf den ihm gegenübersitzenden Angestellten machte. Aber auch dieser hielt sich zurück und sagte kein Wort. Aus der dauernden Beobachtung des anderen ergaben sich große Spannungen, die mindestens einmal täglich heldenhaft unterdrückt werden mußten. Denn alle mußten arbeiten, und soviel wußte immerhin jeder: Es hatte keinen Sinn, einen Privatkrieg über zwei Schreibtische hinweg zu entfachen; das gab nur noch mehr Verdruß und am Monatsende keinen Pfennig mehr.

Wenn Abschaffel zuviel geraucht hatte, spürte er manchmal, wenn der Rauch in der Lunge hinunterzog, schon so etwas wie ein Loch, wie einen plötzlich freieren Durchzug durch den Körper, und er dachte, das Gefühl des Lochs ist das Gefühl vom Anfang einer Krankheit. Dann sah er sich rasch um, weil er einen Augenblick lang fürchtete, alle hätten dieses Loch bemerkt, und es würden ihm Nachteile daraus erwachsen. Oder er sah aus dem Fenster, das an die linke Seite seines Schreibtischs anschloß. Die Nähe des Fensters war ein großer Vorteil. Die wenigsten Schreibtischpaare waren um das Fenster herum aufgebaut; die meisten anderen standen verstreut im Saal, und wer an einem solchen Tisch arbeiten mußte, konnte sich noch nicht einmal durch einen Blick nach draußen ablenken. Wer in der Tiefe des Großraumbüros arbeitete, mußte unter irgendeinem geschäftsmäßigen Vorwand einen Kollegen aufsuchen, der seinen Schreibtisch am Fenster hatte. Das geschah oft. Wenn sich Abschaffel zu lange langweilte, ging er auf die Toilette und wusch sich die Hände mit sehr langsamen Bewegungen. Die Langeweile der Angestellten ist der Grund für ihre Sauberkeit. Man wäscht sich, wenn man sonst nichts mehr weiß. Und während des Händewaschens war er darum besorgt, daß kein Wasser auf die Manschetten spritzte. Denn er kannte alle Situationen auswendig, und er wußte in jeder Situation, was er vermeiden mußte, damit die Langeweile nicht durch weitere Unbehaglichkeiten verschlimmert wurde.

Eine starke Verschlimmerung der Langeweile war ohnehin jeden Tag auszuhalten, die Mittagspause. Sie dauerte eine Stunde, und es gab drei Möglichkeiten, sie auszufüllen. Einige Angestellte gingen gemeinsam spazieren. Das Bürohaus lag in einem Industriegelände, und wer hier spazierenging, mußte es zwischen Lastkraftwagen, Lagerhäusern und Drahtmaschenzäunen tun. Das wollte Abschaffel nicht. Die zweite Möglichkeit war, in der Kantine, die im Kellergeschoß eingerichtet war, etwas essen zu gehen. Die dort ausgegebenen Mittagessen waren nicht das Unerträglichste; es waren die Gespräche, die das Essen begleiteten. Abschaffel hatte diese Gespräche oft und oft angehört, und manchmal war seine Wut so groß geworden, daß er glaubte, er verwandle sich hier in einen hohen Turm, der dann von selbst umfällt. Die dritte Möglichkeit war, einfach am Schreibtisch sitzen zu bleiben, ein mitgebrachtes Brot zu essen und aus dem Fenster zu schauen. Die Angestellten machten von allen drei Möglichkeiten abwechselnd Gebrauch, und es blieb ihnen gar nichts anderes übrig, als sich dadurch lebendig vorzukommen. Abschaffel folgte ihnen darin, wenngleich er stets das Gefühl hatte, nicht eigentlich zu leben, sondern sein Leben immerzu zu überbrücken mit der zweit- und drittbesten Möglichkeit, weil die erste Wahl auch für ihn nicht zu haben war.

Heute würde Abschaffel in die Kantine in den Keller gehen. Schon beim Verlassen des Büroraums um die Mittagszeit hatte sich ihm Frau Schönböck angeschlossen. Heute ist es aber kalt, sagte sie, und schon war sie für eine Stunde an seiner Seite. Frau Schönböck war etwas über dreißig, geschieden und redselig. Sie war wie Abschaffel schon einige Jahre bei der Firma beschäftigt, und es hatte sich eine Art Vertrauensverhältnis zwischen ihnen gebildet. Es bestand darin, daß sie ihm alles erzählte, was ihr Leben betraf, und Abschaffel sie beruhigte, wenn das, was sie erlebte, etwas zuviel für sie geworden war. An ihrer Art, sich ihm anzuschließen, erkannte Abschaffel jedesmal, daß ihm jetzt wieder etwas erzählt werden sollte. In der Kantine sorgte sie dafür, daß sie vor Abschaffel die Essenschale erhielt; dann setzte sie sich an einen kleinen Zweipersonentisch, und Abschaffel brauchte nur noch den von ihr freigehaltenen Platz einzunehmen.

Herr Abschaffel, sagte sie, ich muß Ihnen etwas erzählen. Ich habe da vor einiger Zeit einen älteren Mann kennengelernt; er hat einen charmanten und sportlichen Eindruck auf mich gemacht, wir sind einige Male zusammen weggefahren, er war einmal Lehrer von Beruf gewesen und ist sehr gebildet, und das ist ja gleich etwas ganz anderes, wenn man mit einem gebildeten Menschen zusammen ist. Aber jetzt am Wochenende ist etwas Schreckliches passiert, sagte sie. Haben Sie mit ihm geschlafen? fragte Abschaffel. Ja, nein, sagte sie, ach Gott, es ist schrecklich. Wie alt ist der Mann, fragte Abschaffel. Neunundfünfzig, sagte Frau Schönböck; ja, fuhr sie fort, er wollte mit mir schlafen, ich habe es gar nicht gewollt, aber ich konnte ihn nicht zurückweisen, ich habe es nicht fertiggebracht, ihn so zu verletzen. Abschaffel lachte und sagte: Das ist gelogen, Frau Schönböck, das glaube ich Ihnen nicht. Denn Frau Schönböck war außer geschieden und redselig auch verlogen. Sie konnte banale Ereignisse aus ihrem Leben nicht erzählen, ohne sie durch ein paar Lügen nicht erträglicher gemacht zu haben. Und sie hatte es Abschaffel stillschweigend erlaubt, von ihm auf ihre Lügen aufmerksam gemacht zu werden. (Sie mußte immer lachen, wenn er sie wieder einmal beim Lügen erwischt hatte.) Abschaffel vermutete, daß es ihr sogar Spaß machte, wenn er ihre Lügen aufdeckte; denn die Aufdekkung blieb ohne Folgen, also auch ohne Strafe, und es konnte gut möglich sein, daß das Lügen selbst Spaß machte. Also gut, sagte sie, ich fand ihn nett, und warum sollte man dann nicht, das haben Sie selbst schon öfter gesagt, Herr Abschaffel. Aber es war schrecklich; ich hatte ja keine Ahnung, sagte Frau Schönböck, wie ein alter Mann aussieht. Seine Brust war ja noch in Ordnung, aber sein Hals war entsetzlich. Auch die Vorderseiten seiner Oberschenkel waren noch in Ordnung, aber die Hinterseiten. Die Knie waren nicht gut, sie hingen herunter. Das Entsetzlichste war sein Hintern, sagte sie. Wieso? fragte Abschaffel. Faltig, und wie faltig, sagte Frau Schönböck. Ach so, sagte Abschaffel. Und? Haben Sie mit ihm geschlafen? Es ging nicht, sagte sie; ich habe ihn gedrückt, gepackt und alles, aber es geschah nichts, und trotzdem hat er es versucht, stellen Sie sich das einmal vor, und hat so getan als ob. Und Sie, fragte Abschaffel, was haben Sie gemacht? Ich habe die Augen geschlossen und gebetet, daß ich schnell wieder aus der Wohnung herauskomme. Nach einer halben Stunde habe ich mich angezogen, sagte Frau Schönböck, und stellen Sie sich vor, was er zu mir gesagt hat. Ich könnte schon wieder mit Ihnen schlafen, hat er gesagt; stellen Sie sich das vor! Der ist genauso verlogen wie Sie, Frau Schönböck, sagte Abschaffel, aber sie ging nicht darauf ein und fragte, was sie jetzt machen solle. Nichts natürlich, sagte Abschaffel, was denn sonst, die Geschichte einfach auslaufen lassen durch Nichtstun. Aber er hat mich gestern abend schon angerufen, nachts, sagte sie, weil er wissen will, ob ich mit einem anderen Mann wirklich schlafe, er verwickelt mich in lange Gespräche und will wieder mit mir wegfahren und alles, es ist fürchterlich, was soll ich denn jetzt machen, sagte sie wieder. Das nächste Mal, sagte Abschaffel, freunden Sie sich mit einem zehnjährigen Jungen an. Der hat bestimmt einen wundervollen Hintern, und Sie werden begeistert sein. Aber ich versichere

Ihnen, wenn Sie mit dem Jungen schlafen wollen, wird es wieder zu ganz tollen Peinlichkeiten kommen. Und Sie haben den Vorteil, daß der Junge Sie nachts nicht anrufen wird, denn ab neun Uhr schläft der wie ein Murmeltier. Und dann kommen Sie am nächsten Tag ins Büro und erzählen mir wieder alles, sagte Abschaffel.

Frau Schönböck kreischte auf und sagte: Was Sie für Ansichten haben, Herr Abschaffel! Sie lachten beide laut und anhaltend, so daß sich Abschaffel schon während des Lachens fragen konnte, warum er so zynisch war. Es ärgerte ihn ihre Naivität, die er für Dummheit hielt, und es ärgerte ihn noch mehr, daß sie nie merkte, daß er sie nicht ernst nahm. Sie trugen ihre leergegessenen Essenschalen zurück zu der Luke, wo das Kantinenessen ausgegeben wurde, und gingen gemeinsam und immer noch lachend in den Büroraum zurück. Er nahm ihr übel, daß sie ihm ermöglichte, einen solchen Zynismus an den Tag zu legen, und er vermutete, daß sie ihre eigenen Probleme nicht ernst nahm, wenn sie sich mit diesem Zynismus zufriedengab, ja ihn lachend quittierte. Sie hielt ihren Geldbeutel fest in der linken Hand und verstaute ihre Essenmärkchen in der linken Rocktasche, als sie zu ihrem Platz in der Mitte des Großraumbüros zurückging. Manchmal lachte sie während des Nachmittags zu ihm herüber, und Abschaffel hatte das Gefühl, in einem Meer von Mißverständnissen unterzugehen. Im Verlauf des Nachmittags war Abschaffel noch zweimal auf der Toilette und wusch sich die Hände. Er betrachtete sich jedesmal lange im Spiegel über dem Waschbecken, und erst spät fiel ihm auf, daß er nur hatte feststellen wollen, wie weit er selbst noch entfernt war vom körperlichen Zustand des alten Mannes, von dem Frau Schönböck erzählt hatte. Abschaffel war dreißig Jahre alt und lebte allein. Oben rechts an der Stirn gingen ihm die Haare aus, und er überlegte, ob sich eine Frau eines Tages genierte, seinen Kopf mit beiden Händen an sich zu drücken, weil er zuwenig Haare haben könnte. Und er brach auf der Toilette in ein unerhörtes Selbstmitleid aus; alles störte ihn und gefiel ihm nicht mehr. Er hatte plötzlich das Gefühl, als stünden mehrere Menschen auf seinen Armen und Beinen. Wie gelähmt ging er auf seinen Platz zurück und hoffte, daß ihn niemand mehr ansprechen würde bis zum Schluß des Arbeitstages. Warum war denn wieder alles so merkwürdig? Es beschäftigte ihn, daß er kaum einen Tag zu Ende bringen konnte, ohne daß eine sonderbare Stimmung ihn überfiel.

Still und beleidigt stieg er später in den Bus und fuhr zurück in die Stadt. Wer wie Abschaffel jeden Tag arbeitete und am Abend schnell noch durch die Stadt ging, erlebte immer nur die Hektik vor Schließung der Geschäfte. Jedesmal kam er sich deshalb wie betrogen vor. Er konnte gar nicht mehr ruhig gehen und alles betrachten, sondern er hatte das Gefühl, alles, was er sah, würde er gerade noch dabei ertappen, wie es zum letztenmal geschah. Wieder war er beleidigt, sein Gang war bösartig. Er kannte ein Café, in dem ein arabischer Kellner bediente, der das Wort Blätterteig nicht aussprechen konnte, obwohl er ziemlich gut Deutsch sprach. Er überlegte kurz, ob er in dieses Café gehen, den Kellner beobachten, einen Blätterteig bestellen und sich dabei beruhigen sollte. Plötzlich bekam er Lust, alle Leute reglementieren zu wollen. Ein Mann war vor ihm durch ein Kaufhaus gegangen, und Abschaffel bemerkte, wie dieser Mann zweimal entgegenkommende Personen mit der Schulter angerempelt hatte. Dieser Mann war der Auslöser für seine Reglementierlust. Er hätte ihn am liebsten angehalten und ihm gesagt, daß er so, wie er es getan hatte, nicht durch ein Kaufhaus gehen könne. Dann gefiel ihm die Jacke eines anderen Mannes nicht. Die Jacke hing nach vorn herunter, und die Revers flatterten wie Lumpen. Abschaffel wollte ihm sagen, wo sich die Anzugabteilung befand. Seine Lust, sich über alles zu beschweren, erstreckte sich am Ende auf alle Personen, die zu klein, zu alt, zu schäbig waren. Endlich fiel er sich selbst auf, und er beruhigte sich augenblicklich. Er dachte mehrfach: Mein Gott, mein Gott, und es legte sich die Unruhe.

Nun beschimpfte er sich selbst. Das konnte er genausowenig ertragen, schon gar nicht auf die Dauer. Er beschloß, durch ein Bordellviertel hindurchzugehen, er hoffte, es täte ihm gut, von den Mädchen auf der Straße angesprochen zu werden und durch Schweigen und Weitergehen etwas ablehnen zu können. So geschah es auch, und es gefiel ihm wirklich. Das Bordellviertel, das er meinte, lag noch im Bereich der Innenstadt, und gleich, als er in eine der zugehörigen Straßen einbog, hörte er rechts aus einem Hauseingang: Sssst. Er sah kurz hin, überlegte sogar, ob er zu einem der Mädchen gehen sollte, aber er kam sich zu lustlos und zu schmutzig vor. Er hatte ja auch nur angesprochen werden wollen. Er erinnerte sich an Frau Schönböck, und einen Augenblick später war er froh, weil ihm einfiel, was er eigentlich wollte: Er wollte mit einer alten Frau zusammensein, so wie Frau Schönböck mit einem alten Mann zusammen gewesen war. Das wollte er wirklich, und jetzt gefiel ihm alles wieder. In einer sofort hergestellten Versöhnlichkeit war er bereit, seine Arbeit in der Firma, die Angestellten und ihre Gespräche, die Mittagspausen und die Langeweile zum Leben gehörig zu betrachten. Abschaffel nahm sich vor, an einem der kommenden Tage in allen Bordellen zu suchen, bis er die älteste Frau gefunden hätte. Er war vergnügt und dankbar, weil er herausgefunden hatte, was er wollte. Er verließ das Bordellviertel. Er wollte doch noch das Café besuchen, in dem der arabische Kellner bediente.

Er traf einen früheren Bekannten, den Angestellten Baierl, der einige Zeit mit Abschaffel in derselben Firma gearbeitet hatte und vor mehr als zwei Jahren in einen anderen Betrieb gewechselt war. Sie blieben beide stehen und waren eine Weile verdutzt über die Belanglosigkeit der Sätze, die sie sich zur Begrüßung sagten. Sie sagten sich nur, was sie schon voneinander wußten, daß Abschaffel immer noch in der alten Firma arbeitete und er, Baierl, nicht mehr. Die Scham über diese Dürftigkeit forderte eine rasche Verabschiedung, aber Baierl gelang es, in eine der Pausen, die die Verzweiflung läßt, damit sie besser zum Ausdruck kommen kann, einen anderslautenden Satz auszusprechen. Mir ist eben etwas Schreckliches passiert, sagte Baierl. Was denn, fragte Abschaffel.

Ich war eben in dieser Fußgängerpassage da unten, sagte Baierl und deutete hinter sich in den breiten Schacht von hinunterführenden Treppen und Rolltreppen; ich stand unten und habe plötzlich angefangen, zwei alte Frauen zu beobachten, die am oberen Ende einer Rolltreppe beieinanderstanden und sich offenbar nicht recht einigen konnten, ob sie nun die Rolltreppen oder die Gehtreppen benutzen sollten, um herunterzukommen. Ihre Unentschlossenheit hat mich veranlaßt, stehenzubleiben und alles zu beobachten, was geschehen würde. Schließlich, sagte Baierl, hat sich eine der beiden Frauen hervorgetan und die Rolltreppe betreten. Sie hat aber sofort einen Fehler gemacht, und zwar hat sie nicht das getan, was alle tun, wenn sie eine Rolltreppe betreten, nämlich den Fuß einfach auf die erste Stufe zu stellen. Sie machte einen größeren Schritt und wollte gleich die zweite oder dritte der sich heranschiebenden Stufen mit dem Fuß erreichen. Dann machte sie, weil es gar nicht mehr anders ging, den zweiten Fehler. Sie war so überrascht über ihr Bein, das sich plötzlich so weit vorn befand, daß sie vergaß, ihr anderes Bein rechtzeitig nachzuziehen. Jedenfalls grätschten sich ihre Beine plötzlich auseinander, und die Frau war nicht mehr in der Lage, sich einen ordentlichen Stand zu verschaffen. Ihr Schreck blieb einfach mit ihr stehen, sagte Baierl. Die alte Frau segelte halb vornübergebeugt wie Batman die Rolltreppe herunter, und ich dachte, sagte Baierl, ich werde ihr beim Empfang unten, also beim Verlassen der Rolltreppe, auf jeden Fall behilflich sein, und das habe ich dann auch getan. Und als sie unten war, griff ich ihr unter einen Arm und stützte sie ab. Sie verließ ohne Komplikationen die Rolltreppe, und sie dankte mir überschwenglich. Nun aber stand die andere Frau ja immer noch oben, und sie hatte gesehen, welche Schwierigkeiten es gegeben hatte. Sie traute sich nicht, die Rolltreppe zu betreten, sagte Baierl, und seltsamerweise kam sie auch nicht auf die Idee, die Fußtreppen zu benutzen. Statt dessen fuhr die andere

Frau, die schon unten war, mit der daneben gelegenen Rolltreppe wieder nach oben, um ihrer Bekannten zu Hilfe zu kommen, sagte Baierl. Ich ging ihr nach und fuhr ebenfalls nach oben. Oben begann die Frau, die schon unten gewesen war, ihre sich sträubende Bekannte zu überreden, ebenfalls die Rolltreppe zu benutzen. Zu diesem Zeitpunkt stand ich etwa zwei Meter von den beiden Frauen entfernt. Da kamen zwei jüngere Mädchen, sagte Baierl, und sie merkten, daß die beiden Frauen Angst vor der Rolltreppe hatten. Die Mädchen erboten sich sofort, den Frauen behilflich zu sein, sie nahmen jede eine der Alten am Arm, wie ich es zuvor auch getan hatte. Nun aber, sagte Baierl, als ich sah, wie die beiden Mädchen auf die beiden Frauen einzudringen begannen, trat ich hinzu und beschimpfte sie. Niemand kann gezwungen werden, sagte ich zu den Mädchen, sagte Baierl, die Rolltreppen zu benutzen, wenn er das nicht wirklich will. Das heißt, sagte Baierl, ich stellte die Sache so dar, als wollten die Mädchen den Frauen Gewalt antun, als sei es inzwischen schon so weit, daß die Jungen die Alten jederzeit zu allem und jedem zwingen könnten. Ich wurde laut und habe nicht mehr aufgehört zu schimpfen, und die beiden Mädchen kamen überhaupt nicht dazu, mir zu erklären, daß sie den Frauen nur helfen wollten. Und diese, die ja gesehen hatten, daß auch ich es gut mit ihnen meinte, trauten sich nichts zu sagen. So ging es eine Weile hin und her, niemand verstand mehr, worum es ging, nur ich, ich wurde fast ohnmächtig vor Bösartigkeit, weil ich der einzige war, der wirklich wußte, daß nur ich die Sache so durcheinanderbrachte. Ich bin jetzt noch ganz zittrig, sagte Baierl. So etwas passiert mir höchstens einmal im Jahr, und ich werde nicht schlau daraus.

Abschaffel und Baierl lachten kurz gemeinsam und verabschiedeten sich. Komm doch mal bei mir vorbei, rief Abschaffel im Weggehen, ja, du auch, rief Baierl zurück. Abschaffel beeilte sich, in das Café zu kommen, ohne weiter an Baierls Erlebnis zu denken. Das Café war groß und geschmacklos, und Abschaffel stellte gleich fest, daß der arabische Kellner nicht da war. War er ganz weg, oder hatte er nur heute frei? Es war sinnlos, darüber traurig zu werden, aber Abschaffel wurde es. Anstatt des Arabers war eine Bedienung da, eine Ausländerin, ganz dünn und lang, und Abschaffel begann, sie zu beobachten und sich ihre Bewegungen einzuprägen. Er strengte sich an, möglichst rasch zu Ergebnissen des Beobachtens zu kommen; es gefielen ihm sofort ihre müden kleinen Augen, die Mühe hatten, das ganze Café zu überschauen. Abschaffel tat sich, als er auf einem Stuhl Platz genommen hatte, nicht besonders hervor, um auf sich als Gast aufmerksam zu machen, weil er herausfinden wollte, ob die Bedienung ihn durch sein bloßes Kommen bemerkte hatte.

Er wußte nicht, warum er sich so anstrengte, diese Nebensächlichkeit wahrzunehmen, und warum er es zuließ, daß er sich selbst mit solchen überflüssigen Einstellungen beengte. Denn er wußte nicht, daß das Alleinsein darin besteht, daß der Alleinstehende alles Geschehen um sich herum auf sich bezieht. Da nichts wirklich mit ihm zu tun hat, glaubt er, alles müßte mit ihm etwas zu tun haben; er ist ununterbrochen damit beschäftigt, Verbindungen zu toten Sachen herzustellen. Diese Verbindungen kommen zustande, aber es sind Einbildungen und Hirngespinste. Deshalb neigt der ständig Alleinlebende zu einem wahnhaften Leben. Wenn es zum Beispiel passierte, daß Abschaffel die Küche seiner Wohnung betrat, und im gleichen Augenblick begann das Aggregat des Kühlschranks zu summen, dann suchte Abschaffel, weil er glaubte, auch das Summen des Aggregats auf sich beziehen zu müssen, nach der Bedeutung dieses Geräuschs für sein Leben. So war er beschäftigt, sein wartendes Leben mit Bedeutungen und Verbindungen auszufüllen, die er untereinander verglich und vollständig ernst nahm. Die Bedienung kam erst, nachdem Abschaffel dann doch durch mehrfaches Aufblicken und Drehen des Kopfes verstärkt auf sich aufmerksam gemacht hatte. Er bestellte eine Tasse Kaffee und einen Blätterteig, und die Ausländerin nahm die Bestellung ohne jede Reaktion entgegen. Solche Lächerlichkeiten nahm Abschaffel in unerhörter Vergrößerung wahr. Er fühlte sich mißachtet und verlassen, und es war ihm nicht möglich, auch nicht für kurze Zeit, sich in die bedrängte Lage der Bedienung zu versetzen. Verdrossen ging er dazu über, andere Gäste im Café zu beobachten, und dabei hatte er den Wunsch, ganz und gar unansehnlich zu sein. Er wollte wie ein häßlicher Klumpen dasitzen und von niemandem eingeschätzt werden können. Als die Bedienung das Bestellte brachte, neigte er den Kopf tief nach unten, als sei er kurzsichtig und wolle sehen, ob der Kaffee auch stark genug sei. Den Blätterteig fraß er schnell auf, bewegte beim Kauen die Backen übertrieben und entfernte sich nicht die Krümel, die ihm am Mund hängengeblieben waren. Dann blickte er auf, und er hoffte, einen Blick zustande zu bringen, der jeden, der von ihm getroffen war, ins Unrecht setzte. In diesem Augenblick fiel einer Frau an einem der Nebentische ein Teller mit einem Kuchenstück vom Tisch auf den Boden, und Abschaffel war es, der am meisten erschrak. Erregt blickte er die Frau an, die schon umständliche Anstrengungen machte, die Scherben aufzulesen. Die Kellnerin trat aber schnell hinzu und sagte zu der Frau, sie solle sich setzen. Rasch fegte sie die Scherben zusammen, und Abschaffel wollte wieder eingreifen, als er sah, wie es ihr überhaupt nichts ausmachte, mit ein und demselben Handbesen sowohl die Scherben als auch die cremigen Kuchenstücke auf eine Schippe zusammenzukehren. Der Kuchen schmierte sich in das Besenhaar ein, und darüber erregte er sich schon wieder. Da begann er, ein Kind zu beobachten, das immerzu zur Brille seiner Mutter hochsprang. Die Mutter saß ruhig und lesend auf einem Stuhl, und immer wenn das Kind die Brille mit der Hand getroffen hatte, rückte die Mutter sie ohne weitere Reaktionen auf der Nase zurecht, und das Kind nahm einen neuen Anlauf. Abschaffel wurde durch diesen Vorgang schnell beunruhigt. Jedesmal fürchtete er, die Brille werde herunterfallen, und dann werde die Mutter endlich eingreifen. Abschaffel strengte sich an, nicht weiter hinzusehen. Er drehte den Kopf zur Seite, und gleich merkte er, daß er sich nun vorstellte, wie das Kind die Brille endgültig herunterschlug. Er sah jedoch nicht hin, und da fiel plötzlich, an einem ganz anderen Tisch, ein Feuerzeug auf den Boden. Abschaffel beschloß, das Café rasch zu verlassen. Fiel heute denn alles runter? Er achtete darauf, daß seine eigene Tasse und sein Teller sicher in der Mitte des Tisches standen, während er sich erhob. Er zahlte rasch und ging. Als er auf der Straße war, fiel ihm wieder ein, daß er sich vorgenommen hatte, an einem der nächsten Tage in ein Bordell und zu der ältesten Frau, die er finden konnte, zu gehen. Hatte ihn diese Idee noch vor einer Stunde zufrieden gemacht, weil plötzlich etwas dagewesen war, was er wirklich wollte, so erinnerte er sich jetzt in einer Weise daran, die nichts mehr auslöste. Es war so, als hätte er es schon hinter sich und als wüßte er schon, daß alles enttäuschend verlaufen war.

Solchen Stimmungen überließ er sich und ging langsam nach Hause.

In seiner Wohnung fühlte er sich wieder besser. Es war ihm gelungen, seinen Bordell-Einfall durch einen Zusatz wieder lebendig zu machen. Er nahm sich vor, an dem Tag, an dem er ins Bordell gehen wollte, zuvor seine alten Eltern zu besuchen. Sie wohnten in einer kleineren Stadt, zweihundert Kilometer entfernt. Zuerst wollte er das Altsein der Eltern so genau wie nur möglich auf sich wirken lassen, dann am frühen Abend zurückfahren, aus dem Bahnhof treten und sich auf der Stelle eine alte Frau suchen. Er stellte sich sogleich vor, wie er am Nachmittag am Tisch der Eltern im Wohnzimmer sitzen würde, Kaffee trinkend und zuhörend, und wie seine Eltern alles in der Welt von ihm glaubten, aber nur nicht, daß er am Abend des gleichen Tages in ein Bordell ginge.

Abschaffel legte sich auf die Bettcouch. Er wollte gerade anfangen, sich damit zu ängstigen, daß er eines Tages vielleicht keine Einfälle mehr zur Durchführung seines Lebens haben könne oder, noch schlimmer, daß es vielleicht überhaupt nur wenige Einfälle gebe, mit denen sich das Leben etwas interessanter machen ließ. Vielleicht mußte man sich einschränken und lange Zeit in Langeweile und Ereignislosigkeit hinbringen, und es war vielleicht nur töricht, sich über all das zu wundern. Aber seine Müdigkeit kam einer weiteren Ausspinnung dieser Vorstellung in die Quere. Er hatte sich in seinen Kleidern niedergelegt und zog nun eine Wolldecke über sich. Es gefiel ihm, in der Wärme seiner Kleider rasch einzuschlafen. Er mochte den Unterschied zwischen dem Einschlafen in den Kleidern am frühen Abend und dem ausdrücklichen Zubettgehen in der Nacht. Wenn er sich nachts auszog, die Kleider über einen Stuhl legte und ein Nachthemd anzog, war er sich schon manchmal vorgekommen wie in einer Anstalt. Wenn er dastand mit den nackten haarigen Beinen, die Knöpfe in die Knopflöcher an seinem Nachthemd schiebend, ganz allein in der Wohnung, dann hätte es ihn nicht überrascht, plötzlich eine Schwester die Tür öffnen zu sehen und sie sagen zu hören: So, jetzt gehen wir ins Bettchen und machen das Licht aus. Natürlich kam nie eine Schwester, und es öffnete sich nie die Tür, und Abschaffel war in keiner Anstalt, sondern im Zimmer seiner Wohnung. Sein Zimmer ähnelte in keiner Weise dem Zimmer einer Anstalt oder eines Krankenhauses, auch nicht entfernt.

An einem der folgenden Tage saß Abschaffel am Tisch in der Küche seiner Wohnung und sah aus dem Fenster. Ein Arbeitskollege hatte ihn im Auto mitgenommen, und er war ungewohnt früh zu Hause. Gerade hatte er eine Tischschublade herausgezogen, und der Anblick eines Stückes Schnur, das in der Schublade lag, hatte ihn verärgert. Er hatte die Verärgerung nicht gleich bemerkt, sondern erst, nachdem er eine Weile aus dem Fenster gesehen hatte. Wieder zog er die Schublade heraus, wieder sah er das Stück Schnur, und er wunderte sich, daß er einmal der Meinung gewesen sein mußte, ein solches Stück Schnur sollte aufbewahrt werden. Er zog das armlange Ende heraus und warf es in den Mülleimer. Er setzte sich an den Tisch zurück, wühlte in der herausgezogenen Schublade und fand ein Rabattmarkenheftchen. Er freute sich schon über das vollgeklebte Rabattmarkenheft, da sah er, daß es nicht ganz voll war. Es fehlten zwei Marken, und Abschaffel sah lange auf die beiden frei gebliebenen Rechtecke. Er holte sich, weil die Grundfarbe der Marken blau war, einen blauen Stift und begann, die fehlenden Marken einzuzeichnen. Mal sehen, dachte er, ob es die Frau an der Kasse im Supermarkt nachher merken wird, wenn ich ihr das Heftchen Marken überreiche. Tief vornübergebeugt saß Abschaffel über dem Rabattmarkenheft und zeichnete. Nach fünf langen Minuten ließ er den Stift über den Tisch rollen und gab es auf. Es war ihm, während er malte, vorgekommen, als hätte er kurz die Inneneinrichtung seiner Langeweile gesehen. Er legte das Heft zurück in die Schublade und fand dabei einige miteinander verzahnte Briefmarken. Er nahm sie heraus und zählte sie. Es waren neun Stück, jede einzelne ausreichend zur Frankierung eines Briefs. Er glaubte, einen Brief schreiben zu können. Abschaffel ging in das Zimmer und klebte auf neun weiße Briefumschläge je eine Briefmarke. Sollte er gleich neun Briefe schreiben? Die frankierten, unbeschriebenen Umschläge gefielen ihm. Mehrfach blätterte er sie durch wie Spielkarten, und er heftete sie mit Reißzwekken untereinander an die Wand. Es war ein schönes Bild, aber Abschaffel konnte wieder nicht zufrieden damit sein. Es ärgerte ihn, daß neun Briefumschläge nicht mehr waren als neun Briefumschläge. Es fiel ihm nicht einmal ein, an wen er wenigstens *einen* Brief schreiben könnte. Seit Jahren hatte er keinen Brief mehr geschrieben, höchstens Postkarten, aber eigentlich auch keine Postkarten. Es ärgerte ihn, daß ihm seine Eltern einfielen, an die er schreiben konnte. Immer die Eltern, etwas Besseres stellte sich in seinem Leben nicht ein. Er setzte sich hin und begann zu schreiben.

LIEBE ELTERN, schrieb er, und es kam ihm sofort sonderbar vor. So etwas hatte er nie gesagt und vielleicht vor mehr als fünfzehn Jahren zum letzten Mal geschrieben, als er noch ein halbes Kind war, auf einer Postkarte von einem Klassenausflug. Er saß lange vor den Worten LIEBE ELTERN und meinte, er könnte nicht weiterschreiben. ICH HABE WIEDER EINMAL DIE ABSICHT, EUCH ZU BESUCHEN, schrieb er, und jetzt hatte er noch mehr den Eindruck, aus dem Brief werde eine einzige Halsstarrigkeit. Wie grauenhaft, wie erbärmlich, wie verlogen war der Satz, den er hingeschrieben hatte. Bei allen anderen Personen ist es immerhin weitgehend möglich, sie einmal nicht mehr zu belügen, nur bei den Eltern nicht. Bis zum Tode muß man seine Eltern anlügen. Abschaffel wußte das, aber er hatte es vorübergehend vergessen in der Empörung über die peinlichen Sätze, die er an seine Eltern schrieb. Daß jeder Mensch seine Eltern anlügen mußte, hielt er für unabänderlich. Es war an ihm, sich darüber nicht zu empören und dennoch einen verlogenen Brief zu schreiben. Er wollte ihnen ja nur schreiben, daß er sie bald besuchen kommen wollte. Mit jedem Wort, das er schrieb, meinte er, erwischt zu werden. Er schrieb das Datum des übernächsten Sonntags als sein Besuchsdatum in den Brief und beeilte sich, den Brief damit abzuschließen. Es war ein kurzer Brief, nicht mehr als eine halbe Seite Text, und der Anblick dieses kleinen Briefes bereitete ihm erneut Unbehagen. Er hatte seinen Eltern nicht mehr mitzuteilen als die Ankündigung seines Besuchs, aber er wollte nicht, daß seine Eltern dachten, er hätte ihnen nicht mehr mitzuteilen als die Ankündigung seines Besuchs. Um diesen Eindruck nicht entstehen zu lassen, hätte er einen ganz neuen Brief schreiben müssen, aber mit zunehmender Bewußtheit des Schmerzes, daß er ihnen nichts aus seinem Leben mitteilen konnte, gab er sich endgültig mit diesem kurzen Brief zufrieden.

Er ging auf die Straße, den Brief in der Hand. Abschaffel wußte unweit seiner Wohnung einen Briefkasten, in den er schon immer einen Brief hatte hineinwerfen wollen. Unterwegs war er immer noch verbittert, weil er seinen Eltern keinen längeren und belangvolleren Brief hatte schreiben können. Die Scham war zu groß. Natürlich fühlte sich Abschaffel wie jeder Mensch, der geboren wird, betrogen von denen, die ihn geboren hatten. Es handelte sich um einen Betrug, der nie aufgeklärt, nach dem nicht einmal gefahndet wurde. Es liefen nur vereinzelte Opfer herum, die sich an niemand wenden konnten, weil jeder mit eigenen Ermittlungen beschäftigt war. Die Lust auf Rache war groß, und die Rache bestand darin, daß man nichts mehr voneinander erfuhr. Geburt, Rache und Scham: Das war der Grund, weshalb die Leute in Abschaffels Firma über ihn erheblich mehr wußten als seine Eltern. Die, die ihn schamlos geboren hatten, sollten verzweifeln über die Mitteilungslosigkeit, in die das Kind flüchtete.

Abschaffel beobachtete eine Frau und einen Hund, die zusammen ein Auto besteigen wollten. Sie waren aus einem Hauseingang gekommen, und die Frau sprach, sich verabschiedend, an der Hauswand hoch zu einer Person, die im zweiten Stockwerk aus dem Fenster sah. Die Frau auf der Straße öffnete das Auto, und sofort sprang der Hund hinein und setzte sich auf den Fahrersitz hinter das Steuer. Darüber lachte die Frau; sie rief zu der Person am Fenster hinauf: ER WILL UNBEDINGT FAHREN!, und die Person am Fenster lachte zurück. Abschaffel ging an dem Auto vorbei und betrachtete durch das Fenster den Hund. Er war immer noch mit den Eltern beschäftigt, aber er beruhigte sich.

Der Briefkasten, in den er seinen Brief hineinwerfen wollte, war nicht mehr da. Sofort schimpfte er gegen unerwartete Verluste und Veränderungen durch die Post. Er stand genau dort, wo vor kurzem, ja gestern noch, ein Briefkasten war. Er sah die Löcher an der Hauswand, die von der Verschraubung des Briefkastens zurückgeblieben waren. Unschlüssig ging Abschaffel weiter, den Brief in der Hand, und überlegte, was er nun tun solle. Seine Wäsche wollte er erst später aus der Wäscherei abholen, denn er hatte sich vorgestellt, daß er ein gutes Gefühl haben würde, wenn er erst den Brief eingeworfen hätte. Nun war der Briefkasten verschwunden, Abschaffel hielt seinen Brief in der Hand, und kein gutes Gefühl stellte sich ein. Er überquerte die Straße, und er war noch nicht richtig auf der anderen Seite angelangt, da entdeckte er an einer Stelle, an der bisher keiner gewesen war, einen Briefkasten. Abschaffel trat vor ihn hin und sah ihn an, und es begleiteten ihn keine guten Gefühle dabei. Er mißtraute dem Briefkasten, ja, er glaubte, es handelte sich um eine Art vergrößerten Jungenstreich, den die Post nicht bemerkt hatte und niemals bemerken würde. Er glaubte daher, daß dieser Briefkasten niemals geleert würde, und ängstlich verweigerte ihm Abschaffel seinen Brief.

Er kehrte über die Straße zurück, und durch Zufall ging sein Blick an der Wand des Hauses hoch, an dem der Briefkasten früher angebracht gewesen war. Abschaffel erkannte mit Brettern vernagelte Fenster, ja, aus einigen Fenstern waren Löcher geworden, in die der Wind hineinpfiff. Der Vorgarten des Hauses war zerwühlt; zerschlagene Küchenmöbel lagen herum, einige durchnäßte Sessel, Geschirr, Hausrat. Jetzt wurde Abschaffel klar: Das Haus war zum Abriß vorgesehen. Kein Mensch wohnte mehr darin. Im gleichen Augenblick begann er die Post, die er gerade noch beschimpft hatte, für ihre Aufmerksamkeit und planerische Weitsicht zu loben. Wenig später faßte Abschaffel vollständiges Vertrauen zu dem Briefkasten auf der anderen Seite. Er ging zurück und warf dort seinen Brief ein. Ein gutes Gefühl kam über ihn, und wie immer, wenn er einsehen mußte, daß er sich geirrt hatte, kam er in eine fürsorgliche Stimmung und wollte sofort alten Menschen helfen. Er blickte sich um, wo jemand seine Hilfe brauchte, aber alles um ihn herum funktionierte reibungslos, und Abschaffel war erleichtert. So war es ihm möglich geworden, einen Irrtum einzusehen, ohne gleich dafür büßen zu müssen.

Bevor die Geschäfte schlossen, hatte er noch etwas Zeit, und er lief planlos umher, bevor er in die Wäscherei ging. Er hatte wieder begonnen, mit sich selbst zu sprechen. Eigentlich war es kein richtiges Sprechen; es waren nur einzelne Sätze, manchmal nur Worte, die er im Gedächtnis wieder und wieder aufsagte, bis sie verschwunden waren und durch andere Sätze und Worte ersetzt wurden. Einmal war es nur der Ausruf ABER SELBSTVERSTÄNDLICH!, den er bis zu zehnmal, während er ging, vor sich hersagte, bis er plötzlich ABER SELBSTERKLÄRLICH! sagte. Das Wort SELBSTERKLÄRLICH gefiel ihm besser als

Selbstverständlich, und er nahm sich vor, bei der nächsten Gelegenheit, da er Aber selbstverständlich zu einer anderen Person sagen könnte, statt dessen Aber selbsterklärlich zu sagen. Aber selbstverständlich vergaß er das alles wieder, und zwar restlos, es war verschwunden für immer, und er sagte andere Sätze und Worte auf. Du hörst meine Schreie ja sowieso nicht, sagte er plötzlich zu sich selber. Er wußte nicht, woher dieser Satz kam und was er bedeuten sollte, vielleicht hatte er ihn selbst einmal gesprochen in einer wirklichen Situation, oder er hatte ihn sprechen wollen, oder hatte er den Satz von anderen gehört? Es war wieder einmal nicht zu klären. Du hörst meine Schreie ja sowieso nicht, sagte er wieder mehrfach ganz leise, während er ging. Der Satz war ihm unangenehm, weil er nicht für ihn galt und nichts ausdrückte von dem, was ihn wirklich bekümmerte. Er sagte den Satz dennoch mindestens zehnmal auf und wurde fast närrisch dabei, weil er bei jedem neuen Vorsichhinsagen glaubte, diesmal sei es das letzte Mal gewesen, doch da hatte er den Satz bereits zur Hälfte noch einmal gesagt. Er wiederholte ihn öfter als andere Sätze, wandelte ihn ab und verkürzte ihn; später waren von dem Satz nur zwei Worte übriggeblieben, dann nur ein Wort, Schreien. Das war eine Erleichterung, und Abschaffel hoffte, er würde auch dieses Wort verlieren wie bisher alle anderen Wörter, die in ihm aufgetaucht waren, wenn er mit sich selbst redete. Er drehte bei sich das Wort Schreien um, bis plötzlich das Wort Kreischen dazukam, jetzt hatte er mit den Worten Schreien und Kreischen zu tun, und Abschaffel schämte sich, weil er sich so sonderbar vorkam. Er wünschte sich, von anderen erfahren zu können, ob auch sie gelegentlich von bestimmten Sätzen nicht loskämen.

Abschaffel wollte weder schreien noch kreischen, und dennoch wurde er diese beiden Worte nicht los. Und plötzlich zog sein Hirn die beiden Worte zu einem Wort zusammen, aus Kreischen und Schreien war das Wort Kreische geworden, und kurz danach kehrte der Satz von zuvor vollständig, jedoch verändert zurück, und Abschaffel sagte ihn wieder mehrfach hintereinander auf. Du hörst meine Kreische ja sowieso nicht. Er wollte sich den Satz merken, vor allem das Wort Kreische, obwohl er wußte, daß er diese Sätze und Worte rasch und unwiederbringlich verlor. Wenn ihm jetzt, in diesem Augenblick, jemand begegnet wäre, den er kannte, etwa Baierl, wäre er in der Lage gewesen, ihm von seinen Zuständen mit den Worten und Sätzen zu erzählen, so wie auch Baierl ihm von seinen Zuständen berichtet hatte. Aber es ist eine bestimmte Verfassung notwendig, damit man sich traut, so etwas zu erzählen. Schon wenig später konnte Abschaffel nichts mehr darüber sagen, zu keinem Menschen, im Gegenteil, er mußte darauf achten, daß ihm niemand begegnete, weil ihm die Scham den Mund trockengelegt hatte und Abschaffel nur noch hoffte, unerklärt weiterzukommen.

Dies wurde ihm so schmerzhaft bewußt, daß er meinte, sich ausruhen zu müssen; er suchte nach einer Bank oder einer Wiese, auf der er sich niederlassen wollte, aber er befand sich mitten in der Stadt, und es gab keine Bank und keine Wiese. Er hatte nur seinen Kopf, und es war nicht ungewöhnlich, daß in seinem Kopf nun der Einfall auftauchte, nicht mehr hier sein zu wollen. Er wollte ganz und gar verschwinden für mindestens ein halbes Jahr; vielleicht nach Amerika, vielleicht in die Türkei. Alles, was er kannte, wollte er anders sehen. Und er wollte es betrachten, ohne selbst ein Wort sagen zu müssen. Abschaffel stellte sich vor, ein sehr guter Freund führe mit ihm in seinem Auto durch das fremde Land. Der Freund würde alles, was nur durch die Äußerung von Worten zu erlangen war, für ihn erledigen, und der Freund sei nicht böse und nicht beleidigt, wenn Abschaffel auch mit ihm kein Wort wechselte. Es müßte schön und erholsam sein, dachte Abschaffel, alles zu sehen und alles zu kriegen ohne den Zwang, es durch die Äußerung von Worten der Außenwelt abbetteln zu müssen.

Bevor er sich in Wunschwünschen verlor, redete er plötzlich energisch auf sich ein und erinnerte sich daran, daß er, bevor die Geschäfte schlossen, seine Wäsche abholen wollte.

Das dicke blonde Ehepaar, dem die Wäscherei an der Ecke gehörte, war vor drei Wochen überraschend in Urlaub gefahren, inzwischen aber zurückgekehrt. Die drei Wochen über war Abschaffel mehrfach an der Wäscherei vorbeigelaufen und hatte sich immer wieder von neuem den Tag gemerkt, den das blonde Ehepaar als den Tag seiner Rückkehr auf einem handgemalten Schild angegeben hatte. Er hatte sich sogar ein Spiel daraus gemacht, die Tage zu zählen, die zur Wiedereröffnung der Wäscherei noch fehlten. Das Spiel erinnerte ihn an das Verhalten von Kindern, die Tage und Nächte zählten, die bis zu ihren Geburtstagen oder bis Weihnachten fehlten. Er schämte sich, je länger er die Tage bis zur Wiedereröffnung der Wäscherei zählte, weil er sich auf den Empfang der frischen Wäsche inzwischen fast so freute wie ein Kind auf seinen Geburtstag. Es bediente ihn die blonde Frau, und Abschaffel fiel auf, wie schwer es ihr fiel, nichts dabei zu reden, während sie ihm den mit einem durchsichtigen Plastiküberzug eingewickelten Wäschebeutel über die Theke reichte. Sie hielt sich an Abschaffels Verhalten, der schweigend den Laden betreten und ihr schweigend den Einlöseabschnitt hingehalten hatte. Er bezahlte rasch und verließ eilig die Wäscherei. Schon wieder schämte er sich, weil er so schnell ging und sich so unverständlich freute über das bevorstehende Auspacken des Wäschebeutels. Mein Gott, dachte er mehrfach, aber das Freuen blieb.

Im Treppenhaus öffnete Frau Kaiser, die einen Stock tiefer wohnte, die Wohnungstür, als Abschaffel eben daran vorbeigehen wollte. Guten Tag, Herr Abschaffel, sagte sie, und er erwiderte den Gruß undeutlich. Ich wollte Sie etwas fragen, sagte Frau Kaiser, haben Sie vielleicht einen Augenblick Zeit? Dabei trat sie zwei Schritte zurück in ihre Wohnung, und Abschaffel glaubte, keine andere Wahl mehr zu haben, als ihr zu folgen. Die Frau ging vor ihm her in das Wohnzimmer; sie verscheuchte ihre beiden Katzen, die Abschaffel um die Beine strichen. Abschaffel war dankbar, daß Frau Kaiser die Katzen verscheucht hatte; als sie sich mit hochgebeugtem Körper an seine Beine gedrückt hatten, hatte er mit dem Gefühl zurechtkommen müssen, es sei ihm etwas im Hoseninneren nach unten gefallen, das er niemals mehr entfernen könne. Nehmen Sie bitte Platz, sagte Frau Kaiser, und setzte sich selbst in einen Sessel. Die beiden Katzen legten sich in den Schoß von Frau Kaiser. Abschaffel legte sich das Wäschepaket auf die Knie und seine Arme darüber. Mein Mann und ich, wir verreisen über das Wochenende zum Bruder meines Mannes, sagte Frau Kaiser, und da wollten wir Sie bitten, ob Sie an diesem Wochenende unsere Katzen füttern würden; es ist ganz einfach, und wir wären Ihnen sehr dankbar, sagte sie. Ja, ja, das kann ich schon tun, sagte Abschaffel schnell. Wir werden am Samstagnachmittag wegfahren und am Sonntagabend zurückkommen, sagte sie; Sie müßten also nur einmal am Sonntagmorgen herunterkommen und dann noch einmal am Sonntagabend, so am Spätnachmittag, sagte Frau Kaiser. Das wäre sehr nett von Ihnen.

Abschaffel war ins Schweigen gekommen. Er hatte das Gefühl, es sei das Beste, mit anderen Menschen nichts zu tun zu haben und niemals angesprochen zu werden. Er saß Frau Kaiser gegenüber und spielte mit den Fingern an dem Plastikstoff. Abschaffel konnte mit Tieren nichts anfangen, sie waren ihm gleichgültig, der ganze Auftrag war ihm gleichgültig, und Frau Kaiser war ihm auch gleichgültig. Sie spürte, wie gelangweilt er war, und sie verstärkte ihre Nettigkeit. Ich werfe Ihnen dann unseren Schlüssel einfach in Ihren Briefkasten am Samstag, nicht, sagte Frau Kaiser, und Abschaffel nickte. Die Aussicht, mit dem Wohnungsschlüsselbund von Frau Kaiser umgehen zu müssen, machte ihn wieder etwas aufmerksamer. Schon oft hatte er Frau Kaiser gesehen, wie sie mit diesem Schlüsselbund zum Briefkasten ging oder ihn in einer Tasche verwahrte. Es war ein echter Katzenschwanz an ihm angebracht, ein schwarzer Katzenschwanz von etwa zwanzig Zentimeter Länge. Abschaffel hatte diesen Katzenschwanz auch schon öfter am Außenschloß der Wohnungstür von Frau Kaiser hängen sehen, und jedesmal hatte es ihn geekelt. Wie froh war er gewesen, an diesem toten Teiltier immer wieder vorbeigehen zu können. Und wie war es möglich, und wie war es zu erklären, daß er diesen einen Gegenstand, dessen bloßer Anblick ihn anwiderte, daß er nichts anderes, sondern ausgerechnet diesen für ihn ekelhaften Gegenstand am Wochenende würde mehrfach in die eigenen Hände nehmen müssen? Abschaffel wurde mutlos. Er spürte, daß Frau Kaiser es schon bereute, ihn um die Katzenfütterung gebeten zu haben. Sie ging mit ihm in die Küche und erklärte, aus welcher Dose er die Katzennahrung nehmen sollte und wieviel davon. Er verkürzte ihr Reden, indem er in ihre Erklärungen hinein aufräumende und erledigende Sätze sagte, und er spürte, wie Frau Kaiser sich unsicher zu fühlen begann, weil sie den Eindruck hatte, es nicht richtig und ausführlich genug geklärt zu haben. Abschaffel bewegte sich mit kleinen Schritten rückwärts aus der Küche, und Frau Kaiser blickte mehrfach ganz schnell vom linken Außenrand seines Körpers hinüber zum rechten und wieder zurück. Sie vollzog Abschaffels kleine Schritte mit, und noch immer redend, waren sie an der Wohnungstür angelangt. Und wirklich hatte Abschaffel das Gefühl, nichts verstanden zu haben, und deswegen auch Angst, er werde die Katzen nicht richtig füttern können.

In seiner Wohnung legte er das Wäschepaket auf den Tisch und riß sofort die Kunststoffverpackung herunter. Er setzte sich auf einen Stuhl und starrte auf seine Wäsche. Seine Unterhosen, seine Unterhemden, seine Strümpfe! Alles ganz frisch und schön übereinandergelegt! Er drehte seine Strümpfe um und um, faltete die Unterhemden auseinander und wieder zusammen, und er faßte die Unterhosen an und hob sie hoch und zog sie an ihren Gummibändern auseinander. Und gerade, als er anfangen wollte, sich darüber zu freuen, daß er nun für wenigstens zwei Wochen frische Wäsche hatte und er notfalls immer baden und sich umziehen konnte, wenn er sich schlecht fühlte, in diesem Augenblick entfernte sich die Freude von ihm, und er verstand nicht mehr, warum ein Mensch sich derart freute, bloß weil er seine Unterwäsche wiederhatte. Weil er sich aber einige Augenblicke zuvor wirklich gefreut hatte und jetzt schon wieder alles verschwunden war, glaubte er, eine Art Alltagsirrsinn sei über ihn gekommen, ein mildes Verrücktsein, in dem er sich nicht mehr zurechtfand. Er war es überdrüssig geworden, sich auf etwas Neues einzulassen, ging hinüber ins Zimmer und legte sich auf das Bett. Draußen war es dunkel geworden, und Abschaffel schaltete eine kleine Lampe ein, weil er das Gefühl vermeiden wollte, mit dem langsamen Dunklerwerden des Abends selbst zu verschwinden. Er war müde, ohne einschlafen zu können, und er hatte begonnen, der Lampe zuzusehen, wie sie Licht gab und das Zimmer damit ausfüllte. Er drehte den liegenden Kopf in diese und in jene Richtung, mal in eine hellere, mal in eine schattigere Zimmerpartie, und schon bei dieser Beschäftigung hätte er bemerken müssen, daß dieser Abend ihn nicht weit brachte. Bald fühlte er einen schlechten Geschmack im Mund; der schlechte Geschmack war nicht ungewöhnlich, er gehörte zu den bekannten Erscheinungen des Liegens, Halbschlafens und Ausruhens. Er hätte nur aufstehen und ein halbes Glas Wasser trinken müssen, und er hätte keine Gelegenheit mehr gehabt, sich schlecht zu fühlen. Aber er war liegengeblieben und schmeckte den schlechten Geschmack und sagte sich mehrfach: Was für ein schlechter Geschmack. Dabei betrachtete er wieder das Licht in seinem Zimmer, das von der kleinen Lampe ausging, und langsam kam er zu einer schlechten Meinung über das Licht in seinem Zimmer. Das hätte ihn wundern müssen. Einst hatte er die Lampe mit für ihn ungewöhnlichem Bedacht angeschafft, weil er sich von ihr eine gemütvolle, warme Zimmerbeleuchtung versprochen hatte. Und tatsächlich hatte er sich nicht geirrt; das Licht machte das Zimmer am Abend schön. Dennoch empfand er das Licht nun zunehmend ärmlich, ja elend. Mein Gott, diese Lampe! dachte er mehrfach nacheinander, und es störte ihn nicht die inhaltsleere Sinnlosigkeit dieses Gedankens, der gar kein Gedanke war, sondern nur ein nicht ausgesprochener Ausruf, mit dem niemand, noch nicht einmal er selber, etwas anfangen konnte.

Er ließ es zu, daß seine Langeweile sich langsam ausdehnte.

Abschaffel sah an seinem liegenden Körper entlang und betrachtete mit einer Langmut, die ihn kränkte, die Strümpfe an seinen Füßen. Er drehte sich um auf den Bauch, und sein rechter Arm rutschte vom Bett herunter; der Kopf lag auf der linken Gesichtshälfte. Aha, der Staub! dachte er, als er kleine Staubwölkchen da und dort liegen sah. Wieder wurde er nicht unruhig über den niedrigen Wert dieser Feststellung. Abschaffel hätte nun aufstehen müssen; er hätte sich rasieren können; er hätte sich drei Eier braten können, denn Hunger hätte er ebenfalls haben können. Er hätte wenigstens die Balkontür öffnen und einen Schwarm von Nachtfaltern hereinfliegen lassen können, die er dann enttäuscht hätte, indem er das Licht in seinem Zimmer plötzlich ausgeschaltet hätte. Er tat nichts davon; er blieb liegen und suchte nach Tätigkeiten, die sich liegend ausführen ließen. Er sah auf die beiden Streichholzschachteln am Boden neben dem Aschenbecher und der Zigarettenschachtel. Mit dem kleinen Finger drückte er den Schubteil aus beiden Schachteln heraus und stellte fest, daß sich in der einen Schachtel erheblich weniger Streichhölzer befanden als in der anderen. Er sah lange auf die beiden halb geöffneten Schachteln, und es blieb nicht aus, daß er gegenüber den Schachteln Gefühle bekam. Plötzlich konnte er die Schachtel, in der sich nur wenige Streichhölzer befanden, nicht mehr leiden. Er ging daran, die Streichhölzer aus dieser Schachtel herauszunehmen und sie in die andere Schachtel hineinzustecken und dann beide Schachteln wieder zu schließen. Und weil er dies alles mit den Fingern einer Hand vollbracht hatte, kam er sich raffiniert vor. Er drehte sich zurück auf den Rücken und dachte, daß er nichts mehr könnte. Er sah auf die Uhr und dachte: Die Zeit hat keine Schuld. Das war ein merkwürdig übertriebener Satz, den Abschaffel deshalb nicht gelten lassen wollte. Da läutete das Telefon, und es war ihm sofort peinlich. Jetzt reden! Am Telefon würde sich bestimmt eine Frauengeschichte melden, von der er auf Grund seiner gefühlsmäßigen Unentschiedenheit noch immer und zu jeder Zeit belangt werden konnte. Alles hätte ein Ende nehmen können, wenn er ins Telefon gesagt hätte: Es ist gut, in einer halben Stunde bin ich da. Aber das tat er gerade nicht. Natürlich war am Telefon eine Frauengeschichte, und Abschaffel sprach eine ganze Anzahl undeutlicher, verwirrter Sätze in den Hörer, an deren Ende weder ein Ja noch ein Nein stand. Dennoch war es die Aufgabe der Frau am Telefon gewesen, seinen Sätzen ein Nein zu entnehmen und zu erraten, daß er müde und lustlos sei und nicht könne und alles und überhaupt. Er legte sich gleich wieder auf das Bett. Inzwischen war es draußen vollständig dunkel geworden, dazu auch noch still. Er drehte den Kopf zur Seite in Richtung Balkontür, und er stellte sich vor, daß er gerade so den Kopf zur Seite drehen werde, wenn er eines Tages ganz alt sein würde und gar nichts anderes mehr zuwege brächte als den Kopf zur Seite zu drehen. Weil ihm dieser Einfall guttat, probierte er es gleich noch einmal. Wieder drehte er den Kopf ganz langsam in Richtung Balkontür, und er wollte sich gerade vorstellen, wie er in die Gesichter von irgendwelchen Verwandten blickte, die an seinem Bett saßen, da knackte es in seinem Genick. Es war ein leises Knirschen im Halswirbel, ganz sicher vollkommen harmlos, das Abschaffel jedoch unverhältnismäßig erschreckte und ihn zur Aufgabe des Spiels veranlaßte. War er vielleicht schon alt? Und sofort stellte er sich vor, er sei ein ganz junger Mensch, der einen insgesamt harmlosen, die Umwelt aber gefährlich beeindruckenden Autounfall erlitten hätte und deshalb in einem Krankenhaus lag; er stellte sich ein Krankenzimmer vor voll mit Angehörigen, die bedenklich zu ihm hinsahen, und eben da würde er den Kopf äußerst munter und flink zur Seite drehen, so daß jeder Betrachter aufatmete über die intakte Körperlichkeit dieses Verletzten. Tatsächlich drehte Abschaffel nun rasch und mechanisch den Kopf mehrfach in Richtung Balkontür und wieder zurück, und wirklich knackte es nicht mehr in seinem Genick.

Abschaffel erwachte aus seinen Spielen erst, als er fand, seine Langeweile sei mit ihm zuweit gegangen, obwohl er sofort bereit war, ein neues Spiel daraus zu machen, herauszufinden, wie weit eine Langeweile mit einer Person gehen konnte und was aus der Langeweile wurde, wenn sie keine Langeweile mehr war. Er erhob sich vom Bett und dachte endlich einmal nichts. Abschaffel ordnete sich die Kleider halbwegs, schritt durch das Zimmer und öffnete die Balkontür. Auf seinem Balkon stehend, fiel ihm ein kleines, erleuchtetes Fenster am gegenüberliegenden Haus auf. Es war verschlossen, und das Licht im Fenster war gleichmäßig verteilt hinter einem orangefarbenen Vorhang. Sicher ist eine größere Zutraulichkeit hinter dem Vorhang im Gange, dachte Abschaffel. Das erleuchtete Fenster lag weit unterhalb seines Balkons. Er sah abwechselnd zurück in sein Zimmer und hinunter auf das erleuchtete Fenster. Und er wurde, während sein Blick etwas länger auf dem orangefarbenen Vorhang haftenblieb, von einem solchen Verlangen gepackt, daß er glaubte, der Rückweg in sein Zimmer sei ihm versperrt. Diese Zimmer! Diese Zimmer! dachte Abschaffel und verließ kurz darauf doch wieder den Balkon.

Am Sonntagmorgen, als er aufwachte, spürte er eine einfältige Beeinträchtigung seines Körpers, eine ärgerliche Reizung der Organe. Eine Grippe hatte sich über Nacht in ihm breitgemacht. Er fühlte sich schwer und matt, schon kurz nach dem Aufwachen war er dazu übergegangen, Bewegungen nur noch halb auszuführen. Abschaffel begann die lächerliche Krankheit in sich zu beobachten. Gegen Kopfschmerzen hatte er bald zwei Tabletten geschluckt, und tatsächlich waren die Kopfschmerzen verschwunden. In der Küche, später, nieste er mehrere Male. Immer wieder betrachtete er im Spiegel seine Nase und die leicht gerötete Haut um die Nasenflügel.

Zwischendurch dachte er daran, daß er in die Wohnung von Frau Kaiser mußte, um die Katzen zu füttern. Er überlegte, ob er es vor oder nach dem Frühstück tun sollte, und er beschloß, es vorher zu tun, weil das Frühstück dadurch etwas wertvoller wurde. Er wusch sich unaufmerksam, kratzte sich fast am ganzen Körper, sah sich vor dem Spiegel lange in den weit geöffneten Mund. Die hintere Rachengegend war entzündet, und sein roter Schlund gefiel ihm nicht.

Vorsichtig öffnete er einen Stock tiefer die Wohnungstür von Frau Kaiser. Die beiden Katzen strichen gleich unangenehm um ihn herum, offenbar hatten sie schon lange Hunger. Mit einem Gefühl der Überwindung öffnete Abschaffel, wie er es schon gestern getan hatte, den Eisschrank in der Küche und holte aus einem oberen Fach eine geöffnete Dose Katzennahrung heraus. Auf zwei Porzellanschalen gab er je zwei Löffel davon auf den Boden, und schon standen die Katzen mit den Köpfen über den Eßschalen und beachteten Abschaffel nicht mehr. Damit war sein Auftrag erfüllt, und er konnte gehen. Aber er hatte bemerkt, welche Lust es ihm machte, unbeobachtet und allein in einer fremden Wohnung zu sein und alles ansehen zu können. Er ging aus der Küche hinaus auf den Flur, und als er niesen mußte, erschrak er, weil er das Gefühl hatte, ertappt worden zu sein. Er fand es sonderbar, daß Frau Kaiser die Türen zu allen Zimmern weit offengelassen hatte. Er hatte damit gerechnet, alle Türen verschlossen vorzufinden. Aber vielleicht kannte auch Frau Kaiser die Lust, allein in fremden Wohnungen zu sein, und sie hatte es ihm leichtmachen wollen, indem sie die Türen gleich geöffnet hatte. Es gab ein Wohnzimmer, ein Eßzimmer und ein Schlafzimmer, ein Bad und, davon getrennt, eine Toilette. Er betrat das Schlafzimmer mit demselben Gefühl, mit dem man als erster ein leeres Kino betritt. Vorsichtig bewegte er den Kopf, um all die ruhenden Gegenstände zu betrachten. Es war kalt in diesem Schlafzimmer, so kalt wie in allen bürgerlichen Schlafzimmern. Abschaffel ging in dem toten Raum umher und überlegte sich, warum es ausgerechnet in den Schlafzimmern so kalt war. Es war ein Raum, in dem mit Wärme gespart werden konnte. Rechts Wandschränke, die bis an die Decke reichten, auf der anderen Seite die beiden nebeneinandergestellten Ehebetten; auf einem Bett lag ein ausgebreitetes Kleid, das von der vorderen Bettkante herunterhing. Es mußte das Bett von Frau Kaiser sein. Auf dem Nachtschränkchen neben dem anderen Bett stand ein Reisewecker, das mußte das Bett von Herrn Kaiser sein. Abschaffel stellte sich gerade vor, wie Herr Kaiser während des Beischlafs einmal kurz auf die Uhr auf seinem Nachtschränkchen sah. Er war erstaunt, daß er den Anblick des Schlafzimmers so gut ertrug. Abschaffel ging hinüber in das Wohnzimmer, das lebendiger eingerichtet war. In einer Ecke war ein bequemer Liegestuhl aufgebaut, daneben ein Tisch mit Aschenbecher, Streichhölzern und Zeitungen, darüber eine Stehlampe. Das war, glaubte Abschaffel, die Resignationsecke, in die sich Herr Kaiser wahrscheinlich zurückzog, wenn er mit allem nichts mehr zu tun haben wollte. Abschaffel fand es auffallend, daß es nur eine Resignationsecke gab, die nach allen äußeren Zeichen für den Mann bestimmt war. Wo resignierte Frau Kaiser? Wieder blickte er sich suchend im Zimmer um, und er sah eine Couch, an deren Fußende eine Wolldecke lag, und Abschaffel vermutete, die Couch sei für Frau Kaiser bestimmt. Der Mann resigniert sitzend, die Frau liegend. Wahrscheinlich schlief Frau Kaiser abends ein, wenn sie auf der Couch lag, und Herr Kaiser sah ihr beim Schlafen zu und wußte nichts mehr; später wechselten sie beide hinüber in die Betten des kalten Zimmers und sagten sich, wie kalt es hier sei, und spielten ein bißchen Zittern und Frieren, und weil es gemeinsam geschah, galt es als Zärtlichkeit.

Abschaffel seufzte so laut auf, daß er es selbst hörte. Er hatte nicht rechtzeitig bemerkt, daß ihn der Anblick der beiden Zimmer tieftraurig gemacht hatte. Das kleinere Eßzimmer wollte er nicht mehr betrachten. Rasch ging er nach oben in seine Wohnung und hatte das Gefühl, etwas Unerlaubtes gedacht zu haben. Er bemühte sich, irgend etwas zu tun, aber der Sonntag war zu still. Wieder stand er vor dem Spiegel. Die Grippe hatte sein Aussehen rasch verändert; er sah sich in einen miserablen Zustand versetzt. Die Grippe hatte mehrfache Ausbrüche kalten Schweißes mit sich gebracht; anfangs hatte er noch die Absicht gehabt, sich den Schweiß zu entfernen. Er hatte sich mehrfach abgewaschen und getrocknet, aber dann war Abschaffel ärgerlich geworden, weil er die Wechsel zwischen Schweißausbrüchen und Abwaschen und

Trocknen nicht mehr abwarten und einhalten wollte. So ließ er den Schweiß unabgewaschen und ertrug, daß sein Hemd zur Windel wurde, an einigen Stellen schon klebrig und formlos.

Abschaffel mußte sich beschäftigen, und er dachte darüber nach, wie er sich in eine besondere Beziehung zu dieser Krankheit setzen konnte. Aus Gewohnheit rauchte er, und es hatte ihn bereits mehrfach an diesem Tag geärgert, daß er hatte einsehen müssen, wie wenig Genuß ein vergrippter Kopf am Rauchen empfand. Er setzte sich in sein Zimmer und zündete sich dennoch eine neue Zigarette an. Gleich wollte er wieder zu dem Ergebnis kommen, das Rauchen in diesem Zustand sei sinnlos; aber da bemerkte er, wie seine entzündeten Nasenflügel auf eigenartige Weise zusätzlich gereizt wurden, wenn der Zigarettenrauch an ihnen vorbeizog. Dieser Reiz gefiel ihm, schon weil er dadurch Gelegenheit hatte, die Auswirkungen der Grippe, in diesem Fall die entzündete Haut, zu verhöhnen. Und er ging dazu über, den Rauch nicht mehr lediglich aus dem Mund herauszustoßen, sondern ihn vorsichtig und gezielt nach oben abzulassen, damit jeder Zug an den Nasenflügeln vorübergleiten mußte.

So rauchte Abschaffel, ohne sich dabei etwas anderes zu wünschen, nacheinander drei Zigaretten. Schon nach der zweiten Zigarette wollte er beobachten, wie es aussah, wenn der Rauch langsam an der Nase vorbeiglitt, und er holte sich aus der Toilette einen Taschenspiegel und hielt ihn sich vor das Gesicht. Und er sah, daß der Rauch wie ein dichter, gut zusammenhängender Stoff an seinem Gesicht entlangzog und oben im Stirnhaar hängenblieb. Das Bild des in den Haaren gefangenen Rauchs beeindruckte ihn stark. Vorübergehend wurde sein mitgenommenes Gesicht lebendig; er blickte in den Spiegel, und es sah aus, als schwele auf seinem Kopf ein kleiner Brand. Hätte ihn doch nun jemand besucht! Abschaffel wäre an die Tür getreten und hätte, kurz vor dem Öffnen der Tür, seine Haare vollgeraucht und hätte seinen leise rauchenden Kopf dem Besucher entgegengehalten.

Natürlich kam kein Mensch, und das war allein Abschaffels Schuld. Er hielt sich alle anderen Personen vom Leibe, weil er glaubte, mit niemand etwas anfangen zu können. Er konnte Menschen nicht leiden, nur weil sie sich Senftüpfelchen auf ihr Brot machten, eines nach dem anderen nach einem geometrischen Muster, bis das Brot voll von Senftüpfelchen war und Abschaffel den Anblick des Brotes nicht mehr hinnehmen konnte und er, Abschaffel, nicht mehr von dem Verlangen loskam, gegen den Hersteller des Senfbrotes kämpfen zu müssen. Aber wer aß denn Senftüpfelbrote? Abschaffel erinnerte sich kaum noch an die, die er nicht leiden mochte, es war alles schon so lange her. Einmal hatte er eine Phase, da bekämpfte er die gewöhnlichen Situationen, sobald er ihrer ansichtig wurde, oder, später, hatte er den Plan, die allgemeine Aufrichtigkeit lächerlich zu machen, oder er verfocht, gegen wen, wußte er nicht mehr, die Meinung, daß Initiative nur zu nicht belohnter Arbeit führe.

Die schlimmste Zeit, die er nicht wirklich hinter sich hatte, die bloß irgendwann aufgehört hatte, ihn im Vordergrund seines Lebens zu beschäftigen, war das halbe Jahr, das er fast ausschließlich mit Freundinnen zugebracht hatte. Monatelang liebte er drei Mädchen, nein, er liebte sie nicht, sie waren nur um ihn herum. Er hatte sie angestarrt und sich gewundert, wie sie es bei ihm aushielten. Wenn er in Schwierigkeiten kam, die Frauen voreinander geheimzuhalten, log er ihnen etwas vor, und wenn er einmal zuviel gelogen hatte und sich in seinen Lügen nicht mehr auskannte, dann spielte er ihnen Unzufriedenheit und Zerwürfnisse mit sich selbst vor, bis er wieder allein gelassen wurde. Er hatte nur ausprobieren wollen, wie sein Leben wäre, wenn er einmal das Gefühl nicht haben mußte, er komme immer und ewig zu kurz und alles, was für ihn da sei, sei zu wenig. Mit diesem Gefühl erwachte er, und mit diesem Gefühl ging er schlafen. Und er hatte sich einige Zeit getäuscht, indem er glaubte, wenn nur einige Frauen mit ihm beschäftigt seien, könnte er dieses Gefühl verlieren. Die drei Mädchen waren sich in nichts ähnlich. Wären sie je einander begegnet, wären sie voreinander zurückgewichen. Sie hätten auch nicht begreifen können, warum und wieso es in jeder von ihnen eine Seite gab, die mit ihm, Abschaffel, etwas zu tun haben konnte. Es ging nur, weil Abschaffel perfekt und umsichtig log. Er wußte nicht genau, woran es lag, daß er oft lügen mußte, und er wußte nicht, was an der Wahrheit er fürchtete. Er hatte das Gefühl, daß für ihn, wenn er ganz und gar aufrichtig wäre, nichts mehr übrigbleibe. Das Lügen hatte er in seiner Familie gelernt. Zwischen der Mutter, dem Vater, ihm und seinen Geschwistern gab es ganze Lügengespinste, eigenartige Gebilde aus Vertuschung und Heimlichkeit, die sich wochenlang hielten und einzelne Familienangehörige unter Druck setzten. Am schlimmsten war, wenn zwei oder noch mehr Lügen lange Zeit nebeneinander herlebten und sich nicht berühren durften. An einigen Stellen des Familienlebens kreuzten sich die Lügen aber doch, und man wünschte sich an den Kreuzstellen ordnende Ampeln, die die Lügen gut aneinander vorbeiließen.

Als Kind hatte Abschaffel überhaupt nur durch Lügen weiterkommen können. Es war nichts zu kriegen, noch nicht einmal bloße Ruhe, wenn er nicht etwas vorzulügen in der Lage war. Wenn er als Kind für einige Stunden von zu Hause weggewesen war, zu Besuch bei einer Tante oder, mit Geld von der Mutter, für zwei Stunden auf dem Rummelplatz, und dann wieder nach Hause kam, entstand für ihn das Problem, was er der Mutter sagte, wenn sie ihn fragte, wie es denn war. Dies fragte sie jedesmal, wenn er von irgendwoher zurückkam, und jedesmal hatte er nicht gewußt, was er sagen sollte. Er war froh darüber, daß er überhaupt weggewesen war, und sie wollte gleich eine Erklärung. Tatsächlich blieben ihm von Ausflügen dieser Art keine konkreten Erinnerungen zurück, die er hätte berichten können. Weil aber die Mutter auf Darstellungen bestand, mußte er auf dem Heimweg eine zum Aufsagen geeignete Erklärung vorbereiten, einige nahezu auswendig gelernte Sätze, die, hintereinander vorgetragen, die Mutter zufriedenstellten. So hatte er, nur um in Ruhe nach

Hause kommen zu können, etwas erfinden müssen. Da die Ereignisse nicht sprechen, die Menschen die Ereignisse aber als sprechende Ereignisse erleben wollen, muß man für sie eine Sprache erfinden, also lügen.

Heute setzte die Verlogenheit Abschaffels schon darin ein, wenn er anderen Personen heiter begegnete. Immerzu hatte er das Gefühl, nicht wahrhaftig zu sein. Immer fehlte ihm etwas, damit er sagen konnte: So bin ich wirklich. Die drei Mädchen hatten seine Lockerheit geschätzt, und wenn sie bemerkten, daß sie gespielt war, erst recht. Jemand, der gelöst sein konnte, wenn er es gar nicht war, mußte ein bemerkenswerter Mensch sein, der sich nicht niederziehen ließ von seinen Stimmungen. Dann lebte er in einem unentwirrbaren Zustand von Falschheiten und Gestelltheiten. Wenn es ihm zuviel wurde, ließ er sich nicht mehr sehen, rief nicht mehr an, und rasch war alles vergessen. Sonderbar war, daß auch die Frauen rasch verzichteten. Eine geschmacklose Angestellte, mit der er zusammen war, litt unter der Langeweile ihrer Arbeit, und es fiel ihr nicht auf, daß sie ihm, Abschaffel, genauso langweilig von ihrer Arbeit erzählte. Sie war fähig, sich ohne sein Zutun mit ihm zu unterhalten, und Abschaffel saß auf ihrem Bett und dachte ans Auswandern. Wirklich wollte er nicht nur sofort aus ihrer Wohnung heraus, sondern gleich in ein anderes Land. Abschaffel war gedemütigt, weil ihm soviel Langeweile zustieß. Noch wenn sie sich auszog und ihr Kleid auf einen Sessel legte, erklärte sie weitschweifig, was dieser und jener heute im Büro zu ihr gesagt hatte. Sie ließ sich gern von hinten beschlafen, und das war der Grund, warum Abschaffel über die Zeit mit ihr zusammenblieb. Sie bemerkte nicht einmal, daß er sich schämte. Seine zweite Freundin war eine Studentin, eine junge Person, die fröhlich war und hilfreich mit einem sehr kalten Mund. Tagelang, manchmal wochenlang, hörten und wußten sie nichts voneinander, dann rief sie ihn an, oder er rief sie an, sie trafen sich wieder und legten sich schnell zusammen in ein Bett. Sie schliefen gut miteinander, und sie machten sich lustig darüber, daß sie sonst nichts konnten. Abschaffel entsetzte sich bald auch vor der Studentin, aber das Entsetzen führte zu nichts, es lief nur neben der Bekanntschaft her und war jederzeit da. Als sie einmal im Bett lagen und sie sich auszog, sah Abschaffel in ihrer Hose eingelegt eine Periodenbinde. Die Binde war kaum blutig, nur in der Mitte zog sich ein roter Streifen hin, und die Studentin sagte, er könne zu ihr kommen. Sie zog die Hose aus mit der Binde darin, und Abschaffel wollte herausfinden, was er eigentlich wünschte, statt dessen kam er nur in eine Stimmung, das war das Entsetzen. Sie sagte, sie schliefe gern, wenn sie ihre Periode hätte, das würde sie jucken; außerdem, sagte sie, und das war Abschaffel neu, hätte sie wieder ihren Pilz in ihrem Geschlechtsorgan; der Pilz sei harmlos, eine Art Ekzem, das ihr zu schaffen machte; sie sei schon bei mehreren Ärzten gewesen und hätte mehrere Salben bekommen, aber es helfe alles nichts, von Zeit zu Zeit breche der Pilz aus; aber sie hätte gar nichts gegen den Pilz, denn auch das Ekzem mache das Beischlafen für sie schöner. Sie lachte, und Abschaffel schlief mit ihr. Die dritte Verbindung war die mit einer geschwätzigen Apothekerin. Sie wünschte vor, während und nach jedem Ereignis, das mit ihr zu tun hatte, eine Aussprache über dieses Ereignis, und es störte sie nicht, daß Abschaffel wenig sprach. Während sie redete und redete, schwieg und schwieg er. Er hatte das Gefühl, Aufrichtigkeit ist ein Luxus, der noch nicht einmal die Aufrichtigen glücklicher macht. Er war oft so traurig, daß er sich Aufrichtigkeit hätte leisten können. Gegen sich selbst war er es manchmal, zum Beispiel als er sich eingestand, daß ihn auch drei Verbindungen zu Frauen nicht von dem Gefühl abbringen konnten, er komme zu kurz und hätte von allem immer zuwenig. Und wenn er aufrichtig gewesen war, dann wartete er darauf, daß es ihm nun besser erginge, aber er fühlte sich keineswegs besser. Und wozu dann diese blöde Aufrichtigkeit? So lebte er in einer Häufung von unterhaltenden und sexuellen Ereignissen, die ihn beschäftigten, aber nicht trösteten. Er erkannte in diesen Unterhaltungen nicht einmal seinen Wunsch wieder, warum er überhaupt mit drei Frauen gleichzeitig Umgang hatte.

Dabei liebte er die Körperlichkeit der Frauen und alles, was mit ihren Körpern zu tun hatte. Er war dankbar beim Lieben, und die Frauen sagten ihm, daß sie noch von keinem Mann mit dieser Ausführlichkeit und diesem Interesse beschlafen worden seien. Wenn er mit der Apothekerin zusammen war und ihr lange den Mittelfinger in die Vagina hielt, hörte sie zu sprechen auf. Ein Bein hoch aufgerichtet, die Arme über den Kopf hinausweisend, lag sie stumm da, und Abschaffel empfand Lust, sie zu betrachten, wenn sie nicht sprach. Niemals hatte sie ihn aufgefordert, seinen Finger wegzunehmen, und Abschaffel empfand schon Neid auf seine eigene Zärtlichkeit. Er blieb so lange bei ihr, bis die Haut seines Fingers vollkommen eingefeuchtet und wellig geworden war, ähnlich wie die Finger von kleinen Kindern, wenn sie lange im Wasser gespielt haben. Und später, wenn die Apothekerin wieder gegangen war, dann achtete er darauf, daß er sich den Mittelfinger auf keinen Fall wusch, weil er den Originalgeruch der Frau auch später noch riechen wollte. Der Geruch haftete dem Finger in abgeschwächter Form noch zwei Tage an, und wenn Abschaffel unterwegs war, hielt er sich gelegentlich den Finger unter die Nase, um den Geruch haben zu können. Dieser Geruch war einzigartig und nur von Frauen zu bekommen.

Von allem war nur übriggeblieben, daß Abschaffel allein war. An manchen Tagen bestand er nur aus wehen Hemmungen; wenn er dann irgendwo einen Besuch machte und die Tür öffnete, sagte er etwa: Guten Tag, aber ich muß gleich wieder gehen. An den meisten Tagen machte es ihm wenig aus, allein zu sein. Dann schmorte er in seinen fehlgeschlagenen Anstrengungen und Bemühungen. Wenn alles zu arg wurde, mußte er etwas tun. An diesem Sonntag spürte er, wie es ihn beleidigte, lediglich durch eine Grippe deutlicher in der Welt zu sein, und dies auch nur vor sich selber. Er hatte begonnen, sich bis auf die Unterwäsche zu entkleiden. Seine Hose legte er, wie er es gelernt hatte, über einen Stuhl. Und als er darauf achtete, daß Bügelfalte auf Bügelfalte über der Stuhllehne zu liegen kam, begann er schon zu fühlen, daß er sich nicht würde leiden können, wenn er das Zimmer putzte. Dazu hatte er sich entschlossen. Er wollte nur in Unterwäsche bekleidet das Zimmer putzen, davon versprach er sich weniger Umständlichkeit. Auf dem Tisch ordnete er sich eine einzelne Zigarette, dazu einen leeren, sauberen Aschenbecher und eine Schachtel Streichhölzer zurecht. Er erwartete, nach dem Putzen unvergleichlich erschöpft und dumpf zu sein, und dann wollte er eine Zigarette griffbereit haben, damit er sich rauchend aussöhnen konnte mit der Tätigkeit, die er noch vor sich hatte. Ohnehin fürchtete er sich davor. Er putzte in Abständen von fünf bis zehn Wochen seine Wohnung. Bisher war es immer so gewesen, daß er, sobald er mit Putzen fertig war, in eine Art Panik vor der Sauberkeit geriet und die Wohnung sofort danach verließ, weil er glaubte, hier könne er nicht mehr wohnen, so sehr befremdete ihn die Sauberkeit. Abschaffel hatte einen Eimer mit heißem Wasser bereitgestellt und den Putzlappen daneben gelegt und wollte, mit zusammengepreßten Lippen und kurzem Atem, mit dem Putzen beginnen. Da ging er zu dem Tisch zurück und zündete sich eine Zigarette an, die er erst nach Beendigung des Putzens hatte rauchen wollen. Das gefiel ihm nicht, es kam ihm vor wie die erste Niederlage in einer Reihe von Niederlagen, die während des Putzens auf ihn zukommen würden. Während er rauchte, sah er auf seine nackten Beine herunter und auf seine Unterhose, und er war froh, daß ihn niemand sehen konnte. Er griff sich mit der linken Hand in eine Beinöffnung der Unterhose und spielte abwesend an seinem Geschlecht und ließ es wieder.

Er trug den Eimer Wasser nicht an einen Punkt der Wohnung, den er sich für den Beginn des Putzens ausgesucht hatte, sondern er hockte sich dort, wo er den Eimer hingestellt hatte, auf den Boden und begann an dieser Stelle mit dem nassen Lappen kreisförmige Bewegungen auf dem Boden auszuführen. Er hatte damit gerechnet, mutlos zu werden; er hoffte, weitgehend alle Gefühle zu verlieren, während er weiterputzte, denn er konnte sich kaum vorstellen, in dem Zustand der

Mutlosigkeit, der ihn jetzt schon ausfüllte, die Arbeit vollenden zu können. Aber während er auf dem Boden hockte und seine Knie zu beiden Seiten seines Gesichts hochstanden, kamen sogar Gefühle hinzu, Gefühle des Widerstands, die ihm neuartig schienen. Er keuchte und begann zu schwitzen am ganzen Körper. Immer wieder dachte er: Ich kann es nicht, ich kann es nicht, und putzte weiter. Mit den Händen entfernte er die nassen Staubschlieren, die an den Außenrändern des Putzlumpens sich sammelten, und warf sie in den Mülleimer, wobei er versuchte, nicht aufstehen zu müssen. Er traf in seiner hockenden Haltung die Öffnung des Mülleimers nicht, und die wurstartig zusammengezogenen, mit Wasser vollgesaugten Staubschlieren klatschten daneben auf den Boden, oder, was Abschaffel noch mehr ärgerte, eine dieser Schlieren traf zwar mit einem Ende den oberen Rand des Mülleimers, der Rest aber klebte an dem Mülleimer außen entlang nach unten. Etwa eine halbe Minute hockte er bewegungslos da und betrachtete den klebenden Staubklumpen und überlegte, was er jetzt tun sollte; nein, er überlegte nicht, er konnte gar nicht überlegen, er haßte bloß den Klumpen und wollte ihn entfernt wissen, ohne eine Bewegung zu tun. Warum schwitze ich denn so, warum schwitze ich denn so ganz und gar widerlich, fragte sich Abschaffel, als er sich mit dem Arm über die Stirn fuhr und seinen Schweiß damit nicht entfernte, sondern nur verteilte und verwischte. Der Schweiß der Geschlechtsteile roch anders als der normale Körperschweiß, deutlicher und schärfer, und weil er in der hockenden Haltung näher als sonst mit dem Gesicht an den Geschlechtsteilen war, vermochte er dem Geruch nicht zu entgehen. Er hatte den Raum nicht einmal zur Hälfte gesäubert, da entschloß er sich zu einer Pause. Er erhob sich und sah an sich herunter; alles an ihm klebte. Im Flur betrachtete er sich im Spiegel, und er stellte fest, daß ihn das Putzen erbärmlich gemacht hatte. Die Haare klebten naß und dicht auf dem Kopf, und die Brille rutschte dort, wo sie auf dem Körper aufsaß, an beiden Ohren und auf der Nase, immerzu nach vorn.

Endlich geriet Abschaffel in den Zorn, der zur zuverlässigen Ausführung idiotischer Arbeit nötig ist. Er schritt zurück zu dem Eimer, holte den Lumpen heraus und warf ihn, daß das Wasser spritzte, in die Küche. Ohne Besinnung, aber Zug um Zug putzte er den Raum zu Ende, dazu den Flur und sogar das kleine Badezimmer. Er achtete darauf, daß in ihm keine Phantasie aufkam und kein Gedanke und kein Wunsch, und tatsächlich gelang es ihm, in einer kleinmütigen Wut die ganze Wohnung zu säubern. Die Fläche war abgenäßt, und er schüttete das schmutzige Wasser in die Klosettschüssel und wrang den Putzlumpen aus. Seine blöde Energie reichte sogar noch hin, mit spitzen Fingern in den Putzlumpen hineinzufassen und kleine Haarbündel, die er aufgewischt hatte, herauszuziehen und sie ebenfalls in die Klosettschüssel zu werfen. Er atmete heftig, als er fertig war und um sich sah, und weil er glaubte, er hätte einen großen Kampf beendet, schämte er sich gleich wieder ob dieser Täuschung. Abschaffel trocknete sich nachlässig ab und ließ sich auf das Bett sinken. Langsam verließ ihn die Wut, und ebenso langsam erfüllte ihn ein Verlangen nach Ruhe und Schlaf, worunter er in diesem Fall Leere verstand. Kurz vor dem Einschlafen war die Wut über das Putzen abgesunken und bedeutungslos geworden; er war schon wieder fähig, sich dieser Wut lediglich zu erinnern. Er war schon im Halbschlaf, als er sich erinnerte, daß ihn die gereinigte Wohnung schon oft aus dem Haus getrieben hatte, dann verlosch sein Bewußtsein, und er war im Schlaf.

Wahrscheinlich hätte Abschaffel noch länger geschlafen, wenn er nicht plötzlich durch mehrfaches Niesen, das sein eigenes war, aufgeweckt worden wäre. Es schüttelte ihn über die Maßen, und zugleich liefen ihm Kälteschauer, deren Anfang und Ende er nicht unterscheiden konnte, über den feuchten Rücken. Er hatte, als er sich nach dem Putzen auf das Bett gelegt hatte, die Fenster geöffnet, damit die von ihm genäßten Bodenflächen schneller trockneten. Und es war natürlich niemand dagewesen, der ihn in vertraulichem Ton darauf aufmerksam gemacht hätte, daß sein verschwitzter und ermatteter Körper die kühle Luft, die durch die geöffneten Fenster eindrang, aufnehmen und seiner Grippe einen günstigen Boden bereiten würde. Den neuen Zustand bemerkte er sofort. Die Schleimhäute waren plötzlich in eine ihm unbegreifliche Tätigkeit versetzt und produzierten unablässig wäßrigen Schleim, der ihm in solchen Mengen aus der Nase rann, daß er sich mit einer unnützen, nur instinktiven Bewegung die Hand vor das Gesicht hielt.

Abschaffel erhob sich und schloß die Fenster. Er ging in den Flur und blickte in den Spiegel. Die Augenlider waren stark gerötet und deutlich geschwollen. Die Nase war überhaupt nicht mehr zu beruhigen. Er ging in das Zimmer zurück und legte einen Packen Papiertaschentücher neben sich. Er tat nichts mehr, ohne in der einen oder anderen Hand ein Papiertaschentuch umherzutragen und es in immer kürzeren Abständen an die Nase zu führen. Durch das häufige Nasenputzen war die Haut um die Nasenflügel herum rissig geworden und an mehreren Stellen aufgesprungen. Dadurch war jede Berührung der Nase schmerzhaft, und doch wußte er nicht, wie er ohne Nasenputzen die nächste Minute seines Lebens erreichen sollte. Die nächste Minute seines Lebens! Er kam sich lächerlich vor, daß ein Schnupfen ausreichte, damit ihm die nächste Minute seines Lebens wie etwas Bedrohtes vorkam. Es war ihm unmöglich, irgend etwas zu tun oder irgendwo zu sein, ohne zugleich mit flüssigen Absonderungen zu tun zu haben. Die Wasserströme aus der Nase waren zu stark geworden; in ein frisches Papiertaschentuch konnte er höchstens zweimal hineinwässern.

Abschaffel war es gewohnt, allein zu sein, und so fiel ihm nicht ein, jemanden, vielleicht telefonisch, um Hilfe zu bitten. Obwohl noch jung, glich er darin einem alten Mann, der nicht mehr frei darüber nachdenken konnte, wie ihm zu helfen sei. Abschaffel hielt einfach alles aus und blieb allein. Er holte seinen Papierkorb zu sich heran und stellte ihn neben den Stuhl, auf den er sich setzte. Er schloß die Augen und versuchte, mit den Taschentüchern sein Gesicht abzutupfen. Er legte den Kopf etwas zurück auf die Stuhllehne und versprach sich davon Linderung.

Noch ehe er darüber nachdenken konnte, wie lange er sich in dieser Haltung ertrug, war bereits der Punkt erreicht, an dem Abschaffel glaubte, nicht weiterzukönnen. Er richtete seinen Zorn gegen seine Nase, und nachdem er eine Weile gegen sie phantasiert hatte, ohne seine Phantasien anhalten zu können, war er bei dem Wunsch angelangt, die Nase oder jedenfalls den für die Wasserabsonderung verantwortlichen Teil seines Kopfes irgendwie zu entfernen oder jedenfalls ihm derart zuzusetzen, daß eine andere Situation eintreten mußte. Er legte zwei Papiertaschentücher übereinander, faltete sie sich über das Gesicht und stieß mit Anstrengung allen Schleim und alles Wasser aus der Nase heraus. Er wiederholte diesen Vorgang einmal, wobei der Kopf zu schwellen schien und vor Kraftaufwand zitterte.

Für einige Augenblicke war es Abschaffel so, als hätte er das Richtige getan. Der Kopf war durch die Anstrengung heiß geworden, leer und endlos. Matt ließ er den Kopf nach hinten sinken und glaubte, nun könne er schlafen, und am nächsten Tag sei alles vorbei. Bis er bemerkte, daß ihm etwas über die Lippen und in den Mund hineinrann. Abschaffel erschrak mit seinem schwitzenden, feuchten, kranken Körper. Er griff sich mit dem Taschentuch erneut an die Nase und hob es vor die Augen. Es war blutig. Sofort war viel Blut da, es rann offenbar schnell und reichlich. Durch die Anstrengung mußte etwas geplatzt sein, und aus Aufregung konnte er sich nicht vorstellen, daß es vielleicht nur ein Äderchen war. Das Blut war feuchter als das Wasser, es setzte sich tiefer in alles hinein und machte dort, wo es einmal war, einen unabänderlichen Eindruck.

Abschaffel zerrte aus dem Beutel, in dem seine schmutzige Wäsche verstaut war, ein Hemd heraus und hielt es sich ins Gesicht. Wieder setzte er sich auf den Stuhl und beugte den Kopf tief nach hinten. Er schmeckte sein eigenes Blut im Mund, und dabei gab er sich unumwunden zu, daß er Hilfe brauchte. Er sah nichts mehr, so sehr waren seine Augenhöhlen mit Tränenwasser voll, er machte wahrscheinlich alles falsch und sehnte sich nach irgend etwas. Aber es gehörte zu seiner Art des Zufriedenseins im Unglück, plötzlich wieder etwas Angenehmes zu spüren oder jedenfalls eine bestimmte Regung, die für ihn lediglich unbekannt war, in etwas Angenehmes umzudeuten. Ein solcher Vorgang war eingetreten, als er bemerkte, wie er in kleinen, regelmäßigen Schlucken sein eigenes Blut verschlang. Damit war für ihn im Augenblick plötzlich wieder etwas in Ordnung. Er saugte mit dem Kehlkopf das Blut nach hinten ab und glaubte, so könne es für eine Weile bleiben. Es dauerte nicht lange, und er hatte diesen Vorgang erneut umgedeutet. Diesmal allerdings weniger freiwillig; er wurde beunruhigt, weil er nicht wußte, was mit dem von ihm geschluckten Blut geschah; ging dieses Blut seinem Körper verloren? Wenn ja, dann konnte er nicht so weitermachen. Und außerdem erinnerte er sich, schon öfter gehört zu haben, daß man an seinem eigenen Blut ersticken konnte. Und das Blut, das er schluckte, wurde nicht weniger, und Abschaffel wollte nicht ersticken. Er beschloß, das Blut nicht weiter zu schlucken; kurz bevor die Angst zu groß wurde, hörte er damit auf. Mit der frei gebliebenen Hand riß er von einem Papiertaschentuch zwei Ecken ab und rollte sie zu zwei Kugeln zusammen. Er nahm sich das klamme, vom Blut schwer gewordene Hemd vom Gesicht herunter und stopfte sich die beiden Papierkugeln in die Nasenlöcher. Er ging vor den Spiegel und sah zu, was geschah. Die Papierkugeln waren rasch durchtränkt, er riß sie heraus und stopfte die Nase voll mit neuem, frischem Papier, so fest er nur konnte. Und wirklich hielten die Papierkugeln das Blut an. Schon bei der ersten Erneuerung der Papierkugeln war der Druck des Blutes schwächer geworden. Abschaffel präparierte sich eine Reihe von Papierkugeln zurecht, die er sich in immer größer werdenden Abständen in die Nase stopfte.

Mit vorsichtig gehaltenem Kopf, so als sei er nicht fest genug angewachsen, sondern eher provisorisch aufgesetzt, ging Abschaffel ins Bad. Er hatte das Vertrauen in seinen Körper vorübergehend verloren. Wenn der Körper sich so verhalten konnte, dann mußte er künftig genauer beobachtet werden. Abschaffel wusch sich das Gesicht. Vorsichtig fuhr er mit dem Waschlappen um die Nase herum. Er hatte einen solchen Respekt vor den unerwarteten Reaktionen seines Körpers bekommen, daß er glaubte, er müßte in Zukunft alles, was er mit ihm anstellen wollte, vorher und rechtzeitig bei einer Instanz, die er noch gar nicht kannte, anmelden. Vorsichtig ging er in das Zimmer zurück. Draußen war es dunkel geworden, und Abschaffel legte sich erschöpft auf das Bett. Er stopfte sich zwei Kissen in die Halsgegend, und seine Nase lag aufrecht nach oben gerichtet. Er atmete ruhig, und es blutete nicht mehr in ihm.

Es mochte früher Abend sein, und im Hinterhof des Hauses, in dem Abschaffel wohnte, spielte wie beinahe jeden Abend eine Schar von Kindern. Er hörte ihren lebhaften Stimmen zu, wie ihr Echo von den Häusern gefangengehalten und undeutlich wurde in den oberen Stockwerken. Die Kinder spielten und merkten nicht, daß es Abend geworden war und daß sie schon eine Weile im Dunkeln weiterspielten. Es war Abschaffel rätselhaft, wie ihr Spiel im Dunkeln funktionierte; sie sahen sich nicht mehr, und dennoch war ihr Spiel noch so in Ordnung, als sei es Tag und hell. Abschaffel erinnerte sich, daß ihm vor kurzem bei der Betrachtung der Auslagen eines Musikgeschäftes eingefallen war, wie sehr er als Kind ein bedeutender Sänger, mindestens aber, wenn dies nicht gelänge, ein ebenso bedeutender Musiker hatte werden wollen. Es war ihm wieder eingefallen, als er eine im Vordergrund des Schaufensters gelegene Mundharmonika betrachtet hatte. Den Kopf weit zurückgelegt, die Stimmen der Kinder im Sommerdunkel hörend, versuchte er zu enträtseln, warum ihm sein kindlicher Größenwunsch heute am Beispiel des allerkleinsten Instruments, einer Mundharmonika, wieder so frisch in den Sinn gekommen war.

Natürlich enträtselte er nichts, im Gegenteil, er vergrößerte die bestehende Unordnung der Einfälle, indem ihm etwas anderes einfiel; vor Tagen war er in einem Café gewesen und hatte in der aufgeschlagenen Speisekarte anstatt EINE PORTION EIS MIT FRÜCHTEN gelesen EINE PORTION EIS ZUM FÜRCHTEN, und eine Kleinangst war aufgetaucht und hatte ihm sogar das Eis verleiden wollen. Abschaffel öffnete die Augen, und er war froh, daß ihn nichts erschreckte. Er überprüfte die Nase, sie blutete nicht mehr. Er versuchte, den Kopf vorsichtig auf die linke Seite zu drehen; dies war seine Schlafhaltung, und wenn er erst diese Haltung eingenommen hatte, würde er auch schlafen können. Eine Regung des Unwillens ergriff ihn, als er sich bemühte, die Ereignisse dieses Tages zusammenzufassen, damit er sie besser begreifen könne. Er faßte sie nicht zusammen, und er begriff sie nicht.

Abschaffel blieb nicht zu Hause, er ging arbeiten. Die Grippe, die rasch nachließ, verhalf ihm zu einer Zurschaustellung eines kränklichen Fürsichseins; so wollte er es haben. Alles, was an ihn herantrat, war eine Spur schwächer als sonst. Er hörte den Erzählungen der Lehrlinge zu; die Mädchen kicherten über ihren Papieren, die Jungen sahen ihnen dabei zu. Einige von ihnen hatten sich am Wochenende sicher getroffen, vielleicht kannten sie sich seit dem letzten Sonntag auch näher, und sie glaubten paarweise, ihre Existenz als angehende Angestellte sei nur ein Irrtum ihrer Jugend, der sich bald berichtigen würde.

Die älteren Angestellten waren über das Wochenende wieder zu Kraft und Büroverlangen gekommen. Sie waren froh, wieder arbeiten zu können. Einige machten, als sie Abschaffels vergrippten Kopf sahen, lustig gemeinte Bemerkungen, über die sie selbst nicht mehr lachen mußten. DIE BESTE KRANKHEIT TAUGT NICHTS, sagte einer und verschwand gleich hinter einer Stellwand; er erzählte oft Witze und blieb dazu an den Seiten der Schreibtische stehen, und Abschaffel schämte sich für ihn. Er erzählte ganze Serien von Witzen nacheinander ohne Pause, zum Beispiel die Serie vom grünen Steinefresser. Manchmal war er auch origineller; einmal verlangte er mittags in der Kantine ein Kartoffelbrot, und Abschaffel wunderte sich über die Bösartigkeit dieses Einfalls. Brot und Kartoffeln, das war wirklich die zur Speise kombinierte Langeweile, Brot und Kartoffeln in einem, das war das Leben der Angestellten. Die meisten Angestellten lachten über die Witze, aber das Prestige des Mannes war gering. Vielleicht hatte er verzweifelt Schluß gemacht mit der ernsthaften Vorstellung, diese Arbeit sei eine wirkliche Antwort auf sein Leben, und sich eingestanden, daß sein Leben wie das Leben der anderen Angestellten ein monströser Unsinn war. Die anderen, die ihn im Sinne des Geschäfts für einen unernsten Trottel hielten, waren nur noch nicht soweit wie er. Er war es auch, der für den Inhaber und Chef des Unternehmens den Spitznamen erfunden hatte, Ajax, der weiße Wirbelwind. Der Name war zutreffend; zu jeder Stunde, bei jeder Gelegenheit, wann immer er von Mißtrauen geplagt war, durfte Ajax, der weiße Wirbelwind, in das Großraumbüro hineinlaufen und sich einen Angestellten vornehmen und ihn befragen, bis er befriedigt war. Der weiße Wirbelwind hielt den Bau dieses Büros für den Abschluß seines Lebenswerks. Oft führte er angereiste Delegationen von Geschäftsfreunden durch den Arbeitssaal und erklärte ihnen jede Leitung, jedes Blinklicht, jede Rohrpoststation, jeden Rationalisierungseffekt. Es gibt keinen schlechten Chor, es gibt nur schlechte Dirigenten, sagte er gern.

Er, der Dirigent, war außer seiner Sekretärin der einzige mit separatem Zimmer. Jeder Angestellte hatte nur zwei sichere Gelegenheiten, diese Zimmer von innen zu sehen, bei seiner Einstellung und bei seiner Kündigung. In beiden Fällen passierte er zunächst das Zimmer der Sekretärin und landete dann im Zimmer von Ajax, dem weißen Wirbelwind. Er war umgeben von drei Chefschützern: einem Prokuristen und zwei persönlichen Vertretern und Referenten, die ihre Schreibtische mit schalldämpfenden Flügeln umstellt hatten. Die drei konnten die Masse der Angestellten beobachten, von ihnen aber nicht beobachtet werden, das war ihr Privileg. Der Prokurist und die beiden Referenten waren sich aber wieder untereinander ausgeliefert, weil sie sich gegenseitig auf die Schreibtische sehen konnten. Wer von den normalen Angestellten etwas von Ajax wollte, konnte nur von einem dieser drei etwas wollen können. Umgekehrt wurde alles, was ein Angestellter gerade für das Geschäft tat, dadurch unwichtig, indem er von Ajax unterbrochen wurde. Der weiße Wirbelwind durfte auch Lehrlinge ohrfeigen. Es waren, nach seiner Art, kurze kleine Nackenschläge. Sie taten nicht weh, so meinte er es nicht, auch das sollte jeder sehen, daß der Chef nicht wirklich gewalttätig war. Ajax hatte keine Skrupel, es zu tun, die Hand zu heben, aber die Angestellten hatten Skrupel, es gesehen zu haben. Der Betrieb lief weiter, denn durch kurze kleine Nakkenschläge war er nicht zu unterbrechen. Die Lehrlinge selbst hatten ein Wort dafür gefunden, was mit ihnen geschah: Lehrlingsgrill. Jeder Vorgesetzte, und das war für sie jeder Nichtlehrling, durfte sich an sie wenden. Sie mußten fertig werden mit Tausenden von ihnen nicht gewünschten Kontakten. Wenn der Prokurist Lehrlingsgrill machte, sah es immer so aus: Der Prokurist stellte dem Lehrling eine Reihe gebrüllter Fragen: Was ist heute für ein Tag? Hast du dir darüber schon Gedanken gemacht? Der wievielte? Und was habe ich dir vor drei Tagen gesagt? Hast du das inzwischen wieder vergessen? Einige Lehrlinge legten die Hände an die Hosennaht, wenn diese Fragen kamen, andere stotterten etwas und verärgerten damit nur den Prokuristen. Die Mädchen wurden rot und hatten einen Grund, auf die Toilette zu gehen. Schlagen durfte der Prokurist nicht, obwohl es ihm niemand verboten hatte. Er hätte es wagen können, dann hätten zwei schlagen dürfen.

Später, nach Feierabend, stolperte Abschaffel in der Innenstadt umher. Er versuchte, das Eintreffen in seiner Wohnung möglichst hinauszuschieben, obwohl er nicht wußte, was er in der Stadt machen sollte. Er schob sich durch Kaufhäuser und Fußgängerzonen und wurde nicht zufrieden dabei. Er hatte wieder das Gefühl, alles, was sein Leben ausmachte, könne nicht so bleiben. Obgleich er immer wieder Miniaturen erlebte, die ihn für Augenblicke heiter stimmten. Einmal, in einem Kaufhaus, blieb er an einem Verkaufsstand mit Schwangerschaftsbüchern stehen. Er schlug eines der Bücher auf und sah sich die Bilder an, und sie gefielen ihm. Er betrachtete die großen Köpfe der Säuglinge, wie sie an den entblößten Brüsten der Mütter lagen, und er wurde ganz gierig, die Texte unter den Bildern zu lesen. Und er las: DER KINDLICHE MUND UMFASST DEN WARZENHOF. DIE NASE DES SÄUGLINGS MUSS BEIM TRINKEN FREILIEGEN. Und plötzlich sehnte sich Abschaffel danach, eine ganz andere Sorte von Sorgen zu haben, und er wünschte sich, eine Brust und einen Säugling zu besitzen und den Säugling säugen zu können. Wie immer wurde es ihm heiß und schön, wenn er einen ganz neuen Wunsch entdeckt hatte, und wie immer wurde es ihm kalt und ernst, wenn er wenig später bemerkte, wie sinnlos und unmöglich der neue Wunsch war. War er denn irrsinnig geworden, sich eine einzelne Brust zu wünschen? Schnell stellte er das Schwangerschaftsbuch in das Regal zurück und verließ das Kaufhaus. Zum Glück vergaß er seinen Wunsch schnell, aber es blieb eine Verärgerung zurück wie immer, wenn er einen Wunsch zurückschicken mußte nach dorthin, wo er hergekommen war. Auf der Straße sah er ein junges, sich küssendes Paar, das sich hungrig in die Gesichter sah, und gleich war Abschaffel bereit, Glück für dümmlich zu halten, Küssen für schwachsinnig. Das Ineinandereindringen von Zungen und Lippen, wie lächerlich und tödlich. Zum Glück hörte er gleich darauf, wie eine alte Frau zu einer anderen alten Frau sagte: EIN GLÜCK, DASS DIE MÄNTEL SO GROSSE TASCHEN HABEN, IN DENEN MAN ALLES UNTERBRINGEN KANN. Was war denn nun das Glück? Eine Brust, die man nie hat und nie kriegt, ein zum Küssen immer bereiter Mund oder große Manteltaschen? Abschaffel ärgerte das gleichzeitige Auftreten von ganz jungen und ganz alten Leuten, und er wußte nicht, wen er mehr beschuldigen sollte, die jungen oder die alten. Die einen küßten sich, die anderen griffen sich in die Manteltaschen. Er überlegte nicht lange und ging dazu über, die Alten zu beschimpfen. Er wußte in der Nähe ein Bankhaus, dessen Eingang aus zwei Türflügeln bestand, die sich automatisch öffneten, sobald man die Gummimatte vor dem Eingang betrat. Solche automatischen Türen gab es viele, und die allermeisten funktionierten richtig. Die aber, zu der Abschaffel jetzt hinging, weil er sich mit der Dummheit alter Leute zufriedenstellen wollte, funktionierte nicht mehr ganz. Die Türflügel öffneten sich erst dann nach hinten, wenn der Besucher schon knapp vor den Türflügeln angekommen war und eigentlich nicht mehr, wenn er von den Eigenarten dieser Tür nichts wußte, mit der Automatik rechnen konnte. Abschaffel stellte sich auf der anderen Seite der Straße auf und beobachtete die Vorgänge an der Tür. Und es ereignete sich bald, was er hatte sehen wollen. Ein alter Mann betrat die Gummimatte und streckte schon den Arm nach vorn, die Glastür aufzustoßen. Er bekam die Türgriffe zu fassen, und als er mit dem Körper dicht an die Glastüren herangekommen war, sprangen die Türen nach hinten auf. Sie konnten sich aber nicht öffnen, weil der Mann in zunehmender Angst die Griffe immer fester hielt, ja, er wurde selbst zornig dabei, weil er nun nichts mehr verstand, und daraus ergab sich eine Folge von Augenblicken, auf die Abschaffel gewartet hatte. Der Mann glaubte vielleicht, die Tür plane einen Angriff auf ihn, und er gab sie nicht frei, obwohl er vielleicht schon lange ahnte, daß er sich und die Tür nur befreien konnte, indem er alles losließ und wegrannte. Es entstand ein aufwendiges Geröhre in der Technik der Tür, in den Scharnieren rückte und zuckte es hin und her, der alte Mann machte kleine Schritte vor und zurück, er ahmte damit die Störung der Technik nach, und die Kunden der Bank blickten aus dem Innenraum auf die Bewegungen an der Tür, und der Mann schämte sich vielleicht. Obwohl Abschaffel wußte, daß wenigstens zur Hälfte die nicht zeitrichtig eingestellte Öffnungsmechanik schuld war, beschimpfte er für sich die Dummheit des alten Mannes. Da freut man sich, dachte Abschaffel, über Türen, die alles allein machen, dann kommen die Alten, kapieren es nicht und pfuschen dazwischen, daß alles kaputtgeht, jawohl; eine Tür, die sonst weiß, was sie zu tun hat, kriegt es einmal gezeigt. Abschaffel erregte sich, bis er nicht mehr wußte, ob die Folgen seiner Empörung noch gespielt oder schon echt waren, und er blieb eine Weile stehen, weil er hoffte, das Mißgeschick würde sich mit anderen Personen wiederholen, aber die drei folgenden Kunden der Bank kannten offenbar die Fehler der Mechanik und verhielten sich entsprechend. Darüber wurde Abschaffel ebenfalls böse. Da gibt es endlich eine Tür, dachte er, die die Verstocktheit und Grausamkeit der Menschen zeigen kann, und schon stellen sie sich in ihrer ganzen Boshaftigkeit auf diese Tür ein und überlisten gar noch ihre Fehler. Erstaunlich war, daß Abschaffel einfach weiterging, nachdem sich nichts mehr ereignete. Er hatte nicht bemerkt, daß er selber schon seit einiger Zeit bemüht war, sich selber aus dem Weg zu gehen. Dies gelang immer eine Weile mit allerlei Beobachtungen und Unterhaltungen aus Beobachtungen, bis der Punkt erreicht war, da ihm schon die Arbeit des Beobachtens und Bemerkens zuviel wurde. Er wollte nicht nach Hause gehen, weil zu Hause nichts, gar nichts, sein würde. Um so angestrengter mußte er darum kämpfen, daß die Ereignisse etwas mit ihm zu tun hatten, und dies gelang ihm jetzt nur noch, indem er über alles nörgelte und schimpfte. Er sah einen Gastarbeiter, einen kleinen dunkelhäutigen Mann, der ein Radiogerät, das in einem Plastikbeutel verpackt war, auf den Armen trug. Das Radio war eingeschaltet, und der Gastarbeiter drehte durch den Plastiküberzug hindurch an den Knöpfen und wechselte die Sender. Abschaffel glaubte, als er den Gastarbeiter sah, daß er sich niemals so verhalten könne, und diese Einschränkung reichte aus, den Gastarbeiter zu beschimpfen. Was die alles können! dachte Abschaffel; was die sich alles herausnehmen hier! Wie geschmacklos die sein können, ohne sich zu schämen! Ich kann nirgends hingehen und so geschmacklos sein! Wie lange die es aushalten, von anderen angesehen zu werden, die nicht mit ihnen einverstanden sind! Keine Minute würde ich so leben können, aber die können es, die schon, diese charakterlosen Lumpen!

Abschaffel setzte seine Beschimpfungen durch eine Straße und zwei weitere fort, und er war richtig froh, als er in einiger Entfernung das nach unten führende Treppenloch einer Fußgängerunterführung sah. Endlich eine Fußgängerunterführung! Sofort ging er darauf zu. Neben den Treppen befand sich eine Rolltreppe, aber sie rollte nicht, sie war zerstört worden. Die neueste Mode der Gewalt hatte sich die Rolltreppen ausgesucht. Die meisten Rolltreppen in der Stadt waren zur Zeit nicht betriebsfähig. Jahrelang war man daran gewöhnt gewesen, Telefonhäuschen zerstört vorzufinden; die vorderen Armaturen der Telefonapparate waren eingeschlagen in der Nacht, und häufig waren die Glaswände der Häuschen eingeworfen. Nun aber wurden die Telefonhäuschen in Ruhe gelassen, weil sich gezeigt hatte, wie schön die Zerstörung von Rolltreppen war. Unbekannt bleibende Männer hatten herausgefunden, daß die Rolltreppen sofort stehenblieben, wenn man die Gummihandläufe von den Rollschienen herunterriß. Die Männer schnitten außerdem, um zu verhindern, daß die Rolltreppen durch einfaches Aufspannen der Handläufe wieder liefen, die Handläufe an einer Stelle ganz durch. Wie lange in sich gedrehte Schlangen lagen die Gummihandläufe neben den Lauftreppen, und es dauerte Tage, bis Handwerkertrupps ganz neue Handläufe aufgespannt hatten. Abschaffel sah es wieder, und der Anblick des durchgeschnittenen Gummis verursachte ihm Schmerzen und Übelkeit. Er konnte Durchgeschnittenes überhaupt nicht leiden. Eingeschlagenes, Niedergeworfenes oder Umgekipptes konnte er gut aushalten, nur Durchgeschnittenes nicht. Der Anblick von zerstörten Telefonhäuschen zum Beispiel hatte ihm jahrelang nichts ausgemacht, ja, sein Bewußtsein war sogar dazu übergegangen, Zerstörung und Telefonhäuschen gleichzusetzen. Jetzt diese durchgeschnittenen Gummiläufe! Er hielt sein Gesicht zur Seite, damit er nur die Steinmauer gegenüber sah, bis er unten auf dem Boden der Fußgängerunterführung angelangt war.

Die Anstrengung, das Gesicht in eine Richtung abgewendet zu halten, hatte für ihn zur Folge, daß er diese Richtung gleich als neue Laufrichtung nahm; schon war er mit festeren Schritten unterwegs, da entdeckte er ein Schnellrestaurant, und er beschloß sofort, sich dort niederzulassen. Er fühlte sich erschöpft, ohne zu wissen, warum, und er ärgerte sich. Warum bin ich nur so erschöpft, ich kämpfe doch gar nicht, ich kämpfe doch gar nicht, dachte er. Er phantasierte, während er auf den Eingang des Schnellrestaurants zuging, es müßten, vielleicht von den Krankenkassen bezahlt, in der Stadt zahlreiche Helfer geben, kräftige Männer in einer gut erkennbaren Kleidung, an die man sich wenden konnte mit der Bitte, daß man festgehalten werden möchte, wenn man erschöpft war. Abschaffel wollte plötzlich gar nichts mehr selbst machen. Er wollte sich führen, setzen und füttern lassen, bitte.

Natürlich war das Schnellrestaurant, in das er eintrat, genau das falsche für ihn. Er brauchte viel zu lange, um sich beispielsweise mit der Erscheinung der Kellner abzufinden, und als er bemerkte, wieviel Zeit er darauf verwendete, schloß er seine Bemühungen, das Schnellrestaurant in allem begreifen zu wollen, rasch ab und ging beleidigt davon aus, daß man es sich wehrlos gefallen lassen mußte, von solchen Kellnern bedient zu werden. Diese kleinen Männer waren alle gleich gekleidet, sie trugen rote Westchen, schwarze Hosen und weiße Hemden, dazu am Hemdenkragen eine getupfte Fliege, sie sahen aus wie kleine maskierte Teufel aus einem Märchen, und ebenso flitzten sie auch umher und legten überall dort, wo sich ein Mensch niederließ, ein Besteck ab und flitzten weiter. Abschaffel hatte Lust, einen von ihnen anzuhalten und ihn zu fragen, warum er so eilig sei, aber es blieb beim Einfall. Abschaffel fragte nicht, dazu war er viel zu allein und eingeschlossen, und wenn er gefragt hätte, dann hätte er vielleicht auch bemerken müssen, daß das Restaurant, in dem er saß, für ihn und wahrscheinlich auch für andere ganz falsch war. Er hätte sich niemals auf ein SCHNELLRESTAURANT einlassen dürfen, im Gegenteil, ein Langsamrestaurant wäre für ihn das richtige gewesen, aber so etwas gab es nirgends. Denn die Zeit lief und lief, und niemand sagte den Besitzern von Restaurants, daß das Hauptereignis der Zeit die Langeweile war und daß man deswegen den Besuchern die Zeit ausfüllen und verlängern mußte und nicht umgekehrt.

Abschaffel sah um sich, und er erkannte, daß das Restaurant an einer Seite mit einer Glaswand abschloß, durch die der Blick frei war in ein angrenzendes Möbelgeschäft. Das gefiel ihm gut, und er wechselte den Platz und setzte sich ganz nah an die Glaswand. Der Kellner, der für seine Bedienung zuständig war, trug ihm sofort das Besteck nach, wischte den Tisch ab und verschwand, erschien jedoch gleich wieder, um zu bringen, was Abschaffel bestellt hatte, irgendein schnell aufgewärmtes Gericht, dessen Zusammensetzung ihm sofort gleichgültig wurde. Abschaffel begann zu essen und blickte hinüber in das Möbelgeschäft, und er sah drei junge Verkäufer, die gerade nichts zu verkaufen hatten, sie wippten auf den Zehenspitzen auf und nieder und lachten gemeinsam. Ein Mann betrat das Möbelgeschäft, die drei Verkäufer umringten ihn vorsichtig, und Abschaffel mußte lachen. Einer der Verkäufer deutete mit dem ausgestreckten Arm in den hinteren Raum des Möbelgeschäfts, und der Mann folgte gehend der angezeigten Richtung. Der Verkäufer mit dem ausgestreckten Arm knickte seinen Arm wieder ein, behielt den ausgestreckten Finger aber noch eine Weile bei und rieb sich mit ihm die Nase, um dann erst Arme und Finger auf den Rücken zu legen. Der zweite Verkäufer steckte sich die flach gestreckten Hände in die Rückenseite seines Hosengürtels, und der dritte lehnte sich an die Möbel an und reckte eine Hüfte nach vorn, und Möbel und Menschen waren eins geworden. Abschaffel sah hin und wurde kaum satt von diesem Bild. Es waren die tollen Menschen, die immer in den Prospekten abgebildet waren. Sie zeigten ihre prächtigen Zahnreihen, ihr erstklassiges Gesichtsfleisch und ihre fehlerlosen Frisuren. Abschaffel bekam Lust, hinüberzugehen und an diesen tollen Menschen zu schnuppern. Wieder ganz anders, aber ebenso phantastisch waren die Kunden; sie torkelten erschöpft herein, kleine, kartoffelförmige Figuren, die von unscheinbaren braunen Mänteln irgendwie zusammengehalten wurden und überhaupt nicht in dieses Geschäft paßten. Einige von ihnen zeigten sofort, daß sie in diesem Geschäft gar nichts zu kaufen beabsichtigten, und die Verkäufer wußten es ebenfalls schon im voraus. Sie betraten nur den weichen Teppichboden, gingen hin und her und faßten zum Abschluß einige Waren mit den Händen an und verschwanden wieder. Die Verkäufer sahen ihnen wortlos zu, erlaubten aber das Berühren der Möbel. Abschaffel staunte. Es war für die Menschen offenbar beruhigend, neue Waren kurz anfassen zu dürfen und dann in ihrem eigenen, ganz anderen Leben weiterzumachen. Abschaffel wollte unbedingt auch einmal Waren anfassen und sehen, was sich daraus ergab. Da wurde er plötzlich von sich selber gestört. Er begann zu glauben, sein Mantel werde ihm in diesem Schnellrestaurant gestohlen oder, was wahrscheinlicher war, er sei schon gestohlen worden. Er entfernte sich aus allen Zusammenhängen, die er eben noch beobachtet und gefühlt hatte, und blickte zur Garderobe hin, und er sah seinen Mantel dort hängen, wo er ihn hingehängt hatte. Da der Mantel noch nicht gestohlen war, würde er gewiß bald gestohlen werden, und Abschaffel fühlte sich unwohl auf seinem Sitz. Allem Anschein nach war Abschaffel durch die Beobachtung der lächerlichen Kunden des Möbelgeschäfts an das Andauern seines eigenen Lebens erinnert worden, offenbar über den Eindruck der Mäntel, die die Personen trugen. Tatsächlich hätte Abschaffel in seinem eigenen Mantel, wäre er in ihm in dem Möbelgeschäft erschienen, ebenfalls die bedauernde Nachsicht der Verkäufer ausgelöst. Ungeklärt war nur, und dieser Punkt war allerdings der wichtigste, ob Abschaffel einer Wunschangst zum Opfer gefallen war, die verlangte, daß sein Mantel bitte gestohlen werde, damit er nicht so lächerlich sei wie die anderen und einmal aus seinem Leben heraustreten könne, oder ob seine Diebstahlsangst der Ausdruck eines allgemeinen Bedrohtseins war, das genau in die entgegengesetzte

Richtung lief, nämlich in seinen Mantel hinein, weil er sich nur noch in ihm heimisch fühlen konnte und sonst nirgendwo.

Jedenfalls überprüfte Abschaffel rasch, ob sein Schlüsselbund in einer seiner Hosentaschen war oder gar fern von ihm in seinem Mantel, und tatsächlich, er fand seine Schlüssel nicht; sie mußten im Mantel sein. Die dadurch zustande gekommene Steigerung des Gefühls, er könne hier nicht mehr länger sein, drängte ihn zum Zahlen. Er winkte einen der maskierten Kellner herbei, beziehungsweise er machte eine winkende Bewegung in den Raum hinein, woraufhin sich der ihm zugeteilte Kellner aus der Gleichheit der anderen löste und ihn, Abschaffel, am Tisch aufsuchte, wobei er die fertig getippte Rechnung schon präsentierte.

Und wirklich, als Abschaffel im Mantel und wieder draußen war auf der Straße, spürte er eine Erleichterung, als sei ihm etwas lang Entbehrtes neu geschenkt worden. Er lief umher wie freigelassen, und er fühlte sich, als hätte er sich selbst getroffen und begrüße und beglückwünsche sich nun fortwährend.

Am darauffolgenden Sonntag besuchte Abschaffel seine Eltern. Er stand früh auf und rasierte sich sorgfältig, und er bemerkte, daß er noch immer nicht aufgehört hatte, seinen Eltern mehr als allen anderen Personen gefallen zu wollen. Welches Hemd sollte er anziehen, welche Hose und welche Strümpfe? Er tat eine Weile so, als hätte er einen gefüllten Kleiderschrank. Tatsächlich konnte er nur zwischen den Hemden wählen; er hatte sechs oder sieben davon, und drei lagen immer frisch gewaschen zum Anziehen bereit. Ebenso war es auch mit den Strümpfen, allerdings zählten die Strümpfe schon nicht mehr richtig als Kleidungsstücke, dazu traten sie zuwenig in Erscheinung. Bei den Hosen konnte er strenggenommen nur zwischen zweien wählen; er besaß zwar noch eine dritte Hose, die drückte und zwickte ihn aber, und er zog sie nicht gern an. Er überlegte, daß er, und dies galt auch von den Hemden und seiner Unterwäsche, zwei Sorten von Kleidungsstücken hatte, solche, die er gern anzog und die ihm guttaten, und andere, die ihm zu eng, zu weit, zu bunt oder sonstwie unpassend erschienen und die er trotzdem nicht wegwarf. Er zog auch die Unpassenden immer wieder an und ließ sich auf vertrackte Weise von ihnen quälen. Dies wurde ihm in diesem Augenblick so klar, daß er eines der Hemden, das ihm noch nie gefallen hatte, nahm und es wegwarf, obwohl es eben frisch gewaschen war. Und er war dankbar, daß ihm in den Wäldern der Unklarheit plötzlich ein winziges Detail klar und hell geworden war, aber gleich darauf, als er das frisch gestärkte Hemd, nur mühsam geknickt, im Mülleimer sah, wurde ein Teil seiner inneren Organe erschreckt. Es war ein Schreck, der ihn tief mit seinen Eltern und seiner Erziehung verband, weil es in dieser Erziehung verboten war, etwas wegzuwerfen, das noch nicht ganz und gar zuschanden geworden war. Wirklich glaubte Abschaffel, wieder ein Stück seiner Kühnheit zurücknehmen zu müssen und das Hemd wieder herauszuholen. Er erinnerte sich, daß sein Vater während seines ganzen Lebens, das nun im siebzigsten Jahr angekommen war, insgesamt drei Wintermäntel angeschafft hatte und daß es ihn Wochen der Übelkeit und des Verdrusses gekostet hatte, um zweimal, verteilt auf rund vierzig Jahre, einen schadhaft gewordenen Wintermantel wegzuwerfen. Diese Art von Mangelleben hielt der Vater für DAS LEBEN überhaupt. Abschaffel fühlte nichts Gutes, als ihm diese Details einfielen. Einerseits sympathisierte er zunehmend mit der Auffassung des Vaters, weil sein eigenes, Abschaffels, Leben sich immer mehr, ähnlich wie das des Vaters, durch den Mangel definierte; andererseits durchschaute er die Kleinlichkeit, die dieser Auffassung zugrunde lag, ja ihr überhaupt erst die Optik frei machte, und kleinlich wollte Abschaffel nicht sein. Lebten kleinliche Menschen in einer großzügigen Welt, oder mußten die Menschen kleinlich sein, weil die Kleinlichkeit der Welt ihnen keine andere Wahl ließ? Abschaffel ärgerte sich, weil er wegen eines weggeworfenen Hemdes, wegen einer lächerlichen Regelverletzung, in solche Zustände und Betrachtungen geraten war; er hob noch einmal den Deckel des Mülleimers hoch, zog das Hemd etwas heraus und verdreckte es mit dem übrigen Inhalt des Mülleimers. Mit der bloßen Hand holte er eine Ölsardinenbüchse aus der Tiefe des Mülleimers und kippte einige Tropfen Öl über das Hemd, darüber leerte er einen Aschenbecher aus. Dann ging er in das Bad, kämmte sich rasch und wütend, entfernte die Haare aus dem Kamm und ließ sie in den Eimer fallen auf das Hemd, und in einer kindischen Trotzwallung spuckte er dreimal über alles darüber.

In den zwei Stunden, die zu seiner Abfahrt fehlten, beruhigte er sich wieder. Er lief lange vor der Abfahrt im Bahnhofsgebäude umher und ging in eine Buchhandlung. Er kaufte sämtliche Erzählungen von Franz Kafka in einer billigen Taschenbuchausgabe (Fischer Bücherei Nr. 1078); einige dieser Erzählungen hatte er früher schon einmal gelesen, aber es war schon lange her, und er konnte sich kaum erinnern. Es war immer noch Zeit, und Abschaffel stellte sich mit seinem Buch an die Theke einer Imbißstube, und er hörte, wie ein Mann ein Eibrötchen verlangte. Abschaffel verstand aber, bevor er das Wort Eibrötchen richtig hörte, aus Versehen das Wort Eilbrötchen. Das falsch verstandene Wort gefiel ihm sehr, und er stellte sich sofort vor, wie ein Eilbrötchen aussehen müßte. Wahrscheinlich war es um die Hälfte kleiner als ein normales Brötchen, außerdem ganz weich, so daß ein ausgewachsener Mann ein Eilbrötchen mit einem einzigen Biß verschwinden lassen konnte. Noch später, als er schon im fahrenden Zug saß, belustigte ihn diese Vorstellung, und er baute sie weiter aus, stellte sich vor, wie ein Eilbrot beschaffen sein mußte, auch Eilwohnungen und Eilbetten mußten interessant sein. Warum sollte es das alles nicht bald geben? Einen Eilzug zum Beispiel gab es schon, Abschaffel saß selbst in einem und fuhr zu seinen Eltern. Er hatte mit Absicht keinen D-Zug gewählt, weil er sich vorgestellt hatte, wenn die Fahrt langsam sei, könne sie sich besser darstellen.

In Wahrheit war er des Eilzugs schon überdrüssig geworden. Der Zug hielt in Abständen von höchstens zehn Minuten, und die Ortschaften, die während des Haltens zum Vorschein kamen, mußte die Verzweiflung erschaffen haben. Abschaffel konnte gar nicht lange auf diese nassen kleinen Bahnhöfe sehen, noch weniger auf die zwei oder drei Personen, die an jeder Station ein- und ausstiegen. Dabei tadelte er sich und warf sich vor, es ginge nicht an, die Menschen nicht ansehen zu wollen, im Gegenteil, gerade die krummen Menschen auf Kleinstadtbahnhöfen müsse man jede Minute im Auge behalten, damit niemals eine Täuschung über die Hoffnungslosigkeit möglich sei.

Er hatte begonnen, Kafka zu lesen, und er blickte nur noch selten und dann kurz aus dem Fenster hinaus. Eine ganze Zeit lang, bevor er mit dem Lesen angefangen hatte, hatte ihm ein älterer Arbeiter gegenübergesessen, die Bild-Zeitung lesend. Abschaffel hatte sich nicht getraut, in Gegenwart des Zeitung lesenden Arbeiters sein Buch herauszuholen, weil er fürchtete, der Mann könnte sich gedemütigt fühlen, wenn er sah, daß er nur eine Zeitung, sein Gegenüber aber ein Buch las. Abschaffel hatte sich nicht hervorheben wollen und so getan, als sei er noch weniger als dieser Arbeiter, weil er noch nicht einmal eine Zeitung, sondern gar nichts zu lesen hatte.

Nun aber war Abschaffel allein im Abteil, und er las und las. Er las die Erzählung DIE VERWANDLUNG, und je länger er las, desto weniger konnte er sich für irgend etwas anderes interessieren als für diese Erzählung. Kafka beschrieb den müden Familienvater Samsa, wie er in einem Sessel sitzt, umgeben von Frau, Tochter und Sohn Gregor. Der Vater schläft jeden Abend in seinem Sessel ein, und die beiden Frauen wollen ihn zum Bettgehen bewegen, ohne Erfolg. Der müde und im ganzen unansehnliche Vater wurde von Kafka mit Sympathie beschrieben, und Abschaffel erinnerte sich plötzlich, daß auch sein Vater oft am Abend einschlief. Abschaffels Vater saß im Wohnzimmer auf der Couch, die Arme über dem Bauch verschränkt, der Kopf lag seitlich auf einer der Schultern, so daß der Hals spannte, und schlief und schnarchte. Für

Kafka war der schlafende Vater immer noch ein mächtiger und starker Vater, für Abschaffel hingegen wurde der schlafende Vater ein schwacher Vater. Je länger, geräuschvoller und tiefer er schlief, desto mehr wandte sich das Kind Abschaffel von ihm ab. Es war für das Kind so unerträglich, den Vater schon am frühen Abend schlafend zu finden, daß es sein eigenes Leben dadurch eingeschränkt sah. Wenn der Vater immer schlief, war das Kind schutzlos und, vor allem, kraftlos. Es glaubte, auch nicht mehr Kräfte zu haben als der Vater, und die Kräfte reichten nur zum Schlaf. Abschaffels Mutter saß zwar immer dabei, nähend, Zeitschriften lesend oder stopfend, und von Zeit zu Zeit lächelte die Mutter zu dem Kind hinüber, und das Lächeln forderte deutlich zur Aussöhnung mit dem schlafenden Vater auf. Aber es half nichts. Das Kind Abschaffel war schon bald beleidigt und verzog sich in die Küche, und in der Küche wurde aus dem Beleidigtsein ein Belustigtsein. Das Kind verhöhnte die Schwäche des Vaters; unfähig, die Wirklichkeit des Lebens des Vaters zu begreifen, gelang dem Kind der Spott.

Während des Lesens vereinsamte Abschaffel rasch. Immer häufiger legte er Pausen ein und schaute jetzt länger aus dem Fenster. Er legte das Buch mit der Titelseite nach unten neben sich und betrachtete in Groß-Gerau-Dornberg, wo der Zug hielt, einen alleinstehenden Güterwaggon auf dem Nebengleis. Einige Gastarbeiter stiegen ein und aus. Gleich hinter dem Dorf erstreckten sich nasse Felder mit großen braunen Regenwasserpfützen darauf. Als der Zug wieder in Bewegung gekommen war, fuhr er an ein paar kleinen schmuddeligen Fabriken vorbei, die entlang der Gleise aufgereiht waren. An die Steinbauten der Kleinfabriken waren zum Teil Holzbaracken angegliedert, davor umgefallene und aufrecht stehende Eisenfässer voller Vögel, die aufflogen, wenn der Zug herannahte. Neben einem anderen Kleinbahnhof, in Goddelau-Erfelden, rosteten hohe Fahrradständer, wie es sie heute nicht mehr oft gab. Die Fahrräder mußten auf Fahrschienen vorn in die Höhe gedrückt werden und standen dann über Kreuz unter einem breiten Wellblechdach. In Groß-Rohrheim hielt der Zug nicht, dafür wieder in Bürstadt und Lampertheim. Abschaffel sah auf die Rückseiten von vielen kleinen Häuschen, auf Balkone, Garagen und Gärten mit zusammengeklappten Liegestühlen und mit Plastik überzogenen Campingtischen. Zwischen Lampertheim und Mannheim-Waldhof sah Abschaffel nahe an den Gleisen das eingezäunte Dressierfeld eines Hundezüchtervereins; mehr und mehr Industrieanlagen bestimmten jetzt das Bild, je näher Mannheim rückte, die großen Backsteinbauten von BBC links und rechts, hier und da der schwefelgelbe Rauch mittelgroßer Chemiefabriken. In Mannheim, wo Abschaffels Eltern wohnten, notierte er sich die Rückfahrtzeiten einiger Züge. Am frühen Abend spätestens würde er wieder fahren. Es fiel ihm ein, daß er heute noch zu einem Mädchen gehen wollte, und er hatte die Vorstellung, auch dies in Mannheim zu tun. Der Einfall euphorisierte ihn etwas, weil er glaubte, dadurch auf eine besondere Weise mit der Stadt seiner Kindheit, die schon die Stadt der Kindheit seiner Eltern gewesen war, verbunden zu sein. Er hatte keine Möglichkeit, die Güte dieses Einfalls zu prüfen. Ursprünglich hatte er zu einer mindestens vierzig Jahre alten Frau gehen wollen, aber je länger er an der Abfahrtstafel der Züge im Hauptbahnhof stand und sich die Zeiten auf einen Zettel schrieb, desto mehr wandelte sich diese Vorstellung um; er wollte jetzt zu einem ganz jungen Mädchen gehen, weil er sich selbst alt fühlen wollte. Abschaffel war dreißig, und das Mädchen durfte nicht älter als zwanzig sein.

So wollte er es halten, und als er in die Straßenbahn stieg, gefiel er sich bereits darin, alt zu sein und alles nicht mehr richtig zu können. Übertrieben kniff er hinter den Brillengläsern die Augen zusammen und zog den Kopf hinter der Fensterscheibe tief nach unten, wie es ältere Menschen tun, wenn sie sich anstrengen müssen und es nicht mehr wollen. Er wäre nicht böse gewesen, wenn sich ihm jemand genähert und durch bloße Anwesenheit zum Ausdruck gebracht hätte, ihm, Abschaffel, könne im Notfall jederzeit geholfen werden. Natürlich näherte sich ihm kein Mensch, im Gegenteil, es gab in der Straßenbahn einige Personen, die sich durch seinen Anblick veranlaßt sahen, in den hinteren Teil des Wagens weiterzugehen, weil sie vielleicht fürchteten, Abschaffel könne seine Größe und Schwere als Vorteil ausnutzen. Für ihn war es genau umgekehrt; er glaubte, seine Erscheinung werde ihm sogleich Nachteile einbringen. Die sonderbare Angst, es werde ihm etwas geschehen, blieb bei ihm, auch als die Straßenbahn schon einige Stationen gefahren und nichts geschehen war, im Gegenteil es in der Straßenbahn immer ruhiger wurde, fast sanft. Weil ihm nichts zustieß in der Straßenbahn, glaubte er, das eigentliche Unglück geschehe draußen, auf der Straße. Aber je weiter die Straßenbahn fuhr, desto stiller wurde es draußen. Die Häuser wurden niedriger, die Straßen enger, die Geschäfte kleiner, die Frauen unansehnlicher. Alles ließ sich anschauen. Auch die Stille war ihm nicht recht, und er traktierte sie sofort mit Vorwürfen. Hier geschieht überhaupt nichts! So lautete der neue Vorwurf. Er verließ die Straßenbahn und blieb eine Welle an der Haltestelle stehen, um sich die Autos und die Leute zu betrachten, und während der Betrachtung kamen immer mehr Anlässe für eine Beschwerde zusammen: Hier geschieht nichts! Dies wunderte ihn nicht, denn er war nun in die Nähe der Wohnung seiner Eltern gekommen, und der Dauervorwurf, den er ihnen seit zwanzig Jahren im stillen machte, hatte die gleiche Richtung: Es ist mit euch nie etwas geschehen, und so konnte auch mit mir nie etwas geschehen. Gleich fühlte er sich wohler. Plötzlich stimmten seine Person, seine Klagen und die Anlaufadresse seiner Vorwürfe wieder überein, und sie ergaben zusammen einen Klang, den Klageklang einer Person. Bis zur Wohnung der Eltern legte er einen kurzen Fußweg zurück, und alles, was er sah, wurde zum Anlaß für eine Beschwerde. Diese Tankstelle, diese lächerliche kleine Tankstelle! Dieser poplige kleine Friseurladen, und die Bäckerei erst, Gott steh uns allen bei, hier konnten nur Schwäche und Angst groß werden, und wer sich freiwillig hier aufhielt, mußte nicht recht bei Sinnen sein.

Seine Eltern waren zwei alte Leute geworden, die zusammen im Türrahmen standen und lachend ihren Sohn begrüßten. Sie gingen um ihn herum und wollten ihm in allem, was er tat, behilflich sein. Sie gingen vor ihm her ins Wohnzimmer und wiesen zugleich auf mehrere Stühle, auf die er sich setzen könne. Es war ihm nicht recht, daß er sofort begann, sie zu beobachten. Es war ihm schon aufgefallen, daß sie fast alles, was sie zu tun vorhatten, gemeinsam ausführten. Es war nicht möglich, daß sie oder er länger abwesend war, und sei es nur in der Küche oder im Schlafzimmer. Bald zog es den anderen hinterher, sie standen auf und suchten einander, und häufig kamen sie zusammen wieder zur Tür herein. Es ärgerte Abschaffel, daß sich alte Leute so gut beobachten ließen, ja, daß er sie mit großer Panik beobachtete, beunruhigte ihn, und jede Kleinigkeit, die er an ihnen sah, kommentierte er für sich: Ja, ja, so ist das Alter, schau es dir an. Die Mutter hatte gleich angekündigt, daß sie Kaffee kochen werde, und sie war in der Küche verschwunden, um das Wasser aufzusetzen. Abschaffel saß am Wohnzimmertisch und begann zu rauchen. Der Vater besorgte ihm einen Aschenbecher aus der Küche und stellte ihn auf den Tisch. Die Mutter kam in das Zimmer und begann, Kaffeetassen und Kuchenteller aus dem Schrank zu holen und aufzustellen. Wieder griff der Vater den Verrichtungen der Mutter hinterher. Sie verteilte Tassen und Teller auf dem Tisch, und der Vater nahm sie einzeln in die Hand und stellte sie etwas anders hin. Dieses Verhalten machte Abschaffel rasch wütend, und er mußte sich anstrengen, seine Aufmerksamkeit auf andere Dinge zu lenken. Seine Wut war hier nicht mehr zu Hause, und er brauchte sie hier nicht mehr darzustellen. Er begann ein Gespräch über die Gesundheit des Vaters, und tatsächlich ging der Vater bereitwillig darauf ein. Schlimmer darf es nicht werden, sagte er. Der Vater hatte vor einem Jahr einen Schlaganfall erlitten; er konnte den linken Arm nicht mehr nach seinem Willen bewegen. Ich kann meine Schuhe nicht mehr putzen! sagte der Vater.

Und Abschaffel begriff, daß es für ihn schlimm war, seine

Schuhe nicht mehr selbst putzen zu können. Aus lebenslanger Furcht war der Vater sowohl sparsam als auch reinlich geworden. Wer ihm, dem Vater, gefallen wollte, mußte seine Ängste nachahmen, und Abschaffel hatte es schnell gelernt, als er Kind dieses Vaters sein mußte, und der dreißigjährige Abschaffel erinnerte sich, wie er vor mehr als zwanzig Jahren an Sonntagmorgenden seine Schuhe putzte, um ihn, den Vater, für sich einzunehmen. Abschaffel hatte sich als Kind in die Küche gestellt, niemals in die Nähe des Tisches, immer dicht bei den Öfen und Herden und Waschbecken. Die linke Hand schlüpfte in den zu putzenden Schuh, und mit einem über den gestreckten Zeigefinger der rechten Hand gezogenen Lappen trug Abschaffel weiße Schuhcreme auf, die er mit dem umtuchten Finger aus der flachen Cremedose herausbohrte. Und wirklich war der Vater von Zeit zu Zeit in der Küche erschienen und hatte mit Genugtuung auf seinen Sohn, der des Vaters Reinlichkeit zu übernehmen scheinbar bereit war, gesehen. Der Vater gab auch Ratschläge zum Schuheputzen, zum Beispiel machte er Abschaffel darauf aufmerksam, wie wichtig es sei, mit dem Lappen gerade an jene Stellen an den Schuhen zu kommen, wo sich das Leder zusammenzog oder wo es in Falten genäht war. Und das Kind Abschaffel folgte; es erfaßte mit dem Lappen die vom Vater als schwierig bezeichneten Stellen der Schuhe, der Vater sah es und wurde ruhig. Sogar daran erinnerte sich Abschaffel, wie die hart gewordene Creme (die Dose lag an der Sonne, der Inhalt war ausgetrocknet: rätselhafterweise ging der Vater nicht gegen diese Zerstörung vor) meistens in mehrere Teile zerbrochen in der Dose lag und er darauf achten mußte, daß der Teil, von dem er einen Abstrich machen wollte, dabei nicht wegrutschte. Und es blieb vom Schuheputzen ein stinkender Zeigefinger für den Rest des Tages zurück; die Creme war durch den Stoff des Lappens hindurch so tief in die Haut und den Fingernagelsaum eingedrungen, daß auch mehrmaliges Händewaschen den Geruch nicht tilgte. Allerdings bekam durch das mehrmalige Händewaschen die Genugtuung des Vaters über den

Sohn in so überreichlichem Maße Nahrung, daß der Vater an manchen Sonntagmorgenden ganz locker und glücklich durch die Wohnung ging. Eben fiel Abschaffel ein, daß er damals im Laufe des Sonntags häufig seinen Finger unter die Nase hielt, um den Geruch der Schuhcreme zu riechen. Es war dieselbe Bewegung, die er heute ausführte, wenn er sich den Finger unter die Nase hielt, nachdem er ihn lange in die Vagina einer Frau gehalten hatte. Über diese überraschende Übereinstimmung geriet Abschaffel in Unruhe. Er beeilte sich, all diese Beobachtungen zu werten, und eben das konnte er nicht. So taumelte er zwischen einer immer größer werdenden Anzahl von Fragen umher; die blödeste dieser Fragen lautete, ob er ganz einfach ein Mensch sei, der gern etwas riecht, und ob es sich um Schuhcreme oder um Scheidenflora handelt, sei ihm eigentlich gleichgültig; die intelligenteste Frage war, und die beunruhigte ihn allerdings unmäßig, ob er, wenn er einen Finger in eine Vagina hielt und ihm lange hinterher der Geruch noch gefiel, damit eigentlich immer noch seinen Vater beeindrucken wollte, weil er einen unmittelbaren Anschluß an das Schuhputzereignis suchte, das seinen Vater, wie er sich gut erinnerte, doch so glücklich gemacht hatte.

Abschaffel konnte diesen Komplex nicht weiter auseinanderlegen, weil er von der Mutter aufgeschreckt wurde, die eben den Kaffee und einen kleinen Kuchen hereintrug. Sie setzte sich an den Tisch und schenkte dem Vater und dem Sohn, dem Sohn zuerst, Kaffee in die Tassen. Der Vater sagte, er mache seine Hemden gar nicht mehr schmutzig. Durch den Schlaganfall war sein Hals dünn und faltig geworden; er berührte den Hemdenkragen nicht mehr rundum. Und Abschaffel war erstaunt, wie der Vater glauben konnte, nur deshalb, weil er mit dem Hals den Kragen nicht mehr überall berührte, werde gleich sein ganzes Hemd nicht mehr schmutzig. Ich ziehe ein frisches Hemd an drei hintereinander folgenden Sonntagen an, sagte der Vater, und wenn das Hemd dann immer noch nicht schmutzig ist, ziehe ich es auch werktags an. Abschaffel kam sich zu schweigsam vor; er gefiel sich nicht. Er hatte noch fast nichts von sich erzählt, sondern stürzte sich immer gleich über das, was der Vater sagte. Jetzt dachte er darüber nach, was der Vater über seine Hemden gesagt hatte. Der Vater war einfach dazu übergegangen, auch seinen Schlaganfall als nützlich für seine Reinlichkeit und Sparsamkeit auszudeuten, ohne daß er es merkte. Weil er einen dünnen Hals bekommen hatte, beschmutzte er nicht mehr so rasch seinen Hemdenkragen, und weil seine Kragen länger sauber blieben, brauchte der Vater seine Hemden seltener zu wechseln. Infolgedessen war ein Schlaganfall etwas Gutes für die Reinlichkeit und die Sparsamkeit zugleich. Als sich Abschaffel dies klargemacht hatte, wollte er auf der Stelle in ein Weinen ausbrechen, wie es seine Eltern noch nie gehört hätten. Der Vater war entschlossen, sparsam und reinlich in den Tod zu gehen, und jede Krankheit war ihm dazu willkommen. Natürlich weinte Abschaffel nicht. Er seufzte. Ja, ja, so ist das, sagte der Vater.

Die Mutter saß dabei und achtete darauf, daß Abschaffel immer eine gefüllte Tasse hatte. Er hatte schon ein Stück Kuchen gegessen, und die Mutter forderte ihn auf, ein zweites Stück auf den Teller zu nehmen. Später vielleicht, danke, sagte Abschaffel. Plötzlich fiel Abschaffel auf, daß überhaupt nicht von ihr gesprochen wurde, nicht ein einziges Mal war sie bisher Thema gewesen, und Abschaffel spürte ihre lebenslängliche Benachteiligung, die sich sogar noch darin ausdrückte, daß der Vater der erste von beiden war, über dessen Todeskrankheit beide gemeinsam sprechen mußten. Er kam auf die kindische Idee, die sich zu einer ebenso kindischen Lust ausweitete, diese Ungerechtigkeit ausgleichen zu wollen. Er wollte ihr etwas Einmaliges anbieten, etwas, das für sie lustvoll und für den Vater, da er nicht mehr daran teilnehmen konnte, schmerzlich sein mußte, etwas, das den Tod des Vaters miteinschloß und ihn sogar voraussetzte. Tatsächlich hatte er auch eine Idee, wie er der Mutter Freude und dem Vater Schmerz bereiten konnte. Er hatte Lust, hier im Wohnzimmer zu sagen: Wenn der Vater tot ist, reise ich mit dir drei Wochen nach Italien. Natürlich drang von allem, was er dachte und wünschte, nichts nach außen. Im Gegenteil, er machte ein freundliches Gesicht. Die Mutter war dafür dankbar und lachte ihn an. Wenn die Mutter Geburtstag hatte oder Weihnachten kam, wenn sie also beschenkt werden sollte, erhielt sie eine Vase, ein Paar Strümpfe, eine Schachtel Pralinen, eine Sammeltasse, eine Flasche 4711 oder ein Stück Seife, dazu einen Topf mit rotvioletten Alpenveilchen, der in grünem oder blauem Kreppapier eingewickelt war. Oft erhielt sie auch von Abschaffel, als er ein Kind war, unverhohlen Haushaltsgegenstände, ein Paar Topflappen zum Beispiel, eine Pfanne, einen Topfuntersetzer. Es war unklar, ob ihr jemals aufgefallen war, daß diese Geschenke nichts mit ihr zu tun gehabt hatten und welch ein monströses Kind hier heranwuchs, das sie beschenkte, als sei sie die Spülfrau einer riesigen Volksküche und er, das Kind Abschaffel, sei schon der Direktor dieser Anstalt. Am Tag vor ihrem Geburtstag backte sie einen Kuchen, der von Abschaffel am nächsten Tag mit zu den Geschenken auf den Tisch gestellt werden konnte, und am Vorabend, kurz bevor sie ins Bett ging, zog sie eine frische Tischdecke über den Tisch, weil sie wußte, daß die anderen, der Mann und das Kind, am Morgen ihres Geburtstages nicht damit zu Rande kamen, eine frische Tischdecke zu suchen, zu finden und sie fachmännisch auf dem Tisch auszubreiten. Der Vater mochte sich nicht, wenn er schreiben mußte, und deswegen mußte Abschaffel am Vorabend des Geburtstages eine Geburtstagskarte verfassen. Er füllte die Karte nur aus mit einem einzigen Satz, der Jahr für Jahr wiederkehrte. ZU DEINEM GEBURTSTAG WÜNSCHEN WIR DIR VOR ALLEM GESUNDHEIT UND ALLES LIEBE UND GUTE. Abschaffel stellte die Karte, mit dem Blumenbild nach vorn, am Vorabend aufrecht gegen den Kuchen.

Die Mutter holte aus ihrem Geldbeutel eine Straßenbahnfahrkarte heraus und legte sie Abschaffel hin. Damit kannst du nachher zum Bahnhof fahren, sagte sie. Oh, danke, sagte Abschaffel überrascht, das ist nicht nötig, ich kann mir eine Straßenbahnfahrkarte kaufen. Nimm sie nur, sagte der Vater, das kannst du schon sparen. Aber in Mannheim kann man doch noch Fahrkarten vorn beim Fahrer kaufen? fragte Abschaffel. Ja, aber dann sind sie mehr als dreißig Pfennig teurer, sagte der Vater. Die Karte, die du jetzt von der Mutti gekriegt hast, diese Karte stammt von einer Sammelkarte, und dann kostet die Fahrkarte genau sechsundsechzig und ein Drittel Pfennig. Wenn du die Karte einzeln beim Fahrer kaufst, mußt du eine Mark bezahlen, sagte der Vater, und Abschaffel traute sich nicht zu sagen, daß ihm das gleichgültig war. In Frankfurt geht das nicht mehr, sagte er statt dessen. So, sagte der Vater, ja, wo kriegt man denn dort die Karten? Aus Automaten, sagte Abschaffel. An jeder Haltestelle steht ein blauer Automat, der so groß ist wie euer Schrank hier, und da wirfst du achtzig Pfennig rein, und dann kommt eine Fahrkarte unten raus. So, sagte der Vater, und darf man damit auch umsteigen? Ja, sagte Abschaffel, das darf man. Und habt ihr in Frankfurt auch Entwerter wie hier? fragte der Vater. Nein, sagte Abschaffel, die Karte ist, wenn sie aus dem Automaten kommt, schon entwertet. So, sagte der Vater voller Teilnahme, das ist aber praktisch, na ja, in Frankfurt ist eben alles größer und praktischer, es ist sogar billiger als hier, achtzig Pfennig kostet eine Fahrt dort, sagte der Vater. Ja, sagte Abschaffel, zur Hauptverkehrszeit kostet eine Fahrt auch eine Mark, genau wie hier, also zwischen vier und sechs Uhr nachmittags kostet eine Fahrt eine Mark. Ja und, sagte der Vater, wer macht denn das, muß man dann, wenn man zwischen vier und sechs fährt, nachzahlen beim Fahrer? Nein, sagte Abschaffel, das macht der Automat von sich aus. So, sagte der Vater, das ist ja allerhand. Auf jedem Automat, erklärte Abschaffel, ist das ganze Fahrgebiet schematisch aufgezeichnet; es gibt den Stadtkern als eigene Fahrzone, und um den Stadtkern herum verschiedene weitere Fahrzonen; wenn man nun vor dem Automaten steht, dann muß man zunächst feststellen, wo man hinfahren will, oder anders gesagt, sagte Abschaffel, man muß feststellen, welche Farbe die Fahrzone hat, in die man gelangen will, verstehst du? Ja, ja, sagte der Vater. Und wenn man das festgestellt hat, sagte

Abschaffel, dann drückt man rechts auf einen Knopf mit derselben Farbe, die auch das Fahrziel in der Fahrzone hat, wo man hinwill, und dann leuchtet oben auf einer elektronischen Tafel der Fahrpreis auf, den du in den Automaten reinwerfen mußt, damit du eine gültige Fahrkarte kriegst, sagte Abschaffel. Und wenn man kein abgezähltes Kleingeld hat? fragte der Vater. Das ist nicht schlimm, sagte Abschaffel, weil der Automat auch Wechselgeld zurückgibt. Auch Papiergeld? fragte der Vater. Nein, Papiergeld nicht, das darf man nicht reinwerfen, sagte Abschaffel, und der Automat erhöht automatisch zwischen vier und sechs die Preise, und er senkt automatisch die Preise, wenn es nach sechs geworden ist. Alles vollautomatisch? fragte der Vater. Ja, sagte Abschaffel.

Die Darstellung der Funktionsweise von Fahrkartenautomaten hatte Abschaffel ermüdet. Ja, ja, sagte der Vater und erhob sich und ging aus dem Zimmer. Abschaffel lehnte sich im Stuhl zurück und wollte eine Weile schweigen. In seiner Ermüdung begriff er zunächst nicht, daß er auch enttäuscht war. Er fand es ganz unglaublich, daß sich der Vater für die Technik von Automaten in einer ganz anderen Stadt zu interessieren schien. Der Vater war in Mannheim geboren und hatte die Stadt nur in seiner Jugend vorübergehend und kurz verlassen. Er war über siebzig Jahre alt geworden, und in den letzten zwanzig Jahren hatte er seine Heimatstadt nicht mehr verlassen. Abschaffels Ermüdung war nun vollkommen in Enttäuschung übergegangen. Er fühlte sich matt und leer, und er war dabei, einen Entschluß zum baldigen Aufbruch zu fassen. Die Mutter zog ihre Strickweste über der Brust zusammen, sah aus dem Fenster und sagte: Es wird früh dunkel. Willst du noch Kaffee, fragte die Mutter, und Abschaffel verneinte. Der Vater kam ins Zimmer zurück, blieb kurz stehen und ließ einen Furz laut entweichen und setzte sich an den Tisch zurück. Die Mutter erschrak, aber sie erschrak nicht wirklich. Ein Furz des Vaters löste bei der Mutter automatisch ein erschrockenes Verhalten aus. Der Vater furzte nur in seiner Familie; bei fremden Leuten traute er es sich nicht, wenn

Besuch da war, auch nicht. In früheren Jahren hatte Abschaffel den Vater intensiv gehaßt, wenn er gefurzt hatte. Nun war er erstaunt, daß er kaum noch etwas Feindliches empfand. Nur ein grenzenloses Mitleid kam wie etwas Warmes über ihn; es war ein angenehmes Gefühl, weil es ein Gefühl des Überlegenseins war, auch ein Gefühl der Bestätigung dafür, daß die Zeit, in der der Vater seinen Sohn schädigen konnte, schon lange zu Ende war. Jeder Furz, den der Vater heute ließ, war eine Unterstreichung dieses Sachverhalts, ohne diesen Sachverhalt neu fortsetzten zu können. Abschaffels Stimmung besserte sich wieder. Je deutlicher er sich machte, daß er nur die Wohnung der Eltern zu verlassen brauchte, um frei zu sein, desto mehr kehrten gute Gefühle zurück. Und er war entschlossen, diese Freiheit sofort einzulösen. Eigentlich war es unschicklich, plötzlich und nach so kurzer Besuchszeit wieder zu gehen. Es war erst halb fünf nachmittags, und Abschaffel war noch nicht zwei volle Stunden bei den Eltern gewesen. Er hatte seine Eltern noch niemals überraschend verlassen; wenn er ging, dann ging er zu den passenden Stunden und Gelegenheiten; in allen Demütigungen wahrte er die Formen. In Wirklichkeit war es auch schon wieder zu spät, überraschend wegzugehen. Aus seinem Entschluß war ein langer Blick an die Zimmerdecke geworden, der immer noch anhielt.

Abschaffel nahm sich die Brille ab und begann sie zu putzen. Aus der Hosentasche hatte er ein schon benutztes Papiertaschentuch herausgezogen, damit rieb er die Gläser. Der Vater sah es, er stand auf und ging zu seiner Schreibtischschublade. Ich kann dir ein Putztuch schenken, sagte er. Er öffnete die Schublade und holte ein kleines, hellbeiges, weiches Brillenputztuch heraus und gab es Abschaffel, der darüber schon wieder böse wurde. Der Vater wurde nur lebendig, wenn er irgendwo sparen oder putzen konnte oder jemanden in diesen beiden Tätigkeiten unterstützen durfte. Der Vater sah aus der Nähe zu, wie Abschaffel mit dem neuen Tuch seine Brillengläser putzte, und Abschaffel spürte den Zorn darüber so dicht hinter seinen Augen sitzen, daß er wirklich dachte: Wenn er es wagt, mir Ratschläge zum Brillenputzen zu geben, dann schlage ich ihm mit der Faust ins Gesicht, daß er durch das Zimmer fliegt und sein ganzes Hemd schmutzig wird. Doch der Vater sagte nichts, er sah nur zu, atmete etwas zu heftig dabei, und er freute sich, daß er etwas zur Erleichterung des Lebens seines Sohnes hatte beitragen können.

Es war eine entsetzliche Arbeit für Abschaffel, von dieser Wut auf seinen Vater wieder herunterzukommen. Er brauchte eine gute halbe Stunde, um sich einigermaßen zu beruhigen; in dieser halben Stunde bemerkte er kaum, was um ihn herum vorging und was gesagt wurde. Ganz entfernt nahm er wahr, wie der Vater umständlich erklärte, wo er das Brillenputztuch, das er Abschaffel geschenkt hatte, eigentlich herhatte, aber Abschaffel verstand es nur halb, weil er zu sehr mit sich selbst beschäftigt war. Er war bei einer großen Müdigkeit angelangt, die immer für ihn übrigblieb, wenn er einen Zorn erfolgreich niedergekämpft hatte. Als er sich einigermaßen erholt hatte, verließ er die Eltern. Es ging ganz ohne Entschluß und ohne Vorbereitung; er stand geschlagen und leer auf, nahm seine Sachen an sich und ging. Die Eltern standen wieder lachend im Türrahmen, die Mutter winkte ihm sogar, als er die Treppen hinunterging, nach, und Abschaffel konnte es nicht verwinden, daß er die Treppen zu ihr hochwinken mußte.

Auf der Straße besserte sich sein Zustand weiter, und bald belustigte es ihn, daß er mit dem Straßenbahnfahrkärtchen der Mutter in die Hafengegend zu den Bordellen fuhr. Das Brillenputztuch vom Vater, das Fahrgeld von der Mutter! Was in ihren Kräften stand, hatten sie für ihn getan. In der Straßenbahn berührte er mit der Hand die Hand eines alten Mannes, als sie sich beide am gleichen Stück der Haltestange festhalten wollten, und es machte ihm gar nichts aus. Der alte Mann zog zwar sofort seine Hand weg, als er die Berührung merkte, und auch Abschaffel zog seine Hand weg, dann sahen sich beide an, lachten sogar, als seien sie beide bereit gewesen, das Versehen zu wiederholen. Es war kurz nach sechs Uhr und schon dunkel, als er ausstieg. Von ferne sah er Schilder und Neonschriftzeichen von Wirtschaften und Bars, und Abschaffel fühlte sich allem nah. Die Altstadt wandelte sich allmählich um in das von Fabriken bestimmte Bild der Hafengegend. Eine kleine Werft, eine Dampfmühle, eine mittlere Metallwarenfabrik, die niedrigen Häuser einiger Großhandlungen, ein Seilwarengeschäft mit Schiffereibedarf, da und dort ein griechisches oder jugoslawisches Lokal. MANNHEIM HAT DEN ZWEITGRÖSSTEN BINNENHAFEN EUROPAS, ein Lernsatz aus der Volksschule, hier fiel er ihm wieder ein. Er sah keine Mädchen, und nach seinem Gefühl hätte er hier schon längst welche sehen müssen. Er kam nicht auf den Gedanken, daß es vielleicht zu früh am Tage war, vielleicht war auch die Kälte zu groß für den Straßenstrich. Abschaffel ging umher und suchte und suchte, aber er sah nur einen Gastarbeiter mit einem schlafenden Kind auf dem Arm, der zwei einzelne Markstücke in einen Zigarettenautomaten warf, zog und verschwand. Gab es hier keinen Straßenstrich? Abschaffel war nahe daran, es zu glauben und wieder über die Lächerlichkeit der Stadt seiner Herkunft herzuziehen. Er ging in eine Bar, er war der einzige Gast, und er wollte sofort wieder hinausgehen. Er blieb, bestellte einen Korn, eine Animierdame kam heran, und Abschaffel hatte keine Lust, sich auch nur fünf Mark abnehmen zu lassen. Ich muß gleich weg zur Arbeit, sagte er, und die Frau ließ ihn in Ruhe. Er merkte, wie er zunehmend gespannt und unruhig wurde. Er war nicht darauf eingerichtet, Umstände hinzunehmen oder Verzögerungen zu verarbeiten. Entweder er fuhr sofort nach Frankfurt zurück, oder er ließ sich doch auf Umstände ein, und dies bedeutete, daß er in einen anderen Stadtteil über den Neckar fahren mußte, um in die geschlossene Bordellstraße zu kommen. Beim Versuch, zu einer Entscheidung zu kommen, geriet er statt dessen in eine ihm gut bekannte Stimmung, in der er einen Großteil seiner Kindheit zugebracht hatte: sich durch etwas hindurchkämpfen müssen; vollständig vergessen, um was es eigentlich geht, nur irgendwie alles durchstehen. Abschaffel wurde schwer und wütend. Er trank sein Glas aus und war der Meinung, es müßte ihm dabei geholfen werden, auf der Welt zu sein. Eingekugelt und innerlich vollkommen stumm verließ er das Lokal und fuhr mit einem Taxi über den Neckar. Der Taxifahrer fing zweimal ein Gespräch an, Abschaffel blieb stumm. Mit der Zunge spielte er sich an den Zähnen, aber auch das wurde zu einer Anstrengung. Ein Heiliger hätte erscheinen und Abschaffel sagen müssen, es sei in seiner Lage das beste, nach Hause zu fahren, sich ins Bett zu legen und rasch einzuschlafen. Er bezahlte den Taxifahrer und stand vor dem Eingang der Bordellstraße. Die Straße war hinten und vorn verschlossen mit gegeneinander versetzten Mauern. Als er durch den Eingang war, erschrak er. Er sah mindestens zwei- bis dreihundert Männer die Straße auf- und abschlendern, eine bewegliche Menge aus Mänteln, Jacken und Hüten. Links und rechts in den Fenstern der niedrigen Häuser die Frauen. Wer den Fenstern nahe kam, konnte als jemand gelten, der wirklich wollte. Die meisten Männer hielten sich in der Mitte der Straße und stellten sich vor, wie es wäre, wenn sie sich wirklich trauten. Manche Frauen saßen hinter Glas, und wenn ein Mann vor dem Fenster stehenblieb, öffneten sie es. Die meisten der Männer waren Gastarbeiter, kleine Gestalten in dunklen Mänteln. Sie bildeten Gruppen von sechs, sieben, acht Männern; ihr Verhalten glich ihren Auftritten auf Bahnhöfen: Einer kauft sich eine Fahrkarte, und die anderen beraten und schützen ihn dabei. Und wenn der Kauf einer Fahrkarte gelungen ist, traut sich der nächste etwas leichter und schneller. Abschaffel war einer der ganz wenigen, die allein auf- und abgingen. Er bemühte sich, nicht stehenzubleiben, denn Stehenbleiben wurde von den Frauen als ihnen geltendes Einzelinteresse ausgelegt. Er lief sogar etwas zu schnell; es war ihm kaum möglich, innezuhalten und sich die Mädchen anzuschauen, noch weniger, sich eines davon auszuwählen. Es gefiel ihm auch nicht, von so vielen beobachtet zu werden, und er hatte vollständig vergessen, was er sich alles gedacht und vorgestellt hatte, einmal eine Alte, dann eine ganz Junge zu nehmen. Es mußte etwas geschehen, und dann wollte er nach Hause. Er haßte seine Aufgeregtheit. Er ging schon zum drittenmal die Straße entlang, diesmal nahe den Fenstern, und er wurde animiert und angerufen. Er hatte sich geschäftige und eilige Bewegungen zugelegt, und es fiel ihm auf, daß er so ging, als sei er schon bei einem Mädchen gewesen. Alle sollten annehmen, daß er, Abschaffel, von niemand etwas wolle und daß mit ihm alles in Ordnung sei. Und wenn er stehenblieb, dann sollte es aussehen, als wolle er sich erkundigen, ob auch bei den anderen alles in Ordnung sei. Er blieb plötzlich vor einem sehr jungen Mädchen stehen. Das Mädchen war aus einem Hausflur herausgekommen und blieb an der Tür stehen. Gehst du mit? sagte sie. Was kostet es bei dir? fragte Abschaffel. Zwanzig Mark, sagte sie.

Abschaffel ging mit ihr, und er war sofort erleichtert. Ihn wunderte der lächerliche Preis von zwanzig Mark. In Frankfurt fingen die Mädchen nicht unter sechzig Mark an. Sie wohnte offenbar auch in dem Zimmer, in dem sie ihn empfing. Es standen zwei Betten da, eines, das aussah wie ein Schlafbett, breit und mit weißem Bettzeug obendrüber, links und rechts des Kopfkissens bauschten sich Flauschfiguren, eine Mickymaus und ein Donald Duck, und auf dem Nachttisch neben dem Bett lagen zwei bunte Ferienpostkarten. Machen wir nackt? sagte sie, und Abschaffel sagte: Ja. Es dauerte wieder lange, bis Abschaffel ausgezogen war. Er sah jedes Kleidungsstück, bevor er es auf einen Stuhl legte, noch einmal an; am liebsten wäre er in ständiger Blickverbindung mit seinen Kleidern geblieben. Das kostet einen Zehner mehr, sagte sie, und Abschaffel legte ihr das Mehrgeld auf den Tisch. Er wollte in ihr Schlafbett gehen, obwohl sie schon eine Weile auf dem Rand des anderen Bettes saß, und als sie sagte: Komm hierher, freute er sich über die Schönheit seines Irrtums. Unter nackt verstand sie, daß er sich ganz auszog, sie ihren Pulli jedoch nur hochschob bis zur Büstenhaltergrenze. Aus einem geflochtenen Körbchen auf dem Tisch nahm sie ein Präservativ, riß es aus der Packung und zog es Abschaffel über. Er saß neben ihr. Sie hatte die Hand an seinem Glied und bewegte es auf und ab, und Abschaffel sah in ihrem Zimmer umher. Sein Glied wurde nicht fest, und Abschaffel betrachtete seine Kleider. Sollen wir vorher etwas Französisch machen? fragte sie. Was kostet das mehr, fragte er. Du bei mir und ich bei dir sechzig Mark, sagte sie. Ich will nicht, sagte Abschaffel. Dann dreißig, sagte sie. Gut ja, sagte er. Leg dich hin, sagte sie. Er legte sich, und sie setzte sich rücklings auf den Rand. Sie beugte sich herunter, da klopfte es an der Tür. Ich habe einen Gast, rief sie laut, und das Klopfen hörte auf. Abschaffel schnaufte und wollte nach Hause. Sie tat so, als leckte sie ihm das Glied, sie bewegte den Kopf auf und ab und sagte, sie müsse ihr Kaugummi herausnehmen. Du tust überhaupt nichts, sagte Abschaffel, laß los. Du kommst nicht, sagte sie, du kommst nicht. Wir hören auf, sagte Abschaffel, laß los. Sie stand auf, und Abschaffel strengte sich an, durch schnelles Ankleiden sein Beleidigtsein auszudrücken. Er glaubte, er wollte ihr lediglich vorspielen, daß er böse sei, und er merkte nicht gleich, daß er es wirklich war. Ich bin einer blöden Betrügerin in die Hände gefallen, dachte er. Schon daran, daß sie unter nackt nur Pulloverhochstreifen verstand, hätte ich merken müssen, daß ich einer Faulenzerin gefolgt bin, beschimpfte er sich. Nun, für viel Geld gibt es intelligenten Betrug, und für wenig Geld, wie hier in Mannheim, gibt es kleinlichen und dummen Betrug, dachte er. Das Mädchen sah zu, wie er sich wortlos anzog. Sie schaltete ein Radio ein, und es gab Musik. Jetzt mach ich Feierabend, sagte sie.

Und was machst du am Feierabend, fragte Abschaffel. Ich geh mit meinem Mann essen, sagte sie. Jetzt gleich? fragte Abschaffel. Ja, sagte sie, es ist Zeit, er hat doch eben schon geklopft, sagte sie.

Abschaffel verließ rasch das Mädchen, das Zimmer, das Haus, die Straße und die Stadt. Er fuhr mit dem Taxi zum Bahnhof, und er hatte Glück. In zehn Minuten fuhr ein D-Zug. Im Zug ging er lange von Abteil zu Abteil, weil er allein sein wollte. Er fand ein leeres Abteil, und es kam ihm wie ein großes Glück vor. Nie mehr gehe ich in ein Bordell, dachte er. Er fand nicht heraus, was ihn so erschreckt hatte. War es das Klopfen an der Tür? Die vielen Männer? Der Ärger über den Betrug? Oder durfte er einfach in dieser Stadt nichts mehr machen? Er verbrachte eine Weile damit, sich solche Fragen vorzulegen, weil es angenehm war, sich mit den Antworten nicht anstrengen zu müssen. Nach einer Weile sah er aus dem Fenster und fand alles lächerlich. Er holte die Gesammelten Erzählungen von Franz Kafka aus der Tasche. Er wollte eine erotische Geschichte lesen und begann, wie auf einer Speisekarte die Liste der Erzählungstitel von oben nach unten abzusuchen. Aber er fand nichts Erotisches. EIN LANDARZT, AUF DER GALERIE, VOR DEM GESETZ, SCHAKALE UND ARABER, EIN BESUCH IM BERGWERK, so lauteten die Titel. Lächerlich auch das: Erotik bei Kafka zu suchen. Wie aber kam Franz Kafka mit seinem Geschlechtsteil zurecht? Abschaffel wußte, Kafka war dreimal verlobt gewesen, und auch seine anderen Beziehungen zu Frauen waren sämtlich Katastrophen. Ausgerechnet Franz Kafka, der die Angst und die Pein so gut kannte und immer wieder neu suchte, verschloß sich vor der Beschreibung des Geschlechtlichen, wo er soviel Angst und Pein hätte finden können und sicher auch fand. Dies dachte Abschaffel noch mehrmals, dann ermüdete er und schlief ein.

An einem Dienstagmittag, als Abschaffel vom Essen zurückkehrte, lag der Angestellte Gersthoff zuckend und bleich auf dem Boden des Großraumbüros. Er röchelte etwas Unverständliches, als einige andere Angestellte an ihn herantraten und ihm helfen wollten, ihn aber nur ansahen. Niemand hatte gesehen, wie er umgefallen war. Abschaffel hielt sich in einiger Entfernung, weil er Gersthoff nicht unmittelbar ins Gesicht sehen wollte, und er traute sich auch nicht, sich an seinen Schreibtisch zu setzen. Abschaffel kannte Gersthoff nicht; er war etwas über fünfzig Jahre alt, still und dick und ängstlich, unbekannt in der Welt und unbekannt im Betrieb. Jemand hatte einen Krankenwagen gerufen, man wartete auf das Eintreffen der Helfer. Jemand hatte Gersthoff aufsetzen wollen, aber Gersthoff wehrte ab, er hatte zu starke Schmerzen. Frau Schönböck stellte sich an Abschaffels Seite und sagte, Gersthoff ist nicht krankenversichert. So, sagte Abschaffel. Ich weiß es bestimmt, sagte Frau Schönböck, er hat damit geprahlt und gesagt, das ist alles rausgeschmissenes Geld. Der Zwischenfall hatte zur Folge, daß nur noch geflüstert wurde. Aus dem Flüstern ragten die beiden Worte Schlaganfall und Herzinfarkt etwas deutlicher hervor. Abschaffel schwieg. Frau Schönböck ging immer wieder hin zu Gersthoff und den anderen und kam dann zu Abschaffel zurück und sagte ihm etwas. Er hat über die Versicherungsgrenze hinaus verdient und war nicht verpflichtet, Beiträge an die Krankenversicherung zu zahlen. Alle haben gesagt, er soll das nicht tun, sagte Frau Schönböck flüsternd, keiner wird gesünder, und jetzt hat er's. Abschaffel hörte uninteressiert hin. Er war nicht der einzige, der sich in einiger Entfernung zum Geschehen hielt. Der Betrieb war unterbrochen, und die Atmosphäre zwischen den Angestellten war ganz weich geworden. Endlich kamen zwei Männer mit Bahre, sie sprangen mit der leeren Bahre durch das Büro, und Abschaffel mußte etwas über sie lachen. Frau Schönböck kam wieder zu Abschaffel gelaufen. Offenbar wollte sie nicht aus der Nähe erleben, wie Gersthoff auf die Bahre geladen wurde. Und wirklich hatte Abschaffel selbst ein Gefühl der Schwäche, als er sah, wie elend und grotesk ein hinfälliger Körper war. Dieser riesige, massige Körper, der sich ohne fremde Hilfe nicht mehr bewegen konnte. Die Verladung Gersthoffs auf die Bahre dauerte lang, weil Gersthoff immer noch große Schmerzen hatte. Zwischen den beiden Trägern war ein Gespräch entstanden, ob man nicht doch vorher einen Arzt holen sollte. Frau Schönböck mochte nicht mehr hinsehen. Herr Abschaffel, sagte sie, würden Sie mir einen Gefallen tun. Worum geht's denn, sagte er. Ich müßte heute abend aus der Wohnung meiner Tante einen schönen Tisch und einen Stuhl in meine Wohnung transportieren mit meinem Auto, und ich wollte Sie fragen, ob Sie mir vielleicht dabei helfen? Heute abend? fragte Abschaffel überrascht zurück. Ja, sagte Frau Schönböck, ich habe keine andere Möglichkeit. Na gut, sagte Abschaffel. Oh, das ist nett, danke schön, sagte Frau Schönböck. Gersthoff war endlich aufgeladen und wurde hinausgetragen. Die Angestellten sahen dem Abtransport nach. Sie gingen an die Fenster und sahen auf die Straße. Die Bahre wurde auf Rollen und Schienen in den Krankenwagen hineingeschoben. Abschaffel überlegte, ob der Krankenwagen nun mit oder ohne Blaulicht losfährt. Er fuhr ohne Blaulicht, und Abschaffel schloß daraus, daß die beiden Träger Gersthoffs Anfall offenbar als nicht besonders schwerwiegend einschätzten. Die Angestellten gingen an ihre Plätze zurück. Die Weichheit, die der Zwischenfall mit sich gebracht hatte, hielt den ganzen Nachmittag an. Der Schreck hatte die Gesichter anmutig und sanft gemacht. Man ließ sich leichter unterbrechen und schaute länger in die Leere. Alles war etwas langsamer. Der Schrecken des Todes hatte die Lebenden besinnlich gemacht. Der Nachmittag war schön.

Nach Feierabend fuhren Abschaffel und Frau Schönböck gemeinsam los. Sie schimpfte auf ihre Familie, besonders auf ihren Bruder, der ihr die Hilfe verweigert hätte. Zuerst fuhren sie zu einer Bekannten von Frau Schönböck, holten dort einen Dach-Gepäckträger ab, den Abschaffel aufschraubte, dann in die Wohnung der Tante. Abschaffel trug Tisch und Stuhl hinunter und band sie auf dem Dach-Gepäckträger fest und trug beides in die Wohnung von Frau Schönböck hinauf. Frau Schönböck sprang um ihn herum und öffnete die Türen und schloß sie wieder. Als sie den Dach-Gepäckträger ebenfalls zurückgebracht hatten, sagte Frau Schönböck zu Abschaffel: Jetzt möchte ich Sie zum Essen einladen. Oh, das ist nicht nötig, sagte Abschaffel. Ich bestehe darauf, sagte sie mit gespielter Hartnäckigkeit, die Abschaffel überhaupt nicht gefiel. Zweifellos mußte sie ihre Dankbarkeit ausleben, vielleicht sogar mehr, wie Abschaffel schon fürchtete.

Sie gingen in ein griechisches Lokal, und Frau Schönböck erzählte alles, was ihr einfiel. Sie hielt die Hand über ihr

Weinglas und rauchte und sprach von ihrer Kindheit. Abschaffel hätte gern schon jetzt gewußt, wie der Abend enden würde. Er wollte ganz sicher sein, daß er recht bald, das heißt nach dem Essen, von Frau Schönböck loskäme. Weil er dies nicht zuverlässig wußte, störte ihn alles. Es störte ihn der Tropfen Bier, der vom Glas eines Gastes vom Nebentisch auf dessen Zeitung herunterfiel, es störten ihn die Männer, die aus der Toilette kamen und noch immer mit der Schließung ihres Hosenladens beschäftigt waren, und es störte ihn Frau Schönböcks Angewohnheit, abgebrannte Streichhölzer wieder in die Schachtel zurückzustecken. Warum legen Sie immer Ihre Hand auf das Weinglas, fragte er, weil ihn auch das störte.

Mache ich das schon wieder! rief Frau Schönböck. Das habe ich von meinem Vater, und ich kann es mir nicht abgewöhnen! Mein Vater ekelte sich vor allem, sagte sie, das fing schon an, als mein Bruder und ich noch Kinder waren, wir kamen aus der Schule und wollten unseren Vater küssen, er ekelte sich aber vor uns und hielt uns mit dem Arm zurück. Er aß auch nicht mit uns! sagte sie. Die ganze Familie aß im Wohnzimmer, er aber aß in der Küche allein, weil er sich davor ekelte, die anderen beim Essen zu sehen und zu hören. Zum Friseur ging er auch nicht, der Friseur mußte in unser Haus kommen, weil er die abgeschnittenen Haare anderer Leute nicht ertragen konnte. Und auch mit dem Friseur konnte er nicht im Haus bleiben; wir hatten einen Garten hinter dem Haus, sagte sie, und im Garten stand ein kleiner Pavillon, und dahinein setzte er sich, der Friseur immer hinterher, weil mein Vater behauptete, die Haare seien voller Bazillen und Haare dürften auf keinen Fall in die Wohnung, sagte sie. Schrecklich, sagte sie. Und warum legen Sie die Hand auf Ihr Weinglas, fragte Abschaffel. Ach so ja, sagte sie, das habe ich ja sagen wollen, wenn er nämlich Wein trank, hielt er seine Hand so über das Glas, wie ich es auch tue, weil er glaubte, damit würde er herumschwirrende Bazillen davon abhalten, in sein Weinglas zu fallen.

Das glauben Sie aber nicht, sagte Abschaffel. Nein, natürlich nicht, lächerlich, sagte sie, aber es geht mir nach bis auf den heutigen Tag, denn wir Kinder haben den Vater natürlich nachgeahmt, mindestens eine Weile lang.

Als sie gegessen hatten, ging Frau Schönböck auf die Toilette, und Abschaffel war froh, vielleicht für drei Minuten allein sein zu können. Es mußte etwas geschehen. Abschaffel wollte es nicht so weit kommen lassen, daß sie gemeinsam darüber berieten, ob sie weiter zusammenbleiben sollten oder nicht. Gern wäre er einfach gegangen, aber Abschaffel haßte solche betonten Situationen. Eigentlich erwartete er, daß Frau Schönböck bemerkte, was er wollte, und sich ihrerseits verabschiedete. Er fühlte ein gräßliches Durcheinander in seinem Kopf. Er wußte noch nicht einmal genau, warum er mit ihr nichts zu tun haben wollte. Was sie erzählt hatte, war nicht durchgehend langweilig gewesen. Abschaffel hatte sich sogar weiter für den Vater von Frau Schönböck interessiert, und als er bemerkt hatte, daß er für ihren toten Vater mehr Aufmerksamkeit erübrigte als für sie, schämte er sich und wurde stumm. Sie kam von der Toilette zurück, und es war alles zu spät. Mit einem Schwall von Sätzen und Worten setzte sie sich auf ihren Platz, und Abschaffel sah, daß sie sich neu geschminkt, frisiert und eingeduftet hatte, und er mußte einsehen, daß sie sich nicht für eine Verabschiedung hergerichtet hatte. Es ist eine Schande, sagte sie, daß mir mein Bruder nicht geholfen hat, und wenn Sie mir nicht geholfen hätten, dann hätte mir kein Mensch geholfen. Alles, was nun ablief, war für Abschaffel von widerwärtiger Geläufigkeit und wurde deshalb von ihm abgelehnt. Zugleich hatte er das Gefühl, daß sein Anspruch auf Einmaligkeit sentimental und kindisch und unhaltbar war. Es kam ihm der niederschmetternde Gedanke, daß er vielleicht nicht gelernt haben könnte, alles, was öfter als einmal geschah, auch noch gelten zu lassen. Er wollte bloß immer die Butter vom Butterbrot, die Streusel vom Streuselkuchen, und der große Rest bereitete ihm eine Enttäuschung. Weil er sich dies in diesem Augenblick eingestand, war er etwas freundlich. Frau Schönböck redete und blickte umher und freute sich, und Abschaffel bemerkte, daß sie ihm in diesen Augenblicken die Führung des Abends übergab. Er mußte ein Zeichen geben, aus dem klar wurde, daß er verstanden hatte, und er griff in die Innentasche seines Anzugs, holte seine Brieftasche heraus und winkte den Ober herbei. Aber ich habe Sie doch eingeladen, Herr Abschaffel, rief sie lachend, stecken Sie nur Ihr Geld wieder weg. Abschaffel lachte ein wenig, der Ober war am Tisch, und Frau Schönböck zahlte. Die meisten Ober sind immer noch unheimlich verblüfft, wenn Frauen zahlen, nicht wahr, sagte sie. Abschaffel quittierte den Satz zustimmend, es war ein richtiger Satz für das Verlassen des Lokals. Sie gingen zu Frau Schönböcks Wagen, sie redeten und redeten, sogar noch über das Autodach hinweg. Der weitere Ablauf war schwieriger, weil es fast nicht zu schaffen war, nur auf Grund von Zeichengebung sich zu einigen, daß man nun in eine Wohnung wollte, noch schwieriger die Klärung der Frage, in welche Wohnung, in ihre oder in seine. Abschaffel wünschte nicht, mit ihr in seine Wohnung zu gehen; seine Wohnung mußte unbedingt als Zuflucht für ihn bereit und frei gehalten werden, wenn er wieder allein war. Frau Schönböck fuhr schon, und die Atmosphäre war angespannt, weil sie ohne Zeichenangabe fuhr. Sie fuhr in der Gegend herum und wartete auf die Zeichengebung. Allzu lange konnte sie nicht ohne Zeichen mit ihm herumfahren, wenn sie nicht Gefahr laufen wollten, daß das Herumfahren selbst zu einem Zeichen für Lustlosigkeit wurde. Da fragte Abschaffel, wo sie denn den Tisch und den Stuhl hinstellen werde. Frau Schönböck nahm das Zeichen mit brausender Dankbarkeit auf. Das ist ein Problem für mich, ich habe ja nur zwei Zimmer, sagte sie, in dem einen Zimmer ist das Kind, dem ich nicht noch mehr Platz wegnehmen darf, ich muß die Sachen in meinem Zimmer unterbringen, obwohl da auch wenig Platz ist, Sie haben es ja gesehen, aber irgend jemand mußte die schönen Stücke ja vor dem Sperrmüll retten; vielleicht muß ich einen Sessel rausschmeißen oder irgend etwas anderes, aber was, aber was, sagte sie, was denn, was denn, sagen Sie mir doch mal, was ich rausschmeißen soll, sagte Frau Schönböck. Das machen wir jetzt, sagte Abschaffel, ich sage Ihnen, was Sie rausschmeißen können. Ja, rief Frau Schönböck freudig.

Sie fuhren rasch zu ihrer Wohnung, und ihr Gespräch über Wohnungsfragen war so perfekt, daß sie gar nicht mehr überlegen mußten. Sie fuhren durch die Stadt, es bewegte sich fast nichts mehr in den Straßen, sie fuhren über riesige, hell erleuchtete Kreuzungen fast ohne Verkehr, überall die Leergeräumtheit der Nacht. Frau Schönböck sprach ihren Wagen mehrfach mit STRUPPI an, was Abschaffel wieder verstörte und stumm machte. NA, STRUPPI, SCHAFFST DU DAS NOCH, sagte sie, wenn sie bei Gelb über eine Kreuzung fuhren. Abgeschlagen saß er neben diesen Bemerkungen, er konnte in diese Sätze nicht hinein. Sie waren bei ihrer Wohnung angelangt, und Frau Schönböck sagte: MACH MIR KEINE SCHANDE, STRUPPI, UND WERDE NICHT GEKLAUT. Sie lachte dazu, und für mehrere Augenblicke, als sie die Haustür öffnete, bereute Abschaffel alles, was geschehen war und geschehen würde. Er bestand nur noch aus Reue, und seine Reaktionen wurden dadurch sehr sanft. Wenn die wüßte, auf welch eine elende Weise ich zu meiner Zärtlichkeit komme! dachte er. Denn er war sicher, daß er zu Frau Schönböck sehr zärtlich sein würde. In der Wohnung machte sie ihm ein Zeichen, leise zu sein wegen des schlafenden Kindes. Sie gingen durch den Flur in die Küche, wo Abschaffel den Tisch und den Stuhl vor mehreren Stunden abgestellt hatte. Ja, sagte er, jetzt muß ich Ihr Wohnzimmer besichtigen. Im Wohnzimmer schläft mein Sohn, sagte Frau Schönböck, dort schläft er immer, wenn ich abends weggehe, dann will Horst in mein Bett; das macht aber nichts, er schläft sehr fest, ich mache die kleine Lampe an, und dann können wir auch sprechen, vielleicht etwas leise. Frau Schönböck ging voran, Abschaffel betrachtete das schlafende Kind, einen Jungen von etwa sieben Jahren. Was meinen Sie, flüsterte Frau Schönböck. Das ist doch ganz einfach, flüsterte Abschaffel zurück, diesen kleinen Drehtisch schmeißen Sie raus, die Kommode ebenfalls, und dann stellen Sie den Tisch hierher. So kriegen Sie eine ruhige Ecke mit eindeutigen Stücken. Frau Schönböck stimmte sofort zu und flüsterte: Phantastisch. Sie gingen aus dem Zimmer heraus in die Küche. In der Küche stank es zerstörend nach Waschpulver, und Frau Schönböck sagte: Dann haben wir das Problem ja schon gelöst. Aus einem Schrank holte sie eine Flasche Rotwein und zwei Gläser. Sie sagte: In der Küche ist es so ungemütlich; gehen wir am besten ins Kinderzimmer. Und Abschaffel saß auf dem Bettrand, und Frau Schönböck saß auf dem Boden. Immerzu meinte er, das Zimmer verschließen zu müssen, weil er Angst hatte, das Kind könnte wach werden und herüberkommen und feststellen, daß es machtlos war gegen die Tricks der Erwachsenen. Abschaffel strengte sich an, aufmerksam zu sein. Er wollte weg, immerzu wollte er weg. Sie zeigte ihm ein Paar altmodische Ohrenschützer und sagte: Die hat meine Freundin selbst gemacht, und er merkte sich das Aussehen der Ohrenschützer. Sie zeigte ihm ein Paar Schuhe, deren Sohlen sie rot angemalt hatte, weil sie meinte, es sei schön, rote Schuhsohlen zu haben. Abschaffel bemerkte fortwährend seine Angestrengtheit. Er wollte hinterher nicht mit leerem Gemüt dastehen; deswegen bemühte er sich, vieles zu sehen und sich vieles zu merken. Er stand auf und sah sich das Kinderzimmer an. An einer Wand war ein Regal aufgebaut, es war vollgestellt mit kleinen Autos, Figuren, Bauklötzen, meterlang nebeneinander und übereinander. An einer anderen Wand ein niedriges Schränkchen voll mit Stoff- und Wolltieren, kleine und große und in allen Farben. Und rechts, an der Bettwand, ein kariertes Tuch mit Laschen, in denen Kasperlefiguren steckten. Frau Schönböck stand ebenfalls auf und zeigte ihm ein paar Zeichnungen von Horst.

Und Abschaffel umarmte sie und wünschte sich weit weg. Sie küßten sich, und Abschaffel ärgerte sich, daß er nicht geschickt genug war beim Öffnen ihres Rockes. Die Vermischung von bedeutenden und lächerlichen Ärgernissen machte ihn ganz fertig. Es gefiel ihm nicht, daß sie sich über sein Ungeschick amüsierte. Abschaffel ließ die Hände an ihren

Hüften entlang nach unten rutschen und schnaufte etwas. Frau Schönböck verstand sofort. Sie löste sich von ihm und zog sich schnell aus. Rasch war sie entkleidet bis auf Unterhose und Büstenhalter. Er zog sich viel langsamer aus, weil er glaubte, dadurch souveräner zu werden. Sie umarmte ihn fest. Abschaffel war größer als sie und konnte leicht über ihre Schultern auf ihren Rücken blicken. Er öffnete ihr den Büstenhalter, und sie ringelte durch kreisende Schulterbewegungen die Träger auf ihren Oberarmen nach vorn herunter. Sie überließ es wieder ihm, ihr den Büstenhalter endgültig von den Armen herunterzunehmen. Und als er sah, wie ihre Brüste eine halbe Handbreit nach unten fielen, war er wie immer, wenn er sah, daß das Wirkliche den Hoffnungen nie standhielt, erleichtert. Frau Schönböck lag auf dem Kinderbett. Abschaffel zog sich noch immer aus, und als er barfüßig umherging, bemerkte er, daß der Teppichboden übersät war mit Figürchen, Kugeln und kleinen Holzteilen, auf die er mit nackten Füßen trat. Mehr und mehr fürchtete Abschaffel eine weitgehende Beeinträchtigung durch die Umgebung des Kinderzimmers. Warum war denn wieder alles merkwürdig? Wieso war er denn in eine solche Umgebung gekommen? Er legte sich neben sie, und in diesem Augenblick klingelte eine kleine Glocke von der Wand herunter. Sie gehörte offenbar zu einer der Kasperlefiguren. Sofort setzte sich Frau Schönböck auf und verstaute die Glokke, und es klingelte nicht mehr. Sie nahm seinen Schwanz in die Hand und spielte daran herum, wobei sie sich selber zuschaute, was Abschaffel zwar angenehm, aber nicht recht war.

Er wollte vorschlagen, eine Decke über ihre Hand und sein Geschlechtsteil zu schlagen, weil er sein aufgerichtetes Geschlechtsteil nicht ansehen wollte. Dauernd erinnerte er sich, wie er als Jugendlicher onaniert hatte, wahrscheinlich war es diese kleine Frauenhand an seinem Geschlechtsteil, die ihn an seine eigene Kinderhand von früher erinnerte. Unter der Bettdecke hatte er mit der rechten Hand den Penis bewegt, während er mit der linken Hand die Bettdecke zeltartig hochhob, damit Platz war für die Bewegungen der anderen Hand. Und er erinnerte sich gut, wie überrascht und erschrocken er als Junge gewesen war, als er bemerkt hatte, wie sich mit fortschreitendem Onanieren die Vorhaut immer weiter dehnte und bald, nach etwa zweijährigem Umgang mit dem eigenen Geschlecht, die darunterliegende Eichel vollkommen freilag. Auch jetzt erschrak er wieder darüber. Er war nicht damit einverstanden, daß ein eindeutig inneres Organ zeitweilig ein eindeutig äußeres Organ werden konnte. Er war einst davon ausgegangen, niemals etwas vom Fleischlichen und Organischen seines inneren Körpers sehen zu müssen, aber gerade diese teilweise Umwandlung war die Wahrheit und das Erschreckende des männlichen Geschlechtsorgans. Die Eichel hatte sich inzwischen stark vergrößert, und Frau Schönböck zog die Vorhaut so weit herunter wie es nur ging. Abschaffel war vollkommen ideenlos geworden. Er wartete nur, bis alles vorüber war. Wie zu Zeiten seiner jugendlichen Onanie hatte er das Gefühl, einer bösartigen Tücke des Körpers ausgeliefert zu sein. Immer noch konnte Abschaffel nicht aufhören, sich nicht zu mögen. Er hatte sich einen Arm über die Augen gelegt. Es war die gleiche Panik, in die er manchmal geriet, wenn er auf die Straße gespuckt hatte und sofort danach mit auffälliger Wut mit den Schuhen die Spucke auf der Straße zerrieb, verwischte und gänzlich unkenntlich machte; solange die Spucke im Körper gut verwahrt und also angenommen war, war sie auch gelitten; und sobald sie aus dem Körper, dem sie doch angehörte, heraus war, entstand der Ekel vor dem Körperlichen, er wollte es nicht sehen und mußte auch verhindern, daß andere es sahen. Abschaffel schloß die Augen, aber warum schloß er die Augen? Nicht aus Lust, die Lust ließ sich ansehen. Er wollte an keiner Stelle seine nach außen gewendete Fleischlichkeit sehen.

Frau Schönböck beugte sich herunter und nahm sein Geschlechtsteil in den Mund; und weil er in all seinen fortwährenden körperlichen Zerwürfnissen auch noch schöne Gefühle hatte, wurde ihm sein Geschlecht wieder zu einem Rätsel, das die Frau in den Mund nehmen mußte, damit seine Ungeklärtheit getröstet werde. Bald setzte sich Frau Schönböck auf ihn und bewegte sich kindhaft leicht über ihm. Abschaffel fand langsam zurück in die Normalität des Geschlechtsverkehrs. Er gab ihre Bewegungen leicht zurück, und sie gab ihm zu verstehen, daß sie sich auf den Rücken legen wollte. Sie drehten sich um, und Frau Schönböck kam in einen stöhnenden Singsang, der nicht mehr aufhörte. Abschaffel gab keinen Ton von sich, und als es ihr kam, pfetzte sie die Augen zusammen, so daß Abschaffel glaubte, sie hätte starke Schmerzen. Sie griff nach einem kleinen Kinderkissen und stopfte es sich in den Mund und schrie in das Kissen, als sei sie hinter verschlossenen Türen geknebelt. Abschaffel war noch niemals mit einer Frau zusammengewesen, die so rasch kam wie Frau Schönböck. Das war schön für ihn; jetzt brauchte er kein schlechtes Gewissen zu haben, wenn er nur an sich dachte. Er bog ihre Beine weit auseinander und stieß von weit oben in sie hinein. Einen Augenblick lang wollte er sich wieder stören an der grotesken Körperhaltung, die sie nun eingenommen hatte und in der er sie festhielt, dann aber spürte er, wie sich sein gesamtes Körpergefühl auf sein Geschlecht zu konzentrieren begann. Rasch kam es ihm, und Frau Schönböck machte es ihm leicht. Er sank über ihr zusammen, sie nahm ihn auf und war ruhig und sagte, er könne so bleiben und sich ausruhen. Er versuchte gleich von ihr herunterzugehen, sie aber verstärkte den Druck ihrer Hände an seinen Seiten, und er blieb. Abschaffel bemerkte, wie das Gefühl wieder in ihn einzog, er müßte sich beeilen. Sie hielten bewegungslos inne wie eine Skulptur, und Abschaffel kam wieder ab vom Leben und rutschte hinein in seinen Wunsch nach Distanz. Wieder traute er seiner Einfühlung nicht; er betrachtete seine Gefühle immer von außen, immer so, als würden sie ihm nicht wirklich gehören. Merken konnte er das daran, daß er in Ereignissen, die mit ihm zu tun hatten, nie ganz drin war; immer war er ein Stückchen daneben, damit er auf sich selbst sehen konnte. Und deshalb begann er auch über jedes Ereignis, das mit ihm zu tun hatte, sofort zu reflektieren. Wenn andere noch lebten oder erlebten, dachte oder sprach er bereits darüber. Sprechen mußte er auch deswegen, damit er wieder von den Ereignissen wegkommen konnte. Das Reflektieren war die Einlösung des Abstands. Das hatten manchmal auch schon Frauen bemerkt, mit denen er zusammengewesen war. Manche von ihnen gingen so weit, daß sie für die Zeit, die sie mit ihm zusammen waren, seine Haltung übernahmen und sich, ihm zuliebe, auch fremd wurden. Und hinterher wußte niemand, was eigentlich los war.

Abschaffel glaubte jetzt endgültig, sich sofort verabschieden zu müssen. Er löste sich von Frau Schönböck und überlegte, wie er sein Verschwinden einleiten könnte. Sollte er hoffnungsloses Erschöpftsein spielen und die Möglichkeit andeuten, daß er rasch einschliefe, wenn er nicht recht bald wegginge? Weggehen war der Endstand der Reflexion. Sie lagen nebeneinander. Der Augenblick, als er sich einen kalten Aschenbecher auf den Bauch stellte, erinnerte ihn daran, wie lange er schon nicht mehr mit einer Frau in einem Bett gelegen hatte. Zu keiner anderen Gelegenheit stellte er sich, wenn er rauchte, den Aschenbecher auf den Bauch. Frau Schönböck sprach nicht. Es war typisch für Abschaffel, daß er, um weiterzukommen, über etwas Geschehenes sprach. Er schilderte ihr den Eindruck ihrer zusammengedrückten Augen. Nein nein, Sie haben mir nicht weh getan, sagte sie. Abschaffel hatte schon jetzt das Gefühl, alles zu vergessen. Er schämte sich. Sie können hier nicht übernachten, sagte sie. Ja, sagte er erleichtert, ich werde jetzt gehen. Er erhob sich und war froh. Sie gab ihm den Schlüssel für die Haustür für den Fall, daß unten abgeschlossen war. Sie hatte sich ein entsetzliches rosa Nachthemd übergezogen. Schlafen Sie im Kinderzimmer, fragte Abschaffel. Ja, sagte sie. Er ging aus der Wohnung, die Treppen hinunter, aus dem Haus hinaus, und das Gefühl seiner Erleichterung nahm zu und wurde ein Gefühl, das ihn trug. Es war nach Mitternacht, und Abschaffel ging eilig in Richtung Innenstadt. Er hatte die Vorstellung, noch irgendwo in einem hellen Raum vage herumstehen zu wollen. Und er fand bald eine hart und hell mit Neon ausgeleuchtete Steh-Pizzeria, die er sofort betrat. Die Pizzeria war vollständig leer. An den Wänden hingen einige selbstgemalte Blumenbilder mit großen Namenszügen rechts unten in den Ecken der Bilder. Der Raum war ringsum hellgrün gestrichen, unten gesäumt von schwarzen Strichen und Flecken von schmutzigen Schuhsohlen. Ein junger Italiener in einem gelben Hemdchen stand hinter der Theke und wartete auf Abschaffels Bestellung. Abschaffel wollte alles essen und alles trinken, was der Laden herzugeben hatte. Er bestellte Spaghetti Napoli und ein Glas Rotwein. Der Italiener rief die Bestellung durch eine Luke in einen Nebenraum, danach war wieder Stille. Nur das Geräusch eines winzigen Radios war zu hören, das offenbar schon stundenlang eingeschaltet war. Es war ganz leise geworden, es gab nur noch ein ziehendes, schleifendes Geräusch von sich. Wenn die Lautstärke etwas anschwoll, hörte Abschaffel einen halben Satz in einer fremden Sprache. An den Wänden entlang waren Eßborde angeschraubt und darauf, in den Ekken, Drahtgestelle mit Papierservietten und Trinkröhrchen. In der Mitte zwei Stehtische. An der Wand knackte eine elektrische Uhr, deren Zeiger gerade über dem Namenszug COCA-COLA standen. In der Luke erschien eine Hand mit Teller, das waren Abschaffels Spaghetti. Der Italiener nahm einen Pappbecher und schenkte ihm Rotwein ein. Abschaffel trug seine Bestellung zu den Eßborden und aß. Alles in diesem Lokal war ausdruckslos, und Abschaffel gefiel es hier. Er aß, und er war sicher, daß auch von ihm kein Ausdruck verlangt werden konnte.

SO GEHT ES NICHT WEITER! SO KANN ES NICHT WEITERGEHEN! ES MUSS ALLES GANZ ANDERS WERDEN! Mit solchen Sätzen, die er unaufhörlich vor sich hin murmelte, ging Abschaffel einige Tage später nach Hause. ICH KANN MICH NICHT JEDEN TAG IN DER STADT HERUMTREIBEN! ICH MUSS SINNVOLLER LEBEN! Das waren die Sätze, die er dachte, als er seine Wohnungstür öffnete. Er war gleich nach Feierabend nach Hause gegangen.

Er hatte den Drang, sofort mit einem echteren Leben anzufangen, und er war schon fast glücklich, als er in der Küche den übervollen Mülleimer sah. Dieser Anblick war eine gute Gelegenheit, mit einem besseren Leben anzufangen, und er beschloß sofort, den Abfall hinunterzutragen. Wirklich war er wenige Minuten später mit dem Abfall unterwegs nach unten. Er hatte die Hausschuhe angezogen; fast wie ein Hausvater stieg er die Treppen hinab, in der linken Hand den Abfall tragend, in der rechten den Schlüsselbund. Als er unten neben den drei Mülltonnen stand, hob er von jeder einzelnen Mülltonne den Deckel und überlegte, in welche er seinen Abfall hineinwerfen sollte. Er merkte zuerst gar nicht, daß er seinen Abfall in die Mülltonne werfen wollte, in der noch am meisten Platz war. Er wollte nicht, daß sein Abfall in einer Mülltonne ganz obenauf lag, und erst in diesem Augenblick fiel ihm auf, wie sehr er wieder dabei war, mit der Intensität am falschen Ende anzufangen. Sofort geriet er in eine helle Wut. Er warf den Abfall schließlich in den mittleren Mülleimer und ging rasch und zerknirscht die Treppen hoch. MAN MUSS ES WAHNSINNIG INTERESSANT FINDEN, DASS ALLES SO IST, WIE ES IST, UND DAS KANN ICH NICHT, dachte er wütend. Eben noch wollte er ein sinnvolleres Leben führen, und jetzt war sein Kopf schon wieder voll mit Knoten und Knüppeln. Diese ruinöse Vernichtung von Vorsätzen wegen nichts und durch nichts! Er blickte um sich, und alles war weg. Ratlos saß er in seinem Zimmer. Und wirklich kam er auf den Gedanken, er müßte sich vielleicht ein Hobby zulegen. Hatte er nicht schon immer fotografieren wollen? Jawohl! Fast ging es ihm schon wieder etwas besser, da beschimpfte er sich wegen dieses lächerlichen Einfalls. War es denn schon so schlimm um ihn bestellt, daß er ins Hobbyalter hinüberwechselte? Wollte er seine Trostlosigkeit bebildern? Was im Ernst wollte er denn fotografieren? Er lief im Zimmer umher und sah aus dem Fenster hinaus und setzte sich und stand wieder auf und dachte: Jeden, der jetzt bei mir klingelt und in die Wohnung will, bewirte ich bis ans Ende meines Lebens. Ich schnalle ihn auf dem Sessel fest und lasse ihn nicht mehr weg. Natürlich saß Abschaffel nur in seinem Zimmer auf einem Stuhl. Er nahm ein Geräusch wahr, es mußte von oben kommen. Er war, da er wirklich allein war, sofort bereit, dieses Geräusch zu überschätzen. War einmal etwas in seine Wahrnehmung eingedrungen, beschäftigte er sich gleich übertrieben damit. Immer wieder gab es dieses Geräusch in der Wohnung über ihm. Zweimal, manchmal sogar dreimal am frühen Abend fiel oben ein Gegenstand zu Boden, und es hörte sich an, als sei es eine kleine Kugel, die auf einen Steinboden aufschlägt und dann wegrollt. Aber wer ließ eine Kugel, wenn es eine Kugel war, auf den Boden fallen? Es gab keine Kinder in der oberen Wohnung. War es ein Mann, war es eine Frau, die die Kugel fallen ließ, und fiel sie überhaupt, oder wurde sie geworfen? Und fiel sie für sich allein, oder wurde sie nach jemandem geworfen? Er ging in der Wohnung umher, um seinen Fragen aus dem Weg zu gehen oder um sie einfach zu verlieren, indem ihm irgend etwas anderes auffiel. Gleich lief er einer anderen Übertriebenheit in den Weg. Vor dem Spiegel kämmte er sich flüchtig die Haare, und als er fertig war, hatten sich einige Haare vom Kopf gelöst; sie hingen im Kamm. Er griff nach ihnen, indem er mit einer Hand eine Faust um den Kamm bildete und die geschlossene Faust langsam zurückzog. Er brachte die Haare in der Faust zum Mülleimer, aber auf dem Weg zur Küche läutete das Telefon. Er ging zum Telefon zurück, telefonierte lange mit einer Freundin, die er früher einmal gekannt hatte; es fiel ihm nicht ein, daß er eben noch hatte dankbar sein wollen für jedes menschliche Ereignis, statt dessen langweilte er sich beim Telefonieren, er lehnte im Türrahmen, während er sprach, ein Bein etwas angehoben, als müßte er ganz rasch einen Raum verlassen. Das Gespräch war zu Ende, er legte den Hörer auf, als hätte er etwas ganz Schwieriges noch einmal mit viel Glück überstanden, er lief in der Wohnung umher und suchte Anschluß an eine andere Tätigkeit, bis ihm auffiel, daß er in seiner Faust immer noch einige Haare eingeschlossen hielt. Er hatte seine Faust so fest geschlossen, als sei ein kleines Tier darin; endlich ging er zum Mülleimer und öffnete langsam seine Faust und wunderte sich, daß es wirklich nur einige Haare waren, die in den Mülleimer segelten.

Abschaffel litt darunter, daß die Ereignisse so eindeutige Anfänge und Enden hatten, die er jeweils bemerkte; dadurch entstand für ihn immer die Frage, was jetzt geschehen solle. Er sah eine geschwächte Wespe, die in seine Wohnung geflogen war. Das Tier summte eine Fensterscheibe auf und ab und legte Pausen ein, die es unten in den Ecken des Fensterrahmens zubrachte. Abschaffel holte sich im Bad ein schweres, ungeöffnetes Waschmittelpaket und erdrückte damit die Wespe an der Scheibe. Als sie zerquetscht und tot auf die Fensterbank fiel, sah er sie lange an, vor allem den Saft sah er an, der ihr aus dem Hinterleib gequollen war. Vorn die Fühler bewegten sich langsam hin und her, und Abschaffel drückte noch einmal das Waschmittelpaket auf sie drauf. Jetzt war sie nicht nur endgültig und völlig tot, sie war auch plattgedrückt, und Abschaffel wunderte sich, daß er auch vor einer toten Wespe immer noch Angst hatte; er faßte sie an den Flügeln und ließ sie in den Mülleimer fallen.

Er ging in das Zimmer und legte sich auf das Bett. Der Angestellte Gersthoff fiel ihm ein. Er lag im Krankenhaus mit Schlaganfall und Herzinfarkt, das wird nicht mehr. Ajax, der weiße Wirbelwind, hatte seine Chance gesehen; Gersthoff war noch nicht drei Tage im Krankenhaus, da war er entlassen. Aber Ajax hatte einen Fehler gemacht; er hatte versäumt, sich über die Kündigung mit dem Betriebsrat zu verständigen. Die Kündigung war ohne Wissen des Betriebsrats erfolgt, und das war ein Verstoß gegen § 102 des Betriebsverfassungsgesetzes. Herr Mörst, der Betriebsratsvorsitzende, ein widerlicher, ewig stinkender Hundezüchter, war zu einem der Referenten von Ajax gegangen und hatte die Kündigung angefochten; mit Erfolg, sie wurde zurückgenommen. Das Gesetz war ein gutes Gesetz. Natürlich hatte Ajax gewußt, daß er den Betriebsrat nicht übergehen durfte, er hatte es aber dennoch riskiert, weil er geglaubt hatte, Herr Mörst, dieser lächerliche leere Fleck, würde sich niemals trauen, einer seiner Entscheidungen zu widersprechen. Und eine wirkliche Beratung der Kündigung mit Herrn Mörst, wie es das Gesetz verlangte, hätte Ajax in der Ehre gekränkt. So hatte es Ajax darauf ankommen lassen, daß das Gesetz, auch noch in Form von Herrn Mörst, gegen ihn war. So etwas war Ajax noch nie geschehen, es war ein Altersschock, der ihm vielleicht das Hirn zerstörte. Er lief wirr im Büro umher, alle seine Angestellten waren ihm plötzlich unheimlich geworden; er beobachtete sie, besonders Herrn Mörst beobachtete er, dieser arbeitete aber brav wie immer, es war nichts an ihm zu finden. Gersthoff wollte, als er auf dem Krankenbett von Mörst hörte, was geschehen war, sofort in die Gewerkschaft eintreten. Seit zwanzig Jahren hatte er sich gegen die Gewerkschaft gesträubt. Nun, zwar immer noch ohne Überzeugung, aber mit bleicher und schlotternder Dankbarkeit, wollte er beitreten. Mörst hatte Gersthoffs Aufnahmeantrag dem Vorstand seiner Gewerkschaft vorgelegt, aber der Antrag wurde abgelehnt. Die Gewerkschaft hatte auch ihren Stolz; sie wollte keine über fünfzigjährigen Streitfälle mehr aufnehmen. Gersthoff war über Nacht zu dem armen Schwein geworden, das er schon immer gewesen war. Er würde wochenlang im Krankenhaus liegen müssen, und wenn es Mörst und das Gesetz nicht gegeben hätte, dann müßte er die Schicksalsmächte darum bitten, das Maß vollzumachen und ihm den Tod zu bringen, und zwar einen raschen, damit der Tod eine nicht gar so hohe Krankenhausrechnung hinterließ. Mörst, der Betriebsratsvorsitzende, hoffte, dieser Fall würde auf andere Angestellte, die ebenfalls nicht gewerkschaftlich organisiert waren, wie auch Abschaffel, beispielgebend wirken. Immer wieder blickte er warnend und vorsorglich im Büro umher. Tatsächlich waren nur wenige Angestellte in der Gewerkschaft. Jeder Angestellte war ein privates Monstrum. Allein die Vielzahl ihrer persönlichen Wehwehchen verleitete die meisten dazu, sich schon für Persönlichkeiten zu halten, die mit anderen Menschen nichts gemeinsam hatten. So war es auch mit Abschaffel. Er hörte sich in diesen Tagen interessiert Mörsts Reden an und stimmte ihm in allem zu. Denken Sie nur, hatte Mörst gesagt, wenn Gersthoff in der Gewerkschaft gewesen wäre, wie relativ einfach die Sache wäre. Die Gewerkschaft würde seinen Fall sofort aufgreifen und für ihn vor das Arbeitsgericht gehen. So aber geschieht überhaupt nichts. Gersthoff muß privat klagen, er muß einen Rechtsanwalt bezahlen, und das alles dauert monatelang, denn die Arbeitsgerichte sind überlastet, und immer muß Gersthoff zahlen, dieser Idiot, hatte Mörst gesagt, und Abschaffel hatte genickt. Und Abschaffel, auf dem Bett liegend, gestand sich ein, daß er nur ein anderer Gersthoff war. Er war am Anfang des Weges, den Gersthoff mit einem Herzinfarkt soeben nahezu beendet hatte. Aber das Eingeständnis führte zu nichts. Es war für ihn nur wieder eine schöne Stimmung, die er sofort zu seiner Privatsache machte. Und er ging gleich dazu über, sein Privatleben dem Privatleben Mörsts gegenüberzustellen. Ein Hundezüchter, hah! Die beiden Leben waren unvereinbar, und es war Abschaffel nicht möglich, davon abzusehen.

Natürlich hatte ihn die Beschäftigung mit diesen Dingen wehleidig gemacht. Es blieb nichts anderes übrig als seine Schwäche. Nervös stand er auf und zog sich die Schuhe an, aber warum zog er sich die Schuhe an? Er zog die Schuhe wieder aus und öffnete das Fenster. Er überlegte, vielleicht sollte er ins Kino gehen oder erst später? Einmal, im Sommer, war er in der 16-Uhr-Vorstellung gewesen und war hinterher enttäuscht, weil es, als er das Kino verließ, auf der Straße noch immer hell und Tag war. Dadurch war alles auseinandergefallen, das Kino, der Tag und Abschaffel selber, und er hatte es nicht mehr zusammensetzen können. Er schaltete das Fernsehgerät ein. Es wurde ein Tierfilm gezeigt, und Abschaffel setzte sich auf den Boden und sah hin. Es amüsierte ihn, eine Menge von Igeln zu sehen, dazu Eichhörnchen, Gartenschläfer, Bilche, Wanderratten, Siebenschläfer, Haselmäuse und Eulen. Der Film zeigte das Leben dieser Tiere, aber es war wie eine Unterhaltung für Menschen. Der Siebenschläfer fraß eine Eidechse, und als sich der Siebenschläfer das Maul ableckte, wurde er von einer herabstürzenden Eule angefallen und in Stücke gefetzt und aufgefressen. Das Chaos beruhigte Abschaffel, und er geriet in Begeisterung über die Klarheit der Vorgänge. Da entschloß er sich, doch vorzeitig in die Stadt zu gehen und sich zu ermüden, damit das Sitzen im Kino behaglicher wurde. Auf der Straße hatte er Lust, in die Ereignisse hineinzupöbeln. Den massenhaft vorbeifahrenden Autos rief er zu: FAHRT WEITER, IHR SCHWEINE, nur Abschaffel hörte es, aber es machte ihn zufrieden. Er fuhr mit einer Rolltreppe eine U-Bahn-Station hinunter und setzte sich auf einen Platz in einer langen Reihe von Sitzen und wartete. Er sah, wie an einem Ende der langen Sitzreihe, in deren Mitte er allein saß, zwei Gastarbeiterinnen anfingen, mit Eimer und Lappen die Sitze zu reinigen. Sitz für Sitz arbeiteten sie sich an Abschaffel heran und redeten dabei, und Abschaffel verstand kein Wort. Ihre Sätze hallten in dem weiten Schacht, und Abschaffel wunderte sich, daß sich die beiden Frauen nicht schämten, weil ihr Gerede so weit weggetragen wurde von dem Hall. Eine Bahn war bereits gekommen; Abschaffel hatte sie ohne sich weiterfahren lassen, weil er erleben wollte, wie die beiden Gastarbeiterinnen auf ihn reagierten, wenn sie putzend und scheuernd und redend an den Sitz, auf dem er saß, herangekommen waren. Denn er war entschlossen, seinen Sitz nicht zur Reinigung freizugeben. Einen Grund dafür fand er nicht, er wollte nur nicht weggehen. Deshalb kam er in eine unsinnig angespannte Situation. Die beiden Frauen waren bis auf zwei Sitze an ihn herangerückt, und er hätte jetzt aufstehen müssen. Die Frauen baten ihn nicht aufzustehen. Sie redeten miteinander und gingen um ihn herum und setzten ihre Arbeit an dem Sitz fort, mit dem sich die Reihe auf Abschaffels anderer Seite fortsetzte. Abschaffel war dabei, für die beiden Frauen Sympathie zu empfinden, weil sie ihn behandelt hatten wie ein sinnloses Objekt in einer allgemein sinnlosen Umwelt. Es war klug von ihnen gewesen, sich nicht von ihm herausfordern zu lassen. Jetzt wollte er ihnen nachträglich erklären, daß er gar nicht so sei, wie er sich eben benommen hatte, daß er so ein Mensch ganz und gar nicht sei. Er blickte ihnen sehnsüchtig nach und überlegte, wie er ihnen das erklären konnte, und er bemerkte nicht, daß er seine Bedeutung für die beiden Frauen immer noch überschätzte. Es war ihnen gleichgültig gewesen, ob er sitzen blieb oder aufstand, und ebenso gleichgültig mußte ihnen sein, was er ihnen nachträglich erzählen wollte.

Weil er diese Geschichte nicht mehr geradebiegen konnte, entzog er ihr immerhin das Gefühl eines kleinen Beleidigtseins. Von daher wuchs ihm inmitten seiner Scham ein Stolz in den Kopf, der den Vorfall bereits umwertete. Jetzt hatte er die Meinung, gar kein schlechter, sondern ein besonders intensiver Mensch zu sein, der sich auf riskante Selbsterfahrungen einließ. Es war erstaunlich, was sich alles zurechtdenken ließ. In der Stimmung des neuen Wieder-von-sich-Beeindrucktseins ging er rasch zu Fuß zum Kino. Als er dort war, kam er immer noch zu früh. An der Kasse kaufte er sich eine Tüte mit Erdnüssen und etwas Schokolade; damit betrat er als erster den Zuschauerraum. Es war schön, im Kino als einziger zu kauen. Der tiefblaue Vorhang war unten und oben mit hellem Licht angestrahlt, und eine Klimaanlage bewegte ihn leicht hin und her. Aus zwei Lautsprechern links und rechts des Vorhangs drang eine weiche und eilige Musik, und es gefiel Abschaffel, daß er gleichzeitig mehreres tun und beobachten konnte. Er hörte der Musik zu, und es gefiel ihm zu wissen, daß die Musik gleich weggenommen werden konnte und ein Film zu laufen beginnen würde. Er aß Erdnüsse und Schokolade und beobachtete zugleich die kleine Kartenabreißerin an der Eingangstür; gleichzeitig hörte er wieder der Musik zu. Mehreres zugleich tun! Das gefiel ihm plötzlich. Abschaffel erinnerte sich an Schulausflüge, an denen er als stummer Schüler teilgenommen hatte, und es irritierte ihn, erst jetzt auf den Gedanken zu kommen, daß ihm diese Schulausflüge vielleicht gefallen haben könnten. Er erinnerte sich an Zugfahrten, und in den Abteilen sangen die Schüler. Zugfahren und gleichzeitig singen! Das Kino hatte sich rasch gefüllt, und Abschaffel versuchte, durch Beibehaltung eines finsteren Gesichts zu erreichen, daß sich niemand neben ihn setzte. Der Kinoraum war etwas dunkler als zuvor, aber gerade noch so hell, daß jeder Platz gut zu finden war. Abschaffel hatte die Schokolade aufgegessen, die Erdnüsse nicht ganz. Es verdunkelte sich das Kino vollständig, und alles, was nun vorgeführt wurde, Hauptfilm, Vorfilm, Wochenschau und Werbedias, hatte er vor einer Woche bereits gesehen. Er lehnte sich zurück und war froh, für zwei Stunden zu wissen, was geschehen würde.

Dieser krumme stille Sonntag, wie er wieder hinter den Häusern hervorkam! Abschaffel, obwohl wach, lag im Bett und drehte am Radiogerät, das seitlich vom Bett stand. Es war einer von diesen zähen Sonntagen, die mit einer prächtigen Stille anfangen, die dann aber, wenn ringsum schon alles wartet, nichts mehr zum Menschenleben beitragen. Abschaffel hatte schon versucht, im Bett zu lesen, aber er hatte die Konzentration nicht beibehalten können. Nach drei Seiten hörte er auf. Er spielte an seinem Geschlecht, und es war absehbar, daß er bald onanierte. Er hatte erst gestern onaniert, und erst gestern hatte es ihm nicht gefallen, aber das machte nichts. Beiläufig stellte sich die Erinnerung an ein Mädchen ein, das er einmal gekannt hatte oder nicht gekannt hatte und dessen Bild ihm häufig als Vorstellung kam, wenn er onanierte. Vor über zehn Jahren hatten Abschaffel und dieses Mädchen einmal in der gleichen Firma gearbeitet. Er war damals ganz jung gewesen, das Mädchen einige Jahre älter. Sie stand benachteiligt in der Welt und in der Firma, sie war zu dick, zu schwer, zu dumm, zu häßlich und zu ungeschickt. Gern wäre sie trotz allem geliebt worden, und sie bot sich den Angestellten an. Sie war gezwungen, sich deutlicher als andere anzubieten, aber sie wurde abgewiesen von den jungen Angestellten, nicht einmal die Lehrlinge benutzten sie für ihre ersten Erfahrungen, obwohl sie auch für Lehrlinge bereit war. Sie roch aus dem Mund, sie hatte gelbe Zähne, und ihre Wäsche war häufig alt und riechend geworden. So nah, um all dies festzustellen, damit die Ablehnung begründet werden konnte, waren ihr schon viele gekommen, auch Abschaffel. Er war einmal mit ihr in der Registratur auf dem Dachgeschoß des Firmengebäudes gewesen, sie waren allein und standen sich zwischen Ordner-Wänden gegenüber. Abschaffel griff ihr an die Brust, dann kam sie ihm nahe mit dem Gesicht, und es traf ihn ihr Mundgeruch, der ihn augenblicklich lähmte. So wurde das Mädchen herumgestoßen zwischen rasch wieder abgebrochenen Kontakten zu verschiedenen Männern, und niemand sagte ihr, wie sie mit all diesen Ablehnungen leben sollte. Abschaffel erinnerte sich dieses Mädchens in seiner vollständigen Widerwärtigkeit, ja, er fügte seinem Bild noch einige Scheußlichkeiten hinzu, als er wirklich zu onanieren begann. Und er stellte sich vor, wie er, Abschaffel, dieses Mädchen aus seiner Zurückgesetztheit erlöste. Er brachte ihr bei, sich jeden Tag zweimal die Zähne zu putzen, sich den Mundraum zu spülen und alle zwei Tage zu baden und danach frische Unterwäsche anzuziehen. Er half ihr beim Baden, ja, er stellte sich vor, wie er als überwachende Person, das Handtuch über die Schulter geschlagen, an der Tür stand und gutmütige Ratschläge in das Badezimmer hineinsprach. Und er half ihr wirklich, er wusch ihr den Rücken und den Busen, und es gefiel ihr endlos. Sie war so dankbar, daß sie kaum sprechen konnte. Nach dem Bad frisierte sie sich, duftete sich ein von allen Seiten und präparierte sich für den Mann Abschaffel. Denn es war klar in seiner Vorstellung, daß all ihre Vorbereitungen nur im Hinblick auf einen Mann getroffen wurden. Und Abschaffel schlief mit ihr nach dem Baden; er verbrauchte alles, was sie für ihn hergerichtet hatte; ihre Frisur löste sich auf, und während der Beischlafbewegungen wandelten sich ihre kosmetischen Gerüche um, und zum Vorschein kamen wieder die üblen Originalgerüche, der schweißtreibende Höhepunkt endlich ließ sie verschwitzt und stinkend zurück, und jetzt, als es Abschaffel kam, war sie endgültig zurückgekehrt in ihren und seinen Schmutz. In diesem Schmutz lief sie umher, hilflos und ohne Kontakt wie immer, bis Abschaffel sich wieder ihrer erinnerte, sie herausnahm aus ihrem Schmutz und ihr zeigte, wo das Bad sei, und ihr half beim Waschen und bei der Rückkehr in die Begehrlichkeit, damit er sie wieder und wieder beschmutzen konnte.

Für eine Minute sank Abschaffel zurück auf sein Bett. Obgleich er erst gestern onaniert hatte, war ihm heute wieder viel Sperma gekommen. Seine Phantasie vom schmutzigen und von ihm gereinigten und von ihm wieder beschmutzten Mädchen verschwand, und er fragte sich, was er jetzt machen sollte. Es ängstigte ihn die Vorstellung, daß er sich noch dreißig Jahre lang mit seinem Geschlechtsleben beschäftigen mußte. Durch das Onanieren war der Sonntag im ganzen um nicht mehr als zehn Minuten vorangekommen. Schon jetzt wollte er alles über den Verlauf des Tages wissen, und er wünschte sich, den Tag ganz eilig durchleben zu können. Ja! Schneller leben als die anderen. Abschaffel onanierte erneut, diesmal mit starkem Widerwillen und ohne jegliche Phantasie, weil er gar nicht onanieren wollte und es trotzdem tat. Er dachte überhaupt nichts und wartete nur auf die allmähliche Zuspitzung des Reizes. Und nicht mehr weiß und voll wie frischer Schnee, wäßrig und grau kam der Samen beim zweitenmal. Abschaffel wischte sich das Geschlecht ab und stand auf. Es war elf Uhr geworden, und er beschloß, auf das Frühstück zu verzichten und gleich eine Art Mittagessen zu machen. Er stellte einen Topf mit Wasser auf, ließ das Wasser kochen und zerbrach einen Beutel Spaghetti in das Wasser hinein. Die Spaghetti mußten zwanzig Minuten kochen. Gleich erschien ihm diese Zeit zu lang. Er konnte es nicht ertragen, vor sich selber den Eindruck zu erwecken, sein Leben bestünde in diesen zwanzig Minuten lediglich aus dem Warten auf das Garwerden von Spaghettis. Er ließ das Badewasser einlaufen und dachte: Jetzt warte ich wenigstens auf zwei Dinge zugleich. Wenn die Kochzeit der Spaghettis vorüber sei, dachte er, sei auch die Badewanne voll; dann könnte er die Spaghetti in ein Sieb abschütten und trocknen lassen, und er könnte in dieser Zeit baden. Und nach dem Bad wollte er die Spaghettis in der Pfanne braten und essen. Er überlegte diese Folge von Ereignissen und bemerkte nicht, daß er die beiden Vorgänge, Baden und Kochen, derart ineinander verschränkt hatte, daß sie sich einander hetzten und unerfreulich wurden. Es gelang ihm an diesem Morgen wieder nicht, ruhig zu leben und ein Ding an das andere zu setzen.

Denn die Badewanne war rasch voll, und die Spaghettis hatten erst die Hälfte ihrer Zeit gekocht. Wenn er auf die Spaghettis wartete, lief er Gefahr, das Badewasser kalt werden zu lassen. Eilig überlegte er, ob er vielleicht in den zehn Minuten Kochzeit, die den Spaghettis zum Weichwerden fehlten, ganz rasch baden sollte, oder sollte er warten, bis die Spaghettis gar seien, dann einen Teil des bereits eingelaufenen, sicher nicht mehr heißen Badewassers ablaufen lassen und neues heißes Badewasser nachfüllen? Abschaffel entschied sich für die zweite Möglichkeit. Er stellte das Badewasser ab und wartete vor dem Gasherd, bis die Spaghettis gar waren, und schüttete sie ab. Als er etwas Badewasser ablaufen ließ und neues zugab, überlegte er schon, was er nach dem Baden und Essen tun konnte. Er zog sich aus, und es war ihm, als würde ihn das Baden eigentlich nur stören und von etwas anderem abhalten. Er sah gar nicht mehr ein, warum er baden sollte, aber da saß er schon in der Wanne und wusch sich unaufmerksam. Überraschend fiel ihm in der Badewanne seine Onanievorstellung vom schmutzigen Mädchen ein, und er wunderte sich, daß er sich nun dem wichtigsten Bestandteil dieser Vorstellung, der Säuberung, selber unterzog. Das konnte nur heißen, er brauchte das Bild vom schmutzigen Mädchen, damit er zur Schmutzvorstellung von sich selber kam. Niemand war schmutzig, im Gegenteil, alle waren sauber und schön, besonders die Mädchen und Frauen, nur sein Geschlecht und sein Samen war schmutzig, und deswegen badete er auch nun real in der Wanne nach dem Onanieren. O Gott, diese Scham im Wasser. Badete er immer nur, um den tiefen Schmutz seines Geschlechts zu tilgen? Und onanierte er, weil er seinen Samen, der sein Schmutz war, unter allen Umständen von sich weg haben wollte? Auch zweimal, damit wirklich keine Reste blieben? War er tief im Inneren davon überzeugt, daß er SCHMUTZ war? Für zwei Minuten war es gefährlich, daß er in der Badewanne saß. Die Scham strömte so mächtig in ihn ein und machte ihn so schwach, daß er gern ertrunken wäre. Weg mit dieser nicht aufhebbaren Verzweiflung und Nichtigkeit! War nicht immer alles umsonst, weil die Überzeugung vom Schmutz so tief war, daß kein Reinigungsmittel der Welt jemals etwas dagegen ausrichten konnte?

Das Badewasser spielte ruhig an seinem Hals, und Abschaffel sah an die Decke des Badezimmers. Schon wieder war er in Ereignisse verwickelt, die dazu beitrugen, daß er sich schamvoll mangelhaft erlebte. Er verließ die Badewanne mit der festen Überzeugung, daß ihm dieser Tag nicht gelang. Er gab den Tag frühzeitig auf, und dies war der Grund, weshalb er später die gebratenen Spaghetti mit unerhört trauriger Langsamkeit aß und hinterher mit der Gabel im Teller spielte, als er schon lange leer war.

Er wollte irgendwo hingehen, wo er überhaupt nicht hingehörte. Er erwog den Besuch einer Veranstaltung, die ihm, wenn er erst dort war, unablässig Fragen stellen mußte, was er, Abschaffel, hier eigentlich wolle. Vor Tagen hatte er das Plakat einer Landwirtschaftsausstellung gesehen, das ihm nun wieder einfiel. Dort wurden Tiere, landwirtschaftliche Geräte und Maschinen gezeigt; er kam wieder davon ab, weil er sich wünschte, der einzige Besucher der Ausstellung sein zu können. Er hatte sich schon vorgestellt, wie er als einziger zwischen Kühen und Schafen einherging. Aber heute war Sonntag, und die Ausstellung war sicher überfüllt. Statt dessen ging er umher und betätigte verschiedene Einrichtungen in seiner Wohnung. Er zog Schubladen auf und drückte sie wieder in ihr Fach, er hob den Telefonhörer an sein Ohr und legte ihn wieder zurück, er zog das Uhrwerk seines kleinen Weckers auf, er schaltete das Licht ein und aus und bewegte eine Schere, ohne etwas zu schneiden. Aus dem Stand heraus, ohne einen entsprechenden Wunsch, kam er plötzlich auf die Idee, eines der dreißig oder vierzig Bordelle in der Bahnhofsgegend zu besuchen. Gleich war er dabei, sich die Situation vorzustellen, wenn das Mädchen sich bemühte, sein Glied aufzurichten und das nicht gelang, weil er erst vor zwei Stunden zweimal nacheinander onaniert hatte und jeglicher Geschlechtsdruck verschwunden war. Aber sicher war doch wieder etwas SCHMUTZ da, den er sich entfernen lassen konnte. Er steckte etwas Geld ein und machte sich gleich auf den Weg. Er fuhr mit der U-Bahn in die Bahnhofsgegend. Kaum war er dort, hatte er ein schlechtes Gewissen, nur weil die Zeit verging und er sich in diesem Zeitvergehen nicht richtig definiert fühlte. Er ging in das erstbeste Haus, in dem er schon einmal gewesen war. Das Erdgeschoß war wie in fast allen Häusern zu einer Art Halle umgebaut, in der die Mädchen standen oder fröstelnd auf Barhockern saßen und strickten. Es war lächerlich, aber wie immer suchte er in seinem Kopf irgendeine Instanz, wo er sich dafür entschuldigen konnte, daß er hier war. Er fand es empörend, daß sich jeder hier eine Frau nehmen konnte. Er glaubte, er müsse unentwegt sprechen und immerzu alles erklären, ausgerechnet hier, wo kaum gesprochen wurde. In diesem Haus war er einmal mit einer Frau zusammengewesen, die ihm eine schöne Geschichte erzählt hatte. Er war kindisch aufgeregt gewesen, er hatte seine Brille auf den Boden fallen lassen und war beim Bücken fast hingefallen, da hatte sie ihn gefragt, warum er denn so aufgeregt sei. Wahrheitsgemäß hatte er geantwortet, er wisse es nicht. Ficken ist das einzige, was ich tun kann, ohne dabei aufgeregt zu sein, hatte sie dann gesagt, und Abschaffel hatte sofort das Ausziehen verzögert, um mehr von ihr zu hören. Wie kam das? hatte er gefragt, als sie nicht wollte, und sie hatte gesagt: Du, wir sind nicht zum Geschichtenerzählen hier. Ich schon, sagte er. Jetzt bringen wir es erst, und dann sag ich dir's, aber vorher krieg ich noch'n Fünfziger von dir. Abschaffel legte rasch das Geld auf den Tisch, er bestieg sie, sie sah ihn von unten an wie ein Polizist, und nach weniger als drei Minuten waren sie fertig. Also, sagte er. Warum das so ist, weiß ich natürlich auch nicht, es ist mir auch gleichgültig; ich habe nur gemerkt, sagte sie, als ich anfangen wollte, normal zu leben wie alle anderen, daß ich immerzu aufgeregt war. Ich konnte kaum etwas machen, ohne dabei zu zittern, sagte sie, es war schrecklich. Ich mußte mit allem früher aufhören, weil meine Aufregung dazwischenkam. Außer beim Ficken, da wurde ich völlig ruhig, aber völlig, das kannst du dir gar nicht vorstellen, was für eine Erholung das war, wenn du sonst immer so zappelig bist. Ich war Verkäuferin gewesen, dann habe ich aber immer mehr gefickt. Schon in der Schule war ich so fürchterlich aufgeregt! sagte sie. Ich fürchtete mich, vom Lehrer aufgerufen zu werden und vor ihm und allen anderen etwas aufsagen zu müssen, aber das kannst du dir wirklich nicht vorstellen, nein. Ich war so aufgeregt, daß ich sogar das vergaß, was ich wirklich konnte, das Lesen zum Beispiel. Es war grauenhaft für mich, aufgerufen zu werden und etwas vorlesen zu müssen. Ich hatte immer das Gefühl, ich sei beim Lesen zu schwach oder zu leise oder zu langsam, was weiß denn ich, aber das war so mächtig, daß ich wirklich dazu überging, nicht mehr richtig, also Wort für Wort, vorzulesen, sondern den Schluß eines Wortes zum Beispiel, von dem ich den Anfang noch richtig gelesen hatte, einfach zu erraten, damit ich das Wort schnell heraussagen konnte. Dadurch kam ich aber beim Weiterlesen fürchterlich ins Flattern, weil ich unsicher war, ob das von mir ausgesprochene Wort auch richtig war. Dadurch ging meine Aufmerksamkeit zu diesem Wort zurück, wo das Lesen doch vorangehen sollte! Und schon war ich in den Stockungen drin, und stell dir jetzt einmal meine Aufregung vor. Die anderen wurden unruhig und kicherten schon, weil sie natürlich glaubten, ich könnte wirklich nicht lesen. Das hat mich noch nervöser gemacht, und ich ging dazu über, sogar ganze Sätze, von denen ich eben nur den Anfang gelesen hatte, zu erraten und zu phantasieren, und damit war alles zu Ende, inmitten eines riesigen Gebrülls ging ich unter, aus Aufregung habe ich nur Scheiße gequatscht! Ich bin sitzengeblieben, sogar zweimal, es ist alles immer schlimmer geworden. Aber mir fällt diese Geschichte oft ein, weil viele Männer auch sehr aufgeregt sind, so sehr, daß sie oft nicht ficken können, obwohl sie es doch so gut können, genauso wie ich nicht lesen konnte, obwohl ich es doch sehr gut konnte.

Das war die Geschichte, und Abschaffel war beim Zuhören sentimental geworden. Er fragte das Mädchen nach dem Namen, sie hieß Dorothea, und Abschaffel war so weich geworden, daß er glaubte, er würde immer wieder zu ihr gehen. Sie fiel ihm jetzt wieder ein, aber sie war nicht in der Halle. Einen Augenblick lang überlegte er, ob er sie in anderen Häusern suchen sollte, aber er kam wieder davon ab. Was kostet es bei dir? fragte er eine frierende Blondine. Fünfzig für dich, sagte sie. Sie gingen zusammen durch die Halle, er nach ihr, sie verließen das Erdgeschoß durch eine schwere Eisentür, die in das Treppenhaus führte. Das Haus hatte keinen Fahrstuhl, und das Zimmer des Mädchens befand sich im vierten Stock. Sie war sofort ausgezogen und setzte sich auf die Couch und wartete auf ihn. Leg dich hin, sagte sie. Abschaffel gehorchte. Sie faßte mit beiden Händen an sein Geschlecht. Du kannst mich ruhig anfassen, auch unten, sagte sie. Abschaffel legte eine Hand auf ihre Beine und griff an das Geschlecht, aber ungeschickt. Nicht mit dem Finger reingehen, sagte sie, ich habe doch Creme drin und die soll auch drin bleiben. Abschaffel zog seine Hand zurück. Du sagst, wenn es gut ist, sagte sie. Sie strengte sich an, und es gelang ihr tatsächlich, sein Glied aufzurichten. Abschaffel wunderte sich, und er sagte, es ist gut, leg dich hin. Als er über ihr war, trat endlich der Anfang der von Abschaffel erwarteten Peinlichkeit hervor. Sein Geschlecht wurde lustlos und verlor rasch an Festigkeit. Sie bemerkte alles, sie wollte nicht aufgeben und bewegte das Glied noch, als sie es einführen wollte. Das ist nicht gut, sagte sie, und Abschaffel freute sich, daß es jemanden gab, der diejenigen Sätze sagte, die zu sagen waren. So geht es nicht, dreh dich um, sagte sie. Abschaffel legte sich auf den Rücken, und sie begann erneut mit beiden Händen. In diesen Ereignissen erkannte Abschaffel das frühe Nichtgelingen des Tages, und er beschloß, nichts mehr zu sagen und nichts mehr zu tun. Sie strengte sich sehr an. So kannst du nicht reingehen, sagte sie, das brauchen wir gar nicht noch einmal versuchen. Abschaffel tat, als schämte er sich. Er lag da wie ein Schuljunge mit schlechten Zeugnissen, der besonders früh im Bett war, weil er sich im Bett am besten schämen konnte. Er faßte sich selbst an sein Geschlecht. Hör auf, fuhr sie dazwischen, du darfst den Gummi nicht anfassen, Mensch, du hast doch Bakterien an den Fingern, die krieg ich dann in den Bauch. Wieder zog er seine Hand zurück. Bleib liegen, sagte sie, ich mach dir's mit der Hand, es geht nicht anders. Abschaffel glaubte, sie sei verärgert und wolle ihn rasch aus dem Zimmer haben. Das gefiel ihm sehr gut. Er ging sich selber auf die Nerven, und es war schön zu sehen, daß er auch anderen auf die Nerven ging. Sie begann, mit maschinenartig gleichen Bewegungen sein Glied zu behandeln, und nach kaum zwei Minuten ergoß sich wieder Samen in den Gummi. Nach weiteren zwei Minuten war er angezogen und wieder auf der Straße.

Kaum war er unten, taten ihm alle Menschen leid. Er ging in Richtung Bahnhof, und unterwegs sah er eine junge Mutter, die ihrem Kind die Hosen herunterzog, es hochhob über den Bordstein und hinunterpinkeln ließ. Sie setzte das Kind wieder ab und zog ihm die Hosen hoch, und dabei wurde das Kind dreimal selbst mithochgehoben von den kräftigen Bewegungen der Mutter, und schon tat Abschaffel das Kind sehr leid. Es konnte den Boden unter den Füßen verlieren, weil ihm die Hosen hochgezogen wurden! Dann taten ihm Fahrgäste leid, die in einem Bus an ihm vorüberfuhren. Sie saßen so tief in den Sitzen des Busses, daß nur noch ihre Köpfe den Fensterausschnitt erreichten.

Diese kleinen Köpfe! Im Bahnhof bedauerte er endlos eine alte Toilettenfrau, die zwischen pissenden Männern umherschlurfte und von ihnen nicht mehr wahrgenommen wurde. Vor dem Waschbecken wartete Abschaffel auf einen Mann, der sich die Hände wusch. Der Abfluß des Beckens war verstopft, und das in das Becken fließende Wasser stieg an. Die Beendigung des Händewaschens stimmte überein mit der vollständigen Füllung des Beckens mit schmutzigem Wasser. Der Mann drehte den Hahn ab und verschwand. Abschaffel stand vor dem gefüllten Becken und spürte, wie ein Gefühl des Benachteiligtseins sich in ihm ausbreitete. Niemals würde er in der Lage sein, so offen wie der Mann vor ihm seine Mangelhaftigkeit zu zeigen. Abschaffel hätte ruhelos gewartet, bis das Wasser abgelaufen war, wenn er es überhaupt zugelassen hätte, daß sich das Becken so weit füllte. Wahrscheinlich hätte er sich ein ganz anderes Becken gesucht, das es ihm erlaubt hätte, ohne irgendein Aufsehen die Hände zu waschen. Das Wasser floß langsam ab. Die Wartefrau war inzwischen zu Abschaffel gekommen und starrte mit ihm auf den schmutzigen, langsam sinkenden Wasserspiegel. Sie putzte für ihn das Becken aus, als es leer war, und er wusch sich mit ganz wenig Wasser die Hände.

Er ging in das Bahnhofsrestaurant und bestellte irgend etwas, einen Salatteller. Es gefiel ihm alles nicht mehr. Er wollte weg und woandershin, aber etwas Genaueres konnte er sich wieder nicht wünschen. Mit jedem Bissen wurde ihm unbehaglicher. Der Salat war so kalt, daß er mit jeder Gabel voll ein eisiges Gefühl im Mund bekam. Als ihm das klar war, schob er den Salatteller zurück und ging.

An einem Samstagmorgen wachte er auf, als er das Geräusch von Schritten verwechselte mit dem Geräusch von Eiern in kochendem Wasser, wenn sie auf dem Topfboden leicht auf- und niederhopsen. Für einige Augenblicke glaubte er tatsächlich, in der Küche würden Eier kochen, und zwar schon stundenlang, er schreckte zusammen und wollte sich erheben, da merkte er, daß er sich geirrt hatte. Er hörte auf die leiser werdenden Schritte im Treppenhaus. Abschaffel mochte diese

Art von Irrtümern nicht; sie waren ein Zeichen für ihn, daß er zerstreut war, und er wollte nicht zerstreut sein. Erst in der zurückliegenden Woche war er wieder so zerstreut gewesen, daß er glaubte, den richtigen Takt seines Lebens verloren zu haben; er hatte mit einer halb aufgerauchten Zigarette in der Hand in das Badewasser gefaßt, um festzustellen, ob es warm genug sei, und hinterher an der Zigarette weiterrauchen wollen. Später hatte er eine Flasche Haarshampoon versehentlich in den Eisschrank gestellt und eine Flasche Sprudel ins Bad. Er konnte sich lange bei solchen Zerstreutheiten aufhalten und sich ängstigen; er glaubte dann, diese Fehlgriffe seien sichere Zeichen für das, was in den kommenden Jahren vermehrt auf ihn zukäme. Dann stand er am Fenster und hatte bloß noch Angst.

Abschaffel war aufgestanden und stand in seiner Wohnung herum. Er kratzte sich in der Geschlechtsgegend, weil es ihn dort juckte. Und weil es ihn juckte, kam er unwillkürlich auf die Idee, ob er onanieren sollte oder nicht. Auf die Idee verfallen, hieß bei ihm normalerweise: es sofort tun. Es war erstaunlich, daß er in dieser Lage noch etwas dachte, aber er dachte wirklich, es lieber nicht zu tun. Er fürchtete sich vor dem Gefühl, nach dem Onanieren dick zu werden aus Traurigkeit. Dennoch stand er noch immer mit der in der rechten Hosentasche versenkten Hand in seinem Zimmer herum und kratzte sich. Es war ihm nicht recht, daß er sich so sehr mit seinem Geschlecht beschäftigte. Plötzlich hatte er Lust, es zu betrachten, nachdem es so gekratzt worden war. Er öffnete sich die Hose, setzte sich auf einen Stuhl und sah genau sein Geschlechtsteil an. Mit den Fingerkuppen fuhr er vorsichtig in den Schamhaaren umher und betrachtete die Stellen, wo er gekratzt hatte. Er entdeckte da und dort kleine Punkte, krümelartige Erscheinungen, die ihn sofort interessierten. Mit dem spitzesten Fingernagel, den er hatte, popelte er an einem dieser Punkte herum und hob ihn aus den Schamhaaren heraus. Es war eine Filzlaus. Auf seinem Fingernagel hatte Abschaffel eine Filzlaus liegen. Sie war deutlich erkennbar als lebendes Wesen. An ihrem Körpersaum bewegten sich eine Anzahl kleiner Beinchen ständig auf und ab. Abschaffel sah abwechselnd auf sein Geschlecht und auf die Laus.

Er erinnerte sich an Erzählungen der Mutter aus der Kriegszeit, die in den Häusern der Mütter und Kinder eine Läusezeit war. Mit äußerstem Abscheu, wobei sie während des Erzählens die Geräusche des Erbrechens mehrfach nachahmte, berichtete sie, wie sie mit gegeneinander geriebenen Fingernägeln die Läuse knackte, die sie auf den blonden Köpfen ihrer Kinder entdeckt hatte. Und Abschaffel tat es ebenso. Als er sich, nach einer minutenlang verstreichenden Stille aus Entsetzen und Scham, wieder gefangen hatte, drückte er einen Fingernagel seiner anderen Hand auf den Körper der Laus, es knackte wirklich, die Laus war tot, und auf beiden Fingernägeln war das Blut ihres Körpers verspritzt. Sofort suchte Abschaffel nach weiteren Läusen, und es dauerte nicht lange, und er hatte die nächste geknackt. Das Töten der Läuse übte eine befriedigende und beruhigende Wirkung auf ihn aus. Es hatte den Anschein, als könne er gegen die Plage vorgehen, und es hatte sogar den Anschein des Erfolgs, weil er tatsächlich Laus für Laus aus den Schamhaaren hervorholte und die Reste der getöteten Läuse auf ein Papiertaschentuch abwischte.

Erst später, als er mehr als eine Stunde auf dem Stuhl gesessen war und ihm der Rücken schon schmerzte, weil er immerzu in vornübergebeugter Haltung saß, erkannte er das tatsächliche Ausmaß seines Schrecks. Er knackte und knackte, und seine Hoffnung, die Läuse ausrotten zu können, wurde kleiner und kleiner. Immer wieder fand er neue, und er tötete sie schon nicht mehr richtig, weil schwindender Mut und wieder zunehmender Schreck ihn immer mehr schwächten. Er mußte sofort etwas tun, aber was? Er hatte nicht den Eindruck gewonnen, die Pein abgemildert oder gar die Läuse ausgerottet zu haben. Es war Samstag, das Wochenende hatte eben erst begonnen, und die Ärzte hatten keine Sprechstunden. Mindestens bis Montag konnte er nichts Entscheidendes dagegen unternehmen, ein verlauster Mensch zu sein. Er faßte eine Reihe unüberlegter Entschlüsse, von denen er sofort wieder abkam. Einer dieser Entschlüsse war, das ganze Wochenende in der Wohnung sitzen zu bleiben und zu warten. Aber das würde er nicht aushalten können. Er hatte auch schon begonnen, sich das wirkliche Ausmaß der Plage als Katastrophe auszumalen. Die allereinfachste Angstphantasie, die sich seit der Entdeckung der ersten Laus in ihm eingestellt hatte, war, daß die Läuse ja nicht nur in seinen Schamhaaren, sondern überall auf seinem Körper verstreut, auf seinem Kopf vor allem, seien, wahrscheinlich nisteten sie aber auch in seinem Bett, in seiner Wäsche, überhaupt überall. Er konnte nirgends mehr hingehen und nichts mehr anfassen, ohne mit Läusen in Berührung zu kommen. Seine Angst hatte sich schon so festgesetzt, daß er nicht mehr in der Lage war, sinnvolle Rückschlüsse aus zutreffenden Beobachtungen zu ziehen. Obwohl er zum Beispiel beobachtet hatte, daß die Tiere nicht liefen, sondern beinahe wie eingeschraubt festsaßen, hatte er dennoch die Vorstellung, sie würden unerkannt und äußerst schnell ihre Standorte wechseln.

Es war zehn Uhr morgens, und Abschaffel war vollkommen in der Macht seines Schreckens. Er versuchte, sich einer vergleichbaren Lähmung zu erinnern, weil er sich mit der Aussicht ermuntern wollte, daß sich jeder Mensch aus jeder Schmach wieder erheben könne. Aber es gelang ihm nicht, sich an irgend etwas zu erinnern, weil ihm in dieser Stunde das Erinnern überhaupt versagt war. Er kam nicht mehr davon weg, daß ihm so etwas zugestoßen war. Aus Verzweiflung fing er wieder an, Läuse einzeln zu töten. Mit heruntergelassenen Hosen saß er auf einem Stuhl und starrte auf die Gegend um seine Schamhaare. Vom vielen Drücken und Popeln gab es inzwischen zahlreiche gerötete und angeschwollene Stellen, und es bestand kein Zweifel, daß dies das Bild einer Krankheit war. Er untersuchte mit den Fingern erneut das weiche Polster, auf dem seine Schamhaare wuchsen, und er brauchte wieder nicht lange, um ein neues Tier zu entdecken. Sie saßen sehr fest, und wenn sie merkten, daß sie angegriffen wurden, bissen sie sich derart in das Fleisch hinein, daß Abschaffel sie nicht fassen konnte, ohne nicht auch zugleich kleine Hautfetzen wegzureißen. Es war seine erste Begegnung mit Läusen, und er haßte sie so fürchterlich und ging so entschlossen gegen sie vor, daß er nicht einmal auf die Idee kam, sich zu ekeln. Andererseits war die Umgebung seines Geschlechtsteils inzwischen so zugerichtet, so voller Hautabschürfungen, kleiner Blutergüsse und Schwellungen, daß es ihm schwerfiel, sich während der Betrachtung nicht aufzuregen. Als er mit zwei gegeneinander gestellten Fingernägeln an einzelnen Schamhaaren entlangstrich, entdeckte er auch noch die Eier der Läuse. Es waren winzige harte Pünktchen, die einzeln an den Haaren befestigt waren. Auch sie knackten, wenn sie zwischen zwei Fingernägeln zerdrückt wurden. Abschaffel machte sich endgültig klar, daß er allein nicht in der Lage war, sich von den Läusen zu befreien. Er konnte auf keinen Fall jedes Schamhaar kontrollieren, ob nicht ein kleines Lausei daran klebte. Diese Einsicht machte ihn für Minuten vollständig weich und hoffnungslos. Er lehnte sich im Stuhl zurück und gab sich geschlagen. Mindestens für diesen Sonntag war er ein Opfer, das sich nicht mehr zu helfen wußte. Es ekelten ihn nicht die Läuse, sondern seine Hilflosigkeit. Betroffen zog er sich die Hose hoch. Seine Vorstellungskraft war so eingeschränkt, daß er einen Augenblick lang glaubte, vielleicht nicht mehr gehen zu können. Aber er konnte gehen. Wieder fühlte er sich betrogen. Es durfte der Mensch nicht so gedemütigt werden. Wenn es so war, wie es ganz offenbar wirklich war, daß der Mensch ohne weiteres, das heißt nur mit einer lächerlichen Entdeckung, seine Würde verlieren konnte und im Verlauf dieses Verlustes überhaupt alle Fähigkeiten verlor und nur noch aus Zittern und unterbliebenem Heulen bestand, dann war Grund genug vorhanden, jeden Tag mit Verachtung zu beginnen. Voller Verachtung stand Abschaffel in seiner wahrscheinlich verlausten Wohnung. Er beschloß, die Wohnung zu verlassen, auf den Straßen umherzugehen und sich zu zerstreuen, vielleicht den Bahnhof zu besuchen. Beim Anziehen der Schuhe riß ihm ein Schnürsenkel. Er erinnerte sich an ein Paar Ersatzschnürsenkel in einer Schublade in der Küche, und er überlegte, ob er in beide Schuhe neue Schnürsenkel einziehen sollte oder nur in einen, ob er also den anderen Schnürsenkel, der nicht gerissen war, weiter benutzen sollte. Wenn er nur einen neuen Schnürsenkel einzog, riskierte er, daß der andere bald riß, da er gegenüber dem neuen veraltet war; dann würde Abschaffel bald wieder vor dem gleichen Problem stehen. Wenn er beide neuen Schnürsenkel einzog, hätte er einen alten übrig. Erst jetzt bemerkte Abschaffel, welche enormen Energien an Nachdenklichkeit er an dieses sinnlose Problem verschleuderte. Er wurde wütend und überlegte überhaupt nicht mehr. Er riß beide alten Schnürsenkel heraus und zog die neuen ein, band die Schuhe fest und verließ die Wohnung.

Mit der Straßenbahn fuhr er in Richtung Bahnhof. In der Straßenbahn fielen ihm wieder die Läuse ein, allerdings dachte er an sie schon mit gemildertem Entsetzen. Sie schienen ihm plötzlich nicht mehr so fürchterlich zu sein. Andere hatten Krebs und Sprachfehler, wieder andere waren schwachsinnig oder hatten keine Arme, was waren dagegen schon ein paar lächerliche Läuse! Gar nicht weit von ihm entfernt saß ein Mann, der nur noch einen Arm hatte; der Ärmel des Mantels an der armlosen Seite war oben zu einer kappenartigen Abrundung zusammengenäht. Abschaffel betrachtete den Mann interessiert und bedauerte ihn. Sicher hätte er jederzeit Abschaffels Läuse übernommen, wenn er dafür seinen Arm wiederbekommen hätte. Und wahrscheinlich würde der Mann gar nicht verstehen, daß man wegen einiger Läuse soviel Aufhebens machte. Um die andere Hand, mit der er eine Henkeltasche hielt, frei zu bekommen, klemmte sich der Mann die Henkeltasche sogar über den Armstummel. Wo der Arm eines Mannes sein sollte, klemmte jetzt eine schmutzige Henkeltasche. Abschaffel begann sich zu genieren, und er strengte sich an, den Mann nicht mehr zu betrachten. Er sah aus dem

Fenster, und er bemerkte an den Häusern viele Weihnachtsdekorationen und Wandbilder mit Nikolausmotiven. Da und dort waren Christbäume mit elektrischen Kerzen aufgestellt. Abschaffel bekam Lust zu schimpfen, und er schimpfte im stillen gegen die Weihnachtsdekorationen. Diese blöden, lächerlichen Christbäume, diese peinlichen, überflüssigen Bilder, dieses entsetzliche Lichterzeug überall. Abschaffel stieg zwei Stationen vor dem Hauptbahnhof aus, weil er den Rest der Strecke gehen wollte. Die Läuse hatte er inzwischen schon fast vergessen. Es war nur das Gefühl einer Behinderung geblieben, das ihm als Gefühl nicht unbekannt war. Er fühlte sich häufig behindert und eingeschränkt. Vermutlich hatte sich dieses Gefühl überhaupt an die Stelle seines Lebens gesetzt, und ob dieses Gefühl nun von den blöden Weihnachtsengeln, von Läusebefall oder von einer verpatzten Kindheit herrührte, war ihm heute möglicherweise gleichgültig.

Ein Kind kam ihm entgegen und richtete ihm den Lauf einer Plastikpistole ins Gesicht, und tatsächlich hielt sich Abschaffel nach Art alter Leute eine Hand vor das Gesicht. Das Kind ließ gleich die Plastikpistole nach unten sinken, und Abschaffel merkte, daß er das Kind enttäuscht hatte. Es hatte sicher geglaubt, er, Abschaffel, sei ja noch jung, er werde sicher nicht hereinfallen auf eine Plastikpistole, und dann hatte er sich doch benommen wie ein alter Mann, der eine Plastikpistole nicht mehr von einer richtigen Pistole und ein Kind nicht mehr von einem Gewaltverbrecher unterscheiden kann. Und als Abschaffel an dem Kind vorbeiging, zog er beleidigt den Mantel zusammen. Wenn er schon nicht wirklich bedroht war, dann wollte er wenigstens nicht frieren. Aber wovor hatte er sich denn gefürchtet? Im Ernst hatte er keinen Augenblick lang geglaubt, es werde sich ein Schuß aus der Plastikpistole lösen und ihn treffen. Es blieb nichts anderes übrig, als sich einzugestehen, daß er sich gefürchtet hatte vor dem laschen Patsch, den die Plastikpistole möglicherweise hätte von sich geben können, oder, das fiel ihm auch noch ein, er hatte sich nur geängstigt vor dem schmerzverzerrten Gesicht, das das Kind hergezeigt hatte, als es die Pistole auf ihn richtete.

In der Bahnhofshalle wurde ihm gleich leichter. Erstaunlich viele Menschen liefen hier umher, und das große Dach, das über sie alle gespannt war, war etwas Gutes. Es war hier etwas wärmer als draußen, und Abschaffel öffnete den Mantel. Er blieb stehen und sah auf die Gastarbeiterfamilien, die in Gruppen bei ihren Koffern und Kartons saßen und auf die Abfahrt von Zügen warteten. In den Gastarbeiterfamilien war der Mann der Dirigent der äußeren Ereignisse, und die Frau leitete die inneren, familiären Vorgänge. Der Mann beschaffte die Fahrkarten und erkundigte sich nach den laufenden Veränderungen, und die Frau achtete darauf, daß sich die Kinder nicht von den Koffern entfernten. Er war unterwegs, sie blieb sitzen. Er unterhielt sich mit den Männern anderer Familien und sagte seiner Frau, was er erfahren hatte. Die Frau war dafür verantwortlich, daß die Kinder den Vater nicht belästigten bei seinen Außengeschäften. Kam der Mann heran und ein Kind wollte zu ihm, drängelte es die Mutter zurück. Die Frauen und Mütter wurden nicht angesprochen von anderen; der Mann war das Sprechorgan der Familie nach außen. Der Mann war auch oft der einzige, der aufrecht auf seinen Beinen stand, alle anderen saßen auf Koffern und Kartons. Der Vater rauchte stehend für sich allein eine Zigarette, und eine halbe Menschengröße unter ihm fütterte die Mutter das Kleinkind mit Brei und Brot.

Abschaffel sah eine Weile zu, wie eine ältere Mutter mit Kopftuch drei Kinder fütterte, und es gefiel ihm so sehr, daß er wünschte, selbst gefüttert zu werden. Natürlich war das nie mehr möglich in seinem Leben. Die Abwandlung dieses Wunsches ergab für ihn, daß er Hunger verspürte. Nein, er verspürte keinen Hunger, er wollte nur essen, er wollte etwas im Mund haben. Jedoch war es erst elf Uhr, und außerdem mußte Abschaffel auch den Essenswunsch wieder abwandeln, denn der Monat erreichte in diesen Tagen sein Ende, und Abschaffel mußte überlegen, ob er zehn Mark für ein Mittagessen mit

Bier so einfach ausgeben konnte. Er konnte es nicht. Er wollte für ein Mittagessen höchstens fünf Mark ausgeben, und das bedeutete, daß er sich nicht in einem Restaurant bedienen lassen konnte. Auf diese Vorstellung war sein Wunsch aber hinausgelaufen. Er schlenderte einmal durch das Bahnhofsrestaurant hindurch. Er sah auf die Leute, die hier saßen und ihre Mahlzeiten zu sich nahmen. Es gab Personen, die zerstörten zunächst ihr Essen mit dem Besteck und ebneten es zu einer breiigen Fläche ein und begannen dann erst zu essen. Andere ließen den Aufbau des Gerichts unberührt und aßen vorsichtig von dieser Anordnung herunter. Es genügte, daß Abschaffel diesen Essern eine Weile zusah, um nicht mehr bei ihnen sein zu wollen.

Er beschloß, später in eine Imbißstube im Bahnhof zu gehen, und überlegte, wie er die Zeit im Bahnhof so verbringen konnte, daß er nicht merkte, wie die Zeit verging. Es fiel ihm ein großer Automat auf, vor dem einige Männer standen. Abschaffel stellte sich hinzu. Es war ein Computer, der vollautomatisch Fahrplanauskünfte gab. Der Automat hatte die Größe eines Türrahmens und war rot angestrichen; vorn blinkten verschiedene Lämpchen auf einer Schautafel. Der Automat erregte die Bewunderung der Männer; sie sprachen über ihn, und was sie sagten, war voller Begeisterung. »Er arbeitet, er arbeitet«, sagte einer der Männer mit vergnügter Stimme. Die Bedienung des Automaten war einfach. Auf einer Tafel waren die Namen von vielen großen und mittleren Städten aufgeführt, und vor jedem Städtenamen war eine Nummer eingezeichnet. Das war die Kennummer des Zielbahnhofs, wie der Automat es nannte. Diese Kennummer mußte auf einem Knopf eingetastet werden, und auf einer anderen Taste mußte der gewünschte Abfahrtszeitraum eingedrückt werden. Dann summte und ruckelte es in dem Automaten eine Weile, und nach kurzer Zeit rutschte aus einer Öffnungslasche ein Papierbogen heraus, auf dem tatsächlich alle Zugverbindungen in dem gewünschten Zeitraum aufgedruckt waren. Ungläubig hielten die Männer die Papierbogen in der Hand und zeigten sie herum. Aus ihren Bemerkungen war zu sehen, daß viele eine Zugverbindung zu erfahren wünschten, die sie vorher schon an einem Auskunftsschalter erfragt hatten. Die Männer wollten nur die Maschine kontrollieren, und weil die Maschine dieser Kontrolle standhielt, wurde sie als prächtige Maschine eingestuft. Die Männer lachten. Abschaffel hatte Lust, sich ebenfalls eine Fahrplanauskunft geben zu lassen. Er stellte sich nahe an die Liste mit den Städtenamen heran und las. Überraschend tippte er auf Dortmund, wo er wahrscheinlich niemals hinfahren würde, und zwar wollte er eine Verbindung zwischen 14 und 16 Uhr. Die Männer beobachteten Abschaffel. Er hatte nicht recht bedacht, daß er so viele Zuschauer haben würde, und er wollte schon einen Schritt zurücktreten, damit er selbst in der ersten Zuschauerreihe stehen konnte. Damit hätte er aber zugegeben, daß er mit der Beachtung, die er für seine Person selbst hervorgerufen hatte, nicht zurechtkam. Indessen summte und ruckelte der Automat, gleich mußte der Papierbogen herausrutschen. Als Ersatz für den Rückzug, der ihm nicht gelang, senkte er den Kopf. Abschaffel griff eilig in die Luke des Automaten und holte sich den Bogen heraus. Einige Männer drängten an Abschaffel heran, weil sie auch seinen Bogen aus der Nähe sehen wollten, aber Abschaffel entwich ihnen. Er hielt sich den Bogen dicht vor das Gesicht und ging weg. In einiger Entfernung warf er das Papier weg und war froh, all den Umständen entronnen zu sein.

Er lief sofort in eine Imbißstube hinein. Hier gab es Würstchen, halbe Hähnchen, Brot und Bier, und Abschaffel bestellte ein halbes Huhn und ein Bier. Er erhielt seine Bestellung sofort auf einem Pappteller gereicht. Aus Bösartigkeit verlangte er Besteck, und die Frau hinter der Theke reichte ihm ein kinderbesteckgroßes Plastikmesser und eine ebensolche Gabel. Er transportierte sein Huhn und das Bier an einen freien Platz an einem der Stehtische, an dem bereits drei Männer mit zurückgeschobenen Anzugärmeln standen und ebenfalls halbe Hühner aßen. Sie schwiegen und sahen mit großen Augen umher. Die drei Männer stachen mit ausgestreckten Fingern in die Hühner hinein und lösten weiche Fleischstücke ab, die sie sich waagerecht in den Mund einführten. Abschaffels Huhn war versalzen und alt, die Backkruste drumherum war grob und geschmacklos. Abschaffel löste Stück für Stück mit seinem Plastikbesteck. Das Besteck bog sich zur Seite, wenn er zu sehr draufdrückte, und Abschaffel überlegte, was sich ergeben könnte, wenn er absichtlich den Druck auf die Gabel so sehr verstärkte, daß sie brach. Die drei Männer beobachteten ihn nicht. Sie fetzten gierig ihre Hühner klein. Und wirklich verstärkte Abschaffel den Druck auf die Plastikgabel so sehr, daß sie brach. Für den Fall, daß es jemand beobachtet hatte, hatte er ein enttäuschtes und überraschtes Gesicht bereit, das die Schuld an diesem Zwischenfall auf das brüchige Plastikbesteck schob. Abschaffel ging sofort dazu über, mit dem übriggebliebenen Gabelzinken weiterzuessen. Dadurch wurde das Essen eine halb artistische Darbietung, an der Abschaffel nicht so viel Freude hatte, wie er sich eigentlich vorgestellt hatte. Wieder hatte er es so weit gebracht, sich zu behindern und einzuschränken und in einer bedauernswerten Haltung weiterzumachen. Geduldig wie ein Häftling aß er noch eine Weile weiter. Er sah auf vom Teller, weil er sehen wollte, welche Wirkungen sein behindertes Essen auf die Männer hatte. Sie sahen weg, sobald er aufschaute. Allen war etwas peinlich geworden, aber derjenige, der öffentlich litt, war jedenfalls Abschaffel. Das gefiel ihm eine Weile, aber nicht allzu lange. Er verlor die Lust an allem und hörte mit Essen auf. Er riß das parfümierte Tüchlein, das dem Huhn auf dem Tellerrand beigegeben war, aus der Verpackung heraus und wischte sich die Hände ab. Abschaffel wollte miterleben, wie der ausländische Aufräumer erschien und Abschaffels Huhnreste in die Abfallmulde unter die Stehtheke kippte. Deshalb zögerte er das Händeabwischen hinaus und trank etwas Bier. Und wirklich erschien ein kleiner dunkelhaariger Mann in einem weißen Jackett und nahm, ohne Abschaffel anzusehen, die Huhnreste weg und ließ sie vom Teller herunter in die Kippe hineinrutschen. Abschaffel sah ihm zu.

Er ging aus der Imbißstube hinaus und fühlte, daß er langsam traurig wurde. Er wurde sich wieder bewußt, daß er allein war, daß er Läuse hatte, daß er wenig Geld hatte und daß er nun wahrscheinlich wieder nach Hause gehen mußte. Er fürchtete sich davor, alle seine Mangelerfahrungen würden sich in einem einzigen Zustand treffen, der ihn dann stundenlang quälte. Er begann, gewisse Spiele des Alleinseins, die er sich erfunden hatte, zu spielen, und es war ihm nicht recht. Zum Beispiel riß er von einem Papiertaschentuch kleine Ecken herunter, formte sie zu Kügelchen und ließ sie in Abständen von etwa zehn Metern einzeln aus seiner Manteltasche fallen. Und, ein anderes Spiel, das aus seiner Kindheit stammte und wie ein übler Rest heute noch in sein Leben hineinragte: Er achtete darauf, daß er beim Gehen in der Halle seinen Fuß immer in die Mitte der Steinplatten setzte; oder er sah nacheinander auf verschiedene Uhren in der Bahnhofshalle und hoffte, die Uhren einmal dabei zu erwischen, wenn sie verschiedene Zeiten angaben. Er blickte zwischen verschiedenen Zifferblättern hin und her, und er wollte den Augenblick erleben, wenn ein Minutenzeiger einen Strich weiterrückte. Dann wollte er ganz schnell auf die anderen Uhren sehen und feststellen, ob die Zeit aller öffentlichen Uhren immer die gleiche war. Noch während er sich dies zu verfolgen vornahm, wurde es ihm schon wieder langweilig. Plötzlich stand er nur noch da und wußte nicht mehr, wohin. Er stand genau neben einem Briefkasten, und er sah, wie eine Frau mit einem eben zu Ende geheulten Kummer im Gesicht einen Brief einwarf. Er stellte sich vor, wie der Frau zumute gewesen sein mochte, und er vermutete folgenden Ablauf: 1. Ausbruch von gemüthafter Unruhe, Sehnsucht und Heulen. 2. Einen Brief schreiben. 3. Sich beruhigen. 4. Den Brief im Hauptbahnhof einwerfen. 5. Dabei wieder Ausbruch von gemüthafter Unruhe, Sehnsucht und Verzweiflung. 6. Nach Hause gehen und sich schämen.

Schnell verließ Abschaffel die Bahnhofshalle. Die fünf Mark, die er beim Mittagessen gespart hatte, gab er für eine Taxifahrt nach Hause aus. Der Taxifahrer sagte etwas, und

Abschaffel gab keine Antwort. Ganz kurz fühlte er sich deswegen wohl. Es gab viel zuwenig Gelegenheiten, wo es einem erlaubt war, keine Antwort zu geben. Während der Taxifahrt beschloß er, morgen nicht zur Arbeit zu gehen. Er würde im Betrieb anrufen und sagen, er sei krank. Er war, seit er bei Ajax arbeitete, nie richtig krank gewesen, und im Betrieb würde man es ihm gönnen, wenn er einmal zwei oder drei Tage zu Hause blieb. Hatte er denn überhaupt jemals einen Arbeitstag versäumt? Er hatte das Gefühl, immer dabeigewesen zu sein. Er nahm sich vor, am Montagmorgen einen Arzt ausfindig zu machen und sich anzumelden.

In der Stille seiner Wohnung zog er die Schuhe aus und traf Vorbereitungen, den Sonntagnachmittag halb schlafend, vielleicht ganz schlafend, auf jeden Fall liegend, zu verbringen. Weil er immer noch Hunger verspürte, nein, weil er schon wieder etwas im Mund haben wollte, machte er sich ein Wurstbrot und stellte es sich neben das Bett. Außerdem ein Glas Sprudelwasser, Aschenbecher, Zigaretten und Streichhölzer. Diese Vorbereitungen machten ihn erneut niedergeschlagen. Es war das spürbare Kleinerwerden der Wünsche, was ihn betrübte. Plötzlich war er zufrieden mit einem Wurstbrot, einem Glas Wasser und Zigaretten.

Am Montagmorgen war er sofort wach. Immerzu wollte er in Bewegungen hineingeraten, die er sonst ausführte, wenn er zur Arbeit ging. Er putzte sich die Zähne, indem er den Kopf tief in das Waschbecken hinunterbeugte und mit einer wütenden Schnelligkeit die Zahnbürste hin- und herführte und dabei auch noch die Augen zusammenkniff. Er hielt inne und reckte den Oberkörper nach oben und sah seinen weiß eingeschäumten Mund im Spiegel. Er erinnerte sich, daß er im Kino schon oft gesehen hatte, wie Personen sich die Zähne putzten und dabei aus dem Fenster sahen. Er sah nun auch aus dem Fenster und putzte sich die Zähne dabei. Zu fast allem, was er tat, mußte er sich vorher sagen, daß er viel Zeit dazu hätte. Er zog sich sorgfältig an, sagte zu den Läusen den Satz HEUTE TREFFE ICH VORBEREITUNGEN ZU EUREM SCHNELLEN TOD, als er sich die Unterhose anzog. Er rief im Betrieb das Personalsekretariat an und meldete sich krank. Er setzte Wasser für den Kaffee auf, da fiel ihm Frau Kaiser ein. Er hatte ihren Wohnungsschlüssel, und er wollte ihn zurückgeben, ohne mit Frau Kaiser selbst in Kontakt zu kommen. Er beschloß, den Schlüssel, wenn er später zum Arzt ging, in ihren Briefkasten zu werfen. Abschaffel trank Kaffee und suchte im Branchenverzeichnis des Telefonbuchs einen Arzt für Haut- und Geschlechtskrankheiten, der möglichst bei ihm in der Nähe wohnte. Er war erstaunt, daß er in seiner unmittelbaren Wohngegend gleich unter drei Ärzten wählen konnte. Er war noch erstaunter, als er sofort einen Termin bekam, um elf Uhr sollte er kommen. Als er aufgelegt hatte, wollte er gleich noch einmal nachfragen, ob der schnelle Termin auch wirklich aufrechterhalten werden könne von seiten des Arztes, aber er ließ es dann doch. Er hatte sich dahin gebracht, alles so gelten zu lassen, wie es sich ihm darbot. Das gehört eben zu einem freien Tag, dachte er.

Er konnte sich nicht erinnern, in den letzten zehn Jahren bei einem Arzt gewesen zu sein. Wie eine alte Frau, die sich in der Unterwäsche sehen lassen muß, präparierte er sich für elf Uhr. Er duschte und zog frische Unterwäsche an. Sollte er auch die Schuhe putzen? Nein, das war nicht seine Konfirmation, sondern ein lächerlicher Arztbesuch. Es fiel ihm ein, daß seine anspruchslosen Eltern einen Hausarzt hatten, der häufig kam. Entweder hatte er, Abschaffel, einen Husten oder etwas Fieber, oder, noch häufiger, die Mutter lag im Schlafzimmer bei heruntergelassenen Rolläden, und irgend etwas, was kein Mensch genau kannte, fehlte ihr. Wenn der Besuch des Arztes angekündigt war, war schon stundenlang vorher eine feierliche Stimmung in die Wohnung eingezogen. Die Mutter hatte die Bettwäsche gewechselt, und er, Abschaffel, mußte auf ihr Geheiß einen frischen Schlafanzug anziehen und durfte sich nicht allzusehr darin bewegen, damit der Schlafanzug nicht wieder verkrumpelt war, wenn der Arzt endlich am Bett saß. Und Abschaffel erinnerte sich, daß er Arztbesuche überhaupt nicht mochte, er haßte es, wenn die Mutter krank war, wenn sie nicht umherlief. Er mochte es auch nicht, wenn er selbst krank war und wenn die Mutter im Flur leise mit dem Arzt sprach. Abschaffel hatte die Mutter im Verdacht, den Arzt übermäßig oft zu rufen, und oft hatte er Lust gehabt, dem Arzt schon an der Zimmertür entgegenzurufen, daß hier niemand krank sei und daß er verschwinden sollte. Abschaffel hatte als Kind auch beobachtet, daß sich die Mutter für den Arztbesuch unvergleichlich herrichtete, weit mehr als für den Vater. Sie richtete sich so sehr her, daß sie sich, wenn der Arzt weg war, wieder herunterrichten mußte. Tatsächlich war in der Familie Abschaffel nie jemand ernsthaft krank gewesen, der Vater schon gar nicht. Er arbeitete wie eine Maschine jahraus, jahrein; seinen Urlaub, den er ängstlich und ratlos zu Hause verbrachte, begriff er nicht. Auch die Mutter war nie ernsthaft krank gewesen, aber sie legte sich gern tagsüber ins Bett und ließ den Arzt kommen. Denn es war schwierig, nie wirklich krank sein zu können.

Abschaffel verlangsamte sein Gehen, weil er glaubte, es müsse solide aussehen, wenn er zum Arzt ging. Als er unten auf der Straße in seinen Briefkasten schaute, fiel ihm ein, daß er seinen Briefträger nie gesehen hatte. Oder war es eine Briefträgerin? Er überlegte, ob er warten sollte, um den Briefträger zu sehen, oder, und das stellte er sich sehr schön vor, er wollte den Briefkasten überhaupt ausschalten und seine Hand hinhalten, in die der Briefträger die Post heute hineinlegen sollte. Von allem war er wieder abgekommen. Er saß im Wartezimmer, und es war elf Uhr. Außer ihm warteten zwei Frauen auf bunten Holzstühlen; eine wurde aufgerufen und verschwand, die andere sah Abschaffel nicht an. Die Sprechstundenhilfe erschien in einem Türrahmen und reichte ein Päckchen in das Wartezimmer, das die andere Frau in Empfang nahm, und verschwand. Die ganze Praxis war mit altem Parkett ausgelegt. Rings um das Wartezimmer waren ächzende Schritte zu hören. Da wurde Abschaffel schon aufgerufen. Der Arzt war so alt wie das Haus, in dem die Praxis war. Ja, wo haben wir's denn, was können wir denn für Sie tun, sagte der Arzt in einem überdrehten Tonfall, den auch kleine Kinder anwenden, wenn sie Arzt spielen. Ich glaube, ich habe Filzläuse, sagte Abschaffel fest. So, sagte der Arzt, dann zeigen Sie mal her. Abschaffel fürchtete, das Reden des Arztes sei so laut, daß es in allen anderen Räumen gehört werden könnte; er setzte ein ganz leises Sprechen dagegen, um den Arzt auf die Idee zu bringen, selbst auch leiser zu sprechen. Abschaffel hatte die Hose geöffnet, sein Kopf war über das Geschlechtsteil gebeugt, ebenso der Kopf des Arztes. Abschaffel löste mit den Fingernägeln ein Tier aus den Schamhaaren und sagte mit unerträglich leiser Stimme: Sehen Sie. Die Scham hatte ihm inzwischen die Stimme fast vollständig verschlagen, der Arzt jedoch war bei seiner Lautstärke geblieben. Er beugte sich hoch und setzte sich an seinen Schreibtisch. Die werden wir vergasen, sagte er, Sie können sich anziehen. Abschaffel sagte gar nichts mehr. Der Arzt schrieb ein Rezept aus und sagte: Damit reiben Sie sich zweimal am Tag ein, einmal morgens und einmal abends, das machen Sie drei Tage lang, dann sind sie weg. Während der Arzt schrieb und seinen Stempel vorsichtig auf das Rezept setzte, fragte Abschaffel leise: Wo und wie kann man denn so etwas kriegen? Oh, sagte der Arzt, das kann sehr schnell gehen; verkehren Sie in nicht ganz sauberen Lokalen? Abschaffel verneinte wortlos. Oder haben Sie in einem nicht sehr sauberen Hotel übernachtet? Nein, sagte Abschaffel. Nun, auf irgendeiner Toilette werden Sie sich das geholt haben, das geht heutzutage sehr schnell. Der Arzt gab ihm das Rezept und stand hinter seinem Schreibtisch auf. Abschaffel erhob sich ebenfalls, und der Arzt gab ihm die Hand. Abschaffel fühlte sich sonderbar, aber er gab sich gegenüber zu, daß er beruhigt worden war.

Das Gefühl der Beruhigung verstärkte sich, als er auf der Straße war. Das Medikament, das ihm der Arzt verschrieben hatte, wollte er erst gegen Abend holen. Zunächst hatte er Lust, mit der U-Bahn in die Stadt zu fahren und in erleichterter Stimmung dort umherzulaufen. Zuvor ging er auf die

Bank, und obwohl er sein Konto bereits wieder überzogen hatte, gab ihm die Bank noch immer Geld. Abschaffel war nicht daran gewöhnt, daß so vieles gelang. Er erwartete, nun mußten sich doch bald irgendwelche entscheidenden Widrigkeiten für diesen Tag geltend machen. Aber alles, was geschah, war harmlos. Er wurde von einem in einem Auto eingesperrten Hund angebellt; mächtig sprang der Hund von innen gegen die schon vollständig verschmierten Scheiben. Abschaffel machte zwei schnellere Schritte an dem Auto vorbei. In der U-Bahn setzte er sich auf eine Doppelbank. Auf der anderen Seite der Bank saß ein dicker Mann, der auf seinem Platz ständig leicht hin- und herwippte. Dadurch waren Doppelbank und Abschaffel ebenfalls in dauernder Bewegung. Abschaffel drehte sich einmal um, aber der Mann war versunken in sein Wippen und nahm ihn in seiner vorwurfsvollen Haltung nicht wahr. Was war das, wenn man in der U-Bahn gewippt wurde und es nicht wollte? Es war alles mögliche, aber schlimm war es nicht. Immer wieder fuhr die Bahn in das Helle der Haltestationen und in das Dunkel der Fahrstrecken zurück. Das Vertrauen darauf, daß bei der Fahrt durch die Schächte kein Unglück geschah, mußte bei allen Fahrgästen sehr groß sein. Niemand schrie auf, daß er Angst hätte. Und niemand ging davon aus, daß man auf ein hartes Hindernis auffahren werde. Abschaffel dämonisierte die Umwelt, weil er einen freien Tag hatte; er glaubte, alles sei irgendwie nicht in Ordnung, nur weil er einmal frei darin umhergehen konnte. Aber die U-Bahn fuhr in großen Bogen von Station zu Station, Leute stiegen aus und ein, und alles, was geschah, war allen Leuten bekannt.

Mitten in der Stadt stieg er aus. Das Wetter war klar und kalt. Wo er ausgestiegen war, befand sich eine Markthalle, und weil Abschaffel fror, ging er gleich hinein. Über das Bild, das sich ihm bot, war er so verblüfft, daß er nicht mehr weiterging. Eine große warme Halle voll mit Marktständen, einer neben dem anderen. Hunderte von Menschen liefen dazwischen umher und kauften ein und schwätzten und liefen weiter. Er empfand, daß ihm das Bild wohltat. Er durchstreifte die Halle, er sah angeleuchtete spanische Trauben und italienische Birnen, am Wegrand stehende Säcke voll mit Erdnüssen und Walnüssen, in Holzkästen Pistazien, Paranüsse und blanchierte Mandeln, dazwischen, auf anderen Ständen, Ceylon-Zimt und rote japanische Sojabohnen, oberhessische Speckwurst und badische Laugenbrezeln, Käsepyramiden, in Beuteln verpackte Oliven, griechischen Wein, kernlose Clementinen, italienische Maronen und grünen Chinakohl, französische Austern und obendrüber, eine neben der anderen, westfälische Knoblauchwürste, einen Stand weiter marokkanische Tomaten und deutsche Coxorangen, und dazwischen immer wieder schöne kaufende Frauen und lebensfrohe Männer hinter den Ständen, denen das Leben offenbar leicht war.

Abschaffel war benommen. In welcher Welt lebte er, daß er derart eingenommen und überrascht war von einer Markthalle? Er war ein Angestellter und allein, und er sah die Welt nicht. Filzläuse mußten sich ihm in die Schamhaare setzen, damit er einmal zum Arzt gehen und bei dieser Gelegenheit in die Stadt stolperte und bei Tageslicht in eine Markthalle geriet. Er ging zurück zum Eingang, und er war immer noch sentimental über die Dürftigkeit seines Lebens, daß er nicht auf die Idee kam, irgend etwas zu kaufen und es mit nach Hause zu nehmen. Er war etwas müde geworden. Es war zwölf Uhr, und er beschloß, sich in ein Lokal zu setzen und etwas zu essen. Er war schon dabei, bei der Gegenüberstellung seines Lebens als Angestellter mit dem Leben in der Markthalle die erste große Traurigkeit dieses Tages anzuzetteln, da sah er ein italienisches Lokal. Er freute sich, und es gelang ihm, einer anrückenden Depression aus dem Weg zu gehen. Er sah in dem Lokal eine Art Fortsetzung der Markthalle, und als er im Eingang stand, sah er in dem halbleeren Innenraum eine Frau einzeln an einem Tisch sitzen. Die Frau saß mit dem Rücken zur Tür, und Abschaffel beschloß, sich an den Tisch der Frau zu setzen. Er war in guter Stimmung und freundlich, und die Frau hatte nichts dagegen, als er sich zu ihr setzte. Sie erzählte sofort, daß sie Goldschmiedin sei und einige Tage Urlaub hätte, den sie nun, bevor das Jahr um sei, verleben mußte. Ich habe aber kein Geld und kann nicht wegfahren, sagte sie. Abschaffel bestellte eine Pizza und Rotwein. Die Goldschmiedin war klein und kompakt gebaut, vielleicht fünfunddreißig Jahre alt, die Haare etwas grau, der Mund klein, das Gebiß schmal und eng nach hinten fliehend. Sie hatte etwas Schnupfen und deshalb ein kleines Taschentuch zusammengeknüllt neben ihrem Teller liegen. Abschaffel redete lange mit ihr.

Das Läusemittel, mit dem Abschaffel am Abend allein in seiner Wohnung war, hieß JACUTIN und war eine weiße Flüssigkeit, eine Emulsion zum Auftragen. Er stellte die Kunststoffflasche auf den Tisch und las die Gebrauchsanweisung. Es war ein Kontakt-, Fraß- und Atemgift für Insekten und tierische Parasiten, so hieß es. Er war immer noch gutgelaunt, und die Vorstellung, daß die Läuse offenbar keine wirklichen Feinde und Gegner waren, wenn sie so leicht aus der Welt zu schaffen waren, machte ihn zufrieden. Er setzte sich auf einen Stuhl und sah sich ausgiebig in die Schamhaare. Er wollte gern sehen, wie die Läuse ahnungslos umherliefen, und sie dann mit JACUTIN bösartig überraschen. Die Läuse liefen auch jetzt nicht umher, sie saßen fest und rührten sich nicht. So saß er eine ganze Weile mit entblößtem Unterleib auf dem Stuhl und dachte meistens an nichts. Manchmal dachte er an die Goldschmiedin, die er morgen wiedersehen wollte. Er war mit ihr bis tief in den Nachmittag hinein in dem Lokal sitzen geblieben, und Abschaffel hatte soviel geredet und zugehört wie schon lange nicht mehr. Die Frau hieß Margot. Er wollte sie morgen im gleichen Lokal zur gleichen Stunde wiedersehen, sie wollten wieder essen und wieder Rotwein trinken, sie wollten alles noch einmal.

Er schüttete eine kleine Lache JACUTIN auf die linke Handfläche, roch etwas daran und rieb sich die Flüssigkeit in die Schamhaare. Gespannt sah er hin, was geschah. Es geschah nichts, nur verteilte sich die Emulsion klebrig in der Schamgegend. Er zog eine frische Unterhose an und lief eine ganze Weile in der Wohnung umher, weil er herausfinden wollte, was anders geworden war. Es fühlte sich an, als hätte er sich gewaschen und nicht abgetrocknet. Von Zeit zu Zeit zog er die Unterhose herunter und sah nach, ob sich etwas verändert hätte. Immer noch wollte er die Läuse sterben sehen. Er stellte sich mit den Schamhaaren dicht an den Lichtschein einer Lampe heran, aber außer dem weißen Geflecht, das spinnwebartig in den Schamhaaren hing, war nichts zu sehen. Am nächsten Morgen sah er sofort wieder nach. Die Emulsion war vollständig eingetrocknet. Wie Asche hingen winzige Teilchen in den Schamhaaren, und als er mit den Fingern durch die Haare strich, fielen sie heraus und lösten sich ganz auf. Er wusch sich sorgfältig und trug sich erneut eine Portion JACUTIN auf. Er bewegte sich sehr langsam und hielt in allem, was er tat, oft inne. In der Wohnung über ihm, in der abends häufig eine Kugel über den Küchenboden zu rollen schien, wurden tagsüber laufend Stühle hin- und hergerückt. Abschaffel wußte nicht, wieviel Menschen in dieser Wohnung lebten, und irgendwann hatte seine Neugierde auch aufgehört, es wissen zu wollen. Abends hatte er schon öfter verschiedene Menschen nach oben gehen sehen, Männer und Frauen, aber weil die Gesichter häufig wechselten, war er es überdrüssig geworden, sich einen Zusammenhang dazu vorzustellen. An diesem Morgen reizte es ihn wieder, die Gründe der Ereignisse in dieser Wohnung zu kennen. Warum wurden nur immerzu Stühle umhergerückt? Wurde eine Versammlung abgehalten? Das schien zu dieser Stunde unwahrscheinlich. Es konnte auch von einem Kind herrühren, das allein war und seine Angst in Spaß umwandelte, indem es die Stühle ineinander- und aufeinanderschob. Nur hatte Abschaffel nie eine Kinderstimme aus der oberen Wohnung gehört. Konnte es sein, daß ein schweigsamer Erwachsener morgens Stühle umherrückte? So phantasierte Abschaffel über die Geräusche aus Nachbarwohnungen weiter, ohne zu merken, daß seine Phantasien das erste Suchen nach einer Abwechslung waren. Schon nach einem Tag war er bereit, jede eigene Tätigkeit zu unterbrechen, wenn er irgendwo ein Geräusch hörte. Ein Höhepunkt der erhofften Störungen ergab sich, wenn draußen im Treppenhaus jemand vorüberging. Wenn es Kindern in Wohnungen langweilig ist, öffnen sie die Tür und schauen hinaus, wenn jemand vorübergeht, und schließen sie schnell wieder. Abschaffel war kein Kind mehr, und er traute sich nicht, die Tür zu öffnen und nachzuschauen. Eine Nachahmung des Verhaltens von vielen Hausfrauen, die unter dem Vorwand einer putzenden Tätigkeit die Tür öffneten, kam für ihn nicht in Betracht. Was er mit diesen Frauen nur teilte, war die rasche Neugierde auf alle Nebensächlichkeiten. Alleinsein war nicht gut. Es führte den Kopf auf die Spur der Enge und der Demütigung. Abschaffel hatte seine vorigen Phantasien über das Kind, das in der oberen Wohnung möglicherweise Stühle umherschob, längst vergessen, als er plötzlich, wieder aus der Wohnung über ihm eindeutig das Geräusch einer Waschmaschine hörte. Es war ein gleichmäßiges elektrisches Raunen mit kurzen Pausen dazwischen, wenn die Waschmaschinentrommel in die andere Richtung gedreht wurde. Eine Waschmaschine konnte von einem Kind nicht in Gang gesetzt werden. Es mußte eine Frau in der Wohnung sein. Aber wie war dann das lange Umherschieben der Stühle zu erklären? Es war nicht zu erklären, und jetzt erst bemerkte Abschaffel, daß er einer Art Wohnwahn zum Opfer gefallen war. Der Wahn bestand darin, daß in die tote Umgebung Leben hineinimaginiert werden mußte, wenn man sich nicht selbst tot vorkommen wollte mit der Zeit. Abschaffel wurde von einer Panik ergriffen. Er führte alle Bewegungen schneller aus, und wenn ihm etwas nicht gelang, wurde er unverhältnismäßig zittrig und nervös. Er beschloß, die Wohnung rasch zu verlassen und in die Stadt zu fahren.

Noch in der U-Bahn wurde er nicht fertig mit der Panik. Er bemerkte es wie immer daran, daß ihm Harmlosigkeiten unheimlich wurden und er zu heftig auf alles reagierte, was ihm zu sehr auffiel. Plötzlich konnte er es nicht ertragen, wenn

Ausländer in ihrer Sprache miteinander redeten und er nichts verstand. Und er war nicht fähig, sich mit einigen Überlegungen die Sache zu erklären. Vier Ausländer saßen sich in der U-Bahn gegenüber und zeigten sich Fotos und Briefe und redeten laut. Er fühlte sich bedroht, weil er erraten mußte, worüber sie redeten. Wie kleinlich wird die Phantasie, wenn sie sich mit unverstandener Sprache beschäftigt! Mit hängendem Blick sah er hinüber zu den Ausländern und bettelte stumm, daß sie rasch die U-Bahn verließen. In dieser Stimmung wollte er nicht mit Margot zusammentreffen. Er mußte sich lockern. Und er wollte endlich davon befreit sein, daß ihm immerzu irgend etwas auffiel. Er wollte eine belanglose Wahrnehmung haben, weil er sich davon Ruhe versprach. Er wollte sich selbst belanglos fühlen. Er redete auf sich ein und versuchte seine Spannungen zu beruhigen. Zum Glück stiegen die Ausländer an einer der nächsten Stationen aus und ließen den U-Bahninnenraum ruhig zurück. Abschaffel stützte sich den Kopf ab. Es war ihm noch nicht gelungen, aus seiner Enge herauszufinden. Die Ruhe in der U-Bahn tat ihm gut. Er wäre gern weitergefahren, aber er mußte aussteigen. Er fuhr auf einer Rolltreppe an das Tageslicht, und gleich fand er alles zu hell. Für die Verabredung mit Margot war es zu früh. Ganz langsam trödelte er an den Schaufenstern kleiner Geschäfte vorbei und achtete darauf, nichts zu bemerken. Er drückte sogar die Augen etwas zusammen, so daß er seine eigenen Wimpern sah. Das gefiel ihm gut, und er blieb stehen und drückte die Augen etwas weiter zu, weil er seine Augenwimpern näher und dichter sehen wollte. Plötzlich war er ganz bei sich angekommen. Die Außenwelt war ausgeschlossen. Abschaffel beschäftigte sich mit seinen Augenwimpern, das war alles. Rasch wurde er gestört. Er hörte irgendwo eine Spielzeugpistole knallen. Hatten denn neuerdings alle Kinder solche Pistolen? Abschaffel riß die Augen auf, und er sah einen Jungen, der auf einem Balkon stand und aus einem Plastikgewehr Schuß für Schuß abfeuerte. Trocken zerplatzten die Geräusche in der Luft, und Abschaffel merkte, wie er wider

Willen zu dem Jungen hochsah. Sofort war er wieder in allen Störungen drin. Er wünschte sich, daß das Kind überraschend von seinem rabiaten Vater nach hinten in die Wohnung gezerrt würde. Abschaffel nahm den großen anderen Lärm, der außer dem schießenden Jungen auch noch um ihn herum war, gar nicht mehr wahr. Abschaffel blickte hoch zu dem Balkon; sein Blick wurde bettelnd, und bald wurde es sein ganzes Gesicht. Das Kind wurde nicht in die Wohnung gezerrt. Es lief immer wieder von neuem in dem kleinen Rechteck des Balkons auf und ab. Abschaffel mußte einsehen, daß er verschwinden mußte; mit klagend heruntergezogenem Gesicht ging er endlich. Wo konnte er hingehen und sicher sein, nicht von neuem in etwas hineingezogen zu werden? Er verzichtete schon darauf, sich an einem Kiosk Zigaretten zu kaufen, weil an dem Kiosk zwei Personen auf Bedienung warteten. Wenn eine dritte Person hinzutrat, bestand die Möglichkeit, daß alle drei darüber redeten, welch einer Unverschämtheit sie hier ausgesetzt seien. Abschaffel konnte derartige Zeitvertreibsgespräche nicht gut leiden.

Zu seiner Verabredung mit Margot fehlten noch immer zwanzig Minuten. In das Lokal wollte er sich nicht vorzeitig setzen. Er wußte nicht, was er tun sollte, um irgendwo dazuzugehören. Er lief über einen Platz, und er beschloß, sich auf eine Holzbank zu setzen und zu warten. Es war kalt, und es war unwahrscheinlich, daß sich jemand zu ihm setzte. Tatsächlich gelang es ihm, zwanzig Minuten lang allein zu sein und nichts Besonderes zu beobachten. Er hatte sich so auf die Bank gesetzt, daß er die meisten Vorübergehenden mit dem Rücken an sich vorbeigehen sah. Immer wieder sah er vermummte Hinterköpfe und Mäntelrücken. Das gefiel ihm, obwohl er fror, aber das Frieren war eindeutig und banal.

Margot saß schon in dem Lokal, als er eintrat. Ich bin gerade eben gekommen, sagte sie. Es ist kalt, sagte Abschaffel. Sie saßen am gleichen Tisch wie am Tag zuvor. Sie fragte nicht, wo Abschaffel gewesen war und was er getan hatte, sondern fing an, von ihrer Ehe zu erzählen. Sie bestellten Pizza und Rotwein, und sie sagte, ihr Mann hätte sie im letzten Jahr, bevor sie ihm weggelaufen war, nur noch zur Hälfte ausgezogen, wenn er mit ihr schlafen wollte. Er wollte mich nur noch unten haben, sagte sie. Und du hast nie etwas gesagt, sagte Abschaffel. Nein, sagte sie. Schon die Ehe meiner Eltern war vollkommen irrsinnig, sagte sie; weil sie sich überhaupt nicht begriffen haben, konnten sie es gut miteinander. Ich habe die Rolle meiner Mutter gelernt: nichts begreifen und alles tun. Mein Elternhaus war gut katholisch, und ich hatte als junges Mädchen eine ganze Menge katholischer Liebschaften, also junge Männer, die nie mit mir schliefen, sondern mich immer gleich heiraten wollten, und einer von diesen Männern, der mich sieben Jugendjahre lang angestaunt hat, ist dann tatsächlich mein Mann geworden. Es ist unglaublich, sagte sie. Und ich war immer gut zu ihm und habe alles getan, wie ich es von meiner Mutter gelernt hatte, und es gefiel meinem Mann, und er bemerkte nichts. Kotzen, Kacken und Hassen, das hab ich plötzlich gekonnt, als ich nicht mehr in der Ehe war, sagte sie. Seht ihr euch heute noch? fragte Abschaffel. Ja, sagte Margot, und für ihn ist es immer schrecklich; er braucht nur in meiner Nähe zu sein, und schon beginnt er wieder um mich zu werben, er kann gar nicht anders, weil ich für ihn DIE FRAU war.

Sie aß langsam und redete viel. Manchmal hielt sie sich einen Bissen, den sie auf der Gabel hatte, eine Weile vor den sprechenden Mund, führte ihn an die Lippen und wieder weg, wenn sie, statt zu essen, doch wieder reden wollte. Und heute, was machst du heute? fragte Abschaffel; hast du einen Freund? Nein, sagte sie. Ich bin fünfunddreißig, und dann wird es schwer für eine Frau. Vom Alter her müßte es ein Vierziger sein, aber ein Vierziger geht nicht, weil Männer in diesem Alter schon verfinstert und hart wie Steine sind, da bewegt sich nichts mehr, sagte sie. Ich kann nur einen Mann finden, der so alt ist wie du und dem es nichts ausmacht, wenn die Frau ein paar Jahre älter ist. Alles andere ist unmöglich, sagte sie. Eine andere Rolle, die mir bleibt als alleinstehende Frau, ist die, daß ich in Ehepaare einbreche. Das ist gar nicht schwer, man braucht nur ein bißchen zu glitzern, dann kommen die Ehemänner. Aber dann hat man den Krampf mit den Ehefrauen, und alles wird sehr schnell ganz gräßlich. Am Anfang des Jahres habe ich mir mal die Haare rot färben lassen, dann ist alles noch viel leichter. Mit roten Haaren kann ich Ehen reihenweise ummähen, sagte Margot. Darüber war ich dann beleidigt. Wenn es lediglich die roten Haare sein sollen, die etwas aus einem machen, dann will ich es auch nicht. Und seither färbst du dir die Haare nicht mehr? fragte Abschaffel. Nein, nicht mehr, sagte sie.

Und wo gehst du mit deinen Gefühlen hin, sagte Abschaffel. Ich weiß nicht, vielleicht habe ich keine mehr, sagte sie. Jedenfalls frage ich mich heute nicht mehr, ob ich mich verlieben soll oder nicht. Ich habe meine Sexualität, und das ist etwas zum Verleben. Mehr weiß ich nicht mehr, sagte sie. Früher mußte ich gegen meine Gefühlshaftigkeit Valium nehmen. Aber das ist heute vorbei, sagte sie. Du hörst mir nicht zu, sagte sie. Doch, ich habe dich nur nicht angeschaut, während ich dir zuhörte, sagte er. Wo hast du hingesehen, sagte sie. Zu dem Ehepaar hinüber, dort das Ehepaar mit Kind, sagte Abschaffel; das Ehepaar hat Streit und schimpft miteinander, aber zwischendurch sprechen beide milde mit dem Kind, das hat mich interessiert.

Abschaffel rauchte und sah umher. Sie waren mit Essen fertig. Sie entzündete ein Streichholz und blies es wieder aus, spitzte ein Ende des Streichholzes mit dem Messer an und pulte sich damit Essensreste aus den Zähnen. Die herausgeholten Reste hingen als kleine Klumpen an dem Streichholz; sie entfernte sie mit den Fingern und streifte sie am Tellerrand ab. Sie schwieg. Abschaffel überlegte, ob er ihr sagen sollte, daß er zur Zeit, bis morgen, noch Läuse hatte. Er schämte sich und blieb in seiner Scham befangen. Margot spitzte sich ein zweites Streichholz und reinigte sich die obere Zahnreihe. Abschaffel wollte nicht mit ihr schlafen, solange er Läuse hatte oder deren Ausrottung andauerte. Es wurde ihm unbehaglich. Er wußte nicht, wie er die Situation lösen sollte. Sie hatten ihre Gläser ausgetrunken, und jeden Augenblick konnte der Kellner erscheinen und fragen, ob er neuen Wein bringen solle. Abschaffel spürte, wie er sich aus Ratlosigkeit ärgerte. Er kam in ein Schweigen hinein, das für ihn selbst wie eine Bösartigkeit war. Ich habe eben einen Mann beobachtet, sagte Margot, dort drüben sitzt er, einen Vater mit seinem Kind, der knipste dem Kind mit zwei Fingern an die Stirn und sagte: Kopfschuß. Wie findest du das? sagte Margot und lachte. Soll man ihm die Vaterkonzession entziehen, sagte Abschaffel. Margot lachte. Man darf sich nicht zu sehr umsehen, es kommt nur Niedergeschlagenheit dabei heraus, sagte er. Sollen wir den unsympathischsten Menschen in diesem Lokal ausfindig machen? sagte sie. Abschaffel lachte. Dazu müssen wir aber umfangreiche Beobachtungen anstellen, sagte er. Samstags abends können wir das mal machen, jetzt habe ich aber keine Zeit mehr, ich muß gleich weg, sagte sie. Wie schade! sagte Abschaffel erleichtert. Ich habe einer früheren Kollegin versprochen, sie heute nachmittag zu besuchen, sagte sie, das habe ich ihr schon so oft versprochen und habe es so oft nicht gehalten, und heute will ich es halten, endlich einmal. Wann mußt du denn weg? Gleich, sagte sie, eigentlich müßte ich schon weg sein. Soll ich keinen Wein mehr bestellen? Nein, auf keinen Fall, sagte sie.

Am Morgen des folgenden Tages untersuchte Abschaffel zum drittenmal seine Schamhaare. Wenn alles so einfach war, wie der Arzt versprochen hatte, dann durfte an diesem Morgen keine Laus mehr am Leben sein. Abschaffel setzte sich auf seinen Stuhl. Mit den Fingern fuhr er sich durch die Schamhaare, hob sie hoch und sah sie sich an. Und wirklich, es gab keine grauen Punkte mehr, die Läuse hatten sich aufgelöst. Er suchte und suchte, aber auch in den Hautfalten war er läusefrei. Abschaffel war in guter Verfassung. Noch einmal, mehr sich selbst zur Freude denn aus Notwendigkeit, rieb er sich mit JACUTIN ein. Zur Mittagszeit war er wieder mit Margot verabredet. Er glaubte, daß sie heute mit ihm nach Hause ginge, wahrscheinlich schon bald nach dem Mittagessen. Er sah in seinem Zimmer umher und überlegte, ob er aufräumen und saubermachen sollte. Er nahm zwei herumliegende Hosen weg und hob vom Boden einige Banderolen von Zigarettenpackungen und einige Staubwolken auf. Seinen Schallplattenspieler staubte er sorgfältig ab. Er hatte sich dieses Gerät vor mehr als zwei Jahren gekauft, weil er einmal geglaubt hatte, es werde sein Leben erleichtern. Das Gerät war eine Weile fast jeden Tag in Betrieb gewesen, dann wurde es plötzlich zu einem Gegenstand wie alle anderen. Ein Schallplattenspieler war kein gutes Gerät. Es brachte den Menschen dazu, sich immer wieder dieselben Lieder vorzuspielen. Abschaffel fragte sich, ob er frische Bettwäsche aufziehen sollte. Wie lange hatte ihn niemand mehr besucht. Beim Umhergehen in der Wohnung hatte er plötzlich einen zierlichen und gemütvollen Einfall. Er legte einige Münzen auf die Heizung, und wenig später, als sie warm geworden waren, steckte er sich die Münzen in die Hosentaschen, so daß er zwei Minuten lang glaubte, er hätte kleine Heizungen in der Hose. Das Vergnügen darüber war so groß, daß er kichern mußte. Er kicherte allein in seiner Wohnung, und es fiel ihm auf. Er stellte das Kichern ein und öffnete das Fenster. Er war wieder an dem Punkt angelangt, wo er ganz deutlich spürte, wie allein er war.

Wahrscheinlich mußte er bald die Wohnung verlassen an diesem Morgen, um einer Verhärtung dieser Gefühle zu entgehen. Es war alles zuwenig, es war alles zu eng, es war alles zu still. Zum erstenmal seit drei Tagen fiel ihm ein, daß er nicht arbeitete. Das Wohnen in diesem Zimmer war vielleicht nur gut für jemanden, der abends müde nach Hause kam. Ein richtiger voller freier Tag in diesem Zimmer wurde zu einer Gemeinheit. Abschaffel machte sich fertig zum Weggehen. Es war erst kurz nach zehn Uhr, und er beschloß, seine nähere Wohngegend anzuschauen. Hier wohnten Tausende und Abertausende von Arbeitern und Angestellten. Abschaffel ging an den Häusern vorbei und hatte wieder das Gefühl, in jeder dieser vielen tausend Zwei- oder Drei-Zimmer-Wohnungen schon einmal kurz gewohnt zu haben und alles zu kennen. Dieses Gefühl gefiel ihm, es war ein Gefühl der Zugehörigkeit und Heimatlichkeit. Er hatte es schon oft gehabt, und er wußte von seinem weiteren Verlauf. Denn es hielt nicht lange an; es wandelte sich um in sein Gegenteil. Dann glaubte er, überhaupt nichts zu wissen und auch nie irgend etwas erfahren zu haben. Ewig mußte man in vollständiger und beschlossener Fremdheit und Unwissenheit herumlaufen, so sprach dieses Gefühl zu ihm. Dann wurde er wütend, weil er sich nichts mehr vorstellen zu können glaubte vom Leben in den kleinen Wohnungen. Dann hatte er Lust, die eigentlich eine Wut war, mit einem Radiergummi persönlich ein ganzes Haus wegzuradieren, nur damit er sehen konnte, was alles sich in diesem Haus verbarg und aus welchen Materialien es bestand. Seine Radiergummisehnsucht war nichts anderes als seine übliche Sehnsucht nach dem Absoluten und Unerreichten. So genau, wie er es wollte, würde er nie ein Haus und seine Bewohner sehen können. Statt dessen betrat er ein Geschäft und sah sich die Einrichtung dieses Geschäfts an. Es war so, als wenn ein Kind sagte, es wolle unbedingt sofort nach Amerika fahren, statt dessen aber nur Schlittschuhlaufen geht.

Abschaffel lief umher und gab sich Mühe, sich mit dem zufriedenzugeben, was allgemein sichtbar war. Er betrachtete einen Strumpfautomaten, der neben dem Eingang eines Friseursalons angebracht war. Ein Mann verließ den Friseursalon und fuhr sich mit der flachen Hand den Nacken hinunter, um das neue Gefühl zu überprüfen, das nach dem Haareschneiden entstanden war. Im Schaufenster des Friseursalons hing eine grau gewordene Gardine, und im Vordergrund lagen einige eingestaubte Kosmetikartikel. Abschaffel wußte nicht, warum er so beharrlich den Friseursalon anschaute. Der Laden ängstigte ihn. Der Laden war gegen seine Sehnsucht gerichtet. Wer einen Friseursalon dieser Sorte betrat, hatte sich endgültig mit der ärgsten Kleinlichkeit abgefunden. Genau neben dem Friseursalon befand sich ein Textilgeschäft. Auch das war ein kleiner Laden mit einem einzigen Schaufenster. Der Laden stellte Kittelschürzen aus, eine Kittelschürze neben der anderen, mindestens zehn Stück, eine so häßlich wie die andere, jede ein Sonderangebot. Das war die Tageskluft der Hausfrauen in der Umgebung. Was die Schaufenster zeigten, ging keinen Zentimeter über die ortsübliche Phantasie hinaus. Abschaffel wollte in ein inneres Jammern ausbrechen. Er half sich durch Weitergehen, und er kam vor das Schaufenster eines Zoogeschäfts. Er sah in ein Gewirr von Käfigen, Behältern und Glaskästen. Im Vordergrund, in einem Behälter von der Größe einer Schuhschachtel, wieselten auf sandigem Grund zwei Mäuse herum. Abschaffel senkte den Kopf und las auf einer Tafel, daß es sich um JAPANISCHE TANZMÄUSE handelte. Abschaffel wurde es finster im Kopf. Der Friseursalon, die Kittelschürzen und die japanischen Tanzmäuse. Eine hochkarätige Trauer kündigte sich an; sie kam auf Stelzen die Straße entlang direkt auf Abschaffel zu. Abschaffel mußte schnell flüchten oder sich ablenken oder vielleicht schlafen. Er blieb aber stehen und sah auf zwei hellbraune Hasen, die am Boden des Schaufensters in einem Sperrholzkasten saßen. Kinder klopften an die Scheibe, und manchmal zuckten die Hasen deswegen zusammen, manchmal auch nicht. Er merkte, wie ihm die zitternden Hasen leid taten, und er ging dazu über, sein eigenes Leben dem Leben der Hasen gleichzusetzen: Man sitzt in einem Kasten, von außen wird dauernd geklopft, aber niemand weiß, wie man flüchten soll, und also verbringt man zitternd seine Tage.

Eine ganze Weile hing er diesem Bild an, immer noch vor dem Schaufenster des Zoogeschäfts stehend. Bis er merkte, wie lächerlich, wie peinlich diese Gleichsetzung war. Aber es kam ihm gar nicht darauf an, etwas Zutreffendes zu denken. Die Hauptsache war, daß er für die Trauer, in der er sich verfangen hatte, ein Bild gefunden hatte, das ihn auch wieder beruhigte. Es blieb, als er sich nicht mehr leid tat, eine dünne Scham zurück, die er gut ertragen konnte. Sich schämen war leichter als sich leid tun. Abschaffel lief eine ewig lange Straße in die Stadt hinein und fühlte sich während des Gehens lokkerer werden. Die Scham wirkte auf den Körper, als würde ihm etwas weggenommen und gleichzeitig etwas gegeben. Die Scham machte den Menschen unvollständig. Zugleich war die Scham auch etwas Angenehmes. Es ging irgend etwas im Körper vor. Aber was? Abschaffel ging vorsichtig, damit er das Gefühl der Scham nicht beeinträchtigte. Es gelang ihm, sehr weit zu kommen, fast an den Rand des engeren Stadtkerns, ehe die Scham langsam aufgebraucht war. Abschaffel war ganz leicht geworden.

Margot hatte sich auffällig zurechtgemacht. Sie hatte sich die Lippen mit einem ins Violett übergehenden Rot angemalt. Die Gegend um ihre Augen war grünlich. Ihre Haare waren frisch gewaschen und leicht, und ihre Bluse war fest und steif, frisch aus der Reinigung. Ich habe mich gerade geschämt, sagte Abschaffel. Zum drittenmal saßen sie einander im gleichen italienischen Lokal gegenüber. Und ich hatte fürchterliche Kopfschmerzen heute morgen, sagte sie. Wenn ich aufwache, habe ich sie noch nicht, aber eine halbe Minute später sind sie da, genau mit dem Einsetzen des Bewußtseins. Es ist schrecklich, hoffentlich werde ich keine Migränefrau, sagte sie. Dann darf ich mich nicht bücken, sonst wird der Schmerz zu stark, und man möchte aufschreien; es ist, als würde einem ein Stein vorn in den Kopf fallen, wenn man sich bückt, sagte Margot. Ist es jetzt besser, sagte Abschaffel. Ja, sagte sie, es ist nur noch ganz wenig da, es ist wie eine ständige Untermalung von allem, aber nicht schlimm. Und warum hast du dich geschämt? fragte sie. Weil ich mein Leben mit dem Leben eines Hasen in einem Zoogeschäft verglichen habe, sagte er, wie lächerlich! Ja, sagte sie, warum hast du nicht lachen müssen? Ich weiß es nicht, sagte er. In dem Augenblick, als ich mich wie ein Hase fühlte, war ich eben hundertprozentig davon überzeugt. Und lachen könnte ich nur dann, wenn ich ganz sicher wäre, daß ich hinterher nicht doch wieder alles ganz ernst nehmen müßte; und dieser ewige Wechsel ist mir zu anstrengend, deswegen bin ich lieber ernst, sagte Abschaffel.

Es war schön, sich alle Behinderungen zu sagen, solche, die es gab, und solche, die es geben könnte. Sie aßen Cannelloni und tranken Valpolicella, und Abschaffel sagte: Deine Phantasie geht immer in Richtung Unglück? Und deine nicht auch? fragte Margot zurück. Ja, sagten beide, ja, ja. Warum geht sie dort immer hin? fragte Margot. Weil die Phantasie dorthin geht, wo das Leben ist, und das Leben ist eben meistens unglücklich. Nimm dich, sagte Abschaffel, du wachst morgens auf, und ein Stein fällt dir in den Kopf, so schlimm sind deine Kopfschmerzen, ist das vielleicht ein Glück? Daß der Mensch ahnungslos aufsteht und sofort mitten in einem Schmerz ist? Und so könnte ich ewig weitermachen, sagte sie. Fast alles in meinem Leben ist bis jetzt verkehrt gelaufen. Kannst du dir vorstellen, daß ich fast dreißig Jahre alt war, als ich zum erstenmal beischlief? Das kann ich mir nicht vorstellen, sagte er. Siehst du, sagte sie, es ist so verkehrt, daß es sich nur der Verkehrte selbst noch vorstellen kann. Ich war doch dauernd im Umkreis der Kirche, da traute man sich eben nichts. Noch nicht einmal onanieren habe ich mich getraut, sagte sie.

Durch das Essen und Sprechen wurde ihr Lippenstift immer mehr abgewischt. Nur noch in den Ecken ihres Mundes war Farbe erkennbar. Abschaffel sagte es ihr. Willst du, daß ich die Lippen neu anmale, fragte sie. Ich weiß es nicht, sagte er. Ich male mich sonst wenig an, eigentlich gar nicht mehr. Warum hast du es heute gemacht? fragte Abschaffel. Ich wollte schon, daß ich dir gefalle, sagte sie. Und stört es dich nicht, während des Essens immer wieder den Geschmack des Lippenstifts im Mund zu haben? Doch, es stört mich, aber es gefällt mir auch, denn wenn ich Lippenstift schmecke, habe ich das Gefühl, es ist etwas los in meinem Leben. Abschaffel lachte. Warum lachst du? Das muß ich auch mal versuchen, sagte er; ich habe auch oft das Gefühl, in meinem Leben sei nichts los. Bei dir funktioniert es nicht, sagte sie; du bist ja nicht als Mädchen auf die Welt gekommen und weißt nicht, was man sich für das spätere Leben davon verspricht, wenn man als Mädchen mit zwölf oder dreizehn anfängt, sich die

Lippen anzumalen. Das ist ungeheuerlich, und es hört nie mehr auf, sagte Margot. Willst du bedauert werden? fragte Abschaffel. Nein, ich will, sagte sie, daß du nachher mit mir weggehst in meine Wohnung, sonst war die ganze Anmalerei umsonst, und das wäre entsetzlich. Ich habe meine Wohnung heute morgen extra aufgeräumt, sagte sie. Ich habe in meiner Wohnung auch aufgeräumt, sagte Abschaffel. Bist du nicht neugierig auf meine Wohnung? fragte sie. Doch, sagte er; bist du auf meine Wohnung nicht noch neugieriger? Doch, doch, sagte sie, wir können auch in deine Wohnung gehen; es ist wahr, ich bin viel neugieriger als du. Wir können ja erst in meine Wohnung gehen und dann in deine, sagte Abschaffel. Margot lachte. Wenn wir hier fertig sind, fahren wir zu mir, dort bleiben wir den Nachmittag über, am Abend gehen wir essen, dann fahren wir zu dir, sagte Abschaffel. Dann siehst du meine Wohnung nicht bei Tageslicht, sagte sie. Wir können es auch umgekehrt machen, erst zu dir und dann zu mir, sagte er. Dann sehe ich deine Wohnung nicht bei Tageslicht, sagte sie. Kannst du dich in einer fremden Wohnung ganz frei bewegen, fragte er. Doch, schon, und du? Nicht richtig, sagte er, ich kriege das Besuchsgefühl nicht weg, und ich meine auch, es müßte still sein, wenn ich zum erstenmal in einer fremden Wohnung bin. Dann gehen wir doch zu dir, sagte Margot.

Es zahlte jeder für sich, was sie gegessen und getrunken hatten. Mit der U-Bahn fuhren sie in seine Wohnung, und Abschaffel fiel auf, daß er sie erst küßte, als sie im Zimmer waren und er die Tür geschlossen hatte. Küßt du noch gern, fragte sie. Ja, sagte er, du auch? Ich werde noch gern geküßt, ich selbst mache es nicht mehr so gern, sagte sie. Die Überschätzung der Sexualität hört doch jenseits der Dreißig auf, sagte sie. Was? fragte er; Überschätzung der Sexualität? Das hatte er noch nie gehört. Er traute sich nicht, ihr zu sagen, daß sie sich ausziehen solle, und begann mit der Hand unter ihre Bluse zu fassen. Seine Bewegungen unter ihrer Bluse waren ihm unangenehm. Er dachte an Indianerspielen und Kinderferien am Meer, und er mußte sich anstrengen, seiner eigenen

Hand nicht zuzusehen, als sie unter dem Blusenstoff Spuren zog. Abschaffel wunderte sich, wie weit sie ihren kleinen Mund öffnen konnte. Komm, wir ziehen uns aus, sagte er schließlich doch, aber erst, als sie beide ohnehin mit Ausziehen angefangen hatten. Sofort störte ihn seine Unterwäsche auf dem Stuhl, wo er sie gerade hingelegt hatte. Sie erinnerte ihn an die ewige Scham der Körperöffnungen; war nicht wieder ein brauner Fleck in der Unterhose? Oder viele kleine weißliche Flecke von unbemerkt ausgeflossenem Samen? Er glaubte, er müsse seine Unterwäsche zudecken wie eine bereits entdeckte Schande. Er wollte es unauffällig tun, und er zwang seine Panikscham in ein paar beiläufige Schritte zum Stuhl. Tatsächlich wickelte er seine Unterwäsche zu einem Knäuel zusammen und verstaute sie unter seiner Hose. Warum bist du zu Hause? fragte sie. Mußt du nicht arbeiten? Ich war ein bißchen krank, nicht schlimm, mehr Faulenzen, sagte er. Ah so, machte sie. Und jetzt willst du mich schwächen, sagte sie. Schwächen? Ja, ja, sagte sie, so heißt es in der Bibel, wenn zwei miteinander schlafen: Und Jakob schwächte sein Weib, das ist schön, nicht? Abschaffel hatte das nie gehört und nie gelesen, und er wußte nicht, ob es ihm gefiel oder nicht. Immer wieder zitierte sie solche Bibelsprüche, was Abschaffel schon etwas störte, weil sie immer gleich seine Meinung dazu hören wollte. Frierst du, fragte er, als sie ausgezogen war. Ja, sagte sie, ich friere immer. Wo am meisten? An den Füßen, sagte sie, sie sind jetzt schon wieder eiskalt. Frieren ist eine deiner wichtigsten Lebensäußerungen? fragte er. Ja, sagte sie. Noch kurz bevor er in sie eindrang, glaubte Abschaffel, es könnte alles nicht gelingen. Sie lag auf dem Rücken und streckte die Beine hoch, und Abschaffel sagte, ist es nicht ein neues Unglück, daß ausgerechnet du, die du an den Füßen frierst, die Beine in die Kälte hochstrecken mußt? Doch, sagte sie, das Blut geht aus meinen Beinen heraus, und dadurch werden sie noch kälter. Sie öffnete den Mund und atmete schön. Abschaffel glaubte nicht an Gott, aber wenn er beischlief, rief er ihn mehrfach an: O Gott o Gott o Gott, sagte er und schwieg wieder. Die Anrufung des Gottes war nur eine Verschönerung des Gefühls, eine Art Verzierung, und als es ihm kam, sagte er einige Male nacheinander: Au au au au. Tut es dir weh, sagte sie. Nein, sagte er, ich bin da, und es ist gut. Er sank über ihr zusammen, und sie sagte, du kannst auf mir liegen bleiben und einschlafen, es macht mir nichts aus. Einschlafen auch nicht? Nein, sagte sie. Abschaffel schlief nicht ein. Er blieb in sie verklumpt, und eine Weile redeten sie nichts.

Willst du etwas trinken? fragte er. Nein. Aber ich muß etwas trinken, sagte er. Er löste sich von ihr und ging an den Eisschrank in der Küche und schenkte sich ein Glas Mineralwasser ein. Als er mit dem Glas in das Zimmer zurückkam, hatte sich Margot auf die Seite gedreht. Er sah ihren Rücken und Hintern. Zwischen ihre Beine hatte sie sich ein Papiertaschentuch geschoben, von dem hinten eine Ecke heraussah. Abschaffel gefiel dieses Bild so gut, daß er ein paar Augenblicke stehenblieb und es betrachtete. Sie sieht aus wie eine Frau, die bei mir in der Wohnung liegt, dachte er. Geht es dir gut, sagte sie schläfrig. Ja, sagte er. Dann ist es gut, sagte sie. Sorgfältig verschloß er die Tür, damit der Geruch der beiden Geschlechter möglichst lange im Zimmer blieb. Sie kratzte sich. Das ist der eintrocknende Schweiß, das juckt immer, sagte sie. Abschaffel trank aus einem Glas und legte sich zu ihr. Sie lagen nebeneinander und zogen sich aus dem Mund die Haare heraus, die beim Lieben hineingeraten waren. Abschaffel breitete eine Wolldecke über ihr und sich aus, und bald schliefen sie ein.

Es ist eine ganz tolle Verzweiflung, wenn man merkt, daß man dort, wo man ist, nicht hingehört. In dieser Verzweiflung befand sich Abschaffel, als er wieder im Büro war. Er konnte lange gar nicht glauben, daß es seine Kollegen noch immer gab und daß alles wirklich weiterging. Alles, was er sah, störte ihn. Er arbeitete schleppend und achtete darauf, in nichts verwickelt zu werden. Die Verzweiflung machte ihn still und schreckhaft. Er war so schreckhaft, daß er die äußeren Ränder seiner Brille schon mehrfach für den Schatten eines anderen Menschen gehalten hatte, der überraschend an ihn herangetreten war. Er nahm dann die Brille herunter und beruhigte sich. Es störte ihn, daß der Kollege, der ihm gegenübersaß, sich die Nase putzte. In der Innentasche von Abschaffels Jakke war ein Loch. Durch das Loch war eine einzelne Zigarette hindurchgerutscht. Er griff mit zwei Fingern durch das Loch in der Innentasche, hob mit der anderen Hand den Saum der Jacke hoch und fühlte die Zigarette, die im Jackensaum lag. Er angelte die Zigarette wieder hoch und legte sie auf den Schreibtisch. Abschaffel fühlte, daß der Kollege gegenüber, der übrigens Ronselt hieß, sich nur schwer zurückhalten konnte, ein Gespräch mit ihm anzufangen. Ronselt erzählte statt dessen halblaut Witze und sah immer wieder auf Abschaffel, ob er nicht einmal mitlachte. Abschaffel verzog keine Miene. Er war so hilflos erstaunt über die Tatsache, daß er nun wieder in diesem Büro sein mußte, daß er glaubte, jeden Menschen durch eine künstliche Versteinerung seines Gesichts abschrecken zu müssen. Wer weiß, was Elektrizität ist, fragte Ronselt ins Büro. Elektrizität ist, sagte Ronselt, wenn man morgens mit Hochspannung aufsteht, mit Widerstand an die Arbeit geht, den ganzen Tag gegen den Strom schwimmt, dann geladen nach Hause kommt, an die Dose faßt und eine gewischt kriegt, das ist Elektrizität. Abschaffel hatte das Gefühl, es laufe ihm ein kleines Tierchen, vielleicht eine Spinne, über das Gesicht, er faßte mehrfach mit der Hand danach, aber es war eine Täuschung, in seinem Gesicht war nichts. Einige Lehrlinge lachten, und Ronselt sah auf Abschaffel. Wenn das Telefon klingelte und Abschaffel mußte den Hörer abnehmen, dann sprach er ganz leise und gedehnt, mit zu langen Abständen zwischen den Worten, bittend und brüchig, als plane er in sein Sprechen schon seine Auflösung ein. Immer hatte er das Gefühl, alles, was hier mit ihm zu tun hatte, kann nicht so bleiben. Die Arbeit eines Büroangestellten hat den Vorteil, daß sie vorübergehend gespielt werden kann. In einer trotzigen Stimmung, die als Rest seiner langsam verflogenen Verzweiflung übriggeblieben war, beschloß Abschaffel, die Arbeit heute nur zu spielen. Obgleich es nicht einfach war, die Arbeit gleich einen ganzen Tag lang zu spielen. Er hob allerlei Papiere hoch und legte sie an eine andere Stelle, er nahm den Telefonhörer ab und verlängerte künstlich die Gespräche, aber er wunderte sich, daß trotz allem immer wieder Arbeit dabei herauskam. Er tat viel weniger als sonst, aber es war Arbeit. Auch nach drei Tagen Abwesenheit fand er mühelos Anschluß an alle Tätigkeiten. Am Abend wollte er Margot treffen. Abschaffel fürchtete sich vor der Wiederbegegnung mit Frau Schönböck in der Mittagspause. Sie hatte schon einige Male zu ihm herübergesehen, und Abschaffel würde ihr nicht entgehen können. Er überlegte, ob sie vielleicht so tun würde, als hätte sie Ansprüche an ihn, die er zu erfüllen hätte. Er wollte nichts mehr mit ihr zu tun haben, und alles, was er mit ihr zu tun gehabt hatte, hätte er am liebsten rückgängig gemacht; vermutlich drängte sie auf Wiederholung. Leider gab es zwischen den Menschen keine Möglichkeit, irgend etwas offiziell rückgängig zu machen. Abschaffel spielte mit einer Klebstofftube; er löste den Klebstoff, der um die Tubenöffnung herum hart geworden war, mit den Fingern ab. Die abgelösten Teile rollte er mit den Fingern zu Kügelchen zusammen und legte sie nebeneinander auf seine Schreibtischplatte. Von dieser Beschäftigung waren seine Finger selbst klebrig geworden, und er begann, den Klebstoff in kleinen Fetzen von seinen Fingerspitzen herunterzuziehen. Dabei verlor er sich tief in Erinnerungen an seine Kindheit. Das Herunterziehen von Klebstoffteilen von den Fingerspitzen war ein Gefühl, das er in der Kindheit kennengelernt hatte. Der Augenblick, wenn ein kleiner Fetzen vom Finger gezogen wurde, war eine Zärtlichkeit. Ronselt beobachtete Abschaffel, und Abschaffel legte die Tube weg. Ronselt war geschmacklos und dumm, aber gutmütig. Er würde niemand verpfeifen, das wußte Abschaffel.

In der Mittagspause schloß sich ihm Frau Schönböck an. Im äußersten Fall würde er noch einmal mit ihr weggehen, wenn sie mit Andeutungen sehr aufdringlich wäre. Aber sie machte es ihm einfach. Als sie zusammentrafen, schwieg sie eine Minute, was für sie sehr ungewöhnlich war. Ihre Zurückhaltung bedeutete, daß sie ihm die Themenwahl ließ, und Themenwahl hieß: Er konnte zum Ausdruck bringen, ob er sie noch einmal wollte oder ob er sie nicht mehr wollte. Und weil Abschaffel die volle Länge ihres Schweigens mitschwieg, war die Sache entschieden. Er wollte nicht mehr, und es würde sich nichts mehr ereignen. Und Frau Schönböck war intelligent im Verzichten. Wahrscheinlich war ihr das Verzichten geläufig, der Rückzug vertraut. Ihr Beischlaf mit Abschaffel war nicht mehr das, was er noch in ihrer Wohnung gewesen war, eine Spekulation der Hoffnung auf irgend etwas. Nachdem sie erfahren hatte, daß Abschaffel diese Spekulation nicht weiter stützte – und eine Minute Schweigen war dazu ausreichend –, war ihr gemeinsamer Beischlaf plötzlich etwas anderes, eine bloße Freiheit, die man sich heutzutage herausnehmen konnte, ein Sexualimbiß unter Angestellten der gleichen Firma. Und wer sich eine Freiheit genommen hatte, war um eine Spur vergnügter. Nicht geredet wurde über die Hoffnung, die der Freiheit so spendierfreudig den Weg gewiesen hatte. Und wer, wie Frau Schönböck, zu verzichten hatte, mußte rasch im Umwerten sein. Was eine Hoffnung gewesen war, wurde umgemünzt in eine blödsinnige Ausschweifung. Frau Schönböck erzählte ihm irgend etwas, was weder mit ihr noch mit ihm etwas zu tun hatte. Sie war vergnügt enttäuscht.

Dies wurde in wenigen Augenblicken entschieden. Frau Schönböck und Abschaffel schlüpften in ihre Rollen als Angestellte zurück, die sich in der Mittagspause gelegentlich trafen. Es ist mir etwas Furchtbares passiert, Herr Abschaffel, sagte sie. So, sagte er. Ich bin, als Sie krank waren, zu einer Bekannten von mir gefahren. Sie wohnt auf dem Land, zwölf Kilometer von hier, eine düstere Gegend, fast schon Dorf, sagte sie. Abschaffel und Frau Schönböck saßen sich wieder an einem Zweiertisch in der Kantine gegenüber und aßen Menü 1, das billigste. Und wie ich da so fahre, es war schon dunkel natürlich, sagte sie, sehe ich im Scheinwerferlicht rechts von mir am Straßenrand einen Menschen liegen. Ich bin furchtbar erschrocken und trat im selben Augenblick auf die Bremse und fahre rechts heran und halte fast genau vor dem Menschen, der da lag, und es war wirklich ein Mensch, ich habe es genau gesehen im vollen Scheinwerferlicht. Ich beuge mich nach rechts herüber über den Nebensitz und mache die Tür auf, und in diesem Augenblick, genau in diesem Augenblick, habe ich furchtbare Angst gekriegt, die furchtbarste Angst meines Lebens. Denn in diesem Augenblick habe ich gesehen, daß es doch kein Mensch war, der da lag, sondern eine Puppe, eine große Puppe, mit Menschenkleidern angezogen. Ich habe sofort die Tür zugeschlagen, voll von Angst, ich habe kaum das Gaspedal drücken können, so weich waren meine Beine. Und ich bin weitergefahren, bis zu meiner Bekannten war es nicht mehr weit, und als ich bei ihr war und angehalten habe, sehe ich, daß mein Nebensitz mit Blut verschmiert ist, alles voll Blut der Stoff, und ich sehe zwei abgetrennte Fingerkuppen auf dem Nebensitz liegen, an den Fingernägeln habe ich's erkannt, sagte Frau Schönböck. Abschaffel sagte kein Wort. Verstehen Sie, sagte Frau Schönböck laut, es hat mich einer aus dem Wagen locken und überfallen wollen, sagte sie, mit Hilfe dieser Puppe, meine Angst ist dem Überfall aber zuvorgekommen, und meine Angst hat dem Kerl zwei Finger oben abgeschlagen, denn seine Hand muß schon in meinem Auto gewesen sein in dem Augenblick, in dem ich die Tür furchtbar zuschlug und weiterfuhr.

Das ist furchtbar, sagte Abschaffel. Nicht, sagte sie. Die Geschichte mußte wahr sein, dachte er, Frau Schönböck war nicht in der Lage, so etwas zu erfinden. Nur glaubte er nicht, daß sie Frau Schönböck zugestoßen war. Sie hatte die Geschichte von jemand gehört und gab sie nun als ihre Geschichte aus. Es hat jemand zwei Finger verloren, weil er Sie überfallen wollte, sagte er. Ja, sagte sie. Wenn Abschaffel nicht mit ihr zusammengewesen wäre und sie hätte ihm diese Geschichte erzählt, hätte er ohne weiteres gesagt, daß er nicht glaube, diese Sache sei ihr zugestoßen. Wenn es so gewesen wäre, hätte sie diese Geschichte schon in aller Frühe im Büro herumerzählt. Es war klar, daß Frau Schönböck eine starke Geschichte brauchte, um nach Abschaffels geschwiegener Ablehnung wieder in die Normalität zu finden. In diese Art Frieden willigte denn auch Abschaffel ein. Ich habe noch nie mit Gewalt zu tun gehabt, sagte er. Dann können Sie aber froh sein, sagte sie.

Abschaffel beeilte sich, rasch nach Hause zu kommen. Margot wollte ihn gegen halb acht besuchen. Es war sechs Uhr, als er seine Wohnung betrat. Im Flur blieb er stehen und merkte, daß er seine Wohnung nicht erleben konnte. Er sah in das Zimmer hinein, dann in die kleine Küche. Er stieß sich wieder an den Dingen. Er setzte sich in das Zimmer und sah umher. Ungefähr zehn Minuten brauchte er, bis er seine Bereitschaft zur Enttäuschung niedergekämpft und sich klargemacht hatte, daß dies hier seine Wohnung war und den Gegenständen in dieser Wohnung nichts anderes gegeben war, als ihn völlig unbewegt zu empfangen. Diese Anerkennung verlangte ihm einen Kampf ab, der ihn erschöpft und ideenlos zurückließ. Er erhob sich und ging ganz langsam ins Badezimmer. Er hatte eigentlich drei schmutzige Hemden noch in die Reinigung bringen wollen, bevor um halb sieben die Geschäfte schlossen. Aber es fehlte ihm jeglicher Antrieb für diese Erledigung. Im Bad schweifte sein Blick lange über die drei zerknitterten Hemden, die auf einem Stuhl lagen. Auch wenn er, wie jetzt, den Hauptstoß seiner Enttäuschungsbereitschaft schon abgewehrt hatte, so blieb doch das Gefäß für kleinere Enttäuschungen noch eine Weile offen. Er fürchtete sich davor, auseinandergenommen zu werden durch eine Serie drückender Eingebungen. Plötzlich hatte er den Wunsch nach sehr viel Geld, und gleich schämte er sich dafür. Diesen Wunsch hatte er oft als Kind gehabt, und als Kind war es ihm oft gelungen, sich mit Hilfe dieses Wunsches aus Bedrückungen herauszudrehen. Die Bearbeitung des Wunsches endete damit, daß er sich als Kind vorstellte, er werde das gewünschte Geld später besitzen. Das konnte sich der dreißigjährige Abschaffel nicht mehr vormachen. Dennoch tauchte der Wunsch in einer Unversehrtheit auf, als sei Abschaffel inzwischen kein Jahr älter geworden. Es blieb ihm gar nichts anderes übrig, als sich wieder zu schämen. Sollte er baden oder duschen, um auf irgendwelche anderen Empfindungen zu kommen? Abschaffel war nicht mehr der Meinung, daß Bewegung allein schon zu Hoffnung berechtigt. Er badete nicht und duschte nicht und wußte nicht, wie die Zeit verging.

Genau um halb acht kam Margot. Was hast du heute gemacht, fragte er. Ich war bei meiner Freundin, von der ich dir schon erzählt habe, der Pfarrerstochter. Ach ja, sagte er. Die hat mir wieder Geschichten erzählt, da schreist du dich weg; sie ist der zerstörteste Mensch, den ich kenne, na ja, Pfarrers Kind und Müllers Vieh, das wird nichts, sagt man. Erzähl, sagte er. Ich will dir nicht soviel Kirchenzeug erzählen, sonst kriegst du mich zu schnell über, sagte sie. Von dieser Pfarrerstochter hast du mir noch nichts erzählt, sagte er. Die waren sieben Kinder zu Hause, und alle sieben mußten jeden Sonntag in die Kirche, um ihren Vater auf der Kanzel zu sehen und seine Predigt zu hören. Kein Kind wollte das, aber alle mußten. Und die Karin, meine Freundin, lernte deshalb, weil sie einen Ausweg suchte, schon als Kind, in Ohnmacht zu fallen. Gleich zu Beginn des Gottesdienstes fiel sie in Ohnmacht, und daraufhin wurde sie in das Krankenzimmer hinter den Altar gebracht und gepflegt, und so war sie die einzige, die sich die Predigt nicht anhören mußte. Es gelang ihr nicht jeden Sonntag, aber sehr oft, sagte Margot; wie findest du das? Fällt sie heute auch noch in Ohnmacht? fragte er. Sie braucht gar nicht mehr in Ohnmacht zu fallen, sie ist dauernd ohnmächtig, weil ihr alles mißlingt, was sie anfaßt, sagte Margot. Als ihre Mutter mit dem siebten Kind schwanger war, hörten die anderen sechs Kinder in einem Nebenzimmer die Mutter klagen und schimpfen, daß sie genug hätte und das siebte Kind nicht mehr lieben könne, jeden Tag schimpfte sie gegen das ungeborene Kind und gegen den Vater, und da setzten sich die sechs Kinder zusammen und beschlossen, an Stelle der Mutter auch das siebte Kind noch zu lieben; kannst du dir diese Sitzung vorstellen? Ja, sagte Abschaffel.

Willst du etwas essen? fragte er. Nein, ich hab schon, vielleicht später; hast du schon? Ja, sagte Abschaffel, beziehungsweise nein, ich habe zwar etwas gegessen, ich habe aber immer noch Hunger; willst du etwas trinken? Wenn du einen Tee hast, sagte sie. Tee? fragte Abschaffel, ich habe Tee hier, aber warum Tee? Ich kriege zu starke Kopfschmerzen, wenn ich jetzt schon Alkohol trinke, später vielleicht und dann wenig, höchstens ein Glas. Gut, sagte er, also Tee. Er ging in die Küche und stellte Wasser auf. Sie folgte ihm und sah ihm zu. An allen drei Tagen, wo wir in dem italienischen Lokal waren, habe ich abends fürchterliche Kopfschmerzen gehabt, sagte sie; und normale Schmerztabletten helfen mir fast gar nicht mehr.

Abschaffel schnitt sich ein Brot herunter, legte etwas Wurst darauf und aß es schnell auf. Das Wasser kochte, und er schüttete es in die Kanne. So zerstört wie deine Freundin bist du nicht, fragte er. Nein, sagte Margot; ich habe zwar auch einen furchtbaren Schlag auf den Kopf gekriegt, aber nur einen; ich bin auch zerstört, aber nicht ganz. Ich kann mich immer wieder retten, sagte sie; ich habe schon festgestellt, daß ich alles zweimal machen muß, alles. Es wundert mich auch gar nicht, daß meine Ehe kaputtging, das war selbstverständlich. Bei allem, was ich tun will, verrenne ich mich erst mal ganz gründlich und ganz furchtbar, so daß ich hinterher kaum noch weiß, was mit mir geschehen ist und was mit mir weiter geschehen soll. Dann muß ich mich lange erholen, ich heule dann viel, und niemand kann mir helfen. Aber wenn diese Zeit vorüber ist, melde ich mich wieder ins Geschehen zurück und versuche es ein zweites Mal, und beim zweitenmal ist mir bisher alles besser gelungen, sagte sie.

Sie trugen den Tee hinüber ins Zimmer, und Abschaffel legte eine Platte auf. Soll ich dir mal eine Geschichte von mir erzählen, sagte sie. Ja, sagte er. Aber nur, wenn du mir versprichst, daß du hinterher eine Geschichte von dir erzählst. Ja, sagte er. Die Geschichte hängt damit zusammen, daß ich alles zweimal machen muß, das heißt, die Geschichte erklärt, wie ich einmal gründlich gestört worden bin, als ich etwas zum erstenmal gemacht habe, von meinem Vater natürlich, von wem sonst, sagte sie. Und zwar hatten wir in unserem Garten einen wirklich sehr großen und schönen Kirschbaum. Ich sah diesen Kirschbaum jahraus, jahrein, während ich heranwuchs, und ich stellte mir als Kind immer wieder vor, einmal wird der Tag kommen, dann werde ich auf diesen Kirschbaum hinaufklettern. Ich konnte mir den Kirschbaum überhaupt nur noch so vorstellen, daß ich eines Tages hinaufklettern werde. Und wirklich kam der Tag. Und gleich beim erstenmal konnte ich sehr gut klettern, und sogar ein bestimmtes Stück am Stamm, das keine Seitenäste hatte, habe ich gut hinter mich bringen können. Als ich ungefähr zur Hälfte oben war, entdeckte mich mein Vater. Er war hellauf entsetzt und schrie zu mir hoch: Da kommst du ja nie wieder herunter! Um Gottes willen! Paß auf! Wir kommen, wir bringen eine Leiter! Paß auf! So schrie mein Vater, und es wirkte tatsächlich so stark auf mich, daß ich mich nicht mehr traute, irgendeine Bewegung auf dem Baum zu machen. Ich wartete, bis mein Vater eine Leiter herbeigeschafft hatte, selbst hinaufgeklettert war und mich herunterholte. Das ist ein Beispiel für die frühe Untergrabung von Selbstvertrauen, ja für mehr, für den Verlust von bereits stabilem Selbstvertrauen durch den Einspruch des Vaters. Und das hat mein Vater oft und oft gemacht, sagte sie, in vielen Situationen. Jetzt kommst du dran.

Bei mir ist es auch eine Vatergeschichte, natürlich ganz anders als deine. Mein Problem war, daß mein Vater von mir nichts annahm. Alles, was ich machte, war ohne jede Zukunft, jedenfalls in seinen Augen. Eines Tages aber trat doch eine Situation ein, in der er etwas von mir annahm, indem er etwas, was ich getan hatte, nachahmte. Es war Winter, und ich hatte mir ein Paar Stiefel gekauft, halbhohe Stiefel mit kräftigen gerippten Sohlen, und als ich zu Hause sagte, wie billig diese Schuhe waren, lobte er mich für meinen guten Kauf und ließ sich sagen, in welchem Geschäft ich die Schuhe gekauft hatte. Am nächsten Tag schon ging er in dieses Geschäft und kaufte sich tatsächlich die gleichen Schuhe. Und ich glaubte, nun endlich ein ernst zu nehmender Erwachsener geworden zu sein. Damals war ich ungefähr siebzehn Jahre alt und hatte Füße so groß wie mein Vater. Die ganze Familie lobte mich, und ich fühlte mich gut. Wieder einen Tag später ging mein Vater zum Arzt, und zwar in seinen neuen Stiefeln. Es war Winter, es lag Schnee, und die Stiefel waren gut für dieses Wetter. Er kam ins Wartezimmer, und zwar als letzter Patient, wie sich herausstellte. Vor ihm waren noch zwei oder drei Leute, die vor ihm aufgerufen wurden. Und mein Vater sah, daß sich aus den gerippten Sohlen seiner neuen Stiefel Schnee gelöst hatte, der um seine Schuhe herum zu einer großen schmutzigen Lache geworden war. Und er wollte nicht derjenige sein, der einen solchen Dreck in einem Wartezimmer hinterläßt, sagte Abschaffel, und deswegen setzte er sich, einfältig und schlitzohrig, einfach auf einen anderen Platz. Er war ja zu diesem Zeitpunkt ganz allein im Wartezimmer. Bald öffnete die Sprechstundenhilfe die Tür und rief meinen Vater herein. Vorher sah sie die große Lache auf dem Boden, und sie sagte: Welche Sau war denn das. Das hat meinen Vater furchtbar in seiner Ehre getroffen. Er fand, auch jemand, dessen Schuhe einen solchen Dreck verursacht hatten, brauchte sich nicht eine Sau nennen lassen. Aber er konnte nicht mehr gegen die Sprechstundenhilfe vorgehen, sonst wäre er mit seiner eigenen Feigheit konfrontiert worden. Und am Abend schimpfte er plötzlich auf die Schuhe. Nun waren plötzlich die Schuhe an allem schuld, und ich, der Sohn, der die Idee zum Kauf dieser Schuhe geliefert hatte, war als Vorbild wieder einmal zertrümmert.

So einfach ist dein Vater, sagte Margot. So einfach ist er, sagte er.

Hast du eine Idee, was wir heute abend machen, sagte Margot. Es war nach acht Uhr geworden. Ich habe keine

Ahnung, sagte Abschaffel; sollen wir ins Kino gehen? Im Alemannia läuft zur Zeit ein Buñuel, sagte sie. Dann müssen wir uns beeilen, die Vorstellung geht um halb neun los, sagte Abschaffel; ich bestelle lieber mal zwei Karten telefonisch. Er suchte eine Zeitung und rief das Kino an. Abschaffel erfuhr, daß die Halb-Neun-Vorstellung ausverkauft war, nur zur Spätvorstellung um halb elf gab es noch Karten. Es gibt keine Karten mehr, sagte er und legte den Hörer auf. Oh, machte Margot, warum nicht? Alles ausverkauft. Wie schade! sagte sie; jetzt kann ich wieder etwas nicht sehen, wenn es für alle neu ist. Es sei denn, wir gehen in die Spätvorstellung um halb elf, sagte Abschaffel. Das können wir machen, sagte sie; dann müssen wir aber vor dem Kino vögeln und nicht hinterher; kannst du das überhaupt, sagte sie, nach hinten begrenzt vögeln, mit festen Zeiten, meine ich. Ich hab's nie probiert, sagte er. Bestellte Karten für die Spätvorstellung müssen bis zehn Uhr abgeholt sein, sagte er, und das heißt, da wir ja auch noch zum Kino fahren müssen, wir haben noch knapp eineinhalb Stunden Zeit. Reicht das? sagte sie. Ich habe keine Ahnung, sagte Abschaffel.

Onanierst du, fragte sie. Ja, sagte er. Oft? fragte sie. Unterschiedlich, sagte er, manchmal auch oft, du auch? Ja, sagte sie. Sie zogen sich aus und legten ihre Kleider so sorgfältig über Stuhllehnen, daß Abschaffel gerührt war. Sie war schneller ausgezogen als er und legte sich auf das Bett. Es störte ihn nicht, daß sie ihm beim Ausziehen zuschaute. Offenbar war Margot genauso eilig veranlagt wie er. Warum sollte man nicht nach dem Kino vögeln? Vielleicht war sie dann zu müde, vielleicht aber konnte sie es einfach nicht ertragen, daß man auf etwas warten mußte. Warum onanierst du, fragte sie. Um mich zu beruhigen, sagte er. Sein Geschlecht stand schon aufrecht, und es war ihm nicht ganz recht. Auch er hatte immer mehr das Gefühl, keine Zeit mehr zu haben. Vielleicht war die merkwürdige Form des erigierten Geschlechts daran schuld, daß er in Eile geriet. Man will diese Außerordentlichkeit wieder weghaben. Machen wir fein und lang oder einfach, sagte sie. Was meinst du, fragte er. Hast du mich nicht verstanden? fragte sie. Doch, ich glaube schon, sagte er, ich bin aber nicht ganz sicher. Man merkt, daß du nie verheiratet warst, sagte Margot; wenn Paare einige Jahre zusammen sind, dann stellen sich solche Verhaltensweisen heraus, die es ihnen ermöglichen, sich zu verständigen über das, was sie voneinander wollen. Und einfach heißt, daß du dich überhaupt nicht um mich zu kümmern brauchst, du kannst dich vögeln mit mir, und du brauchst hinterher keine Angst zu haben, daß ich dir eine Szene mache, weil ich zu kurz gekommen bin, sagte Margot. Fein und lang heißt, daß beide aufeinander achten, daß der Mann sich zurückhält, damit die Frau auch eine Chance kriegt und so weiter, verstehst du? sagte Margot. Ja, sagte Abschaffel. Also, was willst du, wir haben jetzt nur noch etwas mehr als eine Stunde Zeit, fein und lang können wir dann gar nicht mehr machen. Also einfach, sagte Abschaffel.

Er beugte sich über sie, und sie nahm sein Geschlecht in die Hand und half ihm beim Einführen. Sie bog die Beine weit auseinander, und Abschaffel bewegte sich regelmäßig. Margot hielt still. Ihr Mund verzog sich leicht. Hoffentlich kam es ihm schnell; er hatte das Gefühl, erst dann, wenn alles vorüber war, sich wieder frei fühlen zu können. Es kam ihm schnell, und es ärgerte ihn. Er konnte gar nicht aufheulen und stöhnen, so verstockt war er. Margot öffnete die Augen, und Abschaffel drehte sich von ihr herunter und legte sich neben sie. Hast du Tempotaschentücher, fragte sie, oder hast du vielleicht ein altes Handtuch, das wäre mir lieber. Willst du mein Unterhemd nehmen, sagte er. Ja, sagte Margot. Sie legte es sich zwischen die Beine und zog eine Wolldecke über sich und ihn. Und jetzt machst du mir keine Szene, sagte er. Nein, sagte sie; ein Mann muß öfter als eine Frau, und eine Frau muß ihm dazu Gelegenheit geben. Meinst du das wirklich, sagte er. Nein, sagte sie, das meine ich nicht wirklich, ich möchte es nur gern meinen, im Grunde bin ich genauso egoistisch wie jeder Mann, sagte sie. Schämst du dich jetzt, sagte er. Ja, sagte Margot, ein bißchen.

Sie lagen nebeneinander. Um sie herum war Ruhe. Abschaffel selbst fühlte sich beruhigt. Es war halb zehn geworden, Abschaffel sah auf seine Armbanduhr. Wenn sie ins Kino wollten, mußten sie aufstehen und sich fertig machen. Woran denkst du, sagte sie. An meine Arbeit morgen früh und an das Büro, sagte er, und wie sehr ich diesen Dingen ausgeliefert bin. Wie sind die Leute, deine Kollegen, fragte sie. Nichts Besonderes, wie alle anderen, sagte Abschaffel. Kommt es vor, daß du auch mal gern zur Arbeit gehst, oder gehst du nie gern, fragte sie. Das weiß ich gar nicht mehr, sagte er, ich kann keine Unterschiede mehr feststellen. Ich muß einfach hin. Ich hasse meine Arbeit, sagte er, und der Haß hat mich still gemacht, er erregt mich nicht, und er stimmt mich auch nicht gegen die Arbeit ein. Der Haß auf meine Arbeit hat mich auch perfekt gemacht, sagte Abschaffel, ich bin eine gute Kraft geworden. Der Haß und die Stille in mir, beide brauchen einander, sagte er, denn der Haß muß still bleiben, und die Stille meines Lebens in dieser Arbeit muß voller Haß sein.

Während Abschaffel redete, hatte Margot sein Geschlecht wieder in die Hand genommen. Sie bewegte es leicht, und Abschaffel konnte dabei gut sprechen. Hast du auch schon während der Arbeitszeit onaniert, fragte sie. Ja, sagte Abschaffel, das machen viele in der Firma. Die Mädchen und Frauen belassen es beim Frischmachen und Händewaschen, aber die Männer onanieren, einige jedenfalls, sagte er. Ich sehe es ihnen an, wenn sie aus der Toilette herauskommen, dann hassen sie sich noch mehr, weil sie nichts mehr verstehen können. Es ist ungeheuerlich, sagte Abschaffel. Man muß sich immer davor hüten, aus lauter Verzweiflung nicht diese armen Beutel zu hassen, diese Kollegen, jeden Tag bin ich in Versuchung, meinen Haß einfach auf sie zu konzentrieren und gegen sie böse zu werden. Das machen auch einige, weil sie keinen anderen Ausweg mehr wissen. Und das geht schnell. Man braucht sich nur einige Details am Verhalten der anderen zu merken, die man nicht ausstehen kann, je öfter man sie beobachtet, und schon ist der Haß fertig, und er kommt jeden Tag von neuem.

Mein Ausweg ist das Stillwerden. Oft habe ich in dieser Stille plötzlich eine irrsinnige Hoffnung. Ich könnte am Schreibtisch anfangen zu heulen, weil ich überzeugt bin, es gibt eine Erlösung. Natürlich heule ich nicht, ich bin still und versuche, alles zu verstehen. Das ist auch so ein Ergebnis der Stille: Ich versuche, alles zu verstehen. Und der, der alles versteht, ist am Ende der Dumme, weil er auch noch die Leiden seiner Peiniger versteht. Und der Haß ermüdet mich, sagte Abschaffel. Die Arbeit selbst spielt überhaupt keine Rolle; sie ist einfach und idiotisch, und der ganze Haß entzündet sich an der Überlegung, warum man wegen dieser Arbeit sein Leben lang irgendwo festgehalten wird, sagte er. Mache dein Angesicht hart wie Kieselstein, steht in der Bibel, sagte Margot. Ach, die Bibel, sagte Abschaffel; wie heißt das noch mal? Mache dein Angesicht hart wie Kieselstein, wiederholte sie; das soll man tun, wenn man inmitten seiner Feinde ist und nichts tun kann als warten. Ich bin nicht inmitten meiner Feinde, sagte Abschaffel, ich bin inmitten von vielen Leuten, die auf verschiedene Weise damit zurechtkommen, daß sie keine Wahl haben. Margot hielt mit der Hand sein Geschlecht umschlossen. Willst du noch einmal zu mir kommen, fragte sie. Ja, sagte Abschaffel. Diesmal machen wir fein und lang, sagte er. O ja, dann freue ich mich, sagte sie; ich brauche sehr lang, bis ich komme, das hast du ja schon bemerkt. Es ist für mich am besten, wenn ich auf dir sitze. Laß dir Zeit, sagte Abschaffel. Ich meine immer, ich hätte nie Zeit, sagte sie. Oder ich meine, wenn ich zu lange brauche, du würdest mich vielleicht schon lange nicht mehr mögen und nur noch darauf warten, bis endlich alles vorüber ist. Margot saß auf ihm. Beim zweitenmal kann ich sehr lang, sagte er. Sie stützte sich mit gestreckten Armen auf seinen Hüften ab und machte langsame Bewegungen. Geht es dir gut, fragte er. Ja, es ist gut, sagte sie; und dir, geht es dir auch gut? Ja, sagte er; laß dir Zeit. Abschaffel hatte ein Gefühl, als liege sein Unterleib in warmem Wasser. Stört dich nicht dieses Geräusch, sagte sie. Nein, überhaupt nicht, sagte er. Ich brauche nicht nur sehr lange, ich werde auch ganz und gar naß, und das geniert mich noch mehr, sagte sie. Du hast dir viele Störungen eingebaut, wenn du dich vergnügen willst, nicht wahr, sagte er. Ob ich sie mir eingebaut habe, weiß ich nicht, aber auf jeden Fall sind sie da. Abschaffel griff ihr mit beiden Händen an die Brüste, und sie erschrak etwas darüber. Siehst du, sagte sie, jetzt fängt das an, was ich hasse: Ich meine, du tust alles nur noch aus Entgegenkommen, weil ich viel zu lange brauche. Du bist zwanghaft, sagte er; wenn ich an deiner Stelle wäre, würde ich jetzt konsequent meine Befriedigung im Auge behalten und sonst nichts, statt dessen läßt du dauernd deinen Störungen den Vortritt. Sie verkürzte ihre Bewegungen und führte sie mit größerer Regelmäßigkeit aus. Sie atmete kurz, und Schweiß von ihren Schultern tropfte auf Abschaffel herab. Tatsächlich sagte sie nichts mehr. Während sie sich heftiger bewegte, begann sie zu weinen. Ich möchte meinen Kopf auswechseln, meinen Kopf möchte ich auswechseln, sagte sie heulend, mein Kopf ist dagegen, daß ich es kriege. Sie zitterte, und Abschaffel stemmte seinen Unterleib mit größerer Konzentration gegen den ihren. Laß dir Zeit, sagte er. Sie hörte auf zu weinen, und ein knapper Ton kam aus ihrem Mund. Bitte mach weiter, sagte sie. Du brauchst mich nicht bitten, sagte er. Sie krallte sich mit beiden Händen fest in seine Hüften und schrie kurz danach ganz hell. Dann sank sie vornüber auf Abschaffels Oberkörper und hielt sich fest und atmete in langen Zügen ein und aus und heulte dabei. Bin ich kaputt, sagte sie, aber so ist es, wenn es gut sein soll. Und du, bist du jetzt beleidigt, sagte sie, weil ich dich so funktionalisiert habe? Nein, sagte Abschaffel; aber du bist beleidigt, nicht wahr, weil du nicht gewohnt bist, dir etwas zu nehmen? Ja, sagte sie, ein bißchen, so leicht geht das nicht weg. Ins Kino gehen wir jetzt nicht mehr, sagte er. Nein, sagte sie. Abschaffel wartete, bis sie eingeschlafen war und rollte sie dann von sich herunter. Er deckte sie zu und streifte ihr die nassen Haare aus dem Gesicht.

Die Vernichtung der Sorgen

Ich bin einer der Vielen,
und das gerade finde ich so seltsam.
Robert Walser
(aus: Helblings Geschichte, 1913)

Der Sommer kam, kein Zweifel, und Abschaffel bemerkte die Wärme. Klein gebliebene Stadtwespen summten an den Hauswänden auf und ab, und auf den Gehwegen trocknete der Kot von Hunden und bröckelte auseinander, wenn er ganz hart geworden war. Es war Juni. Abschaffel fühlte sich wegen des Sommers beunruhigt. In den Straßen bepackten Familienväter ihre Autos mit einer endlosen Anzahl von Campingartikeln. Er beobachtete sie heimlich, und wenn er sie lange genug beobachtet hatte, wußte er nicht mehr genau, ob er nicht auf dem Boden seiner tiefen Verachtung, die er für Campingleute hegte, zu niemandem sonst gehören wollte als zu ebendiesen Leuten. Sie fuhren im Sommer einfach in Urlaub, kamen zurück und arbeiteten weiter. Sie erzählten eine Weile vom Urlaub, und wenn die Bilder schwach wurden, erörterten sie ihren nächsten Urlaub, und immer so weiter. Abschaffel war seit Jahren nicht mehr in Urlaub gewesen. Er fühlte sich zu stolz dazu, mit irgendwelchen Personen an irgendwelchen Stränden zu liegen, aber er wurde seiner Distanz nicht froh. Am stärksten beunruhigte ihn, daß er, was das Urlaubsproblem betraf, immer mehr seinem Vater ähnelte, der in den letzten zwanzig Jahren auch nicht mehr in Ferien gewesen war. Aus Ängstlichkeit und Verstocktheit hatte es der Vater nicht mehr gewagt, in einen fremden Ort zu gehen, und Abschaffel hatte den Vater deswegen verspottet. Er hatte nur nicht rechtzeitig bemerkt, daß er, während er vor Jahren den Vater verhöhnt hatte, selbst schon begonnen hatte, nicht mehr in Urlaub zu fahren. Außerdem kränkte ihn, daß er gar nicht sicher war, ob es denn wirklich sein Stolz und seine Scham waren, die ihn am Urlaubmachen hinderten. Aber was war es sonst? Er glaubte, daß zwischen ihm und den anderen ein grundsätzlicher Unterschied war. Die anderen machten einfach alles, was ein Mensch machen konnte; sie heirateten, machten Kinder, fuhren in Urlaub, feierten Weihnachten und besuchten mit ihrer neuen Familie ihre alte Familie, ihre Eltern. Und wie schäbig, künstlich und erbarmungswürdig auch alles sein mochte, es gefiel ihnen. Es gefiel ihnen sogar so sehr, daß es zum Programm ihres Lebens wurde. In diesem Jahr wurde für ihn wahrscheinlich alles noch komplizierter, weil er Margot kannte, nun schon seit mehr als einem halben Jahr. Sie hatten noch nicht über das Thema Urlaub gesprochen, aber er war sicher, daß sie ihn bald darauf ansprach. Oder sie wartete schon seit Wochen darauf, daß er davon anfing. Irgend etwas hinderte ihn daran, sich vorzustellen, wie er mit Margot im Meer badete, sie im Bikini, er in der Badehose, und wie sie zu ihrer Decke zurückkehrten und sich abtrockneten und zu anderen Urlaubern sagten: Heute ist das Wasser warm. Und wie die anderen Urlauber antworteten. Gestern war es nicht so warm.

Darüber geriet er schon wieder in Panik. Es war kurz vor achtzehn Uhr geworden, und er wollte noch etwas einkaufen. Die Urlaubspanik hatte ihn leer und ratlos gemacht. Am liebsten hätte er sich drei Monate vom Leben zurückgezogen und sich im September zurückgemeldet. Aber wer einmal lebte, mußte es ununterbrochen tun. Er war froh, daß heute wenigstens Donnerstag war. Das bedeutete, daß sowohl Margot als auch er am folgenden Tag arbeiten mußten, und das bedeutete, daß Margot nicht bei ihm übernachtete. Sie hatte die Angewohnheit, einen Arbeitstag von ihrer Wohnung aus zu beginnen. Nur wenn sie am nächsten Tag frei hatte, wollte sie bei ihm übernachten und am folgenden Morgen mit ihm ausführlich frühstücken. Er schätzte es nicht, wenn sie gleich ein ganzes Wochenende lang bei ihm blieb. Wenn er Samstag und Sonntag mit ihr zusammen gewesen war, hatte er sich bis jetzt noch jedesmal überfordert gefühlt. Margot redete zuviel, und dann wußte er sich nicht mehr zu helfen. Er war sogar schon mit ihr spazierengegangen, um ihr Reden besser ertragen zu können. Im Freien war er nicht gezwungen, ihr ins Gesicht zu sehen; er ordnete ihr Sprechen dann ein als ein Element des allgemeinen Geräuschs, das immer um alle Menschen herum war. Wenn sie bei ihm zu Hause war, war er zu oft damit beschäftigt, den Eindruck zu erwecken, er höre ihr zu, während er es in Wirklichkeit nur aushielt, wenn sie am Reden war. Margot wählte nicht aus, was sie sagen wollte, sondern sie schien alles gleich von sich wegzureden, was ihr in den Kopf kam. Häufig hörte sie auch mitten in einer Erzählung auf, etwas zu Ende zu erzählen, weil sie doch noch erkannt hatte, daß eine Mitteilung den Aufwand des Sprechens nicht lohnte. Aber es schien ihr nichts auszumachen, daß eine nur halb erzählte Mitteilung wie eine Art Müll zwischen ihr und ihm übrigblieb. Einmal morgens, als sie sich in seinem Badezimmer die Zähne putzte, sah sie zwei Zahnpastatuben zugleich auf dem Badebord liegen, eine nahezu leer gedrückte und eine vollkommen neue, eben erst gekaufte Tube. Der Anblick der beiden Tuben veranlaßte sie, aus dem Bad herauszurufen: Bist du ein Zahnpastatubenfetischist? Er antwortete nicht. Er war kein Zahnpastatubenfetischist. Er hatte sich eine neue Tube Zahnpasta gekauft und die alte nicht sofort weggeworfen, weil sie für einmal Zähneputzen vielleicht noch ausreichte, das war alles. Er schwieg einfach und wartete, bis es vorüber war. Dauerte es lang, wenn sie am Reden war, dann hatte er sich schon manchmal gewünscht, Margot nicht mehr zu sehen und nicht mehr zu hören. Er wußte von den Dingen der Welt nicht mehr als Margot, im Gegenteil, vielleicht sogar noch weniger als sie. Aber er plauderte seinen Notstand nicht aus. Ängstlich behielt er für sich, daß er kaum etwas wußte und sich nicht auskannte in der Welt. Und er erwartete im stillen, daß Margot sich auch so verhielt, und jedesmal war er von neuem enttäuscht, wenn alles anders kam. Er verließ sie nicht, er machte ihr noch nicht einmal Vorwürfe. Er schlief gerne mit ihr. Immer wieder freute er sich darauf, wenn sie sich, nach einer oder zwei Stunden dürrer Unterhaltung, ins Bett legten. Fast jedesmal saugte sie lange an seinem Geschlecht. Das war nicht sehr ungewöhnlich, aber es war auch nicht selbstverständlich. Er hatte es im Zusammensein mit Frauen, zuletzt mit Frau Schönböck vor fast einem Jahr, schon oft erlebt. Aber neu war bei Margot, und das hatte er zuvor niemals erlebt, daß sie mit dem Mund so lange an seinem Glied blieb, bis es ihm kam. Als es zum erstenmal geschah, hatte er lange gar nicht verstanden, daß sie es so weit kommen lassen wollte. Mundverkehr war bis dahin in seiner Vorstellung etwas Undurchführbares gewesen. Er hatte sich kein Bild davon machen können, was eine Frau tun sollte, wenn ihr Samen in den Mund floß. Margot verschluckte ihn. Als es zum erstenmal geschehen war, war er aus Verwunderung sogar eine Weile niedergeschlagen, weil er nicht mehr damit gerechnet hatte, daß es noch etwas geben könnte, was er sich immer wieder wünschen würde. Er hatte genug damit zu tun, sich seiner gewöhnlichen Wünsche zu erwehren, und nun auch das noch. Leider verschaffte ihm das, was ihm gefiel, auch ein schlechtes Gewissen. Tief im Innern empfand er sein Verhältnis zu Margot als flau, manchmal sogar niederträchtig. Wenn es so weiterging, konnte es passieren, daß der Mundverkehr der einzige Grund wurde, weshalb er weiter mit Margot zusammenblieb. Er glaubte manchmal, er hätte noch andere Gründe, Margot zu mögen. Es gefiel ihm ihre Erscheinung, ihre Art, sich zu kleiden. Sie war hübsch. Er freute sich an ihrem Bild. Aber jedesmal, wenn er sich dies beruhigend sagte, empfand er zugleich, daß es nicht wahr sein konnte. Vielleicht war er nur erschüttert darüber, daß er einmal nicht enttäuscht worden war. In seiner Phantasie hatte er Margot schon oft so weit abgewertet, daß nichts mehr von ihr übriggeblieben war und es leicht gewesen wäre, sich von ihr zu trennen. Aber dann kam von ganz weit her die Erinnerung an den Mundverkehr und machte wieder alles rückgängig. Üblicherweise erhielt Abschaffel sein Gleichgewicht durch das Auf und Ab zwischen Wunschentfaltung und Wunschenttäuschung. Abschaffel züchtete seine Wünsche in die Höhe, und das war seine Stärke. Er war überzeugt davon, daß der Hauptvorgang des Lebens die permanente Desillusionierung war. Deswegen mußte er glücklich sein, wenn die großen Wünsche immer wieder unerfüllt blieben: Das stärkte die Sehnsucht. Immer dann, wenn Margot mit einer rätselhaften Anteilnahme über sein Geschlecht gebeugt war, dann hatte er etwas, was weder besser zu wünschen noch besser zu haben war. Es war ihm vergönnt, im Zustand einer Wunscherfüllung verharren zu können. Auf keinem anderen Gebiet seines Lebens hatte sich etwas Ähnliches bisher ereignet. Die Unbegreiflichkeit dieser Ausnahme erfüllte ihn mit Rührung und Unglauben.

Es fiel ihm auf, daß er heute, während er nach Hause ging, zweimal vor etwas geflüchtet war, einmal vor dem Autogespräch in der Firma, zum anderen vor seiner eigenen Urlaubspanik, und daß er soeben dabei war, zum drittenmal vor etwas zu flüchten, was noch gar nicht angefangen hatte: vor dem Abend mit Margot. Und weil sein Heimweg aus Fluchten bestand, fühlte er sich leer und fließend, es war, als würde sein Körper auslaufen, unten an den Füßen vielleicht, und er selbst würde dabei zuschauen. Er blieb sogar ein paar Augenblicke stehen, weil er die Hoffnung hatte, dadurch das Gefühl der Festigkeit wiederzuerlangen. Er erlangte nichts wieder, und da kam er auf die Idee, im Supermarkt, wo er ohnehin noch einkaufen wollte, etwas mitgehen zu lassen. Er klaute nur, wenn er sich selbst als nicht mehr richtig vorhanden fühlte, wenn nichts in ihm vorging und er den Anschluß an irgendein Gefühl erreichen wollte. In diesen Zuständen war das Stehlen eine Hilfe. Es war, als würde man mit einem Stock auf einen völlig verstaubten Teppich schlagen. Dann war wiederzuerkennen, daß es sich um einen Teppich handelte. Weil nichts geschah, ließ er einen kleinen Diebstahl geschehen, dann war alles nicht mehr so leer. Die Annehmlichkeit eines Diebstahls war nicht sofort zu spüren. Noch jedesmal, wenn er etwas eingesteckt hatte, begann er zu zittern, und dies sogar dann, wenn er vollkommen sicher war, daß er nicht beobachtet worden war. Dies war die Phase unmittelbar nach der Tat; sie lief nicht auf eine Stärkung, sondern, im Gegenteil, auf eine weitere Schwächung seiner Person hinaus. In diesen Minuten nach der Tat stellte er sich sowohl das sichere Entkommen als auch die ebenso sichere Entdeckung vor. Diese Spannung war kaum auszuhalten. Einmal mußte er sogar auf der Straße in ein Weinen ausbrechen, weil sich die Spannung nicht mehr anders lösen konnte. Die Spannung brachte es auch mit sich, daß er sich selbst, in seinem Verhalten, als Dieb kennzeichnete. Dieses nervöse Umherflackern des Blicks, die Neigung, in allen Leuten geheime Mitwisser zu vermuten, die nur den richtigen Augenblick zum Verrat abwarteten, und die reuige Lust, den gestohlenen Gegenstand wieder in das Regal zurückzustellen. Die Anstrengung, nicht als Dieb zu erscheinen, lief groteskerweise gerade auf eine Betonung der diebischen Erkennungszeichen hinaus. In diesem Durcheinander zwischen Verhalten und Sein war er schon so geschwächt worden, daß er vorübergehend überzeugt war, bei nächster Gelegenheit hinzufallen. Aber am Grunde der Schwächung meldete sich dann der Genuß des Gefühls, sich selbst wiederzuhaben, sich selbst wieder als vorhanden zu fühlen.

An diesem Feierabend war es kurz vor Ladenschluß, als er den Supermarkt betrat. Es war seine Lieblingsstunde für das Stehlen. Die Verkäuferinnen waren müde und kaum noch richtig da. Sie waren genau in der Verfassung, die bei Abschaffel manchmal zu Diebstählen führte. Der Filialleiter lief aufräumend mit leeren Pappkartons durch die Gänge. Er war so abwesend, daß Abschaffel auf die Idee kam, einmal unmittelbar vor seinen Augen etwas einzustecken. Es war nicht sicher, ob er es bemerkte. Abschaffel wollte sich einen neuen Rasierapparat mitnehmen. Zweimal hintereinander hatte er sich Rasierapparate gekauft, und beide waren in kurzer Zeit kaputt. Er brauchte wieder einen Rasierapparat aus Stahl (die beiden anderen waren aus Kunststoff). Tatsächlich fand er in der Kosmetikabteilung sehr gut aussehende Metallapparate. Er nahm einen davon in die Hand, und er erschrak, als er sah, daß diese unauffälligen gewöhnlichen Rasierapparate zwölf Mark das Stück kosteten. Es war leicht, den Apparat in der Tasche verschwinden zu lassen. Die Kosmetikabteilung lag etwas abgewinkelt und konnte von anderen Gängen nicht eingesehen werden. Er begann zu zittern und ging auf den Ausgang zu, vielleicht ein wenig zu eilig, aber es fiel nicht auf, weil seine Eile auf den bevorstehenden Ladenschluß bezogen werden konnte. Trotzdem strengte er sich an, langsamer zu gehen. Dies und das kaufte er noch ein für den Abend mit Margot. Eine Frau stieß mit ihrem Einkaufswagen an den Einkaufswagen einer anderen Frau. Beim Klang des leichten Aufpralls zuckten die Frauen zusammen. Oh, Entschuldigung, sagte eine der beiden Frauen und streichelte den angerempelten Einkaufswagen mit leicht zusammengekrümmter Hand. Aus Langeweile und Neugierde kaufte Abschaffel ein Reinigungsmittel mit Zitronengeschmack. Daß es ihm möglich war, über dieses Reinigungsmittel nachzudenken, nahm er als gutes Zeichen. Herrschte in den Häusern ein tiefes, verschwiegenes Wissen über die allgemeine Langeweile und waren Zitronen in den Putzmitteln eine Maßnahme gegen diese Langeweile? Abschaffel war nicht mehr weit weg von der Kassiererin. Es zitterten seine Beine und seine Hände, aber er war sicher, nicht gesehen worden zu sein. Die Kassiererin bewunderte gerade das Baby einer Kundin, er sah es und war beruhigt. Wenn er gesehen worden war, mußte sein Beschatter auf jeden Fall warten, bis Abschaffel an der Kasse vorbei war. Die Kassiererin hatte seine paar Sachen rasch eingetippt. Er zahlte, und es fehlten ihm noch drei Schritte zum Ausgang. Wenn in diesen Augenblicken jemand seinen Arm ergriff, war er erwischt. Aber es hielt ihn niemand fest, und Abschaffel war draußen.

Er trug seine Sachen in einer Plastiktüte nach Hause. Schon nach dreißig Metern spürte er die Erleichterung. Das Zittern hörte auf, die Aufregung wich, und dieses Entweichen der Erregung war der Genuß des Diebstahls. Er lief ganz weich und geriet in eine freundliche Stimmung. Er glaubte, getragen zu werden. Langsam ging er die Treppen zu seiner Wohnung hoch, und er brauchte länger als sonst, bis er mit dem Schlüssel das Schlüsselloch seiner Wohnungstür gefunden hatte. Die allgemeine Verlangsamung war die letzte Phase des Diebstahlgefühls. Sie dauerte nur kurz, höchstens drei oder vier Minuten. Abschaffel spürte schon, als er seine Wohnung betrat, das baldige Ende der vorübergehenden Erleichterung. Genaugenommen empfand er Furcht vor dem Betreten seiner Wohnung. Vielleicht gab es nichts Seltsameres als eine Wohnung, die den ganzen Tag leer stand und am Abend von einem zurückkehrenden Menschen wiederbelebt werden mußte. Manchmal hatte er schon von der Firma aus in seine eigene, leere Wohnung hineintelefoniert. Natürlich nahm niemand ab, es war ganz sicher, daß niemand den Hörer abnehmen konnte, und trotzdem hatte er manchmal die Vorstellung, es müßte selbstverständlich jemand abnehmen. Hinterher war er über sich selbst verwirrt. Erst hielt er sich für verrückt, dann sagte er sich: Ich mache das aus Spaß und Langeweile. Es war auch schon vorgekommen, daß er, an seiner Haustür stehend, bei sich selbst klingelte und wartete, ob ihm nicht von innen geöffnet werde. Er stand dann wie ein Besucher an der Haustür, die Hand am Türknauf, und wartete einige Augenblicke. Dann, als ihm nicht geöffnet wurde, holte er seine Hausschlüssel aus der Tasche und ging in das Haus. Ein anderes Experiment war das Vorbeifahren in der Straßenbahn an der eigenen Haustür. Es war die Linie 18, die an seiner Haustür vorbeifuhr, und er stieg drei Stationen vorher ein, und während des Vorbeifahrens blickte er auf die geschlossene Haustür. Er wollte an der Tür vorüberkommen, in die er sonst immer hineinging. Zwei Stationen weiter stieg er gewöhnlich aus und lief zu der Haustür zurück. Gewöhnlich schämte er sich ein wenig nach diesen Experimenten, und fast jedesmal dachte er: Wie entsetzlich wäre es, wenn ich diese Verhaltensweisen jemand erklären müßte.

Sofort schoben sich, als er die Tür hinter sich geschlossen hatte, die bekannten Gegenstände in seinen Blick. Zum Beispiel das Kissen auf der Bettcouch. Seit Jahren drückte er es sich unter den Kopf, wenn er sich ein wenig hinlegte, und seine leicht und schnell fettenden Haare hatten in der Mitte des Kissens schon lange einen grauen Fleck hinterlassen. Der Bezug des Kissens war rätselhafterweise nicht abnehmbar.

Das Kissen hatte keinen Reißverschluß und keine Knöpfe. Konnte man denn ein ganzes Kissen in die Reinigung geben? Das hatte Abschaffel noch nie gesehen und noch nie gehört. Aber andererseits war der Bezug vom Kissen nicht zu trennen. Fast jeden Abend, wenn er die Wohnung betreten hatte, fragte er diesen toten Gegenstand mit stummen Blicken, was er mit ihm machen sollte, damit er wieder sauber wurde. Das Kissen einfach wegzuwerfen, traute er sich nicht. Es blieb alles, wie es immer war. Abschaffel bewegte sich von einem ungeklärten Vorgang zum nächsten, ohne etwas erledigen zu können. Dazu gehörte auch der Blick auf den Balkon und die abermalige Entdeckung eines Pappkartons, der seit Wochen draußen lag. In dem Pappkarton hatte er einmal Lebensmittel nach Hause getragen, weil dem Supermarkt die Plastiktüten ausgegangen waren. Der Karton war schon öfter vom Regen aufgeweicht, wieder getrocknet und durch neuen Regen wieder aufgeweicht worden. Er hatte seine Form als Karton weitgehend verloren und lag als deformiertes Stück in einer Außenecke des Balkons. Manchmal stieß ein Windstoß in das Balkonrechteck und blies ihn in eine andere Ecke. Seit Wochen konnte sich Abschaffel nicht dazu durchringen, den Pappkarton in den Mülleimer zu werfen. So präzise wollte er sich mit dem Alltag nicht einlassen. Das hätte ja ausgesehen, als wäre er ein Mann, der an seinem Feierabend einen leeren Karton in einen Mülleimer wirft.

Er ging in die Küche zurück, um die eingekauften Sachen auszupacken und etwas zu essen. Sorgfältig entfernte er die Preisschildchen an den Lebensmitteln: Das machte die Dinge heimisch. Während er die Lebensmittel auf einem Hochbord und im Eisschrank unterbrachte, begann er zu essen. Er überlegte nicht mehr, was er am liebsten essen wollte, sondern er aß so, daß angebrochene Packungen möglichst ganz leer wurden. Er aß einen Rest Wurst, der schon tagelang im Eisschrank gelegen hatte, dazu etwas Käse und Brot. Die Kruste des Brots schnitt er weg und warf sie in den Mülleimer. Er wollte heute nur den weichen Innenteil des Brots essen. Er trank eine halbe

Flasche Bier dazu, und während er sich die Flasche an den Mund hielt, fiel ihm auf, daß er sich wieder ganz eilig benahm. Warum nur mußte er auspacken und zugleich essen. Er ärgerte sich, und er nahm sich vor, nun ganz langsam und ohne etwas anderes nebenher zu tun, eine Zigarette zu rauchen. Er rückte einen Stuhl an den Tisch, holte Aschenbecher und Zündhölzer und suchte seine Zigaretten. Es war unglaublich, aber er hatte vergessen, Zigaretten zu kaufen. Im Büro hatte er die letzte geraucht, daran erinnerte er sich. Sofort war er wieder in der Eile verfangen. Er stürzte sich in die Jacke und verließ die Wohnung, ganz so, als könne er zu spät zu einem Zigarettenautomaten kommen. Glücklicherweise hatte er drei Markstücke. Er warf sie in den Automaten, der seiner Wohnung am nächsten war, aber die Geldstücke fielen durch und landeten unten im Rückgabeschlitz. Er warf sie noch einmal hinein, und sie fielen wieder durch. Seit Abschaffel hier wohnte, kannte er diesen Automaten als einen funktionierenden Automaten, aber nun war es mit ihm offenbar zu Ende. Aus voreiliger Sentimentalität war ihm der Automat deswegen sogar sympathisch. Das Beruhigende war, daß der Automat wahrscheinlich nicht abmontiert wurde, jedenfalls nicht sofort. Es konnte noch nicht lange her sein, daß der Automat kaputtgegangen war. In den Warenschächten sah Abschaffel noch Zigarettenpackungen lagern. Nun würden einige Wochen, vielleicht sogar Monate lang viele Personen ihre Markstücke hineinwerfen und dieselbe Erfahrung machen. Und irgendwann würde der Besitzer des Automaten auch dahinterkommen. Abschaffel hatte noch nie mit einem Automatenbesitzer gesprochen. Es waren flinke, kleine und immer eilige Menschen, die aus kleinen Lieferwagen heraussprangen, die Automaten abkassierten und sie neu auffüllten und rasch weiterfuhren. Es war jedoch ganz ungewiß, welche Automaten von Besitzern betreut wurden und welche nicht. Es wimmelte in der Stadt von verrotteten und leeren Automaten, die weder abmontiert noch repariert wurden. Sie blieben einfach, wo sie immer waren, ob kaputt oder nicht, und das schien niemand etwas auszumachen.

Abschaffel brauchte dennoch Zigaretten, und er überlegte, wo sich der nächste Automat befand. Weil er es nicht wußte, ging er ohne Plan einige Straßen weiter und suchte Hauswände und Eisengitter ab. Bald hatte er einen neuen entdeckt. Ein riesiger Schäferhund lag genau vor dem Automaten. Er streckte die Läufe tief in den Bereich des Gehwegs hinein, und seine rosa Zunge hing weit aus dem Maul und zuckte. Diese ungeheure Zunge! Er vergaß für ein paar Augenblicke, daß er eigentlich Zigaretten holen wollte, und starrte auf die Zunge, die wie ein alter Schuhlöffel unten breiter war als in der Mitte. Vielleicht war der Hund gereizt wegen der Hitze und des Betons, auf dem er lag. Abschaffel fürchtete sich vor Hunden. Als er Kind war, hatte er sich nie vor Hunden gefürchtet, aber heute fürchtete er sich vor ihnen. Es war ein ganz neuer Automat, unter dem der Schäferhund lag, das hatte Abschaffel schon von weitem gesehen. Er konnte neben den Münzeinwurfschlitzen sogar ein aufgelötetes Metallschildchen entdecken, auf dem Name und Anschrift des Besitzers angegeben waren, und das gab es nur bei neuen Automaten. Erst wenn die Automaten in die Jahre kamen und Rost ansetzten, verschwand, wahrscheinlich im gleichen Tempo, die Leserlichkeit des Namens des Besitzers, so daß sich mit zunehmendem Alter Automat und Besitzer immer weniger einander erinnern mußten.

Abschaffel wandte sich verdrossen ab. Das Mißverständnis, daß der Hund vielleicht glaubte, er, Abschaffel, wolle etwas gegen ihn unternehmen, indem er auf den Automaten zuging, wollte er nicht riskieren. Er suchte weiter und kam beträchtlich von seiner Wohnung ab, als er zum drittenmal einen neuen Zigarettenautomaten suchte. Er ärgerte sich, weil er vor dem Hund Angst gehabt hatte; das war ihm unerklärlich. Er war nie von einem Hund gebissen worden. Was diese Tiere in den Städten eigentlich wollten, wußte niemand. Plötzlich sah er an einem eisernen Vorgartenzaun einen Zigarettenautomaten hängen. Er ging gleich zu ihm hin, da spritzte plötzlich ein Wasserstrahl zwischen den Eisenstäben des Vorgartenzauns heraus auf den Gehweg. Abschaffel verzögerte seinen Schritt, und im langsamen Hingehen erkannte er, daß im dahinter liegenden Garten ein halbnacktes Kind mit einem Schlauch den Garten wässerte. Er wollte nicht von einem Hund gebissen, aber er wollte auch nicht von einem Wasserschlauch angespritzt werden. Und das Kind spritzte oft daneben, beziehungsweise es machte ihm wahrscheinlich Spaß, von hinten genau neben dem Automaten auf den Gehweg herauszuspritzen. Tatsächlich war der Platz vor dem Automaten ganz naß. Abschaffel war trotzdem sicher, daß er nicht einen neuen Automaten suchte. Das Kind war sicher leicht auszuschalten. Es war nicht vorher auszumachen, wohin es spritzen würde; es spritzte sich sogar selbst aus Versehen. Abschaffel ging auf die andere Seite der Straße. Er wollte von vorne und direkt auf den Automaten zugehen. Zunächst aber wollte er warten, bis das Kind ihn gesehen hatte. Er hatte sich überlegt, daß er das Kind, sobald es ihn zufällig mit dem Blick streifte, scharf anblicken und zugleich mit energischen Schritten über die Straße gehen würde, so daß das Kind glauben mußte, es sei bedroht. In dieser Handlungslücke, in der das Kind den Schlauch wahrscheinlich sinken ließ, wollte er sich eine Schachtel ziehen. Als es soweit war, ging Abschaffel mit festen Schritten über die Straße, und aus Ängstlichkeit und Überraschung ließ das Kind tatsächlich den Schlauch nach unten sinken und sah auf Abschaffel. Er tat dem Kind nichts, sondern zog nur eine Schachtel Zigaretten und ging nach Hause.

Einige Tage später wurde in der Firma über den Angestellten Hornung gelacht. Bei einigen war in das Lachen ein wenig Verachtung beigemischt, die ihnen um so besser von den Lippen ging, weil sie ihre Verachtung für Hornung schon lange hatten ausdrücken wollen. Hornung hatte eine Flasche Wein mitgebracht, die er gegen zehn Uhr entkorkte. Er hatte allgemein zu erkennen gegeben, daß er während der Arbeitszeit trinken wolle. Die Spannung darüber, ob er es wagte, die Flasche auf den Schreibtisch zu stellen, war groß und bänglich. Fräulein Schindler sah für Hornung nach den Chefs, ob sie schon etwas von Hornungs Umtrieben bemerkt hatten oder nicht. Einige redeten ihm schon zu, es lieber nicht zu tun. Dann aber stellte Hornung die Weinflasche in seinen Papierkorb und verdeckte sie mit zerknitterten Papierbogen. Zuvor hatte er sich ein kleines Glas eingeschenkt und das Glas auf den Schreibtisch gestellt. Wenn ein Vorgesetzter erschiene und fragen sollte, wollte er sagen, es handle sich um Kamillentee. Dies streute er unter den Kollegen aus, und ein paar hielten seine Idee für eine tolle Fixigkeit. Zeitweilig gelang es Hornung, sich von dem Mann mit dem niedrigsten Ansehen in den Mann der größten Beachtung umzuwandeln. Und die anderen, die bei ihrer Verachtung blieben (ein Mann mit solchen Schulden hat den Mund zu halten: Er hat keine Haut mehr und lebt auf dem rohen Fleisch), riskierten für einige Momente, als Trottel betrachtet zu werden, weil sie nicht erkannten, daß hier ein Mensch mit Witz und Mut gegen den Trott ankämpfte und die allgemeine Öde durch ein Glas Wein auflockerte. Schon kündigte Schobert an, es ihm morgen gleichzutun. Abschaffel sah zu Hornung hinüber, und dieser prostete ihm kurz zu, als er wieder das Glas hob. Wie kam er dazu, ausgerechnet ihm zuzuprosten? Abschaffels Empfindungen für Hornung waren gespalten. Es war zu offensichtlich, daß Hornung nicht an dem Wein gelegen war, sondern an der Aufmerksamkeit, die er nun für sich hergestellt hatte. Weil Hornung zugab, daß er die schleppende Stille des Büros nicht so ohne weiteres Woche um Woche ertrug, verspürte Abschaffel eine ferne Neigung, Hornung zu bewundern. Aber Hornung verdarb sich Abschaffels mögliche Bewunderung wieder, weil er es zu sehr darauf anlegte, immer wieder im Interesse der anderen zu stehen, und das war auch für Abschaffel zu unseriös. Manchmal war es nur ein Witz, den Hornung der Stille entgegensetzte, etwa dann, wenn er schon am Montag ein frohes Wochenende wünschte. Als in der Kantine ein automatischer Pflaumenentkerner angeschafft wurde, erklärte er, daß nun, seit in der Küche die Pflaumen schneller entkernt wurden, das Stück Pflaumenkuchen auch billiger sein müsse.

Das war von ihm halb witzig und halb ernst gemeint, aber immerhin lieferte sein Einfall den Gesprächsstoff für zwei oder drei Tischrunden in der Mittagspause. Aber Hornung machte nicht nur unsinnige oder halbunsinnige Bemerkungen. Eines Tages stellte er fest, daß alle Rollstühle in der Firma nicht den Sicherheitsvorschriften entsprachen. Die Rollstühle in der Firma hatten nur vier Rollen, und Hornung erklärte, daß ein unfallsicherer Rollstuhl auf fünf Rollen rollen müßte, weil sie dann weniger umkippten. Mörst, der Betriebsratsvorsitzende, mußte der Sache nachgehen und feststellen, daß Hornung tatsächlich recht hatte. Mörst war verpflichtet, die Firmenleitung auf diesen Mangel hinzuweisen. Für alle gab es wieder etwas, worauf sie warten konnten. Dank Hornung gab es das Rollstuhlthema. Heute, in seiner Weinlaune, hatte Hornung bereits auf ein anderes wichtiges Problem aufmerksam gemacht. Für alle Mitarbeiter gab es nur einen einzigen Fotokopierautomaten. Weil Ajax Angst hatte, das Gerät werde zuviel für die Vervielfältigung privater Schriftstücke verwendet, hatte er bei Fräulein Schindler den Schlüssel für das Gerät deponiert. Jeder, der etwas fotokopieren wollte, mußte sich bei ihr den Schlüssel holen, und außerdem mußte er in eine Liste, die ebenfalls Fräulein Schindler verwaltete, eintragen, wieviel Kopien für welche Abteilung gemacht worden waren. Die Liste war angeblich notwendig zur späteren Aufschlüsselung der Betriebskosten, aber ihr wichtigerer Zweck war die Abschreckung vor der privaten Nutzung des Geräts. Ajax glaubte, allein die Existenz der Liste werde den Gebrauch für Privatzwecke ausschließen, aber das war natürlich ein Irrtum. Jeder trug die offizielle Anzahl seiner Kopien ein und hatte dennoch Privatkopien abgezogen. Das ahnte auch Ajax, weil am Ende jedes Monats erheblich mehr Papier verbraucht als Kopien gemacht worden waren. Über den Fotokopierautomaten wickelten viele Angestellten das Gefühl ab, letzten Endes doch schlauer zu sein als der ganze Betrieb. Und dieses Gefühl mußte den Angestellten gelassen werden. Zum Glück einer Bürokraft gehörte die Überzeugung, den Betrieb jederzeit übers Ohr hauen zu können. Manchmal kam dieses Glück nur durch den Diebstahl von zehn Büroklammern zustande. Aber der alternde Ajax war über den lächerlichen Betrug seiner Angestellten verärgert. Ohne Einsicht in die kläglichen Freuden der Abhängigen sann er nach besseren Kontrollmöglichkeiten. In dieser Lage kritisierte Hornung, daß das ganze Kontrollsystem betriebswirtschaftlich gesehen ohnehin nicht effektiv sei. Durch die Deponierung des Schlüssels bei Fräulein Schindler entstanden viele Umwege und Wartezeiten; wenn Fräulein Schindler auf der Toilette oder einmal nicht an ihrem Platz war, konnte es geschehen, daß ein Kollege an ihrem Schreibtisch stand und auf die Übergabe des Schlüssels wartete. Oder es geschah, daß ein Kollege absichtlich den Schlüssel mit in die Toilette nahm. Dann gab es ein allgemeines Gezeter nach dem Schlüssel, und wenn der Kollege nach zehn Minuten aus der Toilette kam, tat er, als sei alles nur ein Versehen gewesen. Wenn also schon, erklärte Hornung, durch die Kontrolle die Betriebskosten sowohl festgehalten als auch aufgeschlüsselt werden, dann müssen in die Kostenrechnung auch diese Wartezeiten aufgenommen werden, denn Wartezeiten verkürzten zum einen die Arbeitszeit, zum anderen aber schädigten sie die Arbeit selbst; wäre es da nicht sinnvoller, sagte Hornung, die Kontrolle ganz fallenzulassen, denn dann, wenn niemand mehr warten müsse, würde auch keine Arbeitszeit mehr eingeschränkt. Das war ein betriebswirtschaftlich stichhaltiges Argument, und Hornung spürte wohl, wie sehr seine Kollegen, bis hin zu den Referenten des Chefs, beeindruckt waren. Hornungs Kritik war außerdem so angelegt, daß sie, obwohl sie einen Vorwurf an die Kollegen enthielt, sich in der Hauptsache gegen Ajax richtete. Denn immerhin hatte Hornung den Kollegen, wenn auch indirekt, Trödelei und Schlamperei vorgeworfen; dieser Teil der Kritik ging aber unter in der lautlosen Begeisterung für Hornungs Mut, für die Abschaffung der Kontrolle gesprochen zu haben. Die Kritik an den eigenen Kollegen schützte Hornung wiederum vor Ajax' Argwohn, es handle sich nur um ein weiteres

Kapitel trauriger Oppositionssucht gegen die Firmenleitung. Aus Respekt vor Hornung breitete sich für eine Weile eine achtunggebietende Atmosphäre aus. Es galt als sicher, daß einer der Referenten diesen Vorschlag demnächst Ajax unterbreiten mußte. Hornungs konstruktive, ja kostensparende Mitarbeit schützte ihn vielleicht sogar dann, wenn er anderer Dinge wegen unangenehm auffiel.

Denn Hornung hatte immer noch die etwa halb ausgetrunkene Flasche Wein gut verborgen in seinem Papierkorb stehen. Von Zeit zu Zeit schenkte er nach und versteckte die Flasche wieder. Dieses Verhalten schmälerte Hornungs Ansehen nun doch stark. Die Kollegen waren es schon müde geworden, diejenigen zu sein, die Hornung bewundern sollten. Denn bald galt wieder, daß von einem Angestellten, der so sinnvolle Vorschläge machen konnte wie Hornung, eine Art Gesamtseriosität verlangt wurde. Und weil Hornung diese Seriosität nicht anbot, war es schwer, eine Haltung zu ihm zu finden.

Er war erst seit drei Monaten in der Firma. Er war achtundzwanzig Jahre alt und röchelte beim Atmen, weil er täglich zwischen sechzig und siebzig Zigaretten rauchte. Hornungs Leben bestand aus sich jagenden Katastrophen, und alle wußten es. Sein Leben war so verworren, daß niemand in der Lage war, den Hauptkonflikt dieser Existenz überhaupt noch ausfindig zu machen. Er war gerade einen Monat in der Firma gewesen, da erschien ein Gerichtsvollzieher und pfändete zweihundertzwanzig Mark von seinem ersten Gehalt. Ajax hatte Hornung zu sich rufen lassen. Die anderen glaubten, da er noch in der Probezeit war, nun würde er fristlos gekündigt. Der Gerichtsvollzieher erhielt das Geld und ging. Genau einen Tag später erschien ein anderer Gerichtsvollzieher und pfändete von Hornungs Gehalt noch einmal hundertunddreißig Mark. Ajax ließ Hornung wieder zu sich kommen, und die Aussprache dauerte länger. Alle rechneten diesmal mit der fristlosen Kündigung. Aber Ajax war klug. Er erkannte in Hornung einen durch Unglück weich gewordenen Angestellten. Ajax lieferte ihm zwar einen Auftritt, der draußen im

Großraum teilweise noch zu hören war. Die Sekretärinnen und Schreibkräfte hielten ihre Maschinen an, damit sie Ajax besser verstehen konnten. Aber Hornung kam lächelnd aus dem Chefzimmer. Ajax hatte ihn nicht entlassen, und Hornung gab sich, als hätte er einen Kampf gewonnen.

Was wirklich geschehen war, drang erst später in die Köpfe der anderen. Ausgelöst wurde das Getuschel von Fräulein Zittel aus der Lohn- und Gehaltsbuchhaltung. Jeder wußte, daß sie zur Schweigsamkeit über die Ereignisse ihrer Abteilung verpflichtet war, aber jeder wußte auch, daß sie überhaupt nicht schweigen konnte, im Gegenteil; das Reden über ihre Arbeit war die Bedingung dafür, daß sie arbeiten konnte. Hornung hatte sich bereit erklären müssen, daß ihm für die kommenden drei Jahre jeden Monat zweihundertsiebzig Mark von seinem Gehalt automatisch weggepfändet wurden. Bei tausendneunhundert brutto, und mehr verdiente Hornung sicher nicht, abzüglich fünfhundert Mark Miete (rund gerechnet: und alle Kollegen rechneten diese Rechnung), blieben Hornung für das Leben zwischen sechs- und siebenhundert Mark. Er war verheiratet und hatte zwei Kinder. Wie er in dieser Lage mit seinem Gehaltsrest über die Runden kam, wußte niemand. Und Hornung hielt durch, Woche für Woche. Er pumpte sich kleine Beträge, auch Abschaffel hatte ihm schon öfter zehn oder zwanzig Mark gegeben. Den meisten war klar, daß sie das Geld nicht mehr zurückerhielten. Hornung wurde immer wieder auf seine kleinen Schulden angesprochen, und es geschah, daß er jemanden, dem er fünfzehn Mark schuldete, fünf Mark Abzahlung leistete von einem neuen Pump, den er erst vor zwei Stunden hinter sich gebracht hatte. Hornung lebte in großer Scham, aber es machte ihm scheinbar nichts aus. Mittags aß er in der Kantine Riesenportionen und verbreitete Stille um sich. Abschaffel beobachtete ihn oft, und er kam sich schon menschlich vor, wenn er seine Beobachtungen nicht weitererzählte. Überhaupt sorgte Hornung dafür, daß sich viele Kollegen edel vorkommen konnten. Es gab nur wenige, die ihn schroff mieden oder mit der Redensart abwiesen: Ich bin kein Kreditinstitut, und Hornungs Stolz bestand darin, daß er niemanden, der ihn einmal abgewiesen hatte, noch einmal anging. Abschaffel konnte sehen, daß sich Hornung den Hosenbund öffnete, wenn er am Schreibtisch saß, weil ihn der Bauch zu sehr drückte. Und er hatte Routine darin entwickelt, den Hosenbund rasch zu schließen, wenn er aufstehen mußte. Auch dieses Detail behielt Abschaffel für sich, weil ihn manchmal, was Hornung anging, Mitleid anfiel; dann glaubte er, er müsse Hornung schützen, und er wollte damit anfangen, indem er keine diskriminierenden Einzelheiten mehr über ihn erzählte.

Aber Hornung sorgte selbst dafür, daß er im Gespräch blieb. Immerzu war er in neue Klebrigkeiten verwickelt, die die Aufmerksamkeit für ihn neu entfachten. In den letzten beiden Wochen war es öfter vorgekommen, daß Hornung nach siebzehn Uhr im Büro geblieben war. Es wurde angenommen, daß er Überstunden machte, um seine ständigen finanziellen Engpässe erträglicher zu machen. Eines Nachmittags, nachdem er seit zwei Wochen manchen Abend bis spät im Büro geblieben war, erschien plötzlich Hornungs Frau mit beiden Kindern im Büro. An ihrem suchenden und erschreckten Verhalten war zu sehen, daß sie sich hintergangen fühlte und etwas herausfinden wollte. Hornung war das Erscheinen seiner Familie im Betrieb so peinlich, daß er sie rasch mit ausgebreiteten Armen durch die Tür hinausschob, draußen auf dem Flur mit seiner Frau verhandelte und die ganze Familie nach zehn Minuten wegschickte. Niemand hatte die Bedeutung dieses Vorfalls enträtseln können. Der Besuch der Ehefrau an der Arbeitsstelle des Mannes war ungewöhnlich und für die meisten Angestellten kränkend. Die Männer waren nicht bereit, sich in die Art der Kontakte, die sie zu Arbeitskollegen unterhielten, hineinsehen zu lassen. In der Regel mußte ein Angestellter seiner Familie zu Hause mehr vorspielen als seinem Betrieb, und die beiden Sorten dieser Täuschungen durften weder durcheinandergebracht noch überhaupt gestört werden. Eine solche Störung, eine erhebliche sogar, war der Besuch einer Ehefrau am Arbeitsplatz des Mannes. Die Ehefrauen durften gar nicht bemerken, daß es überhaupt zwei Sorten von Täuschungen gab. Sie sollten glauben, ihr Mann sei im Betrieb derselbe wie zu Hause und umgekehrt.

Hornung sah sich, obwohl ihn niemand danach gefragt hatte, durch den Besuch seiner Frau unter Druck gesetzt. Er glaubte, eine Erklärung abgeben zu müssen, weil seine Bürohoheit verletzt worden war. Seine Frau hatte ihn an seinem Schreibtisch gesehen, und er fühlte sich nicht mehr souverän. Als er sich wieder an seinen Platz setzte, rief er halblaut in seine Umgebung: Sie war eifersüchtig! Sie war eifersüchtig, das dumme Ding, und hat es nicht mehr ausgehalten! Alle hörten seine Erklärung, aber niemand verstand sie. Wieso eifersüchtig? Wenn er nur Überstunden gemacht hatte, wie konnte seine Frau dann eifersüchtig sein? Tagelang war nichts Näheres herauszufinden gewesen. Aber das Büro war kein Ort für Geheimnisse. Schon nach einer Woche hatte jemand die Pein der Wahrheit entdeckt. Hornung hatte zwar wirklich Überstunden gemacht, aber er hatte Interesse daran gehabt, seine Frau in die Falle eines Mißverständnisses zu locken; sie sollte glauben, daß ganz andere Geschichten im Spiel gewesen seien. Alle Telefonleitungen aus der Firma hinaus und in sie hinein, mit Ausnahme der Telefone aus den Verkehrsabteilungen, waren nach siebzehn Uhr gesperrt. Und Hornung hatte seiner Frau nicht gesagt, wo er an den langen Büroabenden gewesen war. Wenn sie ihn nach siebzehn Uhr in der Firma erreichen wollte, nahm niemand mehr ab. Und Hornung hatte, wenn er gegen zehn Uhr abends zu Hause erschien, bedeutsam offengelassen, wo er gewesen sei. Blöde enthüllte er ihr, daß er doch lediglich Überstunden gemacht hatte, und vor den Kollegen brüstete er sich mit den ängstlichen Gefühlen seiner Frau, die sie bis an seinen Arbeitsplatz getrieben hatten. Vielleicht hatte Hornung nur zeigen wollen, daß die Abhängigkeit nach unten keine Grenzen hatte, daß es eine Person gab, deren Unglück oder Glück sogar noch von seinen Entscheidungen beeinflußt wurde. Vielleicht aber hatte die Aktion gar nicht seiner Frau, sondern den Kollegen gegolten; vielleicht hatte er den anderen zeigen wollen, daß er zwar sicher weniger Geld hatte als sie, aber im Bestand seiner Lebenschancen nicht eingeschränkt war: Seine Frau sah ihn auf Anhieb in der Rolle des Fremdgehers. Vielleicht hatte er aber auch gar nichts zeigen wollen und nur sein unseliges Hineinragen in die Welt vorführen müssen.

Abschaffel war sich nicht darüber klar, ob die Ereignisse um Hornung die Tage im Büro unterhaltender und spannender machten oder, im Gegenteil, noch öder und noch sinnloser. Manchmal schon hatte er sich auf die neueste Fortsetzung von Hornungs Katastrophen gefreut. Das Aufregende war, daß jedermann sehen konnte, wie weit ein Angestellter herunterkommen konnte, ohne wirklich unterzugehen. Abschaffel glaubte, von Hornung himmelweit entfernt zu sein und sich auf sicherem Boden zu bewegen. Er hielt Distanz zu Hornung, ohne zu wissen warum. Manchmal nahm er es ihm im stillen übel, daß er unglücklich und hilflos war. Abschaffel wünschte, wenn ein Mensch schon unglücklich und zerstört war, dann sollte er wenigstens intelligent sein, so daß echtes Leiden entstand: ein Pechvogel, und dabei so gescheit. Aber Hornung hampelte nur so von Zahlungsbefehl zu Zahlungsbefehl, und wenn es keine Gerichtsvollzieher gegeben hätte, dann hätte er vielleicht selbst nicht gewußt, wieviel Schulden er hatte. In der Mittagspause besänftigte er seine Wunden, indem er sich den Bauch vollaß. Der Boden konnte ihm unter den Füßen wanken, aber wenn er kurz zuvor jemand gefunden hatte, der ihm zwanzig Mark pumpte, war er wieder guter Laune. Abschaffel hatte sich das wirkliche Unglück edler vorgestellt.

Er hätte sich nur seines Vaters erinnern müssen, um wieder genauer zu wissen, was mit Hornung und all diesen Angestellten los war. Auch Abschaffels Vater war Angestellter gewesen, und es hatte eine Zeit gegeben, in der der Vater behauptet hatte, er werde bald der Leiter der Abteilung sein, in der er arbeitete. Die Mutter war es von ihm seit zwei Jahrzehnten gewohnt, daß er die Lage rosiger darstellte; sie glaubte ihm deshalb auch die Abteilungsleitergeschichte nicht. Jedoch traute sie sich nicht, ihm ihren Unglauben vorzutragen, aber sie fand eine andere Möglichkeit, ihm auf ihre schweigsame Art das Mißtrauen auszusprechen. Und zwar ging sie immer dann, wenn der Vater bei Besuchern und Verwandten die Geschichte von seiner baldigen Ernennung zum Abteilungsleiter erzählte, aus dem Zimmer. Er bemerkte wohl, daß diese Reaktion ihm und seiner verlogenen Art galt, aber er war insgesamt mit der Art der Veröffentlichung ihres Mißtrauens einverstanden. Hauptsache, die Besucher und Verwandten ahnten nicht, daß die Mutter durch ihr Verschwinden bestimmte Phasen seiner Mitteilungen mißbilligte. Die Demütigung, wenn sie intern blieb, wurde von ihm hingenommen. Schwieriger wurde es, als nach drei Jahren ein Abteilungsleiter ganz neu eingestellt wurde. Die Mutter bemerkte, daß der Vater diesen Mann verabscheute, ja verachtete, ohne daß er genauere Gründe für diese Haltung angegeben hätte. Er verschwieg sogar, daß dieser Mann der neue Abteilungsleiter geworden war. Nur aus dem Maß der Abqualifizierung durch den Vater konnte die Mutter ahnen, daß der Vater keine Chance hatte. Der neue Mann sei ein Angeber, ein Nichtskönner, ein Schwätzer, sagte der Vater. In Wirklichkeit war der neue Mann der neue Abteilungsleiter. Nur konnte es der Vater niemals zu Hause sagen. Hätte sich Abschaffel vorstellen können, wie sein Vater reagiert hätte, wenn ihn die Mutter in seinem Büro besucht hätte, um in all den unklaren Ankündigungen und Halbrichtigkeiten des Vaters einmal die Wahrheit herauszufinden, dann hätte er eine Ahnung davon bekommen können, daß die ereignislosen Arbeitsplätze von Angestellten für ihre Frauen Tabus bleiben mußten. Das Büro war der Raum der Erwartungen, die die Angestellten den Personen, Gegenständen und Vorgängen mühsam abphantasieren mußten, und sie hatten ein tiefes Gefühl davon, daß außerhalb des Büros ihre Erwartungen von niemand geteilt wurden.

Aber Abschaffel lebte allein, und er wußte kaum etwas Lebendiges von den Täuschungen und Verschleierungen, die sich daraus ergaben, wenn ein verheirateter Mann Angestellter war und seiner Frau über Jahre hinweg die Idee vermitteln mußte, auch mit ihm gehe etwas vor. Vor einigen Jahren, als er, wenn auch aus der Ferne, seine Eltern noch beobachtete, hatte er davon mehr gewußt als heute. Die Mutter hatte ihm auch schon manchmal, wenn der Vater schlief, die eine oder andere Enttäuschungsgeschichte über die Laufbahn des Vaters erzählt. Inzwischen hatte er die Eltern fast vergessen. Die Zeit, als er sie aus Rache beobachtete, war endgültig vorbei. Damals befriedigte er sich noch an den Lächerlichkeiten ihres Alters. Er machte ein- oder zweimal im Jahr Anständigkeitsbesuche, und er achtete darauf, daß sie nicht länger als zwei Stunden dauerten. Er tat, als gebe es für seine Eltern eine offizielle Besuchszeit. Sein Vater hatte das merkwürdige Bedürfnis, ihn zu küssen. Aus der zurückhaltenden, ja abweisenden Art, wie sich Abschaffel dabei verhielt, zog der Vater keine Rückschlüsse. Der Sohn berührte scheinhaft mit der Wange die Wange des Vaters, spitzte die Lippen wie zu einem Kuß, und dann, Wange an Wange, küßten beide die Luft, sie ahmten sogar das schmatzende Geräusch mit den Lippen nach, und dann gingen sie auseinander, lachend und irgendwie beglückt, als hätten sie sich wirklich geküßt.

Hornung arbeitete in der Lagerabteilung. Diese Abteilung rangierte, zusammen mit der Stückgutabteilung und der Registratur, ohnehin als minderwertig, und wer in diesen Abteilungen arbeitete, galt als ebenso minderwertig. Deswegen war es in sich schon widersprüchlich, daß aus einer unbedeutenden Abteilung ein wichtiger Vorschlag kam. Ajax vermietete an mehrere Firmen festen Lagerraum und ließ von seinen Angestellten, nach Ordern der Auftraggeber, den Versand der in seinen Hallen gelagerten Waren abwickeln. Hornung verwaltete die Lagerung und den Versand von Kühlschränken und Papiertaschentüchern. Er hatte nichts anderes zu tun, als an seinem Schreibtisch zu sitzen und die Versandaufträge der Kühlschrank- und Papiertaschentuchfabriken per Telefon anzunehmen und auszuführen. Er notierte sich die Anschrift des neuen Kühlschrankbestellers, stellte einen Frachtbrief mit den entsprechenden Angaben aus und gab den Versandauftrag in Halle B, wo Arbeiter die im Frachtbrief bezeichneten Waren in die richtigen Waggons oder Lkw verluden. Am Monatsende errechnete Hornung den Auftraggebern die entstandenen Lagergebühren, zusätzlich Fracht-, Abfertigungs- und Versicherungskosten.

Hornung litt offenbar kaum darunter, daß er in einer niedrig bewerteten Abteilung arbeitete. Es gab genug Angestellte aus ebenfalls niedrig bewerteten Abteilungen, die den Drang hatten, in die Export- oder Importabteilung zu gelangen. Diese beiden Abteilungen galten als das Höchste, was einem Angestellten bei Ajax möglich war. Wer im Export oder Import war, mußte die Mittlere Reife haben oder doch mindestens ein abgebrochener Gymnasiast sein, damit er ein einigermaßen sicheres Englisch vorweisen konnte. Es gab junge Mädchen und Angestellte mit Volksschulbildung, die das Wort City heute noch wie Kitty aussprachen. So etwas passierte in der Exportabteilung nicht, in der Lagerabteilung schon eher. Abschaffel war zwar ein abgebrochener Gymnasiast und hatte ansehnliche Englischkenntnisse, aber dennoch arbeitete er nicht in den favorisierten Abteilungen. Er wußte selbst nicht warum, und er überlegte auch nicht. Über Schulbildung und Schulerlebnisse wurde unter den Angestellten nicht gesprochen. Zu viele verdankten ihr Leben als Angestellte einem Unglück in der Schule. Sie waren von ihren Eltern mit überschwenglichen Hoffnungen auf das Gymnasium geschickt worden, und irgendwann zwischen Obertertia und Obersekunda versagten ihre Leistungen; einige hatten eine Klasse wiederholt, andere wurden von ihren beleidigten Eltern gleich von der Schule geholt und, wie zur Strafe, zu den anderen in eine Lehre gesteckt wie in einen muffigen Sack, aus dem es kein Entkommen mehr gab. Es gab bei Ajax nur zwei Angestellte mit Abitur und Studium, das waren seine beiden Referenten; sie gehörten zu den wenigen, die in ihrer Jugend zum richtigen Zeitpunkt Angst gehabt hatten und deswegen zum richtigen Zeitpunkt ihre Lektionen büffelten. Die vielen anderen, Abschaffel eingeschlossen, waren vorher von ihrer Angst verlassen worden, sie verhedderten sich in Phantasien über ihr Leben, die sich immer weiter von der Schule entfernten, bis sie eines Tages von der Schule, die doch eine ganz eng abgesteckte Leistung von ihnen verlangt hatte, ganz abgestoßen wurden. Tausende und Abertausende von Bürokräften hinter Schreibtischen, Schaltern und Theken lebten an ihrem eigenen, langsam verwesenden Schulunglück entlang, von dem sie einst heimgesucht wurden. Ohne die ewig nachrückenden Schulversager ließe sich nirgendwo eine Bürokratie errichten. Sie waren demütig, weil sie die bizarre Tragweite ihres Unglücks noch immer fürchteten, und sie waren schweigsam, weil sie wußten, eine wirkliche Verbesserung ihres Lebens hätte eine Austilgung ihres frühen Schulversagens zur Voraussetzung, und ebendiese Austilgung war für immer unmöglich.

Abschaffel arbeitete in der Abteilung Sammelausgang; dieser Abteilung wurde, ähnlich wie der Buchhaltung, eine mittlere Achtung entgegengebracht. Ihr Personal bestand aus Ronselt, der sich Abteilungsleiter nennen durfte, aus ihm, Abschaffel, der sich stellvertretender Abteilungsleiter oder zweiter Mann nennen durfte, und zwei Lehrlingen. Sie brachten jede Woche damit hin, Bahnsammelverkehre zusammenzustellen, die die Firma nach rund zwei Dutzend großen inländischen Städten unterhielt. Diese Verkehre waren bei der verladenden Wirtschaft gut bekannt. Die Versandleiter der Industrie riefen bei Ronselt und Abschaffel an, wenn sie eine Maschine nach München oder Hamburg zu transportieren hatten. Die Maschine wurde per Lkw von der auftraggebenden Fabrik abgeholt und in den nächsten Bahnsammeltransport nach München oder Hamburg verladen. Durch die Sammlung vieler Güter mit dem gleichen Bestimmungsbahnhof war es möglich, der Wirtschaft günstige Frachttarife anzubieten. Wenn die Maschine als einzelnes Frachtgut der Bundesbahn übergeben wurde, mußte der Auftraggeber erheblich höhere Frachtkosten zahlen. Hinzu kam, daß die Speditionen schneller arbeiteten als die Bundesbahn. Wer bei Ajax eine Kiste nach München oder Hamburg aufgab, konnte davon ausgehen, daß sie wie ein Brief einen Tag später beim Empfänger war. Die Bundesbahn brauchte dazu mindestens drei Tage, manchmal sogar eine Woche. Die Verkehre nach den großen Städten verließen täglich die Ajaxschen Verladerampen, die nach den mittleren Städten wie Augsburg, Osnabrück oder Saarbrücken hatten einen zwei- bis dreitägigen Abfertigungsrhythmus. Es war Ronselts und Abschaffels Aufgabe, das Gütervolumen der einzelnen Sammelwaggons ständig im Auge zu behalten und die Waggons dann, wenn sie hinreichend Tonnage hatten, verplomben zu lassen, mit der Bundesbahn den Abzugstermin zu vereinbaren und die Versandunterlagen an den Empfangsspediteur am Bestimmungsbahnhof zu verschicken.

Dieser Beschäftigung ging Abschaffel seit dreizehn Jahren nach, und er war noch immer erst einunddreißig Jahre alt. Manchmal glaubte er, den größten Teil seines Lebens schon hinter sich zu haben. Aber dann wurde er von anderen Kollegen wieder als junger Mann bezeichnet! Die Arbeit selbst war ihm so geläufig, daß er mit seinen Gedanken fast ständig abwesend war. Wenn das Betriebsgeschehen seine Aufmerksamkeit erforderte, konnte er sofort umschalten. Er hatte eine Technik entwickelt, die es ihm erlaubte, zweispurig zu leben. Seine Augen sahen nach innen, aber jedermann glaubte, sein Blick sei nach draußen gerichtet. Nur manchmal, wenn seine Augen allzulange absolut still standen, weil er zu lange in seine Kindheit zurückgeblickt hatte, kam es ihm vor, als erblinde er bald. Er sah nichts mehr von dem, was um ihn herum vorging. Alles, was um ihn herum war, erstarrte zu einer Szene, zu einer Fotografie, die ihm ein Fremder auf den Schreibtisch legte und ihn dann fragte: Können Sie mir erklären, warum das Ihre Welt ist? Diese Erklärung blieb Abschaffel ewig schuldig. Immer wieder sah er seine Umgebung wie eine Fotografie, auf der er rätselhafterweise mitabgebildet war. Kannte er diese Leute, seine Kollegen? Er kannte sie nicht. Aber warum war er dann Tag für Tag bei ihnen? Wollte er denn hier sein? Nein, das wollte er nicht. Aber warum war er dann hier? Das war die Frage. Es war gewöhnlich die erste Frage am Beginn einer Leiter, die ihn tief nach unten in sich selbst führte. Es war ein Weg in die Scham der frühen Fehler und Unglücke. Gewöhnlich fing es damit an, daß ihm einfiel, was er sich als Jugendlicher gewünscht hatte. Als Elfjähriger glaubte er, später wie Tarzan leben zu können. Sich von Liane zu Liane schwingen, von Baum zu Baum schweben und sich, wenn er nicht mehr fliegen und schweben wollte, in einer Laubhütte ausruhen, die auf dem Gipfel des höchsten Baums in Form eines Verstecks eingebaut war. Noch bis zu seiner Konfirmation war er überzeugt, Tarzan sei eine Art Beruf, den man übernehmen könne, wenn man das Abitur abgelegt hatte und ein körperlicher Test erfolgreich verlaufen war. In seiner Vorstellung war er einer der ganz wenigen, die diesen phantastischen Beruf ergreifen wollten. Er hatte nicht bemerken können, daß hunderttausende Jungen so sein wollten wie Tarzan. Zu dieser Zeit geschah etwas Phantastisches. Ein Bewohner des Mietshauses, in dem Abschaffel mit seinen Eltern lebte, wanderte nach Australien aus, und für das Kind Abschaffel war der Auswanderer ein Mann, der den Beruf Tarzan ergriff. Der Auswanderer bereitete fast ein Jahr lang seine Abreise vor. Er erhielt Briefe mit unglaublichen Briefmarken. Er schaffte sich besondere Kleidung an, und, das Wichtigste, er bereitete sorgfältig die restlose Auflösung seines kleinen Haushalts vor. Er war entschlossen, nie mehr zurückzukehren. Er verschwand in der Welt, um irgendwo in der Wildnis zu leben. Jawohl, so wurde man Tarzan. Weil es diesen Mann gab und weil er eines Tages wirklich abreiste und nie wiederkam, hatte das Kind Abschaffel Grund, an den Beruf Tarzan zu glauben. Und das Kind bemerkte nicht, daß ihm in der Schule allmählich der Boden unter den Füßen wegsank. Seine Leistungen wurden schlechter und schlechter, und Abschaffels Mutter begann, ihm Glutaminpillen zu verabreichen, die seine Intelligenz fördern sollten. Abschaffel schluckte alle Pillen und zeigte eine gleichgültige Haltung: Es war nicht nötig, daß ein späterer Tarzan über den österreichischen Erbfolgekrieg Bescheid wissen mußte.

Wie es ihm gelang, dem Tarzanwunsch zu entwachsen und ihn zu vergessen und an seine Stelle einen neuen Wunsch zu setzen, auf dessen Erfüllung ebenso inbrünstig gewartet wurde wie auf die des alten, war nicht zu klären, auch an diesem Büronachmittag wieder nicht. Abschaffel überlegte und überlegte, und seine Augen wuchsen langsam nach innen in seinen Kopf. Wie war es möglich, daß ich eines Tages nicht mehr Tarzan sein wollte? Und wäre ich vielleicht nie Angestellter geworden, wenn ich zwischen elf und vierzehn nicht Tarzan hätte werden wollen? Ist ein harmloser Auswanderer der Grund dafür, daß ich den Anschluß an die richtige Welt verpaßt habe? Abschaffel bemerkte als Kind gar nicht, daß er Tarzan eines Tages vergessen hatte. Vermutlich war es während der morgendlichen Schulwege geschehen, während dieses tief unbewußten, jahrelangen Gehens, das ohne Wunschentfaltung gar nicht zu bewältigen war. Jedenfalls wünschte er sich eines Morgens ein Rennrad. Auf dem Schulweg kam er an einem Fahrradgeschäft vorbei, und dieses Geschäft hatte eines Tages ein Rennrad in voller Größe im Schaufenster stehen. Abschaffel fand sich in monströse Überlegungen vertieft, wie er das Geld für das Rennrad auftreiben sollte. Dann würde er internationale Rennen fahren und gewinnen. Er würde immer nur kurz nach Hause zurückkehren, um seinen armen Eltern zu sagen, wie gut es doch gewesen sei, daß er sich damals das Rennrad gekauft hatte. Er bekam das Rennrad nie. Statt dessen kaufte er einem schon älteren Lehrling, der unter unbekannten Umständen das Gymnasium hatte verlassen müssen und sich ein Moped gekauft hatte, dessen gebrauchtes Fahrrad für ein paar Mark ab. Es hatte nicht die entfernteste Ähnlichkeit mit dem Rennrad, sondern es war eines der schwarzen unscheinbaren Räder der Nachkriegszeit, mit dem gewöhnlich die stummen Väter zur Arbeit fuhren. Es hatte noch nicht einmal ein Schutzblech. Er hatte ein Rennrad haben wollen, aber nun mußte er den Umgang mit Hosenspangen lernen. Trotzdem gab Abschaffel noch nicht auf. Er wollte das gewöhnliche Fahrrad allmählich in ein Rennrad umwandeln. An das Vorder- und Hinterrad wollte er je eine Felgenbremse montieren, den breiten Gummisattel wollte er einwechseln gegen einen schmalen Lederrennsattel, und vorne wollte er einen tiefen Rennlenker haben, der den Körper beim Fahren in eine vornübergebeugte Haltung brachte. Der Gepäckträger mußte natürlich weg, und, als Krönung, der gesamte Antrieb mit Rücktritt mußte verschwinden und durch eine italienische Fünf-Gang-Schaltung ersetzt werden. Nichts von alldem bekam Abschaffel je in die Hände. Grämlich fuhr er auf dem alten Fahrrad umher. Er hatte es nicht fertiggebracht, so viel Geld zu sparen, um sich all diese Dinge kaufen zu können. Wenn er von einer Tante eine Mark bekommen hatte, trug er sie sofort zum nächsten Kiosk. Ein Rennrad war zwar schön und gut und etwas für die Zukunft, aber für den Alltag wurden dringend Schokolade, Kaugummi und Waffelbruch benötigt.

Nach der Rennradphase war er in das Gitarrenalter eingetreten. Mit sechzehn wollte er sein wie Elvis Presley. Er wollte nie arbeiten, immer glücklich sein und immer viel Geld haben, und Elvis Presley schien dieses Ziel glänzend erreicht zu haben. Der halbwüchsige Abschaffel stand in Musik- und Instrumentengeschäften herum und erkundigte sich bei der Volkshochschule nach dem Beginn neuer Gitarrenkurse. Er buchte sogar einmal einen Gitarrenkurs, besuchte aber rätselhafterweise keinen einzigen der Kursabende, und er kaufte sich auch nie eine Gitarre. Er saß nachmittags im stillen und kalten Schlafzimmer der Eltern auf dem Rand der Ehebetten. Er hielt seine Arme so, als müßten sie eine Gitarre an den Leib klammern, und betrachtete sich im hohen Frisierspiegel der Kommode. Er tat, als singe und spiele er, und er fühlte sich, als sei er glücklich und reich, und wenn er später am Radio den ›*Jailhouse Rock*‹ oder ›*Love me tender*‹ hörte, dachte er wohlwollend: Ah ja, Kollege Elvis ist wieder dran.

Der eigentümlichste von Abschaffels nie erfüllten Wünschen trat nach der Gitarrenphase in Erscheinung. Er war immer noch sechzehn, da wünschte er sich ein Aquarium. Er wollte den kleinen Fischen zusehen, wie sie ruhig und vollkommen geräuschlos in einem schönen grünschimmernden Kasten umherschwammen. Er stellte sich vor, lediglich auf der anderen Seite der Scheibe zu sein, genauso ruhig und wortlos wie die Fische. Heute sah es so aus, als seien in dem Wunsch nach einem Aquarium schon alle späteren Enttäuschungen mit weiteren nicht erfüllten Wünschen enthalten gewesen. Denn ein Aquarium war ein Beruhigungsinstrument für einen ewig Enttäuschten, der sich abends zu seinen kleinen Fischen setzte und deren Anspruchslosigkeit bewunderte. Der Gedanke, daß er schon mit sechzehn seinen bis heute anhaltenden Rückzug einzuleiten begann, beunruhigte Abschaffel und machte ihn tief niedergeschlagen. Der Wunsch nach dem Aquarium war auch deswegen beunruhigend, weil er ihn noch heute manchmal wünschte. Mit dem Bild der ruhigen Fische, die für ihn vollkommene Zufriedenheit und also Wunschlosigkeit ausstrahlten, wollte er sich noch heute manchmal trösten. Später, mit siebzehn oder achtzehn, wünschte er sich einen Fotoapparat. Er wollte fotografieren, sich ein eigenes Labor einrichten, damit er selbst entwickeln und vergrößern konnte. Gerade fiel Abschaffel ein – auf der Fotografie des Büros war es gerade friedlich und still: Fräulein Schindler aß ein kleines Stück Wassermelone, Frau Schönböck putzte ihr Telefon –, es fiel ihm ein, daß alle seine Jugendwünsche (das Aquarium ausgenommen) darauf hinausliefen, sein ganzes Leben mit einer einzigen Maßnahme richtig zu regeln. Offenbar hatte er als Kind geglaubt, man müsse unter einer Vielzahl von falschen nur den richtigen Wunsch haben, dann sei man gerettet. In der Reihe der lebensregelnden Jugendwünsche war der Fotoapparat die letzte Station. Er las Fotozeitschriften und suchte in der Zeitung nach Kaufangeboten, in denen vielleicht ein gebrauchter Apparat günstig angeboten wurde. In dieser Zeit erfuhr ein Onkel von seinem Wunsch, und der Onkel sagte, er hätte einen gebrauchten Fotoapparat, und er würde ihm den Apparat schenken. Es sei nur eine kleine Reparatur nötig, dann sei der

Apparat wie neu. So dicht war eine Wunscherfüllung niemals zuvor an ihn herangekommen. Er gab alle Versuche, selbst zu einem Apparat zu kommen, sofort auf, und wartete auf das Geschenk des Onkels. Und wirklich, der Onkel hatte nicht geschwindelt. Abschaffel brachte den Apparat schon einen Tag später zur Reparatur. In zehn bis vierzehn Tagen sollte er fertig sein. Nach Ablauf dieser Frist sagte der Händler, die Reparatur sei ungewöhnlich schwierig. Es sei ein Ersatzteil nötig, das er nicht vorrätig habe, er müsse es erst beim Werk bestellen. Es entstanden dadurch drei bis vier Wochen neue Wartezeit. Und als Abschaffel danach erneut bei dem Fotohändler erschien, mußte er hören, daß das Herstellerwerk das gewünschte Ersatzteil nicht mehr liefern könne, weil dieser Fotoapparat nicht mehr gebaut werde.

So erhielt Abschaffel nach mehreren Wochen, in denen er sich bereits beschenkt und erfüllt geglaubt hatte, den Apparat als wertloses Ding zurück. Nach dieser Versagung hatte er nicht mehr die Kraft, sich noch einmal einem neuen Wunsch zuzuwenden. Er war so beeindruckt von dieser Niederlage, daß er sie sogar dem Onkel verheimlichte. Er sagte ihm einoder zweimal, der Apparat werde noch immer repariert, bis der Onkel selbst nicht mehr daran glaubte. Er nahm wahrscheinlich an, Abschaffel hätte den Apparat vielleicht verloren oder verkauft, und aus Taktgefühl kam der Onkel nicht mehr auf sein Geschenk zurück.

Er konnte sich nicht erinnern, nach dem Fotoapparat noch einmal etwas gewünscht zu haben, was er auf ähnliche Weise mit der Fügung seines Lebens in Verbindung gebracht hätte. Ob er, wenn er damals einen Fotoapparat gekriegt hätte, heute ein selbständiger, vielbeschäftigter, vielleicht sogar berühmter Fotograf geworden wäre? Wie kranke Gespenster tauchten solche Fragen auf. Oder sollte er sich gar heute einen Fotoapparat kaufen und es noch einmal versuchen? Nein, das ging auch nicht. Zu späte Wunscherfüllung war eben keine Wunscherfüllung mehr. Die Erfüllung wäre nur eine Erinnerung an einen alten Wunsch gewesen, der verletzt worden war, weil er so lange unerfüllt blieb. Deswegen wandelte sich zu späte Wunscherfüllung in Enttäuschung um.

Oder vielleicht doch nicht? Er wollte gerade anfangen, diese ihn innerlich schmerzenden Vorgänge von einem anderen Ende her noch einmal durchzudenken, da klingelte das Telefon auf seinem Schreibtisch. Sofort richtete sich sein Gesicht auf, seine Augen kamen nach vorne, sein Oberkörper reckte sich. Er war wieder da. Am Telefon war Margot. Er bemerkte, daß sie von einer Telefonzelle aus anrief; darüber war er erleichtert, weil dies bedeutete, daß sie nicht allzulange reden würde. Alles, was sie sagte, entgeisterte ihn; er glaubte, so einfach könne gar nichts sein. Bist du heute abend zu Hause? sagte sie. Ja, sagte er. Ich will zu dir kommen, sagte sie. Ja, gut, komm nur, sagte er. Soll ich Wein mitbringen? fragte sie ihn mit fast unbegreiflicher Munterkeit. Nein, sagte er, ich kaufe selbst Wein ein. Aber nicht den billigen, sagte sie, dann krieg ich morgens mein Kopfweh nicht weg. Nein, sagte er, ich kauf guten Wein. Gut, ja, sagte sie. Er überlegte, was er ihr noch sagen könnte. Sollte er ihr die Geschichte vom Kopiergerät der Firma erzählen? Oder die Sache mit den Rollstühlen? Margot war schon längst wieder am Reden, aber sie streute in ihr Sprechen schon ein, daß sie gleich auflegen werde. Ich komm gegen acht, sagte sie. Du kannst auch früher kommen, sagte er. Also gut, rief sie, bis später.

Er war leicht benommen von diesem kurzen, heftigen Gespräch. War Margot nicht erst vor Tagen bei ihm gewesen? Er wußte nicht, ob er sie eigentlich heute abend sehen wollte oder nicht. Er schämte sich, weil er so wenig zu sagen gewußt hatte, und er kam auf den Gedanken, sich für künftige, überraschende Anrufe von Margot ein Zettelchen mit zwei oder drei Stichworten vorzubereiten, von dem er jederzeit ein Gesprächsthema ablesen konnte. Kaum hatte er aufgelegt, versuchte er sofort wieder, in seinen vorigen Erinnerungszusammenhang zurückzukehren. Er hatte doch nachgedacht über seine Jugendwünsche und ihre Nichterfüllung, aber wie war das genau? Und er bemerkte, daß er sich jetzt nicht mehr mit der gleichen Genauigkeit erinnern konnte wie vorher. Der ganze Wunschkomplex war zurückgetreten nach irgendwohin. Zerstreut blickte Abschaffel in die Gesichter der Kollegen und zupfte sich an den Augenbrauen.

Durch das Verschwinden seiner eigenen Gedanken hörte er plötzlich wieder, was im Büro geredet wurde. Fräulein Zittel sagte, daß sie Fertigpuddings nicht leiden konnte, weil man sie immer aus ihren Plastikbechern herausessen müsse. Dieses Detail drang mit einer nicht geahnten Kraft in seinen Kopf und veranlaßte ihn wieder, sofort an etwas zu denken, was nichts mit dem Büro zu tun hatte. Heute sehnte er sich mehr nach dem Feierabend als sonst. Im Augenblick war er sogar froh darüber, daß Margot ihn heute abend besuchte. Dieses Glück blieb ihm eine Weile erhalten, und er ging dazu über, an Margot zu denken. In Margot kannte er jemanden, dessen Anwesenheit ein Angebot war, den Alltag langsam akzeptieren zu lernen. Margot war das Normale; sie war etwas, womit man das Leben hinbringen konnte, ohne es besonders zu spüren, und das wäre vielleicht auch für Abschaffel das Erreichbare gewesen. Sie hatte ihm schon vieles beigebracht, ohne daß er es im einzelnen bemerkt hatte. Morgens, wenn sie zusammen frühstückten, kochte sie zwei weiche Eier, die, wenn sie auf den Frühstückstisch kamen, auch wirklich weich und warm waren. Denn Margot war es gewesen, die eines Tages eine Eieruhr für seinen Haushalt mitgebracht hatte, die pünktlich nach fünfeinhalb Minuten Kochzeit läutete. Und Margot war es gewesen, die, bevor sie die Eier mit einem Suppenlöffel ins kochende Wasser einlegte, sie mit einer Stecknadel anstach, so daß die Schalen während des Kochens nicht aufplatzten. Und Margot war es gewesen, die die Eier, nachdem sie genau fünfeinhalb Minuten gekocht hatten, ganz kurz in kaltes Wasser eintauchte, was Margot »abschrecken« nannte. Er lachte über dieses Wort und fand es seltsam, daß man Eier abschrecken konnte. Er vergaß im übrigen, daß er all diese Fertigkeiten schon längst nachahmte, und darin war immerhin eine Art von Dankbarkeit erkennbar.

Wenig später, nach Feierabend, beschloß er, heute nicht mit dem Bus zu fahren, sondern zu laufen und weiterhin an Margot zu denken. Er fand selbst, daß er selten so gut von ihr dachte wie an diesem Feierabend, und er wollte sich diese Gelegenheit noch eine Weile erhalten.

Darin ging er heute sogar so weit, daß er sich plötzlich beschuldigte, Margot gegenüber vielleicht zu versagen. Sie half ihm, das Unausweichliche erträglicher zu machen, und sein Versagen konnte darin bestehen, daß er sie nicht fester an sich band. Alles, was sie in sein Leben einbrachte, nahm er zwar äußerlich an, aber zugleich wies er Margot innerlich ab. Er war davon überzeugt, daß sein Leben unter dem Zeichen einer grundsätzlichen und unaufhebbaren Benachteiligung stand, und in dieser Lage waren kleine Verbesserungen von der Art, wie Margot sie einführte, vielleicht angenehm, aber unannehmbar. Und Margot war in der Lage, ganze Serien von häuslichen Annehmlichkeiten zustande zu bringen, die über Stunden hin haltbar waren. Er bemerkte dann nicht mehr, daß ihm sein Leben an der Seite von Margot eigentlich gefiel. Und solange Margot bei ihm war, gelang ihm auch die Distanzierung von ihr nicht. Erst wenn sie seine Wohnung verlassen hatte, schoß ihm die Ablehnung mit enormer Kraft in den Kopf. Dann verstand er selbst nicht, warum er das, was ihm eben noch gefallen hatte, so sehr ablehnte. Und weil er nicht darin geübt war, solche Widersprüche zu erkennen noch sie zu verstehen, noch weniger sie zu akzeptieren, dachte er dann, um sich zu erleichtern, in ganz einfachen Gegenüberstellungen. Margot war dann eine gutmütige Person, er ein hinterhältiger Feigling. Das war oft das erbärmliche Ergebnis, das ihm sein Kopf von all den Überforderungen übrigließ.

Diesmal kam es nicht soweit mit ihm. Er war in der Innenstadt angekommen, und rechtzeitig, bevor ihn sein Kopf in eine elende Figur umphantasierte, wurde er abgelenkt. Mit anderen Personen beobachtete er die Flucht eines älteren Mannes vor zwei Verkäufern in weißen Kutten. Abschaffel war dankbar, etwas Fremdes beobachten zu können. Er genierte sich nicht, stehenzubleiben und durch das Stehenbleiben zu einem bloß bornierten Zuschauer von anderen Menschen zu werden. Der alte Mann wurde nach kurzer Flucht von den beiden Verkäufern gestellt. Sie rissen an seinem Popelinemantel und hielten ihn an den Armen fest; der alte Mann wehrte sich, aber seine Lage war aussichtslos. Vermutlich hatte er etwas gestohlen. Die beiden Verkäufer redeten in schlechtem Deutsch auf den Mann ein, der aus Scham die Augen zusammenkniff. Die Verkäufer waren klein und dunkel, wahrscheinlich Ausländer. Der alte Mann wehrte sich immer noch, aber es war wie das Zucken eines Fischs, den man bereits in der Hand hält. Die beiden Verkäufer führten ihn ab in ein nahes Geschäft, und Abschaffel gehörte zu den Zuschauern, die sich draußen an der Schaufensterscheibe aufstellten und noch immer nicht von der Beobachtung des alten Mannes ablassen wollten. Im Geschäft wurde er von einem riesigen Deutschen empfangen, der ihn auf einen Stuhl drückte. Der Deutsche, vermutlich der Inhaber oder Geschäftsführer, ließ sich den Personalausweis geben und beauftragte einen der Ausländer, die Polizei zu holen. Die Scham des Mannes, in seinem Alter noch bei einem Diebstahl erwischt worden zu sein, vergrößerte sich noch durch das Lob, das der deutsche Geschäftsführer dem zurückgebliebenen Ausländer für seine Tüchtigkeit spendierte. Der alte Mann öffnete sein Gesicht nicht mehr. Er sah jetzt aus wie ein Indianer. Da erschien der zweite Ausländer mit einem Polizisten. Gemeinsam standen sie um ihn herum und verurteilten ihn.

Abschaffel empfand nicht, daß es nicht menschlich sei, die Scham eines anderen Menschen anzusehen. Nach einer Weile ging er einfach weg. Er überlegte, wie er sich benehmen würde, wenn er erwischt würde. Sonderbarerweise interessierte ihn diese Möglichkeit auch nicht. Wenn er in einem Geschäft etwas mitnahm, geriet er in dieses weiche Selbstgefühl hinein, das nach einiger Zeit wieder nachließ, und mehr interessierte ihn nicht. Er würde, stellte er sich vor, gespielt apathisch auf einem Stuhl sitzen, alle Fragen beantworten und nach Hause gehen.

Er bemerkte nicht, daß ihn die Beobachtung dieses Vorfalls selbst dazu gebracht hatte, nicht mehr stehlen zu wollen. Jedenfalls sagten alle seine Stimmungen, die er nun hatte, jeden neuen Diebstahl kategorisch ab. Als er in der U-Bahn saß, erschrak er. Zwei Kontrolleure kämmten die Bahn durch. Sie waren eingestiegen wie gewöhnliche Fahrgäste, wie sie es immer machten, einer vorne und einer hinten, und als die Wagentüren zugeschnappt waren, verlangten sie laut nach den Fahrscheinen. Zum Glück wurde niemand beim Schwarzfahren erwischt, und schon zwei Stationen weiter stiegen die Kontrolleure wieder aus. Trotzdem war Abschaffel erschrocken. Das Gesetz war geheimnisvoll. Wer seinen Zugriff bei anderen beobachtet hatte, fühlte sich schon selbst schuldig. Und wer nichts begangen hatte, mußte hinterher das Gefühl ertragen, dennoch bei etwas erwischt worden zu sein. Schon der Anblick eines Polizisten war eine Anspielung auf eigene Schuldbereitschaft. Wie leicht ist es, alle und sich selbst immerzu schuldig zu halten, dachte er ganz weich und aufgelöst im Kopf.

Er wollte, als er aus der U-Bahn stieg, rasch nach Hause. Vorher noch zwei Flaschen Rotwein kaufen, das war alles. Aber der Supermarkt an der Ecke, der gewöhnliche, seit Jahren unauffällige Supermarkt, war geschlossen. Abschaffel ging näher heran an die Schaufenster, die von hinten mit grauem Papier abgedeckt waren. An zwei Stellen der Schaufensterfront stand groß geschrieben: HIER ERÖFFNET SCHUSSLER & ROTT DEMNÄCHST EINE NEUE FILIALE! Der Supermarkt war verkauft worden, und die neuen Besitzer bauten den Laden zur Zeit um. Innen war Licht, und Abschaffel ging mit dem Gesicht nahe an die Schaufenster heran. Und er sah durch einen freien Spalt eine ganze Mannschaft von Umgestaltern bei der Arbeit. Offenbar wollten Schussler & Rott alles anders machen. Unerklärlicherweise fühlte sich Abschaffel dadurch ein wenig niedergeschlagen. Er ging weiter, weil er den Rotwein woanders kaufen mußte, und beim Weitergehen bildete er sich ein, mitschuldig am Verkauf des Supermarktes zu sein. Es war ihm eingefallen, daß er in dem alten Supermarkt öfter gestohlen hatte, und er glaubte für ein paar Minuten, der vorige Besitzerkonzern habe den Supermarkt nur deswegen verkauft, weil sie gegen die Diebstähle keine Handhabe mehr gewußt hatten. Er stellte sich tatsächlich vor, wie der Filialleiter vor den Konzern zitiert worden war und wegen der laufenden Diebstähle zurechtgewiesen wurde. Abschaffel brauchte drei Minuten, bis er diesen Gedanken wieder zersetzt hatte, und er brauchte weitere drei Minuten, bis er seine Zersetzung glaubwürdig fand. Das bißchen Kaffee, die eine oder andere Flasche Cognac oder die Zahnpasta, die er in großen Abständen hatte mitgehen lassen, konnten doch einen Supermarkt nicht ruinieren. Lächerlich, sagte Abschaffel laut auf der Straße, wie lächerlich. Oder vielleicht doch nicht? Immerhin mußte er annehmen, daß viele Kunden klauten, und wenn nur die Hälfte von ihnen so geschickt war wie er selber, fehlten jeden Tag sicher hundert Mark, vielleicht sogar mehr. Über diesen Gedanken zog das Schuldgefühl wieder zur Hälfte in ihn ein. Es war sehr unangenehm, zur einen Hälfte etwas zu glauben, zur anderen Hälfte auch wieder nicht.

In einem kleinen Geschäft hatte er zwei Flaschen Rotwein gekauft und war sein Schuldgefühl immer noch nicht los. Er sah Hauswände hoch und wieder herunter, und kurz bevor er nach Hause kam, sah er einen kleinen, wohl kranken, offenbar nur heute zu Hause gebliebenen Schuljungen im Schlafanzug auf einem Fensterbrett sitzen. Er saß dicht hinter der Scheibe und sah auf die Straße herunter. Das gefiel ihm gut. Um auf andere Gedanken zu kommen, nahm er sich vor, sich demnächst selbst auf ein Fensterbrett seiner Wohnung zu setzen und auf die Straße zu schauen. Allerdings müßte es dann in der Wohnung gut warm sein. Und hatte er denn einen solchen Schlafanzug, wie der Junge einen gehabt hatte? Abschaffel schlief gewöhnlich in seiner Unterwäsche. Sollte er sich einen Schlafanzug kaufen oder nicht? Tatsächlich gelang es Abschaffel, sich mit solchen Überlegungen aus seinem eigenen Schuldvorwurf herauszuhalten.

Margot kam kurz vor acht. Er hatte ein paar Oliven auf den

Tisch gestellt, einen Kanten weichen Käse, etwas Weißbrot und eine brennende Kerze. All das hatte er von ihr gelernt, und als sie das Arrangement auf dem Tisch sah, freute sie sich. Für eine halbe Stunde gelang es ihm sogar, Freude an der Unterhaltung mit ihr zu haben. Sie erzählte von ihren Eltern und Geschwistern. Während es ihm noch gefiel, was sie erzählte, fürchtete er bereits, daß es ihm gleich nicht mehr gefallen könnte. Er spielte in der Hosentasche mit einer Büroklammer, er bog sie auseinander und wollte das nun gerade gebogene Stück Draht um seinen Zeigefinger wickeln, und an der Intensität, mit der er sich diesem Vorgang widmete, konnte er leicht bemerken, daß sein Interesse an der Unterhaltung bereits am Verschwinden war. Dabei war es erst halb zehn, und die Vorstellung, daß Margot vielleicht noch eine Stunde weiterredete, erfüllte ihn wieder mit einer tiefen Überzeugung: daß er Margot nicht sagen konnte, wer er sei. Es war unmöglich. Die Fenster waren geöffnet, draußen war sommerlich warmes Wetter, und an den Wänden in Abschaffels Zimmer flogen Schnaken und Nachtfalter entlang, und es dauerte ganz lange, bis Abschaffel denken konnte: Aha, es ist Sommer, das Ungeziefer fliegt herein. Seine Unfähigkeit, an der Unterhaltung ein haltbares Interesse zu finden, machte ihn außen und innen ganz trocken. Er wollte ununterbrochen sagen, es müsse endlich von den wirklich wichtigen Dingen geredet werden, aber er konnte selbst nicht sagen, was denn wichtig sei. Darum glaubte er wieder, er wolle lediglich vor sich selbst verschleiern, daß er mit Margot nur noch ins Bett wollte und sonst nichts mehr. Die Idee, daß es den Menschen besser geht, wenn sie einander ihre Probleme mitteilen, gehörte nicht mehr zu seinen Überzeugungen. Jeder Mensch war durch sich selbst genug gehindert, und es hatte keinen Sinn, in einem Kopf auch noch die Leiden einer zweiten Person auszubreiten. Abschaffel bemerkte, daß er Margot Verhaltensweisen anlastete, die ihr nicht anzulasten waren. Sie war niemals davon ausgegangen, daß es den Menschen bessergeht, wenn sie Paare bilden. Aber warum war er dann tief innen so ergrimmt und wütend und außen so erschöpft und gelangweilt? Er sah Margot direkt an, weil er glaubte, dadurch am ehesten seine verschwundene Teilnahme kaschieren zu können. Sie trug ein leichtes Trägerhemdchen, das die Schultern und Arme frei ließ. Er betrachtete Margots Busen, der unter dem Trägerhemd nur oberflächlich versteckt schien. Margot redete weiter. Nie bemerkte sie, wenn er sich in sich selbst zurückzog. Er stand auf und holte die zweite Flasche Rotwein, und als er an Margot vorüberging, faßte er ihr an den Busen. Margot reagierte sofort; sie zog Abschaffel zu sich herunter, und für ein paar Augenblicke lehnte sein Kopf an ihrem Oberkörper.

Ich habe meine Tage, aber ich möchte trotzdem gestreichelt werden, sagte sie. Dann leg dich aufs Bett, sagte er, ich komme gleich.

Als er zurückkam mit der Flasche, lag Margot auf dem Bett. Sie hatte eine Lampe ausgeschaltet, so daß nur noch die Kerze brannte. Abschaffel legte sich neben Margot und streichelte sie. Sie zog sich das Hemd aus und den leichten Büstenhalter, und Abschaffel fuhr mit der Hand über ihren Körper. Ich habe zuviel Wein getrunken, sagte sie. Das macht nichts, sagte er, der Wein ist gut. Und wirklich wurde Margot ruhig, als er dazu überging, ihr mit regelmäßigen Bewegungen den Rücken zu streicheln.

Abschaffel dachte an das Büro. In der Kantine hatte es heute, wie immer, zwei Gerichte gegeben, ein billiges und ein teures. Das billige war heiße Lyoner mit Bratkartoffeln und Senf, es kostete drei Mark. Das teure war ein Pastetchen mit Reis und Salat, das fünf Mark kostete. Auf dem Gang zur Kantine hatte Hornung der Gruppe, in der er sich befand, spaßhaft gesagt, daß er heute nur zwei Mark in der Tasche hätte. Frau Schönböck und Fräulein Schindler griffen fast gleichzeitig zu ihrem Geldbeutel. Schließlich erhielt er von Frau Schönböck die fehlende Mark. Am Tisch herrschte Schweigen. Hornung aß Lyoner mit Bratkartoffeln, und alle am Tisch dachten darüber nach, wie es möglich sein konnte, daß ein erwachsener Mann nur zwei Mark in der Tasche hatte.

Hornung war als erster mit Essen fertig gewesen, und wie ein Kind, das von der Idee nicht loskommen kann, durch die Anmeldung von Hunger auf sich hinzuweisen, sah er auf die Teller der anderen. Fräulein Schindler hatte sich die Pastete mit Reis und Salat genommen, und Hornung hatte mit Blikken schon herausgefunden, daß Fräulein Schindler nur ein wenig Reis und Salat aß, die Pastete aber kaum anrührte. Und sie spürte, daß Hornung ihre Pastete haben wollte. Und alle anderen spürten, wie gern Fräulein Schindler Hornung die Pastete überlassen hätte, wenn sie nur gewußt hätte, wie sie die Übergabe anstellen sollte. Hornung hatte es wieder fertiggebracht, daß sich alle für ihn schämten. Die Pastete sieht heute gar nicht so verkommen aus wie der Fraß sonst, sagte er. Ich esse meine Pastete sowieso nicht, sagte Fräulein Schindler sofort. Deswegen habe ich es nicht gesagt, sagte Hornung auch noch. Aber wirklich, es macht mir gar nichts aus, hatte Fräulein Schindler gesagt und ihren Teller hochgehoben, und im nächsten Augenblick ließ sich Hornung die Pastete in den Teller kippen. Am Tisch breitete sich Niedergeschlagenheit aus. Jeder aß still vor sich hin. Hornung spürte, wie sehr sich die Traurigkeit auf ihn bezog, und er versuchte, ein paar peinliche Witzchen zu machen. Wer weiß, wie das Geschlechtsteil des Papstes heißt? fragte er. Niemand sagte etwas. Es war, als sei jeder am Tisch von Hornung in einen eiskalten Keller gestellt worden, bis zum Hals versunken in einem Dreck, der aus Scham bestand. Ist doch ganz einfach: Bimbam, sagte Hornung und blickte auf.

Die Niedergeschlagenheit war so nachwirkend, daß sie auf Abschaffel jetzt noch Einfluß hatte. Er führte seine Hand deswegen so gleichmäßig über Margots Leib, weil er mit seinem Kopf bei dieser rastlosen Trauerwiederholung war, aus der Hornungs Leben bestand. Margot bemerkte von alldem nichts, und sie fragte auch nicht, woran er gerade dachte. Vermutlich hätte er es ihr auch nicht gesagt. Bis sie sich plötzlich bewegte und sich in eine Stellung brachte, in der sie ihn streicheln konnte. Sie zog ihm das Hemd aus und fuhr mit ihren scharfen Fingernägeln über seinen Rücken. Es gefiel ihm, obwohl es ihn in Spannung versetzte. Er dachte schon wieder an Hornung. Was er jetzt machte? Wahrscheinlich mußte er wieder dummes Zeug machen, das war sein Schicksal. Margot zog Abschaffel die Hose aus und drängte ihn, sich auf den Rücken zu legen. Sie faßte ihm an das Geschlecht und begann, es ihm mit der Hand zu machen. Darauf war er nicht gefaßt; er hatte geglaubt, langsam neben Margot einschlafen zu können. Deswegen war er zuvor, ohne es sich bewußt gemacht zu haben, zu dieser Art von schläfriger Zärtlichkeit übergegangen, die nicht erregte, sondern eher angenehm müde machte. Statt dessen saß ihm Margot auf dem Unterleib und hatte die Hand an seinem Geschlecht. Offenbar war sie der Meinung, von ihm zuvor gut behandelt worden zu sein, und nun wollte sie sich revanchieren. Abschaffel legte sich den Arm über das Gesicht wie immer, wenn ihm das Geschlechtsleben zu naheging. Margot bewegte ihre Hand wie ein Mann. Er konnte kaum abwarten, bis es ihm kam, weil er unruhig darüber war, was mit dem Samen geschehen würde. Vorsichtshalber legte er die andere Hand in die Nähe des Geschlechts. Mit dieser Hand wollte er den Samen abfangen, wenn es soweit war. So geschah es auch wenig später. Margot stieg von ihm herunter, und Abschaffel erhob sich, um sich abzuwaschen. Laß es doch eintrocknen, sagte Margot, als er hinausging. Margot konnte mit dem männlichen Geschlecht fast besser umgehen als er selbst. Vollkommen stumm kam er aus der Toilette zurück. Er hatte sich gefragt, ob sein Gefallen an dieser Befriedigung wichtiger war als die einschränkenden Wirkungen der Scham, die dabei frei geworden waren. Diese ewigen Fragen an seinen Körper machten seinen Leib ganz dumm. Er legte sich neben Margot. Sie begann, ihm einen Film zu erzählen, den sie im Fernsehen gesehen hatte; sie erzählte ausführlich und setzte sich dabei im Bett auf, um einzelne Gesten der Darsteller besser nachahmen zu können. Wie immer, wenn der Same weg war, ermüdete Abschaffels Körper total. Die Müdigkeit nach dem Erguß war die größte, die er überhaupt kannte. Es war eine Folter, danach noch an irgend etwas teilnehmen zu müssen. Trotzdem strengte er sich ganz unsinnig an, nicht vor ihr einzuschlafen. Sie saß im Schneidersitz neben seinem liegenden Oberkörper und redete in sein schläfriges Gesicht. Auch seine fast ganz zugekniffenen Augen hielten sie nicht vom Reden ab.

In dieser Woche hatte Abschaffel Spätdienst. Er mußte ein bis eineinhalb Stunden über den Feierabend hinaus in der Firma bleiben, bis alle Waggons ordentlich verplombt und von der Bundesbahn abgezogen waren. Er lief in der Halle umher und kontrollierte die Verladearbeiten. Eigentlich sollte er die Arbeit nicht nur kontrollieren, sondern vielmehr beschleunigen, die Arbeiter antreiben und Verladefehler verhindern. Immer wieder kam es vor, daß eine Kiste, die nach München sollte, am nächsten Tag in Hamburg oder in Stuttgart ausgeladen wurde. Die einzelnen Verladezüge setzten sich aus vier oder fünf meist ausländischen Arbeitern zusammen, die von einem deutschen Vorarbeiter angeführt wurden. Der Vorarbeiter führte die Ladeliste, und er war verantwortlich für jedes falsch verladene Stück. Verladefehler entschuldigten die deutschen Vorarbeiter gewöhnlich damit, daß sie mit Ausländern arbeiteten. Die Fluktuation unter den Ausländern war stark. Oft waren sie nur einige Tage da und verschwanden dann wieder, als sie merkten, wie hart die Arbeit war. Es gab nur wenige, die länger blieben, zum Beispiel Sergio, der es sogar zum Vorarbeiter gebracht hatte. Ronselt gefiel es, die Arbeiter laut anzusprechen, wenn er Spätdienst hatte, obwohl es offensichtlich war, daß den Ausländern die Arbeit gleichgültig war. Wenn es Auseinandersetzungen gab, redeten sie sich gewöhnlich damit heraus, daß sie nichts von dem verstünden, was man ihnen sagte. Ronselt hatte den Verdacht, daß sie viel mehr verstanden, als sie zugaben. Wieviel sie wirklich verstanden, war ein beliebtes Thema im Büro. Abschaffel glaubte, daß sie nur wenig verstanden. Er meinte, daß sie deswegen so wenig lernten, weil die deutschen Arbeiter selbst kaum richtig miteinander sprachen. Unter den deutschen Arbeitern herrschte eine Art Brutalsprache, die sowohl knapp als auch klar war, wenn man davon ausging, daß kaum etwas im Leben der Rede wert war. Die beiden häufigsten Ausdrücke in dieser Brutalsprache hießen SCHEISSE und ALLES KLAR. Und tatsächlich wurden diese beiden Ausdrücke, weil sie so oft wiederholt wurden, von den ausländischen Arbeitern korrekt weiterverwendet. Aber Abschaffels Auffassung verbreitete sich nicht unter den Angestellten. Allgemein geläufig war die Vorstellung, daß die Ausländer aus Faulheit und Boshaftigkeit sich der deutschen Sprache verweigerten. Als Ausnahme galten die Italiener; tatsächlich nahmen sie viele deutsche Worte an, wenn auch in veränderter Form. Aus dem Wort Steuerkarte machten sie das Wort STEUERCARTA, und in schwierigeren Fällen, wie etwa bei Krankenkasse, übernahmen sie aus dem Deutschen die erste Hälfte KRANK, aus dem Italienischen behielten sie das Wort CASSA bei, so daß aus dem deutschen Wort Krankenkasse bei den Italienern KRANKASSA wurde. Das Wort Krankassa war eine Zeitlang so beliebt gewesen, daß sogar die Angestellten es übernahmen und jedesmal gelacht wurde, wenn es jemand aussprach.

Abschaffel kam aus der Halle zurück und setzte sich an seinen Schreibtisch. Bis zum Feierabend fehlte noch wenig mehr als eine Dreiviertelstunde. Der ganze Tag war sommerlich heiß gewesen. Wenn die nackten Unterarme von den Schreibtischen hochgenommen wurden, gab es jedesmal ein klebrig ziehendes Geräusch. Ronselt war in der Mittagspause in der Stadt gewesen und hatte sich einen Bademantel gekauft. Für neununddreißig Mark, sagte er. Der niedrige Preis war der Grund für die plötzliche Anschaffung gewesen. Seine Frau hatte die billigen Bademäntel am Tag zuvor in der Stadt entdeckt und es ihrem Mann gesagt. In einer großen Plastiktüte verpackt, lehnte der Bademantel an seinem Schreibtisch. Zum erstenmal in meinem Leben besitze ich einen Bademantel, hatte er gesagt. Er hatte seine Jacke ausgezogen und den Bademantel im Büro vorgeführt. Für neununddreißig Mark! rief er und lief ein paar Schritte auf und ab. Ronselt im blauweiß gestreiften Bademantel. Die Lehrlinge hatten gekichert und einige Frauen vertraulich-freundlich gelacht. Der Abteilungsleiter Sammelausgang war zu Späßen aufgelegt. Ronselt, der Frühstückschampion, hieß es plötzlich hinten links im Büro, und Ronselt zog den neuen Bademantel wieder aus. Er hatte sich schnaufend gesetzt und sagte: Ich verstehe nicht, daß diese Dinge so billig sind. Die Bademäntel waren herabgesetzt, von fünfundneunzig auf neununddreißig. Diese Preise stehen in keinem Verhältnis mehr zu den Preisen, die man für die wirklich notwendigen Dinge im Leben bezahlen muß, oder? Wenn ein Bademantel neununddreißig Mark kostet, dann ist es unmöglich, daß ein Viertel Butter eine Mark achtzig kostet oder, noch unmöglicher, eine einzige U-Bahn-Fahrt eine Mark dreißig. Meine U-Bahn-Monatskarte kostet mich jetzt vierundsechzig Mark, erklärte er, das ist so teuer, daß ich gar nicht verstehen kann, daß man für hundertachtzig nach London fliegen kann und wieder zurück. Das muß man sich einmal vorstellen! hatte er ausgerufen. Den Flug, drei Tage Hotel mit Frühstück für hundertachtzig Mark, das gibt es. Aber so ist das eben in diesem Staat, sagte Ronselt. Alle, die mehr haben als das unbedingt Notwendige, leben relativ gut und billig, aber die, die gerade so eben auskommen, für die wird ein Viertel Butter fast zu einer Anschaffung. Das Einfachste ist das Teuerste bei uns, sagte er; im Ostblock ist es genau umgekehrt. Die lebensnotwendigen Dinge sind dort sehr billig, also Essen und Wohnen, und jeder Luxus ist teuer, fast unerschwinglich. Ein Eisschrank oder ein Auto ist eigentlich kaum zu bezahlen bei denen, sagte Ronselt, aber die Leute drüben können wenigstens die Reihenfolge verstehen, weil sie richtig ist. Aber bei uns? Es ist nicht zu verstehen, daß drei Tage London so billig sind, ein halber Liter Milch aber ein halbes Vermögen kostet.

An diesem Punkt hatte Ronselt aufgehört zu reden. Er zog sein Taschentuch, putzte sich die Nase und sah sich danach von allen Seiten den Rotz an, den er sich ins Taschentuch geschneuzt hatte. Abschaffel ekelte sich und wollte zuerst sogar aufstehen und kurz in der Toilette verschwinden. Er blieb, aber es war ihm nicht möglich, mit Ronselt eine Bademantelunterhaltung zu beginnen, obwohl er tiefes Verständnis dafür hatte, wenn Menschen die rätselhaften Absonderungen ihres Körpers betrachteten. Aber vielleicht war es auch so gewesen, daß Ronselt auf seine Komplimente für den Ostblock gar nicht genauer angesprochen werden wollte. Ronselt liebte es, gelegentlich etwas Ungewöhnliches zu sagen. Abschaffel glaubte, Ronselt wollte sich nur bitter vorkommen und darin auch nicht gestört werden. Ronselt hatte die Angelegenheit auch so dargestellt, daß nicht klargeworden war, ob er sich selbst zu denjenigen zählte, die sich nur das eben Notwendige leisten konnten, oder schon zu den anderen, die gut und billig lebten. Vermutlich wußte Ronselt das selbst nicht und schwankte von dieser zu jener Meinung und wieder zurück. Es war sogar möglich gewesen, daß er beide Meinungen von sich zugleich hatte und daß er sich gerade deswegen bitter vorkommen wollte. Immerhin handelte es sich um den ersten Bademantel seines Lebens. Und er hatte ihn sich nur gekauft, weil der geheimnisvolle Überflußkapitalismus ein launisches Sonderangebot hergerichtet hatte. Diese merkwürdigen Sonderangebote führten vielleicht überhaupt dazu, daß die Menschen nicht mehr wußten, woran sie sich halten sollten, ob sie arm waren oder reich oder mal dieses und dann wieder jenes.

Weil Abschaffel am Nachmittag nicht auf Ronselts Bademantelrede eingegangen war, hatte Ronselt offenbar beschlossen, für den Rest dieses Nachmittags zu schweigen. Überhaupt hatte niemand so richtig seinen Bademantel würdigen wollen. Tatsächlich war diese Zurückhaltung kaum zu verstehen. Wenn Fräulein Schindler eine neue Handtasche hatte, dann redete Frau Schönböck eine Dreiviertelstunde über Handtaschen. Wenn Hornung sich ein billiges Sommerhemd gekauft hatte, dann zwang er die Kollegen, an einer Sommerhemdunterhaltung teilzunehmen. Nur wer, wie Ronselt, das Pech hatte, ihm, Abschaffel, gegenüberzusitzen, ging leer aus. Genaugenommen war es Abschaffel nicht möglich, über Bademäntel zu sprechen. Tief innen war er sogar der Meinung, jemand, der ihn veranlassen wollte, über Bademäntel zu sprechen, müßte dafür bestraft werden. Und tatsächlich, als sich Abschaffel, was er selten machte, eine Coca-Cola aus dem Automaten holte und mit frisch geöffneter Flasche an seinen Platz zurückkehrte, fiel ihm ein, daß Ronselt viel öfter Coca-Cola trank als er. Abschaffel hätte ihm eine Flasche mitbringen können. Damit hatte er immerhin eine kleine Strafe für die wirre Bademantelrede zustande gebracht. Dieser Ronselt bildete sich doch tatsächlich ein, am Beispiel eines Bademantels zugleich über Butter und Kommunismus und Flugreisen reden zu können. Ein großer Zauberer hätte erscheinen und diesen Ronselt in einen Regenwurm verwandeln müssen.

Ronselt hielt durch, bis zum Feierabend kein Wort mehr mit Abschaffel zu sprechen. In wenigen Minuten war der Bürotag zu Ende. Abschaffel spürte, seine Colaflasche austrinkend, daß Ronselt ihn für einen Mistkäfer hielt. Ronselt hatte schon seinen Schreibtisch aufgeräumt und seine Arbeitsutensilien in die für ihn richtige Reihenfolge nebeneinander geordnet; ganz links der Locher, daneben die Schere und die Leimflasche, dann der Büroklammerbehälter und der Notizblock und ganz rechts das Glasgefäß mit den Kugelschreibern und Bleistiften. Die Handrechenmaschine schloß er in den linken Seitenteil des Schreibtischs ein. Ronselt saß da und wartete die letzten drei Minuten ab. Er zeigte, daß es nicht die Firma war, die er so dringend zu verlassen wünschte, sondern den Kollegen von gegenüber. Ronselt war sonst nicht der Typ, der auf den Feierabend wartete. Für ihn war das Büro das Leben. Punkt siebzehn Uhr deckte er seine Schreibmaschine mit dem Plastiküberzug ab, nahm die Aktentasche und die Plastiktüte mit dem neuen Bademantel und verließ wortlos das Büro.

In weniger als einer Minute war der Großraum leer. Nur Abschaffel und ein anderer Angestellter aus der Lagerabteilung, der die Ankunft einer Lkw-Ladung mit Fernsehgeräten aus Stuttgart überwachen mußte, blieben zurück. Der Spätdienst würde Abschaffel heute nicht allzulange im Büro festhalten. Heute wurden nur die Sammelverkehre Düsseldorf und Aachen abgefertigt, und diese beiden Waggons waren schon zu zwei Dritteln geladen. Sergio war der Vorarbeiter des Düsseldorfer Waggons, und Sergio war zuverlässig und flink. Hartmann, der Vorarbeiter des Aachener Waggons, arbeitete nicht ganz so rasch, aber auch zuverlässig.

Im Büro war es still geworden. Ein junger Gärtner fuhr mit einem Stahlwagen umher und stutzte die Büropflanzen. Abschaffel sah ihm eine Weile zu, wie er welk gewordene Blätter und Stengel in den Wagen warf. Ajax plante schon lange, die echten Büropflanzen gegen falsche auszutauschen, weil ihm die Betreuung der echten Pflanzen inzwischen zu teuer geworden war. Alle zehn bis vierzehn Tage schickte die beauftragte Gärtnerei einen Gärtner zur Wartung des Bürogrüns. Viele der Pflanzen gingen laufend ein und mußten durch neue ersetzt werden. Außerdem benutzten viele Angestellte die großen Erdkübel als Aschenbecher; und als Ajax in einer scharf formulierten Aktennotiz die Verwendung der Erdkübel als Aschenbecher untersagte, gingen die Angestellten dazu über, ihre Kippen mit ausgestrecktem Zeigefinger tief in der Erde zu versenken. Natürlich blieben auch die versenkten Kippen der Gärtnerei nicht verborgen; wieder traf bei Ajax ein Beschwerdebrief ein, wonach es kein Wunder sei, daß die hochempfindlichen Pflanzen bei dieser dauerhaften Vergiftung der Erde immer wieder eingingen. Daraufhin drohte Ajax den Angestellten an, die echten Pflanzen bald gegen Plastikblumen auszutauschen. Das war der letzte Stand des Pflanzenstreits. Den Männern war die Angelegenheit gleichgültig, aber die Frauen kämpften für die Erhaltung der echten Pflanzen. Ajax und seine Referenten redeten immer wieder werbend davon, daß man die echten von den falschen Pflanzen sowieso nicht unterscheiden könne, noch nicht einmal aus fünf Zentimeter Entfernung. Die Frauen stießen kleine Schreie aus, wenn sie diese Meinung hörten, einige drohten sogar mit der Kündigung. Es war eine gespielte Drohung, die niemand ernst nahm. Überhaupt nahm niemand den Streit um die Pflanzen wirklich ernst; er war nur eine Gelegenheit, auf eine gespielte Weise gegensätzlicher Meinung sein zu können.

Außer dem jungen Gärtner liefen die Putzfrauen im Büro umher. Als Abschaffel beobachtete, wie sie die vollen Aschenbecher in einen kleinen Eimer schütteten, hatte er den Einfall, den Inhalt von ein oder zwei vollen Aschenbechern komplett etwa eine Handbreit tief in einem der Pflanzenkübel zu versenken. Er mußte leise kichern, als er sich das wochenlange Hin und Her mit Auftritten, Besprechungen und Briefwechseln vorstellte, das sich nach der Entdeckung der Kippen sicher entwickelte. Aber wessen Aschenbecher sollte er dazu nehmen? Genaugenommen mußte er, überlegte er, Kippen von draußen mitbringen, noch dazu Kippen einer Marke, die niemand rauchte, so daß niemand im Büro in Verdacht geraten konnte. Wenn so viele Kippen auf einmal entdeckt würden, dann hieß das, daß Ajax endgültig die Pflanzen entfernen ließ. Abschaffel dachte noch eine Weile über seinen Plan nach, aber er spürte bereits, daß die Lust an der Ausführung rasch nachließ, und darüber ärgerte er sich. Warum hatte er so oft Einfälle, die sich nach kurzer Überlegung als töricht und unvernünftig herausstellten? Er wollte, indem er einen Aschenbecher voll mit Kippen versenkte, ein Geheimnis schaffen, über das alle Kollegen rätseln mußten. Nur er, als einziger, sollte von der Harmlosigkeit des Geheimnisses wissen. Nein, es war alles ein großer Quatsch und kein Geheimnis. Abschaffel spürte, daß er bald aus diesem Büro herausmußte, wenn er nicht noch mehr Quatsch denken wollte; aber so war es manchmal, wenn die Tage zu lange dauerten.

Da kam schon Sergio und kurz nach ihm Hartmann, und beide meldeten den Abschluß der Ladearbeiten an ihren Waggons. Abschaffel ließ sich von beiden Waggons die Tonnage geben. Er tippte die Frachtbriefe zu Ende und rief die Bundesbahn an, damit die fertigen Waggons abgezogen wurden. Es war siebzehn Uhr fünfundvierzig, und damit war Abschaffels Dienst beendet. Eigentlich sollte er warten, bis er den Abzug der Waggons mit eigenen Augen gesehen hatte, aber darauf wollte er heute verzichten. Die Schlußtonnage beider Waggons mußte er auf einen Zettel schreiben und den Zettel auf den Schreibtisch des Verkehrsreferenten legen, weil der Verkehrsreferent über die Entwicklung aller Sammelverkehre eine Statistik führte. Abschaffel legte den Zettel beim Referenten ab, und dabei entdeckte er die maschinengeschriebene Umschlagseite eines Ordners. GESTALTUNG DES ARBEITSPLATZES lautete die in Versalien gesetzte Überschrift. Abschaffel blieb noch einige Augenblicke stehen und las auf der unteren Hälfte der Umschlagseite:

DIESER BERICHT WURDE IN INSGESAMT FÜNF EXEMPLAREN HERGESTELLT. DREI EXEMPLARE BEHÄLT DER AUFTRAGGEBER, ZWEI EXEMPLARE BLEIBEN IM ARCHIV DES INSTITUTS. DIESER BERICHT TRÄGT DIE NUMMER 1.

Sofort war Abschaffel erregt. Obwohl er wußte, um was es sich bei diesem Ordner handelte, tat er vor sich selbst so, als hätte er soeben die Firma dabei überrascht, wie sie das Personal hinterging. Es war entsetzlich. Wenn sich Abschaffel erinnert hätte, daß er noch vor knapp einer Viertelstunde, im Zusammenhang mit der Versenkung von Kippen, aus Übermüdung und Überdruß eine Menge Quatsch gedacht hatte, dann hätte er sich vielleicht sofort vernünftiger verhalten können. Aber weil die Angestellten den großen und wirklichen und einzigen Grund für ihre Existenz nicht finden konnten, stürzten sie sich oft auf kleine und kleinste Gründe, und wenn es nur ein Ordner war, hinter dem sie das Geheimnis ihrer Benachteiligung vermuteten.

Vor ein paar Wochen waren zwei ganz junge, unerträglich herausgeputzte Interviewerinnen eines Marktforschungsinstituts in der Firma erschienen und hatten jeden Angestellten nach der von ihm gewünschten Gestaltung seines Arbeitsplatzes gefragt. Auch Abschaffel war befragt worden. Jedes Interview, das während der Arbeitszeit gewährt wurde, dauerte etwa eine Viertelstunde bis zwanzig Minuten. Abschaffel hatte längst vergessen, was er geantwortet hatte. Er hatte sich darüber geärgert, überhaupt interviewt zu werden. Er hatte es beleidigend gefunden, weil er sich als Material mißbraucht fühlte. Noch mehr gestört hatte ihn aber der Anblick der Interviewerin, die er eine Viertelstunde neben sich hatte ertragen müssen. Ihr Gesicht war rosa eingepudert gewesen, die Haare fast glitzernd blond, der Mund schimmernd rot, und Abschaffels Antworten notierte sie mit Händen, an deren Enden sich tiefrote Fingernägel befanden, die weit über die Fingerenden hinausragten. Sie trug einen eng über die Brust gespannten weißen Pulli, und unter dem Pulli bildete sich ein trägerloser Büstenhalter ab. Eine Frau wie ein Lutscher. Es hätte gut zu ihr gepaßt, wenn man sie mit einem Zaubertrick auf die Größe eines Eis-am-Stiel hätte verkleinern können, um sie dann durch Lutschen restlos aufzulösen. Abschaffel hatte wieder nicht gewußt, ob er diese Frau begehren oder verachten sollte, und aus abwehrender Ratlosigkeit hatte er ihre Fragen nur nachlässig und unernst beantwortet.

Nun lag offenbar das Ergebnis der Befragung vor, und der Referent hatte vergessen, den Ordner mit nach Hause zu nehmen. Abschaffel nahm die Studie an sich und trug sie an seinen Arbeitsplatz. Er spürte, daß ihn die Studie nicht interessierte, aber er begann darin zu lesen, und er wußte sofort, daß er die rund vierzig Seiten hier nicht zu Ende lesen konnte. Er würde die Studie heute mit nach Hause nehmen. Der Referent kam sowieso immer später, und wenn er, Abschaffel, morgen etwas früher kam, konnte er den Ordner wieder unbemerkt an dieselbe Stelle zurücklegen. Er beschloß, sofort nach Hause zu gehen. Er kam sich raffiniert vor, sogar fast kühn. So etwas hatte er noch nie gemacht. Die Befriedigung über seine Kühnheit verschleierte nur, daß seine Neugierde auf die Studie schon erheblich nachgelassen hatte. Was sollte schon darin stehen? Die einen wünschten sich bequemere Stühle, die anderen größere Schreibtische. Als er das Büro verließ, hatte er sich vorgenommen, mit der Studie zu Hornung zu gehen und ihn zum Mitwisser zu machen. Hornung war der richtige Mann dafür. Etwas zu wissen, was die anderen nicht wußten, wirkte auf Hornung noch stärker als auf

Abschaffel. Wann immer es ging, verschaffte sich Hornung Einblick in die Korrespondenz von anderen Kollegen. Offenbar kam er sich dadurch gesicherter vor. Manchmal erging er sich dann in Andeutungen, die einen Berg geheimen Wissens vermuten lassen sollten. Eine halbe Stunde später pumpte er einen achtzehnjährigen Lehrling wieder um zehn Mark an.

Zuerst wollte Abschaffel nach Hause gehen und Hornung von dort aus anrufen. Weil er schnell zu Hause sein wollte, fuhr er mit Bus und U-Bahn. Es war ein gewöhnlicher Dienstag, und Hornung würde sicher zu Hause sein. Abschaffel hatte ohnehin eine Art von Annäherung an Hornung geplant. Er schätzte Hornung seit einiger Zeit anders ein. Zu Anfang war Hornung für ihn ein armseliger Schwachkopf gewesen, ein Sozialkrüppel, von dem man sich am besten fernhielt. Das war er in den Augen von Abschaffel zwar immer noch, aber er war zugleich auch etwas anderes geworden, und dies fast nur durch die Redensarten und Sprüche, von denen Hornung offenbar einen endlosen Vorrat hatte. Besonders morgens hatte er seine beste Zeit. Gestern hatte er gesagt, als er am Morgen seine Aktentasche auf den Schreibtisch schlug: Was sind wir doch für blöde Hunde; jeden Tag, an dem wir neu in die Firma gehen, gehört uns frisch ins Kreuz getreten, aber es findet sich noch nicht einmal jemand, der uns jeden Tag ins Kreuz tritt. So etwas würde von Ronselt oder Schobert niemals kommen, von Abschaffel auch nicht. Ronselt sah sich sogar mißbilligend um und murmelte: Der hat's grad nötig. Fräulein Schindler, die eine Abmagerungskur nach der anderen machte, was auf den dicklichen Hornung allein schon lächerlich wirkte, glaubte tatsächlich, durch ihre schlanke Figur die Welt jeden Morgen neu für sich begeistern zu können. Aber Hornung sagte zu ihr: Haben Sie gut geruht, Euer Merkwürden? Schönen Stuhlgang gehabt heute morgen? Hornung lachte laut, und Abschaffel freute sich im stillen. Heute, zur Mittagszeit, nannte sich Hornung überraschend Marquis de pommes frites. Alle mußten lachen, und Abschaffel hielt diesen Spruch für das Beste, was er je von Hornung gehört hatte. Einige lachten sogar so laut und lang, daß Abschaffel fürchtete, soeben sei der Spitzname für Hornung gemacht worden. Am Nachmittag hatte Abschaffel noch einmal über den Ausdruck nachgedacht. Etwas Hohes, gesellschaftlich Bedeutsames, die Bezeichnung Marquis, war mit etwas Niedrigem und Banalem, den Pommes frites, gekoppelt worden. Vielleicht sollte der Ausdruck bedeuten, überlegte Abschaffel, daß die niedrigen Personen, die Angestellten, Handlanger und Diensthabenden, eines Tages vielleicht die bedeutsamen Personen sind. Hatte Hornung das ausdrücken wollen? Vielleicht überlegte Abschaffel zuviel; möglicherweise hatte Hornung gar nichts ausdrücken wollen, aber wie kam dieser verschuldete Hornung dazu, mit dem Mund manchmal so lebendig zu sein?

Hornung freute sich, als Abschaffel anrief. Ja, gut, kommen Sie, sagte er; wann sind Sie da? In einer Stunde etwa, sagte Abschaffel, vielleicht auch etwas später. Hornung erklärte Abschaffel den Fahrtweg. Hornung wohnte in Frankfurt-Höchst. An der Hauptwache mußte er einmal umsteigen, dann konnte er durchfahren bis Höchst. Eine gute Dreiviertelstunde brauchen Sie, bis Sie hier sind, sagte Hornung, das zieht sich lang hin. Bringen Sie jemand mit? Nein, sagte Abschaffel, ich komme allein.

Abschaffel trank einen Rest Milch aus einer Papptüte und aß zwei Wurstbrote dazu. Dann nahm er den Ordner und ging. Er lief die Straße hinunter, in der er wohnte. In der Höhe der chemischen Reinigung konnte ein Autofahrer nur ganz dicht vor einem Kind halten, das auf die Straße gesprungen war. Das Kind war hingefallen, war aber nicht verletzt. Der Fahrer, ein junger Mann, stieg aus dem Wagen, blaß im Gesicht. Eine ältere Frau, die vielleicht die Mutter des Fahrers war, stieg ebenfalls aus dem Wagen. Sie ging sofort vor das Auto, hob das Kind auf und sagte: Das war nicht schlimm. Der Fahrer lehnte am Wagen und sagte nichts. Offenbar war das Kind ein Gastarbeiterkind. Einige ausländische Frauen waren aus den Häusern gekommen und erregten sich vor dem Auto. Alle redeten aufeinander ein, und die Begleiterin des

Fahrers sprach am lautesten. Das Kind ist auf die Straße gesprungen, dazu können wir nichts, rief sie, und außerdem ist ja gar nichts passiert, was wollt ihr denn. Abschaffel sah auf den blassen Fahrer, und er wünschte sich, auch einmal einen solchen Schreck zu kriegen wie dieser Fahrer. Wahrscheinlich ist ein solcher Schreck die einzige Möglichkeit, mit gutem Gewissen eine Weile nichts tun zu müssen. Blutleer darf man irgendwo herumstehen. Aber ein solcher Schreck hielt auch nicht lange an, dann ging alles wieder weiter. Die Beifahrerin verachtete er; sie gehörte zu den vielen, die Unglücke durch Geschwätz bereinigen wollen. Endlich erschien die Mutter des Kindes, wahrscheinlich eine Griechin. Das Kind stürzte sich in die dunklen Tücher und Röcke der Mutter. Das Kind war schon vor dem Auto gewesen, ganz dicht sogar, es hatte schon die Gewalt des Metalls gespürt und den Geruch des Reifengummis eingeatmet, und aus all den fremden Drohungen war es mit einer schmerzenden Schulter und ein paar Schrammen ins Leben zurückgekehrt. Abschaffel beschloß, zur Feier der Harmlosigkeit des Geschehens in einer Bäckerei eine Marzipanrolle zu kaufen und sie auf der Stelle aufzuessen.

Die Bäckerei war in der Nähe; er ging nicht gerne in diese Bäckerei, weil ihn dort der Anblick eines vierzehn oder fünfzehn Jahre alten Mädchens niedergeschlagen machte. Das Mädchen saß gewöhnlich in einem Nebenraum, der vom Verkaufsraum aus einsehbar war, und schrieb an Schularbeiten. Sie saß mit einem Buckel an einem kleinen Holztisch, und sie sah jedesmal auf, wenn jemand den Laden betrat. Abschaffel war überzeugt davon, daß sie nicht gerne die Tochter des Bäkkers war, und infolgedessen sah er den Bäcker, wenn er seiner ansichtig wurde, auch geringschätzig an. Aber als er diesmal die Bäckerei betrat, konnte er vor Verblüffung kaum seine Bestellung aussprechen. Das Mädchen saß nicht mehr mit krummem Buckel im Nebenraum, sondern es stand hergerichtet und aufgeputzt als Verkäuferin hinter der Theke. Sie hatte sich eine schimmernde Verkäuferinnenfrisur machen lassen, und sie trug eine frisch gebügelte gelbe Verkaufskutte mit braunen Ärmel- und Krageneinfassungen. Sie hatte sich die Lippen rot angemalt und war munter und freundlich. Geben Sie mir bitte eine Marzipanrolle, sagte Abschaffel tonlos, weil er immer noch darüber überrascht war, wie plötzlich sich etwas verändern konnte. Ganz langsam wurde ihm klar, daß die Einschätzung des Mädchens, die er monatelang gehabt hatte, falsch gewesen war. Sie hatte offenbar nie darunter gelitten, wie er geglaubt hatte, die Tochter eines Bäckers zu sein; im Gegenteil, sie hatte darunter gelitten, daß der Vater sie so lange gehindert hatte, sich als Tochter eines Bäckers zu zeigen. Das durfte sie jetzt erst, und Abschaffel ärgerte sich ein wenig, daß er den Augenblick ihrer Umwandlung vom Schulmädchen zur Verkäuferin verpaßt hatte. Es mußte einen bestimmten Tag gegeben haben, an dem ihr der Vater den Durchbruch zur Selbstdarstellung als Bäckerstochter endlich gestattet hatte. Sie wickelte sorgsam Abschaffels Marzipanrolle ein, die einsfünfzig kostete. Auf Wiedersehen, rief sie ihm nach, und draußen auf der Straße war Abschaffel gerührt über die Richtigstellung seiner Phantasien über die Bäckerstochter. Er hatte sich geirrt, sogar zweimal, und in beiden Fällen war die Wahrheit viel harmloser gewesen als seine Ängste! Einmal war ein gestürztes Kind vor einem Auto wiederauferstanden, zum anderen hatte sich eine bedrückte Schülerin in eine strahlende Bäckerstochter verwandelt. Er wickelte die Marzipanrolle aus der Verpakkung, und mit vollen Backen biß er den kinderfaustgroßen Marzipanklumpen nieder. Er blieb sogar auf der Straße stehen und glaubte, sein kauendes, zufriedenes Gesicht nach allen Seiten zeigen zu müssen.

Hornung bewohnte mit seiner Frau und zwei Kindern eine Drei-Zimmer-Wohnung in Frankfurt-Höchst. Hornung war selbst an der Tür, als Abschaffel eintrat. Die Türen zu allen Räumen waren halb offen, und Abschaffel konnte sehen, daß es ein Schlafzimmer, ein Wohnzimmer und ein Kinderzimmer gab. Außerdem eine kleine Küche, ein Bad und eine Toilette. Das ist aber nett, sagte Hornung und führte Abschaffel ins

Wohnzimmer. Er stellte seine Frau vor, die Abschaffel von ihrem Besuch im Büro schon kurz gesehen hatte. Um Hornung nicht zu kränken, tat er, als hätte er sie nie zuvor gesehen. Die Kinder, zwei Jungen von etwa sieben und neun Jahren, saßen vor dem Farbfernsehgerät und kauten, einen Tierfilm verfolgend, an ihren Fingernägeln. Es schien, als bemerkten sie den Besuch nicht. Frau Hornung trug eine Art Hauskleid. Sie saß in einem Sessel, aß ein Joghurt und sah ebenfalls in den Fernsehapparat. Außer der Polstermöbelgruppe mit zwei Sesseln und einer Couch gab es im Wohnzimmer noch einen kleinen Tisch mit drei Stühlen. Hornung bat, an dem kleinen Tisch Platz zu nehmen. Hornung stellte eine Flasche Wein und drei Gläser auf den Tisch. Abschaffel bemerkte, daß Hornung sich nicht recht traute, seine Frau an den Tisch zu bitten. Das dritte Glas war eine stumme Einladung. Frau Hornung erkundigte sich nach nichts. Wenn Hornung nicht gesagt hätte, daß er ein Kollege von ihm war, dann hätte sie die Ungeklärtheit des Besuchers auch nicht gestört. Ihre Haltung schien immer zu fragen: Was konnte mit ihm, Abschaffel, schon los sein, wenn er einen solchen Versager wie ihren Mann besuchte? Abschaffel wunderte sich, daß weder Hornung noch seine Frau den Kindern sagten, daß sie den Fernsehapparat ausschalten sollten. Erst nach einiger Zeit erkannte er, daß die vier Mitglieder der Familie Hornung darin trainiert waren, in ein und demselben Raum sowohl paarweise fernzusehen als auch paarweise miteinander zu sprechen. Je eindeutiger sich Frau Hornung dem Fernsehen widmete, desto rascher legte sich die anfängliche Unruhe der Unterhaltung zwischen Abschaffel und Hornung. Sie sprachen leise über die bevorstehende Einführung der Gleitzeit im Betrieb. Abschaffel selbst war es gleichgültig, ob die Gleitzeit eingeführt wurde oder nicht. Daß Mörst das durchsetzt, hätte ich ihm nicht zugetraut, sagte Hornung mit Lob in der Stimme. Ich auch nicht, sagte Abschaffel. Und wie hat sich Ajax gesträubt, sagte Hornung etwas lauter; ist ja klar, sagte er, die ganze Geschichte bringt ihm nur Kosten, er muß Steckapparate anschaffen und sie installieren lassen, er muß jedem einen Fotoausweis machen lassen, und er muß jemand einstellen für die laufende Überwachung und Bearbeitung. Das wird Ajax nicht tun, sagte Abschaffel, er wird die Arbeit einfach jemandem aufhalsen. Und wer soll das sein? fragte Hornung. Weiß ich nicht, antwortete Abschaffel, ich verspreche mir sowieso nichts davon. Ja, Sie, sagte Hornung, Sie sind allein, Sie haben kein Kind und kein Rind. Darauf kommt es in diesem Zusammenhang auch nicht an, antwortete Abschaffel; ich meine, die Arbeitszeit wird ja nur ein bißchen hin- und hergeschoben, aber an der Dauer selbst ändert die Gleitzeit ja nichts. Sicher, sagte Hornung, aber trotzdem sind Vorteile dabei; wenn Sie Familie haben wie ich und einmal über das Wochenende mit den Kindern und der Frau wegwollen, dann ist es ein Unterschied, ob ich samstags losfahre wie alle, oder ob ich die Woche über einen halben Tag vorschaffen und dann schon am Freitagmittag abhauen kann, sagte Hornung. Das stimmt, sagte Abschaffel. Eben, sagte Hornung, Prost. Und beide hoben sie die Gläser.

Abschaffel hatte keine Lust, weiter über dieses Thema zu reden, aber Hornung kam noch einmal darauf zurück. Seine Frau war gerade aus dem Zimmer gegangen, und Hornung beugte sich zu ihm herüber. Und wenn die Gleitzeit nur dazu gut ist, sagte er, daß man morgens, wenn die Kinder in der Schule sind, endlich mal wieder in aller Ruhe seine Frau stoßen kann. Hornung lachte still, und Abschaffel lachte mit und verachtete sich dafür. Frau Hornung kam zurück und setzte sich in den Sessel. Ich hab hier was mitgebracht, sagte Abschaffel und legte die Hand auf den DIN-A 4-Umschlag, in den er die Studie gesteckt hatte. So, machte Hornung. Eben noch wollte Abschaffel wahrheitsgemäß mitteilen, daß er die Studie vom Schreibtisch des Verkehrsreferenten mitgenommen hatte, um sie heimlich mit Hornung zu lesen. Aber dann log er eine Geschichte zusammen, von der er selbst vor fünf Minuten noch nichts gewußt hatte. Ajax hat eine Umfrage veranstaltet, aber ich bin nicht gefragt worden, sagte er. Was? fragte Hornung. Ja, sagte Abschaffel. Das ist ja ein Ding, sagte Hornung. Find ich auch, sind Sie denn befragt worden? Ja, sagte Hornung, zwei Mädchen waren im Büro, vor etwa drei Wochen oder so. Aber mich haben sie nicht befragt, sagte Abschaffel. Hatten Sie an diesem Nachmittag Hallendienst oder was? Vielleicht, aber irgendwann ist man ja wieder an seinem Schreibtisch. Meinen Sie, Ajax hat Sie absichtlich nicht fragen lassen? Nein, das glaube ich nicht, sagte Abschaffel, mein Gott, es ist mir auch nicht so wichtig. Beschweren Sie sich doch bei Mörst, sagte Hornung. Um Gottes willen, machte Abschaffel.

Er schämte sich und redete weiter. In jedem Augenblick wußte er, daß er log, und in keinem Augenblick wußte er, warum er log, auch noch so sinnlos und peinigend. Hornung schien sich nicht besonders für die Studie zu interessieren. Abschaffel sprach plausibel klingende, aus dem Nichts gegriffene Vermutungen über das Zustandekommen der Studie aus. Es war wie ein Zwang. Hatte ihn irgend etwas deprimiert? Schämte er sich, weil er sich überflüssig vorkam in dieser Familie? Wollte er sich hier wichtig machen? Endlich fragte Hornung, was denn bei der Studie herausgekommen war, und Abschaffel war froh, daß er mit dem Lügen aufhören konnte. Er zog den Text aus dem Umschlag und blätterte in den Seiten. Auf der Fahrt nach Höchst hatte er schon die wichtigsten Ergebnisse durchgelesen, und schon in der Bahn hatte er die Ergebnisse langweilig und nichtssagend gefunden. Auf der vorletzten Seite sind die Ergebnisse zusammengefaßt, sagte Abschaffel; hier, überraschend rangierte der Wunsch nach einer Uhr mit 64 Prozent vor Pflanzen mit 62,3 Prozent und Blumenvasen mit 50,8 Prozent, las er vor. Tatsächlich, sagte Hornung, die meisten wünschen sich eine Uhr? Ja, und je jünger sie sind, desto stärker wünschen sie sich eine. Aber es hat doch jeder eine Armbanduhr, sagte Hornung. Trotzdem, sagte Abschaffel, aber sie wollen auch eine große Uhr im Büro sehen. Dann fehlt nur noch die Feierabendsirene wie bei den Arbeitern, sagte Hornung, und Abschaffel lachte kurz. Am wenigsten gewünscht sind Abziehbilder, sagte Abschaffel, in

Klammern 3,2 Prozent, dann Plüschtiere, in Klammern 3,0 Prozent, Jagdtrophäen, in Klammern 3,7 Prozent, Nippesfiguren, in Klammern 3,0 Prozent.

Na ja, sagte Hornung. Abschaffel klappte die Studie zu und steckte sie in den Umschlag zurück. Er hatte nicht mehr das Gefühl, etwas Kühnes vollbracht zu haben. Die Studie war langweilig und überflüssig. Der Tierfilm im Fernsehen war zu Ende, und eine Ansagerin kündigte den nächsten Beitrag an. Hornung und Abschaffel sahen nun auch auf den Bildschirm. Zweimal nacheinander ertönte ein Pausenzeichen, niemand rührte sich. Abschaffel fragte nach der Toilette, Hornung erhob sich und begleitete ihn zur Wohnzimmertür und zeigte ihm die Toilette. Für einige Augenblicke war Abschaffel allein auf dem Flur. Durch die Wohnzimmertür hörte er wieder das Geräusch von Fernsehstimmen. Zwei Bierkästen mit leeren Flaschen standen übereinander im Flur. Auf einer kleinen Kommode stand das Telefon, und es war eingenäht in eine Brokat-Imitation. Im Bad hingen, über der Wanne aufgereiht auf einer blauen Plastikkordel, ausgewaschene Brotplastikbeutel. Es waren die Beutel, in denen Hornungs Frühstücksbrote eingepackt waren. Wusch Frau Hornung tatsächlich Brotbeutel aus? Das Bad war so eng, daß sein Gesicht, als er auf der Toilettenschüssel saß, fast an die Tür heranreichte. An der Tür hingen aus Illustrierten ausgeschnittene, halb gelöste Kreuzworträtsel und Witze. Abschaffel sah auf den Boden. Er band sich die Armbanduhr ab, betrachtete sie eine Weile und band sie wieder an. Daran erkannte er endlich, daß er enttäuscht war. Er beschloß, nach Hause zu gehen. Er machte sich fertig und wusch sich die Hände. Auf dem Bord über dem Waschbecken standen zwei elektrische Zahnbürsten. Als Abschaffel sie sah, wandelte sich seine Enttäuschung in Hohn um. Diese Fernsehkrüppel, diese elenden, diese Wohnbüffel, schimpfte er still vor sich hin, als er sich die Hände abtrocknete. Sie sind kurz vorm Ersticken, aber sie nähen ihr Telefon ein und halten sich eine elektrische Zahnbürste in den Mund. Unwillkürlich gab er Hornung die Schuld an den Zuständen dieser Wohnung. Er bereute, Hornung besucht zu haben, und er ärgerte sich, daß er sich in ihm getäuscht hatte. Er hatte geglaubt, bei ihm zu Hause noch mehr von der Distanz zu spüren, die Hornung manchmal im Büro zeigte. Aber in der Wohnung gab es diese Distanz nicht, im Gegenteil, sie war eingehüllt in das Allgemeinste, in Bierkästen und Fernsehen, und zwei stumme Kinder saßen herum, die ihre Eltern vergessen zu haben schienen.

Abschaffel ging in das Wohnzimmer zurück. Es war kurz nach halb zehn. Hornung spielte mit einem elektrischen Taschenrechner. Im Fernsehen redeten drei Männer. Frau Hornung hatte den Platz gewechselt. Die beiden Kinder saßen halb im Sessel ihrer Mutter, halb auf der Mutter drauf. Eigentlich hatte sich Abschaffel sofort beim Eintritt in das Wohnzimmer verabschieden wollen, aber im Augenblick, als er die Familie Hornung sah, sank ihm der Mut, und er war gehemmt. Und er fürchtete, Hornung könnte bemerken, daß er im Bad den Entschluß zum Weggehen gefaßt hatte. Den hab ich mir vor drei Wochen gekauft, ein ausgezeichneter Rechner, sagte Hornung und zeigte seinen Taschenrechner. Und ganz billig, sagte er. Er gab Abschaffel den Rechner in die Hand, und Abschaffel tippte tatsächlich, um Hornung nicht zu kränken, eine leichte Addition in die Maschine. Hat nur neunundzwanzig Mark neunzig gekostet, sagte Hornung, im Kaufhof. Offenbar glaubte er, Abschaffel werde sich ebenfalls einen Taschenrechner anschaffen. Abschaffel überlegte, ob er vor sich selbst so weit gehen konnte, den Preis der Anschaffung ebenfalls zu loben, obwohl er den Taschenrechner und Hornung inzwischen verachtete. Hornung und der Taschenrechner waren zwei Dinge, die in ihrer langsam gemein werdenden Hilflosigkeit unbedingt zueinander paßten. Die teuren Taschenrechner sind gar nicht gut, hab ich gelesen, sagte Hornung; sie rechnen oft falsch, weil die eingebauten Winkelfunktionen nicht ganz genau abrufbar sind. Die billigen tun's auch, sagte Hornung. Abschaffel gab Hornung das Gerät zurück und sagte: Ich werde mal langsam gehen. Er zog den Umschlag mit der Studie an sich und erhob sich. Jeden Samstag, wenn ich einkaufe, sagte Hornung, nehme ich den Taschenrechner mit in den Supermarkt. Ich tippe den Preis jedes Stücks, das ich in den Korb lege, in den Rechner, und vergleiche dann später meinen Endbetrag mit dem Kassenbeleg. Abschaffel nickte mehrfach verabschiedend zu Frau Hornung hin, und sie nickte zurück. Das hab ich jetzt zweimal gemacht, sagte Hornung, und beide Male hatte ich denselben Endbetrag wie die Kassiererin. Aber ich erwische sie schon noch, diese jugoslawischen Schicksen, wenn sie mich bescheißen wollen. Abschaffel sagte nichts mehr. Er lachte nur noch dünn und bewegte sich auf die Tür zu. Wenig später war er draußen.

Er ging zum Bahnhof Höchst, und während des Gehens vergaß er Hornung. Er saß im Gehäuse der überdachten Haltestelle und nahm sich mehrfach vor, Hornung nie wieder zu besuchen. Noch immer hatte er Lust, auf diese unfaßbar abwesende Frau Hornung einzuschlagen und ihre Kinder aus einem Fenster zu werfen. Er mußte nicht lange auf die Bahn warten. Und zum Glück kam nicht einer dieser alten Personeneilzüge, die manchmal noch im Vorortverkehr eingesetzt wurden. Sie stanken nach Moder und eingefressenem Nikotin; wer in einem solchen Zug saß, glaubte nach kurzer Zeit, während der Fahrt krank zu werden. Eine neue S-Bahn hielt im Bahnhof Höchst. Der Zug war fast leer, hell erleuchtet und weiß wie ein Krankenzimmer. Die Sitze waren mit einer dunkelroten Lederimitation bezogen. Abschaffel fühlte sich augenblicklich wohl und sauber. Nach mißglückten Besuchen müßte man immer in solchen Zügen nach Hause fahren dürfen, dachte er. Der Zug rutschte fast lautlos über die Schienen, und er wunderte sich, wie das möglich war. Er sah aus dem Fenster, und er sah einen unendlichen Raum, der mit kleinen, erleuchteten Fensterrechtecken ausgefüllt war. Hinter all diesen Fenstern diskutieren drei Männer im Fernsehen, dachte er. An den Haltestellen genügte ein leichter Druck gegen die Türgriffe und die Türen schoben sich, von kleinen Schüben Preßluft getrieben, auf und wieder zu. Die letzte Station vor dem

Hauptbahnhof hieß Griesheim. Er las auf einem Emailschild das Wort GRIESHEIM, und endlich mußte er still kichern. Griesheim! Er mußte sofort an Griesbrei denken, und er stellte sich vor, wie in all diesen Abertausenden von hellen Fensterrechtecken der kalte Griesbrei bis hoch an die Deckenleuchten stand und nicht mehr herausgeräumt werden konnte. Dann fiel ihm das Wort Griesgram ein, und er stellte sich vor, wie es wäre, wenn der Vorort Frankfurt-Griesgram hieße. Ob sich jemand daran störte? Bitte einmal Griesgram hin und zurück. Schon hörte es sich normal an. Wieder fuhr die S-Bahn weich und leicht an, so daß Abschaffel sogar die Bahn bewunderte. Auf der anderen Seite, schräg gegenüber von ihm, hatten sich eine Frau und ein etwa elf Jahre alter Junge hingesetzt. Der Junge holte ein Quartettspiel aus der Manteltasche und forderte die Mutter zum Spiel auf. Sie wollte nicht, aber der Junge gab nicht nach. Das Thema des Quartetts waren moderne Flugzeugtypen, und schon beim ersten Spielzug wurde klar, daß sich die Frau nicht in modernen Flugzeugtypen auskannte. Sie mußte den Jungen fragen, was ein Turbo-Prop sei, und das Kind geriet in höhnende Begeisterung über die Unwissenheit der Frau. Das Kind lachte, nahm der Frau die Karten ab und sagte: Mutter, du lernst es nie.

Das Büro wurde jeden Morgen um sieben Uhr geöffnet. Kurz nach sieben erschien Abschaffel. Er machte einen kleinen Umweg, damit er am Schreibtisch des Verkehrsreferenten vorbeikam, und legte den Ordner genau an dieselbe Stelle zurück, wo er ihn am Abend weggenommen hatte. Es war gut, daß er so früh gekommen war. Schon zwei Minuten später betrat Fräulein Schindler das Büro. Sie grüßte kurz und setzte sich an ihren Schreibtisch. Abschaffel wunderte sich. Hatte sie, wie er, auch etwas zu verbergen oder etwas zurechtzubiegen? Er hatte zu Fräulein Schindler so gut wie keinen Kontakt. Sie beachtete ihn nicht, und sie begann mit ihm keine Gespräche. Sie war neunzehn oder zwanzig Jahre alt, und Abschaffel war für sie ein Mensch ohne Bedeutung, weil sich seine Zukunft niemals mit ihrer Zukunft kreuzen konnte. Offenbar hatte sie instinktiv erkannt, daß er alle ihre Selbstüberschätzungen, die einen großen Teil ihres Verhaltens ausmachten, nicht stützen konnte und daß er deshalb nicht in den Kreis derer gehörte, mit denen sie gerne redete. Sie füßelte und trippelte mit ihren kleinen Füßen um ihren Schreibtisch herum. Wenn sie redete, redete sie meistens vom Schlankwerden. Wegen Hungerns war sie schon zweimal zusammengebrochen, einmal in ihrer Küche und einmal im Bad. Als sie zum erstenmal umkippte, hatte sie sechsundvierzig Kilo gewogen. Inzwischen wog sie fünfzig Kilo, und fünfzig Kilo hatte sie schon öfter ihr Idealgewicht genannt. Morgens aß sie im Büro ein Stück Knäkkebrot, mittags einen Becher Buttermilch, abends zwei Stückchen Knäckebrot und einen Joghurt. Nachmittags jammerte sie manchmal leise vor Hunger. Den Zusammenbruch im Bad hatte sie damals im Büro erzählt; sie riß ein Wandbord, an dem sie sich festhalten wollte, mit sich, und eine Menge Zeug fiel in die Badewanne, so daß sie gleich erschrak und nicht ohnmächtig werden konnte. Um noch besser abnehmen zu können, trank sie jeden Morgen gegen zehn Uhr eine Tasse Blasentangtee, ein furchtbares Getränk, das stank wie fauler Fisch, aber angeblich regte dieser Tee die Tätigkeit der Schilddrüse an, und nach Auskunft von Fräulein Schindler verbrannte die Schilddrüse unter dem Einfluß des Blasentangtees die Speisen noch schneller als sonst. Einmal hatte sie Frau Schönböck überredet, ebenfalls eine Tasse Blasentangtee zu trinken. Frau Schönböck hatte den Tee sofort erbrochen und trank nie mehr etwas davon.

So, sagte sie plötzlich, und Abschaffel hörte es. Diese Geschichte habe ich hinter mir. Er gab ihr zu verstehen, daß er zuzuhören bereit war. Heute morgen habe ich meinem Freund den Laufpaß gegeben, sagte sie über mehrere Schreibtische hinweg in seine Richtung. Abschaffel schwieg. Er hat noch eine andere gehabt, sagte sie, und das kann man mit mir nicht machen. Sie wußte nicht, daß ihr Körper zu klein und zu mager war für den Ausdruck von Zorn. Weil sie trotzdem versuchte, zornig zu sein, war ihr Körper über die Maßen gerührt. Heute morgen habe ich ihm den Staubsauger zurückgebracht in sein Appartement, sagte sie; ich habe mich auf der Straße versteckt und habe gewartet, bis er das Haus verlassen hatte, dann bin ich in sein Appartement, habe den Staubsauger in die Mitte des Zimmers gestellt und habe mit Tesa einen kleinen Zettel drangehängt, auf dem stand: Wie man in den Wald hineinruft, so ruft es auch wieder heraus. Fräulein Schindler lachte kurz und legte sich die flache Hand auf den hinteren Teil ihrer Frisur, damit die Haare durch die leichten Erschütterungen des bewegten Umhergehens nicht durcheinandergerieten. Dann habe ich den Schlüssel zu seinem Appartement in seinen Briefkasten geworfen, sagte sie, und einen zweiten Zettel hinterher, auf dem draufstand, daß auch ich den Schlüssel zu meinem Appartement wiederhaben will. Denn man muß sich morgens in sein eigenes Gesicht sehen können; wenn ich das einmal nicht mehr kann, dann bin ich zu weit gegangen, sagte sie und setzte sich. Offenbar war sie mit ihren Erklärungen am Ende. Sind Sie deswegen heute so früh im Büro, fragte Abschaffel. Ja, sagte sie und lachte.

Abschaffel war erleichtert. Er hatte schon geglaubt, Fräulein Schindler hätte ihm nachspioniert, weil die Sache mit der Studie vielleicht doch schon ruchbar geworden war. Es war halb acht geworden, und Fräulein Schindler schwieg. Sie ordnete mit heftigen Bewegungen ihren Schreibtisch. Abschaffel fühlte die Verpflichtung, etwas zu ihrer Geschichte zu sagen, aber schon an den Einzelheiten ihrer Geschichte hatte er erkannt, daß er nichts werde sagen können. Offenbar hatte sie sich zum erstenmal in ihrem Leben von einem Menschen getrennt. Und Abschaffel fühlte, daß sie in ihm einen schon älteren, erfahrenen Menschen sah, dem sie ein wichtiges Jugenderlebnis mitteilen konnte, und sicher erwartete sie, daß er sie und ihr Verhalten billigte.

Er aber sagte gar nichts und stellte sich mit einigen Frachtbriefen in der Hand an die Fensterfront der Südseite und sah in den Lkw-Ladehof hinunter. Auf dem Eisenrost einer Kellerluke sah er einen älteren Mann liegen, der offenbar schlief. An den Sachen, die er um sich herumliegen hatte, erkannte Abschaffel, daß es ein Stadtstreicher war. Zwei oder drei vollgestopfte Plastiktüten lagen in der Nähe des Kopfes, dazu eine halbleere Flasche Wein und ein Stück Zeitung. Aus der Kellerluke, über deren Rost der Mann ausgebreitet lag, strömte die Nacht über verbrauchte Warmluft heraus. Vielleicht ist ihm schlecht geworden in dieser Luft, dachte Abschaffel. Die Warmluftluke lag in einer Innenausbuchtung des Ladehofs, so daß sie von den Arbeitern im Hof nicht einzusehen war. Abschaffel überlegte, daß der Stadtstreicher vielleicht schon öfter hier übernachtet haben konnte und bisher immer rechtzeitig aufgewacht war. Oder hatte er einen Freund, der ihn gewöhnlich weckte, der aber heute nicht erschienen war? Es war kurz vor acht. Mörst, der Betriebsrat, Frau Schönböck und Hornung betraten gemeinsam das Büro, gefolgt von den Kollegen aus der Buchhaltung. Abschaffel wollte etwas sagen, und vor allem wollte er bei Fräulein Schindler den Eindruck erwecken, er hätte zu ihrer Geschichte nur deswegen geschwiegen, weil er bereits mit einer anderen Geschichte beschäftigt gewesen war. Er rief alle, die im Büro waren, an die Südseite und zeigte ihnen den Penner. Seht euch das an, sagte er und wußte, wie falsch er sich verhielt. Obwohl er den Stadtstreicher nicht hatte verraten wollen, hörten sich seine Sätze an, als hätte er schon gegen ihn Partei ergriffen. Ich glaub, ich steh im Wald, sagte Mörst, so etwas hat es hier noch nie gegeben. Den verladen wir nach Hamburg und werfen ihn ins Meer, sagte Hornung und lachte. Wann haben Sie den entdeckt? fragte Mörst. Eben erst, vor einer Viertelstunde, sagte Abschaffel.

Mörst verließ das Büro, Hornung folgte ihm. Abschaffel stand am Fenster und schämte sich. Er sah Mörst und Hornung den Innenhof betreten und auf den Penner zugehen. Frau Schönböck, Fräulein Schindler und drei Kollegen aus der Buchhaltung standen bei Abschaffel am Fenster. Mörst scheute vor dem liegenden Mann zurück. Hornung schob eine Schuhspitze unter einen Arm des Mannes, hob den Arm leicht hoch und ließ ihn fallen. Und diesen Idioten habe ich gestern abend besucht, dachte Abschaffel, und ich werde ihm nie sagen können, daß ich ihn für einen Idioten halte, weil er immer kurz vorher mein Mitleid entzündet, so daß ich ihm nichts sagen kann. Unheimlich langsam bewegte sich der Mann auf dem Eisenrost. Hornung kickte leicht an einen der Plastikbeutel. Der Mann erhob sich schwer und umständlich. Mörst und Hornung sahen zu, wie er seine Sachen an sich nahm und aus dem Hof schlurfte. Jetzt sahen ihn auch die Ladearbeiter, und sie hielten inne.

Im Büro tippte Mörst eine Aktennotiz an Ajax. Er schlug vor, die Warmluftluken (es gab zwei von ihnen) mit einem Stacheldrahtverhau abzudecken. Abschaffel war noch einmal voller Reue. Wir sind ja kein Übernachtungsheim, rief Mörst und tippte. Mörst konnte nur im Rahmen der Vorschriften menschlich sein. Außerdem wollte er bei Ajax dokumentieren, daß er nicht nur gegen den Betrieb, sondern auch für den Betrieb handeln konnte, indem er ihm alle betriebsfremden Probleme vom Halse hielt. Seit gestern war Gersthoff wieder im Büro, und Mörst trug indirekt die Verantwortung für sein Wiedererscheinen. Nach seinem Schlaganfall mit Herzinfarkt war Gersthoff wochenlang im Krankenhaus gelegen. Wenn Mörst nicht gewesen wäre und die Kündigung nicht angefochten hätte, hätte Gersthoff dieses Büro nicht wieder betreten. So aber war er nach dem Krankenhausaufenthalt auch noch vier Wochen in Kur gefahren. Die Fürsorge hatte die Kosten übernommen, und für die Dauer seiner Krankheit hatte er eine Überbrückungsrente bekommen. Seine frühere Arbeit in der Lagerabteilung konnte Gersthoff nicht mehr ausführen. Ajax versetzte ihn in die Registratur, aber auch dort konnte er seinen Aufgaben kaum nachkommen. Er lebte zwar noch, aber sein Kopf war schon tot. Mörst sah öfter zu ihm hin und half ihm sogar, wenn er konnte. Mörst war fast der einzige, der mit ihm noch etwas zu tun hatte. Die anderen trauten sich nicht, ihm nahe zu kommen, weil Gersthoff im Grunde jeden Augenblick vom Stuhl kippen konnte. Und niemand wollte derjenige sein, der ihn aufheben mußte. Gersthoff erzählte selbst in der Firma herum, daß er überhaupt nichts mehr wußte. Wenn er etwas erzählte, dann waren es Kurerlebnisse. Vier Wochen lang hatte er nur Diätkost bekommen, aber im Dorf hatte es Busunternehmen gegeben, die die geschwächten Kurgäste abholten und in nahe Gastwirtschaften transportierten. Dort aßen sie Sauerbraten und Knödel und tranken Bier dazu. Ich habe zwar einen Herzinfarkt, aber blöd bin ich nicht, sagte Gersthoff mit wakkelndem Kopf.

Mein lieber Mann, sagte Ronselt bedenklich und leise. Abschaffel war ganz in sich versunken. Er verachtete sich, weil er den Stadtstreicher verraten hatte, und er meinte, noch die Schuld für den Stacheldraht übernehmen zu müssen. Er verachtete Hornung, und er verachtete Gersthoffs Kurgeschwätz. Seine Verachtung drehte ganz kleine Kreise in ihm; es war wie eine allgemeine Zusammenrottung des Unglücksgefühls. Die Vorstellung, es hier nicht mehr aushalten zu können, war wie eine Bohrung im Kopf. Und er hielt freiwillig den Kopf still, damit die Bohrung gut gelang. Er bemühte sich, nichts mehr hören zu müssen, und es gelang ihm nicht. Der Anblick des Stadtstreichers hatte das allgemeine Bürogespräch an einen beliebten Punkt hingetrieben: wie leicht man sich aller Sorgen entledigen könne, wenn man sich durch eine einmalige, gut durchdachte und erfolgreiche kriminelle Handlung ein für allemal ein ganz anderes Leben verschaffte. Es gab Kollegen, die bestimmte Betrugsgeschichten, von denen sie einmal in der Zeitung gelesen hatten, immer wieder nacherzählten. Und sie erzählten diese Geschichten so, daß eine Art von persönlicher Aneignung deutlich wurde; als sei von ihnen selbst eines Tages vielleicht auch ein intelligenter, feiner, gelungener Betrug zu erwarten. Ronselt redete mit Hochachtung von einem Mann, der im Bahnhofsviertel eine Kneipe eröffnet hatte. Vier Wochen nach Eröffnung der Kneipe wurde der Besitzer plötzlich von der Polizei abgeholt und verschwand in Untersuchungshaft. Die Kneipe wurde geschlossen. Nach weiteren fünf Wochen stellte sich heraus, daß der Kneipenbesitzer vor der Eröffnung seiner Bar eine Bank überfallen hatte und mit dem erbeuteten Geld bald danach seine Kneipe eröffnete. In der Untersuchungshaft gab er alles zu und unterschrieb eine Erklärung, daß er den von ihm angerichteten Schaden wiedergutmachen und das erbeutete Geld zurückerstatten wolle, und daraufhin kam er auf freien Fuß. Er durfte seine Kneipe wiedereröffnen und zahlte, wie er es versprochen hatte, in monatlichen Raten sein erbeutetes Anfangskapital zurück. Das war Ronselts Geschichte, und er erzählte sie mit Behagen. Aber da hätte er ja gleich zur Bank gehen und sich einen Kredit geben lassen können, sagte der Lehrling Hobler. Ha, rief Ronselt, das ist typisch Lehrling; vorher war der Mann ein stinknormaler Kellner gewesen, und als solcher kriegt er von seiner Bank genau das, was wir kriegen, nämlich einen Dispositionskredit, also zweitausend Mark, wenn es hochkommt, und dafür kann er sich vielleicht gerade zwei Barhocker und einen Garderobenhaken kaufen, und wissen Sie, rief Ronselt dem Lehrling Hobler zu, was heutzutage die Einrichtung einer großen Bar kostet? Es ist besser, wenn Sie es nicht erfahren, sonst brechen Sie vielleicht in Tränen aus.

Abschaffel war durch das allgemeine Betrugsgespräch an seine eigene Abschweifungsphantasie erinnert worden, über die er allerdings niemals redete, noch nicht einmal mit Margot. Er stellte sich vor, daß er sich eines Tages mit einer jungen hübschen Nutte anfreunden und ihr fester Zuhälter werden könnte. Er würde zu Hause sein oder in der Stadt herumlaufen, das Mädchen ging anschaffen. Abends würden sie sich treffen, essen gehen und über alles sprechen. Nein, so weit trug ihn seine Vorstellung nicht, weil er sich in den Alltag einer solchen Geschichte gar nicht einfühlen konnte. In seiner Vorstellung kam noch nicht einmal das Wort Zuhälter vor. Seine Phantasie war so ungenau und schwärmend, daß sie ihm gar keine Einsichten in erwartbare Ereignisse gestattete. Es kam ihm immer nur auf einen Punkt an: daß er nicht mehr arbeiten mußte. Deswegen war er im Grunde schon zufrieden, wenn seine Vorstellung diesen einen, den wichtigsten Punkt einmal gedacht hatte. Eines Tages würde er in ein Bordell gehen, mit einem Mädchen schlafen und sie anschließend zum Essen einladen. Er glaubte, das Mädchen würde die Einladung sofort annehmen, und von diesem Augenblick an sei sie seine treue Versorgerin. An diesem Punkt brach seine Vorstellung ab. Er machte sich keine Gedanken darüber, was er mit der Nutte jeden Tag reden sollte. Schwierigere Fragen, ob er mit ihr zum Beispiel in einer Wohnung oder in zwei getrennten Wohnungen leben sollte, tauchten erst recht nicht auf. Der Grund für die mangelhafte Entfaltung seiner Phantasie lag sicher darin, daß sie ihm nur selten in den Kopf kam. Er nahm diese Ausschweifungen auch nicht ernst, weil er wohl ahnte, daß ein solches Leben seine Möglichkeiten deutlich überschritt. Viel heftiger und öfter setzte er sich mit dem Problem auseinander, wie er eines Tages den Eltern und Arbeitskollegen sein neues Leben als Zuhälter erklären konnte. Tatsächlich entwarf er im stillen weitschweifige Argumentationen, mit deren Hilfe er ein solches Leben rechtfertigen konnte. Und erst später, wenn er wieder bemerkte, wie sehr er im Kopf etwas verteidigte, was nicht für ihn galt und wahrscheinlich nie gelten würde, wich er erschöpft von seiner Zuhälterphantasie zurück, weil sie ihn wieder einmal genarrt hatte. Aber so ist es immer, räsonierte er still für sich, man kommt vorher schon um mit der Rechtfertigung dessen, was dann gar nicht passiert. Ein Seufzer war das letzte, was er der schon wieder entschwundenen Phantasie vom ganz anderen Leben nachschickte.

Gegen neun Uhr wurde es wieder still im Büro. So war es fast jeden Morgen. Zwischen acht und neun gab es einen ersten allgemeinen Mitteilungsstoß. Dann verebbten die Gespräche, und ein jeder verrichtete die Arbeit in seinem Umkreis. Abschaffel stand an einem der beiden Fernschreiber und nahm die Ladedifferenz-Meldungen der Empfangsspediteure entgegen. Mit den Fernschreiben in der Hand lief er in die Halle und suchte die Vorarbeiter der gestern verladenen

Waggons. Er zögerte die Kontrollen hinaus, weil es schön war, morgens in der Halle herumzulaufen.

Kurz vor der Mittagspause, zwischen zwölf und halb ein Uhr, setzte ein zweiter, schwächerer Mitteilungsstoß ein. Die Angestellten schoben und drückten ihre Körper auf den Drehstühlen ein wenig zurück von den Schreibtischen. Die Männer wickelten die Hemdsärmel herunter, die Frauen legten ihre Essenmarken bereit. Während dieser Verrichtungen erzählten sie gern kleine Geschichten aus ihrem Leben. Fräulein Schindler sagte, die nächtlichen Anrufe ihrer Mutter würden in letzter Zeit das Maß des Erträglichen übersteigen. Fast jeden zweiten Abend um elf ruft sie an, um mir ganz lächerliches Zeug zu sagen, rief sie. Die Kirschen sind jetzt reif, ich könnte nach Hause kommen und sogar jemand mitbringen! rief Fräulein Schindler und lachte. Ich kenne ja meine Mutter! Sie will nur feststellen, ob ich einen Mann bei mir habe. Frau Schönböck fühlte sich ermuntert, auch eine Telefongeschichte mitzuteilen. Ich bin in der letzten Woche zweimal angerufen worden, sagte sie, und beide Male, als ich den Hörer abgenommen hatte, wurde am anderen Ende aufgelegt. Das ist doch ein sicheres Zeichen für einen bevorstehenden Einbruch, oder? Der Dieb erkundigt sich, ob jemand zu Hause ist, beziehungsweise er will herausfinden, wann jemand zu Hause ist und wann nicht, sagte Frau Schönböck. Dabei gibt's bei mir absolut nichts zum Klauen, absolut nichts! Sagen Sie das nicht, sagte Hornung, es gibt sehr viele Leute, die riskieren sogar wegen eines Kofferradios einen Einbruch.

Pünktlich zur Mittagspause erhoben sich die Kollegen. Abschaffel wollte nicht mit Hornung an einen Tisch kommen; er mußte darauf achten, nach ihm in die Kantine zu gehen. Da kündigte Hornung an, daß er in die Stadt fuhr, und Abschaffel war erleichtert. Als Menu II gab es heute Schnitzel mit Rotkohl und Kartoffeln. Abschaffel setzte sich zu drei Kollegen aus der Buchhaltung. Kaum hatte er seine Essenschale auf dem Tisch abgestellt, da entdeckte der junge Buchhalter Holzmann, daß er sich seine Hose an einem Kaugummi, das an der

Unterseite der Tischkante klebte, verschmiert hatte. Mit seinem noch unbenutzten Messer und einer angefeuchteten Tischdecke versuchte er, den Fleck zu entfernen. Holzmann äußerte den Verdacht, es sei ein weiblicher Lehrling gewesen, der den Kaugummi unter den Tisch geklebt hatte. Frau Hannemann, eine am Tisch sitzende Buchhalterin, widersprach Holzmann. Frauen kleben ihr Kaugummi immer an den Innensaum ihres Rocks, sagte sie, haben Sie das noch nicht gesehen? Sie scheinen noch nicht einmal bemerkt zu haben, daß die Frauen überhaupt keine Röcke mehr anhaben, sagte Holzmann scharf. Minutenlang stritten sich Frau Hannemann und der junge Buchhalter Holzmann darüber, welche Frauen wann Hosen trugen und wann nicht und wenn nein, ob sie ihr Kaugummi dann an den Innensaum der Röcke klebten oder nicht. Das Gerede der Kollegen machte Abschaffel wieder ganz fertig. Er hatte sich absichtlich zu den Buchhaltern gesetzt, weil er geglaubt hatte, bei ihnen mehr Zurückhaltung und Niveau zu finden. Das Gegenteil war der Fall, zumindest heute. Er glaubte, er müsse diese Leute eines Tages so weit bringen, daß sie ihre Schuld an seiner Niedergeschlagenheit einsahen, und er überlegte tatsächlich, wie er dies anstellen konnte. Vielleicht sollte ich plötzlich ganz mager und traurig werden, so klapperdürr und ständig tränenüberströmt, daß ihnen der Einfall kommen mußte, sie selbst seien die Ursache für diese schrecklichen Veränderungen. Aber vielleicht waren diese Leute überhaupt nicht mehr schuldfähig, überlegte er; sie handelten und redeten, und vermutlich hatten sie keine Einsicht in ihr Handeln und Reden. In seiner verletzten Mutlosigkeit spürte er eine starke Lust, den Tisch umzuwerfen und die großen Rotkohlkübel aus der Küche über den Kollegen aus der Buchhaltung auszugießen. Die Kollegen begriffen nicht, daß sie es nur einer so rätselhaften wie duldsamen Schamhaftigkeit zu verdanken hatten, daß sie sich von Abschaffel nicht bedroht fühlen mußten. Auf jedem Kantinentisch stand eine Plastikflasche mit Senf, und die Kollegen aus der Buchhaltung drückten sich, an den Rand der Kartoffeln,

Senf in die Teller. Sie lachten über das Geräusch, wenn ein Flutsch Senf auf den Teller gespritzt wurde, und sie vergnügten sich schon wieder darüber, daß sie anläßlich des Geräuschs offenbar alle dasselbe dachten. Und weil das alles für sie ein Vergnügen war, wiederholte Holzmann noch einmal das Flutschgeräusch. Abschaffel senkte den Kopf tief über den Teller. Angespannt hielt er Gabel und Messer und beobachtete, wie die rote Rotkohlsauce und die braune Fleischsauce ineinanderflossen.

Weil er am Abend mit Margot essen gehen wollte und Geld brauchte, ging Abschaffel nach Feierabend auf die Bank. In der Straße, in der die Bank war, waren seit Wochen Bauarbeiten im Gange. Teile des Gehwegs waren auf beiden Seiten aufgerissen und mit Sand wieder zugeschüttet worden. Das Gehen auf dem weichen gelben Sand gefiel ihm, und er lief langsam, um sich bei jedem Schritt einsinken zu lassen. In der Straße lagen überall Rohre herum, lange schwarze Rohre, die offenbar mit veralteten Rohren in der Tiefe der Baugräben ausgewechselt werden mußten. Langsam fuhren die Autos auf dem verbliebenen Fahrstreifen die Stadt hinaus, immer eng an den Fußgängern vorbei, für die ebenfalls nur ein schmaler Gehstreifen übriggelassen worden war. Die Bank, die sein Konto führte, war nicht mehr weit. Obwohl er schon seit vielen Jahren auf die Bank ging, wußte er noch immer nicht, wie er diesen Vorgang ausdrücken sollte, ohne jedes Mal eine Art von Scham zu empfinden. »Auf die Bank gehen« wollte er nicht sagen; das hörte sich zu großartig an für die lächerlichen Beträge, die er jeden Monat ein paarmal dort abhob von seinem Gehaltskonto. Der Satz: »Ich muß noch etwas Geld holen«, den viele seiner Kollegen verwendeten, gefiel ihm auch nicht, weil er so klang, als hätten sie alle immer viel Geld, von dem sie glücklicherweise immer nur wenig brauchten. Weil er den richtigen, ihm und seinen Verhältnissen angemessenen Satz bisher nicht hatte finden können, ging ein Besuch bei der Bank nicht ohne Peinlichkeiten ab. Er genierte sich, hundertfünfzig oder, was schon seltener war, zweihundert Mark abzuholen. Es kam ihm vor, als entblößte er sich jedesmal, indem er öffentlich zeigte, daß er zu den vielen Leuten gehörte, die eben nicht mehr abheben konnten als hundertfünfzig oder zweihundert Mark. Er hatte sich schon oft vorgestellt, wie die Bankangestellten, wenn er die gläsernen Türen der Filiale geöffnet hatte, einander zuflüsterten: Da kommt schon wieder dieser poplige Hundertfünfzig-Mark-Mann und macht uns Arbeit wegen nichts und wieder nichts. Besonders unangenehm war es ihm, wenn er als einziger Kunde im Schalterraum stand; dann war er noch mehr davon überzeugt, den Verdruß der vier oder fünf Filialangestellten hervorzurufen. Es war deswegen sogar schon vorgekommen, daß er draußen vor der Bank gewartet hatte, bis mindestens zwei oder drei Personen vor ihm die Bank betreten hatten. Dann erst war er nachgefolgt und fühlte sich im Strom des Allgemeinen gut untergebracht. Und wie betroffen war er schon oft gewesen, wenn er dann feststellte, daß es viele Personen gab, die nur fünfzig Mark oder vielleicht sogar nur dreißig von einem Sparbuch abhoben und von den Angestellten mit geringschätziger Schnelligkeit abgefertigt wurden.

Im Schalterraum brannte heute kein Licht. Alle Neonröhren waren dunkel, und von draußen drang nur das durch einen besonderen Vorhang stark getrübte Tageslicht herein. Eben kam eine ältere Angestellte aus den hinteren Räumen der Filiale mit zwei brennenden Kerzen nach vorne und stellte sie auf den Kundentresen. Rasch ging aus den Bemerkungen der Bankangestellten hervor, daß die Arbeiter draußen in den Baugruben offenbar elektrische Leitungen, die zur Versorgung der Filiale notwendig waren, beschädigt oder gar zerschlagen hatten. Abschaffel freute sich augenblicklich. Die hochmütige Stadtsparkasse hatte jahrelang mit vornehm gespanntem Stoff an ihren Schaufenstern auf Tageslicht verzichtet, und ein falscher Hieb eines Bauarbeiters genügte, und sie mußten zu den Kerzen greifen. Das geschah diesem übertriebenen Institut ganz recht. Abschaffel war voller Genugtuung.

Endlich fand er die Bank einmal selbst mit Mängeln behaftet. Endlich fühlte er sich hier einmal nicht beobachtet. Die Bank, sonst immer mit der Entblößung der Verhältnisse der kleinen und mittleren Leute beschäftigt, war selbst entblößt. Die Kunden tauschten allgemeine, technikfeindliche Bemerkungen aus und schimpften über die Bauarbeiten. Ein älterer Mann sorgte sich sogar um das Ansehen der Bank. Er trug eine Jacke, die so ausgebeult und abgewetzt war, daß er in dieser Bank noch nicht einmal den Posten eines Boten bekommen könnte, aber er machte Vorschläge zur Wiederherstellung der Ehre der Bank. Wenn Ihnen Kosten entstehen, rief er den Bankangestellten zu, dann müssen sie von der Stadt bezahlt werden. An das Bauamt müssen Sie sich wenden, rief er, das Bauamt ist es. Kunden und Bankangestellte scharten sich grummelig um die beiden stillstehenden Flammen. Das Ausschreiben der Kassenbelege dauerte länger als sonst. Es war gräßlich und schön. Am liebsten wäre Abschaffel noch eine Weile hiergeblieben und hätte seine Eindrücke von der Demütigung der Bank weiter vertieft. Schon immer hatte er sich gewünscht, daß das protzige Getue der Bank mit ihren Teppichen, ihren Holztäfelungen und ihrem ekelhaften indirekten Licht einmal einen Dämpfer erhielt. Jetzt war es soweit. Aber er hatte sein Geld schon bekommen. Er ließ sich viel Zeit mit dem Einstecken der Scheine und verließ vergnügt das Halbdunkel der Schalterhalle.

Seine Stimmung war locker und leicht, und er entschloß sich, noch einmal stadteinwärts zu gehen. Er wollte zwei Flaschen Wein einkaufen, dazu etwas Käse, Wurst und Weißbrot, Schokolade und Obst. Zufrieden stellte er sich den Ablauf des Abends vor: Gegen acht oder halb neun holte Margot ihn ab, dann wollten sie zusammen essen gehen. Gegen zehn oder halb elf würden sie zu ihm gehen, satt und faul zusammen schlafen, und er würde ein Gefühl haben, daß er sich am liebsten dauernd den Mund abwischte, so gut so gut. Er würde auf den Balkon gehen und die Balkontür hinter sich schließen, um im Freien kurz, leise und freudig zu rülpsen, dann wieder ins Zimmer zurückgehen, die erschöpfte und schon halb schlafende Margot betrachten und merkwürdig unbewegt denken: Wie schön, es macht mir nichts mehr aus, wenn sie auch dann noch bei mir ist, wenn ich schon lange nichts mehr mit ihr zu tun habe.

Er war so in seine Vorstellung vertieft, daß er nicht bemerkt hatte, wie weit er wieder in die Stadt hineingelaufen war. Er war auf die Kaiserstraße geraten und lief in einem Schallplattengeschäft herum. Sollte er sich zur Feier des Abends eine neue Schallplatte kaufen? Lieber nicht, beschloß er, Schallplatten hatten ihn schon so oft enttäuscht. Links und rechts der Kaiserstraße reihte sich Bordell an Bordell. Seit Abschaffel Margot kannte, war er in keinem Bordell mehr gewesen. Manchmal hatte er schon geglaubt, er müßte wieder in diese Welt zurückkehren, nicht im Ernst, nur im Spiel. Aber es war nie mehr dazu gekommen, weil schon der Gedanke daran bereits ein Spiel war. Auch jetzt, als er nach rechts in die Elbestraße einbog, tat er es nur aus Lust an der Erinnerung. Überheblich ging er an den Mädchen vorbei und wußte in jedem Augenblick, wie sehr er sich selbst spielte, wie künstlich sein Gesichtsausdruck war, wie falsch seine spähende, abschätzende Haltung. Er erinnerte sich an Stimmungen, die er als Siebzehnjähriger gehabt hatte, als er im Kino gewesen war und hinterher noch eine Weile versucht hatte, sich zu fühlen wie der edelste Mensch des Films, den er gerade gesehen hatte. Das ging immer eine Weile gut, etwa eine halbe Stunde lang, plötzlich klappte es nicht mehr, da schob sich die Person nach vorne, die er selbst war, da dachte und ging er wieder wie er selber, und der Film war vergessen. So war es jetzt mit den Bordellen und den Mädchen, die auf der Straße umherliefen. Er ging an ihnen vorbei, und es war, als vergesse er gerade einen Film über Bordelle und Frauen, den er vor einiger Zeit gesehen haben mußte. Er erlebte mehrfach die Rückkehr in die eigene Person, das Abstreifen von falschen Einzelheiten, die ihn nicht mehr beschäftigten. Plötzlich stand er vor den Schaufenstern eines Haushaltswarengeschäfts. Dutzende von

Bügeleisen, Plastikeimern, Toilettenbürsten und Badeartikeln waren vor ihm ausgebreitet, hell angestrahlt und mit sauber gemalten Preisschildern versehen. Wie merkwürdig und unbegreiflich es war, daß sich inmitten des Bordellgebiets ein so ordentliches Haushaltswarengeschäft befand! Und es fiel ihm ein, daß er schon lange einen neuen Wasserkessel brauchte. In seinem alten Wasserkessel rollten eine Menge kleiner Kalksteine jedesmal hin und her, wenn er den Kessel schräg hielt. Und wirklich betrat er das Haushaltswarengeschäft und kaufte für neunundvierzig Mark einen chromblinkenden Wasserkessel aus reinem Stahl. Es war fast die Summe, die er früher, gerade um die Ecke, als Eröffnungsangebot den Mädchen gegeben hatte. Die Verkäuferin steckte den neuen Wasserkessel in eine große Plastiktüte, und Abschaffel verließ den Laden. Draußen sah er wieder die Mädchen, und er wünschte sich, stehenbleiben und ihnen zurufen zu können: Hier, einen neuen Wasserkessel habe ich gekauft, es tut mir leid, daß ihr das Geld nicht gekriegt habt, seht her!

Stehenbleiben konnte er, rufen nicht. Er stand blöde da, er stand genauso da wie einer der angereisten Bahnhofstouristen, die sich in der Gegend herumtrieben, um an Dutzenden von Frauen verächtlich vorbeilaufen zu können. Die Mädchen kannten diese Sorte von Bordellspießern, und sie konnten sie nicht ertragen. Sie wandten sich von ihnen ab, weil sie genau spürten, wenn Männer sich trocken, kalt und gratis an ihnen befriedigen wollten. Sie wandten sich auch von Abschaffel ab, und er ärgerte sich, daß sie ihn so verwechselten. Er wollte das Mißverständnis unbedingt sofort aufklären und ihnen sagen, daß er sie nicht bloß anglotzen wollte, sondern sie eigentlich um Verständnis dafür bitten mochte, daß er nicht mehr zu ihnen kam. Bis er endlich bemerkte, wie überflüssig all seine Erwägungen waren. Guter Gott, dachte er, ich habe mir ja nur einen Wasserkessel gekauft, weiter nichts.

Beschämt und erschöpft fuhr er mit der U-Bahn nach Hause. Weil er sich zu sehr mit der Klärung von Mißverständnissen beschäftigt hatte, die gar nicht geklärt zu werden brauchten, hatte er vergessen, warum er überhaupt noch einmal in die Stadt hineingelaufen war: Er wollte einkaufen. Er schlüpfte kurz vor der Schließung in einen Supermarkt bei ihm in der Nähe. An der Metzgereitheke räumten die Verkäuferinnen schon die Würste aus den Auslagen, um sie über Nacht in Kühlschränken zu verstauen; im hinteren Teil wurde bereits der Boden gewischt. Margot wollte nicht mehr den billigen italienischen Chianti trinken; nach Chiantiabenden klagte sie am nächsten Tag fast immer über starke Kopfschmerzen. Deswegen trank sie seit einiger Zeit naturreinen französischen Rotwein, der allerdings teuer war. Die Flasche kostete gewöhnlich acht bis neun Mark. Abschaffel beschloß, eine Flasche davon zu kaufen, und eine zweite in seiner Plastiktüte, in der er den Wasserkessel trug, verschwinden zu lassen. Die Stimmung im Supermarkt war gut. Die Verkäuferinnen waren fast ausschließlich mit Aufräumen beschäftigt. Der Wasserkessel war mit viel Papier eingepackt, so daß es keine Geräusche gab, wenn die Flasche erst in der Plastiktüte war. Er hatte schon fast alles, was für den Abend mit Margot nötig war, eingekauft. Nur Wurst und Wein fehlten noch. Den Wein wollte er ganz zuletzt, kurz bevor er den Supermarkt verließ, an sich nehmen. An der Metzgereitheke verlangte er ein halbes Pfund Fleischwurst. Die Verkäuferin fragte: Die aus dem Sonderangebot oder die gute? Er verstand die Verkäuferin sofort, aber er ärgerte sich, daß er sie sofort verstanden hatte. Die gute, sagte er. Offenbar mußte der Supermarkt jeden Kunden, wenn auch indirekt, kurz davor warnen, die schlechte Fleischwurst aus dem Sonderangebot wirklich zu kaufen. Aus Verärgerung darüber überlegte er, ob er nicht zwei Flaschen Wein stehlen sollte. Aber die technischen Voraussetzungen dafür waren nicht gut. Zwei Flaschen würden in der Plastiktüte aneinanderschlagen, und außerdem waren zwei volle Flaschen zu schwer für eine Tüte. An der Flaschenwand der Spirituosenabteilung ging alles ganz schnell. Es war kurz vor halb sieben. Die Kassiererin war schon mit der Feststellung des Kassenbestands beschäftigt. Müde und schnaufend fertigte sie Abschaffel ab.

Zu Hause packte er rasch die Sachen auf den Tisch und zog seine alten Kleider aus. Er wollte sich ganz frisch machen für Margot. Und als er das Unterhemd über den Kopf zog und einige Augenblicke lang nichts sah, stieß er mit einem Arm eine der beiden Weinflaschen vom Küchentisch herunter. Sie krachte auf die Steinfließen, und der ganze Küchenboden war mit einer großen Rotweinlache überzogen. Der Wein drang sogar in die Filzsohlen von Abschaffels Hausschuhen ein. Er war so erschrocken, daß er eine halbe Minute ganz still in der Mitte der Rotweinlache stand. Wie eine wilde, bellende Meute zog das schlechte Gewissen in ihn ein und lähmte ihn. Was er gleich denken und empfinden würde, wußte er schon im voraus. Er hatte gelernt, die heruntergestoßene Flasche als Zeichen für eine Warnung zu nehmen. Du hast eine Flasche Wein gestohlen. Du hast schon viel mehr gestohlen, und du sollst gewarnt werden. Sieh dich vor. Wenn dir die Warnung nichts bedeutet, folgt beim nächstenmal unmittelbar die Strafe. Von der Warnung weißt nur du, sie geschieht in der Stille deiner Wohnung. Die Strafe aber wird öffentlich sein. Wenn du erst bestraft bist, wird jeder wissen, daß du ein Dieb bist, kein großer Dieb, aber ein Dieb. Das ist der Sinn der Warnung. Nun reinige deine Wohnung von den Spuren der Warnung. Der Schaden ist gering: Deine Hausschuhe mußt du wegwerfen, ebenso deine Strümpfe. Du mußt zugeben, das ist ein niedriger Preis für eine so wichtige Warnung.

Er verabscheute diese Sätze. Es waren die automatischen Sätze des schlechten Gewissens. Die Sätze stammten von ihm selbst, und er ließ sich von ihnen demütigen. Solche Sätze waren immer zur Stelle gewesen, wenn er sich, wie kleinmütig auch immer, unrechtmäßig bereichert hatte. Alle diese Drohsätze rührten aus der Straflehre seiner Kindheit her, und sie bewegten sich gemeinsam auf ein fernes Ereignis hin, das man sich als große allgemeine Bestrafung denken mußte. Abschaffel stand in der Rotweinlache und kam sich vor wie damals, als er als Elfjähriger einen schönen weißen Radiergummi aus einem Schreibwarengeschäft gestohlen hatte. Wo hast du den her? hatte die Mutter gefragt und die Schleusen für ihre Sätze geöffnet, und das Kind Abschaffel schwieg und schluckte, weil es im Meer des schlechten Gewissens ganz rasch unterging.

Zitternd stand er in der Küche. Mit beiden Händen hielt er sich die Hosenbeine ein wenig in die Höhe, damit sie nicht auch noch beschmutzt wurden. Mit zwei großen Schritten stieg er über den Rand der Lache hinaus. Er war so eingeschüchtert, daß er ins Bad ging und sein Gesicht eine Weile betrachtete. Es war das Gesicht von jemand, der daran gewohnt war, eine Strafpredigt für eine normale Anrede zu halten. Es war sein Kindergesicht, das ihm entgegenblickte. Der Schreck hatte fast alle älteren Züge darin abgeschwächt. Was er sah, war ein alter Entwurf seines Gesichts, das wieder frisch dafür war, mit Regeln neu gezeichnet zu werden. Niemals hätte er geglaubt, daß ihn ein blöder kleiner Diebstahl so beeindrucken konnte. Ein kalter Schweißring stand ihm über der Stirn. Guter Gott, sagte er halblaut in der Wohnung. Er ging aus dem Bad und bewegte sich so weich, als sei ihm bereits alles verboten.

Er mußte sich beeilen. Margot sollte die Rotweingeschichte nicht bemerken. Aus der Spüle holte er einen Eimer und Putzlumpen, und er begann die Lache aufzuwischen. Er mußte vorsichtig wischen, weil auch die Splitter der Flasche verstreut auf dem Boden lagen. Mit gespreizten Fingern suchte er den Boden vorsichtig nach Glasscherben ab, ehe er mit dem Lumpen darüberwischte. Später wollte er alle Splitter, den Putzlumpen, die Hausschuhe und die Strümpfe in den Mülleimer werfen. Die kleine Wohnung roch nach Wein. Er öffnete das Küchen- und das Badfenster, und der durchziehende Wind nahm den Geruch mit. Er putzte den Küchenboden ein zweites Mal. Er schüttete besonders viel Reinigungsmittel in das heiße Putzwasser, weil er hoffte, das Reinigungsmittel werde den Weingeruch endgültig überdecken. Wenig später trug er in einer Plastiktüte Hausschuhe, Strümpfe und Glassplitter nach unten und warf alles in den Mülleimer. Er bemerkte, daß sein

Körper noch immer von seinem schlechten Gewissen beherrscht wurde. Er glaubte, dünner und leichter geworden zu sein, und er fühlte sich angenehm. Eine Warnung, wenn sie langsam veraltet, schlägt um in die Freude darüber, daß noch einmal alles gutgegangen ist. Er hatte das Gefühl eines bestraften Kindes, das in seinem Bett im dunklen Zimmer liegt und mit der Überzeugung, daß morgen die Verhältnisse wieder normal sein werden, freudig die Rückkehr seiner Kräfte erlebt.

Es gab in der Nähe zwei jugoslawische Restaurants, von denen eines schlecht und teuer, das andere billiger und besser war. Abschaffel schlug Margot den billigen Jugoslawen vor, aber sie fragte, ob sie nicht zum Griechen wollten. Gut, sagte er, gehen wir zum Griechen. Das griechische Lokal, das sie meinte, war auch nicht weit entfernt. Abschaffel ging nicht gern in dieses Lokal; das Essen dort war ihm zu fett und zu ölig, der Wein zu bitter, die Sitze zu eng und die Musik zu schrill. Fast die ganze Nacht spielte der Wirt von einem Tonband griechische Folkloremusik in das Lokal ein. Nur wenn er die Tonbänder wechselte, gab es ein paar Augenblicke Ruhe. Aber Abschaffel wollte heute abend keine besonderen Wünsche anmelden; er war froh, sich Margots Wunsch anschließen zu können.

Das Lokal war halbleer. In einer Ecke saß eine Frau von etwa vierzig Jahren mit zwei Jungen, die wahrscheinlich ihre Söhne waren. Sie sahen kurz auf, als Abschaffel und Margot eintraten, und lasen dann gemeinsam in ihren Zeitschriften weiter, die sie ausgebreitet vor sich liegen hatten. Die Frau las eine Illustrierte, die beiden etwa zehn und zwölf Jahre alten Kinder Comic-Hefte. Die Kinder kamen mit dem Lesen schneller voran als die Mutter. An einem anderen Tisch saß ein Arbeiterliebespaar. Er war ein Mann um die Vierzig; an der Grobheit, mit der er Abschaffel und Margot betrachtete, war zu sehen, daß es ihm nichts ausmachte, wenn die anderen zeigten, daß sie nicht beobachtet werden wollten. Er trug eine grüne Weste, die Frau neben ihm trug auch eine grüne Weste.

Ihre hilflose Freude an künstlichen Übereinstimmungen rührte Abschaffel, und er sah noch einmal zu den beiden hin. Die Frau drückte sich eng an ihn heran und entfernte ihm einige Fusseln von seiner grünen Weste. Als sie damit fertig war, schob sie ihm eine Hand zwischen seine eng zusammengedrückten Schenkel. Offenbar überkam den Mann dadurch ein durchdringendes Gefühl der Dankbarkeit. Er nahm seine Geliebte in den Arm, schob ihr ein Fleischstück, das er vom Teller hochnahm, mit der Hand in den Mund und schüttelte ihren Oberkörper freundschaftlich hin und her. Sie war dankbar dafür und lachte den Mann an. An einem dritten Tisch saßen drei junge Männer, nicht älter als zwanzig, und rauchten und sahen vor sich hin. An ihren eingeschmutzten Fingernägeln sah Abschaffel, daß es Arbeiter waren. Einer hatte ein dickes schmutziges Pflaster um die Daumenspitze. Mit tief hängenden Köpfen sahen die drei herüber zu ihnen. Eine junge dicke Bedienung mit weißer Bluse und schwarzem Rock erschien im Lokal und trug drei gefüllte Teller an den Tisch der Frau mit den beiden Söhnen. Alle drei sahen stumm auf ihre Teller. Die Frau legte ihre Illustrierte weg, die beiden Kinder schoben ihre Hefte unter ihre Teller. Die beiden Kinder sahen sich kurz an, wenn sie sich aus ihren Colaflaschen nachschenkten. Von den drei jungen Arbeitern war einer aufgestanden und in der Toilette verschwunden, und einer der beiden anderen schlug sich mit der Faust in die linke flache Hand und sagte: Überall, wo der hingeht, muß er sofort schiffen.

Abschaffel und Margot bestellten zweimal Riganato mit Schafskäse. Dazu einen halben Liter Wein, eine Portion Oliven und Weißbrot. Margot trug eine frische Bluse und enge Hosen. Er wußte, daß ihr die Hose zu eng war und daß sie noch heute abend darüber klagen würde. Sie riß die Weißbrotscheiben in kleine Stücke auseinander und steckte sich eines nach dem anderen in den Mund. Sie hob das Weinglas und trank es zur Hälfte aus. In vierzehn Tagen fang ich einen neuen Job an, sagte sie. Was? Du hast gekündigt? fragte er. Schon lange, sagte sie, ich hab's satt. Die Goldschmiede hast du satt? Ja, unheimlich sogar, sagte sie. Und? Was willst du machen? Ich fang bei einer Autovermietung an, bei einer amerikanischen, sagte sie. Was? fragte er. Hast du es nicht verstanden? fragte sie. Doch, sagte er, ich habe alles verstanden, ich wundere mich nur über den Wechsel; in der Goldschmiede warst du selbständig, sagte er; bei dieser Autovermietung hockst du nur in irgendeinem Büro. Erstens war ich in der Goldschmiede keineswegs selbständig, sondern ich war verlassen, und zweitens hocke ich bei der Autovermietung nicht in einem Büro, jedenfalls nicht ununterbrochen, sondern ich komme draußen herum, sagte sie; ich hab's mir auch lange überlegt. Ich sitz den ganzen Tag an meiner Werkbank und feile an irgendwelchen Ringen herum, und abends klopf ich mir den Goldstaub von der Hose. Mein Chef ist ein guter alter Witwer, der zufrieden ist, wenn er mit seinem feinen Handbesen den Staub aus seinem Schaufenster herausfegen kann.

Abschaffel lachte. So ist es, sagte Margot, mehr braucht der nicht mehr. Am liebsten ist ihm, wenn er überhaupt nichts zu reden braucht. Und ich sitz mit ihm in einem Laden und sag nichts, weil ich weiß, er will gar nicht, daß etwas gesagt wird. Wenn ich dich nicht schon manchmal angerufen hätte, dann wären schon viele Tage buchstäblich ohne ein gesprochenes Wort vergangen, sagte sie; manchmal fällt es meinem Chef selbst auf, daß es so still ist, und dann sagt er so ein paar richtige Konversationssätze, nach denen es erst recht wieder ganz still sein muß. Mein Gott, sagte Margot, ich mach dem Mann ja keine Vorwürfe; er ist von allem, was heute mit den Menschen passiert, ozeanweit entfernt, wirklich, sagte sie, es ist unglaublich, daß es so etwas gibt, aber zwischen meinem und seinem Leben ist wirklich ein Meer. Er ist Mitglied in einem Aquarienclub, aber er redet nicht davon, weil er sich geniert, glaube ich, oder weil er vielleicht ahnt, daß er selbst ein Fisch in einem Glaskasten ist. Er rückt jeden Tag seine Schmucketuis zurecht, montags bringt die Wäscherei zwei frisch gebügelte weiße Kutten, die zieht er an und fühlt sich wohl. Er hat das glückliche Schicksal eines älteren Zierfischs, der schon in seiner Jugend den segensreichen Beruf eines Goldschmieds ergriffen hat, sagte sie.

Abschaffel und Margot lachten. Die Bedienung brachte beide Portionen Riganato. Margot redete und redete. Sie bestellten noch einen halben Liter Wein, einen weiteren Korb mit Brot und zwei Schnäpse. Und deswegen hör ich dort auf, sagte Margot; ich hab's satt; na ja, Goldschmiedin war eben vor fünfzehn Jahren ein typischer Beruf für ein katholisches Landmädchen, das anständig bleiben wollte. Fünfzehn Jahre! rief sie aus. Ich will nicht mehr den ganzen Tag in einem Raum rackern und rackern, ich will raus, ich will Leute sehen, sagte sie; obwohl längst alles perfekt ist mit der City Car, so heißt die Autovermietung, sagte sie, und obwohl der Zierfisch weiß, daß alles perfekt ist, gibt es noch fast alle zwei oder drei Tage einen zärtlichen Fight zwischen ihm und mir. Er will unbedingt, daß ich alles rückgängig mache mit der City Car und bei ihm weitermache. Er hat eine riesige Angst, einen neuen Goldschmied zu suchen und ihn dann erst kennenzulernen beziehungsweise nicht kennenzulernen. Dann erzählt er den üblichen Schmonzes, ich könnte meinen Beruf doch nicht einfach so wegwerfen, wegwerfen sagt er, einen richtigen Beruf gegen so was! Und das Schlimme ist, ich kann ihm nicht antworten, was ich eigentlich antworten will, weil er das nicht verstehen würde. Mein lieber Zierfisch, müßte ich ihm sagen, ich bin jetzt sechsunddreißig Jahre alt, und nach allem, wie es aussieht, werde ich mich damit abfinden müssen, daß ich bis zu meiner Pensionierung immer nur ein Gehalt kriege, das Monat für Monat zu wenig sein wird, aber ob ich das Gehalt von Ihnen kriege oder von sonstjemand, ist völlig gleichgültig. Eben das begreift er nicht. Er glaubt an seinen Meisterbrief, den er vor vierzig Jahren von der Handwerkskammer gekriegt hat. Ich sag ihm nicht, was ich denke, denn warum sollte ich einen alten Zierfisch erschrecken? Da beginnt das Meer zwischen uns, sagte sie; ich seh ihn nur an mit einem Blick, mit dem ich mich durch meine ganze katholische Landjugend geschlagen habe, es ist ein unvergleichlicher Blick, der auf ältere Herren heute noch wirkt. Daß er wirkt, erkenne ich daran, daß der Zierfisch dann plötzlich Mein liebes Fräulein Margot zu mir sagt. Da falle ich fast um, wenn ich das höre. Ehrlich, ich muß fast heulen, wenn ich das höre, sagte sie. Das ist die Anrede der Landvikare und Kolpingpfarrer. Wenn ein Vikar Mein liebes Fräulein sagt, dann weiß ein katholisches Landmädchen, daß der Vikar soeben das Äußerste geleistet hat, das Menschenmögliche. Aber das war das letzte Spielchen, das ich mit meiner Landjugendvergangenheit gespielt habe. Und der Zierfisch segelt um mich herum und will das alte Leben noch einmal aufwärmen. Manchmal gehe ich aufs Klo und kichere lautlos, sagte sie, aber ich muß aufpassen, daß das Kichern nicht in ein Heulen übergeht, das ist mir schon einmal passiert. Es ist Wahnsinn, sagte Margot, ich weiß, daß es Wahnsinn ist, was ich in solchen Minuten aushalte.

Sie aß eilig und gierig, und sie ließ nichts übrig. Sie griff auch in Abschaffels Teller. Es war Mode geworden, sogar unter Angestellten, auch vom Teller des anderen zu essen; jeder sollte von jedermann nehmen dürfen, und so geschah es an vielen Tischen. Er erschrak leicht darüber, wenn Margots Hand in seinen Teller griff. Er war gewohnt an die Finsternis des Alleinessens. Der eigene Teller war für ihn ein abgeschlossenes Territorium, und jemand, der aß, durfte nicht gestört werden, und niemand durfte ihm, auch nicht freundschaftlich, etwas vom Teller nehmen. So hatte er es in seiner Familie gelernt. Aber er sagte nichts. Er wollte Margot nicht stören, noch nicht einmal beim Reden. Obwohl er das Gefühl hatte, daß es wichtig war, was sie sagte, schwand ihm schon wieder die Aufmerksamkeit. Er ärgerte sich, und er schämte sich. Er spürte, daß Margot von der Aufgabe ihres Berufs erregt war, und er glaubte sogar, daß er die wichtigste Person war, der sie diese Geschichte mitteilte. Aber er spürte auch einen Argwohn gegen Margot. In vierzehn Tagen, hatte sie gesagt, fing sie schon bei der Autovermietung an, und das hieß, daß sie schon vor einigen Wochen gekündigt haben mußte. Warum hatte sie ihm nicht früher davon erzählt? War er vielleicht doch nicht die wichtigste Person? Oder hatte sie nur auf eine gute Gelegenheit gewartet? Und war der heutige Abend die gute Gelegenheit? Oder hatte sie sich mit der Mitteilung deswegen nicht beeilt, weil sie gewußt hatte, daß ihm schon bald das Interesse dafür ausging? Natürlich wollte er nicht dastehen als jemand, der eine längere Mitteilung gar nicht mehr aufnehmen konnte. Er traute sich nicht, sie nach dem Grund ihres langen Wartens zu fragen. Er hoffte, daß sie vielleicht selbst noch darauf zu sprechen kam.

Was mußt du denn bei der Autovermietung machen? fragte er. Das Wichtigste ist, sagte sie, daß ich zweihundert Mark mehr verdiene. Ich hoffe, daß ich damit endlich mal auskomme. Die Arbeit ist auf die Dauer wahrscheinlich ziemlich blöd. Das heißt, sagte sie, es ist ja eben keine richtige Arbeit mehr, es ist ja mehr ein Dienstbotenberuf, ein gut bezahlter Dienstbotenberuf ist es. Jeder Autofahrer, der unschuldig in einen Unfall verwickelt ist, hat das Recht, für die Dauer der Reparatur seines Wagens einen Mietwagen zu fahren, und die Versicherung des schuldigen Teils muß es bezahlen. Und ich sitze da in einem Büro und habe ein Telefon, und ich warte darauf, daß ich angerufen werde von jemand, der einen Unfall gehabt hat. Dann nehme ich ein Blanko-Vertragsformular und fahre an die Unfallstelle hin und übergebe das Mietauto. Und von einem Kollegen werde ich später abgeholt und ins Büro zurückgebracht. Das ist alles, sagte sie.

Er hoffte, daß sie bald aufbrachen. Er hörte Margot kaum noch zu, und sie bemerkte es nicht. Er sah ihr auf den fettigen Mund und trank den Rest Wein aus seinem Glas. Margot spitzte ein Streichholz und reinigte sich damit die Zähne. Als sie mit dem Holz an ihren Zähnen entlangfuhr, brachen kleine Stücke von der Spitze ab, die Margot während des Redens schnell auf den Tisch spuckte. Sie erzählte noch etwas über die Autovermietung, und es langweilte ihn. Gehn wir, fragte er. Hast du was? fragte sie. Nein, sagte er. Von mir aus, sagte sie.

Zu Hause bei ihm zog sie sich sofort die Hose aus. Der enge Bund hatte ihr kleine Muster auf den Leib gedrückt, die sie ihm zeigte. Er sagte nichts. Margot öffnete die Balkontür, schaltete das Licht aus und legte sich auf das Bett. Abschaffel war im Bad und putzte sich die Zähne. Es bedrückte ihn, daß soviel geredet worden war. Ich muß mich beruhigen, dachte er. Über die Goldschmiede hatten sie selten miteinander geredet, was er aber zukünftig mit Margot über die Autovermietung reden sollte, war ihm unklar. Er putzte sich die Zähne noch einmal, ganz langsam, und er beruhigte sich nur schwer. Er wollte über nichts nachdenken, sondern schön und ruhig mit Margot schlafen. Das lange Reden kam ihm wie ein Hindernislauf zu Margot vor.

Sie hatte sich ausgezogen und saß auf dem Bettrand. Sie hatte ihre Handtasche auf den Knien und suchte nach etwas, wahrscheinlich ihre Zigaretten. Sie holte eine Weinkaraffe aus der Handtasche und zeigte sie ihm. Hast du die mitgenommen beim Griechen? fragte er. Ja, sagte sie; hast du es nicht bemerkt? Nein, sagte er. So eine Karaffe ist einfach zu teuer, wenn man sie kaufen will, sagte sie. Er stellte das Radio an. Sie verstaute die Karaffe wieder in der Handtasche und steckte sich ein Kaugummi in den Mund. Sie begann zu kauen und legte sich auf den Rücken, und er suchte irgendeine Musik im Radio. Er legte sich neben Margot, und er spürte in seinem Gesicht die Kaubewegungen in Margots Mund. Er verfiel in ein inneres Schweigen, das schlimmer war als sein normales Schweigen, weil es noch tiefer saß und ihm keine Wahl mehr ließ. Es bedeutete, daß er sich beleidigt fühlte. Er überlegte, ob er Margot bitten sollte, das Kaugummi aus dem Mund zu nehmen, aber wie immer, wenn er sich beleidigt fühlte, konnte er nicht richtig überlegen. Er lag nur still neben ihr, bemerkte ihr Kauen und dachte: Wenn ich es noch einmal spüre, werfe ich sie aus dem Bett. Dann spürte er es wieder und sagte nichts. Er stützte sich auf und sah auf Margots Gesicht. Er war überhaupt nicht auf irgendwelche Mißstimmungen vorbereitet gewesen. Er betrachtete die winzigen Löcher in ihren Ohrläppchen, Einstiche aus der Zeit, als sie als Kind Ohrringe getragen hatte. Sie bemerkte, daß er auf ihre Ohrläppchen sah, und wie immer deckte sie sich schnell ein paar Haarbündel über die Ohren. Endlich wußte er, was er sagen konnte. Warum verdeckst du immer deine Ohrläppchen, wenn ich sie betrachte? fragte er. Es geniert mich, sagte sie; es erinnert mich immer wieder an meine katholische Kindheit, und ich habe das Gefühl, ich müßte jedesmal alles erklären, und das will ich nicht mehr. Wie sind denn die Löcher in die Ohrläppchen gekommen? fragte er. Beim Juwelier, sagte sie, kurz vor der Kommunion. Als kleines katholisches Dorfmädchen kriegt man eines Tages zierliche Ohrringe, so kleine Herzchen sind das meistens, sagte sie. Abschaffel streichelte sie, während sie redete. Eines Tages wird man von der Mutter zum Juwelier gebracht, und der sticht die Löcher in die Ohrläppchen. Was, sagte er, tut denn das nicht weh? Nein, sagte sie, in diesem Gewebe ist überhaupt kein Leben drin, du kannst dich pfetzen und spürst kaum etwas. Er pfetzte sich sofort in sein eigenes Ohrläppchen. Das ist bei mir aber anders, sagte er, bei mir tut es weh. Ein bißchen natürlich schon, sagte sie. Der Juwelier vereist die Ohrläppchen, so daß man nichts mehr spürt, und sticht durch. Aber das Schlimme ist nicht, daß man dann zwei Löcher da drin hat, sagte sie, das Schlimme ist, daß du dauernd Angst hast, eines Tages wird dich jemand an den Ohrringen ziehen und wird dir das halbe Ohr aufreißen. Ich habe Schulfreundinnen gehabt, sagte Margot, die sich überhaupt nicht mehr in die Nähe von Jungs getraut haben. Margot nahm das Kaugummi aus dem Mund und wickelte es in ein Papiertaschentuch ein. Sie schwieg. Abschaffel zog ihren Unterleib zu sich heran. Du bist zu grob zu mir, sagte sie. Augenblicklich ließ er von ihr ab und legte sich zurück. Daß nicht nur er mit ihr, sondern auch sie mit ihm unzufrieden war, schuf eine riesige Entfernung zwischen ihm und ihr. Er glaubte, in ein Flugzeug gestiegen zu sein und von Margot wegzufliegen. Zu grob? fragte er leise aus der Entfernung zurück; wo? wie? wobei? Überhaupt, sagte sie, du bist in letzter Zeit allgemein zu grob. Das verstehe ich so nicht, sagte er. Sie schwieg. Abschaffel bildete sich auf seine Zartheit viel ein. Vor Aufregung über diesen Vorwurf konnte er kaum richtig nachdenken. Tatsächlich hatte er nicht bemerkt, daß er in der Eile der allgemeinen Enttäuschungen schon manchmal dazu übergegangen war, nur noch zu sich selbst zart zu sein. Mit sich selbst war er genauso zart wie früher, vielleicht sogar noch mehr als früher, weil es immer mehr darauf ankam, sich selbst zart nachzugeben, sich selbst weich zu verstehen. Nur hatte er diese teilweise Umwandlung, diese fortschreitende Beschlagnahmung seiner Zartheit für seine eigenen, inneren Zwecke nicht bemerkt. Er glaubte, zu jeder Frau, wenn er es nur wollte, zart sein zu können, und er war der Meinung, daß er zu Margot zart war. Verdutzt lag er da. Soll ich dir einmal sagen, wie du in letzter Zeit mit mir umgehst? fragte sie. Ja, sagte er. Du hast zum Beispiel drei Arten, mir an die Brust zu greifen. Die erste geht so, sagte sie, daß du eine Brust in deiner Hand liegen haben willst. Wenn du das möchtest, greifst du einfach hin und umschließt eine Brust mit deiner Hand und drückst daran herum. Die zweite Art geht so, daß du mit Zeigefinger und Daumen an meiner Brustwarze zupfst. Ich weiß nicht, ob das für dich schön ist, wahrscheinlich denkst du, es sei für mich schön. Es ist aber nicht schön für mich, es tut mir manchmal sogar ein bißchen weh, sagte sie. Und die dritte Art ist die blödsinnigste von allen; dann legst du deine Hand flach auf meine Brust und machst kreisförmige Bewegungen, immer im Kreis herum drehst du deine Hand mit meiner Brust darunter, ein richtiges Herumrühren ist das. Ich weiß nicht, wie das gekommen ist bei dir, sagte sie; vor einem halben Jahr war es nämlich noch ganz anders.

Er war vollkommen stumm geworden. Er wußte überhaupt nicht, was er Margot sagen sollte. Es war wie damals, als er von der Mutter ausgeschimpft wurde. Auch damals hatte es für ihn keine Möglichkeit der Entgegnung gegeben. Er schwieg und drehte Margot den Rücken zu. Er erinnerte sich an seine Überzeugung, daß er in seiner Kindheit und Jugend so oft ausgeschimpft worden war, daß heute niemand mehr das Recht hatte, es noch einmal zu tun. Schon längst hatte er an jedermann ein stilles Verbot ausgesprochen, ihm irgend etwas vorzuwerfen. Tatsächlich saß er nun in einem Flugzeug und flog hoch in den Wolken, und unten lag die arme Margot, die nicht wußte, daß sie sein Beanstandungsverbot gebrochen hatte. Er war der einzige Gast in seinem Privatflugzeug, und niemand begegnete ihm bei seinem weiten, unangefochtenen Flug.

Margot schwieg. Abschaffel drehte sich wieder um. So schön sein Flug war, er mußte wieder herunterkommen auf das Bett, auf dem er neben Margot lag, und natürlich wurde aus dem leichten Flugzeug seiner Verletztheit, als es landete, eine dicke schwere Maschine. Er war in das tiefste Beleidigtsein zurückgefallen, das ihm überhaupt möglich war. Margot wartete darauf, daß er etwas sagte. Er sagte nichts, sondern grub sich weiter ein. Er versuchte, etwas zu denken, aber er dachte nicht wirklich, sondern ließ sich nur etwas durch den Kopf ziehen. So glitten ihm drittklassige Beschwerden durch den Kopf, an denen er sich befriedigte. Kein Mensch wird irgendwo erwartet, phantasierte er und hörte gleich wieder damit auf, weil er bemerkte, daß er sich nicht wirklich beschweren wollte, aber was wollte er denn? Er konnte nicht mehr aus seiner Lähmung herausfinden, die anhielt, seit Margot sich bei ihm beschwert hatte. Er hatte das Gefühl, schon inmitten eines Unglücks zu sein, und er mußte auf jeden Fall der erste sein, der sich aus dem Unglück zurückzog. Er drückte sich hoch und setzte sich auf den Bettrand. Er holte sich seine Zigaretten und den Aschenbecher, der auf dem Boden in Reichweite des Betts stand. Das Streichholz, das er anzündete, zischte nur kurz auf und verlöschte. Als beim zweiten Streichholz dasselbe geschah, wollte er schon gegen die heutige Streichholzfabrikation Stellung nehmen. Sie verwenden zuwenig Phosphor, überlegte er. Er legte die Zigarettenschachtel, Streichhölzer und Aschenbecher weg und schlug die Beine übereinander. An den Außenrändern seiner Fußsohlen hatten sich wieder Hornhautringe gebildet, und er begann sofort, mit den Fingernägeln daran herumzukrubben. Er riß sich kleine Hautfetzen herunter und steckte sie sich in den Mund. Wenn er sie lange genug im Mund behielt, wurden sie ganz weich. Aber er behielt sie nicht lange im Mund, sondern biß sie in kleine Stücke, von denen er einige ausspuckte und einige andere verschluckte. Mußt du das jetzt machen, sagte Margot. Mein Gott, warum denn nicht, fragte er; du hast doch vorhin, als wir beim Griechen waren, auf Streichhölzer gebissen und hast kleine Holzsplitter ausgespuckt, und hab ich mich da vielleicht beschwert?

Margot erhob sich und zog sich an. Er sah zu, wie sie rasch ihre Unterwäsche anlegte und in die Schuhe schlüpfte. Die plötzlichen Vorbereitungen zum Weggehen regten ihn auf und beruhigten ihn zugleich. Margot kämmte sich im Flur. Er erinnerte sich schon wieder an seine Kindheit. Das überstürzte Verlassen von Zimmern und Wohnungen war in seiner Familie üblich gewesen. Margot sah ihn nicht an, während sie sich fertig machte. Er hatte die ganze Zeit das Gefühl, im Recht zu sein. Er beschloß, sich nicht von der Stelle zu rühren, solange sie bei ihm in der Wohnung war. Es war die Haltung eines Kindes, das Nichtverstehen bloß spielt. Für einige Augenblicke glaubte er es sich sogar selbst, daß er nichts verstand. Das war ganz herrlich. Er hatte für sich selbst schon lange ein System des abgestuften Verstehens erfunden, das er jetzt wieder anwandte. Es bestand darin, immer nur so viel zu verstehen, daß er vor sich selbst die Idee der Verletztheit nicht aufgeben mußte. Er glaubte, sogar eine Körperhaltung gefunden zu haben, um diesen Eindruck zu verstärken; er saß zusammengedrückt auf dem Bettrand, und sein krummer Rücken gehörte zum Bild eines Verurteilten, der noch nicht einmal die Anklage begreift. All seine Bemühungen machten auf Margot keinen Eindruck. Als sie fertig war, verließ sie wortlos die Wohnung. Nicht einmal die Türen schlug sie zu.

Abgeschwächt drangen die Geräusche von Margots Schritten noch zu ihm, dann war es vollkommen still. Abschaffel stand auf und fühlte sich gut. Er räumte die Gläser und die Flaschen weg, machte das Bett frisch und zog Unterhemd und Unterhose an. Er ging ins Bad und sah in den Spiegel. Margot hatte ihm vor einer Woche in die Schulter gebissen, und der Bißfleck war in seinem letzten Stadium angekommen. Abschaffel beugte sich über das Waschbecken und betrachtete den violett-bräunlichen Fleck, und er gefiel ihm. Er rechnete Margot den Fleck dankbar an. Noch einmal schob er den Halsausschnitt des Unterhemds zur Seite und betrachtete anerkennend den Fleck.

In der Küche strich er, weil ihn die Brotkrümel störten, mit der flachen Hand über den Tisch. Er klatschte die Hände zusammen, aber die Brotkrümel, die nun in seinem Handinneren klebten, fielen nicht restlos ab. Er ging noch einmal ins Bad zurück und wusch sich die Hände. Dabei drückte er die Brotkrümel in die Seife hinein. Er beschloß, sich ein Wurstbrot zu machen und ein Glas Bier zu trinken. Beim Öffnen des Eisschranks merkte er, daß er bald furzen mußte. Er glaubte, es werde ein leiser Kinderfurz, aber er war laut und knarrend. Abschaffel sah in der Küche umher, weil er einige Augenblicke lang dachte, jemand hätte seine Verfehlung gehört und würde ihn nun verurteilen. Dann lachte er, weil ihm der Einfall gekommen war, nur wenn man allein ist wie ich, darf man ein Wurstbrot essen und zugleich furzen. Er ging wieder ins Bad, stellte sich vor den Spiegel und sah sich beim Kauen zu. Es fiel ihm auf, daß er immer noch in Unterwäsche war. Er erinnerte sich an den Vater, der ganze Sonntagvormittage lang in Unterwäsche in der Wohnung herumgelaufen war. Als Kind hatte Abschaffel den Vater deswegen verachtet und sich gelobt, im Alter gegen den Vater vorzugehen. Die Mutter hatte ihn und die Geschwister sonntäglich hergerichtet, aber die Sonntagskluft der Kinder konnte gegen einen in Unterhose und Unterhemd umherschlurfenden Vater niemals zur Geltung kommen. Nach dem Frühstück verließen die Kinder die Wohnung, aber wenn sie zur Mittagszeit zurückkehrten, war der Vater noch immer nicht angezogen. Er setzte sich sogar im Unterhemd an den Mittagstisch. Abschaffel blickte auf seine nackten Beine und überlegte. Auf keinen Fall wollte er so werden wie sein Vater. Und doch glich er ihm in diesen Augenblicken, als hätte er die letzten zehn Jahre an seiner Nachahmung gearbeitet: In Unterwäsche stand er spätabends in der Wohnung herum und drückte sich ein schweres Wurstbrot in den Körper. Der einzige Unterschied bestand darin, daß der Sohn sein Verhalten noch bemerkte. Und, ein zweiter Unterschied, es war keine Familie da, die von Abschaffels Aufzug hätte beleidigt sein können. Waren diese Unterschiede ausreichend, den Vater hinter sich zurückzulassen, oder waren sie belanglos? Er überlegte und überlegte, aber seine Fragen wandelten sich nur in Qualen um. Er bekam Angst, in großen Mengen stürzte sie in seinen Körper, und er verspürte den Drang, die Angstströme im Körper anzuhalten. Aber wie war das zu machen? Statt dessen ging die Angst dicht hinter ihm her. Sie ging sogar mit ins Bett, und als Abschaffel neben sich die Bettdecke niederschlug, glaubte er, ihr einen Platz gemacht zu haben.

Frau Schönböck grüßte ihn wieder im Büro, nachdem sie ihn wochenlang nicht besonders beachtet hatte. Hatte sie etwas Positives über Abschaffel gehört? Oder hatte sie erfahren, daß er etwas Gutes über sie gesagt hatte? Hatte er sich denn überhaupt jemals über Frau Schönböck ausgelassen? Er überlegte, aber er konnte sich an nichts dergleichen erinnern. Es kam vor, daß er über Kollegen redete, meistens abfällig wie alle anderen, aber über Frau Schönböck hatte er nie ein Wort gesagt. Er wollte unter allen Umständen vermeiden, daß in der Firma über sein kurzes Abenteuer mit Frau Schönböck geredet wurde. Die Regel war, daß nach Ablauf einer gewissen Ehrfurchtszeit bald jeder wußte, wer an wen sexuell einmal herangetreten war. Aber offenbar hielt auch Frau Schönböck dicht, bisher jedenfalls. Warum grüßte sie ihn plötzlich wieder? Er fühlte sich beunruhigt. Er achtete Frau Schönböck nicht, und wenn ihm einfiel, daß er einmal mit jemandem zusammengewesen war, den er nicht achtete, dann blieb ihm nichts anderes übrig, als sich selbst ebenfalls nicht zu achten. Dann betrachtete er sein Geschlecht als gierigen und blöden

Herrn, der das Niveau seiner übrigen Person leider nicht immer halten konnte. Schon wieder redete Frau Schönböck darüber, daß sie in einigen Tagen in Urlaub fuhr, nach Jugoslawien. Er zwang sich, ihren Schwärmereien nicht zuzuhören, und dachte statt dessen an Margot. Vierzehn Tage waren vergangen, seit sie wortlos seine Wohnung verlassen hatte. Er hatte sie seither nicht wieder gesehen und nicht wieder gesprochen. Er bemühte sich, diese Pause nicht außergewöhnlich zu finden und sich einzureden, daß sie jeden Augenblick wieder anrufen konnte. Zwischen neun und zehn Uhr wurde es endlich still im Büro. Manchmal war es so, als hätten alle Angestellten gleichzeitig tiefe Einsichten in ihr Leben, und es sei deswegen so still. Nur ein wenig Arbeit war zur Tarnung nötig. Kommt Zeit, kommt Mittag, sagte jemand aus der Buchhaltung. Um elf telefonierte Frau Schönböck mit einem Kunden und setzte an den Schluß des Gesprächs erneut einen Hinweis auf ihre baldige Urlaubsabwesenheit. Abschaffel wollte verhindern, daß er in der Mittagspause mit ihr an einen Tisch geriet. Seit die Gleitzeit eingeführt war, überlegten sich die Kollegen sorgfältiger, ob sie das Haus verlassen sollten. Jeder hatte einen Ausweis mit Foto bekommen, der jedesmal beim Betreten oder Verlassen des Hauses in einen Steckapparat eingeführt werden mußte. Abschaffel gehörte nicht zu den Kollegen, die in der Mittagspause das Büro verließen. Wer aus dem Haus ging, überzog fast regelmäßig die Mittagszeit; früher waren das erschlichene Verlängerungen der Mittagszeit, um die sich niemand besonders kümmerte, aber heute gab es die Stechuhr, die jede Minute Abwesenheit aufzeichnete und anrechnete. Abschaffel sah aus dem Fenster hinaus und dachte wieder an Margot, und das wollte er auch in der Mittagspause tun. Ungestört wollte er eine Mittagspause lang hoffnungsvoll an Margot denken und am Ende ganz sicher sein, daß sie ihn am Abend besuchte. Statt dessen überlegte er, wie er verhindern konnte, daß Frau Schönböck sich ihm anschloß. Es bedeutete etwas, wenn man plötzlich wieder gegrüßt wurde, ebenso wie es etwas bedeutete, wenn man plötzlich nicht mehr gegrüßt wurde. Das heißt, manchmal bedeuteten beide Vorgänge auch nichts, wenn sie nur Launen und unbestimmten Haltungen von Kollegen entsprangen. Aber wie sollte man beurteilen, ob man nur einmal aus Launenhaftigkeit nicht gegrüßt wurde oder ob man aus bestimmten, das heißt feindlichen Absichten heraus gegrüßt wurde? Immer gab es eine Anzahl von Kollegen, die eine andere Anzahl von Kollegen zur Zeit nicht grüßte. Und es konnte geschehen, wie es Abschaffel auch schon geschehen war, daß er plötzlich einen Kollegen grüßte, von dem er seinerseits lange nicht mehr gegrüßt worden war. Plötzlich wieder gegrüßte Kollegen stürzten sich in Überlegungen über die Bedeutung derartiger Vorkommnisse. Die naheliegende Erklärung eines kurz bevorstehenden feindlichen Akts war oft, aber nicht immer zutreffend. Manchmal schlug die Stimmung zwischen zwei Kollegen aus bloßem Überdruß an der Feindseligkeit in Freundlichkeit um, ohne Grund, es sei denn, daß der Überdruß an der Feindseligkeit auch ein Grund war. Ronselt füllte seinen Lottoschein aus. Das bedeutete, daß er in der Mittagszeit in die Stadt fuhr, um den Schein abzugeben. Für den Lottoschein benutzte er seinen Privatkugelschreiber aus der linken Anzuginnentasche. Vorher machte er drei Probestriche auf einem Blatt Papier. Wegen der Sturheit, mit der Ronselt Woche für Woche an seine plötzliche Bereicherung glaubte, hatte Abschaffel wieder Lust, ihn zu verachten. Und er glaubte, seine Verachtung schon ausgedrückt zu haben, als er sich erhob und auf die Toilette ging. Abschaffel hatte schon oft bemerkt, wie sehr Ronselt Lust hatte, seine Lottogeschichten auszubreiten. Er hatte die Zahlenkombinationen im Kopf, mit denen er vor zwölf oder sechzehn Wochen neun Mark achtzig gewonnen hatte. Abschaffel hörte diese Geschichten manchmal im Vorbeigehen, wenn Ronselt sie anderen Kollegen erzählte. Immerhin hatte Abschaffel es fertiggebracht, daß Ronselt ihn damit in Ruhe ließ. Ronselt war ein so kleiner Angestellter geworden, daß er wieder an das große Glück glaubte. Und Abschaffel verachtete nicht nur die, die noch immer an irgendein Glück glaubten; er war inzwischen sogar so weit, daß er das Glück selbst, seines ewigen Ausbleibens wegen, verachtete. Er wusch sich in der mit Neonröhren überhell erleuchteten Toilette zum viertenmal an diesem Morgen die Hände, und dabei erinnerte er sich, daß er im Alter von zwölf oder dreizehn Jahren zum letztenmal davon ausgegangen war, daß es so etwas wie das Glück gebe. In diesen Jahren hatte sich sein Leben langsam umgewandelt. In der Schule ging es ihm von Jahr zu Jahr schlechter, und seine Eltern machten sich langsam darauf gefaßt, aus der Schulzeit ihres Sohnes eine peinigende Erzählung machen zu müssen. In diesen Jahren hatte er das erlösende Glück gesucht, und er suchte es dort, wo es Kinder vermuten. Er beteiligte sich an Malwettbewerben von Nudelfabriken, Margarinekontoren und Dosenmilchfirmen und hoffte auf einen der Preise. Hinzu kamen Preisausschreiben und Rätselturniere, die manchmal von der Lokalzeitung veranstaltet wurden. Abschaffel schickte als Kind seine Zeichnungen und Lösungskarten ein, wie es verlangt war, er wartete Monat um Monat, und er glaubte jede Woche neu, daß das Glück, wenn man es so inständig hofierte, sich nicht versagen konnte. Aber er gewann nie etwas, nicht ein einziges Mal. Noch nicht einmal ein sogenannter Trostpreis fiel für ihn ab. Es war unbegreiflich.

Abschaffel trocknete sich am automatischen Handtuchspender die Hände ab. Eine der Neonröhren an der Decke flackerte seit Wochen und summte dazu. Abschaffel dachte über das Wort Trostpreis nach; er überlegte, warum er das Wort, als er Kind war, so gut verstanden hatte. Es bedeutete, daß alle, die nichts gewonnen hatten, das Gefühl haben sollten, sie hätten doch etwas gewonnen. Alle, die leer ausgingen, sollten sich täuschen können. Und zugleich war ein Trostpreis auch noch eine Erfindung, um die anderen verstehen zu können, die wirklich etwas gewonnen hatten. Es gefiel ihm, was er in der Toilette dachte. Er glaubte plötzlich, ein Meister des Lebens zu sein, weil er, zum Beispiel, das Glück schon ganz früh als Gespenst leerer Kindernachmittage entlarvt hatte. Wenn es nur wahr gewesen wäre. Wenn er nur dieser Meister des Lebens geworden wäre. Wenn er nur der unerschrocken Lebende hätte sein können, der nicht mehr zu täuschen war. Zwischen vier weißen Kachelwänden stehend, gestand Abschaffel sich ein, daß er sich soeben belogen hatte wie schon lange nicht mehr. Er hatte sich als Kind nicht ein einziges Mal an einem Malwettbewerb beteiligt, nicht ein einziges Mal an einem Preisausschreiben oder einem Rätselturnier. Er hatte nie etwas gewonnen, weil er niemals an einem solchen Wettbewerb teilgenommen hatte. Er glaubte nur manchmal gern, an allem beteiligt gewesen zu sein. Dann war er überzeugt, alles ausprobiert zu haben, das Leben schon wie ein Held herausgefordert zu haben und nach bestandenen Kämpfen ein Recht auf Verachtung zu haben. Tatsächlich hatte er nicht einmal einen kleinen Finger in die Kälte der Welt gehalten. Er war schon vor zwanzig Jahren zurückgeschreckt, und er schreckte noch immer zurück. Erlebte nur in geträumten Auseinandersetzungen, denn er war ein gräßliches altes Kind, das in den Kleidern eines Erwachsenen in einem Kinderbettchen lag und darüber jammerte, daß es seine Beinchen nicht ausstrecken konnte.

Total erledigt ging er aus der Toilette. So weit hätte es nicht kommen dürfen. Warum war es so weit gekommen, daß er sich seine eigenen Täuschungen nicht mehr glaubte? Ich habe keinen Mut zum Leben, dachte er, als er die Toilette verließ. Ich habe keinen Mut zum Leben, dachte er noch einmal. Ich will alle Schmerzen schon gehabt haben, ich will tot sein. Immer wenn er als Kind das Haus verließ, hatte ihm die Mutter nachgerufen: Paß auf, damit dir nichts geschieht. Und genau das hatte er bis heute immer getan: aufgepaßt, damit ihm nichts geschah. Und weil er trotzdem ein Gefühl davon bekommen hatte, daß niemand leben konnte, ohne daß ihm etwas geschah, phantasierte er sich nachträglich in Auseinandersetzungen hinein, die niemals stattgefunden hatten. Und während er und seine Mutter wirklich geglaubt hatten, daß ihm nichts Schlimmes geschah, trennte ihn die Schule ab von den anderen. Er blieb auf der Leiter stehen und fand die nächste Sprosse nicht mehr. Aber die Mutter hörte auf zu reden und begann zu schimpfen: Du mußt auch besser aufpassen, damit dir nichts geschieht.

Unglücklicherweise begegnete er dem bleichen Gersthoff. Offenbar wollte er ebenfalls in die Toilette. Gersthoff ging unkonzentriert, manchmal schwankte er sogar. Abschaffel trat noch einmal zurück zur Toilette und hielt Gersthoff die Tür auf. Gersthoff fiel leicht auf Abschaffel drauf. Es war zwar nur ein leichter Aufprall gewesen, aber Abschaffel fürchtete, für den zitternden Gersthoff könne er zuviel gewesen sein. Die Berührung mit Gersthoff war ihm unangenehm. Gersthoffs Tage waren gezählt. Er konnte den Kugelschreiber nicht mehr richtig halten, und Ajax hatte ihm vor zehn Tagen gekündigt. Damit es besser aussah, hatte ihm Ajax als Abfindung sechs Monatsgehälter versprochen. Aber Gersthoff hatte sich auf diesen nur schwach verzuckerten Angestelltentod nicht eingelassen. Ich will mein Recht, hatte er mehrfach im Büro gesagt, ich will mein Recht. Welches Recht wollte er? Gersthoff tat, als sei der Tod ein Teil eines Tarifvertrags, über den noch etwas auszuhandeln sei. Er hängte sich an Mörst, den Betriebsratsvorsitzenden, und Mörst rief noch einmal die Rechtsabteilung der Gewerkschaft an. Mörst wollte Gersthoff tatsächlich helfen, aber die Gewerkschaft machte endgültig nicht mit. Damit hätte auch für Mörst die Geschichte zu Ende sein können, aber Mörst gab sich immer noch nicht zufrieden. Er half Gersthoff auf eigene Faust. Er war für Gersthoff zum Arbeitsgericht gegangen und focht die Kündigung von Ajax privat an. Mörst riskierte viel. Er war als Betriebsrat nur so lange unkündbar, solange er Betriebsrat war. Und Ajax hatte rasch erfahren, daß die Gewerkschaft den Fall Gersthoff endgültig fallengelassen hatte. Und weil Mörst dennoch nicht aufgab, verschob sich die Auseinandersetzung um Gersthoff in einen stillen Kampf Ajax gegen Mörst. Das Arbeitsgericht hatte schon einen Termin bekanntgegeben. Ajax hatte Mörst, zum letztenmal vor der Verhandlung, zu sich kommen lassen.

Mörst sollte endlich aufgeben. Es sieht doch jeder, daß Gersthoff eine Null ist, hatte Ajax gesagt, und Mörst hatte es weitererzählt. Wir sind eine Firma und kein Krankenhaus, seien Sie vernünftig und nehmen Sie die Klage zurück. Aber Mörst hatte nichts zurückgenommen. Er ließ es auf die Verhandlung ankommen.

Abschaffel saß an seinem Schreibtisch und wartete, daß Gersthoff aus der Toilette kam. Immer noch hatte er Angst, Gersthoff liege vielleicht auf dem Steinboden der Toilette und röchelte seiner letzten Stunde entgegen. Aber es öffnete sich die Tür, und Gersthoff schwebte heraus. Seine immer etwas ungenauen Bewegungen verschafften ihm den Ausdruck des Schwebens. Er ging zurück zu seinem Schreibtisch, und Abschaffel sah, daß ihm der Kugelschreiber schon wieder auf den Boden fiel. Er bückte sich nicht, sondern nahm einen anderen Kugelschreiber. Abschaffel zwang sich, in eine andere Richtung zu sehen. Er sah aus dem Fenster hinaus und sah rundliche Stacheldrahtballen über den Luftschächten im Ladehof. Es war entsetzlich. Heute konnte er hinsehen, wohin er nur wollte, überall wurde er geschwächt und gedemütigt. Er selbst war es gewesen, der vorlaut den Stadtstreicher verraten hatte, aber das hatte er fast schon wieder vergessen. Statt dessen hielt sich sein Schuldgefühl an den Stacheldrahtballen fest, und für die war eindeutig Mörst verantwortlich. Wie war es möglich, daß ein und dieselbe Person, dieser stinkende Betriebsrat Mörst, einerseits einen todkranken Angestellten vor dem Arbeitsgericht vertrat, andererseits aber einem Penner den Schlafplatz mit Stacheldraht verspannte? Abschaffel überlegte, ob Mörst Ajax bewußt positiv beeindrucken wollte, indem er Stacheldraht über die Luken spannen ließ, damit er in der Sache Gersthoff um so besser gegen ihn kämpfen konnte. Vielleicht war es so, vielleicht nicht. Vielleicht waren die beiden Ereignisse auch nur zufällig zeitlich miteinander verbunden. Mörst war ein guter Betriebsrat, aber er war genauso eng und beschränkt wie alle anderen. Er half Personen nur dann, wenn sie, wie Gersthoff, auf ordentliche Weise in Not geraten waren. Wer aber unordentlich in Not war, wie der Penner im Ladehof, rief sofort Mörsts Argwohn hervor. Mörst hatte feste Vorstellungen über das Elend. Nur wer eine langjährige Praxis in der Ordentlichkeit hinter sich hatte und dann scheiterte, war auf sanktionierte Weise ins Unglück geraten. Gegen alle anderen Unglücklichen ging Mörst entschieden vor; er verfolgte sie, bis sie außer Sichtweite waren.

Abschaffel tippte auf einen Zettel den Text eines Fernschreibens. Er tippte mit zwei Fingern und wurde deswegen wieder von Fräulein Schindler belächelt. Wieder sagte er, was er schon so oft gesagt hatte: Ich tippe so wenig, daß ich mir das erlauben kann. Fräulein Schindler lachte und sagte: Sie wollen bloß verhindern, daß Ajax eine Tippse aus Ihnen macht. Sie lachte noch einmal, und einige andere lachten mit. Abschaffel wunderte sich über diese fremdartige Äußerung. Vielleicht hatte er schon den Ruf eines schwächlichen, weibischen Angestellten, und er wußte gar nichts davon. Aber er kam nicht dazu, diesen Dingen nachzusinnen, weil soeben ein Lehrling Fräulein Schindler eine Büroklammer in den Ausschnitt geworfen hatte. Es war die erste Büroklammer in diesem Sommer, die in einen Ausschnitt geworfen wurde. Jetzt geht das wieder los, seufzte Abschaffel innerlich auf. Er sah Fräulein Schindler zu, wie sie mit der rechten Hand in ihrer Bluse umherstreifte. Das Werfen mit Büroklammern war ein erotisches Spiel unter ganz jungen Angestellten und Lehrlingen. Fräulein Schindler war zwar kein Lehrling mehr, und sie bemühte sich auch, nicht zu den Lehrlingen gezählt zu werden. Die Lehrlinge jedoch behandelten sie so, als gehörte sie zu ihnen. Sie fand die Büroklammer und warf sie auf den Lehrling zurück, verfehlte ihn allerdings weit. Die Schar der blassen und verpickelten Lehrlinge brach darüber in ein dröhnendes Lachen aus. Das Lachen war für sie die einzige Art, mit Fräulein Schindler einen intimeren Kontakt zu haben. Ihre Erscheinung entsprach den Vorstellungen der Begierde, und es gab sicher keinen Lehrling, dessen Phantasie sich nicht wenigstens einmal täglich mit ihr beschäftigt hätte.

Fräulein Schindler gab zwar immer wieder einzelne Bemerkungen über ihren neuen Freund von sich, und ihr Gehabe verriet ihre Überzeugung, daß nicht ein einziger Angestellter von Ajax an die Qualitäten ihres neuen Freundes heranreichte. Die Lehrlinge ihrerseits hatten die tiefe Überzeugung, daß sich alle jüngeren Leute ihre Freunde und Freundinnen in der Firma suchen sollten. Wer, wie Fräulein Schindler, sich außerhalb der Firma versorgte, diffamierte die erotische Repräsentanz von fünfzehn jungen Leuten. Fräulein Schindler straffte ihre Bluse. Sie war selbstbewußt und entschlossen, sich erotisch nicht an die Firma binden zu lassen.

Seit Stunden war Abschaffel wieder den Nichtigkeiten des Büros ausgesetzt. Die offene Weite des Großraumbüros versetzte alle Angestellten in einen allgemeinen Zusammenhang. Alle kleinen Nichtigkeiten sammelten sich zu einem großen Nichts, an dem alle teilhatten. Er hatte noch nicht einmal Gelegenheit, seine eigenen Nichtigkeiten zu bedenken und nach Möglichkeit auszuräumen, weil er gezwungen war, am allgemeinen Strom der Ereignisse teilzunehmen. Die einzig mögliche Absonderung bestand darin, die fehlenden Trennwände im eigenen Körper hochzuziehen. Abschaffel hockte an seinem Schreibtisch und sah auf die angefangenen Mauern in seinem Körper herab. Er sehnte sich den Feierabend herbei, und er sehnte sich nach Margot, aber sie hatte auch heute wieder nicht angerufen. Er wußte nicht, was er heute abend machen sollte, und er fürchtete sich vor dem Alleinsein. Er strich sich mit dem Handrücken über die untere Gesichtshälfte, und er bemerkte, daß er sich rasieren mußte. Es kam ihm wie eine Hoffnung vor, daß er noch Barthaare hatte. Soeben hatte er sich dringend vorgenommen, keiner Bürogeschichte mehr zuzuhören, aber schon wieder war er in eine Aufmerksamkeit verwickelt. Er mußte eine neue Armbanduhr betrachten, die ein Lehrling umherzeigte. Die Uhr hatte keine Zeiger und kein Zifferblatt und keine Ziffern. Wenn der Lehrling die Zeit wissen wollte, mußte er mit der anderen Hand einen kleinen Schieber am Uhrgehäuse eindrücken, dann leuchtete auf dem schwarzen Rund des Zifferblatts in elektronischer Schrift die Zeit auf. Je mehr diese kranke Uhr bewundert wurde, desto stärker wurde in Abschaffel die Verachtung. Er sah mehrfach auf seine eigene Uhr und war mit ihr zufrieden. Sie hatte einen kleinen und einen großen Zeiger, und beide Zeiger zeigten auf Ziffern. Er empörte sich über eine fremde Uhr, die ihn nichts anging. Prompt war ein Uhrengespräch im Gange, an dem etwa sechs Kollegen teilnahmen. Jeder erzählte, wann er seine eigene Uhr gekauft hatte. Wie Uhren verlorengingen, wie Uhren wiedergefunden wurden, wie Uhren kaputtgingen und wie lange Uhren hielten. Abschaffel sah aus dem Fenster. Er öffnete halb den Mund und sog Luft ein. In seinem Abscheu für die Uhr des Lehrlings bemerkte er glücklicherweise nicht, daß die Art, wie er neue Erscheinungen verurteilte, ein Zeichen seiner eigenen Veralterung war. Eine Uhr konnte für ihn nur ein Gegenstand mit zwei Zeigern und einem Zifferblatt sein. Und die Erwartung, daß ein Ding sich selber immer ähnlich blieb, war ein Grundrecht aller alt werdenden Personen. Ich werde diesen Lehrling niemals nach der Zeit fragen, und wenn ich den Feierabend versäume, dachte er mehrfach. Niemals niemals, dachte er. Er vertiefte sich weiter in die Verurteilung der Uhr und beklagte, daß aus den simpelsten Gegenständen heutzutage immer gleich Geräte der Unterhaltung gemacht werden mußten, damit jeder einzelne, der im Imperium der Langeweile gefangen war, ach, Quatsch, er wollte überhaupt nicht denken. Mein Gott, dachte er endlich, das kann mir doch alles gleichgültig sein. Er blickte auf, und ganz langsam leerte sich sein Kopf.

Am Feierabend bot ihm ein Kollege an, ihn im Auto mit in die Stadt zu nehmen. Abschaffel lehnte freundlich ab; er wollte sich heute auf nichts und niemanden mehr einlassen. Er wollte die ganze Strecke bis in die Stadt zu Fuß zurücklegen. Das Gehen tat ihm gut. Wirklich hatte er das Gefühl, durch Gehen alles vergessen zu können. Er fühlte sich wie eine große weite Fläche, über die man endlos hinwegsehen konnte. Was sollte er tun? Er dachte an Margot. Er wollte sie treffen, aber er genierte sich. Bald war er in der Stadt. Wahrscheinlich erwartete Margot, daß er sich entschuldigte. Gelangweilt betrachtete er die Auslagen der Geschäfte. Es fielen ihm die Eltern ein. Wenn sie sich langweilten, sahen sie gemeinsam aus dem Fenster. Sie holten sich zwei dünne Kissen, meistens zwei Stuhlkissen, legten sie auf das Fenstersims und stützten die Arme drauf. Die Mutter stellte sich manchmal einen Stuhl an das Fenster, und zwar mit der Lehne zur Wand, so daß sie ihren Körper mit den Knien auf der Sitzfläche des Stuhls aufbocken konnte. Der Vater sah ohne Stuhl aus dem Fenster, weil er sich mit Stuhl nicht mehr so gut zwischen den Beinen hätte kratzen können. Die Eltern flüsterten leise über alles, was sie auf der Straße sahen, und es war doch so wenig, was es in dieser Straße zu sehen gab. Schon als Halbwüchsiger fand es Abschaffel unglaublich, wie die Eltern es fertigbrachten, ihre Langeweile nicht aus den Wohnungen hinauszutragen, sondern sie bloß an den Fenstern zu lüften, um wieder gut mit ihr weiterleben zu können. Niemals hatte er sich getraut, die Eltern zu fragen, was es denn auf der Straße zu sehen gab. Ganze Sommerabende lang hingen sie zusammen in einem Fenster, und wenn sie es spätabends wieder schlossen, dann ächzten und stöhnten sie glücklich auf, als wären sie soeben von einer Atlantikrundfahrt zurückgekehrt.

Auf dem Platz vor der Paulskirche sah Abschaffel einen langen Sattelschlepper stehen. HERKULES DER RIESENWAL AUF EUROPATOURNEE stand mit weißen Buchstaben auf der blauen Plane des Sattelschleppers. Einige Leute standen darum herum, und Abschaffel überlegte, ob er sich den Wal anschauen sollte. Oder war es nicht besser, einfach zu Margot zu gehen? Sie war jetzt sicher zu Hause. Er spielte mit seiner Langeweile und seiner Unentschlossenheit. Er wollte seine Beziehung zu Margot wieder geordnet haben, aber es sollte nicht so aussehen, daß beide hinterher glaubten, er sei der Grund für die Zerwürfnisse gewesen. Er stand vor dem Sattelschlepper und mühte sich ab, sein Verhalten zu entlarven. Was war er wirklich? Augenblicklich sah er in Margot seine Mutter, die er lieben müßte. Die Liebe zur Mutter war ein Automat aus der Kindheit, der zu spät in die Brüche ging. Und wenn Margot eine Verlängerung seiner Mutter war, dann würde es ihm niemals möglich sein, sie offen zu bemängeln. Er würde sich immer so verhalten, daß Margot aus seinem Verhalten mühsam eine Rüge erschließen mußte. Und wenn sie die Rüge endlich entdeckte, würde sie ihn beschimpfen, und dann endlich würde er sich trauen zurückzuschimpfen. Dann erst nämlich hatte er den Schutz, aus einem vermeintlichen Angriff heraus agieren zu können. Und das alles nur, weil er sich nicht traute, die Liebe zur Mutter endlich zu kündigen. Sollte das heißen, daß er sich überhaupt nicht richtig vorhanden fühlte, wenn er sich nicht über das Medium der Mutter mit sich selbst verständigen konnte? Und mußte er Margot als Mutterverlängerung deswegen beschimpfen, weil sie als Schmarotzer seiner eigenen Selbstverständigung immer dazwischensein würde? O Gott, diese Fragen hoben ihn fast in die Höhe, und die Unfähigkeit, sie verbindlich zu beantworten, erzeugte Druck im Kopf. Fast war er dankbar, sich mit HERKULES zerstreuen zu können. Er hatte sich schon einen Handzettel geben lassen und spielte vor der Kasse eine Weile einen Mann, der sich nicht sofort entscheiden konnte. Angeblich war HERKULES dreizehn Meter lang, zwei Meter zwanzig hoch und fünfzig Tonnen schwer. Noch vor der Kasse tat er so, als sei er an dem Wal überhaupt nicht interessiert, sondern wolle nur fahrenden Schaustellern die Tageseinnahme verbessern. Erst als er in dem knappen Zelt war, das an einer Seite des Sattelschleppers ausgefaltet war, bemerkte er, daß er nicht nur die anderen, sondern auch sich selbst wieder getäuscht hatte. Auf der Ladefläche des Sattelschleppers lag ein riesiges grauschwarzes Ding. Das sollte der Wal sein? dachte er und war enttäuscht. Offenbar hatte er erwartet, einen lebenden Wal schwimmend auf dem Sattelschlepper zu sehen. Er beschimpfte seine kindische Erwartung mit richtigen Sätzen. Wie soll denn ein dreizehn Meter langes Tier, das noch dazu nur im Wasser leben konnte, auf einem Sattelschlepper lebend umhergefahren werden können? Abschaffel überlegte, ob er der einzige war, der nicht ganz ausgeschlossen hatte, einen lebenden Wal zu sehen. Es waren ein paar Mütter mit ihren Kindern im Zelt. Die Frauen standen schweigend im Hintergrund und hielten Kleidungsstücke ihrer Kinder in Händen. Die Kinder sprangen umher und redeten mit dem Wal, als lebte er wirklich, und Abschaffel bemerkte, daß außer ihm niemand in diesem Zelt war, der seine Selbsttäuschung überhaupt hätte begreifen können. Es erschien ein Mann und nahm ein Mikrofon und stellte sich vor den Besuchern auf und sagte, das ist ein Blauwal, und es ist eine Sensation, daß Sie diesen Wahl besichtigen können. Der Wal ist am 14. Dezember 1975 in Dänemark gestrandet, erzählte der Mann, wahrscheinlich ist er von Grönland zu weit weggeschwommen und hat sich verirrt. Das Auge ist eine Attrappe, sagte der Mann, denn Augen kann man nicht mumifizieren, und der Wal ist innen leer und wird von einem Stahlgerüst gehalten. Das war der Augenblick, in dem Abschaffel zu glauben begann, einem Schwindler zuzuhören. Was an diesem sogenannten Wal war eigentlich echt? Abschaffel sah konzentriert auf die Haut des Tiers, und er war überzeugt, daß sie aus Pappe war, eine Theaterkulisse für eine Märchenvorstellung war das, natürlich. Er warf sich und allen Leuten vor, daß die Welt nur noch ein allgemeines Betrugsgefühl war, in dem das Auftauchen eines Pappwals nur zu den Beiläufigkeiten zählte, über die sich niemand mehr erregte. Wie unbegreiflich offen der Mann mit dem Mikrofon log! Der Wal ist in Dänemark gestrandet, GESTRANDET hatte er gesagt und sagte es wieder, wie konnte ein Wal stranden, der schwamm doch weiter, ein Wal ist doch kein Holzkahn, der irgendwo hängenbleibt. Abschaffel drückte sich aus dem Zelt heraus und versuchte, das Schaustellerpersonal finster anzusehen. Eine kleine Niedergeschlagenheit stieß ihn endgültig hinaus. Draußen mischte sich in die Finsternis seines Gesichts wieder die Erinnerung an Margot, und wieder empfand er die Schwierigkeit, daß er nicht wußte, wie er Margot begegnen sollte. Wahrscheinlich würde es wenigstens eine Aussprache geben, eine Abklärung von Vorwürfen und Schuldanteilen. Er tat, als hätte er schon Dutzende solcher Aussprachen hinter sich und als hätte er jedesmal hinterher festgestellt, daß sie nichts taugten. Und tief innen meldete sich seine Überzeugung, daß er die wirklich wichtigen Auseinandersetzungen sowieso nur mit sich selbst führen konnte. Warum war es denn nur so schwer, sich wieder zurückzumelden? Er bemerkte, daß er den Entschluß zum Besuch von Margot schon gefaßt hatte, weil er aber noch nicht wußte, wie er das praktische Aufeinandertreffen gestalten sollte, tat er eine Weile so, als hätte er sich noch nicht entschlossen. Sein Körper war weich und müde geworden. Er begann zu überlegen, was er Margot sagen könnte. Er ging über den Eisernen Steg nach Sachsenhausen, dort wohnte Margot. Sie wohnte in einem Ein-Zimmer-Appartement mit Küche und Bad. Er war nicht sehr oft bei ihr gewesen. Ihre Wohnung war genauso nachlässig eingerichtet wie seine, aber ertragen konnte er nur seine eigene Nachlässigkeit. Ihre Wohnung war wie eine Nichtanerkennung des Lebens, und diese Nichtanerkennung steckte in so vielen Details, in so vielen Unterlassungen und Unordentlichkeiten, daß er jedesmal Schwierigkeiten hatte, sich in ihrem Zimmer auf einen Stuhl zu setzen.

Sein Mund war trocken und sein Kopf weit und flimmernd, als er vor Margots Tür stand. Sie war sofort freundlich und bat ihn einzutreten. Er war verblüfft. Es fiel kein Wort darüber, daß sie sich eine Weile nicht gesehen hatten. Aber als er in das Zimmer trat, sah er eine blonde Frau in einem Sessel sitzen. Margot stellte ihn und die Frau vor. Das ist Barbara, eine Arbeitskollegin, sagte Margot. Abschaffel und die blonde Frau, die in Margots Alter war, gaben sich die Hand. Er setzte sich ein wenig abseits und bereute schon, daß er gekommen war. Es machte ihm Schwierigkeiten, mit Barbara umzugehen. Die beiden Frauen duzten sich, und sie redeten über Frisuren und Kleider, und Abschaffel hörte nicht hin. Er blätterte in einer Illustrierten herum und sah im Zimmer umher. Dadurch bemerkte er nicht, daß die Unterhaltung der Frauen schnell zu anderen, auch für ihn wichtigen Themen überging. Das heißt, er bemerkte den Wechsel, aber weil er zuvor so lange still in sich gekehrt gewesen war, fand er nicht so schnell in ein anderes Verhalten. Man hätte das Gespräch wie einen Zug anhalten und ihn bitten müssen, an einer für ihn passenden Stelle einzusteigen. Sie redeten darüber, ob sie für immer in Ein-Zimmer-Appartements bleiben sollten oder ob sie nicht in ein Alter gekommen waren, wo sie sich mehr wünschten als das, was sie unmittelbar zum Leben brauchten, eine größere Wohnung zum Beispiel. Ich bin immer noch zufrieden mit dem, was ich habe, sagte Margot; mehr als die Sachen, die in diesem Zimmer sind, brauche ich nicht. Mir geht es eigentlich auch so, sagte Barbara, obwohl ich mir das immer wieder sagen muß, damit ich es auch glaube, und das ist verdächtig. Margot lachte. Es gefällt mir immer mehr, daß ich aus zerrütteten Verhältnissen stamme, sagte Margot; dadurch ist heute gewährleistet, daß ich ganz wenig brauche. Das geht aber nur, antwortete Barbara, wenn man das, was einem während der Zerrüttung gefehlt hat, sich nicht als Sehnsucht für später aufgebaut hat. Wenn man sich danach heute sehnt, dann geht es einem ganz schlecht, weil man in ein unersättliches Wünschen hineinkommt, sagte Barbara. Gott sei Dank geht es mir nicht so, sagte Margot. Das heißt aber doch, sagte Barbara, daß du als Kind, während man dich zerrüttet hat, eigentlich schon zufrieden warst. Deine Eltern haben dich zerstört, aber du warst gar nicht unglücklich darüber, sagte Barbara. Margot lachte zustimmend. Es könnte gut wahr sein, obwohl ich das fast nicht begreife, sagte sie. Ich habe die Erinnerung, daß ich als Kind unablässig gegen meine Zerstörung angekämpft habe. Aber vielleicht stimmt deine Erinnerung nicht, sagte Barbara; vielleicht haben dich deine Eltern zerrüttet, und du hast immer nur gedacht: Macht nur weiter so, besser jetzt als später. Margot lachte hell aus dem Badezimmer heraus. Sogar Abschaffel lachte leicht; so etwas hatte er noch nie gehört. Trotzdem war es ihm nicht möglich, sich in die Spur dieses Gesprächs zu setzen. Er überlegte, was er sagen könnte, und das Nachdenken stärkte seine Befangenheit. Auch hatte er das Gefühl, Barbaras Gesprächsführung nicht standhalten zu können. Und während er in seinem eigenen Kopf versank, redeten Margot und Barbara bereits wieder über Frisuren und Kleider. Er konnte kaum begreifen, wie sie es fertigbringen konnten, nun wieder über Haare und Stoffe zu sprechen. Barbara erklärte Margot eine neue Frisur. Du nimmst eine kleine Rundbürste und rollst die nassen Haare in kleinen Büscheln darüber und fönst sie in Form. Dazu sind meine Haare zu lang, sagte Margot. Vielleicht sind sie eine Idee zu lang. Außerdem sind meine Haare hart und störrisch, sagte Margot. Das macht nichts, sagte Barbara. Ich werd's mal versuchen, sagte Margot. Bist du fertig? fragte Barbara. Wir müssen noch einmal ins Büro und ein paar Check-ins machen, sagte Margot zu Abschaffel, gehst du mit? Anschließend wollen wir ins Kino, sagte Barbara. Ich bin eine Stunde lang in der Stadt herumgelaufen, sagte er, ich bin müde. Warum läufst du so lange in der Stadt herum? fragte Margot. Ich muß mich soweit bringen, sagte er, bis mein Kopf wieder wirklich mir gehört, und das gelingt mir am besten dadurch, wenn ich mich zerstreue. Er fand, das hatte er gut gesagt. Also du gehst nicht mit, fragte Margot noch einmal. Lieber nicht, sagte er. Barbara stand schon an der Tür und öffnete sie. Abschaffel verließ an der Seite von Margot die Wohnung. Auf der Straße setzten sich Barbara und Margot in einen Mietwagen. Abschaffel stand auf dem Gehweg und sah in den Wagen. Margot legte sich den Sicherheitsgurt quer über die Brust. Barbara fuhr vorsichtig aus der Parklücke heraus.

Es war noch Zeit, und Abschaffel betrat in Sachsenhausen ein kleines Kaufhaus und kaufte sich ein Hemd. Er stellte es sich als hilfreich vor, das Hemd zu Hause auszupacken, all die Nadeln herauszuziehen, dazu die Pappstreifen und Kragenverstärkungen zu entfernen und das Hemd am Ende vielleicht anzuziehen. Rasch verließ er das Kaufhaus und ging über die Mainbrücke zurück in die Innenstadt. Er wollte nach Hause und sich beruhigen. Er ahnte, daß er sich bei Margot nicht richtig verhalten hatte. In seinem Hals spürte er einen unzufriedenen Reiz, eine kehlige Behinderung, die ihm anzeigte, daß er verspätet reagierte. Er beschloß, zu Hause viel zu essen, damit sein Körper in eine leichte Betäubung verfiel und bald einschlief. In einer Metzgerei mit Mikrowellenerhitzer kaufte er sich ein paniertes Schnitzel. Es dauerte nur fünf oder sechs Minuten, bis der Mikrowellenerhitzer das Schnitzel fertig hatte. Die Verkäuferin wickelte es in Folienpapier ein, in dem es sich etwa zwanzig Minuten lang warm hielt. Bis dahin war er längst zu Hause. Kaum aber hatte er die Metzgerei verlassen, verspürte er Lust, das Schnitzel sofort zu essen. Aber das Essen auf der Straße war noch immer ein Angriff auf das, was er einst von den Eltern gelernt hatte: Gegessen wird zu Hause. Das Essen bei ihm in der Küche war ein letzter, manchmal noch heute wirksamer Rest des alten Lebens bei den Eltern, und gerade solchen Resten ergab er sich mit unklarer Hingabe. Er ließ das Schnitzel in der Folie und beeilte sich statt dessen, noch in die Bäckerei zu kommen. Wenn er nach dem Schnitzel noch immer Hunger hätte oder noch nicht richtig betäubt war, würde er außerdem noch ein Brötchen und ein Stück Torte nachschieben. Außerdem wollte er die Bäckerstochter wieder einmal sehen. Der Anblick ihrer weißen und schläfrigen Haut würde ihn vielleicht trösten.

Statt dessen versetzte ihn der Anblick der ganzen Bäckerei in Erstaunen. Der Inhaber hatte seine alte Inneneinrichtung gegen eine neue eingewechselt. Alles war anders geworden. Die alten Brotregale mit den Holzstäben gab es nicht mehr. Dafür hatte sich der Bäcker Regale aus orangeroten Preßplatten hinstellen lassen, deren oberste Abschlußkante eine indirekte Beleuchtung verbarg. Die alte Kundentheke aus Holz war ebenfalls verschwunden. An ihrer Stelle stand eine große Glastheke, die wie ein Schiffsbug in den Verkaufsraum hineinragte. Auch in die Glastheke war eine indirekte Beleuchtung eingebaut. Abschaffel verlangsamte seine Bewegungen, um alle Neuerungen richtig wahrnehmen zu können. In einer Ecke stand, auch das hatte es zuvor nicht gegeben, eine Softeis-Maschine, ein riesiger Metallkasten mit einem kleinen Hebel und einer Öffnung. Passend zu den Farben der Regale und der Theke war der Raum neu gestrichen. Abschaffel wurde von der Bäckerstochter bedient, und er verlangte zwei Brötchen und ein Stück Schokoladentorte. Das Mädchen war freundlich und weich zu ihm, und er freute sich, daß wenigstens sie nicht ausgewechselt worden war. Er nahm von der neuen Glastheke seine Sachen herunter, und dabei bemerkte er, daß das Stück Schokoladentorte ohne den üblichen und notwendigen Pappdeckeluntersatz verpackt war. Und weil ein Stück Torte seinen äußeren Halt nur durch diesen Pappdeckeluntersatz erhielt, mußte er den Kuchen, der nur in dünnes Papier eingewickelt war, vorsichtig auf die flache Hand heben. So lief er auch nach Hause, und er überlegte, daß sich der Bäcker durch die neue Inneneinrichtung wahrscheinlich übernommen hatte und jetzt nicht einmal davor zurückschreckte, an den Pappdeckeluntersätzen zu sparen. Er beschloß, diese Bäckerei nicht mehr zu betreten. Ohnehin war er vom ersten Augenblick an gegen die ganze Erneuerung der Bäckerei eingestellt gewesen; sie richtete sich gegen alle Personen, die die alte Einrichtung jahrelang wiedererkannt hatten. Und wer sich diesen keksigen Plunder in den Laden stellte, so glaubte Abschaffel, der stellte sich gegen einen Teil der Kundschaft.

Zu Hause schob er das Stück Torte in den Kühlschrank, packte das Schnitzel aus der Folie und legte es auf einen Teller. Die Panierung fiel gleich wie eine Hülle herunter, so daß er das an einigen Stellen noch halbrohe, nur schnell durchgeglühte Fleisch vor sich sah. Da saß er, biß von seinem Schnellschnitzel herunter und wußte nicht, warum er niedergeschlagen war. Aber so war es oft mit ihm; er reagierte mit alten Formen (unbedingt zu Hause essen) auf neue Umstände (Schnellschnitzel für Alleinstehende), und folgerichtig verwirrte sich alles in ihm, ohne daß er das eine richtig auf das andere zurückführen konnte. In diesem Fall wurde er böse, weil er doch vor zwanzig Minuten noch geglaubt hatte, es sei gut für ihn, wenn er das Schnitzel zu Hause aß. Aber er hatte nicht bemerkt, daß er, als er sich das Schnitzel kaufte, voller gefühlsmäßiger Erinnerungen war, die zurück in seine Kindheit führten, aber für sein heutiges Leben wertlos waren; erwartet hatte er aber, durch den ruhigen Verzehr des Schnitzels auch an alte Essensgefühle anschließen zu können. Lustlos und eilig verschlang er etwa die Hälfte des Schnitzels. Er aß im Stehen und aus der Hand. Die zweite Hälfte warf er weg, weil sie nicht richtig durchgekocht war. Er wusch sich die Hände und machte sich sofort daran, das neue Hemd auszupacken. Die beiden Beschäftigungen folgten so dicht aufeinander, daß er plötzlich denken mußte: Das Hemd ist nichts zum Essen. Er wurde ruhiger. Rasch hatte er alle Nadeln und Pappstücke entfernt, und er zog das neue Hemd an. Es gab seinem Oberkörper ein flächiges Aussehen, und das gefiel ihm. Im neuen Hemd setzte er sich vor den Fernsehapparat und schaltete ihn ein. Er erwischte eine Nachrichtensendung, und er verspürte sofort Unlust, Nachrichten zu hören. Natürlich kämpften in irgendwelchen Hügeln wieder irgendwelche Soldaten wegen irgendwas gegeneinander. Und seit Jahren wurde in den Nachrichten geschossen, aber aus den Schüssen wurden keine richtigen Nachrichten mehr. Im anderen Programm war Werbung; gezeigt wurde ein fröhliches Frühstück, an dem ein junger Ehemann, eine junge Ehefrau, eine junge Margarine und ein schönes Kind teilnahmen. Der junge Ehemann war frisch rasiert und gut gelaunt, die junge Ehefrau war frisch frisiert und gut geschminkt und küßte gerade ihren Ehemann. Das schöne Kind griff in einen Brezelkorb. Fasziniert sah Abschaffel hin. Dieses Frühstück war ihm so fern wie der Wüstenkrieg im anderen Programm, aber immerhin konnte er sich in diesem Programm eine Weile mit den Frühstücksmenschen verwechseln. Sie bissen vergnügt in knusprige Brötchen und beschmutzten das Tischtuch nicht. Ihre Augen blinkten einander zu, und die junge Frau wies mit gestrecktem Finger auf die Margarine. Abschaffel hätte noch gern eine Weile Werbefernsehen gesehen, aber es erschien eine herausgeputzte Ansagerin und kündigte eine neue Folge einer Feierabendserie an. Er fragte sich, ob es eines Tages möglich sei, diesen schimmernden Glitzerfrauen mitten in ihrer Ansage den Schwanz in den Mund zu stecken. Es müßte möglich sein, sich vor den Apparat zu knien, den Schwanz herauszuholen und die Ansagerin zum Schweigen zu bringen. Sie würde ihre Papiere auf den Tisch sinken lassen und ruhig das Geschlecht des Zuschauers annehmen. Das stellte er sich zwei Minuten lang vor, dann schaltete er den Apparat ab. Er ging in die Küche und fand einen Apfel, den er sofort anbiß. Er ging ins Zimmer zurück und setzte sich auf das Bett. Der Apfel schmeckte ihm nicht, und er warf ihn vom Bett aus flach über den Boden. Der angebissene Apfel holperte über den staubigen Teppich und nahm unterwegs ein paar Staubflusen mit, die an ihm hängenblieben. Knapp vor dem Tisch blieb er liegen, und als Abschaffel hinsah, bemerkte er die schwarz gewordene Banane auf dem Tisch. Sie war weiter geschrumpft, und sie roch ein wenig süßlich und faulig wie stehengebliebener Alkohol. Aber Abschaffel warf sie nicht weg.

Er verlebte ungefähr zehn stille, nervöse Tage im Büro. Mehr als ein Drittel der Kollegen war in Urlaub. Auch Ajax war seit Tagen verschwunden. Niemand wußte, wo er seinen Urlaub verbrachte, außer Frau Morlock vielleicht. Einige Kollegen glaubten, er besaß eine Villa an der Costa Brava, andere vermuteten ein Haus am Chiemsee. Für beide Versionen gab es Anhaltspunkte. Ajax nahm die Sonnenbräune rasch an, und wenn er nach drei oder vier Wochen tiefbraun zurückkehrte und mit seinen silbergrauen Haaren aussah wie ein geflüchteter Verteidigungsminister, dann war die Costa Brava-Version in Umlauf. Aber Ajax mußte seinen Urlaub nicht wochenlang vorher planen. Er konnte auch überraschend verschwinden, von heute auf morgen, und dann kam er auch nicht gebräunt zurück, sondern nur gelockert und ausgeruht. Das sprach für den Chiemsee. Diesmal blieb er offenbar länger weg. Abschaffel hatte seinen Urlaub noch nicht einmal angemeldet. Er hatte die ungefähre Vorstellung, vielleicht im September drei Wochen zu nehmen. Er dachte an Margot, und er warf sich vor, daß er mit ihr noch immer kein Urlaubsgespräch geführt hatte. Seit er in ihrer Wohnung gewesen war, hatte er sie nicht wieder gesehen und nicht gesprochen. Er wußte nicht, ob er sich noch immer vormachen sollte, daß es für ein solches Urlaubsgespräch noch immer nicht zu spät sei. Er hatte es immer nur bei fahrigen Bemerkungen belassen und so getan, als könne man jederzeit ganz rasch zu einem Urlaub aufbrechen. Und dies, obwohl er genau wußte, daß der Sommer eine Aktion geworden war, die von Millionen von Angestellten und Arbeitern zielstrebig vorbereitet und durchgeführt wurde. Wer sich nicht rechtzeitig bei einem Reisebüro meldete, hatte eben keinen Sommer. Er hatte sich nicht gemeldet, er saß im Büro, und es gefiel ihm, daß er mehr als ein Drittel der Kollegen nicht sah. Das Großraumbüro fühlte sich an wie ein Kino, das sich immer gerade leert. Und es kamen viel weniger Anrufe, weil auch die Betriebe der Kunden durch Urlaubsausfälle gedämpft waren. Auf der ganzen Welt fehlten endlich einmal die Menschen, die sowieso immer zuviel waren.

An einem Samstagmorgen beschloß er, um die Mittagszeit auf den Flohmarkt zu gehen. Dort war er schon lange nicht mehr gewesen, und er mochte es, im allgemeinen Geschiebe und Gewühle umherzugehen, langsam zu ermüden, dann mit dem Taxi nach Hause zu fahren und zu schlafen. Besonders die Stände der Türken gefielen ihm gut; die Türken verkauften entweder Bekleidung, billigen Schmuck oder Moscheemusik auf Kassetten. Noch jedesmal, wenn er auf dem Flohmarkt gewesen war, hatte er sich in der Nähe der türkischen Kassettenverkäufer aufgehalten und der jammernden Moscheemusik zugehört. Das unaufhörliche Klagen der Musik paßte zur Kulisse der Stadt, die von hier aus manchmal aussah, als wäre einst ein Riese vorbeigelaufen, der ein paar verschieden große Kartons fallen ließ, aus denen dann langsam Frankfurt wurde. Und die Moscheemusik war plötzlich eine lange Geschichte über die Rätsel der Stadt, die nicht mehr aufgeklärt, sondern nur noch bejammert werden konnten.

Abschaffel zog eine frisch gereinigte Hose an und machte

sich auf den Weg. Er wollte zuerst in die Stadt gehen und von dort aus mit der Straßenbahn zum Flohmarkt fahren. Er durchstreifte eine Grünanlage, in der zu viele Mütter mit Kinderwagen saßen. Auf dem niedergetretenen Rasen spielten einige verschwitzte Jungen Fußball, und Abschaffel lief langsamer, um ihnen besser zuschauen zu können. Er kam an niedrigen Büschen vorbei, und er sah in das Buschwerk hinein, weil er damit rechnete, auf dem Boden gebrauchte Präservative zu sehen. Danach sah er bis heute, wenn er an solchen Büschen vorbeikam. Angefangen hatte es damit, als er so alt war wie die Jungen, die hier Fußball spielten, und damals hatte er geglaubt, einen phantastischen Kontakt zur Welt zu haben, wenn er ein gebrauchtes Präservativ sah. Plötzlich rollte ihm der Ball der Jungen vor die Füße. Sie hielten inne und sahen zu ihm herüber und warteten darauf, daß er den Ball zurückkickte. Aber er sah auf seine Schuhe und seine frisch gereinigte Hose, er wollte weder das eine noch das andere beschmutzen und ließ den Ball liegen. Wie ein sturer alter Mann trottete er weiter und schämte sich und sah nicht mehr zurück. Die Mütter in den Anlagen verteilten Kuchen und Brote an die Kinder und ermahnten sie, alles untereinander zu teilen. Die Kinder folgten. Das werden sich die Kinder merken, dachte Abschaffel, und sie werden sich später rücksichtslos alles nehmen, was sie nur kriegen können. Er fühlte sich gut. Als er in der Stadt war, glaubte er, weit und breit der einzige zu sein, der auf allen Gebieten Bescheid wußte.

Er ging sofort in ein Kaufhaus und fuhr nacheinander alle Rolltreppen bis ins oberste Geschoß hoch und auf den gegenüberliegenden Rolltreppen sofort wieder herunter. Er betrachtete die an ihm in entgegengesetzter Richtung vorbeifahrenden Personen. Manche sah er aufdringlich gierig oder verächtlich an. Jeder verlor jeden für immer aus den Augen, weil jeder an zwei verschiedenen Enden in zwei verschiedenen Stockwerken in zwei verschiedenen Mengen untertauchte. Am Fuß der letzten Rolltreppe im Erdgeschoß verteilte eine Werbedame an jeden ein kleines Fläschchen Parfum und eine kleine Papierrose. Es war durchdringend lächerlich, aber jeder, auch Abschaffel, wollte ein solches Fläschchen mit Papierrose haben. Das Parfumfläschchen steckte er in die Hosentasche, die Papierrose behielt er in der Hand. Genau in dem Augenblick, als er das Fläschchen eingesteckt hatte, traf er Barbara. Was machst'n? fragte sie. Nichts, sagte er, ich lauf ein bißchen herum, später werde ich nach Hause gehen. Du gehst immer nach Hause, sagte sie. Er ärgerte sich, weil er diese Bemerkung nicht verstand. Bald kannst du noch öfter nach Hause gehen, sagte sie. Verachtete sie ihn, und wollte sie ihm ihre Geringschätzung zeigen? Was meinst du damit, fragte er. Wenn Margot weg ist, mein ich, sagte sie. Margot geht weg? fragte er; was heißt: wenn Margot weg ist? Margot geht am ersten nach Köln, weißt du das nicht? fragte sie. Nein, sagte er, davon hat sie mir kein Wort gesagt. Dann erfährst du es jetzt, sagte sie. Seit wann weißt du es denn? fragte er. Von Anfang an, sagte sie, ich gehe mit ihr nach Köln. Was? fragte er. Ich werde Chefin in unserer Kölner Filiale, und ich hab Margot gefragt, ob sie mitgeht als rechte Hand von mir, und sie geht mit. So, machte Abschaffel. Sie lachte ein wenig. Du weißt davon wirklich nichts? fragte sie. Nichts, sagte er. Dann kannst du sie ja überraschen, sagte sie; aber du mußt dich beeilen, wir fahren nächste Woche zusammen in Urlaub, weißt du das auch nicht? So, nein, sagte er. Vierzehn Tage Las Palmas auf die schnelle, wir haben noch mal Glück gehabt, sagte sie; und wenn wir zurückkommen, fangen wir in Köln an. Sie wandte sich zum Weitergehen, blieb aber noch ein wenig stehen für den Fall, daß er etwas sagte. Aber er sagte nichts. Tschüs, sagte sie. Tschüs, sagte er.

Er spürte eine Art Schreck, der ihm in den Kopf ging. Sein Körper lief weiter, als hätte er nichts erfahren. Er verließ das Kaufhaus, und er dachte daran, wie oft er selbst schon erwogen hatte, Margot zu verlassen. Aber diese Überlegungen waren immer folgenlos geblieben, sie bedeuteten nichts, weil er sich schon von vielen Personen, die er kannte, im Kopf wieder verabschiedet hatte, ohne sich wirklich von ihnen zu trennen. Aber Margots Verschwinden war ganz wirklich. Er war verlassen worden und hatte es nur durch Zufall und beiläufig erfahren, weil Margot selbst auf die Mitteilung keinen Wert mehr legte. Vielleicht hatte Barbara sie soweit gebracht, ihn endlich zu vergessen und mit ihr nach Köln zu gehen.

Draußen regnete es leicht. Es war ein milder, weich herabtastender Sommerregen. Im Augenblick empfand Abschaffel seine Verlassenheit noch als angenehm; aber er wußte, daß ihn Margots Verschwinden heute noch treffen würde. Es fiel ihm, als Erleichterung, sogar ein, daß sein Urlaubsproblem nun endgültig geklärt war. Es gab niemanden mehr, der ihn fragen konnte, auf welche Weise und wo er den Sommer zu sich nahm. Und es machte ihm Spaß, im stillen über alle zu höhnen, die mit neu gekauften Klappstühlen, Bademänteln oder Freizeithosen umherliefen. Aus Langeweile kaufte er sich ein paar schwarze Sandalen. Die Schuhgeschäfte hatten große Verkaufsständer mit Sandalen vor ihren Türen aufgestellt. An einem der Ständer griff er sich eine schwarze Sandale, drehte sie um und sah auf die Schuhgröße und ging in den Laden und ließ sich das linke Gegenstück dazu geben. Er mochte Sandalen nicht, weil er seine Zehen nicht gut fand, wenn sie vorne aus Sandalen herausschauten. Er ließ sich die Sandalen in einen Karton einpacken, und er ließ sich von der Verkäuferin sogar ein paar weiße Socken aufreden. Die Verkäuferin packte die Socken mit in den Karton, er zahlte und ging.

In einer Plastiktüte trug er die Sandalen herum. Es regnete noch immer leicht. Er war in der Nähe der Konstabler Wache, und er hatte vergessen, daß er eigentlich auf den Flohmarkt hatte gehen wollen. Statt dessen lief er in Richtung Zoo, Nutten ansehen. Es interessierte ihn, ob nicht wenigstens die Frauen ihr Geschäft aufsteckten, solange es regnete. Die Plastiktüte mit dem Schuhkarton boxte ihm während des Gehens an die Beine. Wahrscheinlich mußten die Frauen lachen, wenn einer mit Plastiktüte in ihre Nähe kam. Es fiel ihm ein, daß seine Mutter früher die Plastikdosen gesammelt hatte, in denen damals Kaffee verkauft wurde. Sie hielt die durchsichtigen

Behälter für schön, und sie stellte sie, ausgewaschen und geputzt, nebeneinander auf den Küchenschrank. In einigen von ihnen verwahrte sie Lebensmittel, Zucker und Nudeln etwa, aber die meisten anderen waren leer. Die nebeneinander stehenden Dosen hatten ihn oft gereizt. Er verstand die Geste des Sammelns nicht, die Verankerung des Lebens in einer Anhäufung gleicher oder ähnlicher Objekte, von denen eine Art Zuversicht auszugehen schien. Noch jetzt, während er durch die Bordellstraßen in der Nähe des Zoos streifte, erregte ihn die Erinnerung an die Kaffeebehältersammlung auf dem Küchenschrank der Mutter, und es ekelte ihn die nicht zu beantwortende Frage, warum ihm der ganze Quatsch heute und in dieser Gegend einfiel. Die Frauen liefen in Regenmänteln umher oder standen in trockenen Hauseingängen. Er beobachtete sie, und sie beachteten ihn nicht. Er stellte sich unter das Vordach einer Bratwurstbude und aß eine Bratwurst. Die Frauen wußten, worauf sie warteten, er nicht. Der Bratwurstverkäufer las die Bildzeitung, die er auf einem Stuhl ausgebreitet hatte. Abschaffels Bratwurst war schon mehrfach angebraten und hatte eine harte Schmorkruste bekommen. Abschaffel blieb unter dem Vordach stehen und spuckte die härteren Teile der Kruste auf die Straße. Es störte ihn, daß es nun stärker regnete und er nicht umherlaufen konnte. Er spürte den Schmerz über Margots Verlust deutlicher werden, und wenn es ihm schlechtging, mußte er laufen. Er kam sich dann wie eine Maschine vor, die etwas niederhielt. Der Schmerz kam, und der Regen hörte nicht auf. Der Schmerz fühlte sich an wie eine Leerung des Körpers. Als wäre jemand dabei, ihn auszuschaben. Abschaffel hatte noch nicht allzuoft solche größeren Gemütsbewegungen erlebt, und er hatte auch nicht erwartet, daß der Druck auf den Körper nun so stark wurde. Er hatte so getan, als hätte er sich bereits vorher mit dem Schmerz über dessen Auftrittsstärke geeinigt. Die Räumung des Körpers ging schnell voran. Je mehr sein Innenraum leergenagt wurde, desto weniger glaubte er, sich selbst noch zu besitzen. Und der körperliche Schmerz machte ihm Lust,

Widersacher zu erfinden und tätlich gegen sie vorzugehen. Es fiel ihm Barbara ein, und in der verkürzten Art des Denkens, die dem geschmerzten Körper nur übrigbleibt, stellte er sich Barbara als Hauptschuldige vor. Wenn sie da gewesen wäre, hätte er sie vielleicht niedergeschlagen, zu einem blutigen Klumpen hätte er sie geschlagen und sie dann hinter die Bratwurstbude geworfen. Er hätte dann eine Art Beute gemacht und hätte sich etwas zurückholen können von dem, was ihm der Schmerz weggefressen hatte. Es regnete nicht mehr so stark, und er trat unter dem Vordach der Bratwurstbude hervor. Es war ihm schlecht, und er spuckte mehrfach aus. Immer noch trug er den Plastikbeutel mit den neuen Sandalen. Er hatte das Gefühl, den Mund voller Unrat zu haben, und im Augenblick war er sogar davon überzeugt, aus dem Mund zu riechen. Noch einmal machte er im Mundinnenraum einige absaugende Bewegungen und spuckte alles aus. Nachdem ihn der Schmerz leergemacht hatte, ging er dazu über, ihn zu betäuben. Eine unerhörte Müdigkeit kam über ihn. Abschaffel wollte sich einschläfern, und es fiel ihm auch gleich ein, wie er sich auf einfache Weise einschläfern konnte. Wenn er gewußt hätte wie man heult, hätte er es jetzt getan. Er wollte in ein Lokal gehen, das ihm nicht gefiel, dort irgend etwas essen, was ihm nicht schmeckte und zuviel für ihn war, ein oder zwei große Biere dazu trinken, die seine Augenlider von alleine niederzogen, und dazu in einer Zeitung zwei oder drei Artikel lesen, die ihn nicht interessierten. Nach höchstens einer Dreiviertelstunde würde er dann so weit sein, daß er sogar auf einem harten Stuhl sitzend einschlafen konnte. Schon war er auf dem Weg. Er wollte in das schlechte jugoslawische Restaurant gehen, in dem er noch vor kurzem mit Margot hatte essen wollen. Er lief schnell, leicht und eng an den Häuserwänden entlang. Er vermied Unterführungen; er wollte keine Treppen herunter- und keine Treppen hochgehen, und er wollte kein künstliches Licht in langen Fußgängertunnels sehen. Nicht weit weg von dem jugoslawischen Restaurant sah er neben einer Bank eine nasse Zeitung auf dem Boden liegen. Mit einem Papiertaschentuch wischte er eine Ecke der Bank halbwegs trocken und setzte sich so auf die Bank, daß er die Zeitung am Boden lesen konnte. Allerdings mußte er sich bücken, damit er die Buchstaben auf dem vollgesaugten und leicht verdunkelten Zeitungspapier lesen konnte. Er war überzeugt, daß ihm jede Art von Verlorenheit nun zustand, und das Lesen in einer nassen, am Boden liegenden Zeitung schien ihm eine angemessene Geste des Schmerzes und der Müdigkeit zu sein. Rasch erhob er sich wieder und ging weiter. Er wollte nicht jemand sein, der einfach weiterging, weil es ihn kränkte, daß er seinen schlechten Zustand nicht ausdrücken konnte. Er versuchte, an einer Straßenbahnhaltestelle stehenzubleiben und so zu tun, als wartete er auf die Straßenbahn. Er wollte warten, bis die Bahn kam, dann aber nicht einsteigen, sondern die Leute hinter den Scheiben ansehen. Es kam nicht dazu, weil ihn sein eigenes Bedürfnis nach Ausdruck des Schmerzes schon wieder langweilte. Seine ganze Hoffnung setzte er auf das jugoslawische Restaurant. Er wollte sich mit allen Peinlichkeiten und Fehlern dieses Lokals verbinden und glauben, daß es ein Lokal für Personen sei, die nicht weitermachen wollten. An einem Kiosk kaufte er sich eine Zeitung; vor ihm wurde eine ältere Frau bedient, die zwei Rätselzeitschriften, eine Frauenillustrierte, eine Fernsehprogrammzeitschrift und eine Zeitschrift mit dem Titel FREIZEIT-REVUE erhielt. Schläferte sich diese Frau gleich ein ganzes Wochenende lang ein? Offenbar war die Frau eine Stammkundin des Zeitschriftenverkäufers. Sie mußte gar nicht sagen, welche Zeitschriften sie wollte. Der Verkäufer reichte ihr den Packen mit einer aufmunternden Bemerkung über die Theke.

Das jugoslawische Restaurant war halbleer wie immer. Abschaffel setzte sich an einen Tisch am Fenster und schlug die Zeitung auf. Gleich erschrak er über eine Überschrift. RIESENSCHULD WÄCHST TÄGLICH war da zu lesen. Einen Augenblick lang dachte er, es handle sich um einen Artikel über die Gesamtschuld seines bisherigen Lebens, die einem Reporter endlich aufgefallen war. Deswegen wollte er den Artikel nicht lesen. Wenig später wurde ihm klar, daß niemandes persönliche Schuld gemeint war; die finanziellen Schulden des Staates waren gemeint, kleiner gedruckt stand es auch darunter, aber warum überschrieb die Zeitung ihren Bericht dann nicht mit RIESENSCHULDEN WACHSEN TÄGLICH? Dann hätte jeder sofort erkennen können, daß nicht seine persönliche Schuld gemeint war. Aber wahrscheinlich arbeitete in der Zeitung ein tückischer Angestellter, dachte Abschaffel, der es darauf anlegte, Leute wie ihn zu erschrecken.

Er legte die Zeitung weg und wartete, bis der Ober kam. Das Lokal war nicht nur schlecht, sondern barg viel verstecktes Unglück und Pein in sich. Es fing schon damit an, daß sich die jugoslawische Pächterfamilie seit Jahren weigerte, deutsch zu sprechen. Wer ein Essen bestellte, mußte unter den Augen des Obers mit dem Finger lange auf einem Punkt in der Speisekarte verharren, damit der Ober die Nummer des Essens notieren konnte. Häufig erschien der Ober nicht zum Dienst; dann mußte der Pächter seine alte Mutter als Bedienung in das Lokal schicken. Die Mutter litt so stark unter der ihr ungewohnten Anstrengung des Bedienens fremder Personen, daß sie ständig laut murmelte und, wenn sie hinter der Theke war, in den geöffneten Eisschrank hineinschrie. Aber heute war der Ober da, und Abschaffel legte gut sichtbar seinen Zeigefinger auf ein Reisgericht, von dem er wußte, daß es ihm nicht schmeckte, weil es in der Regel verkocht und verwürzt war. Das Bier brachte der Ober sofort. Abschaffel strengte sich an, einen Zeitungsartikel über ein Treffen westlicher Verteidigungsminister zu lesen, aber er kam nicht über den ersten Absatz hinaus. Wie ein warmer Strom floß die Müdigkeit in ihm herum. Er legte die Zeitung weg und beobachtete den Ober. Der Ober hatte die Eigenart, die Bestellungen der Gäste undeutlich in die Küche zu rufen. Die alte Mutter, die in der Küche kochte, verstand die Bestellungen in der Regel nicht. Dann reckte sie ihren riesigen Kopf durch die viereckige Luke zwischen Küche und Thekenraum und schrie auf jugoslawisch nach dem Ober. Inmitten der Pein strömte dieses Lokal auch eine Milde aus; es wurde hier niemand beschuldigt. Es schien ein Lokal zu sein, in dem niemand mehr seine Verkorkstheiten versteckte. Als Zentrum der Verwirrung schätzte Abschaffel den Pächter ein, der ebenfalls in der Küche arbeitete. In seinen Händen lag offenbar die technische Gesamtleitung des Lokals. Er war der geheime Mittelpunkt aller Ereignisse, und weil er sich seine im Lokal tätige Familie unterworfen hatte, neigte seine Herrschaft dazu, vorübergehend auch auf einzelne Gäste überzugehen. Mindestens einmal täglich kam der Pächter mit der Lüftung in der Küche nicht zurecht. Dann füllte sich das Lokal schnell mit Kochdunst und Rauch, und die murmelnde Alte erschien und öffnete zwei Flügelfenster. Der Dunst zog kaum ab, weil er sich schwer und fettig in den Gardinen, den Tischdecken und den Sitzbezügen festsaugte. Wenn draußen der Hund bellte, dem der Wirt eine Art Stall mit Eisengitter an der Stelle eingerichtet hatte, wo früher ein Vorgarten gewesen war, dann war drinnen klar, daß trotz allem wieder ein einzelner Gast das Lokal betreten hatte. Es kamen fast nur Fremde, die nichts wußten von den Verhältnissen der Pächterfamilie. Und der Pächter und seine Familie konnten gut leben von einmalig erscheinenden Fremden. Im Augenblick, als Abschaffel das breiig zerkochte Reisgericht bekam, betrat ein junger Motorradfahrer in voller Montur das Lokal. Abschaffel betrachtete ihn schläfrig, während er aß. Der Motorradfahrer legte seinen riesigen Sturzhelm und einen Teil seines Gepäcks auf den Boden und löste einige Schnallen seiner schwarzen Lederbekleidung. Abschaffel hatte noch nie einen derart verkleideten Motorradfahrer aus der Nähe gesehen. Er bestellte ein großes Bier, drückte am Musikautomaten eine Platte und setzte sich. Aus einem Korb auf seinem Tisch nahm er zwei Brezeln und eine Salzstange, aß sie auf und stürzte das Bier in sich hinein und zahlte und ging wieder. Abschaffel wollte noch eine Weile über den Motorradfahrer nachdenken, aber er kam nicht dazu, weil er dazu übergegangen war, einen kurzsichtigen Mann zu beobachten. Er saß mit dicken Gläsern in seiner Brille allein an einem Tisch und breitete eine Zeitung aus. Mit dem oberen Rand der Zeitung stieß er eine kleine Blumenvase auf seinem Tisch um. Die Blumen waren aus Plastik, und in der Vase war kein Wasser. Abschaffel verspürte trotz seiner fortgeschrittenen Eindämmung das Bedürfnis, die Vase auf dem Tisch des Kurzsichtigen wieder aufzustellen. Abschaffel ärgerte sich, weil er sich immer noch so lebendig vorkam. Und es war ihm unbegreiflich, wie jemand einen Gegenstand umwerfen konnte, ohne es zu bemerken. Der Mann überflog, den Kopf dicht am Papier, rasch die Seiten und schlug die Zeitung wieder zusammen. Wollte er nur die Bilder ansehen, weil die Buchstaben für ihn zu klein geworden waren? Als er die Zeitung zusammengefaltet hatte, nahm er auch noch die Brille ab, und nun sah er die umgefallene Vase erst recht nicht. Erst als er mit zugekniffenen Augen sein Bierglas suchte, schweifte sein angestrengter Blick auch über die umgefallene Vase. Mit einer unbegreiflichen Beiläufigkeit stellte er sie wieder auf, ließ aber seine Brille weiterhin auf dem Tisch liegen. Abschaffel bemerkte, daß von dem Mann eine Tröstung ausging, die ihm, Abschaffel, guttat. Er wünschte sich, daß es ihm eines Tages möglich sein würde, genau wie dieser Mann auf den letzten Rest Sehkraft dankend zu verzichten und die Brille nicht mehr aufzusetzen und nicht mehr zu bemerken, was er umwarf. Die beiden Biere, die Abschaffel getrunken hatte, hatten sich tief in seinen Körper gesenkt. Draußen schien die Sonne, und Abschaffel wurde mit jeder Minute schläfriger. Er zahlte, trank seinen Rest Bier aus und ging nach Hause. In seinem Zimmer brach ihm der Schweiß aus, kalter Schweiß in Mengen. Er wunderte sich nicht darüber, weil er keine Lust mehr hatte, seinen Körper zu verstehen. Er legte sich hin und schlief drei Stunden.

Am nächsten Mittwoch war Frau Schönböck aus dem Urlaub zurück. Sie war braungebrannt und schön, und ihr Gesicht blinkte. Sie trug eine Folklorebluse, die ihre Arme frei ließ, und einen groben Lederrock, den sie sich aus Jugoslawien mitgebracht hatte. Im Geldbeutel hatte sie einige jugoslawische Münzen, die sie Kollegen zeigte. Sie erzählte von der Freundlichkeit der jugoslawischen Bauern. So etwas habe ich noch nicht erlebt, sagte sie immer wieder. Sie fragte, ob ihre Postkarte angekommen war, und sie ließ sich die Postkarte zeigen, um zu Hause zu lesen, was sie selbst im Urlaub geschrieben hatte. Abschaffel achtete darauf, ihr nicht allzuoft mit dem Blick zu begegnen. Er fühlte sich nicht gut. Seit er von Margot verlassen worden war, wußte er nicht mehr recht, wie die Tage vergangen waren und wodurch sie sich voneinander unterschieden. Auch die Stimmung in der Firma war nicht gut. In den letzten Tagen war die Unzufriedenheit über die gleitende Arbeitszeit zum erstenmal offen sichtbar gewesen. Ausgerechnet Hornung, der am stärksten auf die Einführung der Gleitzeit gedrängt hatte, beschwerte sich mit halblauten Bemerkungen, die von Mörst gerade noch mitgehört werden konnten. Mörst mußte inzwischen die Überzeugung haben, daß Angestellte keine sinnvollen Wesen waren. Mörst war über die Bemerkungen von Hornung so beleidigt, daß er mit den Kollegen zur Zeit nur das Nötigste sprach. Vielleicht dachte er schon, daß den Kollegen nicht zu helfen war, es sei denn, sie hörten überhaupt auf, Angestellte zu sein. Monatelang war über die Vorteile der gleitenden Arbeitszeit geredet worden. Die Frauen hatten geschwärmt, daß sie dann besser zum Friseur gehen konnten, und die Lehrlinge redeten davon, daß sie endlich morgens ausschlafen konnten. Daß sie dafür irgendwann einmal abends länger arbeiten mußten, war ihnen nicht mit der gleichen Deutlichkeit bewußt. Auf Grund der allgemeinen Vorfreude hatte Mörst glauben müssen, die Gleitzeit sei einer der brennendsten Wünsche der Kollegen überhaupt. Täglich fast war er bedrängt worden, und täglich hatte er Kollegen vertröstet, der Chef habe sich immer noch nicht endgültig entschlossen. Und Ajax hatte lange überlegt, was ihm die Veränderung brachte und was sie ihn kostete; mit der bürokratischen Verwaltung der Gleitzeit hatte eine Sekretärin jeden Tag ein bis zwei Stunden zu tun. Schließlich war Fräulein Schindler von ihm ausersehen worden, diese Arbeiten zu übernehmen. Ajax hatte seine Wahl ausgezeichnet getroffen. Eine ältere Angestellte hätte die Wahl entweder abgelehnt oder eine Gehaltserhöhung verlangt. Aber Fräulein Schindler, die alle Seligkeiten der Handelsschule noch im Gesicht trug, glaubte freudig, mit dieser Arbeit an so etwas wie eine Führungsaufgabe herangekommen zu sein. Eifrig nahm sie ihre neuen Geschäfte wahr; noch bevor die Gleitzeit eingeführt war, war sie die Auskunftsperson für alle anfallenden Probleme geworden, und diese Arbeitsfunktion verschaffte ihr öfter am Tag einen freudig zufriedenen Kopf. Fräulein Schindler war Ajax dankbar. Er hatte das Problem glänzend gelöst.

Und jetzt diese Enttäuschung! Sie kam zustande, als die meisten Kollegen erkennen mußten, daß sie sich durch die Gleitzeit hatten dazu verleiten lassen, sich selbst falsch einzuschätzen. Es war wohl am Anfang vorgekommen, daß einige Frauen morgens zum Friseur gingen; und es geschah auch öfter, daß Hornung wie angekündigt später zur Arbeit erschien, und er war direkt genug, seine Umgebung wissen zu lassen, was er endlich wieder einmal getan hatte. Und viele Lehrlinge schliefen sich tatsächlich morgens aus. Aber es war entsetzlich für sie, dafür einen hinausgeschobenen Feierabend hinnehmen zu müssen. Und rasch kehrten fast alle, von zwei oder drei Ausnahmen abgesehen, zur alten Regelung zurück: pünktlicher Arbeitsbeginn und pünktlicher Feierabend. Was aber für alle übrigblieb, waren die Nachteile. Beim Verlassen des Betriebs mußte jeder vor den Augen des Pförtners seine Steckkarte in den Apparat stecken. Jedes, auch ein kurzes Fernbleiben eines Angestellten von seinem Arbeitsplatz ging ab sofort auf seine eigene Rechnung. Früher, ohne Gleitzeit, gehörte es zu den höheren Befriedigungen, den Betrieb mit vorgetäuschten Gründen stundenweise zu verlassen. Besonders Frauen hatten sich durch komplizierte Beziehungen zu Ärzten in die Lage versetzt, den Betrieb oft und unkontrolliert zu verlassen. Der Satz: Ich muß zum Arzt, von einer weiblichen Angestellten ausgesprochen, war eine Art Antrag für eine oder zwei Stunden Freiheit. Aus Scham wagte niemand, die Arztbeziehungen der Frauen zu kontrollieren. Damit war es nun vorbei. Die Gleitzeit war plötzlich nichts weiter als ein minutengenaues Kontrollinstrument geworden. Das Glück des kurzen Verschwindens war technisch nicht mehr möglich. Ein Gefühl des Betrogenseins machte sich in der Firma breit. Ajax hatte wieder einmal gewonnen, und er hatte es noch nicht einmal vorher gewußt. Die Angestellten waren es selbst gewesen, die ihre Einkreisung zuerst herbeigewünscht und dann durchgesetzt hatten. Eine Atmosphäre fortschreitender, stumpfer Vernichtung lähmte das Büro. Als offizieller Schuldiger blieb Mörst übrig. Einige Kollegen behaupteten sogar, sie seien von Anfang an gegen die Gleitzeit gewesen. Das war nicht wahr; alle waren dafür gewesen oder hatten, wie Abschaffel, gleichgültig geschwiegen. Einige versteckten ihre Vorwürfe an Mörst geschickter; sie argumentierten, Mörst als Betriebsratsvorsitzender hätte von dieser Entwicklung wissen und warnen müssen. Für sie war Mörst ein schlechter Betriebsrat geworden. Mörst seinerseits war gekränkt. Er reagierte überhaupt nur noch mit geschnauften Bemerkungen. Zur Zeit widmete er fast nur dem todkranken Gersthoff seine Kraft. Außer Gersthoff war zur Zeit noch Abschaffel in seiner Gunst, allerdings nur auf Grund Mörsts falscher Interpretation von Abschaffels Gleichgültigkeit. Weil sich Abschaffel weder vorher auf die Gleitzeit gefreut hatte und jetzt auch nicht zu den Verächtern gehörte, hielt ihn Mörst seit kurzem für einen einsichtsvollen, besseren Menschen. Wenigstens von ihm kamen keine Vorwürfe. Es war Abschaffel angenehm, sich von Mörst vorübergehend geachtet zu wissen, wenngleich er auf solche Bürostimmungen nichts gab. Frau Schönböck hatte die allgemeine Eintrübung des Betriebsklimas wahrscheinlich noch nicht wahrgenommen. Im Gegenteil, ihre aufgedrehten Urlaubserzählungen formten sich schon langsam zu einem neuen Bürotagesgefühl, das den Gleitzeitkrach vielleicht überspielen konnte. Halb aus Langeweile und halb aus nun schon tagelang währender Abwesenheit gelangte Abschaffel in der Mittagspause mit Frau Schönböck an einen Tisch. Am Tisch bemerkte er, daß es auch seine eigene Boshaftigkeit war, die ihn mit Frau Schönböck zusammengeführt hatte. Er wollte wissen, ob es so sein würde wie früher, daß sie ihm und ihm allein noch immer ihre Beischlafgeschichten erzählte. Seit er einmal mit ihr geschlafen hatte, hatte sie ihm fast nur noch Ereignisse aus der Ehe ihrer Schwester erzählt, die mit einem Arzt verheiratet war und in Eschborn lebte. Dieser Arzt schlief nur mit Frau Schönböcks Schwester, damit er schneller ermüdete und rasch einschlafen konnte. Frau Schönböck riet ihrer Schwester immer wieder zur Scheidung, aber die Schwester begriff noch nicht einmal, daß sie von ihrem Mann gedemütigt wurde.

Abschaffel hatte sich nicht getäuscht. Kaum hatte Frau Schönböck ihren Teller hingestellt, fing sie schon an. Stellen Sie sich vor, im Urlaub habe ich mich verliebt, sagte sie. Verliebt? sagte er und aß weiter. Ich hatte die Pille monatelang abgesetzt, sagte sie, aber vor dem Urlaub habe ich sie wieder genommen, weil ich Angst hatte wegen Vergewaltigungen und so, sagte sie. Er lachte wieder und beugte den Kopf tiefer über den Teller. Guter Gott, dachte er. Aus Angst vor einer Vergewaltigung haben Sie die Pille genommen? fragte er zurück. Ja sicher, sagte sie, diese Südländer sind doch bekannt für ihre, äh, Direktheit, nicht, und da wollte ich eben sichergehen. Und dann haben Sie sich verliebt? fragte er. Ja, sagte sie, was ist denn daran so ungewöhnlich? Abschaffel überlegte, ob er abschalten und sie weiterreden lassen oder ob er sie, wie früher, direkt auf ihre kindische Verlogenheit hinweisen sollte. Es ist ein ganz junger Jugoslawe, sagte sie, sehr schüchtern und zart, Branko heißt er. Abschaffel schwieg. Wir haben fast jeden Tag eine Bootsrundfahrt gemacht, und dann hat er mir die Hände gehalten, sagte sie. Abschaffel war dazu übergegangen, die Sätze von Frau Schönböck in Gedanken kurz zu wiederholen und sie damit auszulöschen. Wir haben fast jeden Tag eine Bootsrundfahrt gemacht, und dann hat er mir die Hände gehalten. Bootsrundfahrten und Händchenhalten, dachte er. In ihrer Sehnsucht nach Kitsch, den sie so gerne für das Leben halten möchte, machte sie mit einem Neunzehnjährigen Bootsrundfahrten. Abschaffel bemerkte, daß er sich doch zu ärgern begann. Und dieser Branko macht genau das, was sie seit fünfzehn Jahren vermißt: Händchenhalten. Es war ihm gelungen, Frau Schönböck gegenüber in seine alte zynische Verachtung zu verfallen. Wie ist es nur gekommen, fragte er sich, daß ich in dieser Firma der einzige bin, der sich in der Mittagspause den ewigen Kindergeburtstagsquatsch dieser Frau anhören muß? Plötzlich war er bereit, Frau Schönböck wie früher direkt mit ihrer eigenen Verlogenheit zu konfrontieren. Na, da haben Sie aber Glück gehabt, sagte er, daß Sie rechtzeitig die Pille genommen hatten, als Sie den Jugoslawen kennenlernten. Frau Schönböck stutzte, und in ihre Pause hinein sagte er: Und, wie war's, haben Sie mit ihm geschlafen? Sie sind immer gleich so direkt, sagte sie. Haben Sie mir nicht genau das sagen wollen? fragte er. Ja doch schon, sagte sie. Sie haben ihn also mit in das Hotel genommen, und dort ist es dann passiert, nicht wahr, und für ihn war es möglicherweise sogar das erste Mal? fragte er, und er hatte sich bemüht, soviel Spott und Zwiespältigkeit in seine Stimme zu legen, wie ihm eben möglich war, damit sie ihm vielleicht das Mittagessen über das Hemd schüttete und vom Tisch wegging. Aber sie blieb sitzen und kicherte. Wie ein junges Hundchen ist er danach herumgesprungen, sagte sie. Es war gräßlich und fürchterlich. Die Menschen als junge Hundchen, das ist die Welt von Frau Schönböck, dachte er wütend. O Gott, es blieb nur der Blick zum Fenster. Wenn er doch nur am Fenster sein und den Rest der Mittagspause still und ungestört hinausschauen könnte. Es ist das letzte Mal, daß ich mich zu dieser Kuh an den Tisch setze, dachte er, während sie weiterredete. Er dachte den Satz gleich dreimal hintereinander, und er hatte den Eindruck, daß es wirklich das letzte Mal war.

Kurz nach der Mittagspause, als alle wieder an ihren Schreibtischen saßen, sagte Hornung: Gersthoff hat den Prozeß verloren. Mörst war noch immer beleidigt wegen der Kritik an der Gleitzeit, aber er widersprach Hornung nicht. Hornung war kurz zuvor wegen der Regelung einer Gehaltspfändungsangelegenheit bei Frau Morlock gewesen, und wahrscheinlich hatte er bei dieser Gelegenheit von dem Prozeß gehört. Das bedeutete, daß Gersthoff sofort gekündigt war, und tatsächlich war Gersthoff heute nicht in der Firma erschienen, was Abschaffel erst am Nachmittag auffiel. Gersthoff hatte sogar etwas von dem verloren, was er bereits gewonnen zu haben schien. Ajax hatte ihm sechs Gehälter Abfindung angekündigt und versprochen, aber das Arbeitsgericht sprach ihm nur zwei Gehälter zu. Mit Gersthoff war auch Mörst geschlagen. Angeblich war es nach der Verhandlung zu peinlichen Szenen gekommen. Stellt euch vor, rief Hornung, nach der Verhandlung hat sich Gersthoff bei Ajax entschuldigt für alles, was er ihm *angetan* hat in den letzten Wochen! Angetan, hat er gesagt, rief Hornung. Wenn es möglich gewesen wäre, aus dem Fenster zu springen, ohne gleich tot zu sein, dann hätte Abschaffel nun das Fenster geöffnet. Es war unerträglich. Ein Idiot redete über die Idiotien eines anderen Idioten. Abschaffel war erschöpft und müde, und die Gesichter der Kollegen ekelten ihn. Seine Schneidezähne schmerzten. Sie schmerzten nicht sehr, es war nur ein kleines, wanderndes Ziehen im Oberkiefer, aber er war dankbar dafür, weil der Schmerz ihm half, sich ganz mit sich selbst zu beschäftigen. Haben Sie zufällig zwei Aspirin, fragte er Ronselt. Aspirin nicht, aber zwei Togal kann ich Ihnen geben, sagte er. Sind die gut? fragte Abschaffel. Mir helfen sie immer, sagte Ronselt. Das ist so eine Sache mit Schmerztabletten, sagte Abschaffel und schluckte zwei Togal. Sie redeten noch eine ganze Weile über Tabletten und Schmerzen, und es gelang Abschaffel, sich auf diese Weise aus dem allgemeinen Geschwätz zurückzuziehen.

Am Abend wollte er fernsehen und Bier trinken, und zwar mindestens vier Stunden lang. Er wollte sich das komplette zweite Programm ansehen, zuerst eine Diskussion über Eurokommunismus, dann Nachrichten und eine Sportsendung und zum Abschluß ein Fernsehspiel. Er wußte, daß er eigentlich über Margot trauerte, aber er wußte nicht, wie das ging, trauern. Er konnte sich nicht mit dem Gesicht an das Fenster stellen und eine Stunde lang auf ein anderes Fenster starren. Ein paarmal hatte er onaniert in den letzten Tagen und sich hervorragend an Margot erinnert, aber danach war es ihm immer schlechtgegangen. Diesmal wollte er es mit fernsehen probieren. Er würde sich auf den Boden setzen, Strümpfe und Schuhe ausziehen, sich an den Füßen spielen und am Kopf kratzen, Bier trinken und fernsehen. Dann hatte er das Gefühl, in einem Fahrstuhl zu liegen, der immerzu nach unten fuhr. Das wollte er wiederhaben, aber um halb acht rief überraschend Frau Schönböck an.

Herr Abschaffel, sagte sie, hoffentlich störe ich Sie nicht. Nein, sagte er. Ich muß Sie noch einmal sprechen, und zwar wegen Branko, sagte sie. Er schwieg. Ich habe Ihnen nämlich nicht alles erzählt, sagte sie. Das ist auch nicht nötig, sagte er. Nein, natürlich nicht, sagte sie und lachte, so habe ich es auch nicht gemeint; in diesem Fall ist es aber nötig, weil ich Sie nämlich um etwas bitten möchte. Er schwieg. Also, sagte sie, ich muß jetzt noch einmal von dieser Geschichte anfangen. Dieser Junge ist nämlich ganz wahnsinnig in mich verliebt gewesen, und das ist so schlimm geworden, daß ich ihm schließlich gesagt habe, daß ich verheiratet bin, weil ich geglaubt hatte, daß er dann von mir abläßt. Und jetzt passen Sie auf, mein Gott, ist das peinlich, jetzt hat er mir eine Postkarte geschrieben, daß er mich morgen besuchen will, stellen Sie sich das einmal vor. Frau Schönböck atmete hörbar. Woher hat er Ihre Adresse? fragte Abschaffel. Die hatte ich ihm ganz am Anfang des Urlaubs gegeben, als ich noch nicht geahnt habe, daß er nicht mehr von meiner Seite weicht. Dann glaubt er Ihnen auch gar nicht, sagte er, daß Sie verheiratet sind; wenn Sie wirklich verheiratet gewesen wären, dann wären Sie sicher nicht so freigebig gewesen mit Adressenausteilen. Das stimmt, sagte sie und schwieg. Ich habe Ihnen noch gar nicht gesagt, um was ich Sie bitten möchte; ich hab mir nämlich gedacht, sagte sie, ob Sie nicht, wenn dieser Branko morgen abend kommt, zu mir kommen könnten, und ich stelle Sie dann als meinen Ehemann vor, damit dieser Branko mir nichts tut und einfach wieder geht, wenn er Sie sieht. Abschaffel lachte künstlich, um Zeit zu gewinnen und sich vorstellen zu können, was eigentlich im Kopf dieser Frau vor sich ging. Ach Gott, sagte sie, als er schwieg, bitte entschuldigen Sie das alles tausendmal, ich sitze schon eine Stunde lang vor dem Telefon und überlege, ob ich Sie das bitten soll oder nicht, und jetzt hab ich's getan. Aber wenn ich Ihren Mann spiele morgen abend, sagte er, dann können Sie ja gar nicht mit ihm schlafen; dann sitzt Branko in seiner Ecke und bewegt sich nicht aus lauter Angst. Ja eben, sagte sie. Ja eben, sagte er, aber das wollen Sie doch gar nicht; denn eigentlich wollen Sie doch mit ihm schlafen, oder nicht? Frau Schönböck schien zu überlegen oder vielleicht auch nur zu warten, bis ihr eine Antwort in den Sinn kam. Frau Schönböck, sagte Abschaffel. Ja, sagte sie. Frau Schönböck, Sie haben mit dem Jugoslawen geschlafen. Ja, sagte sie. Und zwar haben Sie mit ihm geschlafen, weil Sie es wollten, sagte er. Ja, sagte sie. Dann haben Sie doch ein unangenehmes Gefühl bekommen, nicht wahr, so ein junger Mensch und Sie eine Frau von dreiunddreißig Jahren, auch noch auf einer Urlaubsreise, das ist ein bißchen abgeschmackt, nicht wahr, und dieses unangenehme Gefühl wollten Sie einfach dadurch beseitigen, indem Sie behaupteten, Sie seien verheiratet. Ja, sagte sie. Sie haben natürlich niemals damit gerechnet, daß dieser Branko nach Frankfurt kommen könnte, sagte er. Nein, niemals, sagte sie. Und jetzt sind Sie also in einer peinlichen Lage. Ja, sagte sie. Und aus dieser Lage wollen Sie herauskommen, indem Sie mich bitten, Ihre Lügen mitzulügen, wenigstens einen Abend lang, sagte er. Ja, sagte sie. Aber Sie können Branko doch sagen, daß Sie ihn angelogen haben und nicht verheiratet sind, sagte er. Frau Schönböck schwieg. Nein, sagte er, das können Sie eben nicht; so wie Sie gebaut sind, lügen Sie immer weiter, auch wenn alles ziemlich unangenehm wird.

Abschaffel lachte verächtlich, aber sie schien davon auszugehen, daß sie diese Predigt nun über sich ergehen lassen mußte. Und das alles muß passieren, sagte er, weil Sie sich so schlecht vergnügen können. Was? fragte sie. Sie trauen sich nicht, sich zu vergnügen, weil Ihnen Ihr schlechtes Gewissen das Vergnügen eigentlich rundweg verbietet, sagte er. Das verstehe ich nicht, sagte sie. Sie lügen schon wieder, sagte er; um nichts kapieren zu müssen, versuchen Sie zunächst immer einmal, nichts zu verstehen. Sie haben schon verstanden. Ich verstehe nichts, wiederholte sie. Der Jugoslawe könnte ruhig kommen, er könnte wochenlang bei Ihnen wohnen, vielleicht sogar für immer, wenn Sie nicht so ein schlechtes Gewissen dabei hätten, sagte er. Sie phantasieren, sagte sie. Die Lügerei fing doch schon damit an, sagte er, daß Sie wirklich glaubten und es ja auch immer noch glauben, Sie hätten vor Ihrem Urlaub die Pille nur deswegen genommen, um sich vor einer Vergewaltigung zu schützen. Das habe ich wirklich so gemeint, sagte sie. Daß ich nicht lache, sagte er, Sie haben doch genau gewußt, im Urlaub passiert etwas, und zwar genau das, was dann auch passiert ist, das können Sie aber wieder nicht vor sich selber zugeben, und deswegen haben Sie sich diese idiotische Vergewaltigungsrechtfertigung erfunden, hahaha, lachte er ins Telefon. Sie wollen mir also nicht aushelfen, fragte sie. Doch, sagte er, ich komme morgen zu ihnen, schon weil ich Vergnügen daran habe, Ihnen zuzusehen, welche gewaltigen Komplikationen Sie bloß deswegen in Kauf nehmen, weil Sie so feige sind wie ein Maikäfer. Herr Abschaffel, rief Sie, das kann nicht stimmen, ich habe mich ja auch getraut, mit Ihnen zu schlafen. Hahaha, lachte er übertrieben. Erstens haben Sie auch mich angelogen, ohne das geht es nicht bei Ihnen, aber das ist gar nicht wichtig, weil Sie natürlich einen Teil Ihrer Lügen immer wieder vergessen müssen, weil Ihnen ja sonst allmählich der Kopf verfaulen müßte. Mit mir haben Sie sich natürlich eine andere Geschichte vorgemacht, sagte er; ich bin ja nicht neunzehn, sondern einunddreißig, und da hatten Sie eben mal angenommen, es könnte sich zwischen uns so eine richtige Angestelltenoperette entwickeln, nicht wahr? Sie sind ein Ekel, sagte sie. Ist schon gut, sagte er, aber das war mal fällig. Also gut, ich komme morgen abend zu Ihnen, Herr Schönböck gibt sich die Ehre, hahaha, wann soll ich denn kommen? Er hat geschrieben, daß er abends kommt, aber nichts Näheres. Um acht vielleicht? fragte Abschaffel. Also am liebsten wäre es mir, wenn Sie schon um sechs da wären, für alle Fälle. Also um sechs, sagte er; aber um sechs schläft ja Ihr Sohn noch nicht, oder? fragte er. Na und? fragte sie. Sehen Sie, Frau Schönböck, Sie vermeiden es mal wieder, sich die ganze Geschichte vorzustellen; mal angenommen, der Jugoslawe kommt tatsächlich schon um sechs, dann springt ihr Kind herum und wird fragen, wer die beiden fremden Männer sind, sagte Abschaffel; oder wollen Sie Ihren Sohn auch noch so weit bringen, daß er einen Abend lang so tut, als sei ich sein Vater? Verflixt, daran habe ich nicht gedacht, sagte sie. Ich merke es, sagte er; es bleibt uns nichts anderes übrig als zu hoffen, daß er tatsächlich erst um acht kommt. Sie schwieg eine Weile und sagte dann: Ach Gott. Abschaffel fiel nichts mehr ein. Also morgen abend um sechs, sagte er. Ich kann Sie ja mitnehmen, sagte sie.

Er schaltete den Fernsehapparat nicht mehr ein. Er hatte Hunger bekommen und ging in die Küche. Es war halb neun Uhr geworden, und er hatte lange mit Frau Schönböck telefoniert. In der Küche machte er sich zwei belegte Brote und trug sie in das Zimmer. In der langsamen Art, in der es im Sommer dunkel wird, ging draußen ein Tag zu Ende. In einer merkwürdigen Ruhe ging er noch einmal in die Küche und holte eine Flasche Bier. Er bemerkte, daß es ihm gutgetan hatte, Frau Schönböck Bescheid gesagt zu haben. Er schaltete das Radio ein und öffnete die Balkontür. Er dachte an Frau Schönböck und glaubte, daß es besser für sie gewesen wäre, wenn sie nicht gezwungen gewesen wäre, erwachsen werden zu müssen. Er wunderte sich über diese Regung des Mitleids, weil er doch genau wußte, daß er Frau Schönböck verachtete, sobald er sie nur ansah.

Am nächsten Morgen feixten die Kollegen über Hornung. Er hatte sich einen blöden Betrug erlaubt und war dabei erwischt worden. Er hatte versucht, die Stechuhr um eine Stunde Arbeitszeit zu betrügen. Die Uhr schaltete sich abends automatisch um neunzehn Uhr aus. Gestern abend hatte Hornung bis neunzehn Uhr gearbeitet und dann seine Steckkarte absichtlich nicht aus dem Apparat herausgezogen. An diesem Morgen tickte ihm die Uhr von sieben bis acht eine Stunde Arbeitszeit ein, die er nicht im Betrieb gewesen war. Aber schon um neun Uhr war Fräulein Schindler mit ihrem Verdacht fertig und ließ Hornung zu sich kommen. Es war kränkend für ihn, sich von dieser jungen Person angiften lassen zu müssen. Niemand hatte dieser kleinen Sachbearbeiterin ein so zickiges Verhalten zugetraut. Hornung versuchte, seinen lächerlichen Betrug in ein Versehen umzubiegen. Fräulein Schindler widersprach. Bitte nicht mit mir, sagte sie. Hornung ging an seinen Platz zurück und sagte noch einmal: Ich hab nur vergessen, die Karte herauszuziehen. Und Fräulein Schindler sagte nicht einmal, auf Grund welchen Tricks ihr die Überführung gelungen war. Zwei Stunden lang wußten die Kollegen nicht, ob sie sich schon wieder über die Dummheit Hornungs ärgern oder ob sie sich über Fräulein Schindlers Härte empören sollten. Mörst schwieg ebenfalls; ihm war es vielleicht ganz recht, wenn sie verdrossen in ihrem eigenen Saft schmorten.

Am Nachmittag, kurz nach fünfzehn Uhr, erschien der gekündigte Gersthoff noch einmal im Büro. Er wankte herein in seinem zerknitterten Anzug, und die Kollegen sahen einander an und konnten sich nicht erklären, warum Gersthoff noch einmal gekommen war. Er bot einen entsetzlichen Anblick. Mit tapsigen Bewegungen ging er auf Mörst zu, holte seine Brieftasche heraus und legte einen Hundert-Mark-Schein auf Mörsts Schreibtisch. Das ist für euch, sagte er zitternd, nehmt es, es ist von mir. Nehmen Sie Ihr Geld, sagte Mörst, Sie können es gebrauchen. Nichts, rief Gersthoff. Das ist nicht nötig, sagte Mörst. Geht alle in eine Kneipe und trinkt einen auf mich, sagte Gersthoff und versuchte zu lachen, aber er kam nur dazu, seine schlechten Zähne zu zeigen. Mörst erkannte, daß er Gersthoff nicht dazu bringen konnte, das Geld an sich zu nehmen. Dieser halbtote Mann wollte etwas spielen, was er zeitlebens nie gekonnt hatte: einen Gönner. Das war ein sicheres Zeichen für seinen nahen Tod. Passen Sie auf, Herr Gersthoff, sagte Mörst; ich nehme das Geld und kaufe Ihnen ein Geschenk dafür. Nein, rief Gersthoff. Hören Sie zu, sagte Mörst laut und stand auf, ich kaufe ein Geschenk für Sie, und dann treffen wir uns alle in einer Wirtschaft, Sie auch natürlich, dann geben wir Ihnen das Geschenk und trinken einen auf Sie. Als Gersthoff sah, wie Mörst das Geld an sich nahm, war er beruhigt, und als er außerdem seine eigenen Worte von Mörst wiederkehren hörte, schien er zu glauben, Mörst habe ihn endlich verstanden. Gersthoff kehrte um und verließ das Büro. Mörst begleitete ihn zum Ausgang, und als er zurückkam, sagte er: Mein lieber Herr Kanalarbeiter.

Frau Schönböck empfing Abschaffel kurz nach sechs Uhr in freundlicher Stimmung. Das Kind saß in der Badewanne und sang. Er darf heute so lange im Wasser bleiben, wie er will, und dann schläft er rasch ein, sagte Frau Schönböck. Sie bat ihn ins Zimmer. Auf dem Tisch lag eine weiße Tischdecke, und es war für drei Personen gedeckt. Sie trug ein leichtes Sommerkleid und Bastschuhe, die sie sich wahrscheinlich aus dem Urlaub mitgebracht hatte. Hoffentlich haben Sie einen guten Hunger mitgebracht, sagte sie. Er antwortete undeutlich und setzte sich. Ich habe die neue Platte von Cat Stevens, wollen Sie sie hören? Ich weiß nicht, wer das ist, sagte er, und es hat keinen Sinn, wenn Sie es mir erklären, ich vergesse solche Sachen sofort wieder. Haben Sie keinen Plattenspieler? fragte sie. Doch, sagte er, ich habe sogar ein paar Platten. Sie lachte. Ich habe sie eher mechanisch gekauft, sagte er. Wie? Mechanisch? fragte sie. Ja, machte er, vor drei oder vier Jahren habe ich mal geglaubt, ich müßte einen Plattenspieler und Platten haben, und als ich das alles hatte, habe ich ein paar Wochen lang Platten gehört. Dann hörten die Platten auf, mir zu gefallen, und seither liegen sie irgendwo herum, sagte er; ich kann also nicht nur nicht sagen, welche Platten ich habe, ich kann außerdem nicht sagen, warum sie mir damals gefielen, und drittens kann ich nicht sagen, warum mir das Ganze dann irgendwann keinen Spaß mehr machte. Frau Schönböck kicherte. Aber wir reden schon viel zu lange über diese Geschichte, sagte er, Sie können Ihre neue Platte ruhig auflegen.

Sie stand auf und ließ die Platte aus der Hülle rutschen. Es war halb sieben geworden. Der Junge stieg aus der Badewanne und rief nach seiner Mutter. Frau Schönböck verließ das Zimmer. Du gehst jetzt gleich ins Bett und rührst dich nicht mehr, sagte sie zu ihrem Kind. Jaaa, antwortete der Junge langgezogen. Ich habe dir zwei Brote, einen Pfirsich und ein Glas Milch an das Bett gestellt, und du kannst noch eine Weile lesen, bis du müde bist. Das Kind sprang mit nackten Füßen durch den Flur und verschwand in seinem Zimmer. Frau Schönböck kam in das Wohnzimmer zurück und setzte sich in einen Sessel. Wie gefällt Ihnen die Musik? fragte sie. Ich weiß nicht, sagte er. Das wissen Sie auch nicht? fragte sie zurück und lachte.

Abschaffel nickte und sah sich im Zimmer um. Ich denke, wir warten mit dem Essen bis um acht, sagte sie; wenn er dann nicht da ist, fangen wir an. Ich hab was Besonderes gemacht, Fondue. An einer Wand hingen ein paar eingerahmte Fotos, auf denen alte Leute abgebildet waren. Das sind meine Eltern, sagte sie. Er schwieg und sah sich die Fotos an. Die Mutter war dick und trug ein geblümtes Kleid. Der Vater war kleiner und steckte in einer dunklen Hose und einer Wollweste mit Knöpfen vornedran. Meiner Mutter geht es zur Zeit sehr schlecht, sagte sie. Wieso? fragte er. Ach, sagte sie, ausgerechnet auf ihre alten Tage ist ihr Leben zu einer Katastrophe geworden. Ist sie krank? fragte er. Seelisch, seelisch krank, sagte sie; meine Mutter hat sich ihr Leben lang für drei Männer aufgeopfert. Mit ihrem Vater hat sie angefangen, mit ihrem Mann hat sie weitergemacht, und mit ihrem Sohn hat sie jetzt aufgehört, das heißt, sie hat aufhören müssen, weil ihr Sohn sie rausgeschmissen hat, und das übersteigt ihre Möglichkeiten, das versteht sie nicht mehr. Sie war siebzehn, als ihre Mutter starb, und dann machte sie erst einmal sechs Jahre lang ihrem Vater den Haushalt. Mit dreiundzwanzig heiratete sie, und dann stand sie dreißig Jahre im Haushalt ihres Mannes. Und als unser Vater starb, nahm sie ihren Sohn als Mann und machte mit ihm weiter. Das hat ein paar Jahre lang geklappt, aber jetzt hat mein Bruder eine Freundin, und das war das Ende für meine Mutter. Weil sie nicht begreifen konnte, daß es außer ihr noch eine andere Frau gab, hat sie sich in alles eingemischt, bis es meinem Bruder zuviel wurde. Er hat sie tatsächlich aus dem Haus gejagt, sagte sie. Und wo ist sie jetzt? fragte er. In Eschborn bei meiner Schwester, sagte sie. Die mit dem Arzt verheiratet ist? fragte er. Genau die, sagte sie.

Es wurde acht Uhr, und von Branko war noch nichts zu sehen. Frau Schönböck trug den Fonduekocher herein und stellte zwei Flaschen Rotwein auf den Tisch. Sie hatte eine Menge Saucen gemacht, dazu drei verschiedene Salate. Wir fangen jetzt an, sagte sie, setzen Sie sich bitte hierhin. Ihr routiniertes und gefälliges Benehmen erregte Abschaffels Mißtrauen. Schon seit einer halben Stunde plagte er sich mit dem Verdacht, daß sie ihm die Geschichte von der Ankunft Brankos nur vorgeschwindelt haben könnte. Seit er bei ihr war, war von Branko nicht mehr gesprochen worden. Sie verhielt sich so, als hätte sie die Ankunft eines Dritten nie erwartet. Am liebsten hätte sich Abschaffel Brankos Nachricht zeigen lassen, aber er wollte sein Mißtrauen auch nicht nach außen kehren. Aber eigentlich war auch wieder nicht anzunehmen, daß sie die Geschichte nur erschwindelt hatte. Sie konnte zwar gut lügen, aber Erfindungen waren ihre Sache nicht. Sie log gewöhnlich nur dann, um aus schwierig gewordenen Ereignissen wieder herauszukommen, und nicht umgekehrt. Aber irgend etwas war an diesem Abend wieder nicht in Ordnung. Es störte ihn, daß ihm das alles nicht gleichgültig sein konnte. Sein Kopf wurde klein und eng, und eine Weile sagte er nichts. Frau Schönböck legte eine neue Platte auf. Die

Fleischstücke schmorten im heißen Öl in der Mitte des Tisches. Es schmeckte ihm gut, aber weil er zu sehr damit beschäftigt war, irgend etwas zu durchschauen, bemerkte er kaum, daß er aß. Was war denn wieder los? Weil er nichts herausfand, ging sein Kopf dazu über, Frau Schönböck zu beschimpfen. Diese Freizeithure, diese elende, diese Neckermannfotze, und ein paarmal so weiter.

Worüber denken Sie nach? fragte sie. Über Ihre Mutter, sagte er. Sie lachte. Eine Flasche Wein hatten sie schon geleert, und Frau Schönböck war guter Stimmung. Sie lachte über fast alles, was sich ereignete. Kann Ihre Mutter bei Ihrer Schwester gut leben oder wird sie nur geduldet? fragte er. Sie wird nur geduldet, sagte sie und trank ihr Glas leer. Sie müssen bedenken, sagte sie, daß sie ihr ganzes Leben immer nur im Haushalt war. Sie hat zum Beispiel nie ein eigenes Konto gehabt, Führerschein und so ganz zu schweigen, ich glaube, sie weiß noch nicht einmal, was eine Zahlkarte ist. Alle diese Dinge haben die Männer für sie gemacht. Und von den Männern hat sie auch das Geld regelmäßig gekriegt, in der Regel wöchentlich, wie ein Arbeiter.

Sie reichte ihm eine Flasche Wein über den Tisch, und Abschaffel öffnete sie. Es war halb zehn geworden. Ich glaube nicht mehr, daß Ihre Urlaubsflamme noch erscheint, sagte er. Er verurteilte sofort das Wort Urlaubsflamme, das er niemals im Leben verwendet hätte. Er hatte es nur gebraucht, damit Frau Schönböck gut auf seine Bemerkung eingehen konnte. Ich glaube es auch nicht mehr, sagte sie. Aber warum kommt er denn nicht? fragte er noch einmal; er hat sich doch sogar die Mühe gemacht, Ihnen zu schreiben. Sie schwieg eine Weile, dann sagte sie: Vielleicht wollte er mich nur erschrecken. Abschaffel war über diese Antwort verblüfft. Nicht nur deswegen, weil sie in der Lage war, eine solche Erklärung zu finden, sondern mehr noch darüber, weil diese Erklärung vielleicht sogar stimmte. Und Sie haben sich auch erschrecken lassen, sagte er. Ja, sagte sie. Das heißt also, sagte er, er hat Ihnen geglaubt, daß Sie verheiratet sind, und gerade deswegen hat er nicht fassen können, was er mit Ihnen erlebt hat. Und deswegen hat er Sie zu Hause anschwärzen wollen, sagte er; er hat damit gerechnet, daß Ihrem Mann seine Nachricht in die Hände fallen wird. Meinen Sie, daß es so war? fragte sie, und ihre Stimme war tatsächlich erschrocken. Wie soll es sonst sein? fragte er.

Sie hatten sämtliche Fleischstücke aufgegessen, und in der zweiten Weinflasche war nicht mehr viel drin. Frau Schönböck ging in die Küche. Sie kam mit einer großen Schale Erdbeeren und einer großen Schale Schlagsahne zurück. Oh, machte er und war sofort wieder mißtrauisch. Das ist unser Nachtisch, sagte sie vergnügt. Sie ging noch einmal in die Küche und kam mit einer Flasche Sekt zurück. Wenn der Jugoslawe wüßte, was ihm durch seine Faxen alles entgeht, sagte Abschaffel hilflos. Können Sie die Flasche aufmachen? fragte sie. Nicht gut, sagte er. Dann geben Sie sie her, sagte sie. Abschaffel beobachtete das Gesicht von Frau Schönböck, während sie sich an dem Sektkorken zu schaffen machte. Sie biß die Zähne aufeinander und öffnete den Mund und kniff die Augen zusammen, und Abschaffel hatte immer noch die lächerliche Idee, durch Beobachtung herauszufinden, ob sie es von Anfang an nur auf ihn abgesehen hatte. Sie füllte zwei Tellerchen mit Erdbeeren auf und gab Sahne darüber. Sie goß in zwei neue Gläser Sekt ein und sah Abschaffel an.

Es könnte aber auch sein, sagte er, daß mit Branko doch alles anders gelaufen ist, sagte er, als er anfing, die Erdbeeren aufzuessen. Sie meinen, daß er vielleicht morgen kommt? fragte sie. Nein, sagte er, das glaube ich nicht; aber es könnte sein, daß er tatsächlich heute abend angekommen ist, vielleicht vor vier Stunden, und seither auf dem Hauptbahnhof herumirrt und den Ausgang nicht findet. Sie lachte. Das ist möglich, sagte er; unter den Bahnhof bauen sie doch seit Jahren einen S-Bahnhof, und zur Zeit muß man durch viele Brettergänge und Betontunnel hindurch, wenn man den Bahnhof verlassen will, da verirrt man sich leicht. Und jetzt stellen Sie sich mal vor, sagte er, da kommt so ein neunzehnjähriger Balkanlümmel hier an. Eine Eisenbahn wird er schon einmal gesehen haben, aber ob er zwei Züge zugleich schon gesehen hat, ist fraglich. Und so ein Junge kommt auf dem Frankfurter Hauptbahnhof an, den haut es doch um. Frau Schönböck lachte, und Abschaffel schämte sich. Er hatte Spaß daran, mit einer diskriminierenden Rede ihr Vergnügen hervorzurufen. Der weiß doch gar nicht, wo er zuerst hinsehen soll, sagte er. Frau Schönböck lachte. Vielleicht sitzt er auf einem Karton und wartet auf den nächsten Zug nach Jugoslawien. Frau Schönböck kicherte in ihr Erdbeertellerchen hinein und hörte überhaupt nicht mehr auf. Abschaffel wußte in jedem Augenblick, daß er nicht so war, wie er jetzt redete. Hätte er je eine Unterhaltung gehört wie die, die er nun selber führte, er hätte sich empört abgewendet. Und alle, die an solchen Unterhaltungen teilnehmen, hätte er zu den niederen Menschen gerechnet. Zum Glück konnte er im Augenblick nicht mehr nachdenken. Er wurde nur wütend auf Frau Schönböck. Warum kenne ich eine Frau, mit der zusammen es mir Spaß macht, fing er an zu denken und ließ es sofort wieder, weil er nicht mehr weiterkam. Aus Wut empfand er Lust, Frau Schönböck für alles zu bestrafen, und als Strafe fiel ihm ein, sie in gemeiner Schnelligkeit zu vögeln und dann sofort nach Hause zu gehen. Frau Schönböck warf den Kopf zurück und sagte: Herr Abschaffel, Herr Abschaffel. Er glaubte, daß sie genau wußte, er konnte nun jeden Augenblick aufstehen, sie sofort ausziehen und sich noch am Tisch über sie hermachen. Tatsächlich fiel es ihm schon schwer, sich noch immer zurückzuhalten. Auf keinen Fall wollte er mit ihr ins Bett gehen. Alles, was er tat, sollte beiläufig und nebensächlich aussehen. Am besten wäre, er würde es fertigkriegen, sie im Türrahmen zu fassen. Er wußte nicht, warum er auf all diese Details einen solchen Wert legte. Er wußte noch nicht einmal, warum sie ihm überhaupt in den Kopf kamen. Er fühlte sich wie ein Idiot, der sich soeben selbst in eine Anstalt einliefert und immerzu mit dem ausgestreckten Finger auf sich selbst zeigt und dabei ausruft: So ist es immer mit mir, und dann endlich würden ihn zwei Pfleger an den Armen fassen, und in diesem wunderbaren Augenblick könnte er endlich aufhören, ein Idiot zu sein. Aber er war nicht in einer Anstalt, sondern in der Wohnung einer Kollegin, und er erhob sich, ging um den Tisch herum und mußte ein Idiot sein. Frau Schönböck erhob sich ebenfalls, als sie sah, daß er auf sie zuging. Sie legte ihm die Arme um den Hals, und er faßte sie an den Hüften. Sie küßten sich mit einer rätselhaften Heftigkeit, und er wunderte sich über die Kraft, mit der sie seinen Kopf festhielt. Er streifte ihr das leichte Sommerkleid hoch über die Schultern und den Slip herunter. Und eine entsetzliche Scham kam über ihn, als er seine eigene Hose herunterließ. Frau Schönböck öffnete ihm die Hemdenknöpfe, und er küßte ihr den Hals und die Schultern und drehte sie dabei um, so daß er genau hinter ihr stand. Sie beugte sich herunter und stützte sich mit gestreckten Armen auf einer Kommode ab. Es war für ihn ganz einfach, von hinten in sie einzudringen. Warum kamen denn die Pfleger nicht und rissen ihn zurück? Weit hinten im Mund, wo die Zunge im Körper verschwindet, spürte er einen kehligen Reiz, den er von früher kannte, als er Kind gewesen war und heulen wollte, es aber nicht konnte. Was geschah denn immerzu? Wenigstens schreien konnte er kurz, als es ihm kam, aber er fürchtete, vielleicht doch heulen zu müssen. Ich befinde mich dauernd in Panik, weil ich nicht herausfinden kann, was ich will und was ich nicht will, dachte er hastig. Der Satz beruhigte ihn flüchtig. Rasch zog er sich die Hosen hoch und stürzte in sein Hemd. Frau Schönböck hatte sich quer über die Lehnen eines Sessels gelegt und schlief. Er zog sich die Jacke an und prüfte, ob seine Brieftasche noch darin war. Wie erbärmlich und blöde war sein Mißtrauen, ausgerechnet hier nach seiner Brieftasche zu sehen. Verwechselte er neuerdings den Hauptbahnhof mit dem kleinen ehrlichen Wohnzimmer einer Kollegin? Er spürte, daß ihm alles durcheinandergeriet. Er mußte so rasch wie möglich diese Wohnung verlassen. Mit zusammengepreßten Lippen verhinderte er, daß er zu heulen anfing. Frau Schönböck schnarchte und pfiff, während sie schlief. Er überlegte, ob er sie ins Bett tragen sollte. Er zwängte seine Füße in die Schuhe, ohne sich zu bücken. Es fiel ihm auf, daß er seine Hemdenknöpfe noch immer nicht richtig geschlossen hatte. Wie immer, wenn er sich nachts anzog, war er überzeugt, alle seine Kleider paßten ihm nicht. Er trug Frau Schönböck in ihr Bett, und sie wachte nicht auf. Dann löschte er das Licht und verließ die Wohnung.

Es war erst elf Uhr, als er unten auf die Straße trat. Wie warm es draußen war! Die Kneipen hatten die Fenster geöffnet, und in den Gartenwirtschaften wurde gesungen, eine unfaßliche Leichtigkeit mitten in der Nacht. Die Neonschriften sahen aus wie frisch geputzt, der Beton war warm, und in den Straßen roch der weich gewordene Straßenteer. Abschaffel überlegte, ob er ein Taxi nehmen sollte. Aber er brauchte Zeit, viel Zeit, und er entschloß sich, lieber zu gehen. Es kränkte ihn, was er erlebt hatte. Es durfte ihm in Zukunft nicht mehr passieren, daß ihm einfach alles so passierte. Darüber wollte er nachdenken. Und tatsächlich, während er lief, stellten sich wieder gedankenähnliche Gebilde in seinem Kopf ein. Er beruhigte sich, und er überlegte sogar, ob er, wenn er zu Hause war, Frau Schönböck anrufen und sich entschuldigen sollte. Aber es kam nicht dazu.

Am folgenden Morgen war leider nicht Samstag oder Sonntag, sondern Donnerstag. Abschaffel mußte arbeiten. Er hätte einen Tag zu Hause bleiben können, um Frau Schönböck zu zeigen, daß er ihr aus dem Weg gehen wollte. Aber eine Störung dieser Art war ihm zu deutlich, obwohl er sich zugab, daß er nichts anderes wollte als die sofortige Distanzierung von Frau Schönböck. Als er um Viertel vor sieben im Bus saß, suchte er angestrengt nach einem Verhalten. Eine Weile spielte er sogar mit der Möglichkeit, Frau Schönböck als eine Art Betriebskonkubine zu behalten. Er würde sie gelegentlich besuchen und mit ihr schlafen, aber sonst nichts mit ihr zu tun haben wollen. Bis ein solches Verhältnis allerdings hergestellt war, überlegte er, würden Jahre vergehen, anstrengende und harte Jahre, und Frau Schönböck müßte durch mehrere

Irrtümer über ihre Beziehung zu ihm hindurchgehen, bis sie sowohl kapiert als auch sich damit abgefunden hatte, was er von ihr wollte. Es gab ja viele solcher Verhältnisse, beruhigte er sich, die sich oft jahrelang an der Grenze zur Auflösung bewegten, aber immer noch einmal neu eine Runde ansprangen. Und für viele Menschen waren solche Verhältnisse die einzig möglichen überhaupt, obwohl gerade diese Leute immer behaupteten, unter diesen Verhältnissen zu leiden.

Er verfing sich in endlosen Erörterungen, denen er im Grunde nicht gewachsen war. Erst im Büro bemerkte er, daß alles ganz anders geworden war. Frau Schönböck flirtete offen über mehrere Schreibtische zu ihm herüber. Er war verwirrt und mühte sich ab, sich den neuen Stand zu erklären. Die Mattigkeit, mit der er ihre Signale erwiderte, richtete bei ihr nichts aus. Er wartete schon darauf, daß Ronselt oder Schobert die erste Bemerkung über diese neue Firmenliebe machten. Es dauerte eine Stunde, bis er in der Lage war, sich einige Gedanken zu machen. Wahrscheinlich glaubte Frau Schönböck lediglich, daß sie inmitten hektischer Liebkosungen eingeschlafen war, und dann war er auch noch so lieb gewesen und hatte sie in ihr Bett getragen und auch noch das Licht gelöscht. Wie vornehm, anständig und rücksichtsvoll von ihm. Und jetzt hatte sie nichts anderes zu tun, als fröhlich auf die Mittagspause zu warten, um dann mit ihm kichernd den gestrigen Abend zu rekapitulieren und sich wieder mit ihm zu verabreden. Was er am meisten verabscheute, war ihr Veröffentlichungsverhalten. Ständig gab sie Zeichen ihrer neuen Intimität mit Abschaffel von sich. Um halb elf kam sie sogar an seinen Schreibtisch und fragte, ob sie ihm eine Cola aus dem Automaten mitbringen sollte. Er verneinte hilflos, schaute aus dem Fenster und fürchtete sich vor der Mittagspause. Und je dringlicher er überlegte, wie er sich ihr entziehen sollte, desto schwächer waren die Ergebnisse seines Suchens. Er wollte ohne Erklärung verschwinden. Die Mittagspause an der Seite von Frau Schönböck mußte er unter allen Umständen verhindern. Aber wie? Er wollte wieder einmal zuviel. Er wollte durchaus eine Angestellte vögeln, wenn sich die Gelegenheit dazu ergab, und er wollte dieser Angestellten gegenüber wie ein Ehrenmann erscheinen, zugleich wollte er aber vor sich selber den Eindruck haben, es sei niemals etwas geschehen. Da fiel ihm zum erstenmal die Gleitzeit ein. Es war ihm ja ohne weiteres möglich, eine halbe Stunde vor der offiziellen Mittagspause den Betrieb zu verlassen. Ungewöhnlich war dann nur, daß er die Gleitzeit innerhalb der Kernarbeitszeit in Anspruch nahm. Aber wenn er Ronselt Bescheid sagte, würde es schon gehen. Abschaffel hatte heute Spätdienst. Die Verkehre Hannover und Augsburg mußten heute das Haus verlassen. Der Spätdienst kam ihm gerade recht: Damit war der gemeinsame Feierabend mit Frau Schönböck vereitelt. Unversehens hatte sich eine Strategie der Verhinderungen ergeben, und genau das war es, was er heute brauchte. Er sagte Ronselt, was er wollte, und Ronselt antwortete nur: ist o. k. Ronselt seinerseits wollte heute um vier Uhr Schluß machen. Ich will mir ein Schlauchboot kaufen, sagte Ronselt, und da will ich mich mal ein bißchen in den Sportgeschäften umsehen. Ein Schlauchboot? hätte Abschaffel beinahe erstaunt gefragt, wozu um Gottes willen braucht man ein Schlauchboot, aber da fiel ihm ein, daß Ronselt ein Campingmensch war und daß er auch bald in Urlaub fuhr. Aha, sagte Abschaffel freundlich, Sie wollen diesmal Freizeitkapitän sein? Er wunderte sich, daß er das Wort Freizeitkapitän verwendet hatte. Er war sicher, das Wort vorher nie ausgesprochen zu haben. (Gestern schon hatte er das Wort Urlaubsflamme gebraucht. Und jetzt Freizeitkapitän. Wie kamen nur diese Worte in ihn hinein? Und wie kam es, daß sie so rechtzeitig auftauchten, so passend zu den Gelegenheiten?) Ronselt mußte lachen. Wir fahren diesmal an die dänische Westküste, dort soll man hervorragend in den Fjorden herumpaddeln können, sagte er. Na, dann toi toi toi, sagte Abschaffel. Es war unglaublich, aber er hatte wirklich toi toi toi gesagt, er hatte es selbst von sich gehört.

Punkt halb zwölf verließ Abschaffel das Büro. Es kostete ihn Kraft, den Blick starr auf die Doppelglastür zu halten, als er den Weg durch den Großraum zurücklegte. Er meinte zu spüren, daß Frau Schönböck auf die Uhr sah. Es gehörte nicht zu seinen Angewohnheiten, vorzeitig zu verschwinden. Er drehte sich nicht um, sondern stieß mit angespannten Gesten die Glastür auf. Rasch flitzte er die Treppen nach unten, und eine halbe Stunde später saß er im fünften Stock des Kaufhofs im Restaurant und bestellte Reis mit Huhn.

Er kam sich schäbig vor, aber er söhnte sich mit seiner Schäbigkeit gleich wieder aus. Es mußte etwas geschehen. Aber was? Es mußte sich etwas Grundlegendes verändern. Aber was war etwas Grundlegendes? Mehr als kleine, gelegentliche Schäbigkeiten sind mir vielleicht nicht möglich, dachte er. Die Kellnerin erschien und wischte mit einer Speisekarte ein paar Brotkrümel von seinem Eßplatz herunter und legte Besteck ab. Sie erschien gleich wieder und stellte sein Reisgericht vor ihn hin. Er bezahlte, damit er sofort wieder verschwinden konnte. Beim Essen dachte er mehrmals den gleichen Satz: Es müßte etwas geschehen. Und jedesmal kam er sich vor wie eine Spinne in einer leeren Badewanne. Er aß den Teller leer und fuhr wieder in die Firma. Er ging sofort an seinen Platz. Schon kurz danach war klar, daß es ihm gelungen war, Frau Schönböcks Verhalten zu dämpfen. Sie war verwirrt und wahrscheinlich beleidigt. Abschaffel fühlte sich schlecht. Unvorhergesehen empfand er Mitleid. Er schrumpfte in sich zusammen. Er wollte einen ruhigen Nachmittag verbringen und darüber nachdenken, daß etwas geschehen müßte. Er würde ungefähr bis sechs, vielleicht bis halb sieben im Betrieb sein, und bis dahin wollte er einen Ausweg gefunden haben. Das hatte er sich vorgenommen. Es fiel ihm ein Satz ein, den er gestern abend gedacht hatte. Ich bin immer in Panik, weil ich nicht herausfinden kann, was ich eigentlich will, so oder so ähnlich lautete der Satz. Diesen Satz machte er zum Ausgangspunkt seiner Überlegungen. Er wollte ruhig auf seinem Platz bleiben und nachdenken. Der Vorarbeiter für Hannover war Schmitz, der Vorarbeiter für Augsburg war Hodler, zwei zuverlässige, selbständig arbeitende Leute. Abschaffel konnte sie im wesentlichen allein arbeiten lassen. Erst wenn die Waggons verplombt wurden, mußte er wieder in die Halle.

Um fünfzehn Uhr brachte der Fahrer einer Delikatessenfirma einen Präsentkorb und fragte nach Herrn Mörst, der ihn bestellt hatte. Der Präsentkorb war das Geschenk für Gersthoff, von ihm selbst bezahlt. Es war ein großer, mit rot-weiß kariertem Tuch ausgeschlagener Korb, randvoll mit Würsten, Brot, Gebäck, Schokolade, Wein, Zigaretten, Käse und geräucherten Fischen. Abschaffel sah hinüber zu dem Korb, blieb aber sitzen, als er sah, daß Frau Schönböck sich erhob, um den Korb aus der Nähe anzusehen. Mörst tippte eine Notiz, mit der er die Kollegen zu einem Abschiedsabend für Gersthoff am Montagabend in die BRATPFANNE einlud. Die Notiz wanderte von Schreibtisch zu Schreibtisch, und jeder zeichnete den Zettel ab. Kurzfristig war Abschaffel in Gefahr, vom Nachdenken über seine eigenen Probleme abzukommen, weil er sich über den geplanten Abschiedsabend zu erregen begann. Ein Halbtoter, der kaum noch sein Bierglas halten konnte, begriff nicht, daß seine Zeit um war, und ein rührseliger Betriebsrat, der immer nur das Gute wollte, aber keinen Geschmack und keinen Instinkt hatte, zwangen gemeinsam ihre Kollegen, einen ganzen Abend lang an ihren Unfähigkeiten teilzunehmen. Abschaffel beschloß, dem Abend fernzubleiben. Er fühlte sich seltsam kräftig, nachdem er diesen Entschluß gefaßt hatte. Er überlegte sogar eine Weile, ob er Mörst nicht veranlassen sollte, den Abend abzusagen. Aber rings um ihn dachten die Kollegen schon laut darüber nach, ob sie am Montag Zeit hätten. Natürlich hatten sie Zeit, sie hatten ja sonst nichts, aber sie taten, als müßten sie ganz unwahrscheinliche Manipulationen vollbringen, um endlich mal einen freien Abend reservieren zu können. O Gott, was machte es ihnen einen Spaß, sich für nichts und wegen nichts aufzuplustern.

Abschaffel mußte in die Halle, um sich zu zerstreuen. Er schaute kurz bei Schmitz und Hodler vorbei; die Verladungen gingen zügig voran. Abschaffel schritt die schmalen Gänge zwischen all den Kisten, Kartons und Fässern entlang. Sein

Kopf war erregt, sein Hemd sauber. Durch Tor 6 verließ er die Halle und betrat die Verladerampe, die außen um die Halle entlanggebaut war. Er wollte wissen, wieviel Uhr es war, aber er hatte keine Lust, auf seine eigene Armbanduhr zu schauen. Er hatte beide Hände in den Hosentaschen, und er sah den manövrierenden Lkw zu, die im Innenhof mit der Rückseite an die Verladerampe heranfuhren. Er sah sich nach einem gerade nichts arbeitenden Arbeiter um, dem er auf die Armbanduhr schauen konnte. Er erblickte den Arbeiter Heidenreich, der sich auf einer Sackkarre abstützte, und er ging an ihm vorbei und sah auf Heidenreichs Armbanduhr, daß es vier Uhr war. Es ist vier Uhr, dachte er, es ist vier Uhr, und ich will nicht mehr in dieses Büro. Dieser Satz erregte ihn und erschreckte ihn. Er fühlte, daß er einen elementaren Wunsch gedacht hatte, der für ihn vielleicht zu groß war. Er ging zurück durch die Halle, betrat das Büro und setzte sich an seinen Schreibtisch. Ronselt war schon weg, Schlauchboote ansehen und vielleicht eines kaufen. Abschaffel sah im Büro umher, und es machte ihm Vergnügen, alles abzulehnen, was er sah. Diese Gummibäume muß ich nicht mehr ansehen, Frau Schönböck muß ich nicht mehr aus dem Weg gehen, Ronselts Schreibtischordnung muß ich nicht mehr aushalten, und als er Hornung sah, dachte er: Und ich werde keinen Angestellten mehr kennenlernen, in dem ich mich täusche.

So machte er eine Weile weiter, und es beruhigte ihn. In einer halben Stunde hatte er fast alles abgelehnt, was sich in seiner Sichtweite befand. Es erging ihm wie einem Kind, das mit einem zu großen Geschenk überrascht wird. Jahrelang erhielt es nur Aufziehautos, dann plötzlich ein Schaukelpferd. Das zu große Geschenk überrascht die Einbildungskraft, und das Bewußtsein glaubt für eine Weile, in Zukunft mit ähnlichen großen Schritten vorwärtszukommen. Abschaffel wartete auf weitere gute Sätze. Er fühlte sich gut. Es wunderte ihn, daß er den Satz nicht sofort relativierte, sondern gelten ließ. Früher hatte er an allem, was er für sich selbst gut fand, so lange herumgedacht, bis er es schließlich unvernünftig fand. Punkt fünf Uhr leerte sich das Büro. Frau Schönböck sah nicht zu ihm herüber, als sie durch die Glastür ging. Bestimmt ruft sie mich heute abend an, dachte er, oder spätestens morgen. Oder ich werde übermorgen, wenn sie bis dahin nicht angerufen hat, ein so schlechtes Gewissen haben, daß ich es nicht mehr ertragen kann und selbst anrufe. Ekelhaft, dachte er. Hatte er denn keinen Traum? Traumlos dachte er immer an die kleinen Wirklichkeiten. Wenn Ronselt das Unmögliche dachte, fiel ihm als Traum eine eigene große Bar in der Bahnhofsgegend ein. Wenn Frau Schönböck träumte, fiel ihr ein fabelhafter Ehemann ein, der sie von allen Widrigkeiten befreite. Aber er hatte wieder einmal nichts. Nein, das stimmte nicht. Auch er hatte eine Idee, die er nie Traum nannte und die ihm schon lange nicht mehr eingefallen war. Er schämte sich sofort, als sie ihm wieder in den überanstrengten Kopf kam. Es war die Vorstellung, sich mit einer Nutte anzufreunden und sich von ihr aushalten zu lassen. Im Büro war es ganz still. Mein Gott, dachte er. Sein Oberkörper war zusammengesackt, und die Arme lagen in seinem Schoß. Schmitz betrat das Büro und brachte ihm die Ladeliste für den bereits fertig geladenen Hannoveraner Waggon. Ich komme gleich runter, rief er dem verschwindenden Schmitz nach. Er machte die Papiere für den Waggon fertig, addierte die Schlußtonnage und übertrug das Ladegewicht in den Frachtbrief. Er zündete sich eine Zigarette an und ging runter in die Halle und suchte den diensthabenden Bundesbahnbeamten. Er stand bei den Lkw-Fahrern. Abschaffel übergab ihm den Frachtbrief und ging wieder in das Büro zurück. Inzwischen hatten die Putzfrauen ihre Arbeit aufgenommen, aber sie verhielten sich so zurückhaltend, daß sie ihn nicht störten. Abschaffel bemerkte, daß er sich mit seiner Idee beschäftigte. Er genierte sich stark, und deswegen ging die Idee in seinem Kopf nur langsam voran. Er hatte sie bisher immer nur als flüchtige Erscheinung im Kopf gehabt und nie richtig entfaltet. Er überlegte, wie er an ein Mädchen herankommen könnte, und er fand, er müßte zuerst mit ihr ins Zimmer gehen, sie sehr gut bezahlen und sie dann zum Essen einladen. Beim Essen würden sie sich kennenlernen und alles Weitere besprechen. Sollte er die Einladung für den nächsten Tag aussprechen? Oder sollte er besser morgens kommen und mit ihr zwei Stunden später zu Mittag essen? Wenn ich sie für einen Tag später einlade, dachte er, sieht es vielleicht ernster aus. Andererseits war die zweite Möglichkeit spontaner, direkter und deswegen vielleicht überzeugender. Aber was würde passieren, wenn sie überhaupt nicht auf sein Angebot einging und sich über ihn lustig machte? Seine Vorbereitung auf diesen Fall bestand darin, daß er sich drei Versuche zugestand. Dreimal durfte jeder sein Glück versuchen; das galt vom Mensch-ärgere-dich-nicht bis zur Olympiade. Wenn er es mit drei verschiedenen Mädchen versuchte, mußte er wenigstens einmal Erfolg haben.

Da betrat Hodler das Büro und meldete die komplette Verladung des Augsburger Waggons. Unverzüglich machte Abschaffel die Papiere fertig und ging in die Halle. Nach der Verplombung ging er ebenso rasch wieder in das Büro und räumte seinen Schreibtisch auf. Er war guter Stimmung. Die Einzelheiten zu seinem Plan fügten sich ungewöhnlich leicht zusammen. Er hatte sogar schon einen Zeitpunkt festgelegt, ohne es recht bemerkt zu haben. An drei verschiedenen Abenden sollte sich je ein Versuch ereignen, an einem Freitag, einem Samstag und einem Sonntag. Heute war Donnerstag, und das bedeutete, daß morgen abend sein erster Versuch fällig war. Die plötzliche Nähe der Ereignisse erschreckte ihn leicht. Aber seit einer halben Stunde kam er sich vor wie ein Mann, dem keine Hindernisse mehr einfallen. Und zu einem solchen Mann gehörte, daß er nicht darüber erschrak, wenn sich die entscheidende Stunde nicht irgendwann, sondern heute oder morgen zutrug. Er phantasierte sich in eine ernsthafte Zuversicht hinein. Er stellte sich sogar vor, schon am Montag nicht mehr arbeiten zu müssen. Mit dem Bus fuhr er in die Stadt. In der Innenstadt stieg er aus und ging von hier aus zu Fuß nach Hause. Es war Viertel vor sieben, und die

Geschäfte hatten geschlossen. Es fielen ihm eine Menge Einzelheiten zu seinem Plan ein, die noch nicht geklärt waren. Er mußte ein Restaurant wissen, in das er das Mädchen einladen wollte. Es war sicher nicht gut, wenn er sich erst im Zimmer des Mädchens überlegte, in welches Lokal sie gehen sollten. Er wünschte sich ein einfaches, aber gutes Restaurant. Nein, ein sehr gutes, verbesserte er. Abschaffel kannte keine sehr guten Restaurants, und er beschloß, sofort eines zu suchen. Er wollte ohnehin nicht nach Hause, weil er verhindern wollte, eventuell noch mit Frau Schönböck telefonieren zu müssen (seine Zuversicht spreizte sich so sehr ins Phantastische, daß er im Augenblick sogar glaubte, auch nicht mehr in seine Wohnung zu müssen). Er schlenderte umher und bog schließlich in die Berliner Straße ein. In der Nähe des Theaters fand er ein Lokal, das ihm, jedenfalls von außen, geeignet erschien. Es hieß WAPPENTELLER und war auf altdeutsch zurechtgemacht. Sollte er das Lokal nicht wenigstens vorher einmal ausprobiert haben? Welche eigentümlichen Probleme er heute hatte! Und schon hatte er den WAPPENTELLER betreten. Er sah nur wenige Gäste, und er setzte sich an einen einsamen Zweiertisch. Es gab nur weibliche Bedienungen. Sie waren einheitlich bäurisch-ländlich gekleidet; über tiefblauen, dirndlähnlichen Kleidern trugen sie weiße Schürzen, die auf dem Rücken mit einem großen Schlupf zusammengebunden waren. Abschaffel erhielt eine schwere, in Leder gebundene Speisekarte. Er bestellte Stummente mit Kroketten. Er wollte Wein dazu trinken, kannte aber die Weinsorten nicht. So bestellte er nach dem Preis; ein Viertel Wein, das fünf Mark kostete, mußte wohl ein guter Wein sein. Er merkte sich den Namen des Weins, den er auch nicht erst, wenn er mit dem Mädchen hier saß, aussuchen wollte. Es war ein Auggener Schäf, ein südbadischer Wein, ein Riesling. Auggener Schäf, diesen Wein wollte er vorschlagen.

Er wartete auf die Stummente und dachte an seinen Plan. Schon eine ganze Weile widmete er sich dem Problem, was er morgen anziehen sollte. Sollte er gut gekleidet erscheinen oder wie immer? Wie immer hieß, daß er irgendeine Jacke und irgendeine Hose trug, darunter irgendein Hemd. Aber in dieser Aufmachung wollte er die Wende seines Lebens nicht herbeiführen. Wenigstens eine frisch gereinigte Hose und einen sauberen Sakko müßte er haben. Beides hatte er zur Zeit nicht, und über beides konnte er bis morgen abend nicht verfügen. Genaugenommen mußte er sich einen Anzug kaufen oder eine Hosen-Jacke-Kombination, vielleicht ein paar neue Schuhe dazu. Morgen, nach Feierabend, hatte er eine ganze Menge zu tun. Es blieb ihm für die Anschaffung der Kleider und Schuhe eine gute Stunde, wenn es ihm gelang, nach fünf Uhr sofort in die Stadt zu kommen. Vielleicht ließ er sich von jemand mitnehmen. Vorher mußte er auch noch auf die Bank. Weil die Bank aber schon um fünf Uhr eine Stunde lang geschlossen hatte, mußte er in der Mittagspause schnell in die Stadt und Geld holen. Er wollte sechshundert Mark abheben. Soviel hatte er noch nie von seinem Konto abgehoben, aber er wußte, daß es keine Schwierigkeiten geben würde. Er hatte den üblichen Dispositionskredit, den er fast nie in Anspruch genommen hatte.

Die Bedienung servierte die Stummente. Es war ein faustgroßes Stück Fleisch, eingerahmt von ein paar Kroketten und feinem Gemüse. Aus Aufregung aß Abschaffel viel zu schnell. Auch den Wein trank er zu schnell. Er zwang sich zu langsamen Bewegungen. Warum war er denn immer so eilig? Auch jetzt noch, als er absichtlich seine Bewegungen verzögerte, meinte er in jeder Sekunde, seine Bewegungen seien gar nicht seine Bewegungen, denn wären es seine Bewegungen, dann müßten sie schneller sein. Deshalb ging er wieder zu schnellem Essen und schnellem Trinken über. Er fragte sich, ob seine Eile bestimmte Anteile seiner Person vernichten wollte. Er überlegte und überlegte, aber weil es nicht schnell genug voranging, hörte er auf, über seine Eile nachzudenken.

Er bestellte ein weiteres Viertel Auggener Schäf und betrachtete die wenigen Gäste; sie waren sehr gut gekleidet und unterhielten sich leise. Die Frauen genossen es, an der Seite von sicheren Männern zu Abend zu essen. Abschaffel sah wieder in sein Weinglas und überlegte, ob er in ein geschlossenes Bordell gehen oder ob er sich auf der Straße ansprechen lassen sollte. Früher war er fast nur in geschlossene Häuser gegangen, aber er neigte dazu, sich morgen auf der Straße ansprechen zu lassen. Diese Art des Kontakts war zwar sicher umständlicher, aber er versprach sich davon, schneller an seine Einladung anknüpfen zu können. Je nachdem, was ihm die Frau auf der Straße gesagt hatte, er würde es aufgreifen können.

Inzwischen war es halb neun geworden. Das Restaurant war noch immer halbleer. Für ihn war das ein gutes Zeichen; er fühlte sich nicht beobachtet. Sein Kopf war matt und schwer geworden. Er hatte den Eindruck, schon lange nicht mehr so viel gedacht und überlegt, verworfen und wieder angenommen zu haben wie in den letzten zwei Stunden. Lange wollte er nicht mehr hierbleiben. In seinem Glas stand nur noch ein kleiner Rest Wein. Da fing er doch noch einmal an, einen größeren Komplex zu überlegen: wie das Mädchen aussehen sollte. Am besten war, das Mädchen sah nicht aus wie eine Nutte. Er wußte, daß es den Typ der ernsten, nicht auf sich selbst verweisenden Nutte gab, wenn auch sehr selten. In der Regel sah eine Hure aus wie eine Hure, das heißt gräßlich herausgeputzt, in jeder Weise überschminkt und übertönt und überformt: wie hellgrüne oder rosafarbene Rummelplatzbären. Ein paar wenige sahen aus wie Empfangsdamen oder Chefsekretärinnen, und eine solche stellte sich Abschaffel vor. Er trank das Weinglas aus, zahlte und ging nach Hause. Es war sicher nicht einfach, ein solches Mädchen zu finden. Aber er hatte ja drei Tage Zeit.

Mit einer Ausgeglichenheit, die ihn überraschte, stellte er zu Hause den Fernsehapparat an. Er setzte sich auf den Boden und sah sich einen Dreiviertelstundenbericht über Ölbohrungen in der Nordsee an, der ihn nicht interessierte. Mit großer Erleichterung vergaß er auf der Stelle alles, was der Fernsehsprecher sagte. Um zehn Uhr lag er im Bett und schlief sofort.

Tatsächlich erlebte er den folgenden Tag wie seinen letzten

bei Ajax. Er verrichtete seine Arbeit korrekt wie in den Jahren zuvor. Manchmal verspürte er Lust, jemandem zu sagen, daß dieser Tag sein letzter Tag sei, aber er beherrschte sich. Er war seiner Sache nicht ganz sicher, und er wußte es, auch wenn er nicht daran dachte. Er glaubte nur fest daran, daß er am Montag nicht mehr hier war. Wenn der Glaube ein wenig nachließ, wartete er einfach, bis er wieder fest wurde.

In der Mittagspause fuhr er in die Stadt und hob wie geplant sechshundert Mark von seinem Konto ab. Der Kassierer fragte ihn, wie er das Geld haben wolle, und Abschaffel verlangte sechs Hunderter. Der Kassierer nannte die Hundert-Mark-Scheine Blaue Jungs und lachte dabei. Mit sechs Blauen Jungs in der Tasche wollte Abschaffel noch einen weiteren Punkt seiner Planung erledigen: die Anschaffung von Kleidung und Schuhen. Er ging in ein Herrenkonfektionsgeschäft; im zweiten Stock fand er die Anzugabteilung. Er schlenderte unaufmerksam an den langen Stangen vorbei, auf denen graue Anzüge aufgereiht waren. Drei zog er heraus und hängte sie schnell wieder an ihren Platz. Es waren diese grauen oder braunen, kastenähnlichen Gebilde, wie Ronselt und Hornung sie trugen. Er verließ rasch das Geschäft und betrachtete die Auslagen eines Schuhgeschäfts. Im Laden stellte er fest, daß im Erdgeschoß nur Frauen- und Kinderschuhe verkauft wurden. Herrenschuhe gab es im ersten Stock, und sofort verlor er die Lust am Schuhekaufen. Er fühlte sich so gut, daß er keinerlei Umstände hinnehmen wollte, noch nicht einmal Treppensteigen, und er verließ auch das Schuhgeschäft. Heute abend wollte er sich ein Schuhgeschäft ohne Treppen suchen.

Erst später, als er wieder in der Firma war, fiel ihm ein, daß er es gar nicht gemocht hätte, wenn er mit einem Schuhkarton oder gar einem Anzugpaket wieder im Büro erschienen wäre. Es war üblich, neue Kleidung vor aller Augen auszupacken und, wenn möglich, kurz anzuziehen und vorzuführen. Wer hatte diese Sitte eigentlich eingeführt? Wahrscheinlich kam es von den kindischen Lehrlingen. Einmal am Nachmittag zählte Abschaffel auf der Toilette sein Geld nach. Er war es nicht gewohnt, soviel bei sich zu haben. Aber keiner der Blauen Jungs fehlte. Ronselt, der heute Spätdienst hatte, sortierte die Papiere für die heutigen Sammelverkehre. Abschaffel langweilte sich wenig an seinem letzten Tag. Er sah alles wie zum letztenmal an. Aus Aufregung ging er in die Halle und zerstreute sich. Er untersuchte den Platz, wo ungeklärte Transportgüter abgestellt wurden. Meistens waren es fehlverladene Kisten und Kartons. Oder es waren Schadensfälle, um die sich die Transportversicherung kümmern mußte. Abschaffel stieg zwischen den Einzelstücken herum und war dabei gerührt. In der linken Hand hielt er den Kugelschreiber, dessen Mine er unablässig ein- und austickte, ohne den Kugelschreiber zu gebrauchen. Abschaffel bemerkte, daß er seine Arbeit spielte, aber er glaubte sich auch seine gespielten Bewegungen. Er verstand die Rührung nicht, die ihn zwischen den Kisten umfing. Kam sie daher, weil die Langeweile ganz ernsthaft wurde, oder daher, weil er sich unbegreiflicherweise verabschieden wollte?

Gegen acht war er in der Bahnhofsgegend. Er hatte sich nicht überwinden können, vorher noch einen neuen Anzug zu kaufen. Er war auf eine neue Hose ausgewichen und auf ein paar neue Schuhe. Natürlich hatte er gebadet und sich die Haare gewaschen. Er betrachtete sich mehrfach flüchtig in Schaufensterscheiben, und er gefiel sich. Er trug die bessere seiner beiden Jacken. Er hatte nur ein kleines Brot gegessen und eine Tasse Tee getrunken, weil er sich nicht so schwer fühlen wollte. Er war in der Elbestraße gewesen, und nun lief er die Weserstraße entlang. Er lief nicht allzu langsam, weil er nicht als Tourist mißverstanden werden wollte. Obwohl es noch taghell war, waren die Leuchtschriften der Bars schon eingeschaltet. Gutgekleidete Herren liefen in Rudeln umher und sahen sich die Fotos in den Schaukästen der Bars an. Es war ihnen anzumerken, daß sie von auswärts kamen und noch nie in einer großen Bar gewesen waren und wahrscheinlich auch heute in keine reingingen. Manchmal blieben sie vor einer offenen Tür stehen und genierten sich nicht, in der Manier von Schulkindern von draußen in eine Bar hineinzusehen. Abschaffel war froh, sich keinen neuen Anzug gekauft zu haben; sonst hätte er diesen Herren vielleicht allzu ähnlich gesehen. Wo kamen die denn wieder alle her? War wieder eine Textilmesse im Gange oder ein internationaler Automobilsalon? Am liebsten hätte Abschaffel alle Bordelle für auswärtige Besucher gesperrt. Diese angereisten Männer standen in Gruppen an den Ecken, feixten die Mädchen an und flüsterten ihnen beim Vorbeigehen Schweinereien ins Gesicht. Einige der Frauen schämten sich und verließen ihre Stehplätze an den Hauswänden. Und die Männer lachten ihnen mit ihrer blöden Reisebusmentalität hinterher. Wie sie sich wieder aufführten, wenn sie außerhalb ihrer Kontrollatmosphäre waren! Immerhin bemerkte Abschaffel, daß ihn seine Reaktionen schon zu einem heimlichen Beschützer der Mädchen gemacht hatten. Er fühlte so, als hätte er sich eines der Mädchen bereits angeeignet.

An einer Ecke sprach ihn ein Mädchen an. Er war so verblüfft darüber, daß er nicht richtig reagieren konnte. Er war noch mit seiner Wut auf die Bordellspießer befaßt. Das Mädchen trug einen schwarzen Pulli und einen schwarzen Rock. Sie sah nicht aus wie eine Chefsekretärin, aber auch nicht wie ein rosa Teddybär. Sie war nicht geschminkt, und ihre Haare waren nicht gefärbt. Gehst du mit? flüsterte sie, und er sah sie verdattert an und ging weiter. Sie gefiel ihm, und er ärgerte sich, daß er weitergegangen war. Er ging und ärgerte sich und fragte sich, warum er nicht umkehrte. Da blieb er stehen und drehte sich um und sah, daß nun zwei kleine dunkle Männer bei ihr standen. Aus ihrem Verhalten schloß Abschaffel, daß die beiden nicht wirklich etwas von ihr wollten. Er beschloß, in eine Imbißstube gegenüber zu gehen und das Mädchen eine Weile zu beobachten. Er war ganz unsinnig aufgeregt, und aus Aufregung aß er eine Bratwurst und trank ein Glas Bier. Von hier aus konnte er weite Teile der Weserstraße überblicken. Die beiden kleinen Männer hatten das Mädchen schon wieder verlassen. Abschaffel bemerkte, daß die Frau nicht jeden Mann ansprach. In der Imbißstube aßen ein paar stille Ausländer zu Abend. Abschaffel sah den

Leuten in die Gesichter, die draußen vorbeiliefen, und die Leute sahen auf die Bratwurst, die er sich in den Mund steckte. Abschaffel beobachtete einen Mann, den er für einen Zuhälter hielt. Je länger er ihn beobachtete, desto lächerlicher fand er ihn. Während er sich im stillen über den Mann lustig machte, fiel ihm merkwürdigerweise nicht ein, daß der Mann das schon war, was Abschaffel erst noch werden wollte. Der Mann stand draußen auf dem Gehweg. Er sah aus wie ein vermögend gewordener Wellensittich. Er war klein und dick und hatte ein müdes, herunterhängendes Gesicht. Er trug einen leichten hellbraunen Ledermantel; den Gürtel hatte er vorne nicht geschlossen. Unter dem empfindlichen Ledermantel sah Abschaffel eine enge Pepitahose, und über weißen Schuhen baumelte je ein Goldkettchen. Der Mann war braungebrannt und spielte mit seinem Gürtelende. Während der Beobachtung des Zuhälters hatte sich Abschaffels Aufregung abgedämpft. Das Mädchen stand noch immer auf der anderen Straßenseite. Abschaffel verließ die Imbißstube und lief noch einmal an ihr vorbei.

Gehst du mit? fragte sie wieder, und er blieb stehen. Wieviel möchtest du? fragte er. Fünfzig, sagte sie. Gehn wir, sagte er. Sie drehte sich um, und er folgte knapp hinter ihr. Nach zwanzig Metern ging sie in eine Haustür. Ein langer Gang führte wie ein Schlauch durch das Haus hindurch. Am Ende war eine Treppe und oben am Ende der Treppe öffnete sich ein kleiner Flur mit mehreren Türen. Eine der Türen führte zu ihrem Zimmer, das überraschend gut eingerichtet war, nicht schäbig und nur wenig verkitscht. Auf einem kleinen Zimmerautomaten drückte sie mehrere Tasten. Als Musik im Zimmer ertönte, bekam Abschaffel Angst. Es war, als wäre noch jemand im Zimmer, der sich bloß gut versteckt hielt. Setz dich, sagte sie. Er wunderte sich, weil sie das Geld nicht verlangte. Er setzte sich in einen Sessel, zog die Brieftasche und reichte ihr einen Fünfzig-Mark-Schein. Das eilt nicht, sagte sie. Abschaffel war voller Mißtrauen. Das erste, was jede Nutte bisher haben wollte, war das Geld. Ich traue dir nicht, sagte er. Aber warum denn, sagte sie, das ist ganz bestimmt keine linke Tour, ich will es nur nicht so hastig machen. Er sah sie an; er wußte nicht, ob er ihr glauben sollte. Willst du ’nen Drink? fragte sie. Er schwieg und sah sich im Zimmer um. Willst du nichts trinken? fragte sie noch einmal. Nein, sagte er. Du mußt nichts trinken, ich frage nur, sagte sie. Nein, sagte er noch einmal, ich will nichts trinken. Entspann dich, sagte sie, zieh deine Jacke aus. Er behielt seine Jacke an. Er wollte fragen, warum es nicht losging, aber er fragte nicht. Er hatte nicht damit gerechnet, daß er soviel Angst haben könnte. Sein Mund war trocken und seine Zunge pelzig und schwer beweglich, als hätte er den Mund voll Staub. Er stand auf und spülte sich am Waschbecken den Mund aus, aber er war gleich wieder trocken. Alles, was hier geschah, kam ihm nicht geläufig vor. Er erinnerte sich, daß er draußen auf dem Flur mehrere Türen gesehen hatte, hinter denen er jetzt wartende Männer vermutete. Er setzte sich hin und erhob sich gleich wieder. Ich bin zu nervös, es geht nicht, sagte er. Sie erhob sich ebenfalls und faßte ihn an. Er hatte plötzlich das sichere Gefühl, bald geschlagen zu werden. Bleib doch, sagte sie, jetzt habe ich dich doch hier heraufgeholt. Er ging zur Tür. Das find ich aber Scheiße von dir, sagte sie. Ich kann nicht, sagte er. Gib mir wenigstens drei Mark für einen Drink, sagte sie. Er griff in seine linke Jackentasche und holte alle Münzen heraus, die darin waren. Kleingeld nehm ich nicht, sagte sie. Er holte seine Brieftasche heraus und gab ihr einen Zwanziger. Sie nahm ihn, öffnete die Tür und ging hinaus. Ich krieg noch was raus, sagte er. Auf dem Flur öffnete sie eine andere Tür und war verschwunden. So ungefähr habe ich mir das vorgestellt, rief er gegen die Tür. Im Haus war es ganz still. Er überlegte, ob er die Tür öffnen sollte oder nicht. Da erinnerte er sich schon wieder an die vielen kleinen Meldungen in der Tageszeitung, in denen es immer hieß, daß irgendwelche Leute von unbekannten Männern im Bahnhofsviertel niedergeschlagen wurden. Im Haus war es immer noch ganz still. Da endlich ging Abschaffel die Treppen hinunter.

Es war erst neun Uhr, und in den Straßen wimmelte es von Männern und Autos. Abschaffel war unschlüssig. Es ärgerte ihn, daß er zwanzig Mark wegen nichts verloren hatte. Er fühlte sich traurig und beleidigt. Er dachte eine Weile nicht an seinen Plan, weil er vermeiden wollte, daß er noch trauriger wurde. Am ersten Abend war alles anders verlaufen, als er es sich vorgestellt hatte. Einen zweiten Versuch am gleichen Abend wollte er nicht mehr riskieren. Er wußte, daß er mindestens ein bis zwei Stunden brauchte, um sich zu beruhigen und neues Zutrauen zu seinem Plan zu fassen. Er verließ das Bordellviertel und war plötzlich jemand geworden, der an einem warmen Sommerabend Schaufenster betrachtete, sogar mit den Händen auf dem Rücken. Noch immer erschütterte ihn die Dringlichkeit, mit der ihm das Mädchen noch auf der Türschwelle einen Zwanziger abgejagt hatte. Er sah in ein leeres Telefonhäuschen hinein und hoffte, auf dem aufgeschlagenen Telefonbuch einen Geldbeutel liegen zu sehen. Natürlich lag kein Geldbeutel in der Zelle. Leere Zigarettenschachteln waren auf dem Boden verstreut und ein zweites, zerrissenes und verschmutztes Telefonbuch mit den Seiten nach unten. Durch den Anblick des zerstörten Telefonbuchs fühlte er sich sofort geschmerzt und empfand Wut auf die unbekannten Vernichter, deren Taten ihm so oft das Gefühl einflößten, in einer langsam umkippenden Welt zu leben, in der jeder, der etwas zerstörte oder etwas mitnahm, zu den Klügeren gehörte, während die anderen, zu denen er selber leider immer noch zählte, in einer schon längst verrotteten Demut weiterlebten. Und dies, obwohl er kurz zuvor noch ganz sicher gewesen war, einen ganzen Geldbeutel verschwinden lassen zu können, wenn nur einer dagewesen wäre. Er ging nach Hause, weiter war nichts. In einer prächtigen italienischen Eisdiele kaufte er sich ein Eis. Der Eissalon hatte alle Türen weit geöffnet. Ein alter und ein junger Eisverkäufer standen hinter der Theke. Aus einer kleinen Tür kam eine blasse junge Frau mit tiefschwarzen Haaren dazu, der sich Abschaffel sofort anvertrauen wollte. Überhaupt gefiel ihm der ganze Eissalon. Aber was hatte er davon, wenn ihm ein Eissalon gefiel? Er leckte an seinem Eis und war für eine Weile bereit, seinen Plan ganz aufzugeben. Es kam ihm vor, als hätte er gar nichts anderes gewollt, als an einem warmen Freitagabend in der Stadt herumzugehen und einen untauglichen Plan aufzugeben. Er leckte gierig das Eis und beobachtete andere Eis leckende Leute. Einige von ihnen machten es wie er und drehten die tütenförmige Waffel, während sie das Eis leckten, gleichmäßig herum, so daß das Eis ebenfalls gleichmäßig weggeleckt wurde. Andere, die Abschaffel beobachtend tadelte, leckten unvernünftig stur an einer Stelle, so daß auf der Waffel ein riskanter Eisaufbau entstand. Weil es ihm so gut geschmeckt hatte, kaufte er sich in einer anderen Eisdiele noch ein Eis. Er beschloß, heute keinen Schritt ohne Eis nach Hause zu tun. Er wünschte sich, immer Eis essen und dabei nach Hause geben zu können. Kaum hatte er es sich gewünscht, schämte er sich bereits. Und weil er sich schämte, fiel ihm wieder sein Plan ein. Er hoffte, morgen früh wieder an ihn zu glauben. Zum drittenmal kaufte er sich ein Eis. Diesmal würde es ihm reichen, bis er zu Hause war. Vor ihm wurde ein junges Mädchen bedient, das auf eine größere Bestellung wartete. Das Mädchen kaufte Eis für die ganze Familie; der Eisverkäufer packte fünf Portionen in Plastikbechern in einen Bogen Papier ein und gab dem Mädchen fünf Plastiklöffel dazu in die Hand. Offenbar gab es Familien, für die das Glück des Freitagabends aus einem Eisbecher bestand. Er verspürte den Wunsch, dem Mädchen zu folgen, bis es zu Hause angekommen war, um dann zu sehen, wie der Vater oder die Mutter das Eispaket öffnete und jedem Familienangehörigen eine Portion aushändigte. Wahrscheinlich saßen dann fünf Personen in einem Wohnzimmer und waren zufrieden. Es war nicht zu glauben.

Am nächsten Morgen war er sorgsam darauf bedacht, nicht in schlechte Stimmung zu verfallen. Er hatte verhältnismäßig lange geschlafen, und als er duschte, hatte er den Einfall, für das Frühstück Brötchen und Marmelade zu kaufen. Er zog sich rasch an und kaufte in einer anderen Bäckerei (in den Laden mit der neuen Inneneinrichtung ging er tatsächlich nicht mehr) drei Brötchen und ein kleines Glas Erdbeermarmelade. Das Glas war sehr klein und reichte nur für ein Frühstück. Er überlegte zwar wieder, ob er sich nicht doch ein großes Glas Marmelade kaufen sollte, aber er kam wieder davon ab, weil ihn halbvoll herumstehende Marmeladegläser ekelten und weil ihn jede Art von Vorratshaltung ratlos machte. Er glaubte dann immer, die Vorräte lebten auf jeden Fall länger als er selbst.

Zu Hause legte er eine Schallplatte auf und ging Brötchen kauend und Musik hörend durch die Wohnung. Es juckte ihn am Rücken, und es fiel ihm ein, was sein Vater tat, wenn es ihn am Rücken juckte. Der Vater stellte sich in den offenen Türrahmen und rieb die juckende Stelle ein paarmal an der Türrahmenkante hin und her. Genau das tat er nun auch, nur ächzte und stöhnte er dabei nicht so laut wie der Vater, sondern kicherte bloß, weil ihm die Nachahmung des Vaters so gut gelungen war. Er schnitt das dritte Brötchen auseinander und schmierte den Rest der Marmelade darauf. Er drehte die Platte um, und dabei geriet eine Menge Mehlstaub darauf. Er setzte sich kauend neben den Plattenspieler, weil er sehen wollte, wie der Saphir in den mehligen Rillen lief. Der Saphir bewältigte die Schwierigkeiten überraschend gut. Abschaffel starrte auf die sich drehende Platte, und dabei fiel ihm wieder ein, daß heute der Tag seines zweiten Versuchs war. Er nahm es sich nicht übel, daß er gestern vorübergehend nicht gut von seinem Plan gedacht hatte. Heute ging er davon aus, es sei der selbstverständliche Verlauf aller Pläne, daß nach einem mißlungenen ersten auf jeden Fall ein zuversichtlicher zweiter Versuch folge. Er wollte nicht auf den Abend warten, sondern schon am späten Nachmittag in die Bahnhofsgegend gehen. Er versprach sich davon mehr Ruhe; erstens würde er selbst gelassener sein, und zweitens würde die Gegend am Nachmittag schläfriger und sanfter sein, und infolgedessen ließen die Mädchen leichter mit sich sprechen. Außerdem wollte er sich nicht wieder auf der Straße ansprechen lassen, sondern in ein geschlossenes Haus gehen. Er war dann wenigstens sicher, mit dem Mädchen später dann wirklich allein zu sein.

Um vier Uhr machte er sich auf den Weg. Mit der U-Bahn fuhr er bis Theaterplatz. Von dort schlenderte er in die Bahnhofsgegend. Schon hier wunderte er sich über die Stille der Stadt. Er sah an den Hochhäusern der Banken hoch und hatte wieder die Vorstellung, wenn die Hochhäuser eines Tages zusammenstürzten, dann sackten sie sicher nicht in sich selbst ein, sondern kippten um und schlugen der Länge nach in die Straßen. Aber wahrscheinlich kippten sie nie um, sondern wurden immer höher und fester. Die Stille wirkte sich nicht gut aus auf seinen Plan. Wenn ringsum nichts geschah, konnte auch er sich nicht vorkommen wie ein Mann, der soeben den zweiten Versuch unternahm, sich von der Arbeit zu befreien. Er hatte vergessen, daß er noch am frühen Vormittag genau das Gegenteil von der Stille gedacht hatte. Nun fehlten ihm die Ströme der in diesen Straßen gewöhnlich umherlaufenden Menschen, die zur Arbeit gingen oder von ihr kamen. Es fehlte ihm der Anblick der eleganten Kleinbetrüger, die ihren Körper schräg stellten, damit sie schneller zum Bahnhof kamen, und manchmal ihre flachen dynamischen Stahlkoffer vor sich herführten wie ein Messer, das ihnen Platz schaffen mußte. Weil Abschaffel jetzt wieder nicht wußte, was er von sich selbst, den Verhältnissen und seinem Plan halten sollte, steigerte sich seine Verwirrung. Er fühlte sich wie ein Mann, dem sich soeben an beiden Schuhen die Schnürsenkel geöffnet haben. Und er empfand, daß die Verwirrung nur eine Vorstufe der Angst war. Er überlegte eine Weile, ob er seinen Plan nicht doch aufgeben sollte. Er überlegte es und überlegte es noch einmal, und er wußte, daß er soeben eine Menge Verwirrung ausgehalten hatte, die den Weg frei machte für die Angst, die nun anrollte und sich über ihn legte wie ein alter Teppich. Mit zwei ausgestreckten Fingern fühlte er sich in die Hemdtasche und prüfte nach, ob sein Geld noch da war. Es war noch da, und er war erleichtert. Er hatte sich einen Fünfzig-Mark-

Schein, drei Zwanziger und drei Zehner in die Hemdtasche gesteckt. Die Brieftasche hatte er zu Hause gelassen. Er wollte für alle Fälle präpariert sein. Den Fünfziger brauchte er für den Anfang; je nachdem, was sich ergab, würde er passend nachzahlen können. Jedenfalls glaubte er, weitgehend die Möglichkeit ausgeschlossen zu haben, daß ihm noch einmal so ohne weiteres Geld abgenommen werden konnte.

Aber je näher er den Bordells kam, desto größer wurden seine Erregung und seine Angst. Als er auch noch einen trokkenen Mund bekam, noch ehe er überhaupt ein einziges Haus betreten hatte, beschloß er, den zweiten Versuch kurzfristig zu verschieben. Er mußte sich erst beruhigen. Es war entsetzlich. Konnte er denn nicht mehr in ein Bordell gehen, wann er wollte? Früher, das heißt, noch vor eineinhalb Jahren, war das doch alles anders gewesen. Er überlegte, ob er in ein Pornokino gehen sollte, von denen es hier viele gab, oder ob es nicht besser war, einfach eine Stunde im Bahnhof spazierenzugehen. Er wollte beides tun. Für sechs Mark kaufte er sich eine Eintrittskarte für ein Pornokino. Eine alte Platzanweiserin ließ ihn eintreten. Er setzte sich weit nach hinten auf einen Platz dicht am Ausgang, weil er wußte, daß er es hier nicht lange aushielt. Es waren nur wenige Männer im Kino. Als sich seine Augen an das Dunkel gewöhnt hatten, kam er bei zwei Zählungen jedesmal auf zwölf Zuschauer. Einer der Männer hatte sogar seinen Hut aufbehalten. Gezeigt wurden Filme von acht bis zehn Minuten Dauer. Abschaffel sah einen Film über eine Haushälterin, die die Familie, bei der sie arbeitete, sexuell komplett bediente. Der Mann, die Frau, die Tochter und der Sohn, alle durften sie mit ihr, und wer nicht mehr konnte, wurde manuell von der Haushälterin versorgt. Eines Tages kam der Sohn auf die Idee, daß die hervorragende Haushälterin ein Recht darauf habe, selbst einmal bedient zu werden. Am nächsten Tag brachte der Sohn ein paar Freunde mit, und die Haushälterin frohlockte. Die Freunde des Sohnes legten die Haushälterin auf den Tisch, und sie ließ sich der Reihe nach und freudig stöhnend von fünf Männern vögeln.

Dafür war sie der Familie dankbar und arbeitete fröhlich weiter. Den nächsten Film sah sich Abschaffel nicht mehr an. Er rumpelte aus dem Kino und ging zum Bahnhof. Er lief zu den Schließfächern, und er hatte Glück. Es waren wieder Polizisten da, die sich die Koffer der Reisenden öffnen ließen. Die Polizisten hatten einen Holztisch vor sich stehen, und jeder Reisende, der etwas in einem Schließfach unterbringen wollte, mußte sein Gepäck vorher auf den Tisch legen. Die Polizisten öffneten jedes Stück, griffen mit den Händen hinein und ließen das Gepäck dann wieder schließen. In den letzten Wochen hatte es wieder mehrere kleine Sprengstoffanschläge im Bahnhof gegeben. Unbekannte Männer legten von Zeit zu Zeit kleine Bomben in Schließfächer, die ein paar Stunden später explodierten. Einmal wurden ein paar Schließfächer zerstört, ein andermal gab es nur ein rauchiges Zischen. Wegen dieser Anschläge öffnete die Polizei zur Zeit jeden Koffer. Viele Reisende aus der Provinz erfuhren bei dieser Gelegenheit zum erstenmal, daß es Bombenanschläge tatsächlich und wirklich gab und nicht immer bloß im Fernsehen. Die verblüfften und bestürzten Gesichter der Reisenden waren eine Art Unterhaltung für ihn. Er hielt sich in der Nähe des Holztischs auf und tat so, als warte er auf jemanden. Tatsächlich wollte er nur beobachten, was sich bei den Kofferöffnungen ergab. Meistens ergab sich nichts. Viele Reisende genierten sich so sehr, daß sie ihr Gepäck rasch zurückzogen und auf das Schließfach überhaupt verzichteten. Der Holztisch der Polizei war eine offizielle Ausbruchsstelle für die Scham geworden; es sah so aus, als hätte die Polizei inzwischen auch das Recht, die Schamstärke der Reisenden zu kontrollieren. Abschaffel sah hin und unterhielt sich gut. Er schätzte die Scham der Personen schon vorher ein. Es gab Personen, die schämten sich sehr aufwendig, andere sahen nur still zu, wenn die Hände der Polizisten in ihrer schmutzigen Wäsche wühlten. Es kam ein junger Mann mit einem großen schweren Koffer an. Es fiel auf, daß er den Koffer sorgfältig trug. Auch er ahnte nicht, daß sein Koffer geprüft werden sollte. Weil er offenbar noch nie eine Kofferkontrolle erlebt hatte, konnte er sich auch nicht vorstellen, was der Holztisch mit ihm zu tun haben könnte; deshalb ging er zielstrebig um ihn herum, um direkt zu den Schließfächern zu gelangen. Da hielt ihn ein Polizist am Arm fest und wies mit ausgestrecktem Finger auf den Tisch. Der junge Mann neigte dazu, den Koffer nicht zu öffnen, aber er hatte sich schon ausreichend verdächtig gemacht. Die Polizei bestand auf der Öffnung. Vorsichtig legte der junge Mann den Koffer auf den Tisch und öffnete ihn. Beide Polizisten sahen, daß in dem Koffer nur leere Flaschen waren, die mit Zeitungspapier gegeneinander abgedichtet waren. Einer der Polizisten nahm eine Flasche heraus, sah sie sich an und legte sie wieder in den Koffer. Der Polizist war amüsiert und fragte den Kofferbesitzer etwas, was Abschaffel nicht verstehen konnte. Der junge Mann war wortkarg und schämte sich sehr. Der Polizist wollte den Koffer schon wieder schließen. Ein Transport von leeren Flaschen war merkwürdig, aber nicht verboten. Der junge Mann gab keine Erklärungen ab, sondern drängte darauf, weitergehen zu dürfen. Da hatte der andere Polizist offenbar den Einfall, daß in einer der Flaschen vielleicht doch eine selbstgebastelte Bombe sein konnte, und er begann, ein paar Flaschen einzeln zu prüfen. Aber jede Flasche, die er in die Hand nahm, war einfach nur leer. Der junge Mann durfte den Koffer schließen und gehen. Er verschwand sofort. Abschaffel hatte immer noch Lust auf Unterhaltung, und er beschloß, den jungen Mann zu verfolgen. Er wollte sehen, was sich ergab. Er wußte, daß sich wahrscheinlich nichts ergab; dennoch verfolgte er den jungen Mann in der Bahnhofshalle. Vielleicht würde er den Koffer einem anderen Mann übergeben. Vielleicht war er ein armer Student, der alle Flaschen seines Zimmers gesammelt hatte und sie bei einem Kiosk abgeben wollte, damit er sich von dem Flaschengeld eine Bratwurst kaufen konnte. Aber, wenn es so war, warum wollte er die Flaschen dann in einem Schließfach unterbringen? Abschaffel bemerkte, daß er schon dachte wie ein mäßig intelligenter Polizist. Ohnehin wußte er die ganze Zeit, während er dem jungen Mann nachlief, daß die Verfolgung so überflüssig und sinnlos war wie die Tötung einer Ameise im Wald. Endlich beschloß er, den jungen Mann unbeobachtet ziehen zu lassen. Er verschwand auf Gleis 24, und Abschaffel sah ihm nach, als verliere er einen guten Freund für immer. Und während er noch in die Richtung starrte, beobachtete er bereits einen entgegenkommenden Bundesbahnbeamten, der seine Mütze abgenommen hatte. Abschaffel war fasziniert von den verschwitzten blonden Haaren des Bundesbahnbeamten. In den Haaren hatte sich der ringförmige Abdruck der Mütze abgebildet. Mit einem riesigen Taschentuch fuhr sich der Beamte über den Kopf. Er ging zu den Schließfächern an der Nordseite, und Abschaffel folgte ihm. Der Beamte ging auf eines der Fächer zu und wurde von den Polizisten nicht kontrolliert. Sie kannten sich untereinander, und sie hoben kurz die Hände. Der Bundesbahnbeamte öffnete das Schließfach, legte seine Dienstmütze hinein, schloß das Fach und ging weiter. Abschaffel war ihm dicht auf den Fersen. War es möglich, daß der Beamte keine Gelegenheit für die Ablage der Mütze hatte und deshalb gezwungen war, sie in einem Schließfach unterzubringen, wenn er zu sehr schwitzte? Oder durfte er die Dienstmütze vielleicht gar nicht ablegen? Wenn er sie einschloß, so daß niemand sie sah und entdeckte, konnte er immerhin behaupten, er hätte sie in einer entfernten Dienststelle liegengelassen. Dann würde ihm niemand zumuten können, in der Hitze und bloß der Mütze wegen noch einmal zurückzugehen, und so erreichte er immerhin für eine Weile, ohne Mütze sein zu dürfen. Auf dem Rückweg würde er die Mütze einfach wieder herausholen. Allerdings hatte in die vorübergehende Befreiung von der Dienstmütze genau eine Mark fünfzig gekostet; soviel mußte für eine Aufbewahrung in die seitlichen Münzschlitze eingeworfen werden.

In Höhe von Gleis 12 glitt der Bundesbahnbeamte aus Abschaffels Blick. Abschaffel entdeckte nichts mehr, was er noch beobachten konnte. Er war ruhig geworden und schlenderte aus dem Bahnhof hinaus. Unterwegs kaufte er sich eine Tüte

Erdnüsse und eine kleine Tafel Schokolade. Er riß beide Packungen auf und begann, Schokolade und Erdnüsse gleichzeitig zu essen. Die gleichmäßige Bewegung des Kauens erhöhte sein Ruhegefühl. Wenn er das Salz der Erdnüsse zu stark auf der Zunge schmeckte, schob er ein wenig Schokolade nach, um einen anderen Geschmack zu bekommen. Er fühlte sich gut, und er beschloß, in das erstbeste Haus zu gehen. Weil er noch Schokolade übrig hatte, überlegte er, ob er dem Mädchen den Rest anbieten sollte. Er kam wieder davon ab und ging, weil er immer noch Schokolade hatte, noch einmal um den Block herum. Dann putzte er sich die Finger ab und den Mund und betrat in der Taunusstraße die Halle eines gewöhnlichen Bordells. Er war überrascht. Die Halle war fast leer. Er sah nur vier oder fünf Mädchen und höchstens drei Männer, die langsam zwischen den Säulen und den Mädchen umherschlurften. Er blieb stehen und blickte auf eine schwarzhaarige Frau, die nicht geschminkt war. Sie gefiel ihm, und sie lachte ihn an, sagte aber nichts. Erst als er bis auf einen halben Meter vor sie hingetreten war, fragte sie: Gehst du mit? Ja, sagte er, ich lauf jetzt schon eine Stunde lang umher, um dich zu treffen. Sie lachte. Was willst du haben? fragte er. Fünfzig, sagte sie. Sie gingen die Treppen hoch, erst er vor ihr, dann sie vor ihm. In ihrem Zimmer zog er den Fünfziger aus der Hemdtasche und gab ihn ihr. Zieh dich aus, sagte sie. Er folgte. Sie setzte sich auf das Bett und wartete. Während er sich auszog, blickte er auf einen großen Kippschalter, der an der Wand in Kopfhöhe der Liege angebracht war. Was ist das, fragte er. Eine Alarmanlage, sagte sie. Ich tu dir nichts, sagte er. Das sagen sie vorher alle, sagte sie, aber in den letzten Wochen sind in diesem Haus drei Frauen umgebracht worden. Abschaffel überlegte, warum die Frau so übertrieben log. Prostituierte wurden nur selten in ihren festen Häusern umgebracht. Gefährlich wurde es für sie nur dann, wenn sie zu Männern in die Autos stiegen und sich mitnehmen ließen. Wahrscheinlich führte der Kippschalter auch zu keiner Alarmanlage. Es war sicher nichts anderes als ein gewöhnlicher Lichtschalter.

Wie heißt du? fragte er, als er sich ausgezogen hatte. Tamara, sagte sie. Auch das noch, seufzte er innerlich auf. Im Zweifelsfall hieß jede Nutte Tamara. Und wo kommst du her? fragte er. Das errätst du nie, sagte sie. Er hatte keine Lust, über ihre blöden Lügen nachzudenken, und trotzdem hatte er schon damit angefangen. Sie sprach ein fast akzentfreies Hochdeutsch, und er war ziemlich sicher, daß sie aus Norddeutschland stammen mußte. Lübeck? fragte er. Sie antwortete nicht. Hannover? fragte er. Er war ausgezogen und legte sich auf die Liege. Ich kann es nicht erraten, sagte er. Sie zog ihm ein Präservativ über und begann sein Geschlecht zu bewegen. Aus der Schweiz komme ich, sagte sie. Aus der Schweiz? fragte er ungläubig zurück und verstummte. Jetzt sagst du nichts mehr, sagte sie. Sie hatte recht, er sagte nichts mehr. Sie hatte nicht den geringsten schweizerischen Anklang in ihrer Stimme. Abschaffel konnte sich nicht darüber beruhigen, daß diese Tamara die Lügen gleich serienmäßig ausstieß. Will sie mir zeigen, überlegte er, daß sie nicht den geringsten Anlaß hat, mir irgend etwas Wahrhaftiges zu sagen, schon gar nichts über sich selbst? Und wahrscheinlich hofft sie, dachte er, daß ich das bemerke und freiwillig aufhöre, irgendwelche Gespräche mit ihr zu führen. Ehh, rief sie plötzlich in die Stille, was ist denn mit dir los? Schläfst du? Tatsächlich hatte er aus Verzweiflung und Wut eine Weile die Augen zugekniffen und den Kopf zur Seite gedreht. Er öffnete die Augen und wandte sich ihr zu, aber er war sprachlos geworden. Bist du müde? fragte sie; soll ich es dir mit der Hand machen? Ja, sagte er abwesend, mach irgend etwas. Ich bin wieder an die Falsche geraten, dachte er resignierend. Rasch ergoß sich der Samen in das Präservativ. Sofort ließ sie ihn in Ruhe und stand auf. Er erhob sich ebenfalls und zog sich langsam an. Sie trat vor ein kleines Schränkchen und öffnete es. Sie holte ein Notizbuch heraus und trug mit dem Bleistift etwas ein. Schreibst du dir auf, was du eingenommen hast? fragte er. So ist es, sagte sie. Sie verschloß das Notizbuch und setzte sich nackt über ein Bidet und reinigte sich das Geschlecht. Es war das erste Mal, daß er so etwas sah. Er beobachtete sie, aber sie genierte sich nicht. Dann trocknete sie sich ab und stellte sich in der Art eines Wächters an die Tür. Abschaffel beeilte sich, und er schwieg wie sie. Nach einer Minute war er auf der Straße.

Er hatte Durst, und er betrat eine kleine Imbiß-Bar und bestellte eine Cola. Danach wollte er sofort nach Hause. Der Mann hinter der Theke stellte ihm eine Dose Cola und einen Plastikbecher hin. Er riß den Verschluß der Dose auf und trank sofort. Durch das heftige Trinken zog sich seine Oberlippe leicht in die Öffnung der Dose hinein. Die Öffnung hatte die Form einer kleinen Birne, und sie wirkte wie ein kleiner Eisenmund vor seinem richtigen Mund. Als er bemerkte, daß ihn die Dosenöffnung zwang, langsamer zu trinken, zahlte er rasch und ging. Noch immer empfand er Verdruß über das Mädchen, das er nun eine Drecksnutte nannte. Er lief planlos in Richtung Stadt. Es begegnete ihm ein lächerlicher Mann mit Perücke, der jeder entgegenkommenden Person ängstlich ansehen wollte, ob sie bemerkt hatte, daß er eine Perücke trug. Auf seiner neuen Hose entdeckte Abschaffel eine schwarze Wollfussel, und obwohl er sah, daß es nur eine Wollfussel war, hielt er sie für eine Weile für ein kleines Tier, für einen Käfer vielleicht, der Befriedigung dabei empfand, den Geruch seiner neuen Hose einzuatmen. Er nahm die Wollfussel in die Hand, und obwohl er nun Gewißheit hatte, daß es nur eine Wollfussel war, fingerte er vorsichtig an dem Material herum, um zu prüfen, ob es vielleicht nicht doch ein Tier war, das die Wollfussel nur geschickt als Tarnung verwendet hatte. Er dachte noch immer an die Drecksnutte. Noch niemals war er von einem Menschen so komplett belogen worden wie von ihr. Er hatte Lust, diese Tamara zu beleidigen, und er stellte sich vor, wie er mit ihr zu Hause am runden Tisch saß und Kaffee trank. Die Sonne schien in das Zimmer auf das helle Tischtuch, und Tamara breitete eine Menge Kinder- und Jugendfotos aus, die sie ihm mitgebracht hatte. Er sah sie als Kindergartenmädchen mit langen Zöpfen, als frische Schulanfängerin mit einer Tüte voller Süßigkeiten, dann als Zwölfjährige mit ihren Eltern bei einem Nordseeurlaub. Er wollte die alten Fotos in die Hand nehmen und dann langsam zu ihr sagen: Wer hätte gedacht, daß aus so einem braven und lieben Mädchen eines Tages eine miese Nutte wird?

Er mußte auf die Toilette, und er fuhr mit der Rolltreppe runter in die B-Ebene. In der Toilette stellte er sich neben einen Automaten mit Präservativen und las auf einem aufmontierten Schild die Inschrift AUSRAUBUNG ZWECKLOS! AUTOMAT WIRD JEDEN TAG GELEERT. Die Inschrift stimmte nur für den unwahrscheinlichen Fall, daß der Automat unmittelbar nach der Leerung aufgebrochen wurde. Wahrscheinlich ließen sich aber viele Automatenknacker von dieser Inschrift dennoch beeindrucken und wandten sich ab. Abschaffel zog sich den Reißverschluß an seiner Hose hoch, und erst dabei fiel ihm auf, daß er sich nun sogar um die Berufsprobleme von Automatendieben kümmerte. Er selbst würde sich niemals an einem Automaten vergreifen. Im Gegenteil, er war froh, wenn die Zigarettenautomaten richtig funktionierten. Alles, was er sich traute, war das Fallenlassen von Bonbonpapierchen in dunklen Kinos, und sogar dann drehte er sich noch im Dunkeln um, ob ihn niemand beobachtet hatte. So phantasierte er müde und lustlos vor sich hin. Er fuhr mit einer Rolltreppe zum Roßmarkt hoch und stieg in ein Taxi. Er wollte nach Hause. Er hatte einen schwierigen Abend vor sich, das wußte er. Es ließ sich nicht weiter davon absehen, daß er vollkommen allein war. Er war sogar mehr als allein; weil er sich in aussichtslose Hoffnungen begab und notwendig enttäuscht werden mußte, schoß er in Höhen des Alleinseins hoch, in denen er immerzu nur sich selber gegenüberstand. Und er wußte nicht, daß ein Mensch nur dann einsam sein konnte, wenn es ein paar andere Menschen gab, die der Einsamkeit eines einzelnen wenigstens zusahen. Ihm sah niemand zu. Seine Kämpfe schärften sich nur an sich selbst, und sie beeindruckten niemand.

Als er seine Wohnung betrat, bemerkte er, daß er sich in der Zeit verschätzt hatte. Er hatte das Gefühl, daß es sehr spät war, aber es war erst acht Uhr. Er war ja schon am Spätnachmittag in das Bahnhofsviertel gegangen, und es war nicht viel passiert. Weil er sich aber zu allem, was geschehen war, viel gedacht hatte, glaubte er schon, auch viel erlebt und viel Zeit verbraucht zu haben. Es schmerzte ihn die Brust und die Gegend um den Hals; es war ein Ziehen und Zerren, als sei sein Körper für ihn zu klein geworden. Er faßte sich mit einer Hand in den Nacken, wie es manchmal die Fernfahrer taten, wenn sie von langen Fahrten zurückkehrten. Aber es wurde nur eine Bewegung, die nichts ausrichtete. Er fühlte sich erschöpft und gekränkt und leer. Er zog sich aus und überlegte, ob er baden sollte. Was gab es denn daran zu überlegen? Warum konnte er nicht einfach baden? Seit er in der Wohnung war, hatte er wieder die Vorstellung, seine Zeit wertvoll verbringen zu müssen. Aber er war inmitten eines mißglückten Samstags, der Teil eines langsam ebenfalls mißglückenden Plans war. Und es ärgerte ihn, daß er nicht fähig war, seinen Plan vorzeitig aufzugeben. Er badete nicht, sondern lief in Unterwäsche in der Wohnung herum. Er spiegelte sich in den Scheiben der Balkontür, und er erschrak. Das Unterhemd hing labberig über den Leib, und die Unterhose bedeckte formlos und durchhängend den Unterkörper. Er hatte zugenommen in den letzten Wochen. Es war ihm möglich, sich widerwärtig zu finden. Er wandte sich von seinem Bild ab und ging in die Küche. Er verspürte Hunger und wickelte das Brot aus dem Frischhaltebeutel, und natürlich war die Schnittfläche des Brots wieder halb eingetrocknet. Seit mehr als zehn Jahren hatte er immer dasselbe Problem mit der halb eingetrockneten Schnittfläche des Brots: ob er die erste Scheibe wegwerfen sollte oder nicht. Und immer erinnerte er sich zunächst an die Eltern. Weder die Mutter noch der Vater hatten jemals eine Scheibe Brot weggeworfen. Sie bewahrten einfach alles auf; selbst eindeutig hart gewordenes Brot warf die Mutter nicht weg. Sie sammelte es in einer Tüte, und später drehte sie es durch die Reibetrommel und machte Brösel daraus, der dann zur Panierung von Schnitzeln gebraucht wurde. Es blieb Abschaffel nichts anderes übrig, auch heute noch den Willen der

Eltern zu vollstrecken. Da er kein Brösel brauchte, mußte er die halb trockene Scheibe essen. Als Entschädigung legte er zwei Scheiben Wurst darauf (dieses ewige Aufrechnen der kleinen Nachteile gegen die noch kleineren Freuden). Er lief, das Wurstbrot vor sich her tragend und kauend, in der Wohnung herum und dachte an nichts. Vor dem Spiegel im Bad blieb er stehen und sah sich zu, wie er kaute. Auf seinem Rücken, ziemlich oben, entdeckte er zwei einzelne lange Haare. Er legte das Wurstbrot auf den Rand des Waschbeckens und drückte mit einer Hand den Ausschnitt des Unterhemds ein wenig zur Seite. Die beiden Haare konnten ihm erst in jüngerer Zeit gewachsen sein. Er sah in ihnen ein Zeichen für die langsame Veralterung seines Körpers. Sie erinnerten ihn an die weißen Rücken älterer Herren im Freibad. Auch auf deren Rücken gab es einzelne bizarre Haare, die schon lange standen und durch das Hin- und Hergeschobenwerden unter dem Unterhemd gebeugt oder geknickt waren. Abschaffel nahm das Wurstbrot in die Hand und ging in das Zimmer. Wenigstens dunkel war es inzwischen geworden. Er öffnete die Balkontür und legte sich auf das Bett. Wahrscheinlich onanierte er demnächst. Liegend rauchte er eine Zigarette und wußte nicht, was er denken sollte. Sollte er morgen seine armen Eltern besuchen und ihnen sagen, daß er zu oft an sie dachte? Er onanierte nicht mehr gern, aber leider wirkte sich sein Unwille nicht aus. Früher, vor zehn oder mehr Jahren, hatte er phantastische Welten in seinem Kopf geschaffen, während er es tat. Da trafen sich die Frauen aus der Nachbarschaft und tranken gemeinsam Kaffee in einem kleinen engen Zimmer. Abschaffel war so klein wie ein Hund, und er hatte eine Leine um den Hals. Die Frauen waren verrückt darauf, das Hündchen mal auf den Schoß zu nehmen, und so rutschte der kleine Hund von einem Schoß zum anderen, und wenn die Frauen genug hatten, setzten sie den Hund auf den Boden herunter und schimpften auf eine gespielte Weise mit ihm; aber es dauerte nie lang, dann wollten sie das putzige Hündchen wieder auf dem Schoß haben. Aber diese Geschichten waren uralt, und Abschaffel phantasierte sie nicht mehr. Wenn er heute onanierte, erinnerte er sich an einzelne Frauen und Mädchen, die er tatsächlich gekannt hatte und die ihm einst die Möglichkeit gegeben hatten, tatsächlich sexuell mit ihnen umzugehen. Er aber in seiner Verwirrung und Angst war damals nicht auf diese Angebote eingegangen, und diesen verpaßten Gelegenheiten onanierte er manchmal heute noch nach. An diesem frühen Abend benutzte er eine Geschichte, die genau vierzehn Jahre zurücklag. Damals, mit siebzehn, war er mit einer Jugendgruppe mit dem Bus in Berlin gewesen. Eine Woche lang hatte ihn ein ebenfalls siebzehnjähriges Mädchen sentimental angeschaut, und er hatte sentimental zurückgeblickt. Überall drängte sie sich an seine Seite und fragte ihn alles, wovon sie glaubte, daß er es wissen mußte. Aber er merkte, daß er das Mädchen nicht leiden mochte. Von Tag zu Tag baute er mehr Distanzierungen in sein Verhalten ein. Denn mit siebzehn hatte Abschaffel noch geglaubt, das Leben wählen zu können, insbesondere die Frau für das Leben glaubte er wählen zu können. Und dieses Mädchen war in den damals noch engeren Maschen seiner Ansprüche hoffnungslos hängengeblieben. Sie sprach einen breiten Dialekt, der ihn abstieß. Wahrscheinlich stammte sie aus einem Weinort in der Pfalz oder aus einem südhessischen Arbeiterdorf. Sie war geschmacklos gekleidet und hatte immer fettige Haare. Aber in der Nacht der Rückfahrt bestieg sie vor ihm den Bus und reservierte ihm neben sich einen Platz. Er erkannte, daß sie Vorbereitungen für eine Knutschnacht traf. Der ganze erotische Druck hätte in der Nacht der Rückfahrt angenehm entweichen können. Aber steil wie das Denkmal seiner eigenen Borniertheit war Abschaffel an dem für ihn reservierten Platz vorbeigegangen und hatte sich ganz hinten zu einer Gruppe johlender, siebzehnjähriger Affen gesetzt. Aus, Schluß. Nun erinnerte er sich onanierend wieder dieses Mädchens, und mit Hilfe vorübergehend glaubhafter Phantasien korrigierte er sein damaliges Verhalten; er setzte sich neben sie, er knutschte sie eine halbe Nacht lang ab und zog sie halb aus. Und als sie morgens aus dem Bus stiegen, müde und verrückt vor Verlangen, verdrückten sie sich in einen menschenleeren Park und vögelten endlich zusammen. Da kam es ihm schon.

Er lag still da und sah die Balkontür hinaus. Sein Geschlecht war rasch wieder klein geworden, und Abschaffel fragte sich, ob es nun ewig so weiterging, daß er verpaßten Gelegenheiten immer wieder seinen langsam alt werdenden Samen hinterherspritzen mußte. Tatsächlich war die Onanie für ihn nur noch die flüchtige, gespielte Jagd auf eine Beute, die unwiederbringlich verloren war. Und während er es tat, fühlte er sich als Häscher, dem das Opfer noch einmal durch den Kopf reitet. Aber die Jagd gelang nur für die Dauer eines sexuellen Traums, der von der Energie der Trauer allerdings jederzeit neu entfacht werden konnte. Weil das gedachte Heranholen der entwischten Beute durch und durch traurig war, hatte Abschaffel die Idee, daß er während des Onanierens eigentlich heulen müßte, und er wunderte sich, daß er es nie tat. Wahrscheinlich heult mein Geschlecht für mich, dachte er, und er stellte sich wirklich vor, daß die Samenfäden vielleicht Tränen des Geschlechts waren, die vergossen wurden über die Dummheit des Häschers, der noch immer meint, den leeren Wald durchstreifen zu müssen.

Er erhob sich und wusch sich im Bad die Hände. Er frisierte sich sogar, obwohl er nur wieder ins Bett wollte. Es war erst neun Uhr, aber er wollte schlafen. Im Bett wünschte er sich, kein Geschlecht mehr zu haben. Diese ewige Trauer stiftende Sexualität, ich ertrage sie nicht mehr, dachte er flehend. Er brauchte eine Weile, bis er sich wieder beruhigt hatte. Die Onanie ist eine Möglichkeit, ständig in der Nähe der Niederlage zu leben, dachte er, und der Gedanke gefiel ihm. Er wartete, ob ihm noch mehr dazu einfiel, aber alles, was ihm in den Kopf strömte, waren blöde Sorgen. Auch das kannte er seit vielen Jahren; eine halbe Stunde vor dem Einschlafen schritt sein Kopf alle Sorgen ab, die er überhaupt auftreiben konnte. Solche, die er wirklich hatte, andere, veraltete Sorgen, die er früher einmal gehabt hatte, und ganz fremde, die er nie gehabt hatte und wahrscheinlich nie haben würde. Das Schlimme war, daß auch solche Sorgen, die er in dieser halben Stunde schon einmal durchsorgt hatte, sich noch einmal nach vorne drängelten und von seinem Kopf ein zweites Mal behandelt werden wollten. Erst nach einer Dreiviertelstunde ermüdete der Kopf wirklich, und er versank endlos im Kissen. Das Dröhnen an den Innenseiten der Ohren hörte auf. Die Hauptsorge, ob sich sein Leben überhaupt nicht ändern ließe, war natürlich wieder nicht behandelt worden; sie war ihm nur einmal kurz durch den Kopf gerannt, wie um zu zeigen, wie frech sie noch immer war. Und der Kopf war feige und unwissend freiwillig zurückgetreten. Genaugenommen konnte Abschaffels Kopf seine Hauptsorge nur noch aus der Ferne vorüberrennen sehen.

Am Sonntag blieb er lange im Bett. Aus der Wohnung nebenan hörte er Reste von Musik, die offenbar aus einem Radio kam. Er überlegte, ob er die Musik in seinem Radio suchen sollte, aber er ließ es und hörte den Resten zu, die durch die Mauer kamen. Er machte sich eine kleine Kanne Kaffee und zwei Brote, und jede Verrichtung, die dazu nötig war, glitt an diesem Morgen bedeutungslos an ihm ab. Das gefiel ihm gut. Nach dem Frühstück räumte er sogar ein wenig auf, und dabei fand er, noch in der Plastiktüte verpackt, den Schuhkarton mit den neuen schwarzen Sandalen, die er sich gekauft hatte, als er von Barbara gehört hatte, daß Margot ihn verlassen hatte. Er zog den Schuhkarton mit einer Andacht aus der Plastiktüte, als hätte er Margot wiedergefunden. Margot! Es war nicht zu fassen, aber er hatte Margot verloren. Warum war sie an diesem Sonntagmorgen nicht in seinem Zimmer und redete ihm gut zu? Er dachte heftig an sie, während er die Sandalen auspackte. Sogar die schneeweißen Socken, in einer Papiertüte verpackt, fand er wieder. Mußt du denn diesen geschmacklosen Quatsch anziehen, würde Margot ihn jetzt fragen. Nein, Margot, natürlich nicht. Also, dann wirf das ganze Zeug in den Mülleimer. Was, die neuen Sandalen und die neuen Socken soll ich in den Mülleimer werfen?

Ja, natürlich, was willst du denn sonst damit machen? Ich verstehe nicht, würde sie rufen, warum du immer wieder solchen Unsinn machst. Liebe Margot, müßte er dann sagen, schimpf mich nicht, ich verstehe es auch nicht.

Zu Ehren von Margot stopfte er je eine Sandale in je einen Socken und hängte die beiden unförmigen Strumpfsäcke mit zwei Wäscheklammern im Bad auf. Es war ein Denkmal für Margot. Er sah es eine Weile an und überlegte, ob er an die beiden Socken ein Schildchen anheften sollte. EIN SCHMERZKAUF müßte auf dem Schildchen stehen. Oder EIN SCHMERZKAUF FÜR MARGOT. Er empfand Lust, Margot anzurufen und sie zu bitten, sich ihr Denkmal anzusehen. Er freute sich, daß er so lebhaft an Margot dachte, und vergaß darüber, daß sie wahrscheinlich gar nicht mehr in Frankfurt wohnte. Und außerdem und außerdem, dachte er, führte aber seine Überlegung nicht zu Ende.

An diesem Sonntag fand der dritte und letzte Versuch statt. Wie gestern wollte er sich am Spätnachmittag auf den Weg machen, vielleicht sogar noch ein wenig früher. Er nahm sich nichts Besonderes vor, sondern wollte alles so geschehen lassen, wie es eben geschah. Er wußte noch nicht einmal mehr genau, ob er eigentlich noch an seinen Plan glaubte. Er war in einer Stimmung, in der es ihm später nichts mehr ausmachte, sich ein Scheitern einzugestehen. Es fehlten nur noch ein paar Winzigkeiten, um eine wartende Enttäuschung perfekt zu machen. Das war das Grundgefühl seines Lebens überhaupt, und er war angenehm berührt, dieses Gefühl endlich wieder einmal in dieser Klarheit in sich zu spüren. Es war angenehm gleichgültig, was geschah. Aber warum konnte er nicht immer in der Leere und Sicherheit bevorstehender Enttäuschungen leben? Es war ihm noch nicht gelungen, die Hoffnung ein für allemal und endgültig in sich abzuwürgen. Noch immer meldete sie sich mit merkwürdigen Vorschlägen.

Kurz nach vierzehn Uhr betrat er ein italienisches Lokal in der Nähe seiner Wohnung. Er wußte, um diese Zeit war das Lokal fast schon wieder leer, und die italienische Familie traf

Vorbereitungen, selbst zu Mittag zu essen. Dabei wollte er zusehen und selbst eine Pizza essen. Er war genau zum richtigen Zeitpunkt erschienen. Eben rückte der Wirt zwei Tische zusammen und warf eine frische Tischdecke darüber. Er war ein kleiner grauhaariger Mann, der aus zusammengepreßten Lippen leise pfiff. Er war freundlich und flink und redete unablässig in die Küche hinein. Zwischendurch kam er an Abschaffels Tisch und nahm seine Bestellung entgegen. Er bestellte die teuerste Pizza, einen italienischen Salat und einen halben Liter Valpolicella. Der Sohn des Wirts trug das Besteck herein und verteilte es auf die Plätze. Der Tisch wurde für acht Personen hergerichtet. Der Wirt trug Teller und gefüllte Schüsseln auf, und zwischendurch brachte er Abschaffels Pizza. Der Wirt rief, nachdem aufgetragen war, einige befehlsartige Sätze in die Küche. Offenbar galten die Sätze dem bevorstehenden Beginn des Essens. Aus der Küche kam eine Oma, die kleiner war als der Wirt, und nahm Platz. Nach ihr erschien eine dicke Frau, die altersmäßig zum Wirt paßte und wahrscheinlich seine Frau war. Aus einem Nebenraum trat ein junges Mädchen hervor und legte eine Illustrierte weg. Der Sohn des Wirts brachte ein kleines Kind und übergab es dem jungen Mädchen. Das junge Mädchen nahm das Kind auf den Schoß. Der Sohn ging in die Küche zurück und brachte ein weiteres Kind, das er neben sich auf einen Stuhl hob. Als letzter setzte sich der Vater. Nein, es kam noch eine junge Frau hinzu, die offenbar die Mutter der beiden Kinder war. Als alle auf ihren Plätzen waren, füllte sich der Vater seinen Teller mit grüner Gemüsesuppe. Alle redeten und füllten sich nacheinander die Teller. Die zugreifenden und sich wieder zurückziehenden Arme verliehen dem Tisch eine einheitliche Bewegung. Sie aßen Suppe und Weißbrot. Danach saugten sie kleine Meerestiere aus und nagten Knochen ab, tranken zwischendurch Rotwein und wischten sich den Mund ab. An der Fütterung des Kleinkindes hatten alle Anteil. Jeder steckte dem Kind etwas in den Mund. Daß sie auch noch unablässig dabei redeten, war für Abschaffel fast unbegreiflich. Aus dem allgemeinen Gespräch ragte immer wieder der Name Maria hervor, und Abschaffel rätselte schon, wer Maria war. Wahrscheinlich die junge Frau, die wahrscheinlich die Frau des Sohns des Wirtes war. Jeder mußte immer etwas in der Hand haben, damit alle zugleich zufrieden sein konnten. Das Kleinkind schob sich mit den Händen einige Spaghetti in den Mund, und der Vater zerschnitt mit einem großen Messer sorgsam eine Tomate in Scheiben, die er sofort aufaß. Abschaffel beugte sich über seine Pizza und beobachtete die Familie. Es fiel ihm gar nicht auf, daß er sich anstrengte, keine Geräusche zu machen. Sein Messer sollte nicht über das Porzellan kratzen. Inmitten des Lärms der anderen begann er, sich zu schämen. Er wollte zahlen und gehen. Er glaubte plötzlich, sich in seiner Rolle als fremder Alleinesser, der sich unter Einhaltung der notwendigen Distanz an ein familiäres Essen herangeschlichen hatte, keine Minute länger ertragen zu können. Außerdem fürchtete er, daß der Wirt ihn durchschaut hatte. Er winkte ihn zu sich heran und zahlte. Der Wirt blieb freundlich. Er hatte, um Abschaffel abkassieren zu können, sein Mittagessen unterbrochen. Nun setzte er sich wieder auf seinen Platz und aß und redete sofort weiter.

Eine halbe Stunde später war Abschaffel im Bahnhofsgebiet. Ohne besondere Ideen und Hoffnungen ging er in den Straßen umher. Er war nur hier, weil er es sich vor drei Tagen vorgenommen hatte. Er überlegte, ob er in eines der kleineren Bordelle gehen sollte, aber er kam wieder davon ab. Sie hatten meistens keine Halle, sondern, auf mehrere Stockwerke verteilt, kurze Flure, wo die Frauen in den Türrahmen ihrer Zimmer saßen. Das gefiel ihm nicht, weil er den Frauen dann zu nahe war. Es störte ihn auch, gleich in ihre Zimmer sehen zu können. Er wollte ein wenig in einer Halle umhergehen, einigen Frauen ins Gesicht sehen und dann den Blick wieder von ihnen abwenden. So geschah es auch wenig später. In der Halle waren wieder nur drei oder vier Frauen. Er ging um sie herum und sah sie an und sah von ihnen weg. Er sah sie noch einmal an und ging noch einmal um sie herum und blieb vor einer schwarzhaarigen Frau stehen. Komm, sagte er. Sie stieß sich von der Betonsäule ab, gegen die sie gelehnt war, und führte ihn in ihr Zimmer. Sie wollte fünfzig Mark, und er gab ihr das Geld. Wie heißt du? fragte er und begann sich auszuziehen. Rike, sagte sie. Rike? fragte er; ist das eine Abkürzung? Ja, sagte sie. Für Erika? fragte er. Nein, sagte sie, für Ulrike. Rike war jung und schön. Sie war nicht überschminkt, und sie bewegte sich ruhig. Sie gab ihm das Gefühl, als hätte sie viel Zeit. Willst du vorher ein bißchen französisch? fragte sie. Was willst du dafür? Noch einen Fünfziger, sagte sie, du hast dann aber eine halbe Stunde Zeit. Sie saß auf dem Bettrand und bewegte mit der Hand leicht sein Geschlecht. Ich gebe dir den Fünfziger, sagte er, aber ich will nicht französisch. Du kannst ja nachher von hinten kommen, sagte sie, das willst du doch sicher gern. Na gut, sagte er. Siehst du, sagte sie, das hätte sowieso einen Fünfziger mehr gekostet. Sie nahm die Hand weg und wartete auf den zweiten Fünfziger. Abschaffel griff liegend in die Außentasche seines Hemds, das neben dem Bett über einer Stuhllehne hing. Sie erhob sich, verstaute das Geld und setzte sich wieder zu ihm. Bist du öfter geschäftlich in Frankfurt? fragte sie. Ich wohne hier, sagte er. Ach, sagte sie, tatsächlich, das ist aber selten. Was ist selten? fragte er. Daß Männer in die Bordelle der Stadt gehen, in der sie wohnen, sagte sie; normalerweise machen sie das überhaupt nur, wenn sie auswärts sind. Ich würde dich gerne mal zum Essen einladen, sagte er. Sie lachte und antwortete: Das scheitert meistens am Preis; die Stunde kostet zweihundert Mark, und außerdem mach ich es nicht, wenn nicht noch ein zweites Mädchen dabei ist, und die will aber auch zweihundert. Das macht zusammen vierhundert, sagte sie und lachte. Das ist ein Mißverständnis, sagte er; ich möchte wirklich nur mit dir essen gehen und sonst nichts. Ich kann nicht hier heraus, sagte sie, ich wohne hier. Du kannst doch hier heraus, sagte er. Nein, sagte sie. Und am Wochenende? fragte er. Da bin ich überhaupt nicht hier, sagte sie; ich bin jedes Wochenende in Zweibrücken, dort bin ich zu Hause. Hier bin ich nur von Montag bis Donnerstag, zum Geldverdienen, sagte sie. Aber heute ist Sonntag und du bist trotzdem hier, sagte er. Das ist eine Ausnahme, sagte sie. Es ist wirklich nur eine Ausnahme, wiederholte sie, ich kann dir das nicht erklären, mein Leben ist zu kompliziert. Abschaffel überlegte. Die Art, wie Rike redete, gefiel ihm sehr. Es kam hinzu, daß er ihr jedes Wort glaubte. Er hatte das Gefühl, in eine entscheidende Situation geraten zu sein, aber er wußte nicht, wie er daraus endgültig einen Erfolg für sich machen sollte. Er überlegte angestrengt. Rike war zugänglich, daran gab es keinen Zweifel. Ist es denn jetzt gut? fragte sie. Sein Geschlecht war groß und fest, und Abschaffel sah nicht hin. Er tat, als ginge ihn sein Geschlecht nichts an. Es fiel ihm nichts ein. Er wollte auf jeden Fall noch eine Weile in ihrem Zimmer bleiben und noch einmal versuchen, sie zu einer Verabredung zu bewegen. Willst du kommen? fragte sie. Noch nie hatte er sein Geschlecht so sehr als Belästigung empfunden. Irgend etwas hätte er ihr sagen müssen. Sie wartete darauf, schließlich hatte er bezahlt, und er hatte ordentlich bezahlt. Ich bin sowieso gleich soweit, sagte er. Soll ich meine Hand wegnehmen? fragte sie. Nein, laß sie so, sagte er. Sie lachte leicht. Soll ich weitermachen? fragte sie. Jajaja, mach weiter, sagte er. Und da schoß der Samen in das Reservoir des Präservativs und füllte es. Rike stand auf, ging an das Waschbecken und wusch sich die Hände. Er blieb eine halbe Minute liegen. Er war erregt, und er wollte ein wenig warten, bis die Spannung verzogen war. Er fühlte sich merkwürdig erleichtert, und gern wäre er eingeschlafen. Und weil er erregt war, fand er nicht mehr den Ton von vorhin. Willst du wirklich nicht mit? fragte er nur, und er fand sich selbst zu plump. Es tut mir leid, sagte sie, ich kann wirklich nicht. Er zog sich an und wusch sich ebenfalls die Hände. Rike stand an der Tür und wartete auf ihn. Sie ging vor ihm die Treppen hinunter, und kurz bevor sie die Eisentür öffnete, die in die Halle führte, fragte sie ihn, ob er zwei Groschen hätte. Er griff sofort in seine Hosentasche und holte alle Münzen heraus, die er finden konnte. Kleingeld willst du ja sicher nicht haben, sagte er und bemühte sich, spaßig dabei zu wirken. Ich nehme alles, sagte sie und fügte ihre Hände wie zu einem Trichter zusammen, und Abschaffel kippte ihr die Münzen in die Hände. Sie stemmte sich mit dem Körper gegen die Eisentür und ging zurück zu der Säule. Durch einen langen Gang ging Abschaffel hinaus auf die Straße.

Kaum war er draußen, begann er, während er ging, freundschaftlich mit Rike zu schimpfen. Er konnte sich nicht erklären, wozu sie zwei Groschen brauchte. Ein Telefonhäuschen gab es nicht in den Häusern. Und weil sie sich gleich eine Handvoll Kleingeld hatte geben lassen, schimpfte er noch liebevoller mit ihr. Was bist du für ein kleines raffgieriges Stück, sagte er leise wie zu einem Kind. Kannst du denn nie genug kriegen? Erst nach einer Weile bemerkte er, daß diese Art des nicht ernst gemeinten Schimpfens ein idiotischer Versuch war, noch immer mit Rike in Verbindung zu sein. Es war wieder einmal alles lächerlich. Er ärgerte sich, weil er nicht dringlicher versucht hatte, sich mit ihr zu verabreden. In der entscheidenden Minute war er durch die Erleichterungen, welche die Sexualität gewährt, von seinem Anliegen abgelenkt worden. Sollte er zurückgehen und alles noch einmal von vorne versuchen? Das sieht nicht gut aus, dachte er. Ich warne dich, schimpfte er wieder umsonst mit Rike, ich kann dir nicht jedesmal soviel Geld geben, ich warne dich. Alle Sätze, die er dachte, machten aus ihm einen gewöhnlichen Mann, der gegen Geld eine genau abgemessene sexuelle Leistung eintauschte. Er aber glaubte in diesen verwirrten Augenblicken, Rike gehöre ihm bereits an. Er überlegte, ob er morgen wieder zu ihr gehen sollte und ob es denn stimmte, daß sie sonst nur an Wochentagen hier war. Wehe dir, wenn du mich angelogen hast, wehe dir, ich warne dich, lüg mich nicht an. So dachte und phantasierte er weiter vor sich hin. Mit der U-Bahn fuhr er nach Hause. Ich warne dich, überlegte er immer wieder, wehe dir. In der U-Bahn saßen nur wenige alte Frauen in schwarzen Kleidern, die wahrscheinlich Besuche machten. Er saß an einer Fensterscheibe, sah in die dunklen Schächte hinaus und redete immer noch mit Rike. Er hatte keinen Grund, sie zu warnen oder ihr gar zu drohen. Ich wehe dich, flüsterte es in seinem Kopf. Er hielt kurz inne, weil diese Mahnung zum erstenmal in seinen Litaneien an Rike aufgetaucht war, aber weil sein Kopf gequält und verwirrt war, fand er nicht heraus, daß ICH WEHE DICH eine Zusammenziehung aus ICH WARNE DICH und WEHE DIR war. So war es am Schluß auch noch angenehm, in der Versagung immer weniger zu verstehen.

Am Montagmorgen wachte er wie immer gegen sieben Uhr auf. Er machte sich zwei Brote mit Käsescheiben zurecht und trank eine große Tasse Kaffee dazu. Die Käsescheiben schmeckten furchtbar, aber er aß sie. Er stellte sich vor, wie der Erfinder der Käsescheiben irgendwo im Grünen saß und genau wußte, wie furchtbar seine Käsescheiben schmeckten. Wahrscheinlich schmierte sich der Erfinder der Käsescheiben Tannenhonig auf seine Frühstücksbrote, aber weil alle Menschen immer daran gehindert waren, ihre Wut sofort auszudrücken, würde dem Erfinder der Käsescheiben nie etwas geschehen.

Es war kein gutes Zeichen, daß er sich mit solchen Einzelheiten beschäftigte. Er war wieder im kleinen Leben angelangt, und das Leben lieferte ihm wie am Fließband die alten Geschichten an; das Fließband endete vor seinen Füßen, und genau vor seinen Füßen türmte sich der alte Schutt auf. Kaum war Abschaffel auf der Straße, erschrak er über eine Autoantenne, die aus einem geparkten Auto emporragte. Er wurde wütend, weil er nun sogar über ausgefahrene Autoantennen erschrak, aber die Wut half ihm nicht. Er hatte die Antennenspitze erst bemerkt, als er an dem Auto vorüberging, und nach der Entdeckung glaubte er einige Sekunden lang, die Antenne sei der Gegenstand, der ihm bei nächster Gelegenheit in den Kopf gestoßen würde. Er überquerte sofort die Straße, um seinen Schreck möglichst rasch abzudämpfen. Von der anderen Straßenseite kam ihm ein Mann mit dicken Lippen entgegen, und Abschaffel sah, während er sich dem Mann näherte, unablässig auf dessen Lippen. Der Mann bemerkte, daß ihm auf die Lippen gesehen wurde, und Abschaffel fand es selbst gemein und unverschämt, jemand nur auf die Lippen zu sehen. Vielleicht wurde der Mann sogar wütend und versetzte seinem Beobachter einen Schlag; aber es geschah nichts. Der Mann ging vorbei. Im Rinnstein des Bürgersteigs, den Abschaffel auf der anderen Seite betrat, lag ein Zehn-Pfennig-Stück, und kaum hatte er es gesehen, war sein Körper schon der Gegenstand eines Reflexes: er bückte sich und wollte den Zehner an sich nehmen, bloß weil es Geld war. Er schämte sich und richtete sich wieder auf und ging über die Münze hinweg. Der Ansturm der Einzelheiten war unerträglich. Die Käsescheiben, die dicken Lippen eines Fremden und der Groschen im Rinnstein! Er wartete zitternd auf die U-Bahn, und er war überzeugt, daß alles, was er erleben konnte, durch und durch niederträchtig und lächerlich war.

Mit zusammengekniffenen Augen betrat er das Büro. Er wollte mit niemandem sprechen, niemand ansehen und über nichts nachdenken. Er wollte alle Leute ohrfeigen und sie aus dem Fenster werfen. Am Außenrand seines Schreibtisches wollte er eine kleine Betonwand von der Größe einer Garten-Einfassung hochmauern; auf seinem Schreibtisch wollte er stark vergrößerte Mausefallen aufstellen, die nach jeder Hand schlugen, die ihm etwas auf den Schreibtisch legen wollte. Und er selbst wollte einen schwarzen Sturzhelm über den Kopf ziehen und Uh-hu-hu rufen. All das war nicht möglich, und so blieb ihm nichts anderes übrig, als versteinert auf seinem Platz zu bleiben. Falltüren hatte er vergessen! Und zwar wollte er die Zugangswege zu seinem Schreibtisch mit geheimen Falltüren unterbrechen, so daß jeder, der zu ihm wollte, sofort auf die Gleise des Rangierbahnhofs fiel und dort überrollt wurde. Er saß da und spielte mit den Haaren in seinen Nasenlöchern. Die Haare waren zu lang geworden, und er überlegte, ob er sie abschneiden sollte. In seiner Schublade hatte er eine kleine Nagelschere liegen. Noch nicht einmal solche kleinen Handlungen konnte er zu Ende bringen an diesem Morgen. Noch während er über die Länge seiner

Nasenhaare nachdachte, vergaß er die ganze Geschichte wieder. An diesem Morgen war es laut im Büro. Die Buchungsautomaten summten und ruckten; jedesmal wenn die Automaten eine neue Schreibzelle einstellten, schepperten die Schubteile der Maschinen laut auf. In fast allen Abteilungen ratterten die Additionsmaschinen. Ein Monat war zu Ende, und es mußten Abrechnungen aufgestellt werden. Abschaffel nahm sich die Brille ab und rieb sich mit Zeigefinger und Daumen in den Augen. Er ließ die Brille eine Weile auf dem Schreibtisch liegen und sah mit bloßen Augen im Büro umher. Mit dem rechten sah er viel besser als mit dem linken; die Kurzsichtigkeit des linken störte die normale Sehfähigkeit des rechten Auges, und deswegen mußte er das linke Auge zukneifen, wenn er ohne Brille nicht alle Gegenstände mit zwei und drei Rändern sehen wollte. Er sah eine Weile ohne Brille umher, und es gefiel ihm, daß er nichts mehr richtig sah. Ronselt beobachtete ihn, aber er sagte nichts. Abschaffel sah an Ronselt vorbei in die Weite des Büros, und weit hinten unterschied er nur noch einige bewegliche Flecken, das mußten Kollegen sein. Dann setzte er die Brille wieder auf, und es erschreckte ihn sogar die Kälte des Brillengestells im Gesicht. Er fühlte sich aufgeweicht und eingeschrumpelt. Am Donnerstag der vergangenen Woche hatte er an diesem Platz eine Weile geglaubt, nicht mehr hierherkommen zu müssen. Er hatte einen Plan gemacht und hatte nachgedacht, er hatte sich im voraus gefreut und hatte einen guten Willen gehabt. Alles war umsonst gewesen. Er saß da wie seine eigene Täuschung. Der Kopf schmerzte. Es ist furchtbar, dachte er, aber alles, was ich kann, ist die Zusammenstellung eines neuen Sammelverkehrs nach Augsburg, Osnabrück oder Stuttgart. Mörst kam aus dem Büro der Sekretärin von Ajax und verkündete, daß Gersthoff am Sonntag gestorben war. Offenbar hatte Mörst es gerade selbst im Büro von Frau Morlock erfahren. Um elf hat er einen neuen Schlaganfall gehabt, und den hat er nicht mehr überlebt, sagte Mörst; auf der Fahrt ins Krankenhaus ist er gestorben. Es war eine schöne, Ruhe schaffende

Nachricht. Es war ein wenig wie damals, als Gersthoff zum erstenmal umgefallen war. Ein Schreck war im Büro, der sich in eine natürliche Andacht umwandelte, und Andacht war genau das, was Abschaffel in seiner Situation brauchte. Es war, als hätte er den Kollegen das Scheitern seines Plans mitgeteilt und anschließend um ein wenig Stille und Gedenken gebeten, und weil seine Kollegen feine Menschen waren, erfüllten sie ihm die Bitte. Es bereitete ihm Genuß, als der Lärmtakt der Buchungsautomaten langsamer wurde und schließlich ganz aufhörte, wenigstens für eine Weile. Man müßte jeden Tag einen toten Angestellten betrauern können, dachte Abschaffel, dann wäre das Leben erträglicher. Gersthoff war gerade noch rechtzeitig gestorben, damit seine eigene, verspätete Abschiedsfeier im Nebenzimmer der BRATPFANNE ausfiel. Der Präsentkorb, der Gersthoff heute abend überreicht werden sollte, stand auf der Fensterbank in der Nähe von Mörsts Schreibtisch. Leider löste sich die Andacht im Büro schon wieder auf. Die Kollegen gingen dazu über, Gersthoff ernst gemeinte Vorwürfe nachzuschicken. Nach Ansicht von Mörst lag der Grund für Gersthoffs schreckliches Ende in seiner laschen Haltung zur Gewerkschaft. Mörst war so begeistert davon, daß es Gewerkschaften gab, daß er kaum noch über die lebensbeendende Wirkung von Schlaganfällen nachdenken konnte. Frau Schönböck – Abschaffel fuhr zusammen, als er ihre Stimme wieder so frisch hörte – verurteilte Gersthoffs starkes Rauchen. Fräulein Schindler machte das allgemeine ungesunde Leben verantwortlich. Abschaffel schwieg und hörte still zu. Seine Stimmung besserte sich leicht. Es amüsierte ihn, daß die Kollegen Gründe für den Tod suchten. Sie redeten, als gebe es eine Lebensweise, die den Tod am Ende ausschloß. Der Tod braucht keinen Grund, dachte Abschaffel. Er fühlte, daß es ihm in diesen Minuten gelang, sich über die Kollegen zu erheben. Er glaubte, viel klüger zu sein als alle seine Kollegen zusammen. In gekränktem Schweigen verhöhnte er das Gerede der anderen. Als sie endlich aufhörten, über Gersthoffs Lebensfehler zu sprechen, war Abschaffel überzeugt, daß ihnen die Qualifikation fehlte, über tragische Ereignisse zu sprechen. Es konnte nur daran liegen, daß sie keine bedeutsamen Erfahrungen machten. Er war überzeugt, daß er in diesem Büro der einzige war, der durch die Tiefe seiner Lebenserfahrungen das Recht hatte, sich als besonderer Mensch zu fühlen. Was die anderen beschäftigte, war entweder die Anschaffung eines Schlauchboots, die neueste Schlankheitskur oder die Täuschung eines Jugoslawen. Gegen Abschaffels gescheiterten Versuch, sich von der Arbeit zu befreien, war das Leben der anderen ein idiotischer Zeitvertreib, dessen Idiotie nur deshalb unentdeckt blieb, weil er außer idiotisch auch noch unterhaltsam war.

Abschaffels Überheblichkeit hielt den ganzen Vormittag und Teile des Nachmittags über an. Eine Stunde vor Feierabend lud ihn Fräulein Schindler überraschend zu einem Geburtstagsfest am Donnerstagabend in ihre Wohnung ein. Er hatte vergessen, daß er vorige Woche selbst fünf Mark für ein Geburtstagsgeschenk für Fräulein Schindler gespendet hatte. Frau Hannemann aus der Buchhaltung (das ganze Jahr über hörte man nichts von ihr, aber wenn ein Geburtstag herannahte, begann sie zu sammeln und zu organisieren und freute sich, daß es ihr wenigstens bei diesen Gelegenheiten gelang, aus sich herauszugehen) war mit der Sammelbüchse im Büro herumgegangen. Abschaffel dankte für die Einladung und sagte: Geht in Ordnung. Später fragte er sie, wen sie noch eingeladen hatte, und sie zählte auf: Frau Hannemann natürlich, Frau Schönböck, die Lehrlinge Bosch und Moser, ihn, Herrn Hornung und ihren neuen Freund. Die Zusammenstellung beunruhigte Abschaffel. Stundenlang hatte er sich im Kopf von all diesen Personen abgewandt, und nun wurde er wieder mit ihnen zusammen eingeladen. Es war unerklärlich und quälend. Er stürzte sich in Überlegungen, wie er in die von Fräulein Schindler zusammengestellte Gruppe hineingeraten war. Es war möglich, daß Frau Schönböck in Fräulein Schindler eine Vertraute gefunden und ihr davon erzählt hatte, wie unglaublich sich Abschaffel ihr gegenüber verhalten hatte. Und es war deshalb möglich, daß Fräulein Schindler ihn gar nicht hatte einladen wollen, aber Frau Schönböck hatte die Einladung lanciert, damit sie wieder eine Kontaktmöglichkeit zu ihm hatte. Oder hatte Hornung herumerzählt, daß Abschaffel ihn besucht hatte? Glaubten einige Kollegen, daß sie beide Freunde geworden seien? Und warum hatte Fräulein Schindler ihm sogar ein Zeichen gegeben, daß er die Einladung persönlich auffassen und entsprechend behandeln sollte? Und warum gab es überhaupt so viel Getue wegen einer Geburtstagsveranstaltung in Fräulein Schindlers sicher peinlichem Ein-Zimmer-Appartement?

Es gab gar kein Getue. Nur Abschaffel machte aus seiner Einladung eine innere Bewegung, weil er nicht fassen konnte, daß er eingeladen worden war. Er hatte geglaubt, alle diese Leute wüßten ganz genau, daß er sie nur auf dem Wege der zwangsweisen Zusammenführung im Büro aushalten konnte. Darin hatte er sich offenbar geirrt. Nur aus Müdigkeit hörte er auf, über diesen Punkt weiter nachzudenken. Sollte er der Einladung folgen? Er konnte sich nicht vorstellen, wie er eine Wiederbegegnung mit Frau Schönböck auf halbprivater Ebene noch einmal ertrug. Wahrscheinlich kam es dann in alkoholisiertem Zustand zu einer sogenannten Aussprache, und es würde ihm nicht möglich sein, ihr etwas Wahrhaftiges zu sagen. Genaugenommen konnte er an dieser Geburtstagsfeier nicht teilnehmen.

Zu Hause stellte er sofort den Fernsehapparat an. Er sah drei jungen Kunstradfahrern zu, die in weißen Anzügen kleine Kreise drehten. Sie wirbelten wie Gummimenschen über das Bild, und Abschaffel sah eine Weile stumm zu. Nach fünf Minuten begann er sich darüber zu sorgen, wie diese drei Kunstradfahrer einst ihr Alter bewältigen sollten. Wahrscheinlich wurden sie dann Angestellte und zeigten sich alte Fotos von ihren sagenhaften früheren Fernsehauftritten. Er schaltete den Apparat ab, und gegen seinen Willen dachte er noch eine halbe Stunde über das erwartbare Schicksal der Kunstradfahrer nach. Überhaupt wurde das Sich-sorgen immer mehr zu einem Hauptvorgang seines Lebens. Früher hatte er das nicht gekannt. Früher hatte er überhaupt nicht bemerkt, wie ein Jahr verging oder zwei. Heute litt er darunter, daß er von allen Personen, die nach ihm geboren worden waren, nur noch wenig wußte. Von den anderen, die älter waren als er, hatte er das Gefühl, ihr Leben gut zu kennen. Wenn der starke Raucher Ronselt frühmorgens furchtbar hustete, dann war ihm dieses Geräusch angenehm. Dann stellte er sich kurz vor, wie Ronselt eines Tages, vielleicht in zehn oder fünfzehn Jahren, in einem Krankenbett lag und langsam starb. Aber es war Abschaffel möglich, sich an Ronselts Bett sitzend vorzustellen. Von den jungen Leuten, zum Beispiel von den Lehrlingen Bosch und Moser, wußte er so gut wie nichts. Die Fremdheit war so stark, daß Abschaffel sogar geleugnet hätte, auch Bosch und Moser stammten von richtigen Eltern ab. Er kannte nicht einmal die Geräusche dieser jungen Leute, und er war nicht neugierig, sie zu erfahren. Statt dessen erschrak er schon über ihre Bekleidung. Manchmal erschienen sie mit Jacken, die mit Nieten, Nägeln und Broschen beschlagen waren, und Abschaffel gestand sich ein, daß es jemanden geben müßte, der ihm diese Jacken erklärte.

Er machte sich ein paar Brote und brachte sie ins Zimmer. Er stand noch einmal auf, um sich eine Flasche Bier zu holen. Einmal dachte er an Rike, aber weil er nicht mehr in seinem Traum war, waren ihm die zweihundert Mark für eine Stunde Rike zuviel. Statt dessen riß er ein paar Blätter von seinem Wandkalender herunter. Beim vierten Kalenderblatt fiel der ganze Kalender zu Boden und der Reißnagel hinterher; der Reißnagel rollte sogar unter das Bett. Am liebsten hätte er den am Boden liegenden Kalender unter das Bett gekickt und vergessen, daß es Kalender gab. Er ließ sich hinab auf die Knie und tastete vorsichtig mit der flachen Hand unter das Bett. Er fand den Reißnagel in einer großen Staubwolke. Er überlegte, ob er nicht den Staub unter dem Bett hervorkehren sollte, aber er fühlte sich zu schwach dafür. Er war damit beschäftigt, den Kalender wieder aufzuhängen, und als es ihm gelungen war, freute er sich. Aus Langeweile ging er in die Küche und fand ein altes gekochtes Ei, das er vor vier Tagen liegengelassen hatte. Er aß es schnell auf und wunderte sich, wie dumpf und pappig das Ei war.

Seine Wohnung war verstaubt und schmutzig. Ein Teil des Zimmers war mit Matten ausgelegt, durch die Dreck und Staub durchfielen. Er hatte nicht die Kraft, die Matte hochzuheben und den Dreck zusammenzuwischen. Es war erst halb zehn. Er war müde, aber er genierte sich, schon wieder so früh ins Bett zu gehen. Er war erschöpft, aber er traute sich nicht, Erschöpfung als Grund wirklich anzunehmen. Du gehst jetzt nicht ins Bett, redete er sich zu, weil nichts war, weil nichts kommt und weil nichts ist. Er stand am Fenster und sah auf die Straße hinunter. Er sah eine vom Urlaub zurückgekehrte Familie, die eben ihr Auto auspackte. Er war dankbar, daß es noch etwas zu sehen gab. Er atmete auf, holte sich noch eine Flasche Bier und ging an das Fenster zurück. Die Frau streckte ihre Glieder am Straßenrand, der Mann holte Gepäck aus dem Kofferraum und stellte es auf dem Bürgersteig ab. Eine etwa fünfzehnjährige Tochter trug leichtes Gepäck hoch in die Wohnung der Leute. Es kamen Nachbarn herunter und unterhielten sich mit ihnen. Der Mann bemühte sich, die Leerung des Autos möglichst ohne Aufsehen hinter sich zu bringen. Die Frau war eher geneigt, sich auf Gespräche mit Nachbarn einzulassen. Abschaffel war sicher, daß der Mann ein wenig verärgert war. Er gab rasche, kurze Anweisungen. Wenn ich jemals mit einer Frau, einem Kind und einem Auto in Urlaub fahre, dachte Abschaffel dann werde ich genauso verärgert zurückkommen. Er bemerkte, daß ihn das Bier rasch ermüdete. Er ging vom Fenster weg und öffnete die Knöpfe an seinem Hemd. Auf dem Bett sah er seine Jacke liegen, wo er sie vor vier Stunden hingelegt hatte. Er hängte die Jacke nicht mehr an der Garderobe im Flur auf. Gewöhnlich legte er sie über einen Stuhl oder, und das sah noch abwesender aus, er warf sie auf das Bett. Er konnte sich nicht erklären, warum er so nachlässig wurde. Die Jacke auf dem Bett hatte ihn vier

Stunden lang gestört. Er hatte die Idee, in einem Karton oder in einer Plastiktüte ein wenig Straßendreck, vielleicht Erde oder Baumörtel, in seine Wohnung zu schaffen und dort auszuleeren. Dann würde es nicht immer vier oder fünf Stunden dauern, bis er alle Mißverständnisse niedergekämpft hatte und sich wieder gewiß war, daß er sein Leben als Angestellter und alleinstehender Wohner nicht anerkannte. Dann würde er in sein Zimmer treten können, den umherliegenden Baumörtel erblicken und sofort wissen: Das alles ist nicht mein wirkliches Leben, sondern ein Betrug, den ich nicht anerkenne. Und wenn erst einmal Baudreck in seinem Zimmer herumlag, dann würde es ihn auch nicht mehr stören, wenn seine Jacke vier Stunden lang auf dem Bett lag. Dann wäre eine nicht aufgeräumte Jacke nur ein Teil eines im ganzen nicht aufgeräumten, weil nicht anerkannten Lebens.

Er hatte an diesem Abend nicht mehr damit gerechnet, solche Überlegungen noch zustande zu kriegen. Er spürte Lust, noch einmal auf die Straße zu gehen und Baudreck zu besorgen. Er hatte sich schon überlegt, das Geröll halb unters Bett und halb auf dem kleinen Platz vor dem Bett auszubreiten. Es würde dann so aussehen, als sei unter seinem Bett ein Bauloch, an dem gerade gearbeitet werde. Er vergnügte sich an dieser Vorstellung so sehr, daß er glaubte, er hätte sie schon verwirklicht. Denn natürlich war er zu müde dazu, noch einmal auf die Straße zu gehen und Baudreck zu besorgen (er war auch zu feige dazu, aber weil er glücklicherweise noch viel mehr müde als feige war, kam er um das Eingeständnis der Feigheit noch einmal herum). Außerdem hatte er das Hemd und die Strümpfe schon ausgezogen. Als er die Hose in einem versuchsweise eleganten Schwung von den Beinen zog, fiel ihm sein ganzes Hartgeld aus der Hosentasche. Er hielt inne und sah den Münzen zu, wie sie bogenförmig auseinanderrollten und fast gleichzeitig umkippten. Das hatte ihm gefallen. Eigentlich wollte er die Münzen noch einmal auf dieselbe Weise auseinanderrollen und umkippen sehen. Aber dazu hätte er strenggenommen noch einmal die Hose anziehen müssen.

Leider war er für fast alles zu müde. So ließ er die Münzen liegen und sank ins Bett. Im Bett erregte es ihn, daß er nicht in der Lage gewesen war, die Münzen aufzuheben. Er erdachte sich eine künstliche Rechtfertigung: Am Morgen wollte er sich darüber freuen, daß Geld in seinem Zimmer herumlag.

Die Tage vergingen wie ein gleichmäßiger Ton. Mit geschlossenem Gehirn verrichtete er seine Arbeit. Er bemühte sich, an nichts zu denken. Und doch brachte sein Kopf immer wieder Gefühle und Bilder hervor. Einmal glaubte er, ein hohles Gebirge zu sein, wenig später war er überzeugt, sein Körper sei nur noch eine Plastiktüte mit altem Blut. Wenn er ein oder zwei Stunden fast bewegungslos an seinem Schreibtisch saß, fürchtete er, daß sich ihm in den äußeren Ecken seiner Augen, wie bei den größeren Echsen und Krokodilen, eine bleibende, zähe Flüssigkeit bildete, die die Bewegungen der Augen mitvollzog. Er stellte sich diese Flüssigkeit gelblich bis grau vor und von langsam stärker werdender Konsistenz, so daß er in späteren Jahren die Augen gar nicht mehr richtig öffnen und schließen konnte, sondern eine Art Notblick übrigblieb, der sich durch zwei kleine Augenschlitze gerade noch aufrechterhalten ließ. Zwei Tage nach Gersthoffs Tod war der für ihn bestimmte Präsentkorb verschwunden. Niemand wußte, wer ihn gestohlen hatte. Wahrscheinlich hatte ihn eine ausländische Putzfrau mit nach Hause genommen. Es ärgerte sich niemand darüber. Ein Präsentkorb für einen Toten war sowieso unangenehm, und Mörst war froh, daß die Angelegenheit auf diese Weise aus der Welt geschafft war. Er verzichtete auf jegliche Nachforschung. Er war am Montag bei Gersthoffs Beerdigung gewesen, aber er hatte kein Wort darüber verloren.

An einem seiner Feierabende entdeckte Abschaffel im Erdgeschoß des Treppenhauses plötzlich eine Hausordnung. Sie enthielt neunzehn kleingedruckte Verbote. Er schämte sich, als er die Hausordnung sah. Er konnte die neue Hausordnung kaum ansehen. Wirklich ging der Druck eines allgemeinen Verbots, der von der neuen Hausordnung sofort in das Haus einströmte, ohne daß es der Lektüre der neunzehn Einzelverbote bedurft hätte, mit ihm gleich so weit, daß er glaubte, das Stehenbleiben vor der Hausordnung gehöre schon zu den neuen Verboten. Es blieb still im Treppenhaus, und er hatte umsichtig begonnen, die Hausordnung anzusehen. Einige der Verbote waren mit rotem Filzstift unterstrichen. Vielleicht richteten sich einzelne Verbote nur gegen bestimmte Hausbewohner, und Abschaffel lernte diese Hausbewohner nun an den Verboten kennen, die für sie unterstrichen waren. Er wollte noch immer nicht, daß ihn ein anderer Hausbewohner beim Lesen antraf. Einerseits war er beschämt darüber – immerzu war er beschämt: Warum hatte die ganze Welt Zugang zu seiner Scham? –, daß ein Mensch hatte glauben können, in diesem stillen Haus sei eine Hausordnung nötig, und andererseits glaubte er, die Hausordnung sei überhaupt nur seinetwegen angebracht worden. Er las die unterstrichenen Verbote zuerst. ROLLÄDEN UND JALOUSIEN DÜRFEN BEI REGENWETTER NICHT HERAUSGESTELLT WERDEN. Das galt sicher nicht für ihn. Er wußte nicht einmal genau, ob es an seinen Fenstern überhaupt Rolläden oder Jalousien gab. UNBEDINGTE RUHE IST VON 13 BIS 15 UHR SOWIE NACH 22 UHR EINZUHALTEN. IN DIESER ZEIT IST JEGLICHES MUSIZIEREN UNZULÄSSIG. RUNDFUNKEMPFANG IST BEI ZIMMERLAUTSTÄRKE GESTATTET. Auch dieses Verbot konnte ihm nicht gelten. In den letzten Tagen war er sogar vor 22 Uhr im Bett gelegen, und in seiner Wohnung war es so still wie in einem Wald gewesen. Auch das dritte unterstrichene Verbot konnte ihn nicht meinen: BADEN IST NACH 22 UHR WEGEN DES WASSERGERÄUSCHES ZU UNTERLASSEN. Er badete zwar oft, weil es ihm half, aus seiner Niedergeschlagenheit herauszufinden, aber er badete in der Regel am frühen Abend.

In seiner Wohnung angelangt, konnte er die Hausordnung überhaupt nicht mehr verstehen. Wo war der Lärm, gegen den sich die Hausordnung richtete? Alles, was es in diesem Haus überreichlich gab, war Stille und Fremdheit. Oder gab es Kämpfe zwischen einzelnen Wohnparteien, von denen Abschaffel nichts ahnte? Er stellte das Radio ein, und er hörte eine klagende, orientalische Musik, die ihm sofort gefiel. Er hörte einen Flötenspieler, dazu eine Trommel und eine kehlige, männliche Stimme. Es war ein schönes lautes Gejammer in seinem Zimmer. Die Musik erinnerte ihn an die Musik der türkischen Kassettenverkäufer auf dem Flohmarkt, die er irgendwann einmal, als er seine Absichten noch ausführte, hatte besuchen wollen. Er rasierte sich und versuchte, in die jammernde Stimme des Sängers mit einzufallen. Es mißlang. Er ging in das Zimmer und stellte die Musik ein wenig lauter. Als er in das Bad zurückkam, fielen ihm die beiden weißen Socken auf, in die er je eine Sandale hineingestopft hatte, das Denkmal für Margot. Wie schön war es damals gewesen, als er Wein, Käse und Brot für die Margotabende eingekauft hatte. Eine grauenvolle Sehnsucht überkam ihn. Zitternd rasierte er sich zu Ende, und aus Wut fing er zwei Fliegen, die er im seifigen Rasierwasser versenkte. Die Fliegen stießen sich ein paarmal im Wasser umher und bewegten sich dann nicht mehr. Er fühlte sich steif werden. Ein nicht für möglich gehaltener Schmerz zog in ihn ein. Es war, als würden von unten zwei Eisenstangen in seinen Körper eingetrieben. Oder brannte sein Mundinnenraum? Gab es irgendwo kleine Flammen in seinem Kopf? O Gott, wenn dieser Schmerz künftig zu seinem Leben gehörte, dann wollte er das Leben nicht mehr haben. Er stellte das Radio ab und sah aus dem Fenster. Langsam beruhigte er sich wieder. Frisch rasiert setzte er sich auf einen Stuhl und machte sich Sorgen. Er ging noch einmal in die Küche zurück und holte sich eine Flasche Bier, weil er wollte, daß es zu den Sorgen wenigstens Bier gab. Es war wieder einmal soweit, daß er seinen Sorgen die Gewißheit geben mußte, daß er noch da war und die Sorgen sich nicht zu sorgen brauchten, er könnte ihnen nicht mehr zur Verfügung stehen. An diesem Abend fingen seine Sorgen das Thema Eltern an. Er hatte sie schon lange nicht mehr besucht, und sie hatten ebenfalls nichts von sich hören lassen. Konnte es denn sein, daß die Eltern und er sich schon zu Lebzeiten für immer voneinander getrennt hatten? Er hatte kein Bedürfnis, die

Eltern zu sehen, und eben darum machte er sich Sorgen: Warum habe ich kein Bedürfnis, die Eltern zu sehen? Nachdem er sich über die Wahrheit der Trennung eine Weile gesorgt hatte, sorgte er sich um das Schicksal der Mutter, wenn sie einmal allein sein würde. Sie bekam eine gute Rente, das war sicher, und wenn der Vater starb, würde sie allein weiterleben. Das war alles, aber unbegreiflicherweise machte er sich darüber Sorgen. Die andere Möglichkeit, daß die Mutter zuerst starb und der tapsig gewordene Vater übrigblieb, ließ ihm gleich ein ganzes Rudel von Sorgen in den Kopf schießen. Abschaffel konnte sich nicht vorstellen, wie dieser klein und krumm gewordene Vater in seinen alten Hosen zum Beispiel die Butter im Kühlschrank finden sollte, wenn die Mutter einmal nicht mehr da sein würde, die ihm die Butter seit vierzig Jahren auf den Tisch stellte. Wahrscheinlich würde ihm eines Tages die Butter ausgehen, und daran würde er feststellen, daß seine Frau nicht mehr in der Wohnung sein konnte. Es war unerträglich. Die Sorgen entsetzten ihn so sehr, daß er aufstehen und im Zimmer umhergehen mußte. Er hoffte, auf andere Gedanken zu kommen, aber es gelang ihm nicht. Er setzte sich und sorgte sich weiter.

Am folgenden Morgen bemerkte er im Büro, daß schon Donnerstag geworden war. Fräulein Schindler hatte Geburtstag, und weil er für den Abend von ihr eingeladen worden war, gratulierte er ihr. Er hatte das Gefühl, daß ihm die Gratulation gelungen war. Fräulein Schindler errötete ein wenig, und Abschaffel lachte kurz. Frau Hannemann hatte Fräulein Schindlers Schreibtisch in einen Geburtstagstisch verwandelt. Von dem eingesammelten Geld hatte sie eine hellbeige Handtasche gekauft, und Fräulein Schindler sagte mehrfach, daß ihr die Handtasche gefiel. Außerdem hatte Frau Hannemann eine kleine Flasche Cognac, einen Blumenstrauß und einen selbstgebackenen Kuchen auf Fräulein Schindlers Schreibtisch gestellt. Frau Hannemann erzählte, wie sie heute morgen im Bus auf den Kuchen hatte aufpassen müssen, damit er nicht zerdrückt wurde. Es entstand eine heitere, freundliche Stimmung. Frau Morlock, die Sekretärin von Ajax, überbrachte Glückwünsche und ein Geschenk. Fräulein Schindler packte es feierlich aus, und es war ein schweres, in Leder eingefaßtes Zimmerthermometer. Fräulein Schindler freute sich erregt und bedankte sich überschwenglich bei Frau Morlock. Abschaffel beobachtete die Ereignisse aus ungefähr fünfzehn Metern Entfernung. Er stellte sich vor, wie Fräulein Schindler das neue Thermometer in ihrem Appartement anbrachte. Er sah das Thermometer sogar einige Jahre später in einem großen REPRÄSENTATIVEN Wohnzimmer hängen, das Fräulein Schindler sicher gehörte, wenn sie erst verheiratet war. Und er redete zu sich, wie er sich vorstellte, wie Fräulein Schindler redete, wenn sie dann die Herkunft des Thermometers erklärte: Das habe ich von meinem früheren Chef geschenkt gekriegt zu meinem zweiundzwanzigsten Geburtstag, das war überhaupt eine schöne Zeit damals, so gut habe ich es nie wieder gehabt, solange ich gearbeitet habe, aber das ist eben der Vorteil, wenn man in einem Familienbetrieb arbeitet, da kriegt man vom Chef etwas zum Geburtstag.

Am Montag, als Abschaffel eingeladen worden war, war ihm der Donnerstag wie ein ganz ferner Tag erschienen. Er hatte geglaubt, viel Zeit zu haben, um sich reiflich überlegen zu können, ob er an der abendlichen Geburtstagsfeier teilnehmen sollte oder nicht. Nun war das Ereignis vor ihn hingetreten, und er hatte nicht fünf Minuten lang nachgedacht, wie er sich verhalten sollte. Es blieb ihm nichts anderes übrig, als sich halbherzig und verstockt irgendwie in den Lauf der Ereignisse einzufügen. Und der Lauf der Ereignisse brachte ihm zunächst eine Erleichterung: Die anderen kamen überein, zunächst nicht, wie am Montag noch vorgesehen, zu Fräulein Schindler nach Hause zu gehen, sondern sofort in eine Kneipe zu fahren. Fräulein Schindlers Cognac können wir später auch noch stürzen, rief Hornung. Natürlich wünschte sich Abschaffel, die Geburtstagsfeier schon überstanden zu haben. Er überlegte, daß es für ihn das beste sein würde, wenn er sich an

Frau Hannemann hielt. Sie war eine Tierliebhaberin, und eines ihrer Lieblingsthemen war der Fang von Singvögeln in Italien. Es war zu befürchten, daß sie den ganzen Abend über die bedrohte Tierwelt sprach, aber das war immer noch besser als die Nähe von Hornung oder Frau Schönböck. Schon eine Stunde vor Feierabend redete Hornung darüber, in welches Lokal man gehen sollte. Am besten in den OLD SMUGGLER, rief er. Allerdings ist die REITPEITSCHE auch ganz gut, sagte er wenig später. Ronselt, der nicht eingeladen war, sah Hornung mitleidig an. Es war nicht klar, ob Hornung diese Lokale kannte oder ob er sie endlich einmal kennenlernen wollte. Im übrigen war Ronselt nicht böse darüber, weil er nicht eingeladen worden war. Es gab Kleingruppen von Kollegen, die nichts miteinander zu tun hatten. Ronselt gehörte der Gruppe Holzmann-Kleinschmidt-Rüger-Meierbeer an, und wenn ein Geburtstag in dieser Gruppe fällig war, dann war es ganz selbstverständlich, daß er nur innerhalb dieser Gruppe gefeiert wurde. Wir können aber auch, rief Hornung, in den LEIERKASTEN gehen, dort verkehrt die Unterwelt. Tatsächlich? fragte Frau Schönböck. Da gehen wir hin, sagte Fräulein Schindler. Der LEIERKASTEN ist ein Eßlokal in Sachsenhausen, sagte Hornung; der Kellner bedient die Gäste ganz schlecht, aber eben der Kellner gehört schon zu den Attraktionen des Lokals. Abschaffel hörte nicht mehr hin. Er setzte sich bereits ab. Der sich ankündigende Unfug sollte kein Teil seines Lebens werden. Er verspottete Hornungs Vorstellung, es gäbe ein Lokal, in dem sich Angehörige der Unterwelt wie zur Besichtigung für Angestellte aufhielten. Natürlich kam der Spott nur in seinen Gedanken vor.

Abschaffel, Hornung, Frau Hannemann und die beiden Lehrlinge Bosch und Moser hatten kein Auto. Es gelang Abschaffel, sich als Mitfahrer in die Gruppe um Fräulein Schindler anzufügen. Hornung fuhr mit Frau Schönböck, ebenso Frau Hannemann. Fräulein Schindler war guter Laune. Es regnete leicht, als sie losfuhren, und im Auto nahm Abschaffel seine Brille ab und rieb die Regentropfen von den

Gläsern herunter. Als er die Brille wieder aufsetzte, bemerkte er, daß die Regentropfen gar nicht auf seinen Brillengläsern gewesen waren, sondern vor ihm auf der Vorderscheibe des Autos. Das Versehen amüsierte ihn, und er überlegte kurz, ob er es mitteilen sollte. Aber er hatte das Gefühl, nicht die richtigen Worte zu finden. Außerdem glaubte er, an der Art seines Versehens könnten die anderen erkennen, wie alt er sich fühlte. Er fühlte sich wie ein älterer Mann. Eigentlich wollte er ununterbrochen sagen: Bitte nicht so laut, bitte nicht so schnell, bitte nicht zuviel. Es waren Bitten um Eindämmung der ganzen Welt, wie sie gewöhnlich von älteren Personen geäußert werden. Fräulein Schindler fuhr munter durch die Stadt. Sie schaltete das Autoradio ein, und durch die fahrende Bewegung des Wagens, die von der Radiomusik mitgetragen schien, entstand der Eindruck, ringsum tanzten und schwankten die Häuser und Straßen. Auf dem Rücksitz saß der Lehrling Bosch und redete kein Wort. Fühlte er sich denn auch schon uralt? Abschaffel hatte erwartet, daß Bosch vielleicht ein Messer herauszog und damit im Wagen herumfuchtelte. Aber Bosch saß mit verschränkten Armen auf dem Rücksitz und sog sein Wangenfleisch nach innen. Der Freund von Fräulein Schindler stieg am Opernplatz zu. Abschaffel setzte sich nach hinten neben den Lehrling, und Fräulein Schindler stellte ihren Freund vor. Er hieß Vierneisel und war Effektensachbearbeiter bei der Chase Manhattan Bank. Er war jung und schlank und trug einen dunklen Seidenschal im offenen Hemd. Wir gehen in ein Verbrecherlokal, sagte Fräulein Schindler fröhlich zu ihm und fuhr wieder an. Die Anwesenheit von Herrn Vierneisel machte Abschaffel noch älter. Fast alles, was Herr Vierneisel sagte, sagte er in begeistertem Ton. Er erzählte, daß er heute zweimal mit Amerika telefoniert hatte, und in der verstärkenden Art, mit der Fräulein Schindler die Erlebnisse ihres Freundes aufnahm, redeten sie über die beiden Telefonate so, als sei Herr Vierneisel heute zweimal selbst in Amerika gewesen. Die Art, wie sie zurückfragte und sich erkundigte, mußte er als Verlockung empfinden, sich weiter selbst darzustellen. Offenbar kannten sich die beiden noch nicht allzulange. Und wie war's bei dir? fragte Herr Vierneisel. Wie immer, sagte Fräulein Schindler.

Das Lokal, von dem Hornung glaubte, es sei ein Treffpunkt der Unterwelt, war eine mittelgroße, heruntergekommene Wirtschaft. Auf den Tischen gab es keine Tischdecken, an den Fenstern keine Gardinen. Links, erhöht auf einem Podest, saß der INTERNATIONALE ALLEINUNTERHALTER STEFANO und spielte auf einem Akkordeon. Er sah aus wie eine Leberwurst mit Brille und spielte unablässig. Der Kellner war ein zitternder, schmaler Mann, der ständig zwischen den Tischen herumwirbelte. An der Theke standen ein paar Männer, die sich umdrehten, als Fräulein Schindler mit ihrer Gruppe das Lokal betrat. Hornung, Frau Schönböck, Frau Hannemann und der Lehrling Moser waren schon da. Abschaffel war erleichtert, als er sah, daß Frau Schönböck und Hornung an der hinteren Stirnseite des Tischs saßen. Er ließ Fräulein Schindler, Herrn Vierneisel und Bosch vor sich aufrücken, so daß er von Frau Schönböck und Hornung beruhigend weit entfernt saß. Allerdings befand er sich dafür an der Seite von Herrn Vierneisel, und ihm gegenüber hatte sich Frau Hannemann niedergelassen. Der Kellner kam an den Tisch, und tatsächlich nahm er die Bestellungen abweisend und störrisch entgegen, wie Hornung es vorausgesagt hatte. Wenn Kellner freundlich sind, dann sind sie entweder schwul oder verklemmt, erläuterte er, als der Kellner den Tisch verlassen hatte. Was redete Hornung wieder für ein Zeug? Abschaffel bemühte sich, nicht hinzuhören. Er sah dem Alleinunterhalter zu. Der Mann hätte blind sein können, so sehr war er desinteressiert an den Ereignissen des Lokals. Aus einem langen Gang, der in die Küche führte, kam der Kellner hervor und trug auf großen Tellern die Bestellungen auf den Tisch. Hornung hatte Rippchen mit Kraut bestellt, und als er seine Portion vor sich sah, sagte er: Was gut ist, kommt wieder. Frau Schönböck und Frau Hannemann lachten. Der Kellner hatte jedem seine Bestellung hingeknallt, und als er sich rasch entfernen wollte, fragte ihn Frau Hannemann: Können Sie nicht ein bißchen freundlicher sein? Der Kellner drehte sich um und sagte: In dieser Bude hier? Ich arbeite, bis ich durchsichtig bin, das genügt. Er wandte sich ab und ging hinter die Theke. Mit dem Rücken zur Wirtschaft löffelte er stehend einen Teller Suppe aus, der neben einem verschmierten schwarzen Telefon stand. STEFANO spielte La Paloma, und Hornung summte leise mit. Frau Hannemann zerschnitt vorsichtig ihr Wiener Schnitzel. Im Sommer kann ich gut essen, im Winter nicht, sagte sie; im Winter muß mein Magen so viel kalte Luft schlucken, und das tut ihm nicht gut. Abschaffel schwieg. Herr Vierneisel fragte, ob dies wirklich ein Verbrecherlokal sei, und Hornung wies nickend auf die Männer an der Theke und sagte, er hätte hier schon mal einen Nadelstreifentyp mit schwarzem Hut gesehen, und er hätte genau gewußt, daß der Mann im Vorstand einer Autoschieberbande gewesen sei. Frau Hannemann war bei Professor Grzimek angelangt; das Thema Vogelfang in Italien konnte nicht mehr weit sein. Abschaffel überlegte, wie er es anstellen konnte, sich von den Kollegen abzusetzen. Auf keinen Fall wollte er mit ihnen eine Nacht durchmachen, wie sie es nannten. Er glaubte, daß sein Gesicht wie Teig auseinanderging, und er faßte sich an die Wangen. Er war überzeugt, daß ihm eigentlich eine Entschädigung dafür zustand, weil er diesen Abend aushielt. Aber wo konnte man eine Entschädigung für das Aushalten solcher Abende beantragen? Eine Entschädigung, jawohl, dachte er. Er spielte eine Weile mit dem Wort, bis aus Entschädigung das Wort Entschändigung geworden war. Er war wieder vollkommen in sich eingeschlossen. Rings um ihn wurde laut geredet, gelacht und getrunken, und wenn er recht hörte, dann redete Hornung bereits davon, welches Lokal nun an der Reihe war. Aus Entschändigung hatte er inzwischen Entschändung gemacht, und das neue Wort gefiel ihm sehr gut. Er bemerkte, daß das Wort einen Sinn hatte, der in seine Situation paßte. Er war davon überzeugt, daß es eine Schande war, mit sinnlosen Kollegen einen sinnlosen Abend in einer sinnlosen Wirtschaft zu verbringen. Und er hatte das Bedürfnis, wieder ohne Schande zu sein: sich zu entschänden. Aber wo konnte er sich entschänden lassen? Das einzige, was ihm blieb, war eine möglichst rasche Verabschiedung. Er wollte den bevorstehenden Lokalwechsel dazu benutzen, um sich abzusetzen. Nach seinem Gefühl war auch Frau Hannemann schon so weit, daß sie in ein anderes Lokal nicht mehr mitzog. Frau Hannemann galt als alte Frau, und es würde kein vorteilhaftes Licht auf ihn werfen, wenn er sich ausgerechnet mit ihr von den anderen trennte. Wahrscheinlich würde Hornung spotten: Aha, unsere Senioren begeben sich zur Bettruhe. Oder etwas Ähnliches. Alle würden darüber lachen, aber dann war es ausgestanden. Er konnte kaum noch essen, so schämte er sich. Er glaubte, aus allgemeiner Ablehnung rote Ohren gekriegt zu haben. Jedenfalls spürte er, wie das Blut in seinem Kopf unterwegs war. Dann war er überzeugt, Gefühle in seiner Augengegend zu haben, die man ihm von der Stirn ablesen konnte. Überhaupt ging er inzwischen davon aus, daß die anderen wußten, wie sehr er sie ablehnte. Hornung erzählte von seinem Onkel, der sich vor kurzem ein Haus gebaut hatte. Ein Zimmer des Hauses, sagte Hornung, hat sich mein Onkel mit weißen Kacheln auslegen lassen. Der Boden ist ein Steinboden und leicht abschüssig mit einem Abfluß in der Mitte. Das Zimmer hält er sauber und immer verschlossen, sagte Hornung, niemand darf es betreten. In diesem Zimmer wird er, sagte er, Schweine schlachten, wenn erst die schlechten Zeiten kommen. Hornung lachte auf und sagte: Wie findet ihr meinen Onkel, he? Und als sich Frau Schönböck nach dem Onkel erkundigte, sagte Hornung: 1959 hat er als Packer bei der Panam auf dem Flughafen angefangen, und heute ist er Abteilungsleiter für Mitteleuropa, jawohl. Der war schlau, rief Hornung; die Panam hat ihm vor fünfzehn Jahren Steno- und Schreibmaschinenkurse bezahlt, und Englisch hat er bei denen sowieso gelernt. Voriges Jahr hat er sich das Haus gebaut, obwohl er vor zwanzig Jahren nichts als ein Packer war. Aber solche Karrieren gibt es nur bei den Amerikanern, rief er, bei denen kann sich einer hocharbeiten. Die Amerikaner sagen dazu *learning by doing*, das heißt auf deutsch, daß man alles kann, wenn man es nur macht, hat mir mein Onkel erzählt, sagte Hornung.

Der Kellner kam an den Tisch und kassierte ab. Offenbar hatten sich die anderen schon geeinigt, in welches Lokal sie nun gingen, und Abschaffel hatte es nicht mitgekriegt, weil sein Körper nur noch Ablehnungen zustande brachte. Vor der Tür zeigte sich, daß er sich in Frau Hannemann geirrt hatte. Sie verabschiedete sich nicht, sondern zog mit den anderen weiter. Abschaffel war erleichtert, als er endlich vor Fräulein Schindler stand und eine freundliche Verabschiedung zustande brachte. Hornung, obwohl schon im Auto neben Frau Schönböck sitzend, bemerkte die Abtrennung Abschaffels und kurbelte die Scheibe herunter. Ahh, Herr Abschaffel, rief er; Sie müssen wohl dringend nach Hause und Ihren Goldhamster ins Bett bringen! Alle lachten, und aus blöder Verlegenheit stimmte Abschaffel lachend in seine eigene Verspottung mit ein. Sie schlugen die Autotüren zu und fuhren los. O Gott, wenn sie doch nie wieder zurückkämen. Wenn sie doch sturzbetrunken einen tödlichen Unfall erlitten. Benommen stand Abschaffel auf einer Straße im Sachsenhäuser Vergnügungsviertel. Er war froh, den Kollegen entronnen zu sein. Die körperliche Erleichterung, die damit verbunden war, spürte er unmittelbar im Kopf. Er glaubte, wieder denken zu können. Er schlenderte in Richtung Mainufer und dachte über Hornungs Kränkung nach. Hornung hatte ihn blamieren und bloßstellen wollen. Alle sollten erfahren, daß Abschaffel allein war. Aber nicht nur das; Hornung wollte auch andeuten, wie sehr er allein war. Nämlich so allein, daß er schon Zuflucht nahm zu einem kleinen Tier. Natürlich hatte Abschaffel keinen Goldhamster, und alle wußten es. Aber das war auch nicht wichtig. Eine Beleidigung mußte nicht unbedingt etwas Wahrhaftiges aussprechen, damit sie wirken konnte. Sie wirkte vielleicht um so mehr, je ungenauer sie war, je größer der Raum der Bedeutungen war, den die Beleidigung aufstieß. Und Hornung hatte ausgesprochen, daß Abschaffel, wenn er einen Goldhamster gehabt hätte, die ordentliche Fürsorge für ein solches Tier wichtiger gewesen wäre als das abendliche Zusammensein mit Kollegen. Seine allereigenste Angst, das Grauen vor der zunehmenden Gewißheit nämlich, die anderen in ihrer Normalität nicht annehmen zu können, war damit nach außen gekehrt worden.

Obwohl er gar nicht nach Hause gehen wollte, hatte er bereits wieder diese Richtung eingeschlagen. Auf gar keinen Fall wollte er in seinem Zimmer sein. Die Kränkung von Hornung hob ihn in die Höhe und ließ ihn wieder fallen. Als er auf der Mainbrücke war, hatte er das Gefühl, daß die ganze Welt zu einem kleinen Zimmer zusammengeschrumpelt war, in dem fortwährend Beleidigungen ausgesprochen wurden. In diesem Zimmer mußte auch er auf die Welt gekommen sein. Er blieb auf der Brücke stehen und sah auf das dunkle Wasser des Mains hinunter, und er wünschte sich plötzlich, ein Fisch zu sein. Wann wird es soweit sein, überlegte er, daß ich als lächerlicher Fisch in einem kleinen See schwimme? Ich werde belanglos darin umherschwimmen und darauf warten, daß Kinder in Sonntagskleidern am Ufer stehen und große trokkene Brotbrocken in das Wasser werfen. Dann werde ich blöde anschwimmen und, wie es die Art dieser Fische ist, das Brotstück eine lange Strecke mit dem Maul vor mir hertreiben, ohne den Brocken fassen zu können. So werde ich, den Brotbrocken vor dem Maul, meine Kreise im See ziehen; dabei wird mir nichts aufgehen, und immer werde ich kurz davor sein, meinen ohnehin stark verkleinerten Verstand zu verlieren. Und schließlich werden meine nervös gewordenen Fischlippen bemerken, daß die harte Außenrinde des Brockens langsam aufweicht, und schon werde ich mich, blöde wie ich dann sein werde, übertrieben darauf freuen, endlich an den Beginn des Essens denken zu dürfen. Und ich hoffe schon jetzt, daß dies das letzte Mal sein wird, wo man mich kränken kann; ich werde nämlich bemerken müssen, daß die sich endlich vom Brocken lösenden Kleinteile inzwischen so weich geworden sind, daß ich gar nicht feststellen kann, ob ich kaue und was ich kaue. Ich weiß gar nicht, ob Fische enttäuscht sein können, ich stelle es mir einmal vor, und also werde ich von dem Brocken ablassen und in der größten Enttäuschung, die ich als Fisch zusammenkriegen kann, in die Mitte des Sees schwimmen und dort, weil es gar nicht anders weitergehen kann, nach Art aller Lebewesen meine Enttäuschung langsam vergessen und zu meiner albernen Gier zurückkehren. Und, wenn am Ufer erneut ein harter Brotbrocken auf das Wasser aufklatscht, werde ich wieder sofort hinschwimmen und den Brocken mit ganz und gar unangemessenen Hoffnungen vor mir hertreiben.

Er verließ die Brücke und betrat am anderen Mainufer eine kleine Bierwirtschaft. Einige Männer standen an der Theke und sahen in ihre Gläser. Er gab der Frau hinter dem Thresen ein Fünfzig-Pfennig-Stück und bat darum, ihm fünf Groschen dafür zu geben. Ich muß telefonieren, sagte er eilig. Mit der nassen rechten Hand reichte ihm die Wirtin fünf nasse Münzen. Es war ein Gemisch aus Spülwasser und Bier, und er trocknete die Münzen nicht vorher ab, als er sie in der nächsten Telefonzelle in den Apparat einwarf. Frau Hornung meldete sich sofort. Es war, als wäre sie neben dem Apparat gesessen und hätte jeden Augenblick einen Anruf erwartet. Hier ist Abschaffel, sagte er. Herr Abschaffel! sagte sie überrascht, wissen Sie, wo mein Mann ist? Er ist heute abend nicht nach Hause gekommen und hat nicht gesagt, wo er ist. Frau Hornung redete schnell und heftig, und sie wartete, daß er etwas sagte, aber er schwieg bedeutsam. Ist etwas passiert? fragte sie. Ich weiß, wo ihr Mann ist, sagte er und wartete ein wenig. Dann sagte er: Er sitzt in einer Kneipe und feiert den Geburtstag einer Kollegin. Und Sie? fragte Frau Hornung zurück, sind Sie nicht dabei? Ich war bis eben dabei, antwortete er, aber ich habe keine Lust mehr. Wieviel Arbeitskollegen sind denn bei der Feier? fragte sie. Sechs oder sieben, sagte er, und ich dachte, es wäre gut, Sie anzurufen, weil ich ja weiß, äh, weil ich angenommen hatte, daß Ihr Mann wahrscheinlich nichts darüber gesagt hat. Nein, sagte sie, das hat er nicht, das tut er nie. Haben die Kollegen denn Ihre Frauen dabei? fragte sie nach. Nein, antwortete er, und er ahnte, was sie hören und wissen wollte, und weil er einen Plan hatte, gab er ihr das Futter, nach dem ihre Angst verlangte. Zuletzt habe ich Ihren Mann im Auto einer Kollegin gesehen, sagte er; mit dieser Frau ist er weggefahren. Es entstand eine Pause. Frau Hornung schien zu überlegen, ob sie einfach fragen sollte, was er bösartig offengelassen hatte. Wußte er, ob diese Kollegin ein Verhältnis mit ihrem Mann hatte? Oder ob sich, vielleicht am heutigen Abend, eine Geschichte entwickelte? Oder wie oder was. Er kam dem Ausdruck ihrer Panik entgegen und sagte: Ich meine, ich kann jederzeit auf einen Sprung bei Ihnen vorbeikommen und Ihnen die Sache erklären. Ja, ist gut, sagte sie, kommen Sie. Ich setze mich in ein Taxi und bin in einer Viertelstunde bei Ihnen, sagte er. Machen Sie kein Licht im Treppenhaus und sind Sie bitte so leise wie möglich, sagte sie. Gut, sagte er, bis später. Er legte auf.

Während Hornung glaubte, er versorge seinen Goldhamster, wollte er seiner Frau die Kleider vom Leib reißen, mit ihr schlafen und dabei das Gefühl haben, Hornung selbst zu schänden. Morgen früh, wenn sie wieder alle im Büro saßen, wollte Abschaffel die Gewißheit haben, daß Hornung der schandbarste Tropf auf dieser Welt sei. Mochten sie ruhig spöttische Bemerkungen über sein rasches Nachhausegehen machen, er würde doch jeden Augenblick wissen, warum es gut war, auf die Geburtstagsnächte der Angestellten zu verzichten.

Er saß in einem Taxi und fuhr nach Höchst. Die Straßen waren ruhig, und der Taxifahrer fuhr schnell. Er dachte darüber nach, warum sie ihn gebeten hatte, kein Licht und keinen Lärm zu machen. Wahrscheinlich wollte sie ihren Besuch vor anderen Hausbewohnern möglichst verheimlichen. Vielleicht schloß sie auch die Möglichkeit nicht aus, daß sie selbst, und zwar mit Hilfe von Abschaffel, ihren Mann einmal kränken könnte. Sie, die von ihm schon so oft durch unerklärtes Fernbleiben gedemütigt worden war und sich nicht wehren konnte, weil sie es war, an der jeden Abend in der Wohnung der Alltag klebenblieb, sie, die vielleicht sogar von ihrer eigenen Furchtsamkeit am meisten beleidigt war, sie erhielt mit Abschaffels Besuch vielleicht die Möglichkeit, eine kleine, tiefgehende Intimrache zu vollstrecken, die um so wohltuender sein könnte, als zum Gefühl der Rache noch das Gefühl der Überlegenheit dazukam.

Das Taxi hielt vor dem Block, in dem Hornungs wohnten, und Abschaffel erkannte, daß Frau Hornung an allen erkennbaren Fenstern die Plastikrolladen heruntergelassen hatte. Nervös bezahlte er den Taxifahrer, und als er auf das Haus zugehen wollte, sah er, daß im Treppenhaus Licht brannte. Er wollte ihre Bitten um Verheimlichung auf jeden Fall einhalten. Er wandte sich von dem Haus ab und verdrückte sich auf den gegenüberliegenden Bürgersteig. Er wartete, bis das Treppenhaus dunkel war, dann ging er hinüber und klingelte. Es schepperte in der Haussprechanlage, und Frau Hornung sagte: Hallo? Ich bin's, sagte er, und nannte seinen Namen. Sie drückte auf den Summer, und er trat ins dunkle Treppenhaus. Es war still. Seine Brille beschlug leicht, und er drückte sie ein wenig auf der Nase nach unten, damit er über den oberen Brillenrand hinwegsehen konnte. Frau Hornung öffnete fast geräuschlos die Wohnungstür und schloß sie rasch hinter ihm. Sie legte sich den gestreckten Zeigefinger auf die geschlossenen Lippen und wies auf die Tür des Kinderzimmers. Er bewegte sich so leise, wie es ihm nur möglich war. Sie bat ihn in das Wohnzimmer. Auf dem niedrigen Couchtisch standen zwei ausgeschenkte Cognacs. Er setzte sich auf die Couch, und sie nahm ihm gegenüber in einem Sessel Platz. Sie hatte sich Lippen und Augen geschminkt. Er begann sofort, den Verdacht gegen Hornung, den er am Telefon selbst in die Welt gesetzt hatte, wieder abzuschwächen. Es sollte nicht heißen können, daß er gesagt hätte, Herr Hornung hätte ein Verhältnis mit Frau Schönböck. Er mußte vorsichtig sein. Im Taxi war ihm eingefallen, daß Frau Hornung schon einmal im Büro gewesen war, um etwas Wahrhaftiges über ihren Mann herauszufinden. Er bemühte sich, die Teilnahme an einem Geburtstag als allgemeine Kollegenpflicht darzustellen, und er behauptete sogar, daß ihr Mann den Abend wahrscheinlich lieber zu Hause bei ihr verbracht hätte. Da irren Sie sich, sagte sie knapp; wenn es nach meinem Mann ginge, könnten gar nicht genug Geburtstage gefeiert werden, und am besten immer ohne mich. Sie haben doch gesagt, er ist mit einer Frau weggefahren? Er versuchte, Hornung zu entlasten, und erklärte, es sei wahrscheinlich Zufall gewesen, daß gerade er im Auto dieser Kollegin saß, denn sie wollten ohnehin nur in die nächste Kneipe fahren. Ach so, sagte sie. Ich kann natürlich nicht beschwören, sagte er, daß sie das auch wirklich gemacht haben. Beide hatten ihre Cognacs schon ausgetrunken, und Frau Hornung schenkte nach. Gerade wollte Abschaffel einen weiteren Anlauf machen, Hornung vom Ehebruchsverdacht zu befreien, da sah er hinter der Tür Gersthoffs Präsentkorb stehen. Dieser Anblick, nein, dieser Hornung. Er sah einige Sekunden schweigend hin und überlegte, wie er reagieren sollte. Wahrscheinlich wußte noch nicht einmal Frau Hornung, daß ihr Mann diesen Korb in der Firma gestohlen hatte. Er beschloß, zum Thema Präsentkorb nichts zu sagen. Dafür wuchs seine Wut auf Hornung ins beinahe Unermeßliche an. Was für ein mieser kleiner Leichenschänder, der einen überflüssig gewordenen Freßkorb einfach mitnimmt und ihn zu Hause zum allgemeinen Verzehr freigibt. Wahrscheinlich stammte sogar der Cognac, von dem Abschaffel soeben das dritte Glas trank, aus dem Korb. Und wie sich dieser kleine Betrüger in den kleinen betrügerischen Situationen des Lebens auskannte! Tagelang war er sicher darin gewesen, daß die Sprachlosigkeit der Verdächtigen der sichere Grund dafür war, daß der Verdacht nicht von den Sprachlosen gewichen war. Frau Hornung war aufgestanden und hatte Radiomusik eingeschaltet. Sie stand vor dem Büfett und sah auf den Boden. In diesen Augenblicken war Abschaffel ganz sicher, daß Hornung die Schändung verdient hatte. Sie zog die Hausschuhe aus und stieß mit dem großen Zeh ihres rechten Fußes in den Teppichboden. Gestern habe ich eine leere Orangensaftflasche im Zimmer stehenlassen, sagte sie, und am Abend waren durch die geschlossene Balkontür unheimlich viele Ameisen ins Zimmer gekommen, die in einer schnurgeraden Linie in die leere Orangensaftflasche hineinliefen. Ich habe die Flasche sofort in ein volles Waschbecken gelegt und die Ameisen ertränkt. Den größten Ärger haben aber die Ameisen im Zimmer gemacht. So ein Vieh, sagte sie, das über den Teppichboden läuft, läßt sich nämlich nicht so einfach tottreten. Ich hab's ein paarmal versucht, aber die Ameisen waren immer nur betäubt, weil das Gewebe des Teppichs zu stark ist und den Tritt abfängt. Sie blieben ein bißchen liegen und liefen dann weiter. Dann habe ich mich auf den Boden gesetzt und habe die Ameisen mit einem Stöckelabsatz einzeln erschlagen und einzeln ins Waschbecken getragen! Frau Hornung lachte, und Abschaffel hielt sich das Cognacglas vor den Mund, damit die Unbewegtheit seines Gesichts wenigstens zur Hälfte verborgen blieb.

Wenig später hatte er den kleinen Körper von Frau Hornung im Arm. Sie stellten die Cognacgläser ab und griffen sich an die geläufigen Stellen. In dem Eifer, den sie zeigte, sah er seine Vermutung bestätigt, daß auch sie eine Rechnung beglich. Sie faßten den Geschlechtsverkehr als Ritual einer Kränkung auf, und weil beide die gleiche Person kränkten, verlief ihre Geschlechtlichkeit noch rascher als sonst. Es wurde der eiligste Geschlechtsverkehr, den er je erlebt hatte. Sie öffnete leise die Wohnzimmertür, nahm ihn an der Hand und ging mit ihm ins Schlafzimmer. Im Schlafzimmer schaltete sie die Innenbeleuchtung eines Globus an. Wahrscheinlich war der Globus ein altes Hochzeitsgeschenk, überlegte er, an dem sich die Hornungs zwar satt gesehen hatten, aber sie trauten sich nicht, das Ding einfach wegzuwerfen. Heute diente es ihnen als Beischlafbeleuchtung. Er spürte, daß von der Wahrnehmung der Intimität dieser Leute schon eine befriedigende Wirkung auf ihn ausging. Er sah sich um, so gut er konnte. An einer Seitenwand entdeckte er eine Waschmaschine. Frau Hornung bemerkte, daß er die Waschmaschine gesehen hatte, und sagte: Unser Bad ist zu klein, wir mußten die Maschine hier hereinstellen. Neben der Waschmaschine war ein kleines Waschbecken. Hornung hatte das Waschbecken wahrscheinlich installieren lassen, damit der Waschmaschinenbetrieb überhaupt funktionieren konnte. Abschaffel vermochte kaum wegzusehen von all diesen Dingen; sie gaben dem Schlafzimmer das Aussehen einer grotesken Waschküche, in die leider auch noch zwei Ehebetten hineingestellt worden sind. Frau Hornung hatte sich fast vollständig entkleidet und wartete auf ihn. Vielleicht hatte sie sogar bemerkt, daß ihn der Anblick der Waschvorrichtungen abstieß und lähmte. Aber eigentlich war er schon längst von etwas anderem neu gelähmt. Frau Hornung hatte die grünliche Steppdecke, die über beiden Ehebetten faltenlos und schwer ausgebreitet war, auf der einen, ihnen zugewandten Bettseite zurückgeschlagen. Der weggeschobene Teil der Steppdecke lag nun verklumpt und übereinandergeworfen auf der unbenutzten Seite der Ehebetten, und im Halbdunkel des Globuslichts sah die aufgeschichtete Steppdecke aus wie ein Haufen alter Kleider. Er hatte plötzlich das Gefühl, in einer Rumpelkammer zu sein. In diesem Verhau verbrachten die Hornungs also ihre Nächte. Auf der anderen Seite des Zimmers, gegenüber der Waschmaschine, erhob sich ein monströser Kleiderschrank, den sie wahrscheinlich von ihren Eltern geerbt hatten, denn er war schwer und dunkelbraun und roch nach alten Zeiten. Zwischen Kleiderschrank und Frau Hornungs Ehebett war nur ein schmaler Gang, in dem sich Abschaffel und Frau Hornung immer noch abtasteten. Frau Hornungs Busen hing merkwürdig ausdruckslos herunter. Es war das erste Mal, daß er einen schlaffen Busen sah. Frau Hornung hatte zwei Kinder, und vielleicht hatte sie beide gestillt, aber er fragte nicht danach. Vorne an den Brustwarzen hatte das Säugen kleine Rinnsale in der Haut hinterlassen; die Rinnsale waren wie die Muster, die abfließender Regen auf Sandboden hinterläßt. Im Bett wälzten sie sich kurz herum, und es war erstaunlich, wie genau beide darauf achteten, daß sie nicht auf das Bett nebenan gerieten. Frau Hornung nahm sein Geschlecht ganz kurz in den Mund. Für ihn war es so, als wollte sie damit ausdrücken: Ich weiß, daß es das gibt, aber ich mache es nicht. Er wunderte sich, wie ungewöhnlich groß und fest sein Geschlecht geworden war. Es war, als hätte auch das Organ teil an den Freuden der Kränkung, die doch nur sein Kopf wollte. Frau Hornung drehte sich um und wandte ihm den Rücken zu. Er richtete sich hinter ihr auf. Fast gleichzeitig bohrte sich Frau Hornung mit den Ellbogen tief in das Bett ein, damit sie einen guten Stand hatte. Er drang in sie ein und begann sofort zu schwitzen. Er nahm ein Ende der gräßlichen Steppdecke und wischte sich das Gesicht ab. Da konzentrierte sich sein Körpergefühl auf das Geschlecht, und es entwich ihm überraschend schnell der Same. Er trennte sich von Frau Hornung und verließ sofort das Bett und suchte seine Kleider. Sie stand ebenfalls auf und wischte sich mit einer verkrumpelten Bluse, die sie aus einem Wäschekorb neben dem Kleiderschrank herausgezogen hatte, die Beine und das Geschlecht ab. Sie öffnete das Fenster und zog sich an. Offenbar waren sich beide darin einig, daß er rasch verschwinden sollte. Machen Sie bitte im Treppenhaus kein Licht, sagte sie. Ja, sagte er. In Strümpfen ging er in das Wohnzimmer zurück und trank seinen Rest Cognac aus. Frau Hornung nahm die Gläser und spülte sie in der Küche aus. Sie stand schon an der Tür und ließ ihn hinaus. Geräuschlos schloß sich die Tür hinter ihm. Das Treppenhaus war still, und es begegnete ihm niemand. Auch auf der Straße war kein Mensch. Der Wind fuhr heftig durch die Bäume und bog die Blätter in alle Richtungen. Der Sommer ging zu Ende. Abschaffel suchte ein Taxi und fand keines. Er fühlte keinerlei Spannung in sich. Wenn es nicht so weit gewesen wäre, wäre er gern nach Hause gelaufen. Es war halb zwölf. Eine unglaubliche Stille herrschte in diesem Neubauvorort. Die mittelhohen Wohnblocks erhoben sich schwarz wie in die Höhe gebaute Gräber. Er lief zum Bahnhof, dort gab es sicher Taxis. Tatsächlich standen zwei Wagen vor dem Höchster Bahnhof. Abschaffel empfand das strahlende Gelb der erleuchteten TAXI-Schilder auf den Dächern der Wagen als so warm und freundlich, daß er sich wünschte, an jedem Abend seines Lebens, wann immer er es nötig haben würde, ein prächtig erleuchtetes Taxi-Schild mitten in der Nacht betrachten zu dürfen. Er nahm diesen Wunsch nicht ernst. Er fand ihn lächerlich, ohne sich deswegen zu schämen. Zwanzig Minuten später war er zu Hause und schlief rasch ein.

Am folgenden Morgen tat ihm Hornung ein wenig leid, und damit hatte er nicht gerechnet. Er wünschte ihm ein anderes Schlafzimmer. In dieser Rumpelkammer durfte kein Mensch übernachten. Fräulein Schindler erzählte schon wieder davon, daß sie gestern nacht um vier Uhr an drei Baustellen insgesamt sechzehn Backsteine gestohlen hatte. Sie brauchte sie für ein Bücherregal, die Bretter dazu hatte sie schon. Offenbar war es das erste Mal, daß sie etwas gestohlen hatte, und der gelungene Diebstahl machte ihr eine freche Stimme. Abschaffel war schon wieder auf der Toilette. Konnte er im Vorraum der Toilette nicht seinen Schreibtisch aufstellen und hier arbeiten? Das Toilettenpapier trennte sich nicht mehr sauber voneinander, und er ärgerte sich darüber. Wahrscheinlich wieder eine Sparmaßnahme von Ajax. Früher hatte es teures, hellgrünes, zweilagiges Toilettenpapier mit einer exakten Perforierung gegeben. Nun hing eine harte und graue Rolle da, von der sich die Blätter nur mit Rissen trennen ließen. Wußte davon eigentlich der Betriebsrat? Wahrscheinlich nicht. Als er die Toilette verließ, erzählte Hornung, wie er in der gestrigen Nacht nach Hause kam. Er erzählte es munter und lustig. Abschaffel hörte ihm zu.

Am Abend des zweiten Tages nach dem Geburtstagsausflug fand Abschaffel in seinem Briefkasten einen Brief von Frau Schönböck. Er riß ihn im Treppenhaus auf und holte einen halben Bogen Papier heraus, auf dem ohne Anrede nur zwei Zeilen standen:

Bitte sagen Sie mir, was ich falsch gemacht habe. Ich kann nicht verstehen, daß Sie mich so schneiden.
G. Schönböck

Er steckte den Zettel in den Umschlag zurück und ging in seine Wohnung. Die Post hatte vergessen, die Briefmarke auf Frau Schönböcks Brief abzustempeln, und er schnitt die Briefmarke herunter und legte sie in einen Teller mit Wasser. Als sie vom Papier abgetrennt war, fönte er die Marke und überlegte sich, wem er einen Brief schreiben konnte. Es fiel ihm niemand ein, und er legte die Briefmarke in ein Buch. Er schaltete kurz den Fernsehapparat an und hörte, daß in Österreich ein Ferienbus mit vierundzwanzig Kindern eine tiefe Schlucht hinabgestürzt sei. Er schaltete den Apparat wieder aus und schüttete ein altes Glas Wasser weg, das tagelang in seinem Zimmer gestanden hatte und schon trüb geworden war. Ganz langsam gelang es ihm, sich mit dem Brief von Frau Schönböck zu beschäftigen. Er gab sich zu, daß ihn der Brief überraschte. Sie mußte ihn am Tag nach der Geburtstagsfeier geschrieben haben. Er las den Brief noch einmal. Sie verstand nicht, daß er sich so zurückhielt. G. hieß Gabriele. Er überlegte, ob er Gabriele zu ihr sagen könnte, und er fand, daß es nicht möglich war. Er beschloß, sie am nächsten Tag anzurufen. Aber wann am nächsten Tag? Morgen früh um halb neun spätestens sah er sie wieder. Dort konnte er sie sehen und mit ihr sprechen, aber nicht mit ihr telefonieren. Er machte sich mühsam klar, daß es Unsinn war, sie erst morgen anzurufen. Er mußte es sofort tun. Das konnte er aber nicht, weil er gar nicht wußte, was er ihr sagen sollte. Aber morgen wußte er es natürlich auch nicht. Die Wahrheit, wenn es je auf sie angekommen wäre, war wieder einmal so, daß niemand sie gebrauchen konnte. Er stellte sich vor, wie es wäre, wenn er Frau Schönböck die Wahrheit sagen könnte. Frau Schönböck, müßte er dann sagen, die Wahrheit ist, daß ich nicht weiß, warum ich Sie so schneide. Das müssen Sie doch wissen, rief sie dann sicher aus, Sie haben doch auch mit mir geschlafen! Dann müßte er kühl bleiben und sagen: Die Wahrheit ist, liebe Frau Schönböck, daß ich leider auch nicht weiß, warum ich mit Ihnen geschlafen habe. Es liegt vielleicht daran, daß wir dauernd in diesem Büro zusammen sind und irgendwann meinen, wir müßten unbedingt etwas miteinander zu tun haben, weil wir uns eben immer wieder sehen müssen. Verstehen Sie das bitte, Frau Schönböck. Jede Firma, liebe Gabriele, auch unsere Firma, ist eine Scheinfamilie. Wie die Angehörigen einer echten Familie sehen sich die Mitarbeiter einer Firma Tag um Tag. Uns fehlt jedoch das Fundament einer richtigen Familie, das biografische, persönlich gewollte Zusammengehen von zwei Familiengründern, von Mann und Frau. Was wir dagegen haben, ist nur der Zufall gleicher Arbeitsstellen. Wenn man nun, wie wir, über Jahre hinweg zwar eine Notwendigkeit familiären Lebens aufzubauen gezwungen ist, nämlich das tägliche Einandersehen, entsteht die Illusion, das eigentliche Fundament, nämlich der biografisch gewollte Zusammenfluß zweier Leben, sei gar nicht mehr nötig. Dann entwickeln sich, liebe, liebe Frau Schönböck, so merkwürdige Beziehungen von Angestellten, wie wir beide eine angefangen haben. Und weil Abschaffel dann in Fahrt sein würde und spüren könnte, daß es wirklich die Wahrheit war, was er zu sagen hatte, würde er weitermachen. Wir haben dem täglichen Einandersehen nicht mehr standhalten können, liebe Gabriele, ohne endlich auch die größere, die familiäre Dimension aufzugreifen. Und als wir dann wirklich etwas miteinander zu tun bekamen, merkten wir, daß es nicht funktionierte. Und das ist auch kein Wunder, denn wir haben den zweiten vor dem ersten Schritt getan. Was dabei herauskam, ist ein kleines, schmutziges Unglück, das ein Unglück bleiben wird, weil wir unseren ersten Schritt niemals nachholen können. Wir wissen nicht, wie unser erster Schritt, das gewöhnliche und normale Kennenlernen, ausgesehen hätte. Und an den Übertreibungen, in die das tägliche Büroleben uns hineingetrieben hat, sind wir nicht schuldig. Wir brauchen uns deswegen nicht zu entschuldigen. Aber wir wissen nun, was es mit unserer Geschichte auf sich hat, liebe Gabriele, und deswegen sollten wir freundlich, aber vollkommen kalt die Finger von uns lassen.

Er hielt den Brief in der Hand und war überzeugt, daß Frau

Schönböck von alldem, was er eben gedacht hatte, kein Wort verstand. Er selbst fand, er hatte die Wahrheit noch nie so genau gewußt. Er hätte sie gern im Kopf behalten, aber er fühlte, daß sie für ihn selbst zu kompliziert war. Kaum hatte er sie gedacht, entglitt sie ihm wieder, und nach einer halben Stunde wußte er nur noch, daß er an diesem Abend etwas Wahrhaftiges gedacht hatte. Es war ihm immer noch nicht klar, wie er sich verhalten sollte. Ein sofortiger Anruf wäre nur möglich gewesen, wenn er die Wahrheit hätte sagen können. So verschob er wieder alles auf morgen. Morgen mittag würde ihm sicher irgend etwas einfallen. Er legte sich ins Bett und versuchte, noch einmal etwas von dem zu finden, was er zuvor gedacht hatte. Er fand nichts mehr davon; statt dessen ging er dazu über, Frau Schönböck zu beschimpfen. Warum mischte sie sich immer wieder auf so hinterhältige Weise in sein Leben ein? Warum hatte sie ausgerechnet ihn ihren Ehemann spielen lassen? Und jetzt hatte sie ihm wieder diesen Brief geschrieben, das heißt, sie erzwang eine Fortsetzung. Er ging noch einmal aus dem Bett heraus, um zu pinkeln, und in der Toilette stehend konnte er ausgezeichnet schimpfen. Warum bieten Sie sich als mein Opfer an, Frau Schönböck? fragte er. Macht Ihnen das Spaß? Und warum geraten Sie ausgerechnet an mich, und zwar immer wieder, obwohl Sie inzwischen wissen, daß ich Ihre Angebote höchstens verbrauche, aber nicht schätze? Wahrscheinlich wartete Frau Schönböck darauf, daß er noch heute abend anrief. Er überlegte, womit er sich morgen herausreden konnte, und schlief darüber ein.

Am folgenden Morgen konnte sich Abschaffel nicht mehr erheben. Im Augenblick, als er, wie er es immer machte, im Bett die Beine anhob, um auf den Boden zu gelangen, erfaßte ihn im Rücken ein durchdringender, lähmender Schmerz. Er schrie auf und ließ die Beine auf das Bett sinken. Er konnte den Oberkörper nicht mehr bewegen. Es war, als hätte er ein eisernes Korsett um den Körper. Die liegende Haltung, in der er die Lähmung und den Schmerz empfangen hatte, schien vorerst die einzige Haltung zu sein, die ihm noch möglich war.

Er fand heraus, daß seine Beine nicht betroffen waren. Er konnte sie anziehen und wieder strecken. Das Anheben der Beine war nicht möglich, weil die Anspannung der Muskeln in den Rücken hineinreichte, und dadurch brachte er sich in die Nähe des Schmerzbereichs. Sein Blick war an die Zimmerdekke gerichtet. Die Angst hatte seinen Mund trockengelegt. Am Hals und an der Brust sonderte er viel Schweiß ab. Eine Stunde, vielleicht auch eineinhalb (auf seine Armbanduhr konnte er nicht sehen), waren inzwischen vergangen. Mit unbewegtem Gesicht hatte er vor einer halben Stunde ein wenig geheult. Er ließ es schnell wieder, als er bemerkte, daß das Schluchzen, weil es Erschütterungen in den Rücken weiterleitete, ebenfalls Schmerzen hervorrief. Er ging dazu über, kleine Bewegungen auszuprobieren. Den geringsten Versuch, den Kopf zu heben oder gar den Rücken, beantwortete der Körper mit schwerem Schmerz. Er versuchte, den Körper auf die Seite zu drehen. Nach links und rechts war offenbar schmerzfreie Bewegung möglich. Er überlegte, daß es vielleicht noch einen einzigen Verlauf zusammenhängender Bewegungen gab, und er mußte diesen Verlauf herausfinden. Es ging Zentimeter um Zentimeter. Mitten in seine Anstrengungen hinein klingelte einmal das Telefon, und er brach seine Versuche ab, um dem Klingeln des Telefons zuzuhören. Es war, als wüßte der Anrufer, daß Abschaffel zu Hause war. Es klingelte lange. Er erinnerte sich, daß er selbst oft von der Firma aus in seine leere Wohnung hinein das Telefon hatte klingeln lassen. Jetzt kam es ihm vor, als sei er selbst auch derjenige, der bei ihm anrief, und zugleich war er fast davon überzeugt, nicht zu Hause zu sein. Es setzte sich das Gefühl durch, er selbst sei sowohl der Anrufer als auch der Angerufene, und das Klingeln sei eine Art Spiel, eine abgekartete Mitteilung zwischen sich und ihm. Nach dem sechsten oder siebten Klingeln war das Telefon wieder still, und Abschaffel setzte seine kleinen Bewegungen wieder fort. Er spürte, daß er schon wieder zuversichtlicher war. Fast zwei Stunden, von halb sieben bis halb neun, hatte er in bewegungsloser Angst zugebracht. Seit einer halben Stunde arbeitete er daran, seinen Körper auf die Seite zu drehen. Sein Rücken war ein vereister, fremder Block geworden, der ihm nicht mehr anzugehören schien. Warum mußte er ihn aber dann noch transportieren? Er fühlte sich an wie mit Seilen zusammengezogen und dann weggelegt. Nach einer weiteren halben Stunde lag er auf der rechten Seite. Sein Unterhemd war naß. In der seitlichen Stellung ruhte er aus und sammelte Kräfte. Er mußte versuchen, den Körper aus der Seitenlage heraus aufzurichten. Dazu brauchte er unbedingt den rechten Arm als Stütze. Sein rechter Arm war im Augenblick noch zwischen Körper und Bett eingeklemmt, und Abschaffel versuchte, den Arm unter dem Körper hervorzuziehen. Aber er war zu schnell und unvorsichtig. In der rechten Schulter schlug ein elementarer Schmerz ein, der ihn so einschüchterte, daß er für mehr als eine halbe Stunde alle Versuche unterbrach. Er ließ den Kopf auf die zusammengedrückte rechte Schulter sinken. Aus Erschöpfung blieb er ruhig liegen. Sein Kopf wußte nichts Besseres, als sich wieder Sorgen zu machen. Die Eltern waren schon wieder dran! Mußte er ihnen seine Erkrankung mitteilen? Möglicherweise reisten sie dann an und wollten ihm auf ihre kindische Weise helfen, und das wollte er nicht. Vielleicht packte die Mutter zwei belegte Brötchen aus und forderte ihn auf, sie zu essen. Fast wäre er eingeschlafen. Aber er wollte nicht einschlafen, sondern seinen Körper aus dem Bett bringen. Er mußte wieder von vorn anfangen.

Um elf Uhr saß Abschaffel aufrecht auf dem Bettrand. Der Schweiß rann ihm rechts und links von den Schläfen herunter. Es war ihm möglich, die Schultern so weit an das Gesicht heranzudrücken, daß er sich den Schweiß von den Wangen und Ohren wischen konnte. Aber er war guter Stimmung. Er hatte in viereinhalb Stunden herausgefunden, daß er alles, was nicht Rücken war, bewegen konnte: Arme und Beine, Unterleib, Hals und Kopf. Nur der Rücken mußte unbedingt aus dem Spiel gelassen werden. Um halb zwölf gelang es ihm, sich aufzustellen. Als er hörte, wie seine Füße in den Hausschuhen in kleinen Einheiten über den Boden schlurften, fühlte er sich bereits wie im Krankenhaus. Er achtete darauf, nirgendwo anzustoßen. Er glaubte, wenn er mit dem Oberkörper nur einen Schrank oder Türrahmen streifte, würde ihm die Berührung gleich ein Loch in den Körper reißen. Er lief eine Weile umher, und jedes Schrittchen, das er hinter sich brachte, beruhigte ihn. Über die Erfahrung, daß er wieder gehen konnte, wenn auch langsam und ängstlich, glitt ihm ein wäßriger Tränenfilm über die Augen. Er wußte nicht, was mit ihm los war, aber er hatte das Gefühl, das Schlimmste bereits hinter sich zu haben. Kurz vor zwölf klingelte das Telefon; nach dem fünften Klingeln war er am Apparat angelangt. Es war Frau Schönböck. Herr Abschaffel, sagte Sie, was ist denn eigentlich mit Ihnen los? Ja, wie soll ich sagen, sagte er. Ich habe Ihnen einen Brief geschrieben, sagte sie. Vielen Dank, sagte er, wir müssen uns über dieses Problem unterhalten, ja. Aber leider, äh, geht das im Augenblick nicht. Sind Sie krank, fragte sie. Ja, sagte er. Soll ich Sie zum Arzt bringen? fragte sie. Nein, nein, um Gottes willen, das ist nicht nötig, antwortete er. Was haben Sie denn? fragte sie. Wenn ich das wüßte, sagte er; irgend etwas im Rücken, ich kann mich nicht mehr bewegen, beziehungsweise nur noch zur Hälfte, ich weiß nicht, wie ich es beschreiben soll, sagte er. Warum haben Sie mir das nicht gesagt? fragte sie. Das ist erst seit heute morgen so, sagte er. Soll ich Sie zum Arzt bringen? fing sie noch einmal an. Nein, nein, stieß er hervor, das ist morgen bestimmt wieder weg, sagte er, ganz sicher, ich bin morgen wieder im Büro. Das glaube ich nicht, wenn Sie sich nicht mehr bewegen können, sagte sie; passen Sie auf, ich fahre Sie heute nachmittag zu meinem Schwager nach Eschborn, zu Dr. Wägele. Ach du lieber Gott, nein, sagte er. Mein Schwager hat heute nachmittag keine Sprechstunde, sagte sie, und das bedeutet, daß Sie sofort drankommen, und ich bring Sie wieder nach Hause. Mir ist das überhaupt nicht recht, sagte er verzagt. Was sind Sie denn, sagte sie, was sind Sie denn für ein Clown? Sie sind doch krank, oder nicht? Also gut, sagte er, also gut; wann kommen Sie? So gegen drei, sagte sie.

Die Art, wie Frau Schönböck wieder in sein Leben eindrang, mißfiel ihm sofort. Sogar seine Erkrankung benutzte sie, um an seine Geschichten heranzukommen. Er wollte nicht zu einem Arzt, schon gar nicht zu einem, der zugleich Schwager von Frau Schönböck war. Und er wollte nicht, daß Frau Schönböck seine Wohnung sah. Er verachtete sie, aber sie verletzte schon wieder die Grenzen. Er bemühte sich, die Wohnung aufzuräumen, so gut es ihm möglich war. Das Bett konnte er nicht machen, dazu hätte er sich zu tief bücken müssen, und das traute er sich nicht. Er räumte alles weg, wovon er glaubte, daß Frau Schönböck es sicher nicht verstand. Sogar die Banane auf dem Tisch, die inzwischen so schwarz war wie ein verkohltes Würstchen, warf er in den Mülleimer. Mit dem Besen fegte er die Staubwolken unter dem Bett und unter dem Schrank hervor, soweit sie sichtbar waren. Weil er sich vor Schmerzen fürchtete, traute er sich nicht, die Arme über den Kopf zu heben, um das Unterhemd zu wechseln.

Kurz nach fünfzehn Uhr fuhr ihn Frau Schönböck vorsichtig nach Eschborn. Er hatte befürchtet, auf der Fahrt würde sie mit einer Aussprache beginnen, aber sie hielt sich zurück. Er bemerkte, daß sie ihn wirklich für erkrankt hielt. Er erzählte ihr, wie alles gekommen war, und daß er sich den Schmerz nicht erklären konnte. Eschborn war ungefähr fünfundzwanzig Minuten von Frankfurt entfernt. Der Verkehr war ruhig. Als Abschaffel das kleine Haus von Dr. Wägele betrat, bereute er, daß er sich auf Frau Schönböcks Vorschlag eingelassen hatte. Aus der fröhlich betonenden Art, mit der ihn Frau Schönböck ihrer Schwester vorstellte, schloß er, daß sie ihr schon öfter von ihm erzählt haben mußte. Vielleicht hatte sie sogar angedeutet, daß er ihr Freund war. War es denn nicht ungewöhnlich, daß ihn dieser Dr. Wägele an seinem freien Nachmittag untersuchte? Und war diese Behandlung vielleicht nur deswegen möglich, weil Frau Schönböck so getan hatte, als handle es sich um eine quasi schon halb verwandtschaftliche Angelegenheit? Dr. Wägele war um die Vierzig, dicklich und wortkarg. Dr. Wägele maß ihm den Blutdruck und hörte das Herz ab. Treiben Sie Sport? fragte er. Nein. Rauchen Sie? Ja. Sehr viel, nicht wahr? Ja, sagte Abschaffel. Was Sie am Rücken haben, kann ich nicht feststellen, sagte Dr. Wägele; ich schreibe Ihnen eine Überweisung an Dr. Schmücker, das ist ein Orthopäde, der wird Ihnen den Rücken röntgen. Dr. Wägele setzte sich vor ihm auf einen Stuhl und machte eine Blutentnahme. Als er mit der Nadel in die Vene stach, spritzte Blut heraus. Mann, haben Sie Blut, sagte Dr. Wägele. Abschaffel beobachtete, wie der kleine Kolben das Blut in eine Glasröhre absaugte, und es wurde ihm ein wenig schlecht dabei. Sie müssen in Zukunft Sport treiben und das Rauchen aufgeben, sagte Dr. Wägele. Abschaffel machte sich lustig über den Arzt. Ein mieser kleiner Krankenscheinjäger, spottete er, der Blut abzapft und die allgemeinsten Ratschläge gibt. Dr. Wägele verpackte das Röhrchen Blut in einen kleinen Holzbehälter und klebte einen Zettel drauf. Das Blut wird in einem medizinisch-diagnostischen Institut untersucht, sagte Dr. Wägele; am besten wäre es, Gabriele würde es gleich mitnehmen und im Institut abgeben. Er erhob sich. Nächste Woche rufen Sie mich bitte an, dann kann ich Ihnen sagen, ob Ihr Blut gesund ist.

Frau Schönböck fuhr mit ihm zuerst in das Institut im Westend und gab die Blutentnahme ab. Danach verspürte er den Wunsch, sie loszuwerden. Aber sein Wunsch war ohne Chance. Frau Schönböck hatte sich ein privates Zusammensein mit ihm redlich verdient. Sie wartete darauf, daß er sie einlud. Als er schwieg, fragte sie, ob sie ihm etwas einkaufen sollte. Er lehnte müde ab. Aber dem Druck, den sie durch ihre Liebenswürdigkeit erzeugt hatte, konnte er dennoch nicht standhalten. Er lud sie für morgen abend zu sich in die Wohnung ein. Dann koche ich etwas für uns! rief sie aus. Verdutzt sah er zu, wie sie sich freute.

Später, als er allein in der Wohnung war, bemerkte er, daß ihm das Heftpflaster gefiel, das ihm Dr. Wägele auf die Innenseite des Armgelenks geklebt hatte. Jedesmal wenn er den

Arm knickte, spürte er das Pflaster, und jedesmal fühlte er sich erleichtert daran erinnert, daß er krank geworden war und vorübergehend aus der Welt ausgeschieden war. Morgen brauchte er nicht zu arbeiten. Das Bettzeug räumte er an diesem Tag nicht mehr auf. Er zog nur das Laken ein wenig glatt und schüttelte das Kopfkissen dreimal hin und her. Sein Rücken schmerzte zwar, und bestimmte Bewegungen durfte er nicht ausführen, aber seine Wohnung war warm, und Abschaffel fühlte sich gut. Morgen mußte er nichts tun, als sich im Büro krank melden und einen Röntgentermin bei Dr. Schmücker vereinbaren. Und natürlich einen Abend mit Frau Schönböck verbringen; das hätte er schon fast wieder unterschlagen.

Die Nacht war problemloser, als er es sich vorgestellt hatte. Dreimal war er nur aufgewacht wegen zu großer Schmerzen. Fast die ganze Nacht hatte er auf der Seite gelegen. Er hatte nicht gewagt, sich auf den Rücken zu drehen. Und sein Körper hatte sich offenbar schon an die neuen Einschränkungen gewöhnt. Wenn die Schmerzdichte zu stark wurde, zog sich der Körper freiwillig zurück. Am Morgen gab er sich Mühe, das Frühstück in die Länge zu ziehen. Er stellte das Radio ein und suchte den AFN Frankfurt. Früher hatte er an Wochenenden fast ununterbrochen AFN gehört, und eine Zeitlang hatten ihm sogar die Nachrichten gefallen. Damals, als Kissinger amerikanischer Außenminister gewesen war und immerzu im Nahen Osten umherflog. In fast jeder Nachrichtensendung war Kissinger wieder woanders. Fast jeden Tag traf Kissinger den König Feysal, und Abschaffel kicherte über den Nachrichtensprecher, wenn er wieder und wieder sagte: Kissinger mets King Fäsl at Damaskus. Und zwei Stunden später mets Kissinger einen anderen King in einer anderen heißen Stadt. Aber das war schon lange her. King Fäsl war von einem Meuchelmörder umgebracht worden, und Kissinger, ja, was war eigentlich aus ihm geworden? Abschaffel trug sein Frühstück ins Zimmer, hörte Musik vom AFN und überlegte, was aus Kissinger geworden war. Er war verschwunden, sein Name wurde nicht mehr genannt. Vielleicht war er Angestellter geworden und saß jetzt, genau wie Abschaffel, in einer kleinen Wohnung beim Frühstück und überlegte: Mein Gott, wie ist das alles gekommen?

Später meldete er sich bei Frau Morlock krank und rief Dr. Schmücker an. Drei Tage später bekam er einen Termin. Er wusch sich vorsichtig und ausführlich und ging in die Stadt. Auf dem Bürgersteig fuhren Kinder auf eleganten Fahrrädern. Abschaffel ertrug die Kinder eine Weile, dann aber wollte er auf sie losgehen: Verdammt noch mal, der Bürgersteig ist für Fußgänger da. Die Kinder fuhren gekonnt um ihn herum, und er stieß seine Beschimpfungen nicht aus. Er gestand sich ruhig ein, daß es vielleicht nur eine Frage der Zeit war, bis er wirklich Kinder anpöbelte. Er war grundsätzlich nicht dagegen gefeit, ein cholerischer alter Mann zu werden. In zwanzig Jahren vielleicht, dachte er, oder in fünfzehn, oder vielleicht noch früher? Glücklicherweise geriet er vor die Schaufenster einer Bausparkasse, in denen Modelle der Häuser standen, die die Bausparkasse ihren Kunden baute, wenn sie genug Geld eingezahlt hatten. Von einigen Modellen waren die Dächer abgenommen, so daß man in das Innere der Häuser sehen konnte. Ihm gefielen die Häuschen, und er hätte gern eines mit in die Wohnung genommen. Er ging in ein Café, um sich auszuruhen. Von außen hatte das Café ruhig und distanziert ausgesehen, aber in dem Café saßen zehn oder zwölf Schüler an drei Tischen. Der Lärm in diesem Café war wahrscheinlich noch stärker als der Lärm auf der Straße, aber Abschaffel traute sich nicht, das Café wieder zu verlassen. Er setzte sich möglichst weit weg von den lachenden und johlenden Schülern, und die Bedienung beugte sich tief zu ihm hinunter, um den leise sprechenden Abschaffel zu verstehen. Die Schüler waren höchstens dreizehn oder vierzehn Jahre alt, sie zupften sich an den Pullovern und boxten sich auf die Oberarme, und sie tranken Kaffee und Coca-Cola und rauchten dazu. In fast allen ihren Sätzen erschien das Wort BLIND.

Es war offenbar ein zur Zeit geläufiges Modewort, ohne das Schülerunterhaltungen nicht möglich waren. Das war das Blindeste, was du je gemacht hast, sagte einer zum anderen, und jener antwortete: Noch viel blinder war deine Reaktion von heute morgen. Seit wann hielten sich Kinder in Cafés auf? Alles an diesen Schülern war kindisch. Sie wären niemandem aufgefallen, wenn sie auf einem Fußballplatz herumgesprungen wären. War Abschaffel als Dreizehnjähriger in einem Café gewesen? Niemals. Erregt sah er den Schülern zu, bis sie gegen halb zwölf endlich gingen. Er gestand sich ein, daß die Schüler ihm den Aufenthalt in dem Café verdorben hatten. Sollte er eine zweite Tasse Kaffee bestellen? Er war leicht verbittert, und nach einer Weile zahlte er und ging.

Um sieben Uhr kam Frau Schönböck. Er hatte sie so früh nicht erwartet. Sie sagte, daß sie etwas ganz Feines kochen werde. Sie stellte zwei Körbe mit Lebensmitteln auf dem Tisch ab, und aus einer Plastiktüte zog sie eine schwere Pfanne heraus. Haben Sie schon mal eine Paella gegessen? fragte sie. Nein, oder doch, ich weiß nicht, einmal vielleicht, sagte er. Warum kriegt man aus Ihnen so schwer etwas heraus? fragte sie vergnügt; haben Sie nun schon mal eine gegessen oder nicht? Ich weiß es einfach nicht, sagte er. Er schwieg sofort wieder. Waren Sie schon einmal in Spanien, oder wissen Sie das auch nicht? fragte sie und lachte. Nein, sagte er verdattert, ich war noch nicht in Spanien. Ich war schon dreimal dort, sagte sie, die Leute sind unheimlich nett. Und Paella ist ihr Nationalgericht, sagte sie. Sie ging dazu über, veraltete Urlaubsgeschichten zu erzählen, und Abschaffel hörte nur halb hin. Sie packte immer noch Lebensmittel aus. Langsam gewöhnte er sich an die Situation. Im zweiten Korb waren zwei Flaschen Rotwein, eine Menge grüner und schwarzer Oliven, zwei Dosen Ölsardinen, eine kleine Melone und ein paar helle Brötchen. Sie bat ihn, eine Flasche Wein zu öffnen. So standen sie in der Küche und redeten. Frau Schönböck schnitt Zwiebeln zusammen, zerkleinerte Hasenfleisch, kochte Reis auf und zeigte Abschaffel einen Beutel Safran, den sie in einem

Gewürzgeschäft gekauft hatte. Bald roch es in der ganzen Wohnung nach Öl und Muscheln und kleinen Seetieren. Er stand neben dem Gasherd und versuchte, über Frau Schönböck nachzudenken. Wahrscheinlich war sie stark gehemmt, und wahrscheinlich wollte sie mit der Geste des Kochens alle Widerstände ein für allemal beseitigen. Vielleicht will sie sich auch nur als patente Person darstellen, dachte er. Oder sollte das Essen vielleicht heißen: Ich bin bereit, über Ihre Absonderlichkeiten, Herr Abschaffel, noch einmal hinwegzusehen und einen neuen Anfang zu machen? Unterdessen hatte sie zwei Teller und Bestecke in das Zimmer getragen und den Tisch gedeckt. Wird in der Firma über mich geredet? fragte er. Nein, sagte sie, über was von Ihnen sollte geredet werden? Ich weiß nicht, sagte er, über irgendwas wird doch immer geredet. Sie sind überempfindlich, sagte sie, das sieht man Ihnen schon von weitem an.

Sie trug die Paellapfanne ins Zimmer, und Abschaffel öffnete die zweite Flasche Wein. Als Vorspeise gab es Sardinen, Oliven, zwei Scheiben Tomaten, Käse und Wein. Als sie am Tisch saßen, redeten sie wieder über die Firma. Im Augenblick wird über Hornung geredet, sagte sie. Über Hornung wird geredet, seit er in der Firma ist, sagte er. Ja schon, sagte sie, aber zur Zeit sieht es böse um ihn aus. Warum denn? fragte er. Er hat einen Offenbarungseid leisten müssen, sagte sie. Ach Gott, wie geht denn das!? rief er aus. Ich weiß es auch nicht, ich habe die Geschichte von Frau Morlock. Jedenfalls ist es so, daß Hornung vor einem Notar seine Vermögensverhältnisse eben offenbaren muß, sagte sie. Und wie verhält sich Ajax? fragte er. Er hat fürchterlich mit Hornung herumgetobt, sagte sie. Ich glaube nicht, daß er ihm kündigt, sagte er. Sagen Sie das nicht, antwortete sie; Ajax wird immer älter, und dieser ständige Ärger mit Vollstreckungsbeamten und Pfändungen und so weiter geht ihm auf die Nerven. Abschaffel lachte.

Sie aßen lange und redeten noch über Fräulein Schindler, über Ronselt, Frau Hannemann und Ajax' Tochter Gisela. Abschaffel war verzagt geworden, aber er hielt die Unterhaltung durch. Frau Schönböck ging in die Küche und wusch sich die Hände, und als sie ins Zimmer zurückkam, kniete sie vor seinen Schallplatten nieder, die auf dem Boden lagen. Sie müssen sich einen Plattenständer kaufen, sagte sie. Wenn Frau Schönböck Platten auf dem Boden liegen sah, konnte sie die Empfehlung, einen Plattenständer für sie zu kaufen, eben nicht unterdrücken. Das war die Art der Einfälle von Frau Schönböck. Am liebsten hätte Abschaffel jetzt schon genau gewußt, wie er diesen Abend beenden konnte. Frau Schönböck sah sich eine Plattenhülle nach der anderen an. Er wollte gar nicht auf sie wütend werden. Immerhin hatte sie ihn zum Arzt gebracht, und er wollte mindestens so dankbar sein, wie sie hilfreich gewesen war. Aber es wurde nichts. Er suchte nach einer Möglichkeit, wie er ihr auf anständige Weise sagen konnte, daß das Essen hervorragend war, daß er ihr dankte und daß sie jetzt bitte nach Hause gehen möge. Diese Platten sind fast alle von bekannten Gruppen, sagte sie. Sie können ruhig eine auflegen, wenn Sie wollen, sagte er. Welche? fragte sie zurück. Ist mir egal, sagte er. Ach so, Sie kennen Ihre Platten ja sowieso nicht, sagte sie. Eben, sagte er gereizt.

Sie legte eine Platte auf und kam an den Tisch zurück. Sie müssen sich mal einen neuen Saphir kaufen, sagte sie, Sie machen sich ja Ihre Platten kaputt. O Gott, konnte diese Frau nicht den Mund halten? Ich möchte erleben, daß diese Platten immer älter werden, sagte er. Sie sah ihn an und schwieg. Ich kann diese Platten nicht mehr leiden, und ich verstehe heute nicht mehr, warum ich sie mir einmal gekauft habe. Und weil das so ist, macht es mir nichts aus, wenn ich ein immer schlimmer werdendes Rauschen höre, sagte er. Sie schwieg, und er hatte keine Lust mehr, ihr noch etwas zu sagen. Er spürte, daß sie überfordert war. Er beugte sich über den Tisch und sagte freundlich: Frau Schönböck, Sie trauen sich nicht, mir zu sagen, daß Sie mich nicht verstehen; Sie hängen so sehr an all den Dingen, die Sie sich leisten, an jedem Urlaub, an jeder Schallplatte, an jeder Handtasche, an jedem Pullover und so weiter und so weiter, daß Sie gar nicht begreifen können, wie sich zwei Dutzend Schallplatten in Wohnzimmermüll verwandeln. Das ist unfaßlich für Sie, sagte er. Er sah sie an. Ich schenke Ihnen alle meine Platten, sagte er dann. Sie schnaufte. Ich werde das Geschirr wegräumen und dann nach Hause fahren, sagte sie. Lassen Sie das Geschirr stehen, sagte er, es geht doch nicht um das Geschirr. Es entstand ein blödsinniges Hin und Her über die Frage, ob nun das Geschirr weggetragen und gespült werden mußte oder nicht. Ich bin kein Müllabladeplatz, sagte sie plötzlich, und an ihrer leicht kehlig gewordenen Stimme bemerkte er, daß sie gekränkt war. Ich gehe, sagte sie. Sie ging auf den Flur und zog ihren Mantel an. Er blieb am Tisch. Er wartete, bis sie weg war, dann ging er zum Schallplattenspieler und stellte ihn ab. Wieder war er erregt und zugleich beruhigt.

Die Praxis von Dr. Schmücker war unübersichtlich groß. Behandlungsräume, Röntgenzimmer, Wartezimmer und Liegezimmer wechselten einander ab, verbunden durch kurze und lange Flure. Eine junge Assistentin nahm seinen Überweisungsschein entgegen und bat ihn, in einem kleinen Zimmer zu warten. Links von ihm eine schmale Stahlrohrliege, rechts ein Pult mit Geräten und Medikamenten. Er mußte nicht lange warten, dann betrat Dr. Schmücker das Behandlungszimmer. Er trug keinen Arztkittel, sondern nur ein leichtes, durchsichtiges Hemd, dazu eine weiße Hose mit scharfer Bügelfalte. Er sah aus wie ein Tennisspieler. Abschaffel sagte ihm, was er über seine Erkrankung sagen konnte. Dr. Schmücker stellte sich hinter ihm auf und hielt ihn mit beiden Händen an den Hüften fest. So, sagte er, jetzt tun Sie bitte einmal so, als würden Sie ein Feld mähen. Und Abschaffel versuchte, den Körper in der geforderten Weise von rechts nach links zu bewegen, aber er vermochte es nicht. Es geht nicht, sagte er. Haben Sie Schmerzen? fragte der Arzt. Ja, sagte Abschaffel. Das sieht aber böse aus, sagte Dr. Schmücker. Ich muß Sie röntgen. Bitte, folgen Sie mir. Dr. Schmücker wies ihn in ein kleineres Zimmer, das nur mit einer Sitzbank und einem Spiegel ausgestattet war.

Bitte, ziehen Sie die Obersachen aus, sagte der Arzt und verschwand. Abschaffel saß nicht lange darin, da wurde die schmale Tür geöffnet, und es erschien eine Assistentin. Sie führte ihn in einen abgedunkelten Röntgenraum. Das Hemd hatte er inzwischen ausgezogen, das Unterhemd noch nicht. Er genierte sich. Die Assistentin sah, daß er nicht sehr beweglich war, und half ihm, das Unterhemd über den Kopf zu ziehen. Legen Sie sich mit dem Rücken bitte hier drauf, sagte die Assistentin. Er saß auf der Pritsche und traute sich nicht, sich wirklich hinzulegen. Die Assistentin drückte ihm mit der Hand den Kopf nach unten, bis er lag. Sie schraubte von oben den Röntgenapparat auf seinen Oberkörper nieder, bis er aufsetzte. Der Apparat machte ein paar Aufnahmen, dann durfte Abschaffel aufstehen und sich wieder anziehen. Das Unterhemd zog er nicht mehr an, sondern stopfte es in eine Plastiktüte, die er bei sich hatte. Die Assistentin bat ihn in ein neues Wartezimmer, in dem zwei Frauen und ein Mann saßen. Sie sahen alle auf den Boden, und Abschaffel sah ebenfalls auf den Boden. Er wartete zwanzig Minuten, dann wurde er in ein großes Sprechzimmer gerufen. An der Seite war ein Projektionsapparat, auf dessen Bildfläche ein von innen angeleuchtetes Röntgenbild aufgezogen war. Dr. Schmücker betrat den Raum, eine grüne Karte in der Hand. Das ist Ihr Rücken, sagte er und setzte sich. Abschaffel sah auf das große, ausgeleuchtete Röntgenbild und konnte natürlich nicht glauben, daß dies hier ein Bild seines Rückens sein sollte. Haben Sie schon in der Kindheit zuwenig Kalk gehabt? fragte er. Doch ja, sagte Abschaffel, ich glaube, meine Mutter hat mir mal eine Weile Kalktabletten gegeben, als ich noch zur Schule ging; damals war ich eben immer so blaß. Das sind Sie heute noch, sagte Dr. Schmücker. Dann habe ich mal einen Ausschlag gehabt, sagte Abschaffel, vor fünf Jahren ungefähr war das, da hatte ich den ganzen Körper voll mit roten Flecken, und dann habe ich auch große Kalktabletten gekriegt. Was essen Sie denn? fragte der Arzt. Normal, sagte Abschaffel. Was heißt normal? fragte Dr. Schmücker; essen Sie Gemüse? Nein, ich glaube nicht, sagte Abschaffel. Das ist schon nicht normal, sagte Dr. Schmücker; wahrscheinlich haben Sie sich in den letzten zehn bis fünfzehn Jahren vollkommen falsch ernährt. Es entstand eine Pause. Dr. Schmücker sah schweigend auf das Röntgenbild. Dann blickte er Abschaffel an. Ich weiß nicht, sagte Dr. Schmücker, eine solche Wirbelsäule wie die Ihre habe ich noch nicht gesehen. Zwischen D 4 und D 9 ist alles vollkommen eingesteift; wie alt sind Sie? Einunddreißig, sagte Abschaffel. Ihrem Skelett fehlt der Kalk, sagte Dr. Schmücker. Sie müssen sich vorstellen, ein Knochen ist kein totes Ding. Jeder Knochen lebt. Jeder Knochen gibt ständig Substanz ab und kriegt neue Substanz dazu, ein ewiger Anbau und Abbau. Und bei Ihnen ist der Anbau neuen Knochens stark verringert, während der natürliche Abbau unvermindert weitergeht. Atrophie, Knochenschwund auf deutsch. Schwere Osteoporose, sagte Dr. Schmücker. Ihre Knochenbälkchen werden immer schwächer. Wenn Frauen es haben, kriegen sie männliche Hormone gespritzt. Was bei Männern los ist, wenn sie das haben, weiß man bis heute nicht genau. Dr. Schmücker erhob sich und trat vor das Röntgenbild. Sie haben den typischen Osteoporoserücken von älteren Frauen. Ich könnte Ihnen zehn Spritzen geben und einen Karton voll mit Kalktabletten, die Sie in einem Jahr schlucken müßten. Aber das ist bei Ihnen nicht das richtige. Bei Ihnen kommt nämlich, sehen Sie hier, eine beginnende Spondylarthrose hinzu. Was ist das, fragte Abschaffel leise. Das ist eine chronische Wirbelsäulenversteifung. Es ist alles da; Rundrücken, überstreckte Halswirbelsäule, leicht gebeugte Hüft- und Kniegelenke. Und Ihre Schmerzen kommen daher, weil während der Versteifung Nervenwurzeln mit eingemauert werden. Das ist fürchterlich, nicht wahr?

Dr. Schmücker sah auf die grüne Karte. Abschaffels Augen lagen so weit hinten in seinem Kopf, daß er glaubte, die Behandlung betreffe eigentlich seine Augen, die dringend wieder nach vorne geholt werden müßten. Zum erstenmal nahm er seine Erkrankung ernst. Die Situation bei Dr. Schmücker erinnerte ihn an frühere Stadien seines Lebens, in denen er plötzlich erfuhr, daß etwas nicht mehr weiterging. Er fühlte sich wie damals, als ihm der Fotohändler sagte, sein Fotoapparat sei ein wertloses Ding. War sein Rücken nun auch ein wertloses Ding geworden? Irgendwie ging das Leben immer gerade zu Ende. Abschaffel spielte mit Stoffflusen in seiner Jackentasche.

Was machen wir denn mit Ihnen? fragte Dr. Schmücker. Sie sind doch noch so jung! Haben Sie Kummer? Seelische Belastungen zu Hause? In der Firma? Abschaffel schwieg. Er fühlte sich ertappt; er glaubte, alles, worunter er litt, müßte er nun auch noch verantworten. Er wollte schnell weg. Das beste wäre, Sie würden sich mal fünf oder sechs Wochen in eine Klinik verdrücken. Waren Sie schon mal in Kur? fragte Dr. Schmücker. Nein, sagte Abschaffel. Dr. Schmücker setzte sich noch einmal vor Abschaffel hin und sagte: Der Befund ist klar. Schwere Osteoporose, beginnende Spondylarthritis. Wenn nichts unternommen wird, gehen Sie in vier Jahren am Stock, in zehn Jahren liegen Sie gelähmt im Bett und müssen gefüttert werden. Aber das ist sozusagen nicht das Entscheidende. Das Entscheidende ist, daß ich nicht sagen kann, was Ihnen im Genick sitzt. Verstehen Sie das? Das kann ich auch nicht feststellen. Ich kann nicht sagen, was Sie lähmt. Sie sind zu jung für diese Krankheit, zwanzig Jahre zu jung. Ich schreibe Ihnen eine Überweisung für den Psychotherapeuten Dr. Troogenbuck, der hat hier drei Häuser weiter seine Praxis. Ich bin dafür, daß Sie sechs Wochen Heilbehandlung machen. Außerdem schreibe ich eine Überweisung an Dr. Rüst, dort machen Sie einen Schilddrüsentest. Sie sind am Hals ein bißchen geschwollen. Es könnte sein, daß Ihre Schilddrüse nicht richtig arbeitet.

Dr. Schmücker saß an seinem Schreibtisch und schrieb die Überweisungen. Dann gab er ihm beide Scheine in die Hand. Dies für Dr. Troogenbuck, dies für Dr. Rüst, sagte er. Wenn Sie bei beiden Kollegen waren, warten Sie. Sie kriegen schriftlichen Bescheid. Danke, sagte Abschaffel und steckte beide

Scheine in die Brieftasche. Eine Assistentin zeigte ihm den Ausgang, und er war wieder draußen.

Er war hungrig und müde und sentimental. Er lief sofort in die Innenstadt. Seht her, ich habe den Rücken einer alten Frau bekommen, wie phantastisch. Er fühlte sich so sentimental wie ein italienischer Schlagersänger im Fernsehen. Zugleich fühlte er sich so ernst, daß er sich über seine eigene Sentimentalität als Schlagersänger empörte. Er wollte sich im Fernsehen jammern sehen und dann sein eigenes Bild abstellen. Seht her, mein alter Frauenrücken. Osto oder Ostopo oder wie oder was. Mit dem Rücken einer alten Frau suchte Abschaffel eine gute Sitzgelegenheit. Er überlegte, ob er nicht seinen alten Frauenrücken entblößen, sich an den Straßenrand setzen und einen umgestülpten Hut neben sich legen sollte. Junger Bettler mit altem Frauenrücken! Ob ihm die Leute etwas in den Hut warfen? Wahrscheinlich nicht, dachte er. Ein Frauenrücken allein wäre zu wenig, ich müßte schon noch mindestens einen Ziegenkopf haben, dann würde mich der Kaufhof vielleicht unter Vertrag nehmen.

Es war erst zwölf Uhr. Er lief in der Stadt herum und suchte nach einem geeigneten Café oder Restaurant, in dem möglichst wenig Lärm war. Er suchte und suchte, und er sah in der B-Ebene einen Bettler sitzen. Er zitterte mit den Händen, um seine Bettlerhaftigkeit deutlich zu machen. Abschaffel beobachtete ihn eine Weile, und er sah, wie der Bettler nach einer Weile seinen Hut nahm und nachprüfte, wieviel er an diesem Morgen eingenommen hatte. Ganz ohne Zittern in den Händen griff er in den Hut und zählte die Münzen und steckte sie in die Manteltasche. Er stellte den Hut wieder neben sich und verfiel wieder in sein Händezittern. Abschaffel lief weiter auf eine Rolltreppe zu und fuhr wieder an das Tageslicht. Es genügte nicht, daß der Bettler in verrotteten Kleidern auf dem Steinboden saß, er mußte künstlich mit den Händen zittern, und am Ende war auch das nicht von besonderer Wirkung. Osto oder Ostopo müßte er haben, überlegte Abschaffel, dann käme er in Kur und müßte nicht blöde mit den Händen zittern.

Er betrat eine türkische Imbißstube und bestellte ein Hammelfleischgericht. Der Türke hinter der Theke fühlte sich geschmeichelt, einen Nichttürken in seinem Lokal zu sehen, und gab sich besondere Mühe. Das Lokal war voll. Abschaffel beobachtete einen kleinen dunklen Mann mit über der Nase zusammengewachsenen Augenbrauen. Aus zwei Lautsprechern tönte türkische Jammermusik. Eine junge Türkin mit stark verpickeltem Hals gab ihm eine Papierserviette und Besteck. Abschaffel stellte sich schon vor, was er tun sollte, wenn er gegessen hatte. Er konnte kaum begreifen, daß er nichts vorhatte. Er konnte kaum verstehen, daß ein halber Tag vor ihm lag, ein leerer halber Tag, morgen ein ganzer leerer Tag, übermorgen schon wieder. Am liebsten wäre er immer in einer Imbißstube geblieben und hätte durch die große Scheibe hinaus auf die Straße gesehen. Das Hammelfleisch war sehr gut, und Abschaffel sah auf die Straße. Seinetwegen konnten die Ärzte alles mögliche feststellen, er blieb in Imbißstuben stehen und sah auf die Straße hinaus. Er hatte das Gefühl, als verabschiedete er sich von seinem Körper. Er hatte das Vertrauen in ihn endgültig verloren. Einen Frauenrücken hatte er schon. Konnte nicht übermorgen ein Arzt behaupten, er hätte die klassischen Hundebeine? Und dann behauptete ein anderer Arzt, er bekäme die hohen Klappaugen eines Krokodils? Und wäre er dann endgültig ein Tier, das auf dem Boden einer Imbißstube herumrutscht und auf herunterfallende Speisereste wartet? Das alles ließ sich nur ertragen, indem Abschaffel die weitere Zugehörigkeit seines Körpers zu ihm selbst leugnete. Einen alten Frauenrücken wollte er nicht, und alles andere, was vielleicht noch kam, wollte er auch nicht. Er fühlte sich auseinanderfallen, und an den freien Stellen, wo früher seine Körperteile zweifelsfrei fest angewachsen waren, schabte eine Art Kälte, die er nicht verstand. Er aß viel, er aß seinen ganzen Teller leer, weil er das Gefühl hatte, durch Essen wieder vollständiger zu werden. Er stand still und war maßlos erschöpft. Er sah zu, wie sich seine eigenen Hände bewegten, und er wartete darauf, wie sie sich in etwas Fremdes verwandelten. Aber seine Hände blieben seine Hände, und ganz langsam ging er dazu über, es wieder zu glauben. Es blieb eine kleine Erschütterung zurück, mit der er nach Hause fuhr. Er legte sich sofort hin und schlug eine Wolldecke über seinen rätselhaften Körper. Er starrte eine Weile auf die Heizungsrippen und schlief dann ein. Er träumte einen Traum, der schön begann und entsetzlich endete. Er hatte sich eine große Wohnung gemietet. Es waren mindestens vier schöne große Zimmer, vielleicht sogar fünf, und er freute sich auf den Einzug. Aber als er die Wohnung genauer betrachtete, bemerkte er, daß es gar keine Wohnung war, sondern eine Schule. Es waren die Räume der Volksschule, die Abschaffel vier Jahre lang nach dem Krieg besucht hatte, und als er erkannt hatte, daß es keine Wohnung, sondern seine alte Schule war, suchte er nach seinem alten Lehrer Strobel. Dieser Strobel war der Schrecken und die Qual aller Kinder. Wer von Lehrer Strobel bestraft wurde, sank fast ohnmächtig in seine Bank zurück. Er pfetzte mit Daumen und Zeigefinger die Brustwarzen der Kinder zusammen und drehte sie einmal halb um. Im Traum suchte Abschaffel den Lehrer, den er zwei Jahre lang in Deutsch und Erdkunde zu ertragen gehabt hatte, aber er fand ihn nicht. Abschaffel zog nicht in diese Wohnung ein, sondern verließ das Haus halb ohnmächtig. Unten auf der Straße sah er dankbar, daß in diesem Haus eine Imbißstube eingerichtet war, und er ging sofort auf sie zu. Er bedauerte, nicht in diese schöne Wohnung einziehen zu können. Wie schön wäre es gewesen, wenn er hier hätte wohnen können. Und wenn er sich schlecht und verlassen gefühlt hätte, hätte er jederzeit die Imbißstube betreten und das wärmende Geschwätz der Leute anhören können. Aber da bemerkte er, daß auch mit der Imbißstube etwas nicht stimmte. Und zwar stellte er fest, daß es eine Imbißstube nur für alte Leute war, die kein Geld mehr hatten. Wer alt, hilflos und pleite war, durfte hier um ein Glas Bier anstehen. Abschaffel wollte nicht zu den Alten und Hilfslosen zählen, und er verließ rasch die Imbißstube. Kurz danach wachte er auf, aber er konnte seinen

Traum nicht richtig zusammensetzen. Er sah wunderschöne Brustwarzen und ein Glas Bier, und er glaubte, von Margot geträumt zu haben. O Gott, er hatte von Margots Brustwarzen geträumt, glaubte er, und schon sehnte er sich.

Am Morgen, als er bei Dr. Troogenbuck bestellt war, überlegte er lange, was er dem Psychotherapeuten sagen sollte. Sein Termin war erst um elf Uhr. Es gefiel ihm, von Arzt zu Arzt geschickt zu werden. Es war wie eine Veröffentlichung des Gefühls, daß niemand wußte, was wirklich mit ihm los war. Er hatte den Eindruck, daß sein Termin bei Dr. Troogenbuck eine Art Prüfung war. Er glaubte, bei ihm entschied sich, ob er in Kur fahren durfte oder nicht. Abschaffel saß auf dem Bettrand und überlegte. Seit einer halben Stunde sah er aus seinem Balkonfenster. Am Dach des Hauses gegenüber stieg Rauch empor. Es war weißer, ruhiger Rauch, und Abschaffel wußte, daß es sich um normalen Heizungsrauch handelte. Der Schornstein, aus dem der Rauch emporstieg, war aber hinter einem Dachfirst verborgen, und deshalb sah es so aus, als sei am Dach selbst ein Feuer ausgebrochen. Abschaffel kämpfte schon eine ganze Weile gegen die Lust an, jemand aus dem Haus gegenüber anzurufen und ihm zu sagen, daß das Haus brannte. Dabei ließ er diese Lust nicht richtig nach vorne kommen. Im Vordergrund überlegte er, was er Dr. Troogenbuck sagen sollte, sah aber die ganze Zeit auf den weißen Rauch. Er wußte, er rief nicht an, aber er wollte seine Lust nicht so schnell erledigt wissen. Er wollte nicht schon wieder so schnell vernünftig sein. Ob vielleicht sogar die Feuerwehr kam? Und ob dann allgemein bemerkt wurde, daß es sich glücklicherweise um einen Fehlalarm gehandelt hatte? Es war wieder einmal alles bloß lächerlich. Er war vernünftig, und das mußte er akzeptieren. Er war sogar böse, weil er sich so lange mit einer sinnlosen Erregung aufgehalten hatte, die er noch dazu von Anfang an durchschaut und trotzdem nicht hatte aufheben können. Aus Verärgerung verließ er viel zu früh die Wohnung. Er fuhr nicht mit der U-Bahn, sondern lief in die Stadt. Während des Gehens belästigten ihn Sorgen, die durch das Gehen zugleich abgedämpft wurden. Diesmal sorgte er sich darum, wie die Firma reagierte, wenn er tatsächlich sechs Wochen nicht dasein würde. Würde er danach noch bei Ajax arbeiten können? Wußte man in der Firma, in welcher Klinik er sein würde? Mindestens das Chefsekretariat, und das war Frau Morlock, würde Bescheid wissen. Und wenn Frau Morlock es wußte, wußten es gleich drei andere. Und wie sollte er es mit den Eltern halten? Ertrugen sie überhaupt diese Information: der Sohn war erkrankt, und seine Krankheit war merkwürdig? Mußte er nicht wenigstens dafür sorgen, daß er eine Krankheit hatte, die seinen Eltern verständlich und leicht vorkam?

Geh-Sorgen waren leichter als Liege-Sorgen. Geradezu locker schmetterte er den Andrang der Sorgen ab. Es genügten, wenn er ging, einfache Ablenkungen, damit die Sorgen seinen Kopf wieder freigaben. Und als er wieder am Büro der Bausparkasse angekommen war, verflüchtigten sich die Bekümmernisse vollends. Er blieb vor dem linken Schaufenster der Bausparkasse stehen und betrachtete wieder die Modelle der Bausparhäuschen, und er überlegte, mit welcher Ausrede er das Büro betreten und um die freundliche Aushändigung eines Modells bitten könnte. Durch die Scheibe sah er, daß im Büro nur ein ganz junger Angestellter saß, von dem Abschaffel glaubte, daß er eine alberne Erklärung nicht durchschauen konnte. Und Abschaffel betrat das Büro und sagte, seine Frau sei Kindergärtnerin, und sie gehe mit den von ihr betreuten Kindern fast jeden Tag an den Schaufenstern der Bausparkasse vorbei, und die Kinder fragten sie jedesmal, ob ihnen die Tante nicht so ein Häuschen zum Spielen besorgen könnte. Und wirklich, das Gesicht des jungen Angestellten nahm einen teilnehmend-freundlichen Schimmer an. Einen Augenblick bitte, sagte er und erhob sich, ich kann das nicht allein entscheiden. Der junge Angestellte verschwand im hinteren Teil des Büros, und Abschaffel war eine Weile ganz allein. Nach weniger als zwei Minuten erschien der junge Mann wieder, und er trug etwas in beiden Händen. Ein Modell können wir leider nicht abgeben, sagte er, weil diese Modelle regelmäßig an unsere Zentrale zurückgeschickt werden müssen. Damit die Kinder aber nicht leer ausgehen, hat unser Chef zwei Hände voll mit Ansteckclips gestiftet, sagte er. Und der junge Angestellte leerte in Abschaffels schon geöffnete Hände eine Menge grüner Clips zum Anstecken an Mänteln und Jacken. Auf jedem Clip stand der Werbespruch der Bausparkasse. Abschaffel verließ rasch das Büro. Draußen schimpfte er kurz auf den Chef des Büros, der offenbar wirklich glaubte, eine Kindergärtnerin würde ihren Kindern seine blöden Werbeclips anstecken. Er warf sie in den nächsten Papierkorb, nicht ohne sich wieder einmal an die Wunschversagungen seiner Jugendjahre zu erinnern. Sein rätselhaftes Pech blieb ihm treu. Er wollte ein Modellhäuschen und bekam eine Handvoll Clips. So war das mal wieder. Er ertrug diese Erinnerung nur schlecht. Hätte er doch die ganze Welt wie einen Tisch umstoßen können. Bis zu seinem Termin bei Dr. Troogenbuck hatte er immer noch fast eine Stunde Zeit. Durch die Enttäuschung bei der Bausparkasse glaubte er wieder, keine Grenzen mehr zu haben. Er zerlief und zerfloß und legte sich um die Häuser herum und wartete darauf, daß er sich wieder zusammensetzen konnte. Er stand vor Schaufenstern herum und verlor sich in phantastischen Erwartungen. Im Schaufenster eines Musikgeschäfts war auf einer Plattenhülle das Foto einer russischen Pianistin abgebildet. Die Pianistin hieß Olga, und sie gefiel ihm sehr gut, und er wünschte sich, diese Olga zu treffen, und zwar sofort. Wie schön wäre es, wenn sie ihm nachmittags etwas vorspielte, während er auf einem Sofa lag und sich ausruhte. Er hörte ein weich tönendes Klavier, und die blasse Olga spielte so schön, daß er vor Seligkeit sogar einschlief. Aber warum traf er diese Olga niemals? Er ging weiter und sah den Tauben zu, die auf dem glatten Beton etwas zu fressen suchten. Die Tauben waren so schmutzig, daß Abschaffel glaubte, ihre endgültige Verwandlung in Dreck stehe unmittelbar bevor. Dann stand er vor dem Schaufenster eines Spielwarengeschäfts, in dem eine elektrische Eisenbahn mit vielen

Häuschen, Pappbergen und Holzautos aufgebaut war. Eine kleine schwarze Eisenbahn fuhr im Kreis herum, und als er eine Weile zugesehen hatte, fiel ihm ein, daß es offenbar langsam Herbst wurde oder gar schon Winter war. War denn nicht auch bald Weihnachten? Der Gedanke erschreckte ihn, und weil er sich mit Weihnachten nicht beschäftigen wollte, stellte er sich vor das Schaufenster eines Fischgeschäfts. Er betrachtete die Forellen, die in einem kleinen viereckigen Glasbecken umherschwammen. Das heißt, sie schwammen nicht, sondern sie standen dicht über- und nebeneinander im Wasser, bewegten leicht die Seitenflossen und öffneten fortwährend das Maul und schlossen es wieder. Sie warteten darauf, von der schweren Verkäuferin des Fischgeschäfts einzeln mit einem Holzknüppel erschlagen und verkauft zu werden. Abschaffel nahm seine Brille ab und putzte sie. Sollte er sich vielleicht mal eine neue Brille kaufen? An den Einfassungen der Gläser hatten sich Schmutzränder gebildet, die er auch mit dem Fingernagel nicht mehr entfernen konnte. Er setzte die Brille wieder auf und seufzte.

Kurz vor elf betrat er die Praxis von Dr. Troogenbuck. Abschaffel stellte sich Ärzte immer als alte Männer vor, und als er sah, daß Dr. Troogenbuck ungefähr so alt war wie er selber, war er gekränkt. Deshalb brauchte er eine Weile, um sich mit der Lage abzufinden. Dr. Troogenbuck begrüßte ihn und bat, Platz zu nehmen. Es war ein Drehsessel mit einer tiefen Mulde, in der Abschaffel versank. Der Teppichboden war tiefgrün, die Wände etwas heller. Der Drehsessel stand so, daß Abschaffel Dr. Troogenbuck nicht direkt ins Gesicht sehen mußte. Dr. Troogenbuck hatte hinter einem niedrigen, schweren Schreibtisch Platz genommen und schwieg. Er hantierte mit Papieren herum, die Abschaffel für seine Krankenunterlagen hielt. Er glaubte, vor der Aufgabe zu stehen, glaubwürdig über seine Arbeitsunfähigkeit zu sprechen. Und wahrscheinlich mußte er dabei übertreiben, aber wie? Es brach ihm der Schweiß aus, und er schämte sich. Warum schwieg der Arzt? Abschaffel stieß sich mit dem Fuß ein wenig ab, so daß sein Drehsessel in Bewegung kam. Sie somatisieren, sagte Dr. Troogenbuck leise. Wie? fragte Abschaffel zurück. Sie haben eine schwere Osteoporose, sagte Dr. Troogenbuck, und das ist ein bißchen früh für Sie. Abschaffel schwieg eine Weile und sah auf die gepolsterte Tür. Ich fühle mich sinnlos, sagte er. Gleich fand er diesen Satz fürchterlich übertrieben, und eine Weile glaubte er, überhaupt nichts mehr sagen zu können. Dr. Troogenbuck schwieg. Ich kann nicht mehr arbeiten, verstehen Sie, sagte Abschaffel. Es war ganz still im Zimmer. Abschaffel sah aus dem Fenster und betrachtete den fast kahlen Wipfel eines Baums, der dicht an der Außenwand hochgewachsen war. In den Ästen des Baums hing ein schwerer nasser Lappen, und Abschaffel begann darüber nachzudenken, wie der Lappen auf den Baum gekommen war. Der Lappen sah alt aus und hing offenbar schon mehrere Wochen, vielleicht sogar Monate in den Ästen. Oder war er doch erst vor kurzem dorthin geraten? Und wie war er überhaupt auf den Baum gekommen? Es war unmöglich, einen solchen Lappen von unten hochzuwerfen. Also mußte der Lappen von oben heruntergeworfen worden sein, und das konnte wiederum nur heißen: Er mußte in einem weiten Bogen aus einem Fenster geflogen und dann in diesem Baum hängengeblieben sein. Wer aber sollte so etwas getan haben? Etwa Dr. Troogenbuck? Abschaffel sah den Arzt prüfend an, und er konnte sich nicht vorstellen, daß ein ernsthafter Arzt so etwas tun konnte. Aber vielleicht doch? Es verging die Zeit, und Abschaffel schwieg. Dr. Troogenbuck schwieg ebenfalls. Abschaffel betrachtete wieder den Lappen und sagte schließlich: Ich kann mein Leben nicht anerkennen, weil es würdelos und blöd ist.

Als er wieder auf der Straße war, glaubte er, zu stark übertrieben zu haben. Zugleich hatte er aber das sichere Gefühl, die Übertreibungen seien endlich einmal die Wahrheit gewesen. Es war verrückt. Es war, als hätte er mit einer ihm fremden Anstrengung etwas gesagt, was er sonst mit Leichtigkeit immer bloß dachte. Die Dreiviertelstunde bei Dr. Troogenbuck hatte ihn stark angestrengt. Er ging in ein Café im Westend, um sich auszuruhen. Er fühlte sich sinnlos, das war die Wahrheit. Es erleichterte ihn, daß er sich daran erinnern konnte, etwas Wahrhaftiges gesagt zu haben. Warum war er denn wieder so aufgeweicht und grenzenlos? Es gab keinen freien Tisch im Café. Er blickte umher und überlegte, an welchen Tisch er sich setzen sollte. Er glaubte, das ganze Café auszufüllen bis an die Wände hin. Er setzte sich an den Tisch einer nachlässig gekleideten Frau, die ihn nicht beachtete. Er bestellte eine Tasse Kaffee und ein Stück Kuchen. Er überlegte, ob er die Frau an seinem Tisch ansprechen sollte. Sie hatte ihn flüchtig angesehen. Die Bedienung brachte Kaffee und Kuchen. Den Kuchen aß er eilig auf, weil er sich davon versprach, sich dann besser zu fühlen. Er riß die Ampulle Milch auf, die seinem Kaffee beigegeben war, und dabei spritzte ihm ein wenig Milch auf die Hand. Er wischte sich langsam den Spritzer weg, und dabei fiel ihm wieder ein, daß er ein kranker Mann war. Die Frau war schlecht gekleidet, fast heruntergekommen. Wahrscheinlich wäre sie dankbar, wenn sie bei mir zu Hause baden könnte, dachte er. Oder war das nur der Anfang seiner Onaniephantasie vom schmutzigen, gebadeten und wieder schmutzigen Mädchen? Er schämte sich und trank müde seine Tasse aus. Er entschied sich dafür, nun mal eine Weile ernsthaft krank zu sein und nicht weiter so zu tun, als könne er die Krankheit zwischendurch immer wieder vergessen. Es bedrückte ihn, daß in seinem Leben das Wichtige immer so dicht neben dem Unwichtigen war. Er zahlte und ging. Er wollte heute nicht noch einmal in der Stadt herumlaufen, und deshalb setzte er sich sofort in die Bahn und fuhr nach Hause. Er würde sich auf das Bett legen und nachdenken, so lange es ging, und dann einschlafen. Kurz vor seiner Haustür löste sich ein Knopf von seinem Mantel und fiel auf die Straße. Er hob ihn auf und steckte ihn in die rechte Manteltasche. Sobald er in der Wohnung war, wollte er ihn annähen. Oben legte er den Mantel ab, warf ihn über die Stuhllehne in der Küche und suchte das Nähzeug. In einem Kaufhaus hatte er sich einmal einen kleinen Plastikbehälter mit den wichtigsten Nähutensilien gekauft. Während er es suchte, fielen ihm lauter Sätze ein, die er Dr. Troogenbuck noch hätte sagen können. Es ist die Gewißheit der Nichtigkeit, Dr. Troogenbuck, das ist es. Er fand das Nähzeug im Hutfach seines Kleiderschranks. Wir arbeiten, bis wir durchsichtig sind, hat neulich ein Kellner gesagt, Dr. Troogenbuck. Was er nicht mehr fand, war der Knopf. Er bewegte tastend eine Hand in der rechten Manteltasche, der Knopf war nicht mehr da. Und er war ganz sicher, daß er den Knopf in die rechte Manteltasche gesteckt hatte. Die Schäden werden immer als Neuerungen mißverstanden, Dr. Troogenbuck, verstehen Sie das bitte. Na schön, dann hatte er sich in der Tasche geirrt. Er suchte in der linken Manteltasche, aber auch dort war der Knopf nicht. Tief im tatsächlichen Innern habe ich immer das Gefühl, daß immer nur ein Viertel von mir lebt, Dr. Troogenbuck. War vielleicht in einer der Manteltaschen ein Loch, und war der Knopf durch das Loch nach unten in den Mantelsaum gefallen? Er fühlte den Saum entlang, er fand den Knopf auch dort nicht. Leicht erregt zog Abschaffel den Mantel in der Küche über, um sich selbst und den Mantel noch einmal in dieselbe Situation zu bringen, in der er auf der Straße den Knopf in die rechte Manteltasche gesteckt hatte. Aber selbst der Zorn über das Abwesende läßt nach, Dr. Troogenbuck. Den Mantel auf dem Leib, fand er den Knopf mit dem ersten Griff in der rechten Manteltasche. Müde und irre geworden zog er den Mantel aus und fürchtete sich. Warum hatte er den verdammten Knopf nicht vorher gefunden? So etwas war ihm früher niemals passiert. Er legte den Knopf auf den Tisch und breitete den Mantel über den Knien aus. Es lag schon Jahre zurück, seit er zum letztenmal einen Mantelknopf angenäht hatte. Und er wollte den Knopf ganz fest annähen, damit er wieder jahrelang hielt. Er suchte den stärksten Faden, den er in seinem Nähzeug finden konnte. Ist das nun mein Eintritt in die Schlaftablettenfamilie? fragte er Dr. Troogenbuck. Aber es war schwer, die dünne Nähnadel durch den dicken Mantelstoff hindurchzudrücken. In seinem Nähetui war zwar ein Fingerhut, aber es war ein Fingerhut aus Plastik, und der Fingerhut hatte einen Sprung quer durch sein Gehäuse. Er war nicht zu gebrauchen. Ganze Straßenzüge sind hier am verschmerzen, Dr. Troogenbuck, aber wie gedopt nehm ich das alles schon hin. Mit den bloßen Fingern konnte er die Nadel nicht durch den Mantelstoff hindurchdrücken. Er sah es lange nicht ein, daß er es nicht vermochte, und versuchte es immer wieder von neuem. Er konnte nicht einsehen, daß ihm noch ein einziges Mal im Leben etwas mißlang. Und während es ihm wirklich und tatsächlich nicht gelang, den Knopf anzunähen, begann er, den Mantel zu verabscheuen. In seiner Verzweiflung kam er nicht auf die Idee, daß es sein lächerliches Nähzeug war, das nichts taugte. Und auf diese Idee kam er nicht, weil er niemals davon ausging, daß es immer wieder Waren gab, die zwar neu, aber dennoch von Anfang an wertlos waren. Sogar den Plastikfingerhut steckte er wieder in das Plastiketui zurück, obwohl er doch eben erst bemerkt hatte, daß der Fingerhut nicht zu gebrauchen war. Mißgünstig trennte er sich von den Gegenständen. Der Mantel lag über der Stuhllehne, das Nähzeug auf dem Tisch. Von Minute zu Minute wartete er darauf, daß dieser Dreck endlich aus seinem Kopf verschwand. Er war doch jetzt krank und frei, und warum gelang es ihm nicht, das Sinnvolle zu tun und das Wichtige zu denken? Eben das ist das Problem, Dr. Troogenbuck.

Drei Tage später ließ Abschaffel in der Praxis von Dr. Rüst einen Schilddrüsentest machen. Die Untersuchung dauerte den ganzen Tag, und sie ergab eine Woche später, daß seine Schilddrüse normal arbeitete. Die Reihe seiner Arztbesuche war damit abgeschlossen. Weil er nun, was seine Heilbehandlung betraf, vorerst nur warten konnte, ging er einige Tage später wieder arbeiten. Die Kollegen verhielten sich zurückhaltend. Er sprach mit niemandem über seine Krankheit und seine in Aussicht stehende Behandlung. Er bemerkte, daß eine undefinierbare Krankheit ein großer Schutz war. Die Kollegen gewöhnten sich ihm gegenüber eine Art Sanatoriumshaltung an. Manche, wie Frau Hannemann, senkten sogar die Stimme, wenn sie ihn ansprachen. Andere vermieden die Ansprache überhaupt. Alles, was geschah, geschah in großer Entfernung von ihm. Er wartete auf den Bescheid, wann seine Behandlung begann; niemals zuvor in seinem Berufsleben war ihm eine ähnlich lange Zeit des Ausruhens zugestanden worden. Die Tage vergingen in größter Stille. Er schwieg, und wer schwieg, der litt, und wer viel schwieg, litt mit besonderen Gründen. Nur einmal traten seine Rückenschmerzen in voller Stärke auf, unglücklicherweise an einem Sonntag. Er wartete in der Sonntagsstille seine Wiederherstellung ab; er hatte vergessen, daß er auf eine bestimmte Weise aufstehen mußte, damit er schmerzfrei blieb. Der Schmerz war so stark wie beim erstenmal, nur sein Schreck blieb weg. Abschaffel verhielt sich schon wie ein Routinier zu seinem eigenen Gebrechen. Er wußte, daß er in spätestens zwei bis drei Stunden die Bewegungsstarre überwunden hatte, und so war es auch.

Abends, nach Feierabend, kaufte er manchmal billige Unterwäsche oder ein im Preis herabgesetztes Hemd. Er hatte sich zu Hause eine Ecke hergerichtet, wo er alles hinlegte, was er zur Kur mitnehmen wollte. Einmal entdeckte er in einem Kaufhaus einen Sonderposten gefütterter Lederhandschuhe; sie gefielen ihm gut, und weil er keine Handschuhe hatte, kaufte er sich ein Paar. Aus Spaß zog er sie auf dem Heimweg gleich an, und während des Gehens wünschte er sich, daß es zu jedem Paar Handschuhe noch ein drittes Exemplar geben müßte: zwei zum Anziehen und einen dritten zum Spielen. Er vergnügte sich an diesem Einfall, und er baute ihn weiter aus. Ein dritter Handschuh wäre auch dann gut, wenn einer der beiden richtigen Handschuhe verlorenginge, überlegte er. Allerdings wäre dann, wenn ein Handschuh verloren war, unklar, ob der dritte Handschuh mit dem noch übriggebliebenen ein neues Paar ergab. Noch besser wäre es natürlich, überlegte er, wenn jeder ständig ein Paar Ersatzhandschuhe bei sich hätte. Erst an dieser Stelle konnte Abschaffel alles, was er in den letzten fünf Minuten über Handschuhe gedacht hatte, als arglosen Unsinn erkennen, und er vergaß ihn sofort, ohne sich böse zu sein. Diese Art der Alleinunterhaltung gefiel ihm gut. Meistens hatte er solche Einfälle in der Stunde zwischen Feierabend und der Ankunft in der Wohnung, die er noch immer hinauszögerte. In der Regel fühlte er sich sofort schlechter, wenn er in der Wohnung war. Er war zunehmend der Überzeugung, daß er seine Wohnung eigentlich nicht mehr verstand. Er bemerkte es an unerklärlichen Ängstlichkeiten, die er als Übergriffe der Wohnung auf sich empfand. Erst vor Tagen, beim Betreten der Badewanne, als er sich duschen wollte, war er wieder von einer solchen Ängstlichkeit überfallen worden. Er blickte auf den leicht gerundeten Boden der Badewanne, wie er es immer getan hatte, ohne daß er je besondere Gedanken dabei gehabt hätte, aber vor Tagen drängte sich ihm plötzlich mit unabweisbarer Dringlichkeit die Idee auf, daß er endlich eine Gummimatte mit Saugnäpfen kaufen müsse, die er auf dem Boden der Wanne ausbreitete, damit er niemals ausrutschte. Er war überzeugt, daß er am nächsten Tag eine solche Matte kaufen mußte. Zum Glück war am nächsten Tag wieder alles ganz anders. Er hatte die Gummimatte nicht angeschafft, und seither war die Angst, er könne in der Wanne ausrutschen, auch nicht wieder aufgetreten. Was aber zurückblieb, war eine weitere Körperverdächtigung. Neuerdings konnte sich der Körper offenbar alles erlauben. Ohne jede Vorankündigung, wann immer es ihm gefiel, durfte er die Person Abschaffel erschrecken und einschüchtern. Und er hatte nichts in der Hand, womit er dem Körper hätte zusetzen können. Zwei Tage nach seiner Badewannenangst erhielt er die Nachricht, daß ihm eine sechswöchige Heilbehandlung in einer Klinik bewilligt worden war. Im neuen Jahr, in der ersten Januarwoche, sollte sie beginnen. Der Mitteilung waren eine Menge Formulare und Fragebogen beigegeben, die er auszufüllen und zurückzuschicken hatte. Auf einem bunten Prospekt war die Klinik sogar abgebildet. Es war ein kastenförmiger Bau mit acht Stockwerken. Rings um die Klinik waren Parkplätze und Grünanlagen zu sehen, im Hintergrund dunkelgrüne Berge.

Die Nachricht beruhigte ihn tagelang. Er teilte Frau Morlock den Termin mit, ebenso Ronselt. Weil Ronselt es peinlich war, über Krankheiten sprechen zu müssen, tat er so, als hätte sich Abschaffel nur einen zusätzlichen Winterurlaub erschlichen. Abschaffel ging auf das Spiel ein, und nach einer Weile wußte keiner von beiden mehr, warum sie sich so sehr verstellen mußten. Später, nach Feierabend, kaufte sich Abschaffel fünf Paar Socken. Er brauchte die Socken nicht, aber er wollte unbedingt etwas Weiches in der Hand halten. Er warf die Papiertüte weg und faßte den zusammengebündelten Wollballen mit der bloßen Hand. Er überlegte, wie er diesmal seine Heimkehr verzögern konnte, und weil ihm nichts Besonderes einfiel, machte er lediglich Umwege und blieb vor Geschäften stehen. Lange sah er in die Schaufenster einer chemischen Reinigung in der Nähe seiner Wohnung. Es hielten sich keine Kunden darin auf, und auch Personal war nicht zu sehen. Statt dessen war die Inneneinrichtung zum Teil ausgeräumt, zum Teil in der Mitte des Verkaufsraums zusammengerückt, und drei verstaubte Arbeiter rissen Tapeten herunter und entfernten Steckdosen und Bodenleisten. Abschaffel sah den Arbeitern zu, weil er glaubte, diese Veränderungen gingen ihn etwas an. Natürlich gingen sie ihn nichts an, es handelte sich lediglich darum, daß der Innenraum einer chemischen Reinigung renoviert wurde. Die Reinigung ist unrentabel geworden, überlegte er; natürlich, es gab inzwischen zu viele Reinigungen, es war überhaupt erstaunlich, wie viele Menschen davon lebten, daß immerzu etwas gesäubert werden mußte. Abschaffel wollte schon weitergehen, da sah er ein handgemaltes Schild im Schaufenster hängen, auf dem zu lesen war: HIER ERÖFFNET DEMNÄCHST WIEDER EINE REINIGUNG. Gleich änderte er, entsprechend dieser Information, seine Phantasien. Offenbar gibt es immer noch nicht genügend Reinigungen, dachte er, und die bestehenden Reinigungen verdienen so gut, daß sie sich von Zeit zu Zeit ganz neue

Inneneinrichtungen anschaffen können. Abschaffel wußte nicht genau, ob er deswegen beruhigt oder verärgert war. Gewöhnlich beruhigte es ihn, wenn er auf dem Heimweg erfuhr, daß alles so weiterging wie immer. Er wußte nicht, warum sich dennoch ein leichter Gram in seinem Gemüt nach vorne arbeitete. Er las noch einmal das handgemalte Schild: HIER ERÖFFNET DEMNÄCHST WIEDER EINE REINIGUNG. Er sprach die Mitteilung zweimal vor sich hin, und dabei bemerkte er, daß er sie als Drohung empfand. Er stellte sich vor, was der Besitzer der Reinigung gedacht haben mochte, als er das Schild malte. Euch dummen Leuten, hatte er wahrscheinlich gedacht, die ihr so blöde vor euch hin lebt, werde ich wieder eine Reinigung bescheren, weil euch gar nichts Besseres zusteht, jawohl. Ihr seid zu einfältig und zu verschlafen für ein anderes und schöneres Geschäft! Ich hätte nämlich auch ein phantastisches Reisebüro oder wenigstens eine Boutique mit tausend schönen Sachen einrichten können, aber nein, für so minderwertige und lächerliche Menschen eröffne ich eben nur eine Reinigung, damit ihr eure blöden Hosen und eure langweiligen Röcke immer und immer wieder reinigen lassen könnt. So ungefähr, glaubte Abschaffel, habe der Besitzer der Reinigung gedacht, und all dies schien ihm in der überdrüssig-launigen Mitteilung HIER ERÖFFNET DEMNÄCHST WIEDER EINE REINIGUNG ausgedrückt zu sein. Es war eine Drohung, die ausdrückte, daß niemand zu helfen war, im Gegenteil, eine renovierte chemische Reinigung war das Äußerste an Glück, was dieser Gegend zugestanden werden konnte. So dachte Abschaffel, und schon fühlte er sich zurechtgewiesen von seinen eigenen Phantasien. Er ging weiter, und immer noch nicht hörte er auf, sich mit der Schrift auf diesem Schild zu beschäftigen. Es war ihm nicht recht, daß er so sehr von dem beeindruckt war, was er selbst gedacht hatte. Und als es ihm zuviel wurde, ging er dazu über, die Mitteilung nicht mehr als Drohung, sondern, im Gegenteil, als Entschuldigung des Reinigungsbesitzers aufzufassen. Natürlich! Der Besitzer hatte, als er das Schild malte, nicht mit den Einwohnern schimpfen wollen, sondern im Gegenteil, er war unglücklich und tieftraurig, weil er spürte, welch eine Zumutung es war, nichts als wieder eine Reinigung zu eröffnen, die eine Beleidigung für alle Menschen war, die etwas viel Schöneres und Besseres verdient hatten. Aber der Besitzer konnte eben nicht anders, dachte Abschaffel jetzt, er hatte keine Ideen und keine Kraft, und deswegen entschuldigte er sich mit diesem Schild. Entschuldigt bitte, liebe arme Menschen in dieser Gegend! Abschaffel kicherte still, und daran bemerkte er, daß auch die Entschuldigungsversion nicht stimmen konnte. So schön es gewesen wäre, wenn einer von diesen emsigen Verdienern einmal sein Geschäft entschuldigt hätte, aber das war sicher nicht zu erwarten Aber was sollte der Text sonst bedeuten, wenn er schon weder eine Drohung noch eine Entschuldigung war? Er überlegte, ob das Schild auch eine Verheißung sein konnte. Es fiel ihm ein Kind ein, das einen Gegenstand ungeschickt auf dem Rücken versteckt hält und seine Eltern raten läßt, was es sei. Die Eltern wissen, was das Kind versteckt hält, aber sie tun, als wüßten sie es nicht, weil sie sich daran freuen, daß ihr Kind ihnen etwas verheißt. War der Reinigungsbesitzer ein kindischer Mensch, der den Anwohnern eine chemische Reinigung verhieß? Kurz bevor Abschaffel seine Wohnung betrat, glaubte er endgültig, daß das Schild als Verheißung gemeint war. Jeder Anwohner in diesem Viertel wußte, daß an dieser Ecke schon immer eine chemische Reinigung gewesen war, und jeder wußte ebensogut, daß die Reinigung für alle Zukunft mit ihnen verbunden war. Weil aber genau das niemand fassen konnte (ein Leben lang blickt man auf die Schaufenster von ein paar Geschäften), weil die verschwiegene Bestürzung über diese unglaubliche Unveränderlichkeit nie nach außen drang, mußte der Reinigungsbesitzer so tun, als könnte man das, was schon immer da war und sich nie änderte, von Zeit zu Zeit noch einmal staunend verheißen, damit es die anderen ebenso staunend noch einmal anerkannten.

Zu Hause angekommen, blickte sich Abschaffel in seiner

Wohnung um. Wie oft würde er noch die Wände sehen und etwas erwarten? Es gelang ihm nicht, die Wohnung als nur ihm geltende, persönliche Verheißung zu erleben. Er überlegte, ob er sich, wieder Reinigungsbesitzer, ein kleines Schild malen sollte. DIESE WOHNUNG GEHÖRT AUCH MORGEN UND ÜBERMORGEN HERRN ABSCHAFFEL könnte er draufschreiben. Amüsiert verwarf er den Einfall. Oder sollte er auf das Schild schreiben: ZUM GLÜCK FÜR HERRN ABSCHAFFEL GEHT IN DIESER WOHNUNG IMMER NUR HERR ABSCHAFFEL UMHER? Er ging in die Küche und holte aus dem Kühlschrank die Milchtüte und goß sich ein Glas Milch ein. Das Glas stand klar und weiß auf dem Tisch, und noch bevor er einen Schluck getrunken hatte, glaubte er, von der Milch gehe eine Gefahr aus. Er starrte das Glas an und die Milch, die ruhig in dem Glas stand, und er war überzeugt, etwas Tückisches, etwas Bösartiges werde geschehen. Er wußte auch schon, was es sei. Ein Stein, ein kleiner schwerer Stein, rundlich und abgeschliffen, vielleicht ein weißer Kiesel, lag auf dem Grund des Glases, und sobald Abschaffel das Glas hob, um daraus zu trinken, würde der Stein, unsichtbar in der Milch, ihm während des Trinkens auf die Vorderzähne fallen und sie beschädigen, vielleicht zertrümmern. Er phantasierte diese Vorstellung durch, und obwohl er von Anfang an wußte, daß es sich um ein Hirngespinst handelte (die Geheimnisse der Wohnung), fürchtete er sich noch immer vor dem Stein in der Milch. Er holte ein zweites Glas und schüttete die Milch durch ein Sieb in das zweite Glas, und mit nicht zu begreifender Erleichterung sah er, daß kein Stein in der Milch war. Er setzte sich auf einen Stuhl und trank die Milch aus dem zweiten Glas.

Falsche Jahre

Doch die Menschen bleiben ferne Bilder
und am Horizont verzischt die große Passion.
Siegfried Kracauer
(aus: Langeweile)

Eine halbe Stunde vor Abfahrt seines Zugs war Abschaffel schon am Bahnhof. Er fühlte sich ein wenig unbehaglich, weil er annahm, jedermann könne ihm ansehen, daß er eine Kur antrat. Er stand still neben seinem Koffer und sah einem Bahnhofskehrer zu. Der Mann hatte sich das Ende des Besenstiels in Bauchhöhe in den Leib gestemmt und lief so, den Lauf des Besens mit dem Körper steuernd, durch die Halle. Hunderte und Aberhunderte von Menschen liefen unablässig vor und hinter ihm her, und immerzu wurden neue Papierreste und andere Abfälle auf den Boden der Bahnhofshalle geworfen. Welch ein Zutrauen in den Sinn seiner Arbeit mußte dieser Bahnhofskehrer haben! Abschaffel beobachtete ihn bewundernd. Der Kehrer sah selbst, daß unablässig Abfälle auf den Boden geworfen wurden, und zwar genau dorthin, wo er gerade gekehrt hatte. Abschaffel wünschte sich, eines Tages ebenso souverän leben zu können wie dieser Bahnhofskehrer. Erst als er im Zug saß und immer noch an den Kehrer dachte, fiel ihm ein, daß er vielleicht überhaupt nicht souverän, sondern nur gleichgültig gewesen war. Vielleicht war er sogar der gleichgültigste Mensch der Welt, denn wie sonst, überlegte Abschaffel, sollte er es fertigbringen, ohne Hoffnung auf Erfolg arbeiten zu können? Er führte nur kehrende Bewegungen aus, weil er dafür bezahlt wurde, und alles andere war ihm gleich. Auch er arbeitete schon seit vielen Jahren, und auch er fragte schon lange nicht mehr danach, ob die Summe seiner Arbeit für ihn einen persönlichen Sinn ergab oder nicht. Er tat die Arbeit einfach, genau wie der Kehrer.

Es störte ihn, daß er in der Lage war, solche Gedanken zu entwickeln. Immer hatte er dann das Gefühl, durch solche Gedanken wandle sich das Leben ganz rasch in etwas Unseriöses um. In den Jahren zuvor hatte er immerhin jederzeit die

Überzeugung gehabt, allein die Unübersehbarkeit des noch prächtig vor ihm liegenden Lebens sei eine Art Garantie für einen guten Sinn. Dieses Gefühl war ihm verlorengegangen. Nun meinte er, sein Leben sei lediglich ein Restbestand von etwas Größerem, aus dem vor vielen Jahren leider nichts gemacht worden war. Was dieses Größere gewesen sein sollte, konnte er sich allerdings nicht vorstellen. Er hatte immer nur den Eindruck, ein Rest zu sein, und wer ein Rest war, mußte notwendig von etwas Größerem übriggeblieben sein. Abschaffel war allein in seinem Abteil. Eine alte Zeitung, die er im Gepäckfach gefunden hatte, hatte er schon gelesen und wieder nach oben gelegt. Bei jedem Halt hoffte er, daß sich niemand zu ihm in das Abteil setzte. Ohnehin wunderte er sich auf jeder Station über die vielen Menschen, die auf Bahnsteigen standen und entweder selbst zustiegen oder die Ankunft von Angehörigen erwarteten. Weshalb waren denn so viele Personen unterwegs? Änderte sich dadurch etwas in ihrem Leben? Abschaffel beobachtete auf einem Bahnsteig einen Mann mit einem kleinen Imbiß-Wagen. Obwohl der Mann die vielen Arme sah, die nach ihm verlangten, blieb er doch ganz ruhig und bediente die wenigen, für die er Zeit hatte. Der Zug hielt drei oder vier Minuten, und während dieser Zeit wollte Abschaffel so sein wie der Mann mit dem Imbiß-Wagen: es immer gut aushalten können, wenn andere mit ihm unzufrieden waren. Wenig später, als der Zug wieder fuhr, ärgerte er sich über seine Sucht, immer entlastet werden zu wollen. Immer suchte er nach Gelegenheiten und Vorbildern, die ihm helfen konnten, sich mit der eigenen Ungenügsamkeit auf Ewigkeit auszusöhnen. Stöhnend (er stöhnte tatsächlich) lehnte er sich in seinem Platz zurück und sah aus dem Fenster hinaus. Der Zug fuhr gerade an endlos vielen Obstgärten vorbei. Manchmal flatterte ein Rebhuhn in der Nähe der Gleisanlagen auf, aber sonst bewegte sich nichts in der Landschaft.

Erst später, als er noch knapp eine Stunde zu fahren hatte, dachte er wieder an den Klinikaufenthalt. Er versuchte, sich die Klinik vorzustellen, aber er erinnerte sich statt dessen, wie er als Kind in der Nachkriegszeit von seinen Eltern in Ferien geschickt worden war. Es war ein billiger, von der Arbeiterwohlfahrt organisierter Landaufenthalt im Odenwald gewesen. Mit vierzig oder fünfzig etwa gleichaltrigen Kindern war er vier Wochen lang zusammengewesen, und alle waren in einem großen, ausgeräumten Gasthof untergebracht. Geschlafen wurde auf schmalen amerikanischen Feldbetten, die in vier Reihen von Wand zu Wand aufgestellt waren. Feldbetten hatte das Kind Abschaffel nie zuvor gesehen, und er konnte auch gar nicht glauben, daß man auf diesen Gestellen schlafen konnte. Jeder bekam eines von diesen kleinen harten Armeekopfkissen und eine grüne schwere Wolldecke. Aus Schreck, Verlassenheit oder Angst oder aus allem zusammen machte Abschaffel schon in der ersten Nacht ins Feldbett. Das war für ihn ganz ungewöhnlich, weil er zu Hause niemals ins Bett gemacht hatte. Er erwachte und brauchte mindestens eine halbe Stunde, um reglos die Scham zu überwinden und Vorstellungen zu bilden, wie er sich aus seiner Lage befreien konnte. Er beschloß, leise aus dem Schlafsaal zu schleichen, sein verschmiertes Bettzeug mitzunehmen und es draußen im Hof, wo es einen steinernen Trog mit frischem Wasser gab, zu reinigen. Weil es Hochsommer war, hoffte er, das gewaschene Bettzeug werde noch in der gleichen Nacht trocknen; er selbst wollte so lange neben der Wäsche warten, bis sie wieder in Ordnung war. So war sein Plan. Zuversichtlich wartete er, aufgestützt in seinem Kot sitzend, eine weitere halbe Stunde. Nichts rührte sich; die Kinder schliefen, und manche pfiffen wie Mäuse. Dann stieg er aus seinem Feldbett und raffte das Laken, das Kissen, das Schontuch und die schwere Wolldecke an sich. Er traute sich kaum, sich selbst richtig anzusehen. Rasch huschte er zur Tür, aber er fand sie verschlossen. Natürlich traute er sich nicht, gegen die Tür zu schlagen oder jemanden zu wecken. Warum machte eine geschlossene Tür alles zunichte? Er mußte das verschmierte Bettzeug wieder auf seinem Feldbett ausbreiten und sich selbst hineinlegen. Es ging nur in Stufen. Erst saß er eine Weile auf dem Bettrand, dann aufrecht im Bett, endlich lag er. Die Müdigkeit überwand ihn rasch, und am Morgen, als er die Augen öffnete, feixten sechs oder sieben Jungen um sein Feldbett herum. Zunächst glaubte er, sich in einem der üblichen Alpträume zu befinden, und wollte im Halbschlaf abwarten, bis die Bilder endgültig verschwunden waren. Aber die Bilder zogen sich nicht zurück, und mit zunehmender Wachheit erinnerte er sich, was in der Nacht geschehen war. Er lag scheußlich zugerichtet auf seinem Feldbett und heulte. Endlich erschien eine Betreuerin und verjagte die Kinder. Mit wenigen Anordnungen befreite sie ihn aus seiner Lage. Noch vor dem Frühstück saß er in einer Badewanne, und eine andere Betreuerin hatte sein Feldbett mit frischer Wäsche überzogen.

Erst kurz vor der Ankunft bemerkte er, daß er die Möglichkeit, auch hier in einem ähnlichen Schlafsaal und noch immer auf amerikanischen Feldbetten übernachten zu müssen, nicht ganz ausgeschlossen hatte. Alle seine Befürchtungen lösten sich beim Anblick der Klinik rasch auf. Eine Schwester zeigte ihm sein Zimmer und fragte ihn, ob er etwas trinken oder essen wolle, und er verneinte. Sie erklärte ihm die Räumlichkeiten und bat ihn, am nächsten Morgen um neun Uhr, noch vor dem Frühstück, im Sprechzimmer von Dr. Haak zu erscheinen. Danach, um zehn Uhr, solle er sich bei Dr. Buddenberg melden.

Die Klinik gliederte sich in mehrere, ihm noch unübersichtliche Gebäudetrakte. Beherrschend war ein massiver, achtstöckiger Bau, in dem etwa zweihundert Patienten, die meisten von ihnen in Einzelzimmern, untergebracht waren. Die Zimmer der Vorderseite hatten kleine Balkons, die der Hinterseite nicht. Das Erdgeschoß war zu einem weiten, hellen Aufenthaltsraum ausgebaut. In den weichen Kunstledersesseln saßen fast immer Patienten oder deren Angehörige, die von weither angereist waren. Die Patienten der Vorderseite konnten links auf die braunroten Dächer der breiten Bauernhäuser hinabsehen; rechts war ein weites Tal mit einer Flußebene und einer weitab liegenden Fernstraße. Die Patienten der hinteren

Seite sahen in die andere, sich verengende Hälfte des Tals und auf ein paar vereinzelt stehende Bauernhöfe. Der ganze Klinikkomplex war an einen Waldrand angebaut. Eine schmale, betonierte Straße führte von hier aus direkt in den Wald und löste sich nach fünfhundert Metern in eine Vielzahl von Wander- und Spazierwegen auf. Gewöhnlich gingen hier Patienten einzeln oder in Gruppen umher, wenn sie Zerstreuung oder Beruhigung suchten.

Dr. Haak war ein ruhiger, freundlicher Arzt, und die Untersuchung bei ihm glich derjenigen, die Abschaffel schon von Dr. Schmücker in Frankfurt kennengelernt hatte. Dr. Haak stellte ein umfassendes Bewegungsmangelsyndrom fest. Die Körperbewegungen des modernen Menschen sind einförmig und auch bei körperlicher Arbeit nicht ausreichend, um den Rücken mit seinen vielen Bewegungsmöglichkeiten in guter Kondition zu halten, sagte Dr. Haak. Abschaffel hörte kaum hin, weil er ein noch ganz unbenutztes, steifgefaltetes Handtuch bewunderte, das neben dem Waschbecken hing. Es war so weiß und ungebraucht, daß es aussah wie gefroren. Er überlegte eine Weile, ob er es darauf anlegen sollte, sich am Ende der Untersuchung unter einem Vorwand die Hände zu waschen und dann das Handtuch erstmals zu verkrumpeln. Aber er fand keinen Vorwand, und er ging wieder dazu über, Dr. Haak zuzuhören. Das beste ist, wenn Sie mich fragen, Sie nehmen an einer Bewegungstherapie teil, sagte der Arzt; Sie machen zuerst eine leichte Entspannungsbehandlung, und später gehen wir über zum Terraintraining. Dr. Haak schwieg eine Weile und machte sich Notizen. Abschaffel überlegte, ob er etwas fragen sollte; er beobachtete das rötliche, glattrasierte Gesicht des Arztes und die langsamen, vorsichtigen Bewegungen, mit denen er die Verschlußkappe seines offenbar teuren Kugelschreibers aufschraubte. Ich überlege, sagte Dr. Haak, ob es nicht vorteilhaft wäre, wenn Sie zusätzlich in eine Diätgruppe gehen, Sie haben Übergewicht. Was geschieht in der Diätgruppe? fragte Abschaffel. Sie bekommen mit anderen Patienten zusammen kaloriengemäße Mahlzeiten, sagte Dr. Haak. Ja, gut, mache ich, sagte Abschaffel, und er versuchte, seiner Zustimmung einen leichten, lockeren Ton zu geben. Dr. Haak war dankbar und griff diesen Ton sofort auf. In ein paar Wochen sind sie wieder auf dem Damm, sagte er freundlich.

Der Stationsarzt Dr. Buddenberg, bei dem sich Abschaffel um zehn Uhr vorstellte, war ein verschlossener, ein wenig mühsam sprechender Psychotherapeut. Er war etwa vierzig Jahre alt, trug einen Oberlippen- und Kinnbart und hatte eine Glatze. Er saß ohne Arztkittel auf der Station. Über einem karierten Hemd trug er eine graue, einfältige Weste, die Abschaffel sofort lächerlich fand. Sie erinnerte ihn an die ewig grauen, bestenfalls stahlblauen Westen seines Vaters. Die Weste von Dr. Buddenberg hatte genau denselben V-Ausschnitt wie die Westen des Vaters, außerdem genau dieselben gelbbraunen Knorpelknöpfe. Solche Westen gehörten zu den wiederkehrenden Weihnachtsgeschenken für Abschaffels Vater. Die Mutter wählte, wenn es etwas zu schenken gab, zwischen fünf möglichen Hauptgeschenken aus: Schlafanzug, Nachthemd, Oberhemd, lange Unterhosen oder eben Westen. Zu je einem Hauptgeschenk gab es wahlweise ein Nebengeschenk: Krawatte, ein paar Socken, Handschuhe, Unterhemd oder Manschettenknöpfe. Als Abschaffel zu einem jungen Mann herangewachsen war, wandte die Mutter auch auf ihn ihr Geschenksystem an. Der Vater schien mit ihrer Geschenkordnung schon immer einverstanden gewesen zu sein. Abschaffel bemerkte die Ordnung erst, als sie auch für ihn galt, aber sonderbarerweise wehrte er sich nicht gegen sie. Am liebsten hätte er nun Dr. Buddenberg gefragt, ob nun auch er solche Westen von seiner Mutter geschenkt bekam. Dr. Buddenberg hob sanft das Gesicht, als Abschaffel vor ihm stand, und stellte sich vor. Ich bin Ihr Stationsarzt, an mich können Sie sich wenden, sagte er; waren Sie schon bei Dr. Haak? Ja, sagte Abschaffel. Hat er Ihnen nichts mitgegeben? Nein, nichts. Na schön, sagte Dr. Buddenberg.

Der Therapeut nahm Abschaffel mit in die Stationsgruppe III zur Gruppentherapie. Er genierte sich, als er von

Dr. Buddenberg vorgestellt wurde und im Kreis von Patienten Platz nahm. Dreimal wöchentlich sollte er mit den Patienten seiner Station bei der Gruppentherapie zusammenkommen. In der ersten Woche konnte er kein Wort herausbringen. Er saß nur da und betrachtete die anderen, nahm Anstoß an ihrer Bekleidung, an ihren Gesichtern und ihren Bewegungen. Dr. Buddenberg saß dabei und sagte wenig. Er achtete darauf, was die anderen sagten, und ließ sich anmerken, daß er nachdachte über alles, was er von den Patienten hörte. Beim drittenmal fühlte sich Abschaffel so sehr von seinem Schweigen gestört, daß er glaubte, Dr. Buddenberg sein künftiges Nichterscheinen ankündigen zu müssen. Andere Patienten schwiegen zwar auch, aber sie schienen es mit größerem Recht zu tun. Die anderen waren schon länger in der Klinik, sie hatten sicher schon viel mitgeteilt, und ihr spätes Schweigen schien etwas Überlegtes zu sein, wohingegen es bei Abschaffel offensichtlich nur bloße Verlegenheit war. Er traute sich noch nicht einmal, aus dem Fenster zu sehen. Er blickte auf den Boden und überlegte, was er den anderen sagen konnte, und darüber verging die Stunde. Manchmal war es wie in der Mittagspause bei Ajax. Dann verspürte er Lust, den einen oder anderen Patienten wegen ihres unsinnigen Geredes zurechtzuweisen. Schon kurz danach machte er sich Vorwürfe, daß es ihm nicht zustand, jemanden seiner Mitteilungen wegen zu verurteilen, schon gar nicht in der Klinik. In der Gruppentherapie durfte jeder alles sagen, wenn er es sich traute. Tatsächlich redeten die anderen, sie erzählten von ihren Vätern und Müttern, von ihren Frauen und Männern und Kindern. Ein Mann in Abschaffels Alter erzählte, daß sich seine Mutter, wenn sie mit seinem Vater geschlafen hatte, jedesmal in der Küche über einen Bottich mit warmem Wasser setzte, sich einen Schlauch in die Scheide einführte und sich auswusch, und dies vor den Augen seines Vaters und häufig auch vor den seinen, des Patienten Augen. Abschaffel hörte zu, staunte, schwieg und blieb der Gruppentherapie dann fern, weil er glaubte, hier niemals sprechen zu können.

Nachmittags ging er gewöhnlich in das Dorf hinunter. Der Fußweg von der Klinik zum Marktplatz nahm wenig mehr als zehn Minuten in Anspruch. Häufig fiel Abschaffel erst auf der Hälfte des Weges ein, daß er sich nicht zu beeilen brauchte. Das Dorf war still und klein. Es ereignete sich kaum etwas, wobei man hätte zuschauen können. Ältere Frauen, Fahrräder haltend, standen paarweise am Straßenrand und erzählten sich etwas mit zischenden Stimmen. Abschaffel lief beobachtend umher, als müßte er einen Fehler finden. Rasch ging er dazu über, in fast allen anderen Menschen ebenfalls Patienten zu sehen, und im stillen rätselte er über ihre heimlichen Krankheiten. Im Schaufenster eines Spielwarengeschäfts sah er einen beinamputierten Mann, der das Schaufenster neu dekorierte. Seine Krücken waren von innen gegen die Scheiben gelehnt, und der Mann hielt sich an der hinteren Holzeinfassung des Schaufensters fest. Er befestigte an der Hinterwand große, fleischfarbene Puppen, die ihm von einer Frau hochgereicht wurden. Abschaffel sah dem Mann auf den Beinstumpf. Am meisten interessierte ihn die Hose des Mannes, die den Stumpf hinaufgewickelt war, und Abschaffel fragte sich, wie der Mann mit diesen Umständen jeden Tag zurechtkam. Wickelte ihm vielleicht seine Frau jeden Morgen das Hosenbein hoch und steckte es oben zusammen? Oder war das Hosenbein gar nicht hochgewickelt, sondern oben abgeschnitten und zu einem Umschlag vernäht? Wieviel Hosen hatte der Mann überhaupt? Abschaffel wartete, bis die Frau, die ihm Spielwaren hochreichte, wieder sichtbar wurde, weil er feststellen wollte, ob sie seine Frau oder eher seine Tochter war. Aber da verließ ihn das Interesse an diesen Dingen, und er wandte sich von dem Fenster ab und ging in Richtung Post. Er fror. In der Schalterhalle der Post würde er sich ein wenig aufwärmen können. Natürlich war wieder einer der beiden Kniestrümpfe nach unten gerutscht, oder gar beide? Seit seiner Kindheit kämpfte er im Winter gegen ewig herunterrutschende Kniestrümpfe. Natürlich, der rechte Strumpf hatte sich an der Fessel zu einem Wulst um den Fuß gedreht, und Abschaffel zog den Strumpf wieder hoch. Eine Zeitlang hatte er als Kind in der Nachkriegszeit sogenannte Leibchen getragen, die um den Unterleib gebunden wurden und an jeder Seite zwei Strapse hatten, an denen die beinlangen braunen Strümpfe befestigt wurden. Ein Streifen nackten Fleischs blieb oben immer frei. Oft rann beim Pinkeln ein wenig Wasser die Beine hinab, und die Haut wurde wund und grindig. Er haßte seine Leibchen, und er genierte sich, wenn sie ihm morgens von der Mutter angelegt wurden. Es störte ihn die unbegreifliche Ähnlichkeit seiner Leibchen mit den viel größeren, rosafarbenen Hüftgürteln der Mutter, die er nicht anfassen konnte. Überhaupt ekelte er sich vor der Unterwäsche der Mutter; als sie eines Tages seinen Ekel bemerkte, ging sie dazu über, mit ihrer Unterwäsche spaßhaft nach ihm zu werfen. Sie glaubte, seinen Ekel dadurch umwandeln zu können. Besonders ihre Strümpfe wickelte sie zu Knäueln zusammen und warf sie ihm überraschend ins Gesicht, wenn er nachmittags am Tisch im Wohnzimmer saß und versuchte, Schulaufgaben zu machen. Er zuckte zusammen, und über seinen Schreck mußte sie hell und kurz kichern. Auch die nach ihm geworfenen Strumpfknäuel rührte er nicht an, wenn sie auf seinen Heften lagen, sondern streifte sie mit dem Lineal vom Tisch herunter.

Kurz bevor er die Post erreichte, entdeckte er im Schaufenster eines kleinen Schreibwarengeschäfts eine Serie bunter Postkarten. Er betrat das Geschäft, und im Laden sah er noch schönere Postkarten, Winterbilder mit weiß eingedickten Häusern und unübersehbaren Schneeweiten. Er kaufte fünf dieser Schneebilder, und als er den Laden verließ, bemerkte er, daß er bereits erwartet hatte, den Schnee auf den Postkarten schon draußen auf der Straße zu finden. Aber es war nur kalt und trocken. Die kleine Schalterhalle der Post war überheizt. Es gab zwei Schalter und eine kleine Paketluke. Die Beamten waren dick und langsam, und es sah quälend aus, wenn sie ihre schweren Körper auf ihren Drehstühlen nur um wenige Zentimeter drehten. Am linken Schalter warteten drei kleine, bäuerliche Frauen, und Abschaffel stellte sich zu ihnen. Der

Postbeamte behielt die Briefe, die ihm gereicht wurden, bei sich und klebte die Briefmarken selbst auf. Er ließ jede Briefmarke über ein kleines Schwämmchen rutschen, das in einem Gumminapf eingesenkt war. Es war deutlich zu sehen, daß er die Briefmarken zwar rasch (die Geschwindigkeit in seinen Fingern verwies erneut auf die sackhafte Ruhe seines übrigen Körpers), aber nachlässig benetzte. Genaugenommen wischte er die Unterseiten der Marken nur oberflächlich über den Schwamm. Im selben Augenblick, als Abschaffel den Beamten der Unordentlichkeit verdächtigen wollte, überfiel ihn auch schon das Mitleid. Wie demütigend mußte es sein, Jahr für Jahr und Tag für Tag immer wieder Briefmarken über einen kleinen Schwamm rutschen zu lassen! Abschaffel erinnerte sich, daß er, als er Kind war, einmal eine Spielpost hatte, eine Kinderpost mit kleinen Zahlkarten, Überweisungen und Briefmarken drin. Das Benetzen und Ablecken von Briefmarken paßte vielleicht wirklich nur zu Kindern, und wer, wie diese beiden Landbeamten, auch noch als Erwachsener zum Nässen von Briefmarken gezwungen war, mußte eigentlich öffentlich bedauert werden. Aber vielleicht machten sie es auch gerne. Die Sorgfalt, die sie für jede Briefmarke aufwendeten, war erstaunlich und fremd. Und die Frauen sahen dem Mann bedächtig zu, wie er noch mit dem Handballen die Ecke der Briefmarken nachdrückte.

Erst als Abschaffel seine fünf Briefmarken in der Hand hielt, wurde ihm klar, daß er gar nicht wußte, an wen er eigentlich schreiben könnte. Es fiel ihm Margot ein, aber Margot spielte nur noch in seinem Kopf eine Rolle, in seinem Leben nicht mehr. Er glaubte, sie wohnte hinter seiner Stirn, aber ihre Adresse wußte er nicht. Seinen Eltern hatte er gar nicht gesagt, daß er für sechs Wochen eine Kur machte. Er hätte es ihnen auf einer Postkarte mitteilen können, aber dazu fehlte ihm der Mut. Das Leben der Eltern war für sie selbst schon schwer genug, und es durfte durch eine beunruhigende Postkarte nicht schwerer gemacht werden. Es blieb nur Frau Schönböck übrig, aber eine Postkarte an Frau Schönböck war ausgeschlossen. Trotzdem setzte sich Abschaffel an ein kleines Schreibpult. Noch einmal überlegte er, an wen er schreiben konnte, aber er kam nur wieder auf dieselben Personen. Er frankierte die leeren Postkarten und steckte sie in die Innentasche seines Sakkos. Er ging in eine Seitengasse, in der es so still war wie in einer leeren Wohnung; er begann sich großen Lärm vorzustellen. Rechts eine Riesenbaustelle, links ein Flughafen. Und weil ihm dieser Lärm immer noch nicht genügte, verspürte er Lust, über das Dorf und die Landschaft ungeheure Lügen zu verbreiten. Haben Sie schon gehört, im Inneren der Berge werden zur Zeit Schächte gebohrt, und in die Schächte werden Fahrstühle eingebaut, damit man in Zukunft bequem und sofort auf die Gipfel der Berge gelangen konnte? So, das haben Sie noch nicht gehört? Dann wissen Sie sicher auch nicht, daß übermorgen damit begonnen wird, die Leerräume zwischen den Bergen mit Beton aufzufüllen, damit obendrauf Radrennen veranstaltet werden können?

Die Lügen gefielen ihm. Er erfand noch weitere (der Fertigbeton wird übrigens aus Flugzeugen von oben in die Täler geworfen und wird sofort hart), bis er an einem Eckhaus ein paar Kinder spielen sah. Sie spielten auf vier steinernen Treppen, die zu einem Hauseingang hochführten. Die Mädchen trugen Kopftücher und Zöpfe, dicke Wollwesten und Hosen, die Jungen geflickte Jacken und Mäntel, und auf den Köpfen hatten sie Zipfelmützen, tief herunter in die Stirn gezogen. Abschaffel sah ihnen zu, und er fand, daß die Kinder alt aussahen, weil sich ihre Kleidung kaum von denen der Erwachsenen unterschied. Sie waren allein, und sie spielten mit sich und den unbeweglichen Treppen. Auch sie sahen zu ihm hin und grinsten. Er hielt die Kinder für hoffnungslos unwissend und früh veraltet. Ein kleines Sportflugzeug flog über das Dorf. Die Kinder blickten an den Himmel. Ein Mädchen fragte: Ist der Flieger echt oder aus Plastik? Die anderen Kinder versicherten, es sei echt, und Abschaffel, der die Unterhaltung halb mithörte, begann seine Einschätzung zu ändern. Er hatte sie unterschätzt, weil er sich von ihren Kopftüchern und Zipfelmützen vielleicht zu sehr hatte leiten lassen. Sie waren nicht unwissend, im Gegenteil. Genaugenommen waren sie im Verständnis der neueren Zustände vielleicht sogar weiter fortgeschritten als er selbst. Für ihn gab es Plastikbecher, Plastikbesteck, Plastikspielzeug und einen Plastikfingerhut. Ein Plastikflugzeug hielt er für ausgeschlossen und unmöglich, aber für die Kinder war es eine sichere Sache. Er sah sogar selbst an den Himmel und blickte dem kleinen Flugzeug nach. Gab es vielleicht wirklich schon Plastikflugzeuge, und er wußte es nur nicht? Verwirrt und geniert wandte er sich ab und ging weiter.

Er war nicht gewohnt, mit so wenig Zerstreuung auszukommen. Abschaffel betrachtete die Kleinwagen, die in nicht fertig gebauten Garagen standen. Sie gehörten den Arbeitern und Handwerkern, die in den kleinen Fabriken und Werkstätten der Umgebung arbeiteten. Neben den Garagen, im Freien, lagen verrostete und verdreckte Feldgeräte, die offenbar nicht mehr in Gebrauch waren. Hinter den Garagen war manchmal ein Lattenverschlag angebaut, in dem Arbeitsmaterial oder große Winterschlitten eingestellt waren. Und immer wieder die unglaublich kleinen Fenster der Bauernhäuser. Sie waren so klein, daß Abschaffel manchmal Zweifel kamen, ob sie wirklich für Menschen bestimmt sein konnten. Aber es waren ganz sicher Menschenfenster; manchmal wackelte ein Gardinenende, und für Augenblicke war der Schatten einer Gestalt und eines Gesichts bemerkbar. Ein angeketteter Hund sprang die ihm zugemessene Entfernung nach vorne und bellte Abschaffel von weitem an. Es kam ihm wie eine Erlösung vor, als er überraschend eine kleine Bäckerei sah, die er noch nicht kannte. In der Bäckerei brannte sogar Licht. Abschaffel betrat den Laden, und es war ihm recht, daß zwei Frauen vor ihm warteten. Sie kauften nur Brot, und auch dies fast wortlos, weil sie es vielleicht nicht gewohnt waren, daß ein Fremder im Laden war. Die Bäuerin, die vor Abschaffel bedient wurde, hatte einen großen Geldbeutel, den sie geöffnet vor ihrem Bauch hielt; er war über und über mit Münzen gefüllt, und die Bäuerin fuhr mit dem gestreckten rechten Zeigefinger in der Tiefe des Geldbeutels umher, ohne jedoch die zur Bezahlung des verlangten Betrags notwendige Summe einzusammeln. Noch zweimal fuhr sie nervös mit dem Finger in den Münzen umher, dann holte sie aus dem hinteren Fach des Geldbeutels einen Zehn-Mark-Schein hervor und bezahlte damit ihr Brot. Sie erhielt wieder eine Menge Münzen zurück. War die Frau blind oder kannte sie die Münzen nicht? Oder war es möglich, daß sie nicht rechnen konnte? Abschaffel war so vertieft in das Verhalten der Bäuerin, daß er selbst langsam und umständlich wurde. Er wollte ohnehin nur einen Blätterteig; die Bäckersfrau packte das Stück ein, er zahlte und verließ den Laden.

Langsam ging er den Weg zur Klinik hoch und aß den Blätterteig. Die Berge hinter den Klinikbauten waren im dunkelnden Nachmittagslicht wieder blauviolett geworden. Abschaffel war bisher nur einmal im Wald spazieren gewesen. Die Natur langweilte ihn. In den Bergen gab es nichts als schattige Wege. Es war ihm bis jetzt nicht möglich gewesen, zu diesen Bergen eine brauchbare Einstellung zu finden. Entweder machte ihn der Anblick der Berge übertrieben niedergeschlagen; es war eine Niedergeschlagenheit, die sich selbst als Übertreibung kennzeichnete, weil er sich so überdreht tragisch und vehement dabei vorkam, wenn er in dieser Stimmung die aufsteigenden Linien der Berge betrachtete. Wenn freundliches Wetter war, vielleicht sogar Wintersonne schien, dann reagierte er ebenso übertrieben locker und heiter. Diese unechte Leichtigkeit gefiel ihm auch nicht. Er war Natur überhaupt nicht gewohnt. Er war in einer Stadt aufgewachsen, und alles, was er von der Natur kannte, waren eingezäunte Vorgärten und Blumen zum Muttertag. Die sonderbaren Berge, die nirgendwo hinzuführen schienen, gingen ihm zu weit. Ihm war geläufig, in einer zwar überfüllten und häßlichen, aber gut beschrifteten Welt zu leben. In der Stadt war alles erklärt, und was nicht erklärt war, war nicht wichtig. An den Eingangstüren der Häuser stand, wer in ihnen wohnte oder arbeitete. Die Berge aber führten in endlose Weiten und verheimlichten das Leben ihrer Bewohner. In der Ferne erkannte Abschaffel manchmal einzelne Bauernhäuser; sie lagen weit auseinander, und aus ihren Schornsteinen zog heller Rauch. Er blickte lange zu diesen Häusern hinüber und spürte, wie ihn die Entfernungen bedrückten.

Der Speiseraum der Klinik war groß und hell. Er lag im Erdgeschoß in einem abgesonderten Flachbau, an dessen langgezogener Fensterfront der Blick hinabglitt bis zu den Rückenansichten der eng zusammenstehenden Dorfhäuser. Die Wände des Speisesaals waren mit hellem Holz ausgeschlagen. Auf den stabilen Holztischen waren weiße Tischdecken ausgebreitet. An jedem Tisch saßen gewöhnlich sechs Personen. Es gab Patienten, die sich nicht genierten, eilig wie Kinder die Plätze an der Fensterseite zu besetzen. In diesen Personen erkannte Abschaffel die klein gebliebenen Angestellten, die nicht damit aufhören konnten, aus der Aufrechnung solcher kleiner Vorteile den Tagessinn ihres Lebens herauszuschlagen. Die Art, wie sie umsichtig durch die Doppeltür traten und dabei so taten, als sei es ihnen gleichgültig, welchen Platz sie einnahmen, erinnerte Abschaffel fast täglich an seine Kollegen bei Ajax. Es gab feste Sechsergruppen, die möglichst bei jeder Mahlzeit geschlossen an einem Tisch saßen. Er sah diese festen Gruppen auch bei Waldläufen und Spaziergängen, aber er hatte kein Bedürfnis, seine Mitpatienten kennenzulernen. Im Gegenteil, er wollte so lange wie möglich so tun, als sei er gerade erst angekommen. Die Arbeiter unter den Patienten bewegten sich linkisch und fremd und angestrengt; meistens trugen sie auffallende, grüne oder rosa Hemden und tiefgrüne oder tiefbraune Hosen mit scharfen Bügelfalten. Sie gingen leicht vornübergebeugt und nickten sich häufig zu. Die Angestellten bewegten sich sicherer; sie taten, als sei die Klinik die neue Firma, und erbrachten laufend Anpassungsleistungen. An vielen Tischen saß ein Patient vom Typ des Angestellten Hornung. Sie hatten fast immer etwas Draufgängerisches zu erzählen, irgendeine Meinung zu vertreten oder wenigstens eine Abfälligkeit deutlich zu machen.

Und sie hatten fast immer einige besonders verhemmte und verstörte Menschen um sich, die es offenbar als eine Art Lebensgarantie empfanden, wenn sie in der Nähe einer solchen Person sein durften. Wenn Abschaffel diese Angestellten reden hörte, dann hatte er für ein paar Augenblicke das bedrückende Gefühl, die ganze Welt hätte sich in eine Riesenfirma verwandelt, und noch nicht einmal am Mittagstisch einer Klinik war man sicher vor dem Geschwätz von Kollegen. Einer dieser tiefkranken, aber freudig mitteilsamen Patienten war Herr Elsner aus Düsseldorf. Er litt an rätselhaften Störungen im vegetativen Nervensystem und hatte fast immer Schmerzen. Herr Elsner gehörte zu den pastellfarbenen, dünnhäutigen Magenkranken, die häufig ihr Gesicht verzerrten, sei es, weil ihnen ein rasender Schmerz in den Magen fuhr, oder sei es, daß sie einen solchen Schmerz nur erwarteten. Spaßig sagte Herr Elsner: Was unternimmt mein Magen heute gegen mich? Bleibt er ruhig oder zwingt er mich nieder? Fast jeden Tag erzählte Herr Elsner, der sich Assistant Treasurer nannte, von seiner Arbeit. Er war Bankangestellter und fühlte sich toll. Manchmal tat er so, als sei er jeden zweiten oder dritten Tag in telefonischer Verbindung mit seinen Kollegen und Vorgesetzten in Düsseldorf. Eine seiner liebsten Posen bestand darin, so zu tun, als gebe es viele Dinge, die er noch heute telefonisch nach Düsseldorf »durchgeben« müsse. Ein anderer Vielredner war ein etwa vierzigjähriger Angestellter aus Peine, Herr Wildgruber. Seine Lieblingsgeschichte handelte von einem Mann aus Bad Ems, der einfaches Kochsalz violett eingefärbt, mit einem Duftstoff vermengt und es dann in kleinen Fläschchen als teures Arzneimittel verkauft hatte. Diese Geschichte brauchte er, damit er seine Überzeugung aussprechen konnte, im Leben immer betrogen worden zu sein. Er ärgerte sich sogar über die Zahnpasta, die er benutzte. Zahnpasta ist nichts anderes als gewöhnliche Schlämmkreide, sagte er, die mit ein bißchen Öl zubereitet ist, ein lächerliches Produkt, das sich jeder zu Hause selbst machen kann. Es war auffällig (für die anderen, für ihn nicht), daß er sich selbst immer erst dann als Betrogener bedauern konnte, wenn er zuvor einen fremden Betrüger bewundert hatte. Am gleichen Tisch saß eine etwa gleichaltrige Sekretärin, Frau Glauber, die wegen einer neurotisch bedingten Hautkrankheit hier war (ihre Arme und Hände waren rot vergrindet und schorfig). Frau Glauber hielt sich für besonders munter und nett. Sie und der Zahnpasta-Betrüger unterhielten fast täglich ihre Tischrunde. Frau Glauber war gepflegt gekleidet und gut frisiert. Sie wechselte jeden Tag die Bluse und fast jeden Tag auch ihre Brosche. Wenn sie sich an den Tisch setzte, sagte sie nicht Hallo, sondern Hallöchen, und wenn sie ging, sagte sie nicht Tschüs, sondern Tschöchen. Ihr Bedürfnis nach Sauberkeit und Nettigkeit ging an diesem Morgen so weit, daß sie Herrn Wildgruber, dem ein kleines Stück Ei am Oberlippenbart hängengeblieben war, mit einem unbenutzten Papiertaschentuch in der Hand fragte, ob sie es ihm entfernen durfte. Wenn Sie mich nicht umbringen, sagte Herr Wildgruber, und schon wieder waren die anderen vier Patienten am Tisch froh, über diese Antwort lachen zu dürfen. Ach, sagte Frau Glauber und wischte ihm über den Bart, wenn unser Stündchen gekommen ist, hilft uns keine Vorsicht mehr; der eine überlebt den Sturz aus seiner Wohnung im zehnten Stock, und der andere fällt vom Hocker und ist tot. Über diese Antwort kicherten sogar die Patienten am Nebentisch.

Abschaffel sah konzentriert auf das weiße Geschirr auf dem Tisch. Jeder trank aus den klinikeigenen, bulligen Tassen mit den schweren Henkeln, und jeder aß von den gleichen weißen, schweren Tellern. Auf jeder Tasse und auf jedem Teller stand, in Versalien, der Schriftzug KURKLINIK SATTLACH. Die Bezeichnung Kurklinik war ein häusliches Entgegenkommen an die Patienten. Draußen an der Eingangspforte war klein und verwaschen auf einem dunklen Metallschild die korrekte Bezeichnung zu lesen: PSYCHOSOMATISCHE KLINIK SATTLACH. Das klang ernst, krank, sachlich und wirklich und war deshalb für die Patienten wahrscheinlich eine Zumutung. Im häuslichen Gebrauch firmierte das Haus als Kurklinik. Abschaffel schenkte sich eine zweite Tasse Kaffee ein. Herr Wildgruber erzählte wieder eine Geschichte. Abschaffel war über sein Diätfrühstück gebeugt und kaute sein Knäckebrot mit langsamer Genauigkeit. Das Knäckebrot füllte, wenn es gekaut wurde, den Schallraum des Kopfes mit einem gleichmäßigen, mahlenden Geräusch aus, und dadurch war es möglich, das Gerede der anderen weitgehend zu überhören. Allerdings durfte das Mahlgeräusch im Kopf nicht allzulange anhalten; dann nämlich entstand das Gefühl, daß der Kopf innen langsam abbröckelte.

Eine halbe Stunde nach dem Frühstück, von 9 Uhr 30 bis 10 Uhr 30, hatte Abschaffel Analyse bei Dr. Buddenberg. Er wußte noch gar nicht, was er dem Analytiker heute erzählen sollte. Er hatte ihm schon manches von seinen Eltern erzählt, und er glaubte, nicht schon wieder mit ihnen anfangen zu können. Langsam leerte sich der Speisesaal, und Abschaffel kam ins Überlegen. Er mochte es, an einem Tisch übrigzubleiben. Dr. Buddenberg war für ihn eine Person geworden, der er von Zeit zu Zeit etwas mitteilen mußte, und es sollte etwas Gehaltvolles sein, wenn er schon sprechen mußte. Er konnte doch nicht ankommen mit lächerlichen Bürogeschichten oder gar mit Einzelheiten darüber, wie er normalerweise lebte. Dr. Buddenberg seinerseits schwieg meistens. Er war freundlich, bat ihn, Platz zu nehmen, aber dann schwieg er meistens die ganze Stunde. Nur in Ausnahmefällen fragte er nach, wenn er etwas nicht richtig oder vollständig genug verstanden hatte.

Er wischte sich den Mund ab und verließ den Speisesaal. Er hatte immer noch eine halbe Stunde Zeit; im Foyer wollte er sich nicht aufhalten, weil er sich dort von zu vielen Personen beobachtet fühlte, und in sein Zimmer wollte er ebenfalls nicht mehr zurück. Er entschloß sich, eine Weile in die Toilette zu gehen. Die Toilette war groß und weiß und leer. Er wusch sich langsam die Hände. Der Handtuchautomat neben dem Waschbecken erinnerte ihn wieder an die Firma. Auch hier war der Satz HANDTUCH MIT BEIDEN HÄNDEN BIS ZUM ANSCHLAG HERUNTERZIEHEN verunstaltet. Aus dem Wort Anschlag waren das N und die Buchstaben LAG herausgekratzt worden, so daß der Satz auch hier hieß: HANDTUCH MIT BEIDEN HÄNDEN BIS ZUM ASCH HERUNTERZIEHEN. Abschaffel schloß sich in einer Kabine ein, und wenig später hörte er Schritte eines anderen Toilettenbesuchers, der im Vorraum stehenblieb und pinkelte. Als der Unbekannte draußen rülpste, erschrak Abschaffel in seiner WC-Kabine; er verhielt sich ganz still, weil er dem rülpsenden Mann die Idee, er sei allein, nicht zerstören wollte. Der Mann wusch sich die Hände und verließ dann die Toilette, und damit wich auch von Abschaffel die Anspannung. Aus Schreck war es ihm nicht gelungen, seine eigenen Ausscheidungen loszuwerden, es sei denn, daß auch der Schreck zu den Ausscheidungen gehörte. Aber gab es das: schied der Mensch Schrecken aus wie Gerüche oder Schleim und Kot?

Dr. Buddenberg empfing ihn gewohnt freundlich. Abschaffel setzte sich in den weichen tiefblauen Patientensessel. Das Zimmer lag zu ebener Erde, und Abschaffel sah durch das Fenster hinaus auf einen gefrorenen braungrauen Acker. Abschaffel sagte lange nichts. Er fühlte sich nicht gut; eigentlich hielt er alles für mißlungen und wollte sofort nach Hause. Dr. Buddenberg saß im Hintergrund des Zimmers ebenfalls in einem Sessel und fuhr sich langsam mit einem Fingernagel über den Hosenstoff. Sie haben in der letzten Stunde erzählt, daß ihre Eltern so oft Streit miteinander hatten, sagte Dr. Buddenberg leise. Ja. Wann hatten sie denn Streit, bei welchen Gelegenheiten, meine ich. Über das Geld zum Beispiel, begann Abschaffel, stritten sie sich jede Woche, eigentlich fast jeden Tag, wenn sie nicht zu müde dazu waren. Der Vater war eben beleidigt, weil das Geld, das er verdiente und zu Hause abgab, nicht ausreichte. Die Mutter beteuerte, daß das Geld nicht hinreichte, und sie war ihrerseits beleidigt, weil der Vater das nicht verstand. Für mich war das schwierig, erzählte Abschaffel, weil ich nie wußte, welche Partei ich ergreifen sollte. Eigentlich war ich immer Mutters Partei. Aber der Vater tat mir auch leid. Es war alles nicht zu verstehen, aber das habe ich damals nicht verstanden. Letzten Endes war ich aber doch auf der Seite der Mutter. Sie war die Schwächere, sie hatte die leisere Stimme, und meistens fiel ihr zur Verteidigung schon bald nichts mehr ein. Es war überhaupt erstaunlich, daß sie sich in diese Streitereien so oft hineintraute. Schon nach wenigen Minuten fiel ihr nichts Neues mehr ein; ich stand dabei und fühlte ziemlich genau, in welchen Augenblicken ihre Niederlage eine beschlossene Sache war. Dann war nur noch der Vater am Reden. Er redete und schimpfte in einem fort, und es hörte sich an, als sei er seit hundert Jahren ununterbrochen im Recht. Natürlich verteidigte ich die ganze Zeit die angegriffene Mutter, aber leider nur stumm. Meine Mutter aber schien zu ahnen, daß ich sie schützen würde, wenn ich sie hätte schützen können. Eines Tages begann sie, mir heimlich Geld zuzustekken. Ich hatte von Anfang an das Gefühl, daß die kleinen Beträge, die sie mir gab, eine Art Dank sein sollten für mein Mitfühlen. Das Geld gab sie mir meistens am Wochenende; es reichte für ein Eis und für einen Kinobesuch am Sonntagnachmittag in der Jugendvorstellung. Und ich ging bald dazu über, das Geld, das sie mir anfangs freiwillig und überraschend gegeben hatte, direkt von ihr zu erwarten. Das heißt, ich mußte ihr immer wieder gute Gelegenheiten bieten, damit sie mir unbemerkt zwei Mark zustecken konnte. Die Sonntage waren für diese Gelegenheiten meistens gut geeignet; der Vater hielt sich sonntags morgens lange im Bad auf, weil er dazu an den Werktagen keine Zeit hatte. Ich dagegen hielt mich, wenn der Vater im Bad war, im noch ein wenig abgedunkelten Wohnzimmer auf und wartete auf die Geldübergabe. Sie geschah wortlos und in größter Panik. Nach geglückter Geldübergabe hatte ich dafür zu sorgen, daß die Münzen in meiner Hosentasche nicht klimperten. Ich wickelte die beiden Markstücke – meistens waren es zwei Markstücke – fest in mein Taschentuch ein. Wenig später sah ich den Vater aus dem Badezimmer kommen. Sein Gesicht war so mißmutig, als hätte er sich immer gerade zum erstenmal darüber geärgert, daß das Geld nicht ausreichte.

Abschaffel schwieg eine Weile. Dann sah er nach hinten zu Dr. Buddenberg, aber dieser rührte sich nicht. Abschaffel sah wieder auf den gefrorenen Acker und erzählte weiter. Ich meine jedenfalls, daß der Vater sonntags morgens schon verbittert war. Ich war zu dieser Zeit neun oder zehn Jahre alt, und ich saß Sonntag für Sonntag im Kino. Die Vorstellungen begannen um vierzehn Uhr, und ich sah Filme über Zorro, Tarzan, Ivanhoe und Störtebecker. Ich kann mich genau erinnern, daß ich noch im Kino gegen den Vater eingestellt war. Ich wurde Tarzan und kämpfte eineinhalb Stunden im dunklen Dschungelkino gegen den Vater. Ich ging sogar dazu über, dem Vater das idiotische Alltagstheater der Geldübergabe als Schuld anzurechnen. Wenn er sich nicht so grimmig verhalten hätte, wäre alles viel einfacher gewesen. Ich hätte dann sonntags nach dem Frühstück zwei Mark Kinogeld bekommen und hätte den Rest des Sonntags meinen Eltern dankbar sein können, sagte Abschaffel. Aber so war es leider nicht. Meine Mutter erhöhte die Beträge. Und nicht nur an Sonntagen, sogar an gewöhnlichen Dienstagen und Donnerstagen erhielt ich heimlich von ihr Geld. Ich war inzwischen zwölf oder dreizehn geworden, und ich begann, abends ins Kino zu gehen. Ich sah Filme mit Nadja Tiller und Peter van Eyck, mit Marianne Koch und Ewald Balser und Heinz Rühmann und Jean Gabin. Die Mutter fragte mich nicht, wo ich gewesen war. Das Kino hat mir sehr gut gefallen. Die Formen der Geldübergabe zu Hause wurden frecher und gewandter. Es gelang meiner Mutter, mir im bloßen Vorbeigehen Geld zuzustecken, und dies sogar dann, wenn der Vater im gleichen Raum anwesend war. Und in mir wuchs die Überzeugung, daß mein Vater ein ungeheuerlicher Trottel war. Wahrscheinlich war er schon immer so überrumpelt worden, wie ich ihn nun selbst überrumpelte. Beleidigt und böse lief er in der Wohnung umher und suchte nach Anzeichen dafür, wie schlecht er es im Leben getroffen hatte. Und weil er nichts entdeckte, setzte er sich traurig an seinen Schreibtisch und ordnete die Schreibtischschublade. Ich stellte mich neben ihn und sah ihm dabei zu, wie er seine Lineale, seine Notizbücher und seine Visitenkarten in die Hand nahm und sie wieder in die Schublade zurücklegte. Ich glaube, sagte Abschaffel, daß es im gefiel, wenn ich nahe bei ihm war und ihm zuschaute. Immerhin war ich für diese Zeit von seinem Mißtrauen ausgenommen. Ich spürte, daß er meiner Mutter nicht mehr vertraute. Er war ein hoffnungsloses kleines Arbeitstier, das an seine Verhältnisse ausgeliefert war. Und irgendwann zog mich das Mitleid mit meinem Vater gewaltig auf seine Seite. Ich konnte es richtig spüren, und ich spüre es auch jetzt wieder, wenn ich dies sage, daß gewaltige Ströme des Mitleids in meinem Körper die Seiten wechseln. Es war gräßlich und furchtbar und unerträglich, sagte Abschaffel und lehnte sich in seinem Sessel zurück. Er machte eine Pause und wischte sich über die Augen. Ich konnte die alte Ordnung der Gefühle nicht weiter aufrechterhalten. Ich war natürlich weiterhin meiner Mutter verpflichtet, ohne zu wissen, wie ich mich verhalten sollte. Sie gab mir ja immerhin Geld, und Geld ist ebenso wichtig wie die Liebe, vielleicht sogar viel wichtiger, aber das traut man sich nicht zu denken. Ich entdeckte, daß ich meinen Vater fortlaufend betrog, und zwar unter Anleitung meiner Mutter. Er verdiente das Geld, und zwar allein für die ganze Familie, er war hart gegen sich und leistete sich nichts, was über die tägliche Schachtel Zigaretten hinausging, und ich hinterging ihn mit heimlich empfangenen Taschengeldern. Er führte mir seine Entbehrungen vor, und ich verpraßte das Geld im Kino und im Eissalon. Der Vater versuchte, die Wahrheit des Geldes in seiner Familie zu finden, und sein Sohn, der dreizehnjährige Trickdieb, stand scheinheilig neben seinem Schreibtisch und wußte von nichts. Vor allem, seufzte Abschaffel, war nun der Beweis erbracht, daß genügend Geld in der Familie war. Es war sogar mehr als genug da, sonst hätte ich ja niemals Taschengeld bekommen können. Ich nahm natürlich weiter das Geld, aber jedesmal stattete ich ein Gefühl für den Vater ab. Oft hatte ich Lust, die Mutter an den Vater zu verraten. Das Allerschlimmste war, daß ich zum dauernden Taktieren gezwungen war, aus dem ich eigentlich bis heute nicht herausgekommen bin. Ich habe immer das Gefühl, irgend etwas verbergen zu müssen, übrigens völlig belanglose Dinge, ich meine nur immer, auch belanglose Wahrheiten müßten vor Entdeckungen geschützt werden, weil sie Teile einer großen furchtbaren Wahrheit sind, die niemals entdeckt werden darf. Ich war immer noch auf seiten der Mutter, aber tief innen verteidigte ich den Vater. Nur durfte die Mutter das nie merken, und sie bemerkte es auch nicht. Meine Mutter ist übrigens eine ziemlich blöde Kuh, Herr Dr. Buddenberg, das habe ich erst spät bemerkt. Sie gehört zu den Millionen Frauen, die zum Leben nicht viel mehr beitragen als die unablässige stumme Aufforderung, daß für sie gesorgt werden muß. Nein, das stimmt auch wieder nicht, verbesserte sich Abschaffel; sie wollte manchmal arbeiten, aber ihr Mann hat es nicht zugelassen, weil er als der alleinige Ernährer dastehen wollte. Es war alles verrückt und nicht zu verstehen, das habe ich Ihnen schon mal gesagt. In dem ganzen Durcheinander fand ich den Weg meines Vorteils: Geld nehmen, Gefühle behalten. Eigentlich herrscht meine Mutter heute noch über mich. Wenn ich heute meine Eltern besuche, dann verbindet mich mit ihr sofort eine Art Komplicenschaft, und das ist etwas sehr Intimes. Der Vater spielt nach wie vor die Rolle des Betrogenen, und ein Betrogener ist für die, die ihn betrogen haben, das Fremdeste, was es überhaupt gibt. Er ist nämlich nicht nur betrogen, sondern auch blöd und dumm, weil er die Betrüger immer wieder neu auffordert, ihn zu betrügen, ohne es je zu erfahren. Das heißt, ich habe das Gefühl meiner Mutter übernommen, wonach mein Vater ein dummer, einfältiger Mensch ist, der die anderen zwingt, ihn zu betrügen. Das Problem ist, daß ich diese Ansicht heute noch teile, aber mein Mitleid ist mächtig und wehrt sich gegen diese Ansicht. Und deswegen würgt mich diese Geschichte, wenn ich sie erzähle, tatsächlich habe ich sie noch niemals so ausführlich erzählt, und deswegen habe ich jetzt das Gefühl, als würgten mich die Hände meiner Mutter am Hals, weil ich diese Geschichte erzählt habe.

Abschaffel schwieg. Er fühlte sich erschöpft und bedroht. Zum erstenmal war er froh, daß er den Eltern seinen Aufenthalt in der Klinik nicht mitgeteilt hatte. Er glaubte sich nun wirklich vor Entdeckung geschützt. Dr. Buddenberg schwieg ebenfalls. Abschaffel hatte das Gefühl, über dieses Thema bis an das Ende seines Lebens reden zu können, weil dieses Thema sein Leben selbst war, aber er genierte sich. Er verstand nicht, warum Dr. Buddenberg nichts sagte. Jedesmal, sagte Abschaffel matt, wenn ich heute Geld ausgeben muß, kann ich es überhaupt nur zögernd tun, weil ich zunächst gar nicht begreife, wie man Geld ohne Verheimlichungen und Verwicklungen einfach so ausgeben kann. Manchmal habe ich auch Lust, mich zu entschuldigen, wenn ich Geld ausgebe, oder ich habe Lust, mir Geld zu leihen, weil ich dann sofort in dem mir bekannten Gefühl der Verwicklung bin. Richtig quälend aber ist eine Empfindung, die ich glücklicherweise nicht oft habe. Sie stellt sich manchmal ein, wenn ich Geld ausgebe. Im Augenblick, wenn ich meine Geldscheine in der Brieftasche sehe, weiß ich dann nicht, ob ich ein Vater oder eine Mutter werde. Ob ich ein Vater bin oder eine Mutter, verstehen Sie das? Ob ich dauernd Geld kriegen will wie eine Mutter oder ob ich mir nicht lieber Geld abnehmen lassen möchte wie ein Vater. Dann würde ich am liebsten jemand meine Brieftasche geben und für mich zahlen lassen, weil ich die Unentschiedenheit dieser Frage kaum aushalten kann. Natürlich muß ich dann doch zahlen, das heißt wieder nicht wissen, wem von mir ich mein Geld abnehme und wem von mir ich es gebe. Das heißt, ich weiß nie, ob ich mich mit dem Geld betrüge oder ob ich mich bloß einlade.

Die Stunde war zu Ende. Dr. Buddenberg erhob sich und fuhr sich mit der rechten Hand über das Gesicht. Er stellte sich in gerader Haltung hinter seinen Schreibtisch und sah senkrecht von oben herunter auf seine Papiere. Abschaffel wartete darauf, daß er etwas sagte. Aber er nannte nur den Termin für die nächste Stunde. Abschaffel verabschiedete sich, ohne bemerkt zu haben, daß auch der Analytiker erschöpft war. Oben in seinem Zimmer fühlte Abschaffel Beklemmungen und Angst. Er wollte rasch aus der Klinik. Er wusch sich die Hände und putzte sich noch einmal die Zähne, danach fühlte er sich leichter. Er zog seinen Mantel an, kämmte sich und schlüpfte in seine Handschuhe. Er war erstaunt, wie sehr ihn diese Verrichtungen beruhigten.

Draußen war es kalt. Noch immer hatte es nicht geschneit, aber die Landschaft war so hart und so grau, als erwarte sie gemeinsam mit den Häusern den Schnee recht bald. Es waren nur wenige Menschen unterwegs. Eine junge Bäuerin fuhr mit einem altmodischen Kinderwagen umher. Als er die Frau überholte, sah er in den Kinderwagen hinein. Auf dem kleinen Kissen lag ein großer Kinderkopf, über dessen Stirn und Augen der Rand einer Wollmütze tief heruntergezogen war. Sogar noch die kleine Nase war unter der Mütze verschwunden. Dafür aber war der Mund des Kindes offen, und Abschaffel sah in das rosa, zahnlose Mundinnere hinein. Da glitt der Kinderwagen aus seinem Blick, und Abschaffel wußte nicht mehr, was er anschauen sollte. Die kleinen, ein- oder zweistöckigen Fachwerkhäuser, die rechts und links der Hauptstraße nebeneinander aufgereiht waren, standen für sich und zogen niemand an. Auch der Blick in die kleinen Schaufenster der wenigen Geschäfte gewährte kaum Abwechslung, weil die verwinkelten alten Inneneinrichtungen nur die weitere Enge der Häuser zeigten. Abschaffel seufzte. Wußten die Leute von Sattlach denn nicht, daß jeder Mensch, der ungewohnte und ungewöhnliche Sachverhalte ausgesprochen hatte, ein Anrecht auf Zerstreuung hatte? Zum erstenmal sehnte er sich nach der Beweglichkeit der Stadt. Er stellte sich das Erdgeschoß des kleinen, schmutzigen Kaufhauses Woolworth in Frankfurt vor, das ihm immer besonders gut gefiel. Die besseren Angestellten vermieden das Woolworth und gingen in den prunkvollen Kaufhof oder in das schnittige Hertie. Aber die anderen, die Gastarbeiter, die Arbeitslosen und Umsiedler, die Türken und die Pakistani, gingen ins Woolworth. Auch die Mehrzahl der Verkäuferinnen waren Ausländerinnen, und sie verkauften an ihre Landsleute die Gegenstände und Artikel, die in ihren Wohnungen zu finden waren: große, geschmacklose Tüllpuppen, schwere, schlechte Teppiche, kitschige Farbleuchten für die Kommode und billige braune Büstenhalter, die wie Obsttüten übereinander aufgestapelt waren. Abschaffel sah, wenn er nach Feierabend in der Stadt herumlief, gern diesen schlecht und unsicher gekleideten Leuten zu, wenn sie ihre Anschaffungen machten. Und bei Woolworth gab es junge Verkäuferinnen, die sich, wenn sie gerade nichts zu verkaufen hatten, schnell die Nägel abbissen und dabei ihr Gesicht verzogen. Oder sie zogen rasch kleine runde Spiegel hervor und schminkten sich ihre Lippen nach. Und es gab ältere Verkäuferinnen, die blitzschnell ihren verrutschten Unterrock wieder an die richtige Stelle zurückdrehen konnten, ohne den Unterrock selbst unmittelbar zu berühren.

Wie schön wäre es gewesen, wenn er nun das Woolworth hätte betreten und all das hätte sehen können! Aber er war in Sattlach, und hier gab es kein Woolworth. Jede kleine Ablenkung mußte er mühsam suchen. Am Fenster eines Textilgeschäfts war ein kleines Schild angebracht, auf dem handgeschrieben zu lesen war: SCHWARZE MÄNTEL IN GROSSER AUSWAHL. War dies ein Hinweis für ältere Frauen, die dem Tode näher waren als dem Leben und nicht mehr aus ihren schwarzen Kleidern herauswollten? Abschaffel sah sich um und achtete auf die Farben der Mäntel. Tatsächlich trugen die meisten Personen dunkle bis schwarze Mäntel. Auch die Kinder trugen dunkle Jacken und Mäntel. Nur wenige Kinder und ihre Mütter gingen heller gekleidet. Wahrscheinlich stammten diese Personen nicht aus Sattlach; die heller gekleideten Frauen fuhren in sauberen Kleinwagen vor die Geschäfte, hoben ihre Kinder vorsichtig aus dem Wagen heraus, kauften rasch ein und brausten wieder davon. Wahrscheinlich waren es die Frauen höherer Angestellter, die in den wenigen Fabriken der Umgebung arbeiteten. Die Eile dieser Frauen schien etwas mit Scham zu tun zu haben. Die einheimischen Frauen fuhren nicht in Autos zum Einkaufen. Sie hatten alte Ledertaschen an ihren Armen und gingen immer zu Fuß. Die langsame Art ihrer Bewegungen zeigte an, daß sie schon immer hier waren. Eine jüngere Frau, die für Sattlacher Verhältnisse ein wenig zu modisch gekleidet war, lief mit ihrem kleinen Kind umher. Das Kind nannte alles, was es sah, beim Namen, soweit es die Namen schon wußte. Es sagte Auto, Haus, Oma, Mann, Wauwau, und jedesmal bestätigte die Mutter die richtigen Bezeichnungen des Kindes. Abschaffel lief langsam an dem Kind vorbei und wartete auf den Augenblick, in dem das Kind das Wort Mann aussprach. Tatsächlich sah das Kind verwundert an ihm hoch und sagte dann das Wort Papi. Die Mutter war in der Nähe und lächelte vergnügt über die weitläufigen Irrtümer des Kindes. Abschaffel aber war leicht erschrocken und lief weg. War er denn schon so mitgenommen und verschlissen wie ein Vater?

Erst der Anblick einer alten Bäuerin brachte ihn auf andere Gedanken. Die Frau beabsichtigte, die Straße zu überqueren, und sie machte es mit einer solchen Vorsicht, die er von Menschen, die lediglich eine Straße überqueren wollten, nicht kannte. Durch ihre Vorsicht wurde die Straße als etwas sichtbar, das dem menschlichen Leben erst später hinzugefügt worden war. Abschaffel sah auf ihre blankgeriebenen schwarzen Schuhe, die ihr bis über die Knöchel reichten. Solche Schuhe gab es heute gar nicht mehr zu kaufen; sie waren offenbar so gut gearbeitet, daß sie fast so lange zu tragen waren, wie ihr Träger lebte. Die Falten im Leder dehnten sich bei jeder Bewegung der Füße. Die Schuhspitzen ragten knapp über den Rinnstein der Straße. Noch immer schaute die Frau unschlüssig und ruckartig nach links und nach rechts und bemerkte nicht, daß sie ihrerseits beobachtet wurde. Vielleicht glaubte sie, daß jeder Mensch nur seines Weges ging und nach den getanen Erledigungen rasch wieder seine Wohnung aufsuchte. Abschaffel sah der Frau nach, bis sie in einer schmalen Gasse verschwunden war. Eigentlich wollte er sie ein wenig verfolgen, aber er bemerkte zum Glück, daß diese Verhaltensweisen nicht in das Dorf paßten. Oder doch? Er wollte ja nur die automatische Lebenssicherheit dieser Frau noch ein wenig anschauen. Wahrscheinlich verließ diese Frau überhaupt nicht das Haus, wenn sie außerhalb nichts zu tun hatte. Und wenn sie von Unruhe geplagt wurde, ging sie vielleicht nur ins Bett und schlief. Oder sie besorgte das Haus und stopfte die Wäsche und säuberte die Zimmer und verteilte auf diese Weise die Unruhe, wenn es sie gab, auf tausend kleine Tätigkeiten. Aber wenn sie so lebte, dann lebte sie doch gar nicht viel anders als er selbst. Auch er versteckte seine Unruhe in einer Vielfalt von scheinhaften Aktivitäten. Dann hätte ihrer beider Leben vielleicht mehr miteinander zu tun, als sie beide ahnten und als sie beide zuzugeben bereit gewesen wären. Auf einem kleinen Dorfplatz, dicht neben dem dicken Stamm eines hohen Baumes, sah er eine ganz neue, noch verpackte Telefonzelle stehen, die ihn sofort interessierte. Nur das gelbe, eiserne Dach der Fernsprechzelle ragte aus der Kartonverpackung heraus. Abschaffel verspürte Lust, auf den Mann zu warten, der die Fernsprechzelle auspackte. Dann würde er endlich zum erstenmal eine ganz und gar neue Fernsprechzelle sehen können, nachdem er bisher immer nur verbrauchte, verschmutzte und verwitterte Zellen gesehen hatte. Und er stellte sich vor, daß es schön wäre, wenn er als erster Mensch von dieser Zelle aus telefonieren würde. Und er würde als erster in einem ganz neuen Telefonbuch blättern, dessen dünne Seiten ihm so weich wie Sand durch die Hand glitten. Er trat an die verpackte Zelle heran und betrachtete sie aus der Nähe. Tatsächlich war sie rundum mit starkem Karton verpackt. Er überlegte schon, ob er sie nicht selbst auspacken sollte; aber die Verpackung war mit drei Stahlbändern fest an die Zelle gepreßt. Wie schön wäre es, als erster von der Zelle aus auf diesen Platz sehen zu können! Und dabei auch noch zu telefonieren. Und dabei so tun, als würde man während des Sprechens nichts sehen oder, noch viel schöner, als würde man während des Sehens eigentlich nur zum Schein sprechen! Aber die Zelle war dicht verpackt, und weit und breit war kein Mechaniker zu sehen, der sich hier zu schaffen machte. Wahrscheinlich würde die Zelle erst in den nächsten Tagen ausgepackt und angeschlossen. Welches Gespräch in Sattlach war denn schon dringend? Es wunderte Abschaffel ohnehin, daß nicht noch andere Bewunderer die neue Telefonzelle anstaunten. So selbstverständlich waren Telefonzellen in Sattlach keineswegs. Er nahm sich vor, jedesmal, sobald er im Dorf umherging, nach der Zelle zu sehen und vielleicht zufällig den Tag zu erwischen, wenn die Post sie zur Benutzung freigab. Wieder meldete sich seine Lust, auf diesen Augenblick einfach hier zu warten, aber es war unmöglich. Eben wandte er sich ab, da sah er im Wurzelwerk eines anderen Baumes, der unweit der Telefonzelle stand, einen weißen Zettel liegen, der ihm nur deshalb auffiel, weil er schön viereckig zusammengefaltet war. Er hob den Zettel auf und entfaltete ihn so vorsichtig, als hätte er ihn auch zusammengefaltet. SONDERGASTSPIEL SCHÜLERS BAUERNTHEATER las er auf dem Zettel. DIE MÄRCHENBÜHNE GASTIERT AM KOMMENDEN DONNERSTAG, DEM 19. JANUAR, UM 15 UHR, IM GASTHOF ADLER IN SATTLACH. Auf dem unteren Drittel des Zettels stand: ZUR AUFFÜHRUNG GELANGT: SCHNEEWITTCHEN UND DIE SIEBEN ZWERGE IN VIER AKTEN. KEIN PUPPENSPIEL! VON SCHAUSPIELERN IN ECHTER MÄRCHENGARDEROBE AUFGEFÜHRT! EINTRITT 2,50 DM.

Abschaffel nahm den Zettel und steckte ihn ein. Wahrscheinlich war er von einem Schulkind auf dem Heimweg verloren worden. Er überlegte, ob er die Aufführung am kommenden Donnerstag besuchen sollte. Da sah er eine Patientin, die auf der anderen Straßenseite des Platzes gerade eine Metzgerei verließ. Es war eine Magersüchtige, die ihr Essen nicht bei sich behalten konnte. Wahrscheinlich hatte sie sich gerade wieder zwei belegte Brötchen gekauft, die sie nun irgendwo zu essen und im Magen zu behalten versuchte, und natürlich würde es ihr wieder nicht gelingen. Oder vielleicht doch? Abschaffel überlegte, ob er die Patientin verfolgen sollte. Er hatte bisher immer nur von anderen Patienten gehört, daß es dieser Frau nicht und nicht gelingen wollte, eingenommenes Essen im Körper zu behalten und zu verdauen und wieder auszuscheiden. Schon bald, wenn sie etwas zu sich genommen hatte, mußte sie sich übergeben, und es kam alles wieder heraus. Einen solchen dünnen Menschen hatte er zuvor niemals gesehen. In ihrer steckenartigen Gebrechlichkeit sah sie aus wie ein Gespenst. Wahrscheinlich hungerte sie sich zu Tode und wußte nicht warum. Was war es, was ihr das Leben so unannehmbar machte, daß sie es sich lieber langsam austrieb? Sie verließ rasch das Dorf und suchte eine stille Bank, um wieder einmal zu sehen, ob das Leben, wenigstens in Form zweier belegter Brötchen, nicht doch einmal bei ihr bleiben wollte. Zum Glück kam Abschaffel davon ab, sie heimlich zu beobachten, wenn sie sich wieder übergeben mußte, sich rasch den Mund abwischte und wieder ratlos blieb.

Er ging hoch in die Klinik und legte sich hin. Er langweilte sich und versuchte ein wenig zu schlafen. Tatsächlich schlief er nach zehn Minuten ein, und er träumte, daß ihm immer wieder zwei Zähne herausfielen. Er war immer wieder damit beschäftigt, die Zähne in das Zahnfleisch zurückzustecken. Er hatte das Gefühl, als sollte er daran gewöhnt werden, daß die beiden Zähne zwar nicht verlorengingen, sich aber immer wieder lösten und neu befestigt werden mußten. Sie hielten nur kurz, Minuten, dann lockerten sie sich erneut und fielen wieder heraus. Alles, was er zu anderen Menschen sagte, mußte er schnell und gedrängt sagen, damit seine Rede nicht von herausfallenden Zähnen unterbrochen wurde. Durch starke Geräusche auf dem Flur wachte er nach einer halben Stunde wieder auf. Er erhob sich und wollte im Spiegel die Wunde sehen, aus der ihm immer wieder die Zähne herausgefallen waren. Aber alle seine Zähne waren fest, und er blutete aus keiner Zahnlücke. Er putzte sich die Zähne und verbrachte eine Viertelstunde vor dem Spiegel. Immer wieder spannte er die Lippen und ließ aus dem Mund seine tadellosen Zähne hervorschauen.

In einer der nächsten Stunden bei Dr. Buddenberg erzählte

Abschaffel vom Geiz des Vaters. Darüber konnte er genausolang sprechen wie über Geldverwicklungen. Er wußte Geizgeschichten aus vielen Jahren, sogar aus seiner frühen Kindheit. Als die Oma, Vaters Mutter, gestorben war, wollte der Vater seine Kinder nicht mit zur Beerdigung nehmen, weil er das Straßenbahnfahrgeld zum Friedhof nicht ausgeben wollte. Erst ein Streit mit der Mutter – immer mußte ihm alles abgeklagt werden – stellte seinen Versorgungsanspruch wieder klar. Einmal, sagte Abschaffel, saßen wir in einer Wirtschaft, die Eltern, mein Bruder und ich; es war Sommer, und wir hatten einen Spaziergang gemacht. Meine Mutter hatte Durst bekommen, und sie hatte den Vorschlag gemacht, zum Abschluß ein Bier zu trinken. Wenn du es bezahlst, hatte der Vater gesagt, und das sagte er immer bei solchen Gelegenheiten. Meine Mutter mußte die Rechnung von ihrem Haushaltsgeld bezahlen. Bald sahen wir, wie die Kellnerinnen die fertigen Abendessen an anderer Leute Tische trugen. Mein Vater sah den Abendessen nach, und er hatte Hunger. Nach einer Weile fragte er meine Mutter: Willst du etwas essen? Zur allgemeinen Überraschung sagte sie dann: Ja. Und das hätte sie nicht tun dürfen; der Vater wurde böse und machte ihr Vorwürfe. Obwohl er sie selbst gefragt hatte. Wir haben doch zu Hause genug zu essen, was willst du denn hier? schimpfte er.

Abschaffel schwieg eine Weile und ging allein in seinen Erinnerungen umher. Heute glaube ich, begann er von neuem, daß mein Vater in Wahrheit nicht geizig gewesen ist, sondern nur enttäuscht. Furchtbar und riesig enttäuscht. Es gibt Fotos von ihm, als er etwa fünfundzwanzig Jahre alt gewesen war. Da steht er sehr elegant im Atelier eines Fotografen. Er trägt einen Stresemann, einen steifen Kragen, einen schwarzen Zylinder, an den Schuhen weiße Gamaschen und ein Stöckchen mit Knauf in den Händen. So wollte er wirklich sein, und weil er das nicht war, mußte er es werden. Aber er war nur ein kleiner Mann, er brachte es nur zu einer kleinen Wohnung und zu lebenslänglichen Sorgen, und eine lähmende Enttäuschung kam über sein Leben. Aber wie soll man leben mit einer so riesigen Enttäuschung, die sich überhaupt nicht fassen ließ. Er wandelte die Enttäuschung in Geiz um. Denn damit ließ sich von Tag zu Tag immerhin leben. Aber nicht einmal die kleine Existenz, die für ihn übriggeblieben war, ließ sich ohne Schwierigkeiten leben. Wenn wir, sagte Abschaffel seufzend, was ganz selten passierte, sonntags einmal spazierengingen, dann schlug meine Mutter vor, belegte Brote mitzunehmen, weil ein Besuch in einem Restaurant für uns eben nicht in Frage kam. Aber für belegte Brote war im stolzen Selbstgefühl meines Vaters auch kein Platz. Belegte Brote?! schrie der Vater; die Mutter, die bereit gewesen war, sich auf die ärmlichen Verhältnisse einzustellen, verstand ihn dann nicht mehr. Du kommst wieder mit deinen belegten Broten?! rief der Vater in der Wohnung herum. Er wollte jemand sein, der sonntags spazierenging wie die anderen, aber die belegten Brote in der Handtasche seiner Frau hätten ihn daran erinnert, daß er eben nicht wie alle anderen einen Sonntagsspaziergang machte. Denn die anderen saßen am Abend in einem Gartenlokal. Und bestellten, was sie wollten, und es wurde ihnen gebracht. Und da sollte er sich mit seiner Familie auf einer Parkbank verdrücken (oder wohin sonst?) und Brote auspakken? Das war eben unmöglich. Wütend über die Zumutung der Mutter machte er dann überhaupt nichts. Der Sonntag ging vorüber wie ein unendlich langsam leiser werdender Elternstreit. Die Mutter legte sich ins Bett und kam nicht mehr heraus. Der Vater setzte sich an seinen Schreibtisch und betrachtete die Sachen, die er sich für seinen nicht stattfindenden Aufstieg schon angeschafft hatte. Zum Beispiel Visitenkarten. Er besaß ganze Stapel von Visitenkarten, die er niemals brauchte. Er hat sie heute noch, und wenn er niedergeschlagen ist, spielt er mit ihnen wie mit Spielkarten. Es sind die Karten, die sein Leben in zahlreiche, immer nach oben führende Besuche hätten einteilen sollen. Neben seinen Visitenkarten (ich weiß alles ganz genau, weil ich ja oft neben der herausgezogenen Schublade stand) lag sein Ring mit Monogramm obendrauf. Er zieht ihn tatsächlich für Minuten an, während er am

Schreibtisch sitzt. Dann betrachtet er seine Hand mit Ring, und sie gefällt ihm. Dann legt er den Ring wieder zurück in das Schmucketui. Aber weil ihm selbst nichts gelungen war, sperrte er auch die Freude für die anderen Familienangehörigen. Denn er mußte immer wieder zurück in seinen Geiz, weil dieser höllische Geiz für ihn eine Möglichkeit war, mit der riesigen Enttäuschung fertigzuwerden. So war es, glauben Sie nicht auch, Herr Dr. Buddenberg? fragt Abschaffel. Aber Dr. Buddenberg schwieg. Einmal, stellen Sie sich das einmal vor, einmal hat eine Nachbarin, die ein paar Häuser weiter lebte, zu meiner Mutter gesagt, daß sie für mich ein paar gebrauchte, aber noch tadellose Schlittschuhe hätte, ob ich die nicht wollte? Meine Mutter bejahte und erzählte zu Hause die Geschichte, und ich wartete auf die Schlittschuhe. Aber die Schlittschuhe habe ich nicht bekommen. Die Nachbarin schien ihr schönes Angebot vergessen zu haben. Eines Tages traf meine Mutter dic Nachbarin wieder, und da hörte sie, daß mein Vater bei ihr gewesen war und ihr gesagt hatte, sie solle die Schlittschuhe behalten. Zu Hause hatte er seinen Besuch bei der Nachbarin aber nicht erwähnt, weil wir denken sollten, die Nachbarin hätte ihr schönes Angebot von sich aus wieder rückgängig gemacht. Und warum habe ich die Schlittschuhe nicht bekommen? Weil dem Vater die fünfzig Pfennig Eintritt in das Eisstadion zuviel gewesen waren! Jawohl. Das hat er uns am Tisch gesagt, als meine Mutter davon anfing, daß sie die Nachbarin getroffen und erfahren hatte, daß der Vater die Schenkung rückgängig gemacht hatte. So war das, sagte Abschaffel. Er wollte weiterreden und noch viele andere Geizgeschichten erzählen, aber er konnte nicht mehr. Noch einmal und noch immer litt er an diesen Versagungen. Er hatte das Gefühl, gerade eben erst erfahren zu haben, daß er die Schlittschuhe nicht bekommen sollte. Er konnte nichts mehr sagen. Schweigend hielt er den Druck noch einige Minuten lang aus, dann verließ er das Zimmer von Dr. Buddenberg.

Die Gymnastik half ihm, solche Wiederbelebungen alter Gefühle leichter zu überwinden. Am Anfang hatte er sich geschämt, sich in Turnhose und Turnhemd anderen Personen zu zeigen. In seinem Kurs waren zwei Stationsgruppen zusammengefaßt, Männer und Frauen, zusammen etwa vierzig Patienten. Der Gymnastiksaal war ein weiträumiger Flachbau. An zwei Seiten drang durch dicke Glaswände Tageslicht herein. Die Gymnastiklehrerin, Frau Hollinger, war eine freundliche, gepflegte Sächsin. In der Gymnastik sah Abschaffel fast jedesmal eine jüngere Patientin, die ihm gefiel. Er wollte bald versuchen, sie kennenzulernen. Sie war ungefähr so alt wie er, ein wenig kleiner, mit starkem Körperbau. Sie hatte dunkelbraune, fast schwarze Haare, die glatt herunterfielen; ihr Gesicht war blaß, fast gelblich, aber hübsch. Einmal hatte Abschaffel, als er durch Zufall während der Gymnastik neben sie zu stehen kam, ihren Schweiß gerochen. Der Geruch war angenehm, und er hatte sich sofort vorgestellt, daß er diesen Geruch in seinem Zimmer haben würde, wenn er mit ihr schlief. Aber wie sollte er sie kennenlernen? Er würde am liebsten so tun, als kennte er sie schon lange und sie ihn ebenfalls.

Frau Hollinger eröffnete die Stunde mit der Hockerübung. Jeder nahm sich eine kleinen, stabilen Hocker. Schaffen Sie sich so viel Platz, daß Sie ihre Arme ungehindert nach vorn und nach den Seiten bewegen können, sagte Frau Hollinger. Im Halbkreis und in mehreren Reihen hintereinander setzten sich die Patienten um die Gymnastiklehrerin herum. Setzen Sie sich auf das erste Drittel des Hockers, und zwar so, daß Ihre Oberschenkel die Sitzfläche des Hockers nicht berühren. Stellen Sie Ihre Füße auf den Boden auf. Entspannen Sie Ihre Beine und den Körper, der Rücken wird dabei ganz rund, der Kopf fällt nach vorn, die Arme hängen an der Seite.

Frau Hollinger sprach liebevoll und langsam wie zu kleinen Kindern. Nach und nach hörte Abschaffel auf, sich in der Gymnastik zu genieren. Auch seine Lust, alles zu beobachten und das Beobachtete schon für sein eigenes Leben zu halten, nahm in jeder Gymnastikstunde fühlbar ab. Am Anfang der Stunde machte es ihm noch Spaß, die sächsischen Aussprachereste in Frau Hollingers Ausdruck zu bemerken. Wenn sie ein K nicht eindeutig und hart wie ein K, sondern weich und sächsisch wie ein G aussprach, nahm Abschaffel manchmal die Haltung eines blöden Schülers ein, der Unebenheiten im Verhalten des Lehrers sinnlos tadelnd feststellt: aha, eben hat sie wieder sächsisch gesprochen. Er kam sich dann selbst lächerlich vor. All das verschwand auf fast erlösende Weise schon nach einer Viertelstunde. Dann war er nur noch mit seinem Körper beschäftigt. Er schwitzte und atmete und strengte sich an. Er verfolgte die Bewegungen seines Körpers, und er wollte alles richtig machen. Er hörte auf die Anweisungen von Frau Hollinger, und es gefiel ihm, wenn seine Bewegungen mit ihren Anweisungen ohne Rest übereinstimmten. Er atmete so heftig, daß ihm das Herz bis zum Hals hochschlug, und doch versuchte er, seine Anstrengung nicht zu zeigen. Wenn er für ein paar Augenblicke ruhig stand, brach ihm aus hundert kleinen Quellen der Schweiß unter den Haaren aus. Und, rief Frau Hollinger wieder und schlug drei Töne auf dem Flügel an, auf-rich-ten und los-las-sen, die Arme beim Auf-rich-ten vor-he-ben und fal-len las-sen, pen-deln und stopp. Jetzt setzen Sie sich aufrecht, heben die Arme und schwingen Sie sie nach hinten. Und Schwung und vor und schwin-gen Sie die Ar-me aus dem Rük-ken her-aus. Jetzt heben Sie und strecken beide Arme nach oben hinten und schwingen Sie die Arme ab. Los und hoch! Und strek-ken und ab-schwin-gen, ganz ho-ch und strek-ken und wieder stopp. Nach der Gymnastik schlief er gewöhnlich in seinem Zimmer eine Stunde oder mehr tief und fest und fast immer traumlos; jedenfalls erinnerte er sich meistens an keine Träume. Eigentlich hatte er die Patientin mit dem angenehmen Schweißgeruch heute ansprechen wollen, aber er war zu kraftlos gewesen. Nach der Gymnastik hatte er kaum sprechen können, so sehr mußte er Luft durch den Körper pumpen. Mit nassen Haaren und hängendem Blick war er in sein Zimmer gegangen und hatte sich sofort auf das Bett gelegt. Nun zog er frische Wäsche an und machte sich fertig für einen kleinen Spaziergang. Obwohl er den Wald nicht mochte, verlangte er heute einen Waldspaziergang von sich. Am besten wäre es, die Patientin mit den schwarzen Haaren würde mitkommen können (nach der Gymnastik hatte sie wieder ihren langen, dunklen Rollkragenpullover angezogen; wegen dieses Pullovers nannte er die Frau bei sich nur die Wollpatientin). Vielleicht sollte ich mich eine halbe Stunde ins Foyer setzen und warten, überlegte er. Aber dieser Gedanke war ihm unangenehm. Im Foyer herrschte gewöhnlich die Atmosphäre eines Krankenzimmers am Sonntag: angereiste Angehörige saßen mit ihren Kranken herum und flüsterten. Die Patienten erzählten Geschichten über andere Patienten. Meistens versuchte Abschaffel den Gang durch das Foyer zu vermeiden. Er fuhr mit dem Fahrstuhl hinunter in das Kellergeschoß, lief dann unter dem Foyer hindurch und kam über eine Treppe direkt zum Hauptausgang. Aber er riskierte dadurch, die Wollpatientin vielleicht zu übersehen. Denn das Foyer wurde auch gern von Patienten aufgesucht, die keinen Besuch erwarteten, aber doch gern in der Nähe von Stimmen und Bewegungen waren. Die großen weinroten Ruhesessel waren beliebt. Jeder Patient, der gerade unfähig war, an irgend etwas teilzunehmen, konnte sich, indem er in einem solchen Sessel Platz nahm, vor dem Gefühl der Vereisung und der absoluten Verlorenheit schützen, das ihm allein in seinem Zimmer sicher stärker zugesetzt hätte. Manche Patienten schliefen abends sogar in diesen Sesseln ein und mußten von Stationsschwestern geweckt werden.

Als Abschaffel in den Wald eintrat, mußte er sofort seine Abneigung gegen die Natur beruhigen. Im Nahbereich zur Klinik liefen viele Patienten herum. Die Männer trugen blaue Freizeitanzüge, gebügelte Hosen, bunte Hemden. Modische Handtaschen baumelten an ihren Handgelenken. Diese Patienten wollten aussehen wie Angestellte im Urlaub oder wenigstens wie Angestellte beim Betriebsausflug. Abschaffel ging allein, und er hatte keinen Kontakt mit diesen Patienten. Er grüßte sie zurückhaltend, das war alles. Tiefer im Wald wurde er manchmal von einem älteren Herrn, der eine leichte

Dauerlaufübung machte, überholt. Die wenigen Haare streng zurückgekämmt, den Blick auf den Boden gerichtet, das Gesicht verkniffen, lief er an ihm vorbei. Abschaffel sympathisierte mit diesem älteren Einzelgänger; vermutlich war dessen Abgeschlossenheit aber noch strenger als seine eigene.

Über Nacht war Reif über die Landschaft gekommen. Die Äste und Bäume waren weiß und starr und ein wenig glitzernd. Dadurch wirkte die Natur, wenigstens in diesen Laubwaldpartien, künstlich und erdacht und konnte sich nicht so wichtig tun. Darüber war Abschaffel erleichtert. Sobald er durch einige freie Durchblicke die Berge entdeckte, war er befremdet. Diese mächtigen dunkelgrünen Schraffuren der dichtbewaldeten Berghänge schienen immer eine Antwort zu verlangen, die er niemals geben konnte. Diese Berge richteten nichts aus bei ihm. Sie waren bloß da, mit ihnen schien nichts los zu sein. Oder doch? Vielleicht war Abschaffel eine Person, die es nötig hatte, von ihrer Umgebung immerzu beschäftigt zu werden. Aber außer einer riesigen, naturhaften Angeberei, die sich mehr gegen den Himmel zu richten schien, kam nichts von diesen Bergen. Abschaffel konnte es kaum fassen, daß es Menschen gab, die mitten in diesen Bergen wohnten. Es gab einzelne Häuser, deren Schornsteine rauchten.

Und dann diese Täler! Das Wort Tal war für ihn nur eine unverständliche Ortsbezeichnung. Er wußte nicht, wo ein Tal begann, wo es aufhörte, wo Täler hinführten und wie weit sie an ihren Seiten reichten. Führte ein Tal die Berge hinauf, von denen es seitlich begrenzt war, oder endete es am Ansatz der Berge? War ein Tal nur die Fläche zwischen zwei Bergen? Und wie wurde es in seiner Länge begrenzt? Hörte es einfach dort auf, wo es nicht mehr weiterging? Und wie konnte man dann jemanden finden, von dem lediglich bekannt war, er wohnte in diesem oder jenem Tal? Mußte man dann das ganze Tal abwandern, und zwar nicht nur der Länge nach, sondern auch seitlich immer wieder hinüber und herüber zu den in Tälern immer vereinzelt stehenden Häusern? Und wieviel Zeit war nötig, um unter diesen Umständen eine in einem Tal wohnende Person zu finden? Und wenn alles so schwierig war, warum blieb dann alles so, wie es doch schon so lange war?

So mühte er sich ab, die Natur und das geringe Leben in ihr zu verstehen, und doch war er mit den Mängelrügen, die er nur dachte, am Ende nicht zufrieden. Immer wieder sah er hinüber zu den dichtstehenden Tannen, und sobald sein Gemüt anfangen wollte, wieder zu klagen, wies er es zurecht. Denn soviel war ihm immerhin als Verdacht geläufig: Es klagte nicht die Natur, sondern nur er. Es konnte die Möglichkeit bestehen, daß alles, was er empfand und dachte, mit dem, was er sah, überhaupt nichts zu tun hatte. Das war ein beleidigender Verdacht. Es konnte sein, daß die Berge nur am treffendsten seine Leere abspiegelten und sie ihm in aller Schärfe zurückgaben.

In langen Abständen dröhnte in nicht allzu großer Entfernung eine einzelne Motorsäge. Manchmal waren Geräuschreste des Verkehrs auf der Fernstraße zu hören. Es war nicht zu ändern: Er bekam wieder das Gefühl, in der Natur zu scheitern. Denn natürlich traute er sich nicht, die Umgebung einfach zu beschuldigen. (Ihr Tannenbäume! Ihr öden Waldwege! Ihr langweiligen Wiesenabhänge, rollt euch zusammen und verschwindet!) Je länger er langsam hier umherlief, desto mehr glaubte er, eine Antwort schuldig zu sein. Er mußte zweimal nacheinander niesen und ärgerte sich darüber. Hatte er sich erkältet? Er band den Wollschal fester zusammen. Mit dem sicheren Gefühl, den Mißerfolg in der Natur nicht mehr abwenden zu können, kehrte er um. Es war, als hätte er ein ihm unbekanntes Zimmer betreten, und im Augenblick des Eintritts hätte er bemerkt, daß das Zimmer (die Natur) zu unaufgeräumt und unklar für ihn war. Er kehrte sofort um, aber im Augenblick des Umkehrens war der Bewohner des Zimmers erschienen (sein schlechtes Gewissen) und hatte ihn aufgefordert, die Unordnung nicht wichtig zu nehmen und trotzdem in das Zimmer zugehen. Natürlich hatte der Zimmerbewohner damit die Unstimmigkeiten des Zimmers und die des Besuchers nur noch verstärkt, und so blieb dem Besucher am Ende, wie Abschaffel in der Natur, nur die Flucht übrig.

Und wie jeder Fliehende, so überlegte er schon auf der Flucht, wie er möglichst rasch eine Tätigkeit finden konnte, die ihn wieder in seine Gewißheiten zurückversetzte. Und es fiel ihm etwas Phantastisches ein, was er schon seit zehn Jahren immer wieder tun mußte: Er wollte vier schmutzige Hemden, die in einem Plastikbeutel in seinem Kleiderschrank lagen, in die chemische Reinigung bringen. Das war etwas Solides, Übersichtliches und Notwendiges. Er war bisher noch nicht in der einzigen chemischen Reinigung gewesen, die es in Sattlach gab, aber er wußte, wo sie war. Er ging eilig in die Klinik zurück. Zu Hause in Frankfurt war an jedem Hemd, das gereinigt und gebügelt aus der Reinigung zurückkam, ein Papierstreifen angebracht: IN JEDER SITUATION EIN FRISCHES OBERHEMD. Dieser Spruch fiel ihm jetzt ein, und mitten im fremden Wald mußte er lachen. In einer anderen Reinigung, zu der er seine Hemden seltener brachte, hieß der Spruch auf den Papierstreifen: EIN OBERHEMD, DAS FREUDE MACHT! Dieser Satz gefiel ihm nicht so gut wie der andere.

Sogar die Plastiktüte, in die er die vier schmutzigen Hemden hineingesteckt hatte, hatte er von zu Hause mitgebracht. Die Tüte erinnerte ihn an städtische Lebensformen, und das Tragegefühl in der Hand war ihm so vertraut wie die Hand eines Menschen. Es störte ihn nur der Aufdruck der Tüte; das Wichtigste war die Beruhigung, überhaupt eine heimische Plastiktüte in der Hand zu haben. Er benutzte, um das Dorfinnere zu erreichen, einen Nebenweg, der hinter den Gärten einiger neuerer Ein- und Zwei-Familien-Häuser entlangführte. Zwischen den Häusern und dem Weg lagen schmale, langgestreckte Gärten mit Bänken, Lauben und Fischteichen. In diesen neuen Häusern wohnten wahrscheinlich die eleganten Mütter, die Abschaffel auf ihren flüchtigen Einkaufswegen schon gesehen hatte. Auf der an der Vorderseite vorbeiführenden Straße spielten gutgekleidete Kinder neben den sorgfältig geparkten Kleinwagen. Die kleinen Autos gehörten den Frauen, die großen (von denen zu dieser Zeit nur wenige zu sehen waren) den Männern. Auf der unbebauten rechten Seite des Weges endeten Obstgärten und Felder. Der Blick reichte von hier bis zu den Ansätzen der Berge, die Abschaffel nun wieder ohne Affekte betrachten konnte. Erst am Ende des Weges waren auf der rechten Seite von den Feldern zwei große Tennisplätze ausgegrenzt. Wahrscheinlich hatten die neu nach Sattlach zugezogenen Familien diese Tennisanlage errichten lassen. Abschaffel überlegte, ob es geschehen konnte, daß im Sommer weißgekleidete Tennisspieler auf ihren roten Plätzen umhersprangen, und nur wenige Meter neben ihnen verrichteten schweigsame Bauern ihre alte Arbeit. Da entdeckte Abschaffel am Boden der Seiteneinzäunung, ein wenig versteckt in einer dürren Hecke, die abgesprungene Hälfte eines Tennisballs. Er hob die Ballschale auf. Sie war verdreckt, aber er behielt sie in der Hand. Er erinnerte sich, daß er sich als Kind oft gefragt hatte, wie ein Tennisball von innen aussieht. Er erinnerte sich mit merkwürdiger Genauigkeit an dieses kindliche Rätsel, und nun endlich war es gelöst. Dieser behaarte, pralle, harte und doch nachgiebige Ball hatte innen eine fünf bis sechs Millimeter starke Gummiwand, auf deren Außenseite die pelzig behaarte Hülle aufgeklebt war. Er wischte den gröbsten Dreck von der Ballschale herunter und steckte sie in die Manteltasche. Er wollte sie am Abend in seinem Zimmer waschen und trocknen, so daß die Behaarung wieder frisch und hell werden mußte. Am Zaun des nächsten Tennisplatzes fand er sogar einen völlig intakten Tennisball. Wahrscheinlich hatte ihn ein Spieler über den Zaun geschlagen, und weil es bei den Angehörigen dieser neu zugezogenen Familien nicht üblich war, etwas Verlorenes wieder zu suchen, sondern gleich das nächste Neue zu nehmen, war der Ball außerhalb des Platzes liegengeblieben. Abschaffel säuberte ihn oberflächlich und steckte ihn in die andere Manteltasche. Halbwegs heiter betrat er mit seiner Plastiktüte die Hauptstraße von Sattlach. Im Schaufenster eines Uhrmachers las er auf einem langen, schmalen Pappschild, das auf dem grünen Samtboden des

Schaufensters auslag, nacheinander die Worte Uhren Brillen Bestecke Trauringe. Er las die Zeile zweimal, und beim letzten Wort blieb er hängen. Was bedeutete das Wort Trauringe? Sollte es heißen, daß zwei Personen, die einander geheiratet hatten, künftig auch einander trauen wollten? Aber eigentlich war das Wort Trauringe kaum noch gebräuchlich; wahrscheinlich stieß er sich deswegen so an ihm. Er ging weiter, und es beruhigte ihn, ein einzelnes veraltetes Wort gelesen zu haben. In einem bestimmten Schaufenster von Sattlach lebte das Wort Trauringe noch, aber für die allermeisten Menschen war es schon lange gestorben. Er überlegte, ob er dem Uhrmacher Bescheid sagen sollte, daß in seinem Schaufenster ein sterbendes Wort lag, und während er ging, probte er schon die ersten Sätze aus: Wissen Sie eigentlich, daß in Ihrem Schaufenster ein Wort verwest, ein altes Wort, das für Sie vielleicht noch gilt, äh, ja, da vergaß er den ganzen Trauringkomplex, denn inzwischen stand er vor dem Schaufenster eines kleinen Lebensmittelgeschäfts; es war überladen mit Lebensmitteln, und im Vordergrund, genau hinter der Scheibe, waren sechs Flaschen Wein genau nebeneinander aufgestellt. Und hinter den Weinflaschen lag ein Hasenbraten. Die Weinflaschen müssen in den Hintergrund, überlegte Abschaffel, der Hasenbraten muß als Blickfang nach vorn, dann müßte niemand mehr angestrengt über die Flaschen hinwegsehen, um den Hasenbraten überhaupt noch entdecken zu können. In einer Art, die er nicht wirklich so meinte, richtete er wieder, wie schon an den Uhrmacher, eine kleine Ansprache an den Lebensmittelhändler, und trödelte weiter. Die Plastiktüte, die ihm vor mehr als einer halben Stunde so gefallen hatte, störte ihn inzwischen. Das Tragegefühl hatte sich umgewandelt. Die Plastiktüte kam ihm nicht mehr großstädtisch, sondern bloß noch altmachend vor. Er fühlte sich wie ein älterer Mensch, der sich nicht als komplett erfährt, wenn er nicht eine alte Handtasche oder Tüte mit sich herumschleppt. Die Reinigung war der hellste Laden in Sattlach. Mehrere doppelte Neonleuchten knallten das Licht noch ansehnlich weit auf die Straße hinaus. Hinter der Theke stand eine Frau, von der sich Abschaffel sofort angezogen fühlte. Sie war etwa dreißig Jahre alt und trug eine verschlissene Nylon-Kutte, die ihre Arme frei ließ. In den Räumen war es stickig und heiß, weil im hinteren Teil des Geschäfts auch eine normale Wäscherei untergebracht war. Der Körper der Frau bewegte sich nur matt und langsam. Abschaffel zog seine Hemden aus der Tüte und legte sie auf die Theke. Die Frau nahm einen kleinen Auftragsblock und schrieb einen Zettel aus. Während sie schrieb, betrachtete er die nassen und schwarzen Achselhaare der Frau. Unter ihren Achselhöhlen hatte sich Schweiß gebildet, der auf ihrer Kutte gelbgraue Placken hinterlassen hatte. Unter der Kutte trug sie einen Unterrock, und in der Tiefe des Ausschnitts sah Abschaffel den Ansatz einer kleinen Brust. Er schämte sich. Ein blödsinniges Verlangen schlug ihm fast bis an den Hals. Die Frau schien zu fühlen, daß er ihr in den Ausschnitt sah, aber sie richtete sich nicht auf. Wahrscheinlich gehörte sie zu den vielen Frauen, die aus Hoffnungslosigkeit langsam nachlässig wurden, weil sie sich von dieser körperlichen Frechheit einen letzten Vorteil versprachen. Abschaffel wollte flüchten, weil er ein durchdringendes Gefühl davon hatte, wie unangebracht und peinlich sein Verlangen war. Sie übergab ihm den Zettel. Endlich hatte sie sich aufgerichtet. Er sah ihr leeres, regungsloses Gesicht, das durch das helle Licht der Neonröhren eine leblose Färbung angenommen hatte. Einige Augenblicke lang überlegte er, ob er heute bei Geschäftsschluß auf sie warten sollte. Aber vielleicht war sie dann irgendwie zurechtgemacht und trug eine weiße Bluse und einen Faltenrock, und daran war er nicht interessiert. Er wollte sie in ihrer verdampften und fleckigen Kutte haben, er wollte, ohne zu wissen warum, ihre junge Verbrauchtheit haben. Plötzlich hatte er den Einfall, daß der Grund seines Verlangens nur der Anblick ihrer Leere war, in der sich seine eigene Leere wunderbar spiegelte. Er nahm den Zettel und war so verwirrt, daß er nicht wußte, in welche Richtung er gehen sollte. Es half ihm wieder ein kleines Schaufenster. Es war die Auslage eines Schuhgeschäfts, in die er starr hineinblickte. Es gab kaum einen leeren Fleck in diesem Schaufenster. Auf eng stehenden Regalen waren die Schuhe neben- und übereinander angeordnet wie herabstürzende Fische, auf jeder Schuhkappe ein weißes Preisschildchen. Sollte er sich ein Paar Schuhe kaufen? Ein solcher Kauf würde ihn zwingen, endlich an etwas anderes zu denken. Aber er brauchte keine neuen Schuhe. Endlich, als er die Hände in die Taschen steckte und links den halben, rechts den ganzen Tennisball spürte, fand er aus seiner Verwirrung heraus. Er spielte mit den Gegenständen, und rasch festigte sich das Gefühl der Beruhigung.

Er hatte genug, und er wollte zurück in die Klinik. Er nahm den kürzesten Weg, der von hier aus am Rande eines Rebhügels vorbeiführte. Vor einem großen Bauernhaus spielten zwei kleine Kinder, die aufsahen, als er vorüberging. Weil sich Abschaffel wieder besser fühlte und er die Besserung, wie er glaubte, den Tennisbällen verdankte, entschloß er sich, den beiden Kindern den ganzen Ball zu schenken. Den halben, für die Kinder unbrauchbaren, wollte er für sich behalten, weil er seiner Bedeutung noch eine Weile nachhängen wollte. Er warf den Kindern den Tennisball zu. Verdutzt fingen sie ihn auf und schauten zu ihm hin. Durch schnelles Weitergehen machte er deutlich, daß er die Rückgabe des Balls nicht erwartete. Er fühlte sich immer noch gut, und er begann sich vorzustellen, wie er bei diesen beiden Kindern nun als Ballverteiler galt. Wenn die Kinder ihn wiedersahen, würden sie sich erinnern, und Abschaffel wäre eindeutig ein guter Mann. Er stellte sich sogar vor, welche Unterhaltung der Vorfall in der Familie der Kinder hervorrief. Heute ist uns ein Ball geschenkt worden, sagten die Kinder, und die Mutter erschrak vermutlich. Ein Ball? Was für ein Ball? Ein Tennisball. Einfach so? Ja, einen Ball? hier ist er, sagten die Kinder. Wer hat euch diesen Ball geschenkt? Ein Mann. Ein Mann? Ja, ein Mann. Was für ein Mann? Wir kennen ihn nicht, wir haben ihn nie zuvor gesehen. Wie ging denn das vor sich? fragte die Mutter beunruhigt. Habt ihr gebettelt? Nein, nein, bestimmt nicht. Hat der Mann etwas dazu gesagt? Nein, nein, er lief einfach weiter. Wollte er etwas von euch? Nein, nichts, kein Wort hat er gesagt. Tief verlor sich Abschaffel in die Vorstellung dieses Gesprächs. Am Ende war er überzeugt, daß die Mutter die Ballschenkung nicht verstand. Wahrscheinlich glaubte sie, irgend etwas an dieser Geschichte sei nicht wahr oder anders gewesen, und die Kinder waren nicht in der Lage, ihr Mißtrauen auszuräumen. Sie mußte sich sorgen, denn Männer, die Kindern einen Ball schenkten, galten als gefährlich. Hoffentlich sorgte sich die Mutter nicht zu sehr! Und hoffentlich nahm sie den Kindern den Ball nicht wieder ab: aus lauter Ratlosigkeit, weil sie die vermeintliche Wahrheit nicht herausfinden konnte.

Zwei Tage später, als er frühmorgens aus dem Fenster schaute, war Schnee gefallen. Es war ein Anblick, den er kaum für möglich gehalten hatte. Es war noch fast dunkel. All die Umrisse der Häuser, der Scheunen, der Anbauten und Geräteschuppen hatten sich im weichen Schnee nahezu aufgelöst. Sie waren nur noch erinnerbar, weil das Gedächtnis auch die gewöhnliche, schneefreie Gegenständlichkeit aufbewahrt hatte. Abschaffel zog sich einen Stuhl an das Fenster und sah fast eine Stunde lang in die Schneelandschaft. Es war eine einzige große milchige Bläue, die sich unendlich langsam aufhellte. Ringsum war Stille. Es war erst sieben Uhr. Abschaffel war nur deswegen so früh aufgestanden, weil es ihm bisher nicht gelungen war, seinen gewöhnlichen Büro- und Arbeitsrhythmus abzulegen. Auch in der Klinik wachte er täglich, wie zu Hause, kurz vor sieben Uhr auf und horchte, still im Bett liegend, eine Weile in seine Umgebung, ehe er aufstand. Zu Hause brauchte er die Stunde zwischen sieben und acht Uhr für Anziehen, Frühstück und Arbeitsweg. Hier blieb die Stunde eine tote Zeit, die er hätte mit Schlaf ausfüllen können, wenn er schlafen gekonnt hätte. Noch nicht einmal seine Armbanduhr legte er nachts ab. Denn gelegentlich wachte er nachts auf, und das Bedürfnis, die Uhrzeit sofort zu wissen, ohne die Uhr erst lange suchen zu müssen, war in der Klinik nicht schwächer geworden. Benommen sah er aus dem Fenster. Einige wenige Lichter waren inzwischen eingeschaltet worden, und Abschaffel erinnerte sich an einen Lieblingssatz seines Vaters: Je ärmer die Leute, desto früher brennt morgens das Licht. An einigen Tannen, die nahe der Klinik standen, war zu sehen, daß mindestens zehn, vielleicht sogar fünfzehn Zentimeter Schnee gefallen waren; die Tannen waren dick und schwer geworden. Solche verschneiten Tannen kannte er eigentlich nur von den Winterbildern der EDEKA-Kalender, die früher von den Lebensmittelhändlern zu Weihnachten und Neujahr an Hausfrauen verteilt wurden. In der Küche der Mutter hing immer ein solcher Kalender. In den Monaten Dezember, Januar und Februar gab es nur Schneebilder mit Tannen, Skifahrern und lustigen Rodelpartien. Manchmal war sogar ein unwirklicher Pferdeschlitten abgebildet, aus dem noch unwirklichere Leute herauswinkten.

In der Umgebung der Klinik war kein Mensch zu sehen. Nur die Vögel flatterten aufgeregt hin und her, und manchmal gelang es ihnen, durch heftigen Abflug von einem Ast ein wenig Schnee herunterzuschütteln. Abschaffel klebte der Schweiß auf der Stirn. Er hatte sich erkältet vor zwei oder drei Tagen. Er holte sich eine Wolldecke und schlug sie sich über die Schultern. Außerdem zog er seine Strümpfe an. Es war schön, im Schlafanzug, ein wenig verschwitzt, aber doch warm am Fenster zu sitzen. Er stellte sich ein Glas Wasser auf die Fensterbank und sah in den Schnee. Es fiel ihm eine Wintergewohnheit des Vaters ein. Der Vater saß an Sonntagnachmittagen fast regelmäßig vor dem Fernsehapparat und folgte der Übertragung von irgendwelchen Slalomrennen aus fernen Wintersportstädten. Eine Stunde oder mehr saß er dicht vor dem Apparat und sah immer wieder dem Verlauf von dunklen Punkten zu. Die Punkte waren die einzelnen Skifahrer, die langsam die Strecke und den Bildschirm nach unten glitten. Für ein paar Augenblicke, meistens am Start, weil dort eine zweite Kamera aufgebaut war, war jeder Skifahrer aus der Nähe zu sehen gewesen. Dann folgte wieder die weite Einstellung mit dem gleitenden Punkt auf der weißen

Fläche des Bildschirms. Der Sprecher, fast immer war es Heinz Maegerlein, nannte zu jedem neu auftauchenden Punkt den Namen des entsprechenden Skifahrers, erwähnte frühere Rennzeiten und diese oder jene Einzelheit aus dem Leben der Rennfahrer. Die Mutter lag während dieser fürchterlichen Übertragungen meistens im Bett und schlief. Er, das Kind Abschaffel, lief in der Stadt herum und übte das Verlassen der Eltern, das so schwer in den Körper hineinwollte. Oder er verhockte den Nachmittag im Kino: mit dem Geld der Mutter. Jetzt kam Abschaffel die Idee, daß der Vater damals verzweifelt war, denn anders war es nicht zu erklären, daß ein gesunder Mensch mehr als eine Stunde lang an so vielen Sonntagnachmittagen immer wieder demselben Nichtgeschehen zusah. Aber der Vater hatte wahrscheinlich nicht gewußt, daß er verzweifelt sein durfte, daß er auch wirklich hätte verzweifeln können vor der ganzen Familie und nicht immer bloß in sich selbst und für sich allein. Statt dessen hat er sich diese Übertragungen angesehen, dachte Abschaffel, und das war für ihn die einzige Möglichkeit, seine Verzweiflung sowohl auszuhalten als auch nicht zu bemerken. Am Abend saß dann die Mutter auf demselben Stuhl vor dem Fernsehapparat, und der Vater lag im Bett. Denn am Abend wurden oft irgendwelche Europa- oder Weltmeisterschaften im Eiskunstlaufen übertragen, und daran war der Vater nicht interessiert. Während er im Nebenzimmer wegschnarchte, rühmte ein Sprecher im Fernsehapparat die farbenprächtigen Kleider der Schlittschuhläuferinnen. Denn damals gab es noch kein Farbfernsehen; besonders Heinz Maegerlein – er war am Abend schon wieder da – erging sich in endlosen Schilderungen der Farben der Überröcke. Das schien der Mutter so zu gefallen, daß sie vor dem laufenden Apparat bald einschlief und von ihren Kindern später ebenfalls ins Bett geschickt werden mußte.

In einer merkwürdig erregten Stimmung wandte sich Abschaffel von seinem Fenster ab und begann sich anzuziehen. War das Fenster nur eine Art Fernsehapparat gewesen, in dem ein kurzer Film über das Leben der Eltern abgelaufen war? In

Strümpfen und Unterwäsche lief er eine Weile in seinem Zimmer umher und überlegte, ob er vielleicht bald sterben müsse. Er wollte keine alten Gedächtnisfilme über seine Eltern mehr sehen. Natürlich war er dem Gedanken an das Sterben nicht gewachsen, und er hörte rasch wieder auf, über den Tod nachdenken zu wollen. Vielleicht hatte er lediglich das Bedürfnis verspürt, sich künftig totstellen zu wollen, wenn erneut diese alten Erinnerungen abgespult werden sollten. Zum Glück war sein Zimmer freundlich und warm. Er stellte sich vor das Waschbecken und begann sich zu rasieren. Da erinnerte er sich an einen widerlichen Traum: Eine ältere Frau, die er nicht kannte, wollte mit ihm verkehren. Sie drängte sich offensiv an ihn heran und griff ihm an das Geschlecht. Er ging auf ihr Drängen ein, wenn auch widerwillig und ängstlich. Als sie zusammen im Bett lagen, sagte sie zu ihm, er könne nicht bei ihr unten reingehen, denn dort sei sie operiert. Sie empfahl Mundverkehr. Abschaffel erinnerte nicht den Verlauf des Verkehrs, nur sein Ende. Die Frau lag bewegungslos im Bett, fast wie eine Tote. Ihre alten Glieder und ihr schlaffer Leib ekelten ihn. Ihre Augen waren geschlossen. Auf dem linken geschlossenen Auge ruhte eine Lache Samen. Dies hatte er vor ungefähr einer Woche geträumt, und es war ihm nichts dazu eingefallen, aber heute meinte er, die alte Frau sei vielleicht Margot gewesen. Aber warum war sie im Traum eine alte Frau? Vielleicht bedeutete es, daß seine letzten schönen Erfahrungen mit einem anderen Menschen schon ziemlich alt waren, und der Traum wollte vielleicht nichts anderes, als ihn dazu zu ermahnen, endlich etwas Neues für sein Glück zu unternehmen. Abschaffel seifte sich am Waschbecken ein und führte den Rasierapparat vorsichtig um sein Kinn herum, wie er das seit fünfzehn Jahren gewohnt war. Wie üblich entstanden trotz umsichtiger Handhabung des Rasierapparates die gewöhnlichen kleinen Rasierschnitte in seiner Haut.

Abschaffel betrachtete sein blutfleckiges Kinn lange im Spiegel, und nach einer Weile kam er sich wie schwerverletzt und sterbend vor. Aber diesmal war das Sterbegefühl nur ein

Spiel und von vornherein als solches für ihn erkennbar. Mitten in sein schweigendes Betrachten hinein ließ er einen Furz, der leider zu laut ausfiel, so daß er kichern mußte und das Sterbespiel nicht weiterspielen konnte. Die einzige Art, Winde entweichen zu lassen (so nannten es die vornehmen Vorstadtschwestern der Mutter), die ihm wirklich gefiel, war das Furzen während des Badens in der Badewanne. Dazu versenkte er den Körper im Wasser, bis nur noch der Kopf und die beiden Kniekuppen über dem Wasserspiegel heraussahen. In dieser Stellung verharrte er, bis sich das Badewasser nicht mehr bewegte. Und wenn er in dieser Unbewegtheit des Wassers den Furz entweichen ließ, entstand ein mildes Geblubber, das sich jedesmal anhörte wie das letzte Geräusch, das er eines Tages von sich geben würde, wenn er endlich genug hatte von allem. In diesem Spiel war es gleichgültig, daß es ein Furz war, der das Geräusch und die Bewegungen im Wasser verursachte. Die Hauptsache war die leise Endgültigkeit dieser Äußerung. So blieb er, wenn er dieses Spiel spielte, lange in der Badewanne liegen, bis das Wasser langsam erkaltete und er zu frieren begann. Und er stellte sich vor, wie nach einiger Zeit jemand das Badezimmer betrat und ihn entdeckte. Der entsetzte Besucher wich rasch zurück und alarmierte Abschaffels Mutter, damit sie ihren toten Sohn abholen kam.

Nach der Rasur fühlte er sich gut. Die meisten Schnitte waren inzwischen wieder eingetrocknet. Nur zwei oder drei bluteten immer noch. Er nahm das rotgeblümte Handtuch und versuchte, die Schnitte mit den tiefroten Teilen des Handtuchs abzustillen. Das Blut im Handtuch fiel nicht auf, weil es im Rot der Blumen unterging. Als er sich die Haare wusch (er wollte an diesem Morgen zum Friseur), fiel ihm überraschend die Firma ein. Er dachte kurz an Hornung, an Fräulein Schindler, an Frau Schönböck, an Ajax, an Frau Morlock. Anstatt des Worts Betrieb dachte er einmal das Wort Betrüb, aber es fiel ihm nicht auf. Das Haarewaschen und der Umgang mit dem Shampoon gefiel ihm gut. Er hörte es gern, wenn die kleinen Bläschen des Shampoons auf dem Kopf platzten und zergingen. Dieses Kribbeln und Schmatzen, wenn es rings um den Kopf zu spüren war, verschaffte ihm wieder die Einbildung, über seinem Kopf sei ein riesiges weibliches Geschlecht ausgebreitet, ein feuchter Hut aus Wärme und Zärtlichkeit, den er eigentlich gar nicht mehr absetzen wollte.

Eineinhalb Stunden später war er auf dem Weg in das Dorf. Es gefiel ihm, im frischen Schnee umherzugehen. Im Schnee konnte jeder gehende Mensch angenehm auf sich selbst aufmerksam gemacht werden. Eine Weile hörte Abschaffel seinen knirschenden Schritten zu, aber dann rückten wieder diese kleinen Häuschen von Sattlach in seinen Blick. Wie eintönig und entwicklungslos hockten diese Häuser nahe am Erdboden herum!

Abschaffel empfand Lust, das ganze Dorf zu bestrafen. Wie gleichgültig war es dem Dorfleben, welche Zeit herrschte und was mit den einzelnen Menschen vor sich ging. Vielleicht war der dichte Schneebefall schon eine Strafe, zugeteilt vom Himmel wegen erwiesener Nachlässigkeit, eine Strafe noch dazu, die von den Sattlachern nicht als solche erkannt wurde. Sie stapften stumm einher und wußten nicht, daß sie über Nacht bestraft worden waren. Tatsächlich hatte der Schnee das ganze Dorf wie zu einer einzigen Nebensächlichkeit zusammengeschneit, als brauchte es in Zukunft nicht mehr bemerkt zu werden. Abschaffel verspürte Lust, einzelne Bewohner von Sattlach auf der Straße anzuhalten und ihnen den Ernst ihrer Lage klarzumachen. Denn sicher war die Schneestrafe noch lange nicht ausreichend. Er überlegte, was zu tun sei, um das ganze Dorf aus seiner Gleichgültigkeit und Unwissenheit herauszureißen, und er kam auf die Idee, daß es das beste wäre, wenn alle Sattlacher einen Sonderzug bestiegen und für ein paar Tage ihr Dorf verließen. Abschaffel würde sie in Frankfurt auf dem Hauptbahnhof empfangen und ihnen dies und jenes zeigen. Zum Beispiel, wie es auf einem frischen neuen U-Bahnhof aussah. Ein neueröffneter U-Bahnhof roch in den ersten vierzehn Tagen nach Stahl, Licht, Hartgummi und elektrischen Leitungen, durch die erstmals der Strom hindurchschoß. Der Geruch, der durch diese Materialhaftigkeit entstand, war so stark und streng, daß Abschaffel schon manchmal geglaubt hatte, in solchen neuen U-Bahnhöfen käme die Welt noch einmal neu auf die Welt, diesmal allerdings gleich frisch und perfekt und neu. Diesen scharfen Geruch behielt ein neuer U-Bahnhof allerdings nur die ersten drei bis vier Wochen bei; danach nahm er den Geruch der Menschen an, die in ihm umherliefen. In einen solchen Bahnhof wollte er alle Sattlacher einmal hineinführen, damit sie sahen, wie es anderswo aussah. Und wenn sie einmal einer U-Bahn nachsahen, wie sie kreischend in einem dunklen, nach Strom und Wasser riechenden Schacht verschwand, dann würden sie vielleicht auch auf die Idee kommen, wie beleidigend die Ahnungslosigkeit war, in der ihr Dorf verharrte.

Abschaffel war schon in die Nähe des Friseurladens gekommen und phantasierte immer noch über die Zwangsverschickung der Sattlacher Einwohner. Bis zuletzt bemerkte er nicht, daß er lediglich einem Anfall von Heimweh zum Opfer gefallen war. Den schmerzenden Reiz in der Kehle, den das Heimweh verursachte, hielt er für ein Anzeichen von Wut, die seine Strafphantasien noch ein weiteres Mal ins Recht setzte. Erst im Friseurgeschäft gelang es ihm, auf andere Gedanken zu kommen und sein Heimweh zu vergessen. Obwohl es in diesem Friseurladen so still war, daß er im ersten Augenblick sofort umkehren wollte. Es war, als gebe es gar keine Wände zwischen draußen und drinnen, denn sowohl außen wie innen war es gleichermaßen lautlos. Erst als er seinen Mantel ablegte und sich auf einem Frisierstuhl niederließ, beruhigte er sich an den Geräuschen, die er selbst produzierte. In dem Laden gab es vier nebeneinanderstehende, verchromte Stahlsessel, von denen zwei leer waren. Ganz rechts saß ein alter Mann, der von einem jungen, klein gebliebenen Gesellen bedient wurde. Als Abschaffel saß, trat aus einer Schiebetür ein älterer, hagerer Friseur in einem weißen Kittel hervor, den Abschaffel für den Inhaber des Geschäfts hielt. Er bat ihn, die Brille abzunehmen, und Abschaffel folgte, auch wenn er sich dadurch unbehaglich fühlte. Der Friseur fragte, ob er die Haare naß machen dürfe. Naß? fragte Abschaffel ungläubig und leise zurück. Sonst sieht man jeden Schnitt, sagte der Friseur. Eine solche Behauptung hatte Abschaffel niemals zuvor gehört. Seine Brille hatte er abgenommen, aber die Haare sollten trokken bleiben. Bitte nicht, sagte Abschaffel. Wie Sie wünschen, sagte der Friseur und schien ein wenig beleidigt zu sein, weil ein Kunde sich über seine Empfehlung hinweggesetzt hatte. Er sagte nichts mehr und schnitt die trockenen Haare. Abschaffel ging dazu über, die Inneneinrichtung des Ladens zu betrachten. Friseurgeschäfte hatten ihm schon in der Kindheit gefallen, und sie gefielen ihm heute noch. Er betrachtete Fläschchen, halbleere Ampullen, Papierrollen, abgelegte Scheren und seine eigenen Haarbündel, die sich auf dem weißen Tuch sammelten, das der Friseur um seinen Oberkörper geschlagen hatte. Das Anschauen der Gegenstände beruhigte ihn mehr und mehr. Die rechts und links vom Hauptspiegel aufgeklappten Seitenspiegel vervielfachten die Bewegungen des Friseurs in den Raum hinein. Der alte Mann auf dem Stuhl ganz rechts verfolgte die Vorgänge an seinem Kopf mit beinahe grimmigen Blicken. Offenbar war seine Frisur bald fertig. Manchmal zog er den Kopf ein wenig zurück und betrachtete sich mit zugekniffenen Augen. Der Mann war so alt wie häßlich, und die Frisur, die er sich machen ließ, steigerte seine Häßlichkeit in eine Unbarmherzigkeit hinein. Er hatte sich die Haare rundum bis auf die Kopfhaut herunterschneiden lassen. Nur ein deckelförmiger Haaraufsatz auf seiner Kopfplatte blieb übrig. Sonst war alles kahl, und die violetten und bläulichen Schimmer, die unter der Kopfhaut sichtbar wurden, erinnerten Abschaffel an die Haut gefrorener Hühner im Kühlfach eines Supermarktes. Als der Friseur mit ihm fertig war, ächzte der Mann von seinem Friseurstuhl herunter, stellte sich mit dem Gesicht nahe an den Spiegel heran und sagte zu sich: So, jetzt kann ich mich wieder angucken. Er zahlte, wischte sich den Mund mit einem großen Taschentuch ab und verließ den Laden. Der andere Friseur, der Abschaffel bediente, stellte sich ein paar Augenblicke hinter die Scheibe und sah seinem Kunden nach. Dann zündete er sich eine Zigarette an und widmete sich wieder Abschaffels Kopf. Er ließ sich viel Zeit. Immer wieder zog er an seiner Zigarette und betrachtete sich selbst im Spiegel. Dann stellte er sich hinter sein Schaufenster und sah wieder auf die leere Dorfstraße. In der Wohnung über dem Friseurgeschäft knarrten an einer bestimmten Stelle die Dielen. Das Geräusch drang gut hörbar in den stillen Friseurladen herunter. Und weil es vergleichsweise häufig ächzte, begann Abschaffel zu überlegen, ob die Person in der Wohnung absichtlich immer wieder über die knarrende Stelle ging. Der Friseur war ein Kettenraucher; es schien ihm nichts auszumachen, daß er von seinem Kunden beobachtet wurde.

Später in der Klinik verschlang Abschaffel gierig und schnell sein Mittagessen. Er hielt, während er aß, den Kopf dicht über dem Teller und fragte sich fast unablässig: Warum bin ich so gierig, warum bin ich so gierig. Der Dampf, der vom Teller hochstieg, beschlug ihm die Brillengläser. Aber diese Behinderung reichte nicht aus, um ihn zur Besinnung zu bringen; er spürte sogar, daß seine unverständliche Gier ihn den anderen Patienten am Tisch fremd machte und daß sie aus Betroffenheit noch langsamer und zurückhaltender aßen als sonst. Es war, als wollten sie noch mehr Gelegenheit schaffen, das unverständliche Verhalten dieses einen Patienten in Augenschein zu nehmen. Abschaffel begann sich zu schämen, und weil er die sich auf ihn beziehende Stummheit der anderen nicht ertrug, ging er sofort nach dem Essen in sein Zimmer. Er schwitzte und war erschöpft und fühlte sich schuldig. Er schämte sich und wartete darauf, bis sein Körper wieder trocken wurde. Er legte sich eine Weile hin und sah an die Decke. Er überlegte, ob er Dr. Buddenberg heute abend von dieser beleidigenden Gier erzählen sollte. Das Nachdenken strengte ihn so an, daß er bald einschlief. Er schlief fast eine ganze Stunde lang, und als er aufwachte, mußte er sich beeilen, damit er noch rechtzeitig zur Märchenaufführung im

Gasthof Adler kam. Er wechselte Hose und Hemd und putzte sich die Zähne. Und als er über das Waschbecken gebeugt war, da sah er, eine Handbreit unterhalb des rechten Knies, seine erste Krampfader. Es war eine knotenartige, in einer unruhigen Linie sich hinziehende Verdickung der Haut. Eigentlich wollte er darüber erschrecken, und zwar stark; er erschrak auch, aber nur leicht, es war, als sei er an seinem eigenen Schrecken nicht besonders interessiert. Statt dessen dachte er zweimal nacheinander ungewohnt gefaßt: Das ist nur die erste! Das ist nur die erste! Er drehte sich um und besah sich seine Beine, aber er fand keine weitere Krampfader. Hoffentlich bekam er nicht die Krampfadernbeine seiner Mutter. Niemals vergaß er den Blick der Mutter auf ihre zerschundenen, offenen Beine. Denn einige der Krampfadern der Mutter hatten sich vor vielen Jahren schon geöffnet und seither nicht wieder geschlossen. Die offenen Wunden mußte sie mit Salben behandeln und verbinden. Durch ihre Strümpfe hindurch waren immer die breiten weißen Binden ein wenig oberhalb der Knöchel zu sehen. Als Kind hatte er sich lebhaft für die offenen Beine seiner Mutter interessiert. Er hatte sich niedergekniet und betrachtete aus nächster Nähe die fingernagelgroßen, violettweißlichen Hautkrater an den Beinen seiner Mutter. In diesen Augenblicken der Übernähe zu seiner Kindheit wurde er von einem weichen, fliegenden Schmerz ergriffen. Wie lange war es her, daß ihn die Wunden der Mutter interessierten! Die Krampfadern des Vaters hingegen brachen nie auf. Der Vater hatte sogar mehr Krampfadern als die Mutter, und seine waren beängstigender, weil sie dicker, länger und farbiger waren. Wie kleine grüne Schlangen zogen sie sich über das Rund der Waden hinweg. Natürlich stellte er sich vor, daß er entweder die Krampfadernwaden des Vaters oder die ewig offenen Fesseln der Mutter erben würde. Sonderbarerweise erschrak er noch immer nicht besonders darüber. Er setzte sich auf den Bettrand, schlug das Krampfadernbein hoch (wie damals die Mutter), zog die Hose zurück und sah die Veränderung an. Er fuhr mit der Hand weich über das

Bein und erkannte reglos an, daß er in Zukunft ein Mann mit einer Krampfader war. Danach zog er den Mantel an und verließ das Zimmer.

Im Gasthof Adler war dicht hinter dem Eingang ein Holztisch aufgestellt. Hinter dem Tisch saß eine stark geschminkte Frau, die vielleicht eine der Schauspielerinnen war. Abschaffel zahlte 2,50 Mark Eintritt und ließ sich eine Karte geben. In der Gaststube und im Flur standen viele Mütter herum und beruhigten ihre Kinder. Die Vorstellung fand im Obergeschoß statt. Viele Kinder sprangen und liefen umher und versprachen einander, sich gegenseitig vorn in der ersten Reihe Plätze freizuhalten. Einige fielen sogar hin und heulten. Bis zum Beginn der Vorstellung fehlten noch etwa fünfzehn Minuten. Abschaffel stieg die Treppe zum Obergeschoß hoch und sah in den Saal hinein. Der Saal war vollgestellt mit querstehenden Holzbänken, von denen mehr als die Hälfte mit unruhig wippenden Kindern und Müttern schon besetzt war. Am vorderen Ende des Saals war eine kleine Bühne mit Vorhang. Zwei Scheinwerfer strahlten den fleckigen roten Vorhang an. Die Fenster des Saals waren mit schwarzen Tüchern verhängt. Die meisten Kinder sahen abwechselnd nach vorn und wieder zurück zur Tür. Einige rannten sogar ständig hin und wieder zurück. Über dieses Bild, das sich Abschaffel bot, war er enttäuscht. Er überlegte, ob er seinen Mantel wirklich ausziehen und bleiben oder ob er nicht sofort wieder gehen sollte. Die Kinder störten ihn. Er suchte Zerstreuung und Ruhe vor sich selber: und jetzt das. Hatte er angenommen, die Vorstellung werde für ihn allein und in vollkommener Annehmlichkeit stattfinden? Er kam nicht dazu, die Anteile seiner Erwartung genauer auseinanderzunehmen, weil er von seinem Widerwillen, noch länger hier zu sein, völlig überschwemmt wurde. Rasch verließ er den Saal und ging die Treppe hinunter. Überall wimmelte es von Kindern. Beinahe stieß er eines um, als er gar zu rasch an die frische Luft wollte.

Draußen glaubte er, eigentlich nichts anderes gewollt zu haben, als die Vorstellung kurz vor Beginn wieder zu verlassen. Er sah einen Mann mit Schäferhund, und weil es sonst nichts zum Anschauen gab, lief er langsam an dem Mann vorbei und beobachtete dabei den Schäferhund. Besonders lange schaute er auf die fleischigen Pfoten des Hundes mit den schwarzen Krallen vorne dran. Er hatte ein unlustiges Gefühl, weil er nicht sofort wieder in die Klinik zurückwollte.

Er hatte damit gerechnet, mindestens zwei Stunden im Gasthof Adler zu verbringen. Nun trödelte er nur umher und sah in Schaufenster hinein, in die er schon oft hineingeschaut hatte. Im kleinen Fenster des Schuhgeschäfts entdeckte er ein Paar Schuhspanner, die ihn sofort interessierten. Tatsächlich, richtige Schuhspanner, wie sie zu Hause der Vater heute noch verwendete. Ein Schuhspanner bestand aus zwei Holzteilen, die mit einer starken Stahlfeder miteinander verbunden waren. Wenn der Vater abends nach Hause kam, zog er seine Schuhe aus und klemmte die Spanner hinein. Er verlangte auch von seinen Kindern, daß sie ihre Schuhe mit solchen plumpen Geräten spannten, aber die Kinder hielten sich nicht an seine Aufforderungen. Und als der Vater bemerkte, daß er keinen Erfolg hatte, schimpfte er gegen die allgemeine Unordnung und Schlamperei, die in seiner Familie um sich griff. Nein, das war alles gar nicht wahr. Abschaffel wandte sich ab vom Schaufenster des Schuhgeschäfts und gestand sich ein, daß er dem Vater soeben etwas angedichtet hatte. Es stimmte, der Vater hatte Schuhspanner, und das Kind Abschaffel konnte die Schuhspanner nicht leiden, weil sie ihm altmodisch und verrückt vorkamen und weil sie ihm die Gelegenheit boten, den Vater innerlich zu verunglimpfen. Aber niemals hatte der Vater von irgend jemand verlangt, Schuhspanner zu verwenden. Aber wie war es möglich, daß ihm Abschaffel heute so etwas unterschob und beinahe daran geglaubt hätte? Er ahnte dafür keine Erklärung. Verwirrt ging er zurück zur Klinik und schämte sich. Er fühlte sich wie ein alter, mieser Verleumder, der Spaß daran hatte, jemanden schlechter zu machen, als er war.

Links vom Eingang der Klinik, auf dem Ärzteparkplatz, sah

Abschaffel Dr. Buddenberg aus seinem Auto steigen. Abschaffel zögerte, weil er sich davor scheute, mit dem Analytiker zusammenzutreffen; er wartete und hielt sich vage in der Grünanlage auf, weil er erst weitergehen wollte, wenn Dr. Buddenberg verschwunden war. Dr. Buddenberg verschloß ernst und sorgfältig den Wagen und verschwand in der Klinik. Wenig später sah Abschaffel in den leeren Wagen des Arztes hinein und entdeckte, daß rechts hinten ein Kindersitz montiert war. Und in diesem Augenblick erkannte Abschaffel, daß er sich über Dr. Buddenberg eine Menge falscher Gedanken gemacht hatte. Die ganze Zeit über hatte er angenommen, daß der Analytiker wahrscheinlich so ähnlich lebte wie er selbst. Es gab ein wenig außerhalb von Sattlach ein paar fleckige Wohnblocks mit kleinen Wohnungen und Balkons. In einem dieser Blocks hatte Abschaffel in seiner Phantasie Dr. Buddenberg ein Appartement zugewiesen. In der Gleichsetzung seines Lebens mit dem Leben von Dr. Buddenberg war er sogar so weit gegangen, dem Analytiker weitgehend dieselbe Wohn- und Lebensausrüstung anzuphantasieren, wie er sie selbst hatte. Wahrscheinlich besaß Dr. Buddenberg zwei Hosen, höchstens drei, sieben oder acht Hemden und Unterwäsche für sechs oder sieben Wochen. Und wahrscheinlich saß er am Abend vor dem Fernsehapparat und trank Bier, bis er müde war. Leider aber stimmte das alles wahrscheinlich nicht, und davon war Abschaffel persönlich beleidigt. Dr. Buddenberg war Vater, er hatte ein Kind, der Sitz im Auto war ein Beweis. Und wenn er ein Kind hatte, hatte er sicher auch eine Frau, und wenn er eine Frau hatte, mit der er sogar Kinder machte, wohnte er sicher mit dieser Frau in einer Wohnung zusammen. Und weil das so war, lebte er sicher nicht in einem kleinen Appartement, sondern in einer großen Drei- oder Vier-Zimmer-Wohnung. Und deswegen wohnte er nicht in diesen Blocks, sondern in einem dieser Häuser bei den Tennisplätzen, und das war eigentlich zuviel für Abschaffel. Seinem Gefühl nach wohnten in diesen sauberen Häuschen nur verblödete Abteilungsleiter mit ihren Schnuckiputzifrauen, die ihre Stereo-Anlagen ihren Freunden vorführten und schicke Wochenendreisen machten. Noch immer stand Abschaffel in der Nähe des Parkplatzes und hatte damit zu tun, sein altes Bild von Dr. Buddenberg zu zersetzen und das neue Bild nicht gut zu finden. Er vermutete nun sogar, daß Dr. Buddenberg, wenn er wirklich so anders lebte als Abschaffel, auch sein Leben nicht wirklich verstehen könne. Wahrscheinlich hatte er bisher nur so getan, als könnte er es verstehen. Als könnte er sich eine Vorstellung davon machen, wie sich Abschaffels Leben für ihn selbst anfühlte. Es war ihm nicht möglich, nicht gekränkt zu sein. Und er kam nicht auf die Idee, daß sowohl die anfängliche Gleichsetzung seines Lebens mit dem Leben seines Analytikers als auch die riesige Entfernung, die er nun zwischen sich und Dr. Buddenberg einrichtete, falsch sein könnten.

Er ging in die Klinik und schloß sich in sein Zimmer ein. Er überlegte angestrengt, ob er Dr. Buddenberg, wenn er ihn heute abend sah, Vorwürfe machen sollte. Was hätte er ihm denn vorwerfen wollen? Daß er ein Kind hatte und ein Vater war? (Daß er leichter ein Vater sein konnte, weil er vermutlich einen leichteren Vater gehabt hatte, den ihm Abschaffel neidete?) Daß er verheiratet war? Daß er vermutlich ganz anders lebte als er selbst? Noch immer fühlte sich Abschaffel gekränkt, obwohl ihm doch langsam eine Ahnung kam, daß er kein Recht hatte, strafend in anderer Leute Leben herumzuphantasieren. In einem undurchdringlichen Dickicht aus falschem Beleidigtsein und vitaler Kränkung hockte er in seinem Zimmer und kam nicht auf den einfachen Gedanken, daß es unzulässig war, das eigene Leben als verbindliche allgemeine Form des Lebens anzusehen. Die Nachmittagsstille in der Klinik wandelte sich zwischen vier und sechs Uhr in eine tumbe Öde um. Alles, was es zu hören gab, war die eine oder andere Tür, die da oder dort geschlossen wurde. Und Abschaffel konnte mithören, daß die Türen sorgfältig geschlossen wurden. Weil er etwas tun mußte, zog er sein Jackett an. Als er es vom Kleiderbügel genommen hatte, schlug der leere Bügel im Schrank noch eine Weile hin und her, und an dieser heftigen

Bewegung erkannte er seine niedergehaltene Wut. Er spürte, daß er einen Ausweg brauchte, aber es gab keinen Ausweg aus seinem Leben, er mußte immer wieder in sich selbst herumgehen. Er zog das Jackett wieder aus und hängte es an die Innenseite der Tür. Der Anblick der an der Tür hängenden Jacke erinnerte ihn an seine Wohnung zu Hause. Genauso hängte er seine Jacke zu Hause an die Innenseite der Tür. Diese Erinnerung vertrug er schlecht, und er nahm die Jacke wieder von der Tür weg. Er hängte sie zurück in den Schrank, und er strengte sich an, es ohne Wut zu tun. Oder war es inzwischen das Zimmer, das ihn sowohl wütend als auch niedergeschlagen machte? Er sah im Zimmer umher und ließ den Blick über die Dinge schweifen. Bettdecke und Überdekke hingen an zwei sichtbaren Seiten nach unten und streiften fast den Boden. Ein nicht weggeräumtes Hemd lag über einem Sessel und hing seitlich nach unten. Die nicht aufgehängte Hose lag über einem Stuhl. Warum hing alles nach unten? Abschaffel räumte die Sachen auf. Dann setzte er sich an das Fenster und fühlte sich erschöpft. Er kam sich vor wie ein altes Tier, das in einem alten dunklen Stall steht und nur noch den Kopf hin- und herbewegen kann. Nein, so kam er sich nicht vor. Es war ihm nur für Sekunden das Bild eines Stalltiers durch den Kopf geglitten, und aus Übereifer kam er sich gleich wie dieses Tier vor. Er strengte sich an, an nichts zu denken. In Abständen liefen Patienten, Schwestern und Ärzte draußen den Flur entlang und verschwanden in Zimmern. Seit ein paar Tagen war ein anstrengender Herzneurotiker auf seiner Station, mit dem Ärzte und Schwestern viel zu tun hatten. Es war ein etwa vierzigjähriger Mann, der immerzu über Herzpoltern, Herzsausen, Herzjagen oder Herzrasen klagte. Fast immer hatte er seine rechte Hand auf der linken Brustseite liegen und klagte über Schweißausbrüche, Todesangst und schwächer werdende Atmung. Er glaubte, bald sterben zu müssen, und wenn er nicht jammerte, war er bedrückt. Jahrelang war seine Krankheit als organische Herz-Kreislauf-Störung verkannt worden, ohne daß sie je besser geworden wäre. Er verlangte von allen, die mit ihm sprachen, ein überbesorgtes Schonverhalten. Er wollte kein Wort von den Krankheiten und Störungen der anderen hören, aber jedem seine eigene Angst klarmachen. Denn deswegen war er hier: damit endlich herausgefunden wurde, was ihm solche Angst machte. Seine Mutter hatte ihn nach Sattlach gebracht und hatte zwei Tage lang in einem Sattlacher Gasthaus übernachtet, weil sie sicher sein wollte, daß ihr Sohn den ersten Tag in der Klinik überlebte. Als die Mutter am zweiten Tag selbst in der Klinik erschien und in die Behandlung eingreifen und Ratschläge erteilen wollte, wurde sie vom Klinikdirektor höflich zur Tür gebeten. Sie wollte ihren Sohn wieder mit nach Hause nehmen; der Sohn konnte diese Aufregung um seine Person kaum ertragen und schloß sich in sein Zimmer ein. Nun verlangte er die fast ständige Anwesenheit eines Arztes oder wenigstens einer Schwester, die ihm die Beruhigung, die er von seiner Mutter gewohnt war, gewährte. Er konnte kaum eine Stunde allein sein, dann war es wieder einmal so weit, daß seine Anklammerungssucht mit ihm durchbrach.

Endlich war es wieder still. Anscheinend war eine Schwester bei ihm und beruhigte ihn. Kurz danach waren wieder eilige Schritte hörbar; mußte doch der Stationsarzt erscheinen? Durch die vielen Schritte hin und wieder zurück war Abschaffel an seine eigene Mutter erinnert worden. Als er zehn oder elf Jahre alt war und anfing zu onanieren, hörte seine Mutter nicht auf, wenn er im Bett lag und nicht einschlafen wollte, sich im Flur vor der Tür zu schaffen zu machen, um dann plötzlich die Tür zu öffnen und ihn anzustarren. Und jedesmal, wenn er die Mutter im Flur hörte, nahm er tatsächlich die Hände weg von seinem Geschlecht, weil er sich nicht überraschen lassen wollte. Das war vermutlich genau das, was sie wollte; vielleicht versprach sie sich von ihren überraschenden Türöffnungen, daß er sein Geschlecht wieder vergaß. Obwohl er zu wissen glaubte, daß sie sich ihrerseits nicht traute, jemals ein Wort zu sagen, selbst wenn sie ihn unmittelbar entdecken würde. Er seinerseits tat, wenn sie in der Tür stand, als wisse er nicht, wonach sie sehen wollte. Es war ein stummes Einanderanblicken, weiter nichts.

Später, zu Beginn der Stunde, war Abschaffel entschlossen, Dr. Buddenberg heute etwas vorzulügen. Er war zu der Meinung gekommen, daß es gleichgültig war, was er ihm mitteilte. Dr. Buddenberg erhob sich und wies freundlich mit der Hand auf den Sessel. Abschaffel erinnerte sich an den Schäferhund von heute morgen und schilderte Dr. Buddenberg die Erscheinung des Hundes, dann die Schuhspanner und die Schlechtigkeiten, die er seinem Vater angedichtet hatte. Und wie ich so dastehe, sagte Abschaffel, und die Schuhspanner betrachte und meinem Vater Unrecht tue, stellt der Hund seine rechte Vorderpfote auf meinen rechten Fuß. Genau drauf. Ich bin erschrocken, sagte Abschaffel, oder nein, ich bin nicht erschrocken, denn ich hatte gleich das Gefühl, daß es sich nur um ein Versehen des Hundes handelte und daß ich mich nicht zu ängstigen brauchte. Ich war eher verlegen und ein bißchen gespannt, aber ich traute mich auch nicht, meinen Fuß einfach unter der Pfote des Hundes wegzuziehen. Ich wartete, sagte Abschaffel, und tat, als hätte ich nichts bemerkt. Manchmal sah ich herunter auf meinen Schuh beziehungsweise auf die Pfote des Hundes, und plötzlich ist mir die dichtbehaarte Pfote mit den auseinanderstrebenden Schlitzen darin wie die Außenansicht eines weiblichen Geschlechts erschienen, und als ich die Krallen unter der Behaarung entdeckte, habe ich mich gewundert, daß ich diese Krallen noch niemals gespürt habe, wenn ich mit einer Frau zusammen war.

Abschaffel hatte kaum das letzte Wort herausbringen können, so schämte er sich. Am liebsten hätte er Dr. Buddenberg sofort um Entschuldigung gebeten. Eigentlich erwartete er, daß der Analytiker den Schwindel bemerkt hatte und vielleicht kurz mit dem gestreckten Zeigefinger winkte. Aber Dr. Buddenberg schwieg. Er drehte seinen Körper ein wenig in seinem Sessel und schien zu warten, daß Abschaffel weiterredete. Drüben, am Waldrand, standen unbeweglich dunkle Tannen wie beleidigte Frauen. Und Abschaffel vergaß, daß er

Dr. Buddenberg nichts Wirkliches und Wahrhaftiges mehr mitteilen wollte. Ich habe Beklemmungen, sagte er nach einer Weile. Es ist ein ewiges Distanzgefühl, das die Beklemmungen verursacht. Ich bin mit nichts verbunden, weil ich überzeugt bin, daß nichts etwas taugt, ich selbst eingeschlossen. Ich habe das Gefühl, wenn die Leute wüßten, daß ich mit nichts etwas zu tun habe, dann würden sie mich entfernen. Ich würde ein Opfer ihrer Unduldsamkeit werden. Nachdem er dies gesagt hatte, schwieg er fünf Minuten. Er hatte den Eindruck, daß diese Stunde mißglückte. Alles, was er bisher gesagt hatte, war ein einziges Durcheinander gewesen. Jetzt habe ich den Eindruck, in der Beschreibung der Beklemmung zu weit gegangen zu sein. Ich wollte sagen, sagte er, aber da begann er zu weinen. Nach fünf Minuten hatte er sich wieder beruhigt. Es ist, sagte er, als würde ich genau merken, daß ich mein Leben niemals loswerde und daß ich überhaupt nichts anfangen kann mit einem Leben, das endlich einmal nichts mehr mit meinem Leben zu tun hat. Drücke ich mich richtig aus? fragte er und schwieg. Jeden Tag, begann er von neuem, jeden Tag fülle ich mich an mit den Tatsachen meines Lebens, und das hängt mir zum Hals heraus, ich möchte endlich frei sein, und das gelingt mir nicht. Und deswegen hören diese Beklemmungen nicht auf. Ich bin nicht richtig im Leben drin, weil ich dauernd woanders sein muß, sagte er und seufzte. In seinem Zimmer begann er, sich einen Daumenfingernagel abzukrubben, ohne es zu bemerken. Er hatte das Gefühl, bei Dr. Buddenberg versagt zu haben. Was für ein Durcheinander! Er krümmte den Daumen nach innen und kerbte mit einem anderen Fingernagel kleine Risse in seinen linken Daumenfingernagel. Er warf sich vor, daß er die Geschichte von der Hundepfote erzählt hatte. Erfundene Geschichten hatte er mit siebzehn oder achtzehn erzählt, beinahe jeden Tag, damals. Die wirklichen Geschichten, die er damals erlebt hatte, konnte er nicht erzählen. Er hatte überhaupt nur mit erfundenen Geschichten eine Person sein können. Was war denn schon über seinen Vater zu erzählen? Daß er das Klo reparierte, wenn es kaputt war, und sonntags Skirennen im Fernsehen ansah? Gut, das war damals. Aber warum erzählte er plötzlich wieder eine erfundene Geschichte: nach so vielen Jahren? Wie üblich konnte er sich die wirklich bedrängenden Fragen nicht beantworten. Nervös riß er sich den Daumenfingernagel herunter und zerbiß ihn. Die abgebissenen Teile verschluckte er zur Hälfte, die andere Hälfte spuckte er in sein Zimmer. O Gott, was war jetzt wieder geschehen. Die Scham, der Zorn, die Reue, alles floß in seinem Körper umher und besetzte die leeren Stellen. Nur mit Mühe konnte er sich davon abhalten, weitere Fingernägel herunterzureißen. Er ballte beide Hände zu Fäusten und steckte sie in die Hosentaschen: so wie es ihm vor zwanzig Jahren seine Mutter empfohlen hatte, als er am Wohnzimmertisch saß und versuchte, Schulaufgaben zu machen. Die Schule konnte er überhaupt nur dann hinnehmen, wenn er sich gleichzeitig wenigstens die Fingernägel abbeißen durfte. Unter dem Tisch stürzten die Finger beider Hände mit nervöser Dringlichkeit aufeinander los und rissen alles weg, was über die Fingerkuppen hinaus zu spüren war, während er über dem Tisch versuchte, konzentriert Zeile für Zeile aus seinem Englischbuch zu lesen. Und die Mutter erschien in einem groß geblumten Kaufhof-Kleid und sah seinem Gesicht an, wie vergeblich alles war. Eigentlich spielte er nur einen Schüler, und er wollte doch so gern ein richtiger Schüler sein! Ein kleines, schmutziges Unglück saß eben am Tisch und schmutzte weiter. Abschaffel sah aus seinem Fenster und stellte fest, ob seine Mutter nicht heimlich das Dorf Sattlach betreten hatte und ihn suchte, so wie sie damals ohne Vorwarnung jederzeit das Wohnzimmer betreten konnte. Manchmal erschien auch noch die Schwester der Mutter am Nachmittag und trank Kaffee und aß Pflaumenkuchen und erkundigte sich nach seinen Leistungen in der Schule. Und diese Schwester empörte sich jedesmal über Abschaffels abgebissene Fingernägel. Schon wenn sie das Zimmer betrat, rief sie, noch in der Tür stehend: Der Junge, was er wieder macht! Laß das! Und sie kam an den Tisch heran und hatte das Recht, sich seine abgebissenen Fingernägel einzeln zeigen zu lassen und sich noch einmal zu empören. Und eines Tages kam sie auf die Idee, ihm für jeden nachgewachsenen Fingernagel zwei Mark zu geben. Das wäre vielleicht schön gewesen (zehn nachgewachsene Fingernägel hätten zwanzig Mark ergeben: guter Gott, ein halbes Vermögen, fast nicht vorstellbar, das Glück fast, mindestens die halbe Ewigkeit: damals, 1953 oder 1954), wenn nicht bereits die Mutter ein anderes Belohnungssystem auf ihn angesetzt hätte: Sie zahlte für richtig gemachte Schulaufgaben jeden Tag fünfzig Pfennig. Ein Fingernagel brauchte, um ordentlich nachgewachsen zu sein, zehn bis zwölf Tage. So lange mußte er mindestens warten, um wenigstens an ein Zwei-Mark-Stück der Tante heranzukommen. Andererseits konnte er die Schulaufgaben nicht machen, wenn er nicht an den Fingernägeln herumnagen durfte. Was hätte er tun sollen? Zwei Belohnungen kämpften sich in seinem Körper tot, und er mußte zuschauen und am Ende fast leer ausgehen. Denn die zwei Mark der Tante für einen ausgewachsenen Fingernagel waren in Wahrheit nicht erreichbar. Es war keine Belohnung, sondern eine Tortur, die gar nicht galt. Es war verrückt, aber es war das Leben. Auch die fünfzig Pfennig der Mutter fielen meistens flach. Denn sie bemerkte, daß er kaum etwas in seinen Heften ausrichtete und die meiste Zeit nur aus dem Fenster sah. Dann trat sie theatralisch an den Tisch und verkündete, daß er sich die fünfzig Pfennig wieder nicht verdient hatte. Nach Lage der Dinge hätte er die Hefte und Bücher gar nicht mehr auszupacken brauchen, aber das hatte er sich nicht getraut.

Abschaffel erhob sich und schloß die Zimmertür ab. Er leckte sich die Stelle, wo er sich den Fingernagel abgerissen hatte, weil sie ein wenig blutete und schmerzte. Als er sich wieder setzte, entdeckte er im Teppichboden eine Stecknadel. Er sah die Nadel lange an und überlegte, wie sie in sein Zimmer gekommen war. Sollte er sie aufheben und wegwerfen, oder sollte er sie liegenlassen? Er bemerkte, daß ihn diese überflüssigen Gedanken endlich von sich selbst ablenkten.

Wie wunderbar erleichternd es war, wenn ein Körper von seiner Geschichte verlassen wurde. Dieses Glück war es, das Abschaffel immer suchte, und er hatte es Dr. Buddenberg gegenüber nicht ausdrücken können. Er hob die Nadel nicht auf, sondern merkte sich die Stelle, wo sie lag. Wenn er sich wieder so angestrengt fühlte, wollte er wieder die Nadel im Teppichboden ansehen und abwarten, ob die Beruhigung noch einmal gelang.

Am Sonntag wollte er die Wollpatientin endlich ansprechen oder in ihrem Zimmer besuchen. Er wußte noch nicht, wie er es anstellen sollte. Für das gewöhnliche Anknüpfungsgespräch fühlte er sich zu alt und zu umständlich. Er hatte einige Tage gewartet, bis seine Grippe fast ganz verschwunden war. Er fühlte zwar immer noch einen leichten Druck im Kopf, und sein Gesicht war noch immer von einer dünnen Schicht kalten Schweißes überzogen, aber er fühlte sich dadurch nicht besonders eingeschränkt. Bei zufälliger Begegnung, nach dem Frühstück oder abends im Fernsehraum, hatte er immer wieder kurze Gespräche mit der Wollpatientin geführt. Einmal, als sie im Foyer auf eine Gruppe von Patienten wartete, um mit ihnen eine Schneewanderung zu machen, traf er sie, und sie fragte, ob er nicht mitwandern wolle. Wandern war ihm ein Greuel, und er sagte lachend ab. Er blieb ein bißchen bei ihr stehen, und gemeinsam sahen sie durch die hohen Scheiben den Vögeln zu, die sich im Schnee ihre Nahrung suchten. Und weil er um ein Gesprächsthema verlegen war, erzählte er ihr seinen Lieblingswitz, der ihm bei der Betrachtung der Vögel eingefallen war. Tatsächlich mußte sie über seinen Witz lange lachen, und sie versprach, den Witz sofort an die anderen Patienten weiterzuerzählen. (Drei kleine Mäuse sitzen vor ihren Löchern auf dem Feld und sind traurig. Sie schauen wortlos den Vögeln zu, die munter von Baum zu Baum schwirren. Nach einer Welle sagt die traurigste Maus: Wie schön wäre es, wenn ich ein Vogel wäre und auch so wunderbar durch die Luft fliegen könnte. Über diesen Wunsch müssen alle drei Mäuse lange nachdenken, und dabei werden sie noch trauriger. Bis schließlich die zweittraurigste Maus sagt: Es wäre natürlich schön, wenn man ein Vogel wäre und fliegen könnte. Aber noch viel schöner wäre, man könnte zwei Vögel sein, denn dann könnte man hinter sich herfliegen. Über diesen Wunsch müssen die Mäuse noch länger nachdenken, und sie werden noch trauriger dabei. Bis die dritte Maus sagte, die am allertraurigsten war: Am schönsten wäre es, wenn man drei Vögel sein könnte. Denn dann könnte man zuschauen, wie man hinter sich herfliegt.) Während des Lachens hatte die Wollpatientin ihren Kopf nach hinten gedreht, so daß Abschaffel gut in ihren offenen Mund sehen konnte. Eigentlich wollte er sie gleich bitten, seinen Lieblingswitz nicht an die anderen Patienten weiterzuerzählen, weil es ihm nicht recht war, daß ihn dann so viele Leute kannten. Aber er traute sich nicht, weil er nicht übermäßig sonderbar erscheinen wollte. Ein Witz war doch dazu da, daß er weitererzählt wurde, oder nicht?

Es gelang ihm nicht, an diesem frühen Sonntagnachmittag mit dem Fahrstuhl einfach in den fünften Stock zu fahren und an die Tür der Wollpatientin zu klopfen. Er wollte vorher ein wenig umhergehen und mit neuen Eindrücken zurückkommen, die er dann erzählen wollte. Davon versprach er sich eine direktere Wirkung, als wenn er einfach ein wenig versunken und schläfrig von seinem Zimmer in ihr Zimmer gewechselt hätte. Er lief in Richtung Bahnhof, und die frische Luft tat ihm gut. Vor dem Bahnhof beobachtete er ein Kind, das aus einer gefrorenen Pfütze ein kleines Stück Eis herausbrach und es sorgfältig in der Manteltasche verstaute. Im ersten Augenblick wollte er dem Kind sagen, daß sich das Eisstück nicht in seiner Manteltasche hält. Aber er sprach das Kind nicht an und war statt dessen für ein paar Augenblicke so traurig wie das Kind, wenn es später entdeckte, daß sich das Eis lediglich in einen nassen Fleck verwandelte. Als Abschaffel so alt gewesen war wie dieses Sattlacher Kind, hatte er bemerkt (oder war es ein oder zwei Jahre später?), daß die Länder Rußland und Amerika offenbar immer Streit miteinander hatten. Sogar die Zeitungen mußten immerzu über diesen Riesenkrach schreiben. Und das Kind Abschaffel hatte den Einfall, die beiden obersten Männer von Rußland und Amerika, das waren damals Bulganin und Eisenhower, einmal zu sich nach Hause einzuladen beziehungsweise in das Wohnzimmer der Eltern, und ihnen Kaffee und Zwetschgenkuchen anzubieten, damit sie sich endlich einmal richtig aussprechen könnten. Einige Monate lang war das Kind Abschaffel vom Erfolg dieser Einladung hundertprozentig überzeugt. Wie wunderschön wäre es gewesen, wenn endlich einmal Friede gewesen wäre zwischen diesen beiden Herren! Aber weil Abschaffel die Einladungen nie abschickte (kein Mensch wußte die Adressen von Bulganin und Eisenhower), konnte der Streit auch nie aufhören. Mitten in seine weichen Erinnerungen hinein (durch wieviel Kulissen von Irrtümern mußte man denn hindurchgehen, bis endlich die letzte Wand, das wirkliche tatsächliche Leben, fühlbar wurde?) lief seine Nase. Nachlässig zog er sein Taschentuch aus der Manteltasche, und dabei fiel ein Zwei-Mark-Stück, das im Taschentuch verwickelt gewesen war, heraus und in den Schnee. Das Geldstück schlug ein langes, dünnes Loch in den Schnee. Er selbst hatte, als er Kind war, niemals Geld gefunden (das stimmte nicht, aber er glaubte es in diesen Augenblicken ganz fest), und weil ihm das Kind mit dem Eisstück in der Manteltasche immer noch leid tat, hob er sein Zwei-Mark-Stück nicht auf. Wenn der Schnee schmolz, würde ein Kind zwei Mark finden. (Und wenn es ein Alkoholiker war, der sich sofort eine Flasche Bier dafür kaufte?) Am liebsten wollte Abschaffel auf den Augenblick warten, wenn das Geldstück gefunden wurde. Er ging in die kleine Sattlacher Bahnhofshalle, und es machte ihm Spaß, daß er sich an die Zwei-Mark-Fundstelle im Schnee immer noch genau erinnerte. Hinter dem Fahrkartenschalter saß ein junger Beamter, der kurz aufschaute. Abschaffel setzte sich auf die Holzbank in der Nähe der Fenster. Sollte er die Münzengeschichte nachher der Wollpatientin erzählen? Drei Gastarbeiter betraten die Bahnhofshalle. Sie packten Süßigkeiten aus und steckten sie sich in den Mund. Das Einwickelpapier der Bonbons warfen sie ordentlich in den Papierkorb. Einer der Männer wog sich auf der öffentlichen Waage. Die Waage hatte an der Seite einen Schlitz, in den der Mann zwei Zehn-Pfennig-Stücke einwarf. Die Waage summte kurz, und es fiel ein kleines Kärtchen in eine Luke, auf dem das Gewicht des Gastarbeiters zu lesen war. Darüber mußten alle drei Männer lachen, und auch die beiden anderen stellten sich nacheinander auf die Waage. Abschaffel sah ihnen nach, als sie den Bahnhof verließen. Jetzt hatte er die Zwei-Mark-Stelle im Schnee nicht mehr in Erinnerung! Er sah hinaus, aber er blieb unsicher. Er setzte sich noch einmal auf die Holzbank. Er wußte nicht mehr, worauf er noch wartete. Ein sehr junges, bäurisches Liebespaar betrat die Halle. Auch sie kauften keine Fahrkarte, und der junge Schalterbeamte sah wieder umsonst auf. Sie hatten wahrscheinlich einen Spaziergang gemacht und wollten sich hier nur aufwärmen. Das Mädchen war dick und blond und trug einen Lammfellmantel, der sie noch dicker machte. Sie war höchstens sechzehn Jahre alt. Ihr Freund trug eine braune Cordjacke und eine hellbeige Cordhose. Er streifte seine Handschuhe ab und rieb mit bloßen Händen die Oberarme seiner Freundin. Die Zähne des Mädchens schlugen schnell aufeinander. Der Freund warf ein Fünfzig-Pfennig-Stück in einen Süßigkeiten-Automaten und zog eine kleine Schachtel mit gezuckerten Erdnüssen heraus. Er riß die Schachtel auf und steckte abwechselnd sich und seiner Freundin die Erdnußkerne in den Mund. Neben dem Süßigkeiten-Automat stand ein Paßbild-Automat. Der Freund schubste das Mädchen in die kleine Kabine hinein und sagte, er käme gleich nach, wenn er das Geld eingeworfen hätte, und dann hätten sie Fotos von sich. Aber er steckte kein Geld in den Paßfoto-Automaten. Das Mädchen wartete in der Kabine, bis ihr Freund kam. Als er drinnen war, zog er den kleinen Vorhang der Kabine zu und setzte sich das Mädchen auf den Schoß. Das Mädchen begann zu kichern, und der Junge hielt sie fest. Als sie merkte, daß der Foto-Automat überhaupt nicht in Tätigkeit gesetzt worden war, rannte sie heraus und ordnete sich draußen die Haare. Der Schalterbeamte sah wieder auf. Dann verließen die beiden die Schalterhalle. Kurz danach ging Abschaffel in die Klinik zurück.

Die Wollpatientin war in ihrem Zimmer. Oh, machte sie freundlich, als er eintrat. Wollen Sie wirklich zu mir? fragte sie. Sie hatte ihren Rollkragenpullover an. Ja, sagte Abschaffel, seit ungefähr einer Woche, aber erst heute passiert es. Und warum glauben Sie, daß ich mich an der Tür geirrt habe? Ach, machte sie, ich bin in letzter Zeit bescheiden geworden. Sie waren spazieren? Ja, sagte er, ein bißchen nur, und Sie haben gelesen? Auch nur ein bißchen, sagte sie, ich habe die Grippe wie fast jeden Winter und fühle mich matt und schwer und immer ein halber Schnupfen in der Nase, der nicht richtig kommt und nicht richtig verschwindet. Sie hielt ein Papiertaschentuch in der Hand und tupfte sich von Zeit zu Zeit die Stirn ab. Sehen Sie mich nicht so an, sagte sie, sonst meine ich, daß Sie gleich wieder gehen. Das glaube ich nicht, sagte er lachend; ich habe mir eine Woche lang vorgenommen, zu Ihnen zu kommen, da werde ich mich doch jetzt nicht von Ihrem halben Schnupfen vertreiben lassen. Also gut, machte Sie, wollen Sie ein Glas Rotwein? Sie sind doch auch erkältet, oder? Es ist schon fast vorbei, sagte er. Ich habe Sie beobachtet, wie Sie verschwitzt zu Mittag gegessen haben, sagte sie. Sie schenkte zwei Gläser Rotwein. Das einzig Schöne bei solchen Erkältungen ist Rotwein trinken, sagte sie, das euphorisiert den Körper und macht ihn lustig. Das geht auch ohne Erkältung, sagte er. Sie lachte. Ja sicher, sagte sie, aber die Euphorie ist anders, wenn der Alkohol in einen erkälteten Körper kommt, ich kann es nicht beschreiben. Cola trinken ist auch schön, wenn man Grippe hat, aber hier gibt es keine Cola.

Sie tranken Rotwein, und Abschaffel sah aus dem Fenster. Sie heißen Dagmar, nicht wahr? Ja, antwortete sie, wie haben Sie das herausgefunden? Hier liegt ein Briefumschlag, und da steht Ihr Name drauf. Ach so, sagte sie, ich dachte schon, Sie hätten geschnüffelt. Der Brief ist von meinem Vater, wollen

Sie ihn lesen? Er überlegte tatsächlich, ob er ihn lesen sollte oder nicht, aber er kam zu keiner Entscheidung, weil sie von ihrem Vater zu erzählen begann. Er schreibt mir hilflose Briefe, und ich weiß nicht, wie ich ihm helfen soll. Meine Mutter ist seit sieben Jahren tot, und er möchte, daß ich nach Hause komme und bei ihm bin, sagte sie. Er hörte zu. Mein Vater hat sich nie ausdrücken können, solange meine Mutter lebte. Nur wenn er getrunken hatte, ging es einigermaßen. Aber seit einigen Jahren schreibt er mir ganz nette Briefe. So hat er nie geredet zu Hause. Anfangs habe ich geglaubt, als Kind meine ich, daß mein Vater einfach nicht sprechen wollte. Nur bei den wenigen familiären Ereignissen, als ich Konfirmation hatte zum Beispiel, erzählte er. Aber da waren auch andere Leute dabei, und da traute sich meine Mutter nicht, ihm über den Mund zu fahren. Eines Tages hatte ich den Verdacht, daß es meine Mutter war, die ihn zum Schweigen abgerichtet hatte. Ich merkte es daran, daß sie anfing, als ich dreizehn oder vierzehn war, auch mir immer öfter das Reden zu verbieten. Halt doch deinen Mund, du weißt doch gar nichts, sagte sie immer. Ich schämte mich und schwieg. Und seit meine Mutter tot ist, fangen wir an zu reden, mein Vater und ich. Mein Vater schreibt mir sogar Briefe, wenn das meine Mutter wüßte. Heute kann ich soviel sprechen, wie ich will, obwohl ich oft das Gefühl habe, alles, was ich sage, ist gar nicht wahr. Sie lachte. Was machen Ihre Eltern? fragte sie; leben sie noch? Ja sagte er, sie leben noch. Ist es schwierig mit ihnen? fragte sie. Ich sehe sie selten, sagte er.

Dagmar schenkte Rotwein nach. Als sie sich über den kleinen Tisch beugte, fielen ihre Haare nach vorn, und Abschaffel stellte sich zum erstenmal vor, wie es wäre, wenn er mit ihr schliefe. Er stellte sich außerdem vor, daß sie nichts dagegen hatte. Vielleicht will sie es genauso stark wie ich, dachte er, aber vielleicht will sie es auch überhaupt nicht. Ist es draußen genauso kalt wie gestern? fragte sie. Wahrscheinlich, sagte er, aber ich kann es eigentlich nicht genau sagen. Ich gehe davon aus, daß es Winter ist, und das genügt mir als

Grundinformation, sagte er. Sie lachte. Handschuhe sollte man auf jeden Fall anziehen, sagte er. Handschuhe! rief sie. Frieren Sie nicht an den Händen? fragte er. Doch, und wie, sagte sie. Am besten sind Handschuhe aus Lammfell, sagte er; vorhin habe ich unten im Dorf ein junges Mädchen gesehen, das Handschuhe aus Lammfell hatte. Das Mädchen zog ihre Hände immer wieder ein wenig aus den Handschuhen heraus, vielleicht weil sie spüren wollte, wie kalt es draußen war. Oder weil sie spüren wollte, wie warm ihre Handschuhe innen sind. Sie lachte kurz. Dann stürzte sie mit den Händen ganz schnell in die Handschuhe hinein, und das hat mir am besten gefallen, sagte er. Kurz bevor sie sich küßten, hatte er das Gefühl, daß alles, was er an Zärtlichkeit zur Zeit anzubieten habe, eine nervöse, leise Stimme sei. Küßt du mich zum Trost? fragte sie. Nein, sagte er. Und meine Grippe macht dir auch nichts aus? Nein, sagte er. Du hast fast so große Ohren wie mein Vater, sagte sie. Ist das schlimm? fragte er. Nein. Ich habe das Gefühl, daß ich gar nicht mehr richtig küssen kann, sagte er. Sie schwieg. Beziehungsweise, verbesserte er, ich komme mir so abgenutzt vor. Wir sind eben ein bißchen angealtert, sagte sie. Als sie die dunkelroten, schweren Übergardinen zuzog, erinnerte er sich an Margot. Wenn er mit ihr zusammengewesen war, mußte es hell im Zimmer sein. Dagmar verdunkelte den Raum fast vollständig. Sogar den hellen Streifen in der Mitte der beiden Gardinenhälften schloß sie sorgfältig. Sie zogen sich rasch aus. Ich muß mich erst noch ein bißchen waschen, sagte sie. Ist es dir unangenehm, wenn ich dir zusehe? fragte er. Ein bißchen schon, sagte sie. Dann drehe ich mich zur Wand, sagte er. Das Fließen des Wassers im Becken erregte ihn. Immer wieder klatschte Dagmar mit einem Waschlappen in das Becken und wrang ihn aus. Frierend kam sie zu ihm ins Bett. Sie hatte sich fast ganz ausgezogen; nur ihre dicken Wollsocken hatte sie nicht abgelegt. Ihr Körper war schwer und weich. Frierst du an den Füßen? fragte er. Das auch, antwortete sie, aber das ist nicht der Grund, warum ich die Strümpfe anhabe. Und der Grund ist? fragte er. Du lachst mich aus, wenn ich es sage, lachte sie. Sie küßte ihn, und ihre Haare fielen ihm ins Gesicht. Sie waren hart und strähnig. Dagmar lag auf ihm, und als er in sie eindrang, wunderte er sich, wie groß und weit ihr Geschlecht war. Nimmst du die Pille? fragte er. Nein, nicht mehr, sagte sie, aber du hast Glück, ich hatte erst meine Tage. Ich will wissen, warum du die Socken nicht ausziehst, sagte er; hast du einen Ausschlag? Sie lachte. Gleich sag ich es dir. Ich habe wieder das Gefühl, daß alles mißlingt, sagte er. Deine Wahrnehmungen betrügen dich, sagte sie. Er lachte kurz, und da kam es ihm schon. Jetzt meine ich, ich müßte mich entschuldigen, sagte er. Weil es zu Ende ist? fragte sie, oder weil überhaupt etwas geschehen ist? O Gott, stöhnte er, deine Fragen verfolgen mich noch genauer als meine. Mit einem Zipfel des Kissens wischte er sich das Gesicht ab. Ich bin fürchterlich ausgehungert, sagte er. Das war dir anzusehen, sagte sie. Hat dich meine Schnelligkeit nicht gestört? Ich bin genauso ausgehungert wie du, sagte sie, und es war höchste Zeit, daß ich mal wieder etwas gespürt habe. Sie lachten. Dagmar stieg aus dem Bett und ging zum Waschbecken. Sie wusch sich zwischen den Beinen. Riechst du deinen Samen? fragte sie zu ihm herüber. Nein, sagte er, wie riecht das denn? Streng, sagte sie, streng, fast säuerlich, wie eine alte Brotschublade. Dagmar wusch sich den ganzen Oberkörper. Der seifige Waschlappen über ihrer rechten Hand glitt geübt über den Körper. Er sah sich in ihrem Zimmer um. Er selbst wusch sich nie mit dem Waschlappen. Das glitschige, lappende Geräusch störte ihn, aber er sagte nichts. Als sie abgetrocknet war, kam sie wieder ins Bett zurück. Jetzt sag ich dir, warum ich die Socken nicht ausgezogen habe, sagte sie. Also erstens, weil ich friere, das weißt du ja schon; zweitens, weil du mich jetzt bitte an den Fußsohlen streicheln sollst. Das geht nur, wenn ich Socken anhabe, weil mich das Streicheln sonst kitzeln würde und ich das nicht aushalten könnte; tust du das? fragte sie. Wenn du es willst, sagte er. Sie drehte sich um und streckte ihm die Füße entgegen, und er begann tatsächlich, mit den Fingern ihre Wollsocken zu streicheln. Ist es so gut? fragte, er. Ganz toll, sagte sie, das könnte ich stundenlang haben. Sie drehte den Kopf zur Seite und bewegte ihren Körper nicht mehr. Das Fußsohlenstreicheln mit Strümpfen hat mein Vater erfunden, sagte sie. Er hat es auch bei mir getan, als ich klein war, jahrelang, und ich kann nicht darauf verzichten. Ahh, stöhnte sie auf, das geht mir bis ins Hirn. Hat es dein Vater auch bei deiner Mutter gemacht oder nur bei dir? fragte er. Das weiß ich nicht, antwortete sie, ich habe aber nie gesehen, daß er es bei meiner Mutter gemacht hat. Ich habe meinen Vater auch gestreichelt, aber nur sonntagsmorgens, wenn wir alle länger im Bett blieben. Hast du bei deinen Eltern im Bett geschlafen? fragte er. Nein, sagte sie, ich bin sonntags in ihr Bett gekrochen. Dann drehte sich mein Vater auf die Seite, und ich habe mich hinter seinen Rücken gelegt. Und dann hast du ihm den Rücken gestreichelt? Ja, bis ich müde wurde und wieder einschlief. Und deine Mutter? Die lag hinter meinem Rücken und hat nichts gesagt. Soll ich dir einmal vormachen, wie ich meinem Vater den Rücken gestreichelt habe? Ja, sagte Abschaffel. Er drehte sich mit dem Gesicht zur Wand, und Dagmar legte sich hinter ihn und begann mit den gespreizten Fingern der rechten Hand in vielen Richtungen über seinen Rücken zu gleiten. Gut, nicht? sagte sie. Ja, sagte er. Aber jetzt bin erst ich 'ne Weile dran, sagte sie. Ja ja, dreh dich um, machte er. Abschaffel setzte sich im Bett auf und lehnte sich mit dem Rücken in die Ecke der beiden zueinander verlaufenden Wände. Dagmar streckte ihm die Füße in den Schoß und hielt still. Was machst du denn beruflich? fragte er nach einer Weile. O Gott, erinnere mich nicht daran, sagte sie, aber einmal muß ich es dir sowieso sagen, ich bin Sachbearbeiterin bei den Stadtwerken in Delmenhorst oder, wenn du es genau wissen willst, ich bin Mahndisponentin. Wenn einer seine Gasrechnung nicht rechtzeitig bezahlt, kriege ich die ausstehende Rechnung auf den Schreibtisch. Dann setze ich dem Kunden eine neue endgültige Frist, und wenn er in dieser Frist nicht bezahlt, leite ich die unbezahlte Rechnung in den Werkshof weiter, und das bedeutet, daß der Kunde das Gas abgestellt kriegt. Abschaffel hörte zu. Aber das ist nicht meine Hauptarbeit, sagte sie. Es gibt viele Leute, die glauben, wenn sie aus einer Wohnung ausziehen, brauchen sie die letzte Gasrechnung nicht zu bezahlen. Sie verschwinden einfach und meinen, sie wären wirklich verschwunden. Wenn so etwas passiert, gebe ich eine Suchmeldung an alle Einwohnermeldeämter durch, und meistens dauert es nicht lange, dann wird mir die neue Adresse mitgeteilt. Und dann müssen sie bezahlen. Na ja, das wär's, sagte sie. Abschaffel streichelte ihre Fußsohlen und sagte nichts. Draußen dämmerte der Spätnachmittag über das Land. Ringsum war kein Laut zu hören. Es war, als unterhielte der Sonntagnachmittag besondere Beziehungen zur Stille. Dagmar erzählte einen besonders schweren Fall aus ihrer Mahnpraxis. Nach einer Weile streichelte sie ihn wieder.

Abschaffel war nun drei Wochen in der Klinik. Die Hälfte der Zeit, die er insgesamt hier sein würde, war vorüber. Er hatte sich gut eingewöhnt, und es gefiel ihm in der Klinik. Abwechselnd ging er zur Massage, in die Gymnastik und zu Dr. Buddenberg. Er hatte sich die Überzeugung gebildet, daß er nicht wirklich und nicht lebensbedrohend erkrankt war. Durch die Gymnastik hatte sein Körper eine Beweglichkeit zurückgewonnen, die er nicht für möglich gehalten hätte. Er hatte sogar begonnen, sich an die Erscheinung der anderen Patienten zu gewöhnen. Alles, was sie erzählten, war in der Regel harmlos oder gefällig. Ein Arbeiter, der das Wort Psychotherapeut nicht sagen konnte und statt dessen das Wort Psychologie-Arzt eingeführt hatte, erinnerte sich fast regelmäßig am Frühstückstisch an seinen Urlaubsort. Seit vielen Jahren fuhr er mit seiner Familie in einen bestimmten Ort und machte dort Wanderferien. Der Ort hieß Ötz, und das dazugehörige Tal hieß Ötztal. Im Ötztal wandert auch Rudolf Schock, erzählte er oft, und es gibt dort sogar einen Rudolf-Schock-Wanderweg, ich selbst bin dem berühmten Sänger aber noch nicht begegnet beim Wandern. Dafür haben wir vom Bürgermeister die silberne und die goldene Wandernadel bekommen, sagte er.

Von einem anderen, etwa vierzigjährigen Patienten war bekannt, daß er hier war, weil sich eine Operationsnarbe nicht mehr schloß. Wo er operiert worden war, hatte er eine offene Wunde. Abends saß er im hellerleuchteten Aufenthaltsraum und las Kriegsbücher. Eine stets äußerst einfach gekleidete Patientin aus dem Ruhrgebiet bastelte Kreuze aus Karton und abgebrannten Streichhölzern. Zuerst schnitt sie aus Schuhschachtelkarton Kreuze aus und beklebte sie symmetrisch mit Streichhölzern, so daß ein fertiges Kreuz aussah wie eine Einlegearbeit. Bastelnd saß sie im Aufenthaltsraum und gab sich der Täuschung hin, daß jemand sie auf ihre Pappkreuze ansprach. Eine andere Patientin, die Dagmar ein wenig näher kannte, war so depressiv, daß sie ihre Wohnung zu Hause nicht mehr reinigen konnte. Sie putzte nur noch diejenigen Wege und Stellen, die sie wirklich benutzte, so daß sich in ihren total verschmutzten Zimmern bestimmte Gehwege und Stehplätze herausgebildet hatten. Ihr Therapeut las mit ihr gemeinsam die Zeitung und schickte sie, um sie wieder ins Leben zurückzubringen, manchmal ins Dorf. Wenn sie zurückkam, sollte sie ihm berichten, was sie erlebt hatte. Einige wenige Patienten zeigten offen, daß sie lediglich hier waren, um sich zu erholen. Die meisten Patienten glaubten, daß ihr Aufenthalt etwas Positives bewirkte; unter ihnen gab es viele, die eifrig darin waren, angebliche Erfolge ihrer Behandlung mitzuteilen. Besonders der Patient mit dem Zahnstocher, ein Angestellter aus Göttingen, ein blonder Mann mit blonden Wimpern und rotem Gesicht, teilte öfter unglaubwürdige Veränderungen über sich selbst mit. Mit seiner schweren Zunge schob er fast unablässig einen Zahnstocher vom linken Mundwinkel hinüber zum rechten und wieder zurück und redete dabei.

Zu Beginn der vierten Woche, als Abschaffel mit dem Terraintraining begann, hatte sich eine jüngere Patientin in der Nacht und außerhalb der Klinik umgebracht. Am Morgen fehlte sie im Frühstücksraum. Sie hatte schon öfter gefehlt, weil das Verschwinden und das Wiederkommen innerhalb ihres Leidens eine wichtige Äußerung war. Noch während des

Frühstücks war bekannt geworden, daß sie aus dem Leben geschieden war. Ihr Leben war bis dahin in zwei abwechselnden Strömungen verlaufen. Nach einer Phase der Geborgenheit war immer eine Phase der selbstinszenierten Verstoßung gefolgt. In der Klinik hatte sie es ein paar Wochen lang gut ausgehalten, es hatte ihr gefallen und sie hatte an Veranstaltungen und Gesprächen teilgenommen. Dann begann die Phase der Verstoßung. Sie fühlte sich unbehaglich, sie erschien unpünktlich zu Besprechungen oder gar nicht mehr, und eines Tages blieb sie ganz weg. Von auswärts (niemand wußte, wo sie war) rief sie ihren Analytiker an und drohte mit Selbstmord. Noch einmal kam sie zurück: Sie ließ sich von der Polizei aufgreifen und in die Klinik zurückbringen. Als sie wieder mit dem Analytiker zusammentraf, erwartete sie, von ihm der Klinik verwiesen zu werden. Der Analytiker tat, als ahnte er nicht, was sie von ihm wollte, und schickte sie nicht nach Hause. Nach ein paar Tagen hatte sie dem Analytiker erklärt, ihre Firma in Dortmund hätte sie entlassen. Sie hatte es fertiggebracht, wenn schon nicht aus der Klinik, dann wenigstens aus der Firma herauszufliegen. Das war das letzte, was von ihr bekannt wurde. Wieder ein paar Tage später war sie tot. Es gab Probleme, die nur durch den Tod beendet werden konnten. Niemand war in der Lage gewesen, das Problem dieser Patientin in einer ihrem Leiden angemessenen Frist zu beenden. In der Klinik war nur das System ihrer Zustände bekannt geworden, ihr Rhythmus zwischen Geborgenheit und Verstoßung.

Diese Geschichte war der Gesprächsstoff an diesem Morgen. Zum Glück hatte jeder Patient die Möglichkeit, sich für viel harmloser zu halten, was für die meisten sogar stimmte. Kaum jemand hatte die Neigung der toten Patientin aus Dortmund, das eigene Leben so intensiv unter die Signale einer Krankheit zu stellen. Der blonde Patient aus Göttingen nahm den Zahnstocher ausnahmsweise aus dem Mund (es war, als wollte er damit der Toten gedenken) und sagte: Die hat ihre Krankheiten ja angestrebt. Sie war auch nie in der Gruppentherapie, kein einziges Mal, sagte eine ältere, rothaarige Patientin, die Abschaffel nicht leiden konnte. Sie war eine nur schwer erträgliche Vielschwätzerin, eine alleinstehende Sekretärin aus Wuppertal, die den Genuß ihres Lebens in Reisen, teuren Kleidern und gutem Essen suchte. Sie wußte, daß es in Deutschland nur zwei thailändische Restaurants gab, eines in Hamburg und eines in München, in denen sie selbst natürlich schon gewesen war. Sie war auch in Amerika gewesen, und was ihr in New York besonders gut gefallen hatte, war der harte Strahl der Duschen in den Hotelzimmern in Manhattan. Mit solchen Einzelheiten erschreckte sie die Mehrzahl der Patienten, weil kaum jemand seine Lebensgefühle aus solchen Erlebnissen bezog. Die Wuppertaler Sekretärin schien auch nicht zu bemerken, daß sie nicht richtig ankam mit ihren Geschichten. Sie reckte ihren kantigen Kopf nach oben und erzählte eine neue Reiseerinnerung. Es war kaum ein größerer Gegensatz denkbar zwischen der nun toten Angestellten aus Dortmund und dieser immerzu auftrumpfenden Sekretärin. Abschaffel hatte Lust, sie zu bestrafen. Ein magersüchtiges Fräulein, eine Musiklehrerin aus Heidelberg, sagte: Na und? Es hat doch nichts zu sagen, ob jemand in der Gesprächstherapie ist oder nicht, Herr Abschaffel war ja auch nur einmal dabei, oder? Die Musiklehrerin sah ihn an und wartete wohl auf eine Antwort. Die Wuppertaler Sekretärin pflichtete der Musiklehrerin bei und fragte noch direkter: Warum kommen Sie eigentlich nicht mehr, Herr Abschaffel? Er wußte überhaupt nichts zu antworten, und aus lauter Verlegenheit sagte er die Wahrheit: Ich habe keine Lust, mir die Geschichten anderer Patienten anzuhören. Und weil in dieser Antwort eine gewisse Überheblichkeit lag, fühlten sich gleich zwei andere Patienten herausgefordert. Aber man lernt doch schon, ein wenig wahrhaftiger miteinander umzugehen, sagte eine junge Frau. Das glaube ich nicht, sagte Herr Elsner aus Düsseldorf; im Gegenteil, das neuerworbene Wissen über sich und die anderen verwendet man doch nur dazu, um noch besser weiterschimpfen zu können, gegen die anderen und gegen sich selbst. Schimpfen Sie sich selbst aus? fragte die Musiklehrerin. Natürlich, sagte Herr Elsner, Sie etwa nicht? Also mir hat die Gruppe schon geholfen, sagte die Musiklehrerin. Jedenfalls gelingt es mir heute schon manchmal, meinen Vorteil wahrzunehmen, wo ich früher immer nur abgehauen bin. Neulich zum Beispiel habe ich in der Wäscherei meine Wäsche abgeholt, und in meinem Zimmer habe ich festgestellt, daß ein Stück fehlte, eine Bluse. Früher wäre es für mich undenkbar gewesen, in die Wäscherei zurückzugehen und das fehlende Stück nachzuverlangen. Ich habe immer geglaubt, die Leute glauben mir nicht. Und diesmal bin ich in die Wäscherei und habe gesagt, es fehlt eine Bluse. Meine Stimme hat zwar gezittert und ist leise geworden, aber ich habe den Satz zu Ende gebracht. Die Musiklehrerin war ein wenig errötet. Stolz richtete sie ihren Körper auf und öffnete ihre kleinen Augen. Ein paar Tage später habe ich die Bluse bekommen, sagte sie.

Abschaffel war froh, daß die Sekretärin und die Musiklehrerin das Gespräch an sich gezogen hatten. Er sah unter den Tisch und betrachtete die stahlblauen Strümpfe der magersüchtigen Musiklehrerin. Ihre dünnen, steckenhaften Beine waren ekelhaft, und fast jeden Tag trug sie diese graublauen Strümpfe. Abschaffel war mit dem Frühstück nahezu fertig. Draußen war ein heller Morgen. Die Sonne schien schwach über die Schneefelder. Er beobachtete die großen Krähen, die sich draußen auf den Feldern niedergelassen hatten. Krähen von dieser Größe hatte er nie zuvor gesehen. Wenn sie sich aufrichteten, waren sie fast so groß wie Katzen. Offenbar suchten sie nach Nahrung. Einige flogen bald wieder auf und setzten sich hoch oben auf die Hochspannungsleitungen, die an der Klinik vorbei über die Berge führten.

Die Wuppertaler Sekretärin erzählte ausnahmsweise einmal keine Erlebnisauftrumpfgeschichte, sondern etwas aus ihrer Kindheit. Ich hätte gern Klavierstunden gehabt, aber meine Eltern haben es nicht erlaubt, sagte sie; sie hatten andere Sorgen, es war eben Nachkriegszeit, und wir hatten nur eine kleine windige Wohnung und fast kein Geld. Sie wischte sich den Mund ab und sah aus dem Fenster. Gegen die Scheiben sagte sie: Später ist es dann nie wieder dazu gekommen, obwohl ich es eigentlich immer wollte. Sie sollten sich diesen Wunsch erfüllen, sagte die Musiklehrerin. Sicher, sagte Abschaffel überraschend, man sollte sich solche Wünsche erfüllen. Aber man ist ja schließlich nicht mehr der Jüngste und auch nicht mehr so aufnahmefähig, sagte er. Die beiden Frauen sahen ihn an. In ihr Schweigen hinein fuhr er fort: Auch ich habe mir einmal, es ist noch gar nicht so lange her, einen Wunsch erfüllen wollen. Und zwar wollte ich endlich Finnisch lernen. Ich kenne das Land gut, sehr gut sogar, und es wäre an der Zeit gewesen, daß ich die Sprache lerne. Von wegen! rief er aus. Ich meldete mich zu einem Finnisch-Kurs bei der Volkshochschule an, und schon in der ersten Stunde habe ich bemerkt, wie schwer mir das Lernen fiel. Und in der zweiten Stunde war ich überzeugt, daß ich das nie lerne. Es war zu schwer oder ich war zu alt oder sonstwas, sagte er und seufzte dazu. Er wischte sich noch einmal den Mund ab und ließ die Serviette auf den Tisch fallen. Dann stand er auf und ging vom Tisch.

In seinem Zimmer zog er sich um für das Terraintraining. Einige Augenblicke lang war es ihm heiß im Kopf gewesen: Schon sehr lange hatte er nicht derartig sinnlos erfundene Geschichten erzählt. Weder kannte er Finnland noch hatte er jemals den Wunsch verspürt, Finnisch lernen zu wollen. Es war einfach nur ein riesiger Kopfquatsch. Oder hatte er Lust gehabt, der Wuppertaler Sekretärin eins auszuwischen? Vielleicht war es auch nur eine Auswirkung seines ewigen Gefühls von Unvollständigkeit, das ihn manchmal dazu trieb, sich die Komplettheit teuer erlügen zu müssen. Denn natürlich klagte er sich nun an und jammerte sich voll: Wie kam er dazu, irgend etwas aus der Luft zu greifen und eine Weile darüber zu reden, als sei es etwas Wirkliches? Abschaffel spürte genau, daß die Scham in seinem Körper umherruckte und nach einem Platz suchte, wo sie bleiben konnte. Auf ihrem Weg durch den Körper kam sie auch durch seinen Hals, und zwei oder drei Sekunden lang spürte er ein Würgen in der Kehle. Er suchte seinen Trainingsanzug im Koffer. Ein Trainingsanzug, wie lächerlich! Er zog ihn an und meinte, ihn nicht anziehen zu können. Er hätte es darauf anlegen können, an diesen Waldläufen nicht teilzunehmen. Aber er wollte es einmal versuchen, weil er fast sicher war, daß ihm das Laufen Spaß machte. In diesen Augenblicken vergaß er seinen Finnland-Unsinn, und er nahm an, daß die Scham nun eine Bleibe im Körper gefunden hatte. Aber wo war sie abgeblieben? Nahm die Scham immer denselben Platz ein oder durchsetzte sie alle Körperteile? Als Abschaffel sich im Trainingsanzug im Spiegel erblickte, entstand neue Scham. Setzte sich die Trainingsanzugsscham nun zur Finnland-Scham? Oder paßten die beiden nicht zusammen, und die Trainingsanzugsscham mußte sich eine andere Stelle suchen? Er stellte sich vor, daß die Scham (außerdem der Zorn, die Wut, die Reue, die Angst) kleine, immerzu überfüllte Herbergen in seinem Körper unterhielt, und das System aus Abgängen und Zugängen aus diesen Herbergen war oft so bewegt, daß er selbst, der Körper Abschaffel, kaum noch richtig gehen konnte. Warum fiel er denn nun auseinander in eine Person, die wahrscheinlich Freude am Waldlauf haben würde, und in eine andere, die keinen Trainingsanzug am Leib haben wollte? Mehrmals zog er den Reißverschluß am Oberteil herauf und wieder herunter, mehrmals dehnte er das Gummi am Hosenbund und ließ es zurückschnellen, und unendlich langsam bereitete sein Körper den Stoff der Gewöhnung vor, der es ihm endlich erlaubte, sich nicht mehr an diesem schwarzen, wollenen Trainingsanzug zu stoßen.

Draußen war es angenehm frisch, kühl und sonnig. Abschaffel befand sich in einer Gruppe von acht Patienten. Alle trugen Trainingsanzüge oder andere Sportbekleidung. Frau Hollinger, die Gymnastiklehrerin, rieb sich die Hände aneinander und machte ein paar aufmunternde Bemerkungen. Der bevorstehende Dauerlauf erstreckte sich über vier Kilometer. Es war ein Rundweg; am Ende des Laufs würden sie wieder bei der Klinik ankommen. An den Gipfeln der Berge hing Nebel und zerzauste sich an den Tannenspitzen. An einigen Stellen zog sich der Nebel herunter bis in die Täler. Die Erde auf den Feldern war schwer und naß. Da und dort war der Schnee eisig und grau geworden.

Der Wald war still, und bald hörte Abschaffel sein eigenes Keuchen. Die Gruppe der acht laufenden Patienten war weit auseinandergezogen. Abschaffel hielt den Mund offen, weil er glaubte, mehr und mehr Luft zu brauchen. Seine Atemstöße waren zuerst kurz und heftig und gingen bald in ein lautes, stoßendes Pressen über. Schon nach etwa einem Kilometer spürte er, wie ihn das Laufen anstrengte. Vielleicht würde er die vier Kilometer nicht schaffen. Wer nicht mehr laufen konnte, sollte normal zurückgehen, hatte Frau Hollinger gesagt. Abschaffel hatte das Gefühl, mit jedem weiteren Schritt sackte sein Körpergewicht in die Beine ab. Es erstaunte ihn, wie leicht und beweglich hingegen der Oberkörper wurde. Auch die Arme fühlten sich überraschend leicht an. Der Körper war naß und heiß, die Haare klebten auf dem Kopf, und der Schweiß rann an den Ohren entlang in den Kragen des Trainingsanzugs. Erleichternd empfand er, daß er während des Laufens nichts dachte, nichts erinnerte und, außer den unmittelbaren Reaktionen des Laufens selbst, nichts fühlte. Die ganze Welt der Einbildungen, Erinnerungen und Zustände verflüchtigte sich aus dem Kopf in die Wälder, und dies mit einer solchen Vollständigkeit, daß er die angenehme Leere seines Kopfes fast ergreifend empfand. War der Sport deshalb bei den Menschen so beliebt, weil der Kopf leergeschüttelt wurde wie ein altes Kissen? In keiner anderen Situation seines Lebens war Abschaffel eine derartig unmittelbare Erleichterung vergönnt. Er hielt das Gesicht hoch und sah durch die blattlosen, hageren Wipfel der Laubbäume in den klaren, hellblauen Himmel. Er konnte nicht die ganze Strecke ohne Unterbrechung durchlaufen. Nach ungefähr der Hälfte legte er eine Pause ein. Er stemmte sich mit beiden ausgestreckten Armen gegen einen Baumstamm und atmete heftig ein und aus. Die

Beine fühlten sich an, als hätten sie keine Knochen. Minutenlang pochte das Herz und schlug das Blut in seinem erschöpften Körper umher. Auch den anderen Patienten erging es ähnlich wie ihm. Nach etwa zehn Minuten setzte sich Abschaffel wieder in Bewegung. Die Leichtigkeit von zuvor war nicht sofort wieder da. Er spürte außerdem einen leichten Schmerz in den Beinen. Zum allererstenmal, seit er in der Kur war, fühlte er nun eine Spannung im Rücken, die ihm Angst einflößte. Die Spannung fühlte sich an, als sei sie der Vorbote eines Schmerzes, den er gut kannte und den er nicht wiederhaben wollte. Vielleicht irrte er sich auch. Er lief langsamer als zuvor. Eine diffuse Schmerzerwartung schränkte ihn rundum ein, und er bereute die Pause, die er gemacht hatte. Auch die befreiende Leere des Kopfes stellte sich nicht wieder ein. Er lief wie jemand, der etwas vermeiden mußte. Es war, als hätte mindestens einer seiner inneren Herbergsväter, wahrscheinlich die Angst, sämtliche Bewohner der Herberge vertrieben, und nun lief und hastete diese Bande wieder frech durch den Körper.

Erschöpft, schwer atmend und durchnäßt kam er bei der Klinik an. Er ging sofort in sein Zimmer und spülte sich den Mund durch. Er band sich ein Handtuch um den Kopf, legte sich hin und breitete eine Decke über sich aus. Rasch schlief er ein. Er hätte wahrscheinlich länger geschlafen, aber nach ungefähr einer halben Stunde bekam er eine Erektion und wachte auf. Er verschränkte die Arme hinter seinem Kopf, und es fiel ihm seine allererste feste Freundin ein. Beide waren achtzehn gewesen. Zwei Jahre lang hatten sie sich gekannt, und es hätte eine schöne Jugendgeschichte werden können, wenn Abschaffel mit einer unglaublichen Eifersucht nicht alles verdorben hätte, was es an dieser Geschichte zu verderben gab. Er ließ sich fast jeden Abend (manchmal am Telefon) lückenlos von ihr berichten, mit welchen männlichen Kollegen unter welchen Umständen sie tagsüber im Büro zusammengewesen war. Sie ging auf seine Aufforderungen ein, und während sie ihm ihren beruflichen Umgang mit Kollegen im Detail auseinandersetzte, begann er zu leiden. An einem bestimmten Punkt ihrer Mitteilung (es ging um nichts) litt er so stark, daß ihm die Tränen kamen, und die Tränen verschafften ihm Erleichterung. Das Mädchen war bestürzt. Er geriet in einen solchen Schmerz, als hätte er tatsächlich Grund zur Eifersucht. Zugleich litt er unter dem Theater seiner Eifersucht, aber das war nicht sagbar. Er wußte, daß alles nur Theater war, aber er spielte den Ernst. Und er spürte, daß das Mädchen klug war und sich unendlich langsam von ihm löste. Die beginnende Trennung war noch unerträglicher als das Zusammensein: Er litt darunter und lebte zugleich auf. Weil sie sich als Paar aber zu stark aufeinander eingelassen hatten, bedurfte es einer besonderen Strategie, um die Trennung tatsächlich einzuleiten (das glaubte er heute). Sie behauptete, als Au-pair-Mädchen nach England gehen zu wollen, um die Sprache zu lernen. Er polemisierte von Anfang an gegen diesen Plan, weil er spürte, daß er ein Teil des Trennungsmanövers war. Zum anderen Teil benahm er sich weiterhin absichtlich unerträglich, damit sie ihren Plan auch durchsetzte. Zwischen diesen beiden Positionen kippte er hin und her und wußte nicht mehr, was die Wahrheit war. Seine Vermutung, daß ihr England-Aufenthalt nur ein verdeckter Trennungswunsch war, konnte er wiederum nicht aussprechen, weil sie das offiziell geltende Vertrauen zwischen ihnen grob verletzt hätte. Sie bestand darauf, Englisch lernen zu wollen, und er bestand darauf, daß sie bei ihm blieb. Mit diesem künstlichen, aufwendigen Konflikt erarbeiteten sie sich mühsam ihre Trennung. In der letzten Phase der Zermürbung (drei Monate vor ihrer Abreise) lernte er etwas Schreckliches: Er lernte heulen, wann er es wollte. Er konnte sich in eine Stimmung versetzen, in der ihm die Tränen kamen. Das Mädchen hielt diesem Druck stand. Vielleicht ahnte sie, daß er nur heulte, weil er sie loswerden wollte, genau wie sie ihm bewegt versprach, nach spätestens eineinhalb Jahren wieder zurück zu sein, weil sie ihn mit Sicherheit nie wiedersehen wollte. Und so geschah es auch. Sie schrieben sich noch eine Weile bittere, aber langweilige und kraftlose Briefe. Die

Entfernung hatte sie beide aus der gegenseitigen Verpflichtung genommen. Sie heiratete bald, und Abschaffel sah sie nie wieder.

Er drehte den Kopf zur Seite und stöhnte ein wenig. Über sein pubertäres Heulen von damals mußte er lachen, obwohl er es immer noch nicht verstand. Er empfand es heute als groteske Bettelei, nur wußte er nicht, was er eigentlich hatte erbetteln wollen. Weder die Eifersucht noch die Heulerei traten jemals wieder auf. Weil er seine Geschichte nicht verstand, wurde er ihr gegenüber so sentimental, daß er den Wunsch verspürte, die Mutter des Mädchens sofort anzurufen und ihr zu sagen, daß ihre Tochter von keinem Menschen jemals so geliebt worden war wie von ihm. Dieser uralte nachpubertäre Quatsch breitete sich mit enormer Dreistigkeit in seinen Gefühlen aus. In seiner Wut redete er sich ein, das Mädchen in Wahrheit längst vergessen zu haben. Das war nicht wahr. Die Erinnerung an diese Jugendliebe setzte ihm so zu, daß er sich rasch ankleidete und mit schimpfendem Gemüt sein Zimmer verließ. Die Wahrheit war, daß es nur wenige Menschen gab, an die er sich so genau erinnerte wie an dieses Mädchen. Sogar das Aussehen ihrer Kleidungsstücke, ihrer Schuhe und Taschen und Halstücher hatte er genau im Kopf. Eben rutschte ihm das Bild ihres türkisfarbenen Flauschpullovers in die Erinnerung. Solche Pullover waren damals, Ende der fünfziger Jahre, bei den jungen Mädchen sehr beliebt gewesen. Wenn sie diesen Flauschpullover trug, und er griff ihr an den Busen, dann war es für ihn so, als sei sie ein wundervoller Paradiesvogel, der nur aus Flausch bestand, ein phantastisches Geschöpf aus Wärme und Schönheit, das er nur mit kitschigen Schmerzen begehren konnte.

Schon war er im Dorfinneren, und er befand sich in übler Laune, in einem gehenden Murren und Stehenbleiben, das ihn nicht verließ. Aus sentimentaler Verzweiflung (die Verzweiflung war nicht ganz echt, und das ärgerte ihn auch) blieb er vor dem Schaufenster eines Möbelgeschäfts stehen, an dem er bisher immer hochmütig vorbeigelaufen war. In diesem Schaufenster stand ein riesiges Doppelbett, das bis dicht an die Scheibe heranreichte. Es nahm fast den ganzen Raum des Schaufensters in Anspruch; rechts, wo noch ein wenig Platz war, stand ein weißgestrichener Wäschekorb, und links, dicht hinter der Scheibe, waren sechs kleine Flaschen Möbelpolitur nebeneinander aufgereiht. Er beugte sich nieder und las die winzig klein gedruckte Gebrauchsanweisung auf einer der Flaschen. Ahhh, wie nichtig und dumm das Leben sein konnte! Sein Rücken schmerzte, und er las die Gebrauchsanweisung nicht zu Ende. Da entdeckte er die neue Telefonzelle, die vor vierzehn Tagen noch verpackt gewesen war. Sie war ausgepackt und erhob sich wunderbar gelb zwischen zwei Baumstämmen. Seine Laune hatte sich so verschlechtert, daß er sich nun auch noch übelnahm, nicht das erste Gespräch aus dieser neuen Telefonzelle heraus geführt zu haben. Verdrossen ging er an der Telefonzelle vorbei und bog in die engste und kürzeste Gasse von Sattlach ein. Zwei kleine Schaufenster gab es in dieser Gasse anzuschauen. Eines gehörte zu einem Lampengeschäft, das andere zu einem Wollgeschäft. Im Lampenschaufenster hingen ein paar traurige Flurlampen mit matten Glasglocken, und im Wollschaufenster verstaubten genau vierzehn verschiedene Wollknäuel. Schon war er am anderen Ende der Gasse angelangt. Auf dem Marktplatz hielt eben ein schwerer roter Bundesbahnbus. Schulkinder, alte Leute und Bauersfrauen stiegen nacheinander aus. Der laufende Motor ließ die Frontscheibe leicht vibrieren. Immer noch stiegen Leute aus, ehe die Sattlacher Fahrgäste zusteigen konnten. Einige Augenblicke lang hatte Abschaffel Lust, ebenfalls mitzufahren, aber er wußte, daß dieser Bus lediglich in andere, ähnliche Dörfer fuhr, die er nicht sehen wollte. Außerdem hatte er später bei Dr. Buddenberg eine Stunde, und auch Dr. Haak wollte ihn am Nachmittag untersuchen. Wenn er je sein Leben nicht mehr aushalten sollte, dann wollte er in einem solchen überbesetzten Bus erschossen werden. Und zwar wollte er hinten auf der Plattform mit dem Rücken zum Fenster stehen und dann während der Fahrt von einer draußen auf der Straße stehenden Person durch die Busscheiben hindurch abgeknallt werden. Weil das Fahrgeräusch des Busses sehr laut wäre, würde niemand den Schuß hören. Und weil besonders die hintere Plattform überfüllt wäre, weil jeder an jedem lehnte und alle sich gegenseitig stützten und hielten, wäre er eingeklemmt in einer wogenden Menge von Fahrgästen und könnte nicht umfallen. Erst am Ziel der Fahrt, an der Endstation, wenn sich der Bus leerte, würde er tot umfallen und der Länge nach auf die Plattform aufschlagen, und der Fahrer würde im leeren Bus nach hinten kommen und sich nicht erklären können, wie das geschehen war. An dieser lächerlich übertriebenen, gespreizten Phantasie erkannte Abschaffel, daß er noch immer, jedenfalls zu dieser Stunde, in pubertären Ordnungen dachte. Denn tatsächlich hatte er sich ein wenig dabei beruhigt, als er dem schwankenden Bus zusah, wie er umständlich und vorsichtig durch die engen Straßen fuhr und sich entfernte.

Später, im Zimmer von Dr. Buddenberg, fühlte er sich angestrengt und erschöpft. Müde sah er in das Gesicht des Analytikers, und es fehlte nicht viel, dann hätte er zu ihm gesagt: Nehmen Sie meinen Kopf, dann wissen Sie alles. Abschaffel bemerkte nicht, daß dies eine Regung des Mitgefühls und Verständnisses mit Dr. Buddenberg war. Eigentlich wollte er sich entschuldigen und den Analytiker bedauern: War es nicht eine unerträgliche Zumutung, sich mit den unwichtigen Krämpfen so vieler unwichtiger Personen beschäftigen zu müssen? Abschaffel wollte ihm ein freundliches Angebot machen: Weil es unmöglich war, das Leben eines anderen Menschen zu erfassen oder durchgängig zu begreifen (meinte er), wollte er in Zukunft nur noch Geschichten erzählen. Obwohl er gar nicht wußte, welche Geschichten er eigentlich erzählen wollte, aber in diesen Augenblicken spielte ihm sein Gemüt sich selbst als Geschichtenerzähler vor. Leider traute sich Abschaffel nicht, all dies zu sagen. Dr. Buddenberg saß reglos in seinem Sessel und wartete. Durch das geöffnete Oberlichtfenster hörte Abschaffel das Klappern von Besteck und Geschirr aus der Klinikküche. In fast gleichmäßigen Abständen fiel eine Gabel oder ein Messer in einen Kasten, in dem sich bereits viel Besteck befinden mußte.

Obwohl wir nie viel Geld in der Familie hatten, begann Abschaffel, wurde bei uns zu Hause immer ziemlich viel gegessen. Der Vater verlangte auch am Abend eine warme Mahlzeit. Irgendwann nach dem Krieg hat meine Mutter zwar einmal versucht, am Abend das sogenannte Abendbrot einzuführen, also eine kalte Mahlzeit mit Brot, Wurst, Käse und Tee, aber es gelang ihr nicht beziehungsweise erst viel später. Der Vater wollte auch am Abend Fleisch, Kartoffeln, Nudeln oder Gemüse auf dem Tisch sehen, und die Mutter stand ab fünf Uhr nachmittags am Herd und kochte zum zweitenmal, nachdem sie für uns, die Kinder, schon mittags warm gekocht hatte. Pünktlich um halb sieben, wenn er nach Hause kam, dampfte es in den Schüsseln. Allerdings führte sie nach einigen Jahren eine Änderung ein, insofern sie nur noch für ihn, den Vater, am Abend ein warmes Essen hinstellte. Wir, die Kinder und sie, gingen zum kalten Abendbrot über, das wir in pikierter Haltung einnahmen, während der unversöhnliche Vater stur und schweigend seine Extramahlzeit verzehrte. Ich nehme an, er hat sich geschämt, denn er aß sehr eilig und gierig. Ich nehme weiter an, sagte Abschaffel, daß die Mutter uns Kindern Gelegenheit geben wollte, ihn verachten zu lernen: weil sie ihn selbst verachtete. Oft hat er zu ihr gesagt: Du ziehst die Kinder auf deine Seite herüber. Das hat sie tatsächlich gemacht, ohne es allerdings zu bemerken. Tatsächlich haben wir den Vater verachten gelernt, und wir haben ihn besonders beim Essen verachtet. Die Art, wie er eilig alles in sich hineinschlang, war abstoßend. Jahrelang habe ich diese Gier beobachtet, und eines Tages ist mir der Gedanke gekommen, daß diese Gier mehr bedeuten muß als bloß die Befriedigung von Hunger. Es war, wie soll ich sagen, Abschaffel suchte nach Worten und sah doch den Vater so deutlich vor sich, diese Gier war sehr wütend, sie mußte mehr als das Essen meinen. Aber ich hatte keine Idee, womit diese Gier zu tun haben könnte. Später habe ich die Mutter einmal in aller

Naivität gefragt, wie es eigentlich gekommen sei, daß der Vater so viel und so schnell aß. Hat er wirklich diese Mengen verlangt, oder hast du sie ihm eines Tages hingestellt? habe ich sie gefragt. Sie hat diese Frage nicht verstanden, sie war, glaube ich, sogar ein bißchen beleidigt, daß ich so etwas überhaupt fragen konnte. Eines Tages aber hatte ich den Verdacht, ich weiß nicht, wie der Verdacht zustande kam, aber eines schönen Tages war er da: daß sie ihm die dampfenden Schüsseln anstatt ihrer selbst hinreichte. Wenn ich ihn essen gesehen habe, habe ich mir dann immer vorgestellt, daß er sich früher genauso über meine Mutter hergemacht hat. Und irgendwann hat sie das nicht mehr ausgehalten und hat ihn statt dessen mit Kartoffeln und Nudeln abgespeist. Und er hat sich abspeisen lassen: mit innerer Wut und Bitterkeit. Als ich in einem Alter war, wo man auf so etwas achtet, also mit zehn oder elf, da ist mir aufgefallen, daß ich meine Eltern niemals gemeinsam in einem Bett habe liegen sehen. Die Mutter ging dazu über, auf der Couch im Wohnzimmer zu übernachten. Der Vater ging abends allein in das Schlafzimmer und kam morgens allein heraus. Das Bett neben ihm, das Bett meiner Mutter, blieb unbenützt. Das Bett war ein Bild der Unberührbarkeit geworden: eine riesige weiße Bettdecke, ein glattes, immer kaltes Kissen mit vier spitzen Ecken, faltenlos gebügelt, rundlich und symmetrisch aufgebaut. Es war, als hätte sich meine Mutter in das Bett selbst verwandelt, weil das Bett ihre eisige Lustlosigkeit viel besser darstellen konnte als sie selbst. Und es ist für mich schwer begreiflich, wie es mein Vater seit Jahren fertigbringt, neben diesem Altar Nacht für Nacht zu schlafen. Wie sie ihm so etwas antun konnte.

Abschaffel machte eine Pause. Dr. Buddenberg erhob sich und schloß das Oberlichtfenster. Mit vorsichtigen Schritten ging er um den Patientenstuhl herum und nahm wieder in seinem Sessel Platz. Als es wieder ganz still war, fuhr Abschaffel mit leiser Stimme fort: Als ich schon zwei oder drei Jahre von meinen Eltern weg war, habe ich sie einmal besucht und bei ihnen übernachtet. Geschlafen habe ich auf der Couch im

Wohnzimmer, auf der sonst immer die Mutter schlief, und sie übernachtete ausnahmsweise neben dem Vater. Kurz vor dem Schlafengehen kam sie im Nachthemd noch einmal zu mir ins Wohnzimmer. Ich lag schon auf der als Bett hergerichteten Couch. Sie ging zum Schrank und öffnete die rechte untere Tür. Zum Vorschein kam ein großer, runder, zuckriger Apfelkuchen. Sie zeigte mit dem ausgestreckten Zeigefinger auf den Apfelkuchen und sagte: Wenn du heute nacht etwas willst, kannst du dir davon nehmen. Sie schloß die Schranktür wieder, lächelte mich an und verließ das Wohnzimmer. Ich habe eine fürchterliche Wut gekriegt. Was sie beim Vater schon hingekriegt hatte, versuchte sie nun auch bei mir. Wenn ich heute nacht etwas will! rief Abschaffel. Wenn ich meine Sexualität spüre, sollte ich essen, meinte die Mutter. Am liebsten hätte ich ihr geantwortet: Leider kann ich nicht in einen Apfelkuchen hineinvögeln, aber natürlich habe ich nichts gesagt. Am nächsten Morgen kam sie in das Wohnzimmer, lächelte mir zu und sah wieder in den Schrank. Vom Apfelkuchen fehlte kein Stück. Den kannst du heute mit nach Hause nehmen, sagte sie freundlich. Den ganzen Apfelkuchen? fragte ich zurück. Ja, ich habe ihn für dich gemacht, sagte sie. Und Vater? fragte ich zurück. Wenn der das wüßte, sagte sie lächelnd.

Ich war fassungslos. Ihrem Mann hatte sie inzwischen sogar den Ersatz gestrichen. Später packte sie den Apfelkuchen sorgfältig ein, verstaute ihn in einer Plastiktüte und gab ihn mir mit. Ich hatte nicht den Mut und nicht die Kraft, den Apfelkuchen zurückzuweisen. Ich fühlte mich beschämt und gedemütigt. Ich konnte ihr ja nicht sagen, daß ich sie durchschaut hatte. Es war gräßlich. Immerhin ist es mir gelungen, den Apfelkuchen samt Plastiktüte eine Stunde später in irgendeinen Papierkorb zu werfen. Obwohl der Apfelkuchen für mich ja nichts weiter war als ein Apfelkuchen. Verrückt, ihn in einen Papierkorb zu werfen. Aber als ich nach vielen Wochen meine Eltern wieder einmal besuchte, hat sie sich prompt erkundigt, wie mir der Kuchen geschmeckt hat, und ich habe mich lobend geäußert.

Es war noch einmal gräßlich. Aber die Eltern hören ja nicht auf, ihren Kindern Niederlagen beizubringen, sagte Abschaffel seufzend. Und fast jedesmal, wenn ich heute etwas zu schnell oder etwas zuviel esse, erinnere ich mich an den Vater. Manchmal ist es so intensiv, daß ich meine, ich selbst wäre mein Vater, und ich spüre Lust, meine Mutter zu suchen und sie zu schlagen.

Die Stunde war zu Ende. Abschaffel streckte sich und erhob sich. Er ging sofort in sein Zimmer und ruhte sich aus. Später wollte er zu Dagmar. Er setzte sich an das Fenster und sah in die Landschaft. Weit unten fuhr ein Müllwagen von Bauernhof zu Bauernhof. Ein junger Müllmann stand hinten auf dem Trittbrett und sprang jedesmal herunter, wenn der Wagen hielt. Er mußte die Mülltonnen an den Wagen heranziehen und sie in eine Vorrichtung hängen, damit sie in die Höhe gehoben und in den Wagen entleert werden konnten. Kaum stand der junge Müllmann wieder auf dem Trittbrett, fuhr der Wagen auch schon an und hielt vor dem nächsten Hof. Abschaffel öffnete das Fenster. Er hörte von ferne den reißenden Ton einer Kreissäge; wenn der Ton aussetzte, war es sofort still. Abschaffel überlegte, ob das Geräusch der Kreissäge dazu beitrug, das Zusammengehörigkeitsgefühl der im Tal wohnenden Leute zu festigen oder nicht. Warteten sie vielleicht morgens auf das erste Aufschreien der Kreissäge? Er sah dem Müllwagen nach. Obwohl es nur der Müllwagen war, der immer kleiner wurde, glaubte er nach einer Weile, es verschwinde gleich die ganze Welt in diesem engen Tal, und er war der erste, der es bemerkte. Mußte er nicht losrennen und es allen Leuten sagen? Er überlegte, ob er gleich zu Dagmar gehen sollte. Aber vielleicht war sie gar nicht in ihrem Zimmer, wenn er früher kam. Es überfiel ihn eine starke Sehnsucht nach Frankfurt, nach Kaufhäusern, nach Fernsehapparaten, nach Imbiß-Stuben und erleuchteten Unterführungen. In der Radio- und Fernsehabteilung eines großen Kaufhauses wollte er wieder einmal herumstehen und herumgehen. Er wollte inmitten von tausend Kofferradios, Batterien, Verbindungskabeln, Steckern, Mikrofonen, Kopfhörern und elektrischer Ersatzteile sein. Er brauchte alle diese Dinge nicht, im Gegenteil, er verachtete sie, aber er wollte sehen, daß es sie gab. Besonders die vielen schon am Spätnachmittag eingeschalteten Fernsehapparate wollte er sehen, die neben- und übereinander auf langen Regalen aufgebaut waren, und in jedem Gerät zuckte das farbige Testbild immer wieder neu auf den Schirm. An diesen bunten Schirmen wollte er entlanggehen und die Gewißheit haben, daß die Welt immer eingeschaltet war. Dann wollte er das Kaufhaus verlassen und sofort in ein anderes gehen. Vorher aber wollte er sich am Eingang eine Brezel kaufen, die er aufaß, während er durch das zweite Kaufhaus schlenderte. Und während des Gehens würde er Krumen, Krustenstücke und Salzkörner der Brezel im Kaufhaus verlieren, und manchmal würde er sich umdrehen, um die Spur zu betrachten, die er durch das Kaufhaus zog.

Er verließ sein Zimmer und fuhr mit dem Fahrstuhl hoch zu Dagmar. Sie war überrascht, aber freundlich, als sie ihn sah. Sie stand mit aufgekrempelten Ärmeln am Waschbecken und wusch Unterwäsche. Sie trocknete sich die Hände ab und kam auf ihn zu und küßte ihn. Er störte sich an dem seifigen Geruch, der von ihrem Körper ausging, aber er sagte nichts. Sollen wir ein bißchen spazierengehen? fragte sie. Wohin? fragte er zurück; im Wald oder im Dorf? Mir ist es egal, sagte sie; ich kenne einen hübschen Weg, der an einer Wiese mit Apfelbäumen vorbeiführt. Gut, sagte er, gehen wir diesen Weg, die Hauptsache für mich ist, ich muß nicht an Tannen vorbeigehen. Die magst du nicht? fragte sie. Nein, es ist mir zu dunkel, ich sehe nichts, und dann kriege ich Beklemmungen. Aber ich brauche noch eine halbe Stunde, bis ich fertig bin, sagte sie. Das macht nichts, sagte er. Gehst du nicht gern ins Dorf? fragte sie. Es langweilt mich, sagte er. Bist du schon überall gewesen? Ich glaube schon, sagte er und legte sich auf ihr Bett. Ich muß mir ein Paar Schuhe kaufen, gehst du mit? fragte sie. Ja, sagte er, ich kann dir sagen, wo das Schuhgeschäft ist. Das weiß ich auch, sagte sie und lachte; dazu brauche ich dich nicht. Du mußt aufpassen, daß ich mir wirklich schöne Schuhe kaufe. Wenn ich allein bin und etwas für mich einkaufe, dann sind es am Ende immer ganz spröde Sachen, als müßte ich eine evangelische Gemeindeschwester aus mir machen. Sie lachten, und Dagmar beugte sich wieder über das Waschbecken. Zwischen ihren zu Fäusten zusammengeballten Händen rieb sie eine Unterhose, die sie immer wieder rasch in das Seifenwasser eintauchte. Ihre langen Haare fielen nach vorn und verdeckten die Seiten ihres Gesichts. Dafür wurde das ihm zugewandte Ohr frei, das weich und samtig aus den dunklen Haaren hervorragte. Dagmar rieb die Unterhose und stöhnte dabei wie eine alte Mutter.

Abschaffel lag auf dem Bett und sah ihr zu. Ihre scheuernden, ribbelnden Bewegungen erinnerten ihn an seinen Vater, wenn er sich die Zähne putzte. Der Vater hatte sich Zähne und Zahnfleisch verdorben, weil er sich die Zähne jahrelang mit dem Reinigungsmittel VIM geputzt hatte, das die Mutter sonst nur für die Reinigung von Kacheln, Töpfen und Waschbecken benutzte. Nach dem Krieg hielt der Vater richtige Zahnpasta für neumodischen Luxus, auf den er höhnisch verzichtete. Es war unklar, ob es wirklich nur Geiz war, der ihn von der Anschaffung von Zahnpasta abhielt. Mindestens genauso stark wie sein Geiz war sein Bedürfnis nach absoluter Sauberkeit. Es konnte aber auch sein, daß er, indem er VIM zum Zähneputzen verwendete, seine Verbundenheit mit seiner Heimatstadt Mannheim ausdrücken wollte. Denn VIM wurde in Mannheimer Fabriken hergestellt, und der Vater war stolz darauf, in einer Stadt geboren worden zu sein und immer gelebt zu haben, aus der ein so hervorragendes Reinigungsmittel kam. Oft erzählte er die Geschichte von VIM. Denn die Bezeichnung VIM war nichts anderes als eine Produktionsabkürzung und hieß ausgeschrieben VERSUCH I MANNHEIM. Die drei ersten Buchstaben dieser Bezeichnung ergaben VIM, und diese Abkürzung gab schließlich den bleibenden Namen ab. Immer wenn der Vater die VIM-Geschichte erzählte, waren die Gesichter der Besucher (Nachbarn oder Verwandte) überrascht und freundlich, und in ihrer Freundlichkeit sonnte sich der Vater, als wäre er selbst der VIM-Versuchsleiter gewesen oder, indem er diese Geschichte erzählte, erst richtig geworden.

Dagmar ließ das Wasser ablaufen. Sie klatschte die nassen Wäschestücke gegen den Beckenrand, wrang sie aus und hängte sie über die Heizung. Ich bin gleich fertig, sagte sie. Sie wusch sich ausführlich das Gesicht und noch einmal die Hände. Dann wechselte sie den Pullover, kämmte sich und schlüpfte in ihre Schuhe. In diesen Schuhen kriege ich bestimmt wieder nasse Füße, sagte sie. Sollen wir die neuen Schuhe gleich kaufen? fragte er. Das machen wir, sagte sie, hinterher können wir ja immer noch einen Spaziergang machen.

Unten im Foyer standen ein paar Patienten und kicherten und lachten. Sogar ein jüngerer Stationsarzt sah vergnügt umher. Als sie am Schreibtisch der Empfangsdame vorbeigingen, konnte sich ein Patient nicht mehr zurückhalten und rief: Riechen Sie nichts? Riechen Sie denn nichts? Dagmar hob kurz die Schultern und wandte sich an die Empfangsdame. Abschaffel blieb unwillig in der Nähe der Glastür stehen und wartete, bis Dagmar wieder bei ihm war. Er sah in den vollen Papierkorb der Empfangsdame und hatte Lust, das aufgebauschte Papier tief in den Korb hinunterzudrücken. Genauso drückte er selbst gewöhnlich bei Ajax im Büro das Papier seines eigenen Papierkorbs nieder. Dagmar kam zurück. Es hat jemand eine Stinkbombe in den Empfangsraum geworfen, sagte sie zu ihm; es wird Fasnacht. Ach so, machte er. Die Patienten lachten leicht und still über den Geruch. Die Empfangsdame öffnete vergnügt ein Klappfenster, und ein Patient fing sogar an, auf eine gespielte Art unter den Sesseln nachzusehen. Es stank ein wenig, aber es stank eigentlich immer ein wenig in der Klinik, genauso, wie es in einer Schule, in einer Behörde oder in einer Firma immer ein wenig stank. Vielleicht freuten sich die Patienten nur deswegen, weil sie den Gestank endlich als solchen wahrnehmen und bezeichnen durften. Die vergnügte Laune wirkte sich aus, als wäre ein kleiner, handlicher Frieden ausgebrochen.

Tatsächlich war die Fasnachtszeit gekommen. In Sattlach liefen einige als Cowboys verkleidete Kinder umher, die in ihrer Schwerfälligkeit komisch und lächerlich wirkten. Die Mütter hatten ihnen wenigstens zwei Pullover unter die Hemden angezogen. Im Schaufenster eines Tabakwarenladens hingen einige bunte Papierschlangen. Dagmar wollte sich ein Paar Strümpfe kaufen. Abschaffel betrat mit ihr den größten Laden, den es in Sattlach gab. Es war ein früheres Bauernhaus, das in eine Art Supermarkt umgebaut worden war. Der Laden war vollkommen leer. Ein junges Mädchen mit schlechten Zähnen und roten Wangen schleppte im hinteren Teil leere Bierkästen in einen angrenzenden Lagerraum. Obwohl die ganze vordere Schmalseite des Hauses durch eine durchgehende Fensterfront ersetzt worden war, fiel nicht genügend Licht in den hinteren Teil des Verkaufsraums. Auf beiden Längsseiten waren je drei kleine Oberlichtfenster eingebaut worden, aber auch sie gaben nicht genug Licht. Das junge Mädchen kam aus dem Lagerraum hervor und schaltete die Deckenbeleuchtung an. Abschaffel staunte. Offenbar wurde das Licht nur angeschaltet, wenn überraschend ein Kunde im Laden war. Dagmar wühlte in einem kleinen Karton, in dem Damenstrümpfe aufbewahrt waren. Abschaffel betrachtete ein Regal, auf dem Schulartikel und Schreibwaren auslagen.

Dagmar hatte ein Paar Strümpfe gefunden und bezahlte sie bei dem jungen Mädchen, das nach vorn an die Kasse gekommen war. Als sie draußen waren, wurde das Licht im hinteren Teil des Ladens wieder ausgeschaltet. Langweilst du dich? fragte Dagmar. Ja, sagte er. Ist es schlimm? Nein, sagte er, es ist mir im Grunde angenehm; es ist mir jedenfalls viel angenehmer, als wenn ich die Welt und mich selber darin allzusehr spüre. Dann lebe ich ständig in einer Art von erregtem Widerstand. Widerstand gegen mein Leben, gegen meine Arbeit, gegen die Wohnung, gegen mich, gegen alles, und das ist sehr anstrengend, sagte er. Dagmar schwieg. Vor lauter Anstrengung und Widerstand verliere ich dann sogar die Mimik, sagte er, und ich habe das Gefühl, ein Stück Holz geworden zu sein.

Möchtest du allein weitergehen? fragte sie. Bleib nur, sagte er. Willst du mit in das Schuhgeschäft? Ja, sagte er.

Ein älterer Mann und eine ältere Frau sahen gleichzeitig auf, als Dagmar und Abschaffel das Schuhgeschäft betraten. Der Mann saß auf dem Boden zu Füßen einer Nonne, die ein paar schwarze Schuhe anprobierte. Die Nonne war schwer und alt, und sie bedeckte den Stuhl, auf dem sie saß, ganz und gar mit ihren schwarzen Tüchern und Umhängen. Die Frau wandte sich Dagmar zu, die sich auf einen der Holzstühle gesetzt hatte. Ich möchte ein paar wasserdichte Halbschuhe, sagte sie und errötete. Abschaffel betrachtete das gelbe, harte Gesicht der Nonne. Die Frau holte ein paar Schuhschachteln und breitete sie in der Nähe von Dagmars Stuhl aus. Die Schachteln hatten stark abgestoßene Kanten und Deckel. Offenbar waren viele Schuhe schon einmal anprobiert, dann aber doch nicht gekauft worden. Die Nonne bemerkte nicht, daß sie von Abschaffel beobachtet wurde; sie hatte die Beine ein wenig auseinandergestellt, weil sie die Innenseiten der Schuhe betrachten wollte, die ihr der Mann mit einem langen Schuhlöffel angezogen hatte. Abschaffel versuchte, der Nonne unter den Rock zu sehen oder wenigstens die Strümpfe hinauf, aber alles, was er sah, war eine wollene schwarze Endlosigkeit, in der sich nichts voneinander unterscheiden ließ. Alles war wie verstopft von schwarzen Tüchern, Bändern, Bendeln und Röcken. Die Nonne erhob sich und ruckelte im Stehen ein wenig in den neuen Schuhen umher, aber anscheinend war sie nicht zufrieden. Wieder sank sie auf den Stuhl und ließ sich die Schuhe ausziehen. Dagmar schien sich für ein paar Halbschuhe entschlossen zu haben. Tatsächlich sahen sie ein wenig aus wie Schuhe einer braven Gemeindeschwester, die viel unterwegs war, um Gutes zu tun. Es waren einfache braune Schnürschuhe, breit und rund, fast ein wenig klobig. Abschaffel riet ihr, diese Schuhe zu kaufen, weil er wieder die Nonne betrachten wollte. Er hatte sie inzwischen im Verdacht, daß es ihr Spaß machte, immerzu die Schuhe zu wechseln. Oder an den Füßen angefaßt zu werden. Aber da hatte sich Dagmar endgültig für die braunen Schnürschuhe entschlossen. Die Nonne stand schon wieder in ein paar neuen schwarzen Schuhen und sah schmerzbereit an die niedrige Decke des Schuhgeschäfts. Dagmar zahlte, und Abschaffel hielt ihr die Tür auf.

Sie schlugen den Weg zurück zur Klinik ein. Eine dicke Bäuerin fuhr auf einem Fahrrad langsam an ihnen vorbei. Erst als die Bäuerin von hinten zu sehen war, wurde auch das Kind sichtbar, das auf dem Gepäckträger saß und sich mit weit ausgestreckten Armen an den Hüften der Frau hielt. Das Kind drückte das Gesicht gegen den Mantel der Frau wie gegen eine Mauer. Abschaffel ärgerte sich, weil er immerzu etwas beobachten mußte. Es war, als müßte er die Welt durch Beobachtung zerkleinern, weil sonst alles zuviel für ihn war. Er zwang sich, in den Himmel zu sehen, wo es nichts zu sehen gab. Kannst du mir etwas erzählen? fragte er Dagmar. Ich weiß nichts, sagte sie. Woran hast du denn gerade gedacht? fragte er. An die Stadtwerke in Delmenhorst, sagte sie. Dann erzähle mir etwas von den Stadtwerken in Delmenhorst, sagte er. Es wird dich langweilen, sagte sie. Dann langweile mich eben mal, sagte er. Ich dachte gerade an unseren Betriebspsychologen, den wir seit ein paar Monaten im Amt in Delmenhorst haben, begann sie. Einen Betriebspsychologen, sagte er, so etwas Feines habt ihr? Ja, sagte sie, der war angeblich notwendig, weil über fünfzig Prozent der Angestellten während ihrer Dienstzeit trinken. Er wurde in ein leerstehendes Zimmerchen einquartiert, und jeder, der will, kann ihn besuchen. Zuerst haben sich natürlich alle über ihn lustig gemacht: als ob jemand zu ihm reinginge und sich über seine Sorgen ausspricht. Einer hat ihm sogar mal eine Flasche Cognac geschenkt, damit er sich nicht so langweilt. Aber der Betriebspsychologe hat sich klug verhalten. Er hat die Cognacflasche aufgemacht und hat Kollegen zu sich eingeladen. Und dann kamen sie langsam zum Thema, und die Kollegen haben gemerkt, daß der Mann ziemlich genau wußte, was mit ihnen los war. Die Stadtwerke hat er einen Betrieb genannt, in dem typisch spurlose Arbeit getan wird, und das hat allen sehr gut gefallen. Spurlose Arbeit. Das ist ein geflügeltes Wort geworden im Amt, sagte sie. Es wird jeden Tag verwendet. Ich suche gerade wieder die Spur meiner Arbeit, sagen sie. Oder: Der Abteilungsleiter hat sich mal Spurendienstleiter genannt. Und wenn einer keine Lust mehr hat, sagt er einfach, ich habe endgültig meine Spur verloren. Und am Feierabend sagen sie natürlich, daß sie nun alle spurlos verschwinden. Dagmar lachte. Das Komische ist, sagte sie, daß die Formulierung spurlose Arbeit zu einem Witz geworden ist, aber trotzdem die Wahrheit ausdrückt. Vorerst lachen sie noch alle. Ich bin mal gespannt, wenn ich zurückkomme, wie die Entwicklung dann aussieht. Der Betriebspsychologe teilt die Alkoholiker in Einzeltrinker und in Gruppentrinker ein. Die Einzeltrinker fangen nachmittags im Büro an, verstecken aber die Flaschen, und machen abends vor dem Fernseher weiter. Die Gruppentrinker sind moralischer, die sagen: Bier ist Bier und Dienst ist Dienst. Die fangen erst abends an in ihren Vereinen und an ihren Stammtischen, aber sie kommen zum gleichen Ergebnis. Spätabends rollen sich die Einzeltrinker und Gruppentrinker in ihre Betten und haben's mal wieder geschafft. An die Einzeltrinker ist leichter heranzukommen, sagt der Betriebspsychologe, sagte Dagmar, weil die noch fühlen, daß der Alkohol nur etwas ist, mit dem sie etwas zudecken können. Die Gruppentrinker halten sich aber für fröhlich und lustig und streiten sogar ab, daß sie Dauertrinker sind, sagte Dagmar.

Sie waren an der Klinik angekommen. Dagmar verabschiedete sich, weil sie ihre neuen Schuhe anziehen wollte. Abschaffel wartete in der Nähe des Parkplatzes. Eine Frau mit einem maskierten Kind an der Seite kam einen Waldweg entlang. Ein Besucher verließ die Klinik und stieg in ein Auto. Bevor er den Motor anspringen ließ, streckte er sein Gesicht hoch an den Innenspiegel und bleckte die Zähne. Er zog die Lippen weit zurück, so daß beide Zahnreihen entblößt waren. Abschaffel blickte über die nassen Felder und Wiesen. Überall lagen klobige und graue Schneeklumpen herum. Der Himmel war grau, vielleicht schneite es bald wieder. Weiter hinten erhob sich der

Wald in seiner ganzen unangenehmen Nässe und Dunkelheit. Amseln versuchten, auf den schneefreien Flecken der Felder Nahrung zu finden. Dagmar brauchte lange, und Abschaffel dachte darüber nach, warum sie in der Klinik war. Fragen wollte er sie nicht. Er wollte warten, bis sie es selbst sagte, und wenn sie es nicht sagte, würde er nicht danach fragen. Bis jetzt schien sie keine Neigung zu haben, über Krankheiten zu sprechen. Manchmal erzählte sie von anderen Patienten, aber nichts über sich selbst. Vielleicht hat sie einen Waschzwang oder eine Phobie, eine Riesenangst vor irgend etwas, überlegte er. Es war ihm schon aufgefallen, wie oft sie sich die Hände wusch. Auch wenn sie zusammen schliefen, wusch sie sich vorher und nachher. Am liebsten war es ihr, wenn sie mit nassen, gestreckten Fingern umhergehen konnte und sich überhaupt nicht mehr abzutrocknen brauchte. Vielleicht wusch sie deswegen so oft ihre Unterwäsche. Wahrscheinlich wusch sie sich auch jetzt wieder, und das Wechseln der Schuhe war nur ein Vorwand gewesen. Aber es konnte ebensogut sein, daß er sich irrte. Wenn sie an einem Waschzwang litt, hatte sie ihr Leiden allerdings auch nicht verheimlicht. Vielleicht wollte sie erreichen, daß er ohne Worte kapierte, was mit ihr los war. Vielleicht war aber auch alles ganz anders.

Endlich kam sie aus der Glastür. Die neuen Schuhe hatten ihren Gang ein wenig verändert, aber Dagmar lachte und sagte: Die neuen Schuhe sind schön weich. Abschaffel ging vorsichtig, weil er seine Hosenaufschläge nicht beschmutzen wollte. Plötzlich hatte er das Gefühl, Dagmar sei eine für ihn abgestellte Begleiterin. Es war der gewöhnliche, einengende Unsinn, den sein Kopf manchmal zustande brachte und den er manchmal als solchen erkannte. Was muß man tun, fragte Dagmar, damit man dich weder langweilt noch enttäuscht? Er lachte. Du kennst mich so gut, daß ich mich beinahe fürchten muß, sagte er. Dann müssen wir die Frage anders stellen, sagte sie; was muß man also tun, damit man dich nicht langweilt und nicht enttäuscht, und was muß auf jeden Fall unterbleiben, damit du keine Angst kriegst? Das sind Fragen, sagte er, die stelle ich mir gewöhnlich nur selbst. Und darüber bist du eigentlich schon wieder fast enttäuscht? Möglich, sagte er ausweichend. Auf der rechten Seite des Weges sammelte sich das Schneewasser zu einem kleinen Bach. Rechts und links knackten manchmal dünne Äste. Es war nicht zu bestimmen, woher diese Geräusche kamen. Es war nur das Gestrüpp nasser, schwarz glänzender Äste und Stämme zu sehen.

Nach etwa zweihundert Metern führte der Weg aus dem Wald hinaus. Links und rechts streckten sich leicht abschüssige Obstbaumfelder. Die fleckige Schneedecke war hier oben noch dünner. Ein harter, lautloser Wind strich über die Felder. Dagmar stellte ihren Mantelkragen hoch und drückte sich die vorderen Enden des Kragens gegen das Gesicht. Abschaffel trat vorsichtig in vereiste Pfützen, weil er das Splittern des Eises hören wollte. Fast alle Obstbäume, die zehn bis fünfzehn Meter weit auseinanderstanden, hatten schiefe Stämme. Drüben, auf dem Abhang des gegenüberliegenden Berges, stieg Rauch aus dem Schornstein eines Bauernhauses. Ich bin froh, sagte Abschaffel, daß ich diese Apfelbäume nur im Winter sehen muß. Warum? fragte Dagmar. Ich habe mir gerade vorgestellt, sagte er, ich wäre im Sommer hier. Ich liefe hier herum und würde die voll tragenden Apfelbäume sehen. Und wenn ich diese schönen roten Äpfel an diesen vielen Bäumen sähe, dann würde ich wahrscheinlich denken: Ahh, endlich kann ich einmal soviel Äpfel einsammeln, wie ich schon immer wollte. Und ich würde sofort mit dem Ernten beginnen, sagte er, aber wenn ich den ersten Apfel gegessen hätte, müßte ich feststellen, daß ich überhaupt nicht mehr gewollt hätte, als nur einen einzigen Apfel. Und das wäre dann die Enttäuschung, sagte er. Ich verstehe nicht, was dich enttäuscht, sagte Dagmar. Die Fülle und der Irrtum, der der Fülle zugrunde liegt, sagte er. Daß du viele Äpfel brauchst, um festzustellen, daß du nur einen einzigen haben willst? fragte sie. Ja, nein, antwortete er und wurde unsicher. Oder, sagte sie, daß dich deine Wünsche so in die Irre führen? Wieso in die Irre? fragte er. Du hast doch eben selbst von Irrtum gesprochen, sagte sie. Eben habe ich noch ganz genau gewußt, wie sich alles zueinander verhält und wie ich es sagen könnte, und jetzt kann ich es nicht mehr, sagte er. Könnte es sein, fragte sie, daß du noch nicht einmal einen einzigen Apfel haben willst, das aber nur merken kannst, wenn du sehr viele Äpfel siehst und sie alle haben möchtest? Er schwieg. Von den Äpfeln, die in meinem Zimmer liegen, hast du dir jedenfalls noch niemals einen genommen, sagte sie. Darauf wußte er nichts zu sagen. Es kommt auf die Übertriebenheit der Erscheinung an, sagte er. Wenn drei oder vier Äpfel in einem Korb liegen, sagte sie, dann wird davon deine Wunschkraft einfach nicht angeregt? Vielleicht, sagte er. Es müssen immer gleich ganze Bäume voller Äpfel sein, sagte sie.

Das Gespräch wurde ihm unbehaglich. Am liebsten hätte er um einen Abbruch gebeten oder einfach von etwas anderem zu reden angefangen, aber das traute er sich nicht. Er fühlte, daß er sich an der unerwarteten Schärfe von Dagmars Sätzen zu verletzen begann. Es ist immer noch nicht klar, warum du enttäuscht wärst, fing sie wieder an. Also du meinst, sagte er angestrengt, daß ich überhaupt keinen Apfel will, keinen einzigen? Ich nehme es an, sagte sie; du willst immer nur die Übertriebenheit deiner Wünsche entdecken und nach Möglichkeit entfernen, aber dann bleibt von dir überhaupt nichts mehr übrig, und das ist das Problem.

Vom anderen Ende des Weges kam ihnen ein Mopedfahrer entgegen. Abschaffel war erleichtert und beobachtete ihn. Er trug eine dicke Jacke mit Kapuze. Um den Kopf hatte er sich einen langen Wollschal gewickelt, der nur die Augen und die Stirn frei ließ. Abschaffel drehte sich um, als er an ihnen vorbeifuhr, und er sah, daß auf dem Gepäckträger des Mopeds eine alte Aktentasche mit einem Gummiband festgeschnallt war. Er sah der Aktentasche auf dem Gepäckträger lange nach, und als sie ganz klein war und kaum noch zu erkennen, fiel er sich selbst wieder ein. Meine Wünsche machen mir die Welt immer viel zu groß, verstehst du das? sagte er zu Dagmar; ich leide an einer von mir erfundenen Weltvergrößerung, wenn es so etwas überhaupt gibt. Dagmar schwieg. Und wenn ich die Welt ordentlich vergrößert habe, falle ich auf meine eigene Selbstverkleinerung herein, sagte er. Aber du hast doch eben gesagt, antwortete sie, daß deine Wünsche dir die Welt immer größer machen, als sie ist. Ja, sagte er, aber das weiß die Welt ja nicht, das weiß nur ich, und wenn ich die Welt größer mache, dann muß ich ja kleiner werden, oder? Was ist denn zuerst da, fragte sie, die Weltvergrößerung oder die Selbstverkleinerung? Das habe ich mir noch gar nicht überlegt, sagte er, wahrscheinlich aber die Selbstverkleinerung. Sieh dir das Beispiel mit den Äpfeln an, sagte er. Ich sah die Apfelbäume, und sofort war die Weltvergrößerung perfekt: Ich glaubte, ich wollte alle Äpfel haben. Nein, sagte Dagmar, wenn du glaubst, du wolltest alle Äpfel haben, dann hast du dich selbst vergrößert und nicht die Welt. Er überlegte. Nein, sagte er, die Apfelbäume sind etwas, was außen ist, sie gehören zur Welt, nicht zu mir, und beim Anblick der Apfelbäume sind meine Wünsche in Bewegung geraten. Aber damit waren alle Apfelbäume eine innere Angelegenheit von dir geworden, rief Dagmar. Sie stritten sich. Unbegreiflicherweise war der Ton ihrer Auseinandersetzung gegnerisch und hart geworden. Abschaffel wollte sich nicht mit Dagmar zerstreiten. Ich habe das Gefühl, sagte sie, daß du derartige Manöver dazu benutzt, um alles, was außerhalb von dir selbst liegt, einfach abzuwerten. Das glaube ich nicht, sagte er. Ich bin noch nicht fertig, sagte sie; ich habe dich noch nicht von etwas anerkennend sprechen hören, was außerhalb von dir selbst liegt. Ich glaube, du meinst, daß dir die Welt nichts bieten kann, sagte Dagmar.

Sie kehrten um und gingen den gleichen Weg zurück. Zum Zeichen, daß Abschaffel böse mit ihr war und so nicht mit sich reden lassen wollte, ging er ein wenig schneller als sie, so daß sie immer einen halben Meter hinter ihm war. Du mußt Apfelbäume und Äpfel abwerten, etwas anderes bleibt dir gar nicht übrig, sagte sie. Soll das eine Beschuldigung sein? sagte er. Das Gespräch war heftig geworden, und Dagmar und Abschaffel richteten ihre Sätze gegeneinander. Du redest Unsinn, sagte er. Ich ziehe nur andere Schlüsse als du, sagte sie; was holst du dir denn aus der Außenwelt? Du lehnst alles ab, und wenn du es nicht sofort ablehnen kannst, dann schaltest du es durch Fremdheit erst mal aus. Ich weiß nicht, sagte er heftig, wie du zu dieser Meinung kommst, ich möchte darauf nicht mehr antworten.

Sie schwiegen. Abschaffel fühlte sich beleidigt und gekränkt. Weil sie nicht mehr redeten, gingen sie noch schneller. Bis zur Klinik fiel kein Wort mehr. Sogar im Fahrstuhl standen sie nebeneinander und redeten nichts: wie plötzlich verfeindete Bürokollegen. Erschöpft kam er in seinem Zimmer an. Er hatte wieder das Gefühl, solchen Auseinandersetzungen nicht gewachsen zu sein. Er sah in den Spiegel und gefiel sich nicht. Wie war Dagmar zu ihren Ansichten gekommen? Hatte sie vielleicht bemerkt, daß er sich im Schuhgeschäft überhaupt nicht um sie gekümmert hatte? Morgens, wenn er aus dem Bett kam, war sein Gesicht meistens angenehm und weich und freundlich, und dann hatte er oft das schöne Gefühl, sich und den anderen endlich alles erlauben zu können. Aber je länger der Tag dauerte, desto mehr schloß sich sein Gesicht, und am Abend sah es oft nur noch eng und schmerzlich aus. Und wenn er solche Gespräche zu verarbeiten hatte, dann war es, als wäre der schmerzliche Abend vorverlegt worden: diese Enge, diese Furcht, dieses Zittern. Er wollte sich ausruhen, aber es gelang ihm nicht. Denn er war dazu übergegangen, diejenigen Teile der Auseinandersetzung, die ihm noch im Kopf waren, für sich nachzusprechen. Es war ein Zwang. Was holst du dir denn aus der Außenwelt? sagte er leise und zog sein Hemd aus. Du willst alles abwerten, was außerhalb von dir selbst liegt, sagte er, nahm das Hemd wieder in die Hand und stopfte es in einen Plastikbeutel. Da fiel ihm ein, daß er vor mehr als vierzehn Tagen ein paar Hemden in die Sattlacher Reinigung gebracht und seither vergessen hatte. Das war ihm noch niemals passiert in seinem ganzen bisherigen Leben. Gewiß, er wollte diese Frau in der Reinigung nicht mehr sehen, das fiel ihm gleich ein. Trotzdem mußte er in den nächsten Tagen seine Hemden abholen. Er schrieb sich einen kleinen Zettel und steckte ihn in seine Brieftasche. Ich kann die Hemden ja nicht einfach hierlassen, dachte er. Wenn du in die Reinigung gehst, dann verkleinerst du dich wieder selbst, so daß von dir überhaupt nichts übrigbleibt, was? Von der Reinigung hatte Dagmar gar nicht gesprochen. Irgend etwas brachte er falsch zusammen oder durcheinander. Er zwang sich, an nichts zu denken und sich an nichts zu erinnern. Er nahm einen Stuhl und setzte sich an das Fenster. Sie hat selbst gesagt, daß sie zuviel redet, weil sie in ihrer Jugend nicht hat reden dürfen, fing er wieder an, sich etwas zu denken. Vielleicht hat sie mich einfach niederreden müssen. Vielleicht aber auch nicht.

Am frühen Abend kam Dagmar überraschend in sein Zimmer. Er war erstaunt und versuchte freundlich zu sein. Kommst du mit ins Dorf, fragte sie ernst. Gibt es dort etwas? fragte er zurück. So etwas Ähnliches wie Kinderfasnacht auf den Straßen, das ist Brauch hier, sagte sie. Er zögerte. Er konnte Fasnacht und alles, was damit zusammenhing, insbesondere Umzüge und alle Arten von Menschenansammlungen auf Straßen, nicht gut aushalten. Aber weil die Stimmung zwischen Dagmar und ihm gespannt und besserungsbedürftig war, entschloß er sich, mit ihr zu gehen. Rasch kleidete er sich an, Dagmar wartete draußen auf dem Flur. Auf dem Weg ins Dorf sprachen sie wenig. Und wenn sie etwas sagten, dann in einem fremden, distanzierten Tonfall.

Auf dem Dorfplatz wimmelte es von Menschen. Kinder und Jugendliche waren weit in der Überzahl; sie trugen weiße Gewänder, entweder ausgediente Frauennachthemden oder Tageshemden von Männern. Auf den Köpfen trugen sie lange Schlafmützen mit Bommeln dran. Viele Kinder hatten sich an Stelle der Schlafmützen Unterhosen über den Kopf gezogen. Jedes Kind hatte einen blechernen Topf in der Hand oder an einer Schnur um den Hals hängen, in der anderen Hand einen Kochlöffel, mit dem sie in den Töpfen schlugen. Dagmar und Abschaffel drückten sich an Hauswänden und Mauern entlang. Der Marktplatz war hell erleuchtet. Ein paar Würstchenbuden und Weinstände waren aufgestellt, und auf den Rathaustreppen spielte eine Musikkapelle. Blecherner Lärm dröhnte durch Sattlach. Am Bahnhof sammelten sich die Kinder und stellten sich zu einem Zug auf. Dagmar strich geschickt zwischen den Leuten hindurch. Sie wollte anscheinend in die Nähe des Bahnhofs gelangen und den Zug von dort aus seitlich begleiten. Manchmal sah sie hinter sich. Abschaffel bereute still, daß er mitgegangen war. Endlich waren sie in der Nähe des Bahnhofs angelangt, wo sich eben der Kinderzug in Bewegung setzte. Der blecherne Lärm war in der Nähe des Zugs so stark, daß Abschaffel sich die Ohren zuhalten mußte. Niemand hielt sich die Ohren zu, und Abschaffel spürte, daß er sich unpassend verhielt. Denn der Lärm war ein Teil des Brauchtums an diesem Abend, und wer diesen Lärm nicht hören wollte, gab zu verstehen, daß er das Ereignis nicht verstand. Langsam schritten Dagmar und Abschaffel mit dem Kinderzug einher. Eltern und Angehörige säumten die Straße und riefen winkend in den Zug hinein, wenn sie ihr Kind entdeckt hatten. Manchmal unterbrachen die Kinder das Klopfen und Schlagen und riefen im Chor: Hoorig isch der Bär, und wenn er net so hoorig wär, wär er au kei Bär. Die Spitze des Zugs war schon vor der Tür des Rathauses angelangt. Abschaffel überlegte, ob er sich von Dagmar verabschieden sollte. Immer mehr Kinder und Halbwüchsige drängten auf den Platz. Jedes Kind, das im Zug mitgelaufen war, sollte eine heiße Wurst mit Wecken bekommen. Die Kapelle spielte laut und schmetternd. Die Musiker trugen Trachtenanzüge, grüne Jacken und weiße, enge Hosen. Jemand schrie über den Platz, daß es keine Würste mehr gebe. Einige Männer lachten, aber unter den Kindern entstand Unruhe und Drängeln. Viele von ihnen sahen sich schon um ihre Belohnung gebracht: Wie gut Abschaffel diese Kinderunruhe verstand! Einige Kinder jammerten und heulten schon. Über Lautsprecher ertönte eine Stimme und versicherte, daß jedes Kind eine Wurst bekommen werde. Plötzlich sorgte sich Abschaffel, eines der Kinder könne verlorengehen. Solange sie in der hellen Beleuchtung des Marktplatzes blieben, waren sie leicht zu sehen und konnten als vorhanden gelten. Sobald sie aus den Lichtbündeln heraustraten, waren sie wie weggetaucht. Einigen Kindern bereitete es Spaß, aus der Helligkeit in das Dunkel hinüberzuwechseln und an einer anderen Stelle wieder in die Helligkeit zurückzukehren. Soll ich dir ein Glas Wein mitbringen? fragte Dagmar. Nein, lieber nicht, sagte er. Du fühlst dich nicht wohl hier? Nein, sagte er. Willst du lieber gehen? Ja, sagte er. Gut, sagte sie, ich komme später nach.

Es dauerte keine halbe Minute, und er hatte den Marktplatz verlassen. Während des Weggehens hatte er ein dankbares Gefühl, weil sie ihn ohne Komplikationen hatte gehen lassen. Zugleich fühlte er, daß es das letzte Mal war, daß sie zusammen weggewesen waren. In seinem Zimmer zog er die nassen Schuhe und die nassen Strümpfe aus. Er holte sich ein paar frische Strümpfe und zog sie an. Die Schuhe stellte er auf die Heizung. Er legte sich hin und dachte den Gedanken eines alten Mannes: Die angenehmsten Besänftigungen des Lebens kommen aus der Ermüdung des Körpers. Weil er tatsächlich müde war, kam er nicht mehr dazu, sich diese Empfindung wieder streitig zu machen. Er schlief eine Stunde lang, und er hätte wahrscheinlich noch länger geschlafen, aber kurz nach acht drang Dagmar in sein Zimmer ein. Sie war in aufgeräumter Verfassung und redete schnell und viel. Mit unheimlich vielen Sätzen teilte sie ihm mit, daß sie auf dem Marktplatz einige andere Patienten getroffen hatte, und sie hatten beschlossen, heute abend zu einem Fasnachtstreiben in die Sattlacher Turnhalle zu gehen. Sie war nur hier, um ihn abzuholen. Abschaffel wußte sofort, daß er an dieser Veranstaltung nicht teilnehmen wollte, aber er traute sich nicht, es Dagmar gleich zu sagen. Ich will mal sehen, sagte er ausweichend. Wir gehen jedenfalls, sagte Dagmar, du kannst ja nachkommen. Sind denn die anderen schon dort? Einige ja, sagte sie, andere warten unten an der Pforte. Geh nur, sagte er, ich werde nachkommen. Ist gut, sagte sie und verließ sein Zimmer.

Tatsächlich machte er sich frisch und zog sich an. Er putzte sogar seine Schuhe. Durch den wochenlangen Wechsel zwischen Nässe und Trockenheit war das Leder hart und spröde geworden; und immer wenn es wieder eintrocknete, bildeten sich an den Rändern aschgraue bis weißliche Ränder. Er wußte, daß er nur zur Turnhalle ging, um einmal kurz hineinzusehen, um dann wieder umzukehren. Er wollte sagen können, daß er dortgewesen war und daß es ihm nicht gefallen hätte.

Er wartete noch eine halbe Stunde und ging dann los. Er wußte, wo sich die Turnhalle befand; er war schon oft an diesem alten Sandsteinbau vorbeigelaufen. Viele Sattlacher waren an diesem Abend unterwegs, und viele waren maskiert. Der Anblick des Geschehens in der Turnhalle hatte auf ihn die vermutete Wirkung. Er erschrak deutlicher, als er erwartet hatte. Dicht hinter dem Eingang saßen an einem Holztisch zwei dicke Männer mit roten, faltigen Gesichtern. Sie hatten ein Zigarrenkistchen neben sich stehen, in dem sich zwei Rollen Eintrittskarten ringelten. Außerdem eine Stahlkassette, in der sich die eingenommenen Eintrittsgelder befanden. Sie warteten ab, ob Abschaffel eine Eintrittskarte löste, aber er sah nur in die Halle. Es war ein hoher alter Bau, in dem Sattlacher Schulkinder anscheinend heute noch turnten. Von der Decke hingen Holzringe an langen Seilen herunter, die in halber Höhe hochgebunden waren. Links und rechts an den Wänden befanden sich hölzerne Kletterstangen, und in der vorderen linken Ecke waren Barren, Holzkästen und Gummimatten aufeinandergetürmt. Die Halle war überfüllt. In einem dröhnenden Geschmetter, das von einer kaum sichtbaren Musikkapelle herrührte, bewegte sich eine konturenlose Menschenmenge. Sie hopsten umher, schoben und drückten sich, und manchmal fiel jemand zu Boden und erhob sich rasch wieder. Eine graue Glocke aus Rauch und Dunst hing über dem Gewoge. Kugelrunde Lampen, die ein altertümliches gelbes Licht ausstrahlten, leuchteten von der Decke herab. Etwa eine Minute lang sah Abschaffel dem Treiben zu, dann wandte er sich ab.

Auf dem Weg in die Klinik konnte er es kaum glauben, daß sich Dagmar mit Sicherheit inmitten dieses Getümmels befand. Er begann schon jetzt, sich damit abzufinden, daß die Fasnachtszeit in Sattlach Dagmar und ihn rascher auseinandertrieb, als ihre eigenen Zwistigkeiten es wahrscheinlich vermocht hätten. In der Klinik empfand er Bedürfnis nach Zerstreuung; er setzte sich im Aufenthaltsraum vor einen eingeschalteten Fernsehapparat. Er konnte kaum herausfinden, wovon der Film, den er sah, eigentlich handelte oder berichtete. Gezeigt wurde ein anscheinend totes Lebewesen, das bewegungslos auf einer staubigen, ausgetrockneten Landstraße lag. Abschaffel strengte sich an, das klumpige Ding zu erkennen, aber er vermochte es nicht. War es ein Hund, eine Katze, ein Kalb oder ein Kind? Am Wegrand erschien ein Huhn und ging auf den Klumpen zu. Das Huhn fing an, den Klumpen anzupicken. Da bewegte er sich plötzlich und erhob sich sogar. Jetzt erst war zu sehen, daß es ein Hund war. Er streckte sich und lief weg. Dann erschienen plötzlich ein paar schreiende Negerkinder, die sich mit Essenschalen in der Hand in einer Reihe aufstellten. Ach so, wieder ein Film über den Hunger. Einen solchen Film wollte Abschaffel heute abend nicht sehen. Leise verließ er den Aufenthaltsraum.

Dr. Haak, der behandelnde Arzt, war mit Abschaffels Entwicklung zufrieden. In einer Untersuchung am folgenden Morgen beglückwünschte er ihn zu seiner erfolgreichen Kur. Abschaffel war erstaunt darüber, mit welcher Sicherheit der Arzt davon ausging, daß der Aufenthalt gelang oder gar schon gelungen war. Zwar war es richtig, daß sich Abschaffel tatsächlich von Woche zu Woche besser fühlte; die Massagen, die Gymnastik, das Terraintraining und das medikamentöse Begleitprogramm hatten ihm ein neues, sichereres Körpergefühl verschafft. Seine schweren Rückenschmerzen waren nicht wieder aufgetreten. Geringere Rückenschmerzen, Verspannungen, Steifigkeitsgefühle oder neuralgische Schmerzen im Hinterkopf nahm er nicht besonders ernst; sie rührten von gewöhnlichen degenerativen Gelenkerkrankungen her. Aber war die Besserung denn verläßlich genug? Seine grundsätzliche Körperangst hatte ihn nicht verlassen. Diese Angst war vielleicht nichts anderes als die Erinnerung an die erste große Niederlage des Körpers durch einen Schmerz. Aber vielleicht war sie auch mehr als nur eine Erinnerung. Die Angst beanspruchte in Abschaffels Gefühl das Recht, mit ihrem Inhalt jederzeit wieder als neue Gegenwart auftreten zu dürfen. Die Angst war also nichts anderes als die innere Gewißheit, nie wieder ganz gesund zu werden. Wußte Dr. Haak das nicht? Oder meinte er, daß jeder, der krank war, ein vergrößertes Recht auf Beruhigung hatte? Abschaffel überlegte, ob er Dr. Haak bitten sollte, wenigstens auf den Beruhigungstonfall in seiner Stimme zu verzichten. Aber er sagte nichts. Vielleicht gab es auch sehr viele Patienten, die solche Sätze hören wollten, weil sie Beruhigung schon mit der Gesundheit selbst verwechselten.

Dr. Haak stellte sich vor ihm auf und bat ihn, einige Bewegungen auszuführen. Versuchen Sie bitte, die Hände auf den Rücken zu legen, und zwar so, daß die linke Hand von oben kommt und die rechte von unten. Abschaffel tat, was ihm gesagt worden war, und Dr. Haak sah ihm dabei zu. Keine Bewegung erzwingen, wenn sie schmerzhaft ist! ermahnte er, und Abschaffel versicherte, daß er keine Schmerzen empfand. Gut, gut, machte Dr. Haak. Zum Schluß überprüfte er die Bewegungsfreiheit der Lendenwirbelsäule und die Funktionsweise des Beckengürtels. Er bat Abschaffel, eine mittlere Seit-Grätsch-Stellung einzunehmen und durch Verlagerung des Körpergewichts das Becken so weit nach rechts und links zu kippen, wie es ihm möglich war. In Ordnung, sagte Dr. Haak. Er machte einige Notizen in Abschaffels Krankenblatt, erhob sich dann hinter seinem weißen Schleiflack-Schreibtisch (den Abschaffel längst verhöhnte) und kündigte freundlich an, daß in den letzten zwölf Tagen eine tägliche Schwimmstunde im klinikeigenen Hallenbad vorgesehen sei. Die Teilnahme am Schwimmen wollte Abschaffel sofort verweigern. Er wollte anderen Personen weder seinen eigenen Körper zeigen noch wollte er die Körper anderer Patienten sehen. Aber Dr. Haak hatte seine Ankündigung so sicher und freundlich vorgebracht, daß Abschaffel den Mut zu einer direkten Verweigerung nicht fand. Dann lieber noch Waldläufe als Schwimmen, dachte er nervös. Dr. Haak schüttelte ihm die Hand und geleitete ihn zur Tür.

Beim Mittagessen versuchte er, der Wuppertaler Sekretärin und der magersüchtigen Musiklehrerin aus dem Weg zu gehen. Er wollte keinesfalls auf seinen Finnisch-Sprachkurs angesprochen werden. Er setzte sich an einen Tisch, an dem nur noch ein Platz frei war. Die Patienten an diesem Tisch waren zum größten Teil erst nach ihm nach Sattlach gekommen. Durch ein übertrieben weiches, in sich gekehrtes Verhalten wollte er zum Ausdruck bringen, daß er nicht angesprochen werden wollte. Dies war allerdings auch unwahrscheinlich, denn eine laut sprechende, die Lippen aufwendig bewegende Frau erzählte ziemlich rücksichtslos aus ihrem Leben. Sie litt darunter, daß sie sich eine teure, große Wohnung eingerichtet hatte, aber nicht benutzte. Die Wohnung steht leer, und es ist meine Wohnung, sagte sie. Vor zehn Jahres war es so, sagte sie, da bin ich fast jeden Abend sehr spät nach Hause gekommen, eine wilde Zeit, kann ich nur sagen. Damals wohnte ich noch nicht in dieser Wohnung, die ich jetzt meine, sondern in einer anderen, viel kleineren Wohnung. Aber da fing alles an. Die frühere Wohnung war nur noch eine Schlafstelle, sagte sie. Ich bin morgens zur Arbeit und abends um zwölf oder eins todmüde in die Falle geklappt. Dann dachte ich, es liegt an der Wohnung, daß ich nicht nach Hause will, und habe mir diese große, teure Wohnung genommen und habe sie teuer eingerichtet. Kinder, so was habt ihr noch nicht gesehen! Aber in dieser Wohnung ging es genauso weiter. Ein paar Wochen lang habe ich drin geschlafen, aber dann war es wieder aus. Und ich hab doch soviel Geld reingesteckt in die Teppiche und in die Möbel und alles. Aber es wurde noch schlimmer als zuvor. Ich bin dann nämlich noch nicht einmal mehr zum Schlafen in die teure Wohnung. Ich weiß nicht, was das ist. Seit einem

Vierteljahr übernachte ich bei einer früheren Kollegin, jede Nacht. Ich kann überhaupt nicht mehr in meine Wohnung. Ich weiß nicht, was das ist! rief sie aus. Ich werd vielleicht noch, ich weiß es nicht, hoffentlich geht es wieder weg. Ich zahl ja meine Miete und alles, aber die Wohnung ist immer leer, ich begreife das nicht.

Die Frau begann zu schluchzen. Sie breitete rasch eine Serviette aus und hielt sie sich mit beiden Händen über das Gesicht. Sie kam so heftig ins Schluchzen, daß ihr ganzer Körper vibrierte. Niemand am Tisch sagte ein Wort. Die Frau beruhigte sich wieder. Sie wischte sich mit der Serviette die Tränen aus den Augen und sah in ihren leeren Teller. Noch immer wagte niemand am Tisch zu sprechen. Es war, als müßte zuerst die Frau wieder ein paar normale, unverweinte Sätze sagen, ehe auch die anderen wieder zu sprechen begannen. Abschaffel interessierte sich stark für das Wohnungsleiden dieser Patientin. Er hätte sich gern mit ihr unterhalten und sich ihr Leiden in allen Einzelheiten schildern lassen, aber er fürchtete sich vor ihren Weinausbrüchen. Was war mit einem erwachsenen Menschen zu machen, der mitten in einer Mitteilung in ein Weinen ausbricht? Das Wohnungsleiden dieser Frau war ihm zwar fremd, aber trotzdem nahe. Er selbst wohnte seit Jahren in einer kleinen Wohnung, die abwechselnd nett und verkommen aussah. Und wenn sie verkommen aussah, wollte auch er am liebsten fliehen. Und dabei bedurfte es nur weniger Handgriffe und Besorgungen, dann fand er seine Wohnung wieder freundlich und warm. Trotzdem war es auch ihm ein Rätsel, wie diese Verwandlungen vor sich gingen und was er gegen sie unternehmen konnte. Und weil er sich nicht zu helfen wußte, dachte er abwechselnd in krassen Gegensätzen. Einmal wünschte er sich eine winzig kleine Wohnung, die fast schon eine Zelle war, mit einer Glühbirne an der Decke und einem Eisenbett in der Ecke. Am anderen Ende zwei Koffer, mit denen er jederzeit seine Wohnung für immer verlassen konnte. Und wenn er vor diesen Bildern Angst bekam, stellte er sich eine phantastische Vier-Zimmer-Wohnung vor:

mit teuren und schönen Möbeln und einem wunderbaren Ausblick über die halbe Stadt. Aber wenn er sich diese Wohnung vorstellte, beschlich ihn eine Angst, die Angst nämlich, diese Wohnung nicht gebrauchen zu können und wieder in eine kleine graue Zelle fliehen zu wollen. Wahrscheinlich würde er niemals in einer Zelle und niemals in einer großen Vier-Zimmer-Wohnung leben, aber seine Gedanken bewegten sich häufig in diesen nicht existierenden Wohnungen. Vielleicht ergab sich noch eine andere Gelegenheit, mit dieser schluchzenden Patientin zu sprechen. Vielleicht war ihre Enttäuschung deswegen so groß, überlegte er, weil sie eine ihrer Phantasien, eine schöne, teure große Wohnung, in Wirklichkeit umgesetzt hat, und das hätte sie nicht tun dürfen, niemals. Abschaffel konnte das Leiden dieser Frau so gut begreifen, daß er sich am liebsten ihre Tränen auf das Hemd geschmiert hätte. Sollte er aufstehen und die Frau wenigstens umarmen, weil er vielleicht der einzige Mensch auf der Welt war, der ihr Leiden kannte, ohne es ausprobieren zu müssen, weil es für ihn im Rudel seiner Leiden nur im dritten Verfolgerdrittel eine Rolle spielte? Nichts von alldem geschah. Jeder blieb auf seinem Platz. Nach ein paar Minuten erhob sich die Frau mit dem Wohnungsleiden und verließ den Speisesaal.

Abschaffels erste Schwimmstunde am Nachmittag wäre beinahe gescheitert. Er fand sich in Badehose und Badekappe unerträglich. Die Badehose hatte er sich von zu Hause mitgebracht, aber die Badekappe hatte er sich vom Bademeister ausleihen müssen. Als er sich, die Badekappe auf dem Kopf, zum erstenmal im Spiegel sah, wollte er schreiend wegrennen. Er sah aus wie ein verrückter Gefangener oder wie ein groteskes Tier. Nur weil der Rückzug aus der schon betretenen Schwimmhalle zu umständlich war, mußte er die Schwimmstunde irgendwie überstehen. Immerzu wollte er sich die Badekappe, die für seinen Kopf zu klein war, wieder herunterreißen. Erst der Anblick des Schwimmbeckens verschaffte ihm überraschend angenehme Empfindungen. Die Halle war an einer Längsseite und an einer Schmalseite von Glaswänden eingefaßt. Mehr als einmal, bevor er in das Wasser stieg, lief er langsam um das Becken herum, nicht weil er sich vor dem Wasser fürchtete, sondern weil er es schön fand, aus der gläsernen Halle nach draußen sehen zu können. Er fühlte sich wie in einem Aquarium. Vor einigen Tagen hatte es wieder ein bißchen geschneit, und die niedrigen Büsche draußen vor der Schwimmhalle waren weiß zugedeckt. Es war schön, den Winter draußen zwar zu sehen, aber nicht zu spüren, und dies nur durch die Trennung einer Glasscheibe, die selbst wiederum nicht gesehen werden konnte, wenn das Glas nicht gerade spiegelte. Wieder und wieder sah er hinaus, und bald hatte er herausgefunden, warum ihm das Hinausschauen ein solches Vergnügen bereitete: Die Arbeit der Unterscheidung zwischen Innenwelt und Außenwelt war aufgehoben, wenn auch nur für Augenblicke und um den Preis einer sentimentalen Täuschung. Die verschneiten Büsche draußen waren genauso Innenwelt geworden wie die in den Himmel hineinragenden Bäume. Endlich hatte er es geschafft, immerzu in sich selbst umhergehen zu können und nie mehr nach außen gehen zu müssen. Es kam darauf an, die Täuschungen glaubhaft zu machen. Er wurde fast verrückt über diesen Gedanken. Sollte er damit begonnen haben, nicht mehr ganz so streng und unerbittlich mit sich selbst zu sein? Das war kaum zu glauben. Oder doch? Zum Glück dieser Stunde gehörte, daß er die Antworten auf alle seine Fragen nicht unbedingt wissen mußte, um weiterleben zu können. Während des Umhergehens um das Becken hatte er zuerst nicht bemerkt, daß ihm auch das Gehen mit nackten Fußsohlen auf den glatten weißen Platten Spaß machte. Das plitschende Auftreten der Sohlen auf den halbwarmen, feuchten Platten rief angenehme körperliche Regungen hervor.

Es waren nur wenige Patienten im Wasser. Er kannte sie nicht. Sie hielten ihre Köpfe ruhig über dem Wasser und schwammen auf und ab. Abschaffel konnte leicht und sicher schwimmen. In seiner unerwarteten Freude fiel ihm zum Glück nicht ein, daß er schon vom ersten Tag an in diesem

Becken hätte schwimmen können. Während des Schwimmens beobachtete er den Bademeister, einen jüngeren, braungebrannten Mann, der kurze weiße Hosen und ein enges, kurzärmeliges Hemd trug. Die meiste Zeit stand er am Beckenrand und beobachtete die Patienten. Wenn er ging, streifte er mit den Fingerspitzen seine Oberschenkel. Immer wieder geriet Luft in Abschaffels Badekappe. Er zog sie sich vom Kopf und setzte sie sich neu auf. Vier oder fünf Patienten schwammen stur eine Bahn nach der anderen. Ein älterer Patient versuchte, auf dem etwa zwei Meter tiefen Grund des Beckens entlangzutauchen. Aber wenn er den Boden erreicht hatte, ging ihm schon die Luft aus, und mit platzenden Atemstößen erschien sein Kopf wieder über der Wasseroberfläche. Wahrscheinlich konnte er vor fünfzig Jahren wirklich einmal tauchen, dachte Abschaffel. Nun versuchte er es wieder und fand nur die Ergebnisse seines Alters. Am peinlichsten war sein eifriges Umherblicken nach jedem Versuch. Sollte Abschaffel zu ihm hinüberschwimmen und ihm sagen, daß es keinen Sinn hatte, eine frühere Ausgabe seiner selbst nachzuspielen? Natürlich schwamm er nicht zu ihm hinüber, sondern blieb bei sich. Er bewegte sich in einem nachlässigen Zickzackkurs und achtete darauf, den strengen Bahnenschwimmern nicht in die Quere zu kommen. Er blieb mehr als zwei Stunden in der Schwimmhalle.

Das ganze nächste Wochenende wollte Abschaffel die Klinik nicht verlassen. Es war das letzte Fasnachtswochenende. Seit Tagen redeten die Patienten davon, daß es in Sattlach ein großes Treffen von Musik- und Maskengruppen aus den umliegenden Dörfern geben sollte. Dann lieber Spaziergänge im Wald, dachte Abschaffel wieder, und so hatte er es auch halten wollen. Jedenfalls wollte er drei Tage lang das Dorf nicht betreten. Dann aber, am Samstag, fand er in der Heimatzeitung des Sattlacher Kreises das Foto eines verkohlten Bauernhauses, das zwei Tage zuvor in einem Seitental niedergebrannt war. Eifrig las er den Text unter dem Bild und erfuhr, daß in dem Haus eine jüngere Frau mit ihrem Mann, ihrem Kind und ihrem Vater gelebt hatte. Der Vater hatte das ganze Obergeschoß für sich gehabt, und die Familie der Tochter hatte im Erdgeschoß gewohnt. Der Ehemann der Tochter, hieß es, hatte die Absicht gehabt, das Haus im Erdgeschoß zu erweitern, um ein Zimmer nur, weil der Platz für die Familie nicht mehr ausgereicht hatte. Mit diesen Plänen des Schwiegersohns war der Vater nicht einverstanden gewesen. Er hatte sich monatelang den Absichten des Schwiegersohns widersetzt und immer wieder angekündigt, daß das Haus eher abbrennen als umgebaut oder erweitert werde. Offenbar hatte ihm niemand geglaubt, und nun war es geschehen. Der Vater hatte das Feuer in der Nacht selbst gelegt. Die ganze Familie mit Ausnahme des Kindes, das sich auf ungeklärte Weise hatte retten können, war in den Flammen umgekommen. Abschaffel las den Text mehrmals. Das Bild in der Zeitung war schwarz eingerahmt, der Text fettgedruckt, als wollte die Zeitung ihre Verwunderung darüber zum Ausdruck bringen, daß es etwas so Ernsthaftes und Wirkliches zu berichten gab. Trotz der Fasnachtsumtriebe beschloß Abschaffel, sich das abgebrannte Bauernhaus anzusehen. Denn das Haus lag auf der anderen Seite von Sattlach, so daß Abschaffel von der Klinik aus durch das Dorf hindurchgehen mußte. Er riß sich das Bild mit dem verkohlten Haus aus der Zeitung heraus und machte sich nach dem Mittagessen auf den Weg. Er hatte geglaubt, um diese Zeit noch nicht mit den Umzügen in Berührung zu kommen, aber er hatte sich geirrt. Sattlach war auf den Beinen. Überall wimmelte es von Menschen, die grundlos lachten und tranken. Zum Teil warteten sie wohl auf den Beginn eines Umzugs oder auf besondere Darbietungen, zum anderen Teil schienen sie selbst zu bestimmten Gruppen zu gehören. Die Maskenträger hielten Schilder, auf denen ihre Namen zu lesen waren: Stängelihocker, Rämässer, Klepperlisbuebe oder Pflumedrukker. Viele von ihnen hatten besondere Lärminstrumente in der Hand, meistens knatternde Holzgeräte, die sie fast unablässig drehten. Abschaffel schweifte mit dem Blick über die Hüte und Mützen der vielen Menschen und hoffte, möglichst schnell an ihnen vorbeizukommen. Schmetternde Trompetenstöße am anderen Ende von Sattlach kündigten das Eintreffen einer Abordnung an. Rasch drängten die Menschen an die Straßenseiten und reckten ihre Körper in die Höhe, damit sie die Musiker gut sehen konnten. Es waren gutfrisierte, läppische Männer in Phantasieuniformen, die in einer quadratischen Anordnung einherschritten und ihre in der Sonne blitzenden Fanfaren wie lange Flaschen an ihre Münder hielten. Hinter den Fanfarenbläsern stiefelte eine Gruppe von Männern einher, die als Landsknechte verkleidet waren. Sie trugen weite Schlapphüte, enge Wämse und kurze, gestreifte Hosen, und jeder hielt eine flache Trommel in Höhe des linken Oberschenkels von sich weg. An einem Weinstand lehnte die Frau aus der chemischen Reinigung, die Abschaffel zu Beginn seiner Kur an einem ratlosen Spätnachmittag so unvernünftig begehrt hatte. Sie hatte ein kleines Kind bei sich, dem sie gerade die Handschuhe anzog. Als er ihre Erscheinung genauer betrachtete, schämte er sich seines früheren Verlangens. Sie trug einen schmutziggrünen Mantel, der so formlos war, daß er nur wie eine grobe Verhüllung ihres Körpers wirkte. Der Kragen hatte einen billigen Pelzbesatz, und um den Hals trug sie einen Schal, den sie mit der rechten Hand unablässig ordnete. Ihr Kopf war mit einem runden weinroten Filzhut bedeckt. Abschaffel tat eine Weile so, als begehrte er diese Frau noch immer. Als müßte sich sein echtes Verlangen erst jetzt in ein nur noch gespieltes Verlangen umwandeln müssen. Er fragte sich, ob die Frau sein Verlangen nicht aufrechterhalten konnte oder er selber. Oder war es vielleicht nur ihr Mantel? Es fiel ihm leicht, die Entfernung zwischen sich und ihr rasend schnell zu vergrößern. Dennoch verschaffte ihm die Distanzierung ein schlechtes Gewissen. Zum Glück schien sich die Frau an ihn überhaupt nicht zu erinnern. Um sich wirklich von ihr distanzieren zu können, müßte er die Frau ausdrücklich verhöhnen und entwerten, aber dazu hatte er keine Lust. So lief er nur weg, verärgert und überdrüssig. Wie war es möglich, daß aus dem Verlangen von gestern jederzeit ein heutiger Spuk werden konnte? Er betrachtete eine Gruppe von tanzenden Männern, die als Hexen verkleidet waren. Sie trugen hohe Masken auf den Köpfen und waren wie alte Großmütter anzusehen. Zwischen den Beinen hielten sie Reisigbesen, auf denen sie zu reiten schienen. Unter den Masken verbargen sich offenbar junge starke Männer, die mit Kraft und Fixigkeit in den Straßen umhersprangen und da und dort überraschend Leute aus dem Publikum anfielen und sie so zwickten und kitzelten, daß sie sich nicht mehr wehren konnten. Die Frauen schrien auf, wenn sich solche Gestalten ihnen näherten, und flüchteten in Läden oder Hauseingänge. Es gelang den als Hexen verkleideten Männern aber, flink hinter die Reihen der Zuschauer zu springen und die Frauen von hinten anzufallen. Und wenn die Gelegenheit gut, das Gedränge dicht und deckend war, griffen sie die Frauen von oben bis unten ab und tauchten so plötzlich, wie sie gekommen waren, im Gewühl wieder unter. Es sah aus wie gut versteckte Gewalt, die unerkannt bleiben mußte, weil sie als Spaß eingeführt war. Nur in den Gesichtern der überraschten Frauen zeigten sich Spuren der Übergriffe; bleich und konsterniert stand die eine oder andere am Rand des Geschehens und ordnete sich die Kleider und die Haare.

Abschaffel hatte genug. Er wollte so rasch wie möglich den engeren Dorfkern verlassen, um in das Tal zu gelangen, in dem sich das abgebrannte Haus befand. Da entdeckte er Dagmar, umarmt von einem anderen Patienten. Er hatte sie tagelang nicht gesehen und nicht gesprochen. Nach dem Streit, der beim Anblick der Apfelbäume ausgebrochen war, hatten sie keine Möglichkeit mehr gehabt, einander noch einmal zu begegnen. Sie waren von Anfang an ein realitätsloses Liebespaar gewesen, das sich beim ersten Widerstand trennte. Es machte ihm nichts aus, Dagmar von einem anderen Patienten umarmt zu sehen. Wahrscheinlich kam dieser Patient besser mit den Fasnachtsumtrieben zurecht als Abschaffel. Erstaunt sah er, daß Dagmar laut lachend den Mund öffnete. Sie lachte über den Anblick einer großen Trommel, die auf dem Fahrersitz eines geparkten Autos abgelegt war. Er fragte sich, ob Dagmar, hätte sie mit ihm die Trommel im Auto gesehen, ihr Lachen unterdrückt hätte, um ihn nicht in seiner ernsten Selbstversunkenheit zu stören. War seine stille Sprödigkeit so umgreifend, daß eine andere Person, die mit ihm zu tun hatte, ebenfalls still und spröde sein mußte? Mit diesen einfühlenden Gedanken, die schon die Form der Erinnerung hatten, verließ er Dagmar. Außerdem verließ er die Fasnacht und das ganze Dorf. Schon nach einem halben Kilometer Fußweg war das Sattlacher Gedröhn weit hinter ihm und kaum noch zu hören. Er schritt in ein weit auseinandergezogenes Tal ein; nach seiner Kenntnis mußte es das Tal des abgebrannten Hauses sein. Auf den Wiesen und Feldern lag harter, gefrorener Schnee. Rechts von der schmalen Straße floß ein kleiner Bach, der an den Rändern vereist war. Weit und breit war kein Mensch zu sehen. Aus den Schornsteinen der weit zurück gebauten Bauernhäuser stieg grauer Rauch. Bis hoch unter die Fenstersimse war das gespaltene und trocken gehaltene Brennholz gestapelt. Zweimal hörte er das schwere, rauhe Bellen von eingesperrten Hunden. Wieder hatte er das Gefühl, über das Leben der Menschen niemals etwas zu erfahren, auch wenn er hundert Jahre lang in der Klinik wäre. Brannten sie immer gleich ihre Häuser nieder, wenn sie Konflikte hatten?

In diesem Tal mußte auch eine andere Katastrophe passiert sein, von der ein Langzeitpatient, der schon ein halbes Jahr in der Klinik war, einmal erzählt hatte. Allerdings war sie schon uralt: in den zwanziger Jahren lebte in einem der Bauernhäuser eine alleinstehende ältere Frau. In der ganzen Umgebung war ihre Furcht vor Dieben und Einbrechern bekannt gewesen. Über ihrem Bett hatte sie eine Trompete hängen, auf der sie blasen wollte, wenn sie je überfallen werden sollte in ihrem Haus. Dieses Signal war mit den Bewohnern der Nachbarhäuser vereinbart gewesen. Eines Tages kamen zwei wandernde Handwerksburschen, die in Sattlach neue Stellungen antreten sollten, das Tal herunter. Und weil sie Hunger verspürten, klopften sie an der Tür der alleinstehenden Frau an.

Es wurde ihnen geöffnet, und sie fragten, ob sie etwas zu essen haben könnten. Aber die Frau gab ihnen nichts und schloß nur wortlos die Tür. Verärgert zogen die beiden Handwerker weiter, bis sie in Sattlach eintrafen. Sie mieteten sich im Gasthof Sonne – den es noch heute in Sattlach gab: sogar an der alten Stelle – ein und waren sich rasch einig darin, daß sie der Alten, die ihnen ein Stück Brot verweigert hatte, in der Nacht einen Streich spielen wollten. Sie hatten lediglich die Absicht, sie gehörig zu erschrecken. Wirklich rückten sie in der Nacht aus und wanderten das Tal wieder hoch. Natürlich wußten sie nichts von der spezifischen Angst der Frau, noch weniger etwas von ihrer Trompete. Und wäre die Trompete nicht gewesen, dann wäre die Frau wirklich nur mit dem Schrecken davongekommen. Die beiden Handwerker, am Haus angekommen, lehnten eine Leiter an das Haus und stiegen aufs Geratewohl in ein offenes Fenster. Die Frau, aus notorischem Mißtrauen schlecht schlafend, wachte sofort auf. Und noch ehe sie, die Trompete in der Hand, an das Fenster geeilt war, um zum Zeichen ihrer Bedrohung einige Töne von sich zu geben, hatten die Handwerker ihre Situation erkannt. Sie mußten verhindern, durch die Trompete verraten zu werden, und tatsächlich gelang es ihnen, die Frau vorerst am Blasen zu hindern. Der Kampf um die Trompete wurde ein Kampf auf Leben und Tod. Zum Glück hat die Frau nicht mehr erfahren müssen, daß sie lediglich die Trompete hätte loslassen müssen, um mit dem Leben davonzukommen. Nach kurzem, heftigem Kampf wurde sie erwürgt. Am folgenden Tag, als sie nicht wie gewöhnlich aus dem Haus kam, wurden die Nachbarn argwöhnisch und sahen in ihr Haus. Sie lag tot im Bett, den Hals entstellt von Würgemalen. Das Fenster war offen, und in der Hand festgeklammert hielt sie ihre Trompete. Die beiden Handwerksburschen sind noch am gleichen Tag im Gasthof Sonne festgenommen worden. Eine Magd auf einem Hof, wo die beiden zuvor um Brot gefragt hatten, erinnerte sich ihrer; sie waren die einzigen Personen gewesen, die am Tag des Geschehens durch das Tal gekommen waren. Sie gaben das

Verbrechen sofort zu; sie schilderten ausführlich die Mißverständnisse und die Vorgeschichte, aber wenige Wochen später wurden sie hingerichtet. Das Haus, in dem der Mord geschehen war, stand lange leer. Niemand wollte in ein solches Haus einziehen oder ein solches Haus gar kaufen. Bis sich eines Tages eine arme, kinderreiche Familie meldete, die weder Ansprüche stellte noch gar, was die Geschichte des Hauses anging, besondere Rücksichten nahm. Mit dem Einzug dieser Familie begann der zweite Teil des Unglücks, der mit dem ersten nichts zu tun hatte. Beide Unglücksfälle, der alte und der eben erst beginnende neue, hatten nur ihren Ort gemeinsam, dieses unselige Haus. Der Ernährer der neu in das Haus eingezogenen Familie, ein Schreiner, war ein dem Alkohol verfallener Haustyrann. Weil so viel Geld für den Alkohol gebraucht wurde, litt die Familie immer wieder Not. Jahr um Jahr gebar die Frau Kind um Kind. Am Ende waren es neun oder zehn, die von der ausgelaugten Frau versorgt werden mußten. Es kam der Krieg, und das Leben wurde noch schwerer. Obwohl die Nächte im Wald und in den Tälern schon dunkel genug waren, ordneten die Nazis während der Kriegsjahre besondere Verdunkelungen an. Nicht einmal eine Taschenlampe durfte aufleuchten, und wer während einer Verdunkelung dem Nachbarn etwas stahl, mußte mit der Todesstrafe rechnen. Eines Nachts konnte der wieder einmal angetrunkene Schreiner nicht widerstehen. In der angeordneten Verdunkelung genehmigte er sich selbst eine kleine Untat: Er stahl ein Fahrrad und nahm es mit nach Hause. Er verstaute das Rad im Keller und benutzte es nicht. Aber alle Sorgfalt des Versteckens nutzte ihm nichts: Seine eigene Frau verriet ihn an die Nazis. Sie holten ihn ab, sperrten ihn ein und machten ihm den Prozeß. Aus dem Gefängnis schrieb er hilflose Briefe an seine Frau, die ihn nicht mehr retteten. Nach einigen Wochen wurde auch er hingerichtet.

Abschaffels Blick schweifte über die weißen, leicht abschüssigen Wiesen. Er versuchte die Bauernhäuser unaufdringlich zu betrachten. Viele dieser Höfe machten einen so unaufgeräumten, fast verwahrlosten Eindruck, als seien vielleicht sogar Verbrechen nötig, um Ordnung und Klarheit zu schaffen. Jahrzehntelang kamen diese Bauern nicht von ihren Höfen herunter, jahrzehntelang versuchten sie, mit irgendwelchen Zuständen in ihren Familien fertig zu werden, bis am Ende die Kräfte und die Geduld nicht mehr reichten. Abschaffel folgte mit dem Blick den Zäunen und Gattern, die sich im Schnee als schöne Muster abhoben. Einmal sah er eine kleine graue Katze am Wegrand. Ihr linkes Ohr war nach hinten umgeklappt, so daß Abschaffel die behaarte rosa Innenseite des Ohrs sehen konnte. Er beugte sich nieder, weil er das Ohr nach vorn klappen wollte, aber die Katze entwand sich seiner Zudringlichkeit und lief auf den Hof zurück.

Endlich, zum erstenmal, seit er hier ging, sah er einen Menschen. Es war eine jüngere, dicke Frau, die den Talweg herunterkam. In der linken Hand trug sie einen anscheinend gefüllten Milcheimer. Der Eimer war groß und schwer, und sie konnte ihn nur knapp über der Straße halten. Wo ging sie mit dem Eimer hin? Die Frau hielt Gesicht und Blick nach unten. Abschaffel überlegte, ob er sie grüßen sollte oder nicht, und weil er zur Entscheidung einen Anhaltspunkt brauchte, wollte er den Gruß davon abhängig machen, ob sie ihn vorher anblickte oder nicht. Sie blickte ihn nicht an und grüßte nicht. Es gelang ihm, der Frau nicht weiter nachzuphantasieren. Hätte er grüßen müssen, ob sie ihn anblickte oder nicht? Abschaffel war ein wenig lustlos geworden. Sollte er weitergehen oder nicht? In den Obstbäumen auf den Feldern saßen ruhig die Amseln und plusterten ihr Gefieder gegen die Kälte auf. Manchmal landeten große Krähen auf dem Schnee, aber sie flogen rasch wieder auf. An einem Zaunpfahl war ein kleines rotes Blechschild angebracht. Abschaffel las die Aufschrift: WILD-TOLLWUT! GEFÄHRDETER BEZIRK. Weiter oben, an einer Weggabelung, wurde ein überdachtes Christuskreuz sichtbar. So weit wollte Abschaffel auf jeden Fall noch gehen. Wieder sah er eine Katze, die einen kleinen Vogel im Maul hielt. Sie ließ ihn ein paarmal los, und jedesmal flatterte der Vogel schleifend über den Boden. Die Katze setzte schnell nach, faßte ihn mit dem Maul und lähmte ihn mit einem neuen Biß. So ging es zwei oder drei Minuten lang, bis der Vogel liegen blieb und nur noch Reflexe zustande brachte. Auch nach diesen kleinen Bewegungen schlug die Katze mit spielerischer Wucht ein, bis der Vogel sich auf den Rücken legte und damit das Zeichen seines Todes gab. Welch eine sonderbare Haltung für Vögel, die sie nie im Leben einnahmen: auf dem Rücken liegen. Die Katze wartete noch eine Weile, bis sie ganz sicher war, daß kein Leben mehr in diesem Körper war. Der Vogel war ganz und gar zerfleddert, und die Katze fing an, ihn zu fressen. Sie rückte mit dem Körper dicht an die Beute heran und hielt den kauenden Kopf niedrig über dem Boden. Mit weit geöffneten Augen verfolgte sie gleichzeitig, was um sie herum geschah, während sie den Vogel fraß. Sie vertilgte ihn vollständig: einschließlich seines Gefieders.

Am Fuß des Christuskreuzes lagen frische Blumen und ein verwelkter Adventskranz. Die Christusfigur war babyfarben, fast rosa bemalt, und seine Augendeckel ragten wie kleine Dächer aus dem Gesicht. Als Abschaffel die Schrauben sah, mit denen die Figur am Kreuz befestigt war, mußte er kichern. Es sah aus, als sei Jesus Christus hier nicht nur an das Kreuz genagelt, sondern auch noch angeschraubt worden. Auf dem Querbalken des Kreuzes war eingeschnitzt: FÜR DAS VATERLAND GESTORBEN IM WELTKRIEG 1914–18.Dann folgten acht Namen von Männern aus dem Dorf. Unterhalb der Füße der Christusfigur war eine Holztafel angebracht, die lediglich zwei Jahreszahlen als Überschrift trug: 1940–1945. Dann folgten wieder Namen von Männern, diesmal waren es elf: Bischler, Josef; Suhm, Albert; Armbruster, Karl und so weiter: Nachname und Vorname, als würden sie eben erst aufgerufen.

Etwa zweihundert Meter oberhalb des Christuskreuzes sah Abschaffel die Ruine des abgebrannten Hauses stehen: links, dicht am Wald. Es sah aus wie ein riesiges schwarzes Loch im Schnee. Die Mauern standen noch, die Außenränder des Dachs waren noch als Gerüst zu sehen. Die Mitte des Dachs war restlos durchgebrannt. Im Innenraum lagen nur verkohlte Balken und schwarz gewordene Steine. Von den Fensterrahmen waren nur schwarz verkohlte Reste übriggeblieben. Abschaffel verspürte Lust, in der Ruine umherzugehen. Vielleicht sah er noch einige unversehrte Gegenstände, eine Kaffeekanne vielleicht oder das Porzellanbecken einer Toilette. Der Zugang zum Haus war abgesperrt. Wahrscheinlich waren noch Untersuchungen im Gange, aber es war weit und breit kein Mensch zu sehen. Abschaffel wunderte sich. Warum waren nicht mehr Personen da, die sich die Ruine anschauten? Es erfaßte ihn Bedauern und Mitleid mit dem Leben der Bauern. Er versuchte den Mann zu verstehen, der das Feuer in seinem Haus gelegt hatte und dabei zu Tode gekommen war. Welch einen Haß mußte er gegen das Leben gehegt haben! Abschaffel ging wieder zurück. Die Reste, die nach der Zerstörung des Lebens übriggeblieben waren, waren langweilig. Abschaffel sah auf den Schnee und dachte: Gerade im Winter hätte der Mann doch so gut nachdenken können über seine Probleme. Aber vielleicht hatte ihn gerade der Winter verrückt gemacht. Dieser dauernde Schnee, monatelang lag er da. Wenn sie morgens die Fensterläden öffneten und sie abends wieder zuzogen: immer war draußen der Schnee. Die Langeweile der Natur, die immerzu dasselbe machte. So ging Abschaffel den Weg hinab, und es tat ihm gut, daß er sich eine Weile in Personen einfühlte, die er nicht kannte. Er bemerkte nicht einmal, daß er das Tal fast genauso hinunterging wie die Frau mit der Milchkanne, die ihm vor einer Dreiviertelstunde begegnet war: Kopf und Blick in hängender Haltung nach unten gerichtet und abwesend kaum begriffenen Ereignissen nachlebend.

In der Nacht darauf träumte er einen Traum, der ihn in seltenem Schrecken zurückließ. Mitten in der Nacht schaltete er das Licht an, und nur durch langes Anschauen der Umgebung seines Zimmers verschwanden die scharfen Bildnisse der Angst. Der Traum hatte mit einer schlechten Nachricht begonnen: Seine Mutter war überraschend gestorben, hieß es, und er erinnerte sich, daß er vor Schreck vom Stuhl gesprungen war. Er suchte seine Frau, um ihr die schlechte Nachricht zu sagen. Er fand eine Tür, hinter der er seine Frau wußte, und öffnete sie. Aber er mußte sehen, daß seine Frau gerade mit einem anderen Mann im Bett lag, und ein um vieles vergrößerter Schrecken schleuderte ihn zurück. Zwei große schlechte Nachrichten trieben ihn aus dem Haus hinaus, und draußen goß prasselnder Regen auf ihn nieder. Sein Hemd schützte ihn nicht, und sofort war er so naß wie der Regen selbst. Nie mehr konnte er sein Haus betreten, das war sicher. Er lief und lief und sah sich um nach einer anderen Person, die ihn halten sollte. Er fand niemand, und seine Füße sanken ein in den schlammigen Grund, den der nicht nachlassende Regen aus dem Feld gemacht hatte. Immer weniger konnte er sehen. Er rieb sich die Augen, aber gegen den scharfen Regen gab es keinen Schutz. Am Horizont, sah er, war ein Feuer ausgebrochen. Weit von ihm entfernt brannten einzelne Häuser lichterloh, aber er hörte das Knattern der Flammen ganz nah. Umkehren konnte er nicht mehr, sein Haus war zu schlecht. Das Feuer brannte einen weiten Gürtel um ihn. Noch schwächer wurde sein Augenlicht. Ob es wichtiger war, die Augen zu reiben oder trotz schlechter Sicht einen schweren Schritt im Schlamm weiterzuwaten, konnte er nicht mehr entscheiden. Alle Hoffnung fiel von ihm ab. Da erblickte er in einiger Entfernung einen vermummten Mann, und neue Zuversicht stärkte ihn. Er ging auf den Mann zu, weil er endlich jemandem, bevor er selbst ums Leben kam, die Unglücksfälle mitteilen wollte. Sobald ihn der Mann aber erblickt hatte, öffnete er seinen dicken Mantel und holte aus der trockenen Innenseite eine brennende Fackel heraus. War er es, der das Feuer gelegt hatte? Der Mann warf die Fackel in Abschaffels Richtung. Sie traf ihn nicht, sondern fiel neben ihm ins Feld, und obwohl der Boden durch und durch naß und verschlammt war, entzündete die Fackel die Erde in Abschaffels unmittelbarer Umgebung. Nun war das Feuer überall. Abschaffel lebte nur noch wenige Minuten. Sein Körper sank in die Erde, und die Flammen schlugen über seinem Kopf zusammen, und es war, als sollte er zwei Tode sterben: den des Verbrennens und den des Ertrinkens.

Lange dauerte es, bis Abschaffel in die Bewußtheit zurückgekehrt war. Noch als er sich die verschlafenen Augen rieb, erinnerte ihn diese Geste zurück an den Traum, in dem er mit derselben Bewegung das Wasser aus den Augen herauswischen wollte. Erst das Licht in seinem Zimmer vergrößerte wirksam die Entfernung zu seinem Traum. Die Panik wich, als er erkannte, daß alles ihm geblieben war. Er stieg aus dem Bett und stellte sich vor den Spiegel. Sein linkes Auge war gerötet vom vielen Reiben, und als er mit dem Gesicht nahe beim Spiegel war, sah er, daß eine Wimper in der unteren Augenhälfte schwamm. Er begann die Wimper aus dem Auge herauszuholen, wie er es einst von der Mutter gelernt hatte. Und wie immer entstand ein leichter Schmerz, als er mit der Fingerkuppe den Augapfel berührte und die Wimper herausholte. War die Wimper im Auge der Auslöser des Traums? Mitten in der Nacht begann er, über den Traum nachzudenken. Es lag auf der Hand, daß das abgebrannte Bauernhaus in seinem Traum eine Rolle spielte. Aber welche? Warum war er selbst so grauenvoll gestorben? Auch noch mit zwei Toden, als würde einer nicht hinreichen. Und wer war der Mann, der das Feuer gebracht hatte? Natürlich hatte er keine Möglichkeit, an die Antworten auf diese Fragen heranzukommen. O Gott, blieb er immer nur als der blöde Rest seines eigenen Lebens zurück? Er mußte pinkeln, und weil er in der Nacht nicht auf den Flur gehen wollte, pinkelte er in das Waschbekken. Erleichtert und müde legte er sich ins Bett und schlief bald wieder ein.

Am Morgen überlegte er, ob er Dr. Buddenberg den Traum erzählen sollte. Er wußte den Traum zwar nicht mehr so genau wie in der Nacht, aber die wichtigsten Bilder waren ihm noch im Kopf. Auch das war ungewöhnlich für ihn, weil er seine Träume in der Regel vergaß. Aber da fiel ihm wieder ein, daß er gar nicht mehr glaubte, daß Dr. Buddenberg fremder Leute Leben wirklich verstehen konnte. Überhaupt wollte Abschaffel in den letzten eineinhalb Wochen so tun, als sei er in einem Hotel, in dem ihn niemand behelligte. Die Ärzte in ihren weißen Kutten wollte er übersehen, und die Schwestern ließen sich notfalls als Bedienungspersonal erleben. Spazierengehen und schwimmen, essen und ausruhen: das wollte er tun. Sein Vergnügen am Schwimmen war immer noch groß, und es war ihm sogar gelungen, an sich selbst nicht mehr Anstoß zu nehmen, wenn er eine Badekappe trug. Er stand lange vor dem Spiegel und überlegte, ob er die Badekappe bis über die Ohren herunterziehen sollte, so daß sein Kopf aussah wie ein großes Ei, oder ob es nicht besser wäre, die Ohren nicht unter der Badekappe zu verstecken. Diese Faxen vor dem Spiegel erinnerten ihn an das Grimassieren von Kindern, und durch diese Erinnerung gelang es ihm endlich, wenigstens zeitweise von seinem eigenen Ernst Abstand zu nehmen. Einmal fühlte er sich beim Schwimmen sogar so gut, daß ihm eine wunderschöne Idee kam. Er überlegte, ob er im nächsten oder übernächsten Jahr wieder eine Kur machen sollte, nicht in Sattlach, sondern anderswo, und nicht als Kranker, sondern als Gesunder. Er stellte sich vor, wie schön es wäre, wenn er jedes Jahr sechs Wochen lang Gelegenheit hätte, sich wieder aufpolieren zu lassen. Allerdings müßte er dann so tun, als wäre er krank; noch besser wäre, wenn er eine Krankheit hätte, die nach außen hin schlimmer aussah, als sie in Wirklichkeit war. Und war es nicht glaubhaft, wenn jemand, der schon einmal in einer Klinik gewesen war, immer wieder in die Klinik mußte oder wollte? Für eine halbe Stunde fand er alles, was ihm zu diesem Zusammenhang einfiel, so phantastisch, daß er sich selbst so gut fühlte wie das, was er dachte. Er schwamm leicht und voller Lust auf und ab und konnte noch nicht einmal feststellen, worin die Lust eigentlich bestand.

Leider gelang es ihm nicht, sich für den letzten Teil seines Kuraufenthalts nur wie ein Hotelgast zu fühlen. Eines frühen Nachmittags, als er zu einem Spaziergang aufbrach, traf er im Foyer auf Dr. Buddenberg. Freundlich kam er auf Abschaffel zu und fragte, ob er die Stunden nicht wiederaufnehmen wolle. Abschaffel war so überrascht über die direkte Art von Dr. Buddenberg, daß er sofort zusagte. Heute abend um sechs habe ich eine Stunde frei, sagte Dr. Buddenberg, wollen Sie nicht kommen? Und Abschaffel nickte. Freundlich verabschiedete sich der Analytiker, und Abschaffel war gekränkt, weil jemand seinen Rückzug bemerkt hatte. Er hatte sich schon gar nicht mehr als richtiger Patient gefühlt.

Verdrossen machte er sich auf den Weg. Es war wohl doch keine besonders glückliche Idee, sich von einer mittleren Krankheit Dauererleichterungen für die Zukunft zu versprechen, wenn es so viele Ärzte gab, die die Patienten nicht in Ruhe ließen. Es war ein verhangener, früh abgedunkelter Tag. Wahrscheinlich würde es bald wieder schneien. Über die Mittagszeit waren die Geschäfte in Sattlach wie jeden Tag geschlossen. In den Innenräumen der Läden waren die Lichter ausgeschaltet, und hinter mancher Ladentür war sogar ein schwerer Wollvorhang vorgezogen. Zwischen dreizehn und fünfzehn Uhr war kaum jemand im Dorf zu sehen, und wenn doch eine Person umherlief, dann war es gleich so, als käme jemand zum Ausruhen zu spät. Das Leben im Dorf wurde von ein paar großen Regeln geregelt, und eine der Regeln hieß: Von dreizehn bis fünfzehn Uhr hat Leben allgemein zu unterbleiben. Abschaffel war dicht davor, sich beleidigt zu fühlen, weil er niemand auf der Straße sah, wenn er von ein paar Kindern absah. Spürte denn niemand, wie groß die Belastung des Lebens wurde, wenn alle, die es trugen, in ihren Häusern hockten? Das Kleppern und Scheppern von Besteck und Geschirr, das hinter manchen Fenstern zu hören war, hob die Bedrückung der leeren Straßen nicht auf. Aber weil es nicht möglich war, als einzelner gegen große Regeln anzugehen, verließ auch Abschaffel rasch den inneren Dorfkern und ging in Richtung Flußdamm. Dort war zwar auch kein Mensch, aber dort war auch keiner zu erwarten.

Der Dammweg war schmal und zog sich ausdruckslos entlang des Flusses hin. Links sah Abschaffel auf die Rückseiten von Häusern und Lagerschuppen, auf unordentliche Gärten, die wie große Abstellplätze aussahen, und kleine Gerätehäuser. Rechts floß still und eisig der schmale Fluß. Weiter entfernt erschien die Anlage eines Kleingartenvereins; es waren ein paar niedrige, fleckige Steinhäuser. An einem der Häuser hing ein blechernes Reklameschild, das ein schäumendes Bierglas zeigte. Darunter die Aufschrift: HIER FLASCHENBIERVERKAUF! Es war kein Mensch da. Wahrscheinlich trafen sich die Sattlacher Kleingärtner nur an Wochenenden. An einen anderen Flachbau war ein Freigehege angebaut, in dem ein Reh unbeweglich stand und fror. Der Boden des Geheges war vom vielen Umherlaufen des Tiers aufgeweicht, und an einigen Stellen, wo sich der Kot mit der Erde vermischt hatte, schwarz und schlammig. Das Reh stand bewegungslos da und sah auf Abschaffel, der vom Damm herunter in das Gehege blickte. Nach einer Weile drehte das Reh seine Ohren nach vorn, und Abschaffel ging weiter. In einiger Entfernung hörte er das Brummen eines Motorrads. Es ergriff ihn eine angenehme Gleichgültigkeit. Er konnte umkehren, er konnte auch weitergehen. Er betrachtete eine schmale Eisenbrücke, die über den Fluß führte. Eine kleine Fabrik, die er zum erstenmal sah, grenzte an das Flußufer. Er konnte nicht erkennen, was in der Fabrik produziert wurde. Oder war sie stillgelegt worden? Hinter der Fabrik erstreckte sich ein Fußballplatz, auf dem ein junger Motorradfahrer mit hohem Tempo Kreise drehte. Die Reifen des Motorrads hatten ein starkes Profil, und der junge Fahrer spreizte die Beine während des Fahrens. Abschaffel sah ihm zu. Wahrscheinlich war es ein junger Sattlacher, der beschlossen hatte, als zukünftiger Geländefahrer seinem Dorf zu entkommen. Der Lärm des Motorrads gefiel Abschaffel sehr gut. Das Motorrad knatterte dunkel und trocken im Schnee umher, und Abschaffel hatte Lust, den jungen Fahrer zu bitten, einmal durch Sattlach zu rasen, so daß alle Leute von ihren Stühlen springen mußten. Noch schöner wäre, wenn Abschaffel selbst ein Motorrad hätte und mitrasen könnte. Nein, das war zu schnell gewünscht. Richtig gewünscht mußte es heißen:

Noch schöner wäre, wenn Abschaffel ein Mensch sein könnte, der am Lärmen und Rasen von Motorrädern manchmal Freude haben könnte. Abschaffel und ein Motorrad! Während er dem jungen Geländefahrer immer noch zusah, überlegte er schon längst, was er Dr. Buddenberg heute abend sagen sollte. Er fürchtete sich ein wenig vor seiner Rückkehr nach Frankfurt, weil er ziemlich sicher war, schon am ersten oder zweiten Tag in ein Bordell zu gehen. Er wollte das nicht, aber er würde es tun. Er wollte von seiner Angst sprechen, von seinen törichten Erwartungen und kindischen Erregungen, die ihn in Bordells überfielen. Aber wie war davon zu sprechen? Er glaubte noch immer, Dr. Buddenberg nur solche Geschichten aus seinem Leben erzählen zu können, über die er selbst Bescheid zu wissen vermeinte. Er mußte, wenn er Stunde hatte, immer das Gefühl haben, daß er selbst das System seiner Mitteilungen jederzeit voll überblickte. Einfach draufloserzählen ging nicht. Er hatte die Einbildung, seine Mitteilungen entsprächen einem von ihm vorher ausgedachten Zuteilungsplan. Dadurch entstand für ihn, wenn er redete, die Illusion, daß er schon vorher alles wußte, und nun erzählte er es bloß weiter. Auf dem Damm wurde es ihm zu kalt. Der Schmerz, wenn der kalte Wind in den Mund hineinwehte und einen Zahn an einer bestimmten Stelle traf, erinnerte ihn an einen früheren Schmerz aus der Kindheit, wenn er im Sommer zuviel Eis auf einmal in den Mund nahm und die Zähne sich unter der Kälte zu krümmen schienen. Zweihundert Meter weiter fuhr eine junge Mutter mit ihrem etwa fünfjährigen Kind mit einem neuen Holzschlitten den kurzen Abhang des Damms hinunter. Abschaffel war froh, daß er noch irgendein Geschehen entdeckt hatte, und ging langsam auf die beiden zu. Die Mutter ging ganz darin auf, dem Kind, einem Jungen, zu Gefallen zu sein. Er fuhr den Damm hinunter, und sie rannte neben dem Schlitten her und zog ihn dann wieder den Damm hoch. Wenn sie selbst mitfahren wollte, nörgelte und greinte der Junge so lange, bis sie ihre Absicht aufgab. Abschaffel kam näher und war gerührt über den Anspruch des Kindes, alles zu kriegen, alles zu dürfen und alles zu erwarten. Ein grenzenloses Leben! Einmal eilte die Mutter nicht sofort den Damm hinunter, um den Schlitten wieder hochzuziehen, sondern versuchte das Kind zu erziehen. Jetzt nimmst du die Kordel und ziehst den Schlitten selbst hoch, rief sie von oben herunter. Der Junge jammerte nur. Wieder sprang sie den Damm hinab und zog den Schlitten ein weiteres Mal hoch. Bald wurde dem Kind auch das Laufen zuviel. Der Junge streckte, wenn er unten angekommen war, der Mutter beide Arme entgegen und verlangte, hochgetragen zu werden. Diesen Antrag allerdings lehnte die Mutter entschieden, fast zornig ab. Dann gehen wir nach Hause, sagte sie. Allerdings hatte Abschaffel den Eindruck, daß sie diese drohenden, verneinenden Sätze auch ein wenig zu ihm hin sagte, weil sie vor dem Fremden nicht als bloße Hilfsperson eines Kindes dastehen wollte. Er ging eben an ihr vorbei, und er versuchte, so gut er konnte, einen unbeteiligten Eindruck von sich zu geben. Da hörte er, wie das Kind von unten rief: Ich bin jetzt tot, du mußt mich tragen. Der Junge hatte sich mit dem Rücken in den Schnee gelegt, Arme und Beine von sich gestreckt und die Augen geschlossen. Um den Mund herum war eine leicht zitternde Bewegung, die nicht zur Ruhe kam, weil sie das Vergnügen des Kindes an seiner Verstellung ausdrücken mußte. Steh bitte auf, du erkältest dich, rief die Mutter hinunter. Ich kann nicht, ich bin tot, antwortete das Kind. Abschaffel blieb stehen und betrachtete das Kind. Die Mutter wußte anscheinend nicht mehr, zu welchen Mitteln sie greifen sollte. Abschaffel bemerkte, daß er das Kind zu bewundern begann. Er staunte darüber, wie es möglich war, daß das Kind schon jetzt über den größten Schrecken der Menschen Bescheid wußte. Die Mutter machte einen bekümmerten Eindruck. Wahrscheinlich wird sie am Ende doch hinuntergehen und das Kind aufheben, dachte Abschaffel. Es schien ihr unangenehm zu sein, daß Abschaffel in der Nähe stehengeblieben war. Er fand immer größeren Gefallen am Verhalten des Kindes. Er überlegte schon, bis zu welchem Lebensalter das Kind die Methode des Totstellens beibehalten konnte. Ob es sich auch zu Hause totstellte, am Tisch zum Beispiel, wenn es keinen Rosenkohl oder keinen Spinat essen wollte? Fiel es dann einfach vom Stuhl herunter und mußte ins Bett getragen werden? Herrlich! O Gott, welch einen ungezügelten Unfug reimte sich Abschaffel wieder zusammen. Er merkte es, als ihm im gleichen Augenblick, als seine Bewunderung für das Kind so unangefochten strömte, seine Mutter einfiel, die sich doch auch jahrelang totgestellt hatte, und an diesen Totstellungen litt er noch heute. Sein Interesse für das Kind und die junge Mutter war wie weggewischt, und sein Kopf füllte sich langsam und stetig mit den Erinnerungen an seine eigene Mutter. Er lief den Damm zurück. In seinem Hinterkopf saß seine Mutter und ließ ihm ihre Geschichte in sein Denken fließen. Ein einziges großes Bild beherrschte sein ganzes Muttergrübeln: Wie sie schon am frühen Nachmittag im Nachthemd in der Wohnung herumschlurfte, zwei Kopfschmerztabletten nahm und sich ins Bett legte. Gewöhnlich war, wenn Abschaffel als Kind von der Schule nach Hause kam, der Schlafzimmerrolladen heruntergelassen. Schon von weitem konnte er sehen: Aha, sie ist mal wieder im Bett, nicht anwesend, unansprechbar. Als er dann in der Wohnung war, schaltete er im Flur die Lampe an und öffnete leise die Tür zum Schlafzimmer. Jedesmal hatte er gehofft, durch den Einfall des Lichts in das Schlafzimmer werde die Mutter aufwachen und freundlich ins Leben zurückkehren. Manchmal kehrte sie tatsächlich zurück, aber sehr selten. Sie bemerkte zwar das Licht, aber das führte in der Regel zu nichts. Sie drehte sich nur um, dann war wieder Stille. Und Abschaffel, das Schulkind, schloß die Schlafzimmertür und rätselte, warum die Mutter so niedergeschlagen war. Etwas Ungeheuerliches schien geschehen zu sein, aber was? Kam sie mit den Kindern nicht zurecht? Oder mit Vater? Hing es mit dem Krieg zusammen? Mit dem Geld? Oder mit allem? Schon am Vormittag in der Schule begann das Kind Abschaffel darüber zu rätseln. Und die Katastrophe begann, als das Kind dazu überging, die Verfassung der Mutter zu der seinen zu machen. Er saß am Tisch in der Küche, die Arme aufgestützt auf die Wachstuchtischdecke und versuchte die Rätsel der Familie zu lösen. Aber er konnte die Bedrückung der Mutter nicht aus der Welt schaffen; die Aufgabe war zu schwer. Der einzige Ausweg bestand darin, die Bedrückung zu übernehmen. Vielleicht hatten sich die Eltern gegenseitig hoffnungslos gemacht und nicht bemerkt, daß ihre Kinder keine andere Wahl hatten, als dabei mitzumachen. Aber wer hatte damit angefangen, der Vater oder die Mutter? Oder waren sie beide von Jugend an eng und stumpf gewesen und hatten nur am Anfang ihrer Ehe ein wenig Freude aneinander gehabt, um dann in eine Lebensreglosigkeit zu fallen, aus der sie nicht mehr hervorkamen?

Wenn es möglich gewesen wäre, die Eltern in ein Polizeirevier zu schicken, damit sie endlich alle Fragen klipp und klar beantworteten, dann hätte Abschaffel in diesen Augenblicken dem Polizeiverhör zugestimmt. Aber schon eine halbe Minute später hatte er wieder Mitleid mit ihnen. Die armen Eltern beim Polizeiverhör! Schließlich waren sie schuldlos daran, daß sein Leben so stark mit dem ihren verknüpft war. Oder? Abschaffel ging umher, und während er diese Probleme rastlos im Kopf hin- und herschob, hatte er mit den Fingernägeln unablässig an den Innenseiten seiner Manteltaschen auf- und abgeschabt. Es war ihm eine ganze Menge krümeliger Ablagerungen und Wollfusselzeug unter die Fingernägel gekommen, und er beschloß, mit diesen schmutzigen Fingernägeln später zu Dr. Buddenberg zu gehen. Er wollte ihm zeigen, daß er sich darüber ärgerte, noch einmal bei ihm erscheinen zu müssen. Am Spätnachmittag, als er wie üblich bei Dr. Buddenberg im Patientensessel saß, legte er auffällig die Hände mit seinen schmutzigen Fingernägeln auf die Lehnen. Aber Dr. Buddenberg schien sich nicht daran zu stören. Es war noch nicht einmal sicher, ob er den Schmutzangriff überhaupt bemerkt hatte. Abschaffel war gekränkt. Er ärgerte sich über fast jede Null, die ihm über den Weg lief, aber wenn er einmal jemand ärgern wollte, klappte es nicht. Abschaffel tat, als wollte er sich hier die Fingernägel saubermachen, aber er hielt diese Steigerung selbst nicht lange aus. Dr. Buddenberg schwieg und wartete. Na gut, der Analytiker war eben aus Eisen wie fast alle anderen Menschen auch. Aber weil er so stur und reglos war, wollte ihm Abschaffel zum Schluß wenigstens etwas wirklich Unangenehmes berichten (er fühlte sich wie ein Kind, das sich traut, endlich einmal die Zunge herauszustrecken). Er begann von Prostituierten und Bordellen zu erzählen. Er glaubte minutenlang, Dr. Buddenberg damit ekeln oder wenigstens schockieren zu können. Aber der Analytiker zeigte keinerlei Reaktion. Er hörte zu wie immer. Und Abschaffel gelang es nach etwa zehn Minuten, von seinem angeberisch-verruchten Tonfall abzukommen und ebenfalls zu sprechen wie immer. Eigentlich war er darüber dankbar, aber er konnte es nicht zeigen (nachdem die Zunge herausgestreckt und wieder wohlverborgen im Mund war, ließ sich auch wieder damit reden). Ich will es gar nicht mehr, aber ich werde es sicher wieder tun, sagte er. Es ist immer eine große Verwirrung im Gange, wenn ich in einem Bordell herumgehe, weil ich zu sehr spüre, daß ich gar nicht dort sein will. Und vögeln will ich erst recht nicht, jedenfalls nicht dort. Aber ich kann auch nicht wegbleiben. Ich will eigentlich nur in den Hallen umhergehen und die Frauen bloß ansehen. Ich will sehen, in welcher Verfassung die Frauen gerade sind, welche Stimmung sie haben, wenn ich an sie hintrete oder an ihnen vorübergehe, ob sie abweisend sind oder zugänglich, freundlich oder bloß stumm. Meistens sind die Nutten ja unheimlich schlechter Laune, sagte er. Sie hocken auf ihren Barhockern wie längst gestorbene Papageien; sie bewegen nur noch die Augendeckel, wenn ein Mann in ihre Nähe kommt. Die meisten Nutten sind genauso abweisend und schläfrig wie meine Mutter. Und an meine Mutter denke ich auch oft, wenn ich in Bordellen umhergehe und nicht weiß, was ich suche. Wenn die Mutter zu Hause freundlich und guter Stimmung war, fühlte ich mich auch gut. Das war in meiner ganzen Schulzeit die wichtigste Frage für mich: Wie würde mich meine Mutter heute empfangen? Es kommt mir jetzt so vor, sagte Abschaffel, daß ich, wenn ich in Bordelle gehe, eigentlich nur die Gewißheit haben möchte, von meiner Mutter freundlich empfangen zu werden, endlich einmal. Fand ich aber meine Mutter im Bett liegend vor, was ja meistens der Fall war, dann wußte ich nicht, wo ich mich lassen sollte. Später kam mein Bruder dazu, aber der schmiß nur seine Schulmappe hin und ging wieder weg. Ich war allein in der Wohnung mit dieser nicht vorhandenen, irgendwie gekränkten Mutter, es war fürchterlich. Ich traute mich nicht, die Mutter zu verachten, das wäre ungeheuerlich gewesen. Wie konnte sie es zulassen, fragte ich mich immer wieder, daß ich ganze Nachmittage ihretwegen litt? Daß die Welt und die Schule und die Nachmittage und einfach alles an mir vorbeizog, nur weil ich eine merkwürdige Wache in der leeren und stillen Wohnung abhalten mußte? Aus dieser inneren Spannung bin ich bis heute nicht herausgekommen. Einerseits übernahm ich die Bedrückung der Mutter, weil ich glaubte, dies sei das einzige, was ich für sie tun konnte. Andererseits kritisierte ich sie, nur im stillen natürlich, weil mein eigenes Lebensrecht mit dieser schweren Einschränkung nicht fertigwurde. Ich war also immer auf ihrer Seite und zugleich gegen sie. Sie war so hilflos, daß man sie retten wollte, aber ihre Hilflosigkeit war so zerstörerisch, daß man sie zugleich hassen mußte. Wenn ich sie hassen gekonnt hätte. Und alle diese Gefühle habe ich auch, wenn ich Nutten sehe. Ich will ihnen helfen, und ich verachte sie. Wie die Mutter. In den ganz wenigen freundlichen Nutten erkenne ich meine so selten gutgelaunte Mutter. Ich will gar nicht mit denen ins Bett, ich will nur mit denen reden und erleben, wie ihre Freundlichkeit auf mich übergeht. Aber das kommt so gut wie nie vor. In der Regel sieht man mißmutige, abgewandte Nutten, und in ihnen erkenne ich meine reglose, lebensunfreundliche und verdämmernde Mutter.

Abschaffel schwieg. Er war erschöpft, und er war voller Scham. Am liebsten wollte er gehen. Es entstand eine lange, stille Pause. Abschaffel sah aus dem Fenster hinaus. Der

Schnee draußen war alt, und an einigen Stellen schaute nasses altes Gras aus dem Boden hervor. Es war nicht zu verheimlichen: Es kamen ihm die Tränen, und er streckte sein Gesicht noch deutlicher zum Fenster hin, damit Dr. Buddenberg es nicht sehen konnte. Schließlich sagte Dr. Buddenberg: Sie gehen also ins Bordell, weil sie nur dort ihre Mutter hassen können.

Ich halte diese Möglichkeit fast nicht aus, sagte Abschaffel; sie bringt mich um, wenn sie das erfährt. Seit ich von den Eltern weg bin, fuhr er fort, und das ist schon mehr als zehn Jahre her, empfinde ich ihnen gegenüber Schuld und mir selbst gegenüber Schmerz. Und ich kann mir nicht erklären, wo dieses Schuld- und Schmerzgemisch herkommt und wie es entsteht. Ich habe die Eltern verlassen, weil es bei ihnen nicht mehr auszuhalten war. Aber seither muß ich mit dieser Schuld und diesen Schmerzen herumlaufen, die ich mir nicht erklären kann. Aber ich will eine Erklärung haben, weil ich ohne Erklärung vielleicht eines Tages verrückt werde, verstehen Sie das, Herr Dr. Buddenberg. Ich erkläre es mir so: Die Grundlage eines funktionierenden Familienlebens muß die Fähigkeit aller in der Familie lebenden Personen sein, alle Kränkungen, die das Familienleben hervorbringt, und das heißt, das Familienleben selbst, immer wieder vergessen zu können. Wer am schnellsten vergißt, daß er gekränkt, verletzt oder beleidigt worden ist, kann das Familienleben am sichersten fortsetzen. Alles muß jeden Tag von allen vergessen werden, dann blüht die Familie. Das bedeutet aber einen ungeheuren Verschleiß des Erlebens, und während dieses Verschleißes geschieht mit jedem Familienmitglied etwas Unheimliches: Jeder hat nämlich durch das ständige Vergessenmüssen seiner selbst das Gefühl seiner Wertlosigkeit bekommen. So ist es mir ergangen, glauben Sie mir, Herr Dr. Buddenberg. Ich bin davon überzeugt, absolut wertlos zu sein. Denn dieses Vergessen ist zwar eine Methode, die familiären Tageskränkungen zu überwinden, aber man selbst geht dadurch in winzig kleinen Raten verloren. Und in dem Augenblick, so erkläre ich mir das, wenn jemand – wie ich – aus der Familie ausscheidet, spürt er sofort seine Wertlosigkeit und Nichtigkeit. Man hat ja alles den anderen gegeben, und es ist nichts mehr da von einem selbst! Das eigene Leben ist in das Leben der anderen eingegangen und von ihnen nicht mehr ablösbar, und deswegen ist man bloß ein Wesen geworden, aber keine Person, ja? Und der Schmerz ist wahrscheinlich der Ausdruck des Verrats an der eigenen Würde, der sich im jahrelangen Vergessen angesammelt hat und nun als nicht zu stillender Schmerz überlebt. Diesen Schmerz muß ich dauernd aushalten. Diesen Schmerz könnte ich nur beseitigen, wenn es mir gelingen würde, meine auf meine Familie verteilte Person wieder einzusammeln, und eben das geht nicht. Die Angst vor diesem Schmerz ist ja der Grund, warum so viele gräßliche Familien so prächtig zusammenleben. Aber ich kann doch nicht, rief Abschaffel aus, zu meinen Eltern zurückkehren, nur damit dieser Schmerz endlich aufhört!

Er erhob sich zitternd. Er genierte sich und schämte sich und wollte weg. Dr. Buddenberg erhob sich ebenfalls. Ruhen Sie sich aus, sagte der Analytiker. Abschaffel hatte die Türklinke in der Hand. Es war, als hätte er bei Nachbarn etwas Schlechtes über die Eltern gesagt und seine Mutter hätte es eben erfahren. Kommen Sie bitte übermorgen um die gleiche Zeit zum Schlußgespräch, sagte Dr. Buddenberg. Ja, sagte Abschaffel.

Die Entdeckung, daß er, wenn er ins Bordell ging, eigentlich seine Mutter hassen wollte, war etwas Unerhörtes für ihn. Er staunte, und es brach ihm der Schweiß aus. Er ging in sein Zimmer und sah in das weiße Rund des Waschbeckens, weil er hoffte, sich durch die Leere dieses Anblicks wieder zu beruhigen. Er beruhigte sich nicht, im Gegenteil. Denn es fiel ihm ein, daß er fast jedesmal, wenn er in einem Bordell war, pinkeln oder scheißen mußte. In fast jedem größeren Bordell gab es geräumige Toilettenanlagen und lange Pinkelwände, und oft hatte sich Abschaffel darüber gewundert, weshalb so viele Männer fast automatisch auf die Toilette mußten, ehe sie zu den Frauen gingen. Und wenn es stimmte, was Dr. Buddenberg und er herausgefunden hatten, dann haßte er seine Mutter so sehr, daß er sie hier nicht nur verachten und hassen, sondern wütend anpissen und anscheißen wollte. Eine Weile überlegte er, ob alle Männer, die in Bordellen verkehrten, so ungeklärte Beziehungen zu ihren Müttern hatten wie er selber. In diesen Augenblicken haßte Abschaffel seine Mutter mit Kraft und vollem Bewußtsein. Er floh nicht in das ewig bereitstehende schlechte Gewissen und verbiß sich nicht in Selbstvorwürfen, die den Haß wieder halb zurücknahmen. Sentimental und blödsinnig ließ er sich auf das Bett sinken und sah an die Decke. Kalt und durchsichtig sah er seinen Haß auf die Mutter. Die Freiheit, die Mutter hassen zu dürfen, mußte er mit dem würgendsten Schmerz bezahlen, der jemals aus seinem Körper hoch in die Kehle gestiegen war. Diese Schlampe, diese elende, die sich jahrelang ins Bett legte und sich aushalten ließ, dieser stinkende, faule Fleischberg. Weil er meinte, vielleicht zu ersticken, hustete er ein wenig, damit er besser atmen konnte. Würgte ihn seine Mutter? Dieses arbeitsscheue Miststück, das sich einfach Kinder machen ließ und sich dann zur Ruhe legte und ihre Kinder in die ewige Trauer schickte wie in ein Mutterverlies. O Gott, sein Haß brachte nie gedachte Sätze hervor, die er von sich wegflüsterte wie Losungen. Zugleich fühlte er die Angst vor der Vergeltung der Mutter. Er klammerte sich mit beiden Händen am Bettrahmen fest, als würde er gleich abgeholt und endgültig in das dunkle Mutterverlies gesteckt. Er erhob sich und verschloß sein Zimmer. Er hörte, wie draußen im Flur ein Patient vorbeilief und mit zischender Stimme dreimal das Wort Scheiße ausstieß. Abschaffel legte sich wieder auf das Bett und ahmte die Reaktion des Patienten nach, die er eben gehört hatte: Scheiße Scheiße Scheiße. Aber es half ihm nicht viel. Der Schmerz war stark; es dauerte mehr als eine halbe Stunde, bis das Ziehen und Spannen in seinem Körper nachließ.

Die letzten Tage in Sattlach verbrachte Abschaffel in Ruhe und Nachdenklichkeit. Er wollte niemanden sehen und niemanden sprechen. Einmal begegnete ihm Dagmar, aber sie hoben beide nur kurz das Gesicht und gingen aneinander vorüber. Morgens saß er am Fenster seines Zimmers und sah auf die Dächer der Häuser im Tal. Die Landschaft paßte gut zu jedem Leiden. Die Berge und Täler standen still und ließen sich endlos betrachten. Einmal beobachtete er im Tal den kleinen gelben Volkswagen der Post. Ein junger Briefträger fuhr die kurzen Strecken von Haus zu Haus, und in fast jedem Haus gab er einen dicken, schweren Packen ab, der mit rotem Packpapier eingebunden war. Es mußten Kataloge eines Versandhauses sein, überlegte Abschaffel am Fenster. Auch seine Mutter erhielt zweimal im Jahr, im Frühjahr und im Herbst, die Kataloge mehrerer Versandhäuser, und die Mutter war wochenlang damit beschäftigt gewesen, die Kataloge immer wieder durchzublättern und sich dies und jenes anzukreuzen. Hatten die Landfrauen von Sattlach auch soviel Langeweile wie seine Mutter? Er erinnerte sich, wie er als Kind neben der schweigenden Mutter saß und froh war, daß sie der Versandhauskataloge wegen aus dem Bett gekommen war. Das Sitzen neben der Mutter war wie ein langsamer Eintritt in ihre Gequältheit. Sie erlaubte ihm nach einiger Zeit, mit der Schere die schönsten Figuren aus den Katalogen auszuschneiden und in einer Schuhschachtel zu sammeln. Das von ihr angeregte, von ihr begutachtete und von ihr schließlich für gut befundene Ausschneiden war für ihn fast das Glück. Es kam zweimal im Jahr für ein paar Tage. Der Neckermann-Katalog war zwar dick, aber nicht besonders schön. Viele dieser Kittelschürzenfrauen, die darin abgebildet waren, ähnelten zu stark seiner Mutter. Ähnlich war es mit den Frauen aus dem Quelle-Katalog. Etwas besser waren die Bilder aus dem Katalog vom Otto-Versand in Hamburg; die Farben waren schöner und das Papier war nicht so dünn. Am schönsten war der Katalog eines Pforzheimer Schmuckversandhauses gewesen. Er war auf starkem Papier gedruckt, und die Farben waren so kräftig und schön wie die Farben im Kino. Und weil es sich um Schmuck handelte, waren in diesem Katalog große Frauenköpfe mit Halsketten und langen Ohrringen abgebildet. Wie schön und zufrieden diese wunderbaren Frauen aussahen. Wo lebten diese Frauen nur?

Am folgenden Morgen wurde ein Patient von drei Polizisten abgeholt und in einem grünen Personenwagen weggefahren. Der Mann war erst seit ungefähr zehn Tagen in der Klinik gewesen, und es hieß, daß er wegen Kreditschwindels und Betrugs gesucht gewesen sei. In der Klinik war er wegen einer paranoid-halluzinatorischen Psychose gewesen, und vielleicht hatte er angenommen, hier niemals entdeckt zu werden. Er war ungefähr fünfzig Jahre alt und immer gut gekleidet. Den Frühstücksraum betrat er nie ohne Zeitung; einmal brachte er sogar einen dünnen Aktenordner mit und blätterte darin, während er frühstückte. Der Patient war isoliert, isolierter noch als die meisten anderen Isolierten. Er hielt alle anderen Menschen für Idioten, von denen ihn einige verfolgten, und deswegen redete er manchmal von ein paar gefährlichen Idioten. Aber er redete nicht viel, und er kam (wie Abschaffel) immer spät zum Frühstück, damit er möglichst wenige Patienten sah und von möglichst wenigen gesehen wurde. Und den wenigen zeigte er, daß er sie für arme Würstchen hielt.

Als er abgeholt war, erzählten einige andere Patienten mit spaßiger Überheblichkeit einige Details aus dem Leben des Kreditschwindlers, die sie angeblich selbst von ihm gehört hatten. Vor zwei Jahren schon sind bei ihm die ersten Anzeichen aufgetreten, sagte einer. Und damals hat er auch angefangen, krumme Dinger zu drehen. Er hatte geglaubt, fremdgesteuert zu sein und das Opfer eines Komplotts zu werden, zu dessen Helfern er am Ende auch die Ärzte der Klinik und einige Patienten rechnete. Als ihm (in Sattlach) ein Hase über den Weg lief, behauptete er, das Tier sei ihm absichtlich vorgeführt worden, um ihm deutlich zu machen, daß auch er ein Versuchskaninchen sei. Bei einer früheren Operation habe man ihm einen Sender hinter das rechte Ohr implantiert; schweinische Lieder im Radio seien auf ihn gemünzt, und auch das Fernsehprogramm sei extra auf ihn zugeschnitten, weil seine Verfolger seine Probleme in den Dreck ziehen wollten. Über den Sender könnten sich alle bei ihm einschalten, und deswegen hörte er auch manchmal Stimmen. Und als er abgeholt wurde, verlangte er von zufällig herumstehenden Patienten, sie sollten die Weltpresse alarmieren.

Es waren nur wenige Patienten, die ihr Bedürfnis befriedigen mußten, sich auf diese Weise von schwerer Krankheit zu distanzieren. Es war, als würden sich in einem Büro ein paar Lehrlinge einen langen Irrenwitz erzählen. Als könnte sich jemand sein Leiden aussuchen! Unbeweglich saß Abschaffel da und aß sein Knäckebrot. Den Fruchtjoghurt ließ er wie üblich stehen. Ungeduldig hörte er die Fragmente aus dem Leben des paranoiden Schwindlers. An einigen Tischen wurde das Frühstücksgeschirr schon abgeräumt. Die Frauen, die das Geschirr auf kleine Wägelchen aufluden und durch eine Drehtür in die Küche fuhren, vermieden es, die Patienten anzuschauen. Meistens nahm Abschaffel dieses Verhalten gar nicht wahr, aber heute glaubte er, der auf den Boden gerichtete Blick der Küchenhilfen sei eine Art Vorsichtsmaßnahme. Die Abholung des Schwindlers hatte alle Patienten vorübergehend zu gefährlichen, abseitigen Personen gemacht, denen man besser nicht in die Augen sah. Fühlte sich Abschaffel auch schon verfolgt? Er verspürte Lust, alle Leiden zu verteidigen. Die Gesundheit eines einzelnen Menschen drückte nichts aus über das Befinden aller anderen Menschen, weil Gesundheit immer nur das private Glück einer einzelnen Person war. Aber die Krankheit eines einzelnen Menschen war nutzbar für alle Gesunden, die ihre Krankheiten lediglich noch nicht kannten. Ein solcher Nutzen ließ sich der Gesundheit nicht nachsagen, und deswegen war eine einzelne kranke Person für die Menschheit wichtiger als ein einzelner Gesunder.

Abschaffel wollte aufstehen und weggehen (das Krankheitsgeflüster der anderen war unerträglich), aber da richtete ein Patient vom Nebentisch das Wort an ihn. Der Mann war ungefähr vierzig Jahre alt, trug ein weißes Hemd mit rosa Streifen und eine tiefblaue Krawatte. Er hatte ein gelbes, ungesundes Gesicht und so starken Bartwuchs, daß sein Kinn fast dunkelblau war und zu seiner Krawatte paßte. Sogar in den Innengängen seiner Ohren standen kleine Haarbüschel. Der hat's doch überstanden, sagte er. Abschaffel nickte. Ich wollte, mich würden sie auch abholen, fuhr er fort und kam an Abschaffels Tisch, legte eine Zeitung nieder, blieb am Tisch stehen und redete weiter. Nächste Woche komme ich hier raus, und dann geht's zu Hause wieder los. Ja, ja, machte Abschaffel. Ich bin Bezirksvertreter beziehungsweise Gebietsreisender, so müssen wir uns heute nennen, sagte er und lachte, weil sich unter einem Vertreter viele Leute nur noch einen Betrüger vorstellen können, und oft haben sie ja auch recht damit. Also Gebietsreisender bin ich für Büromaschinen, mein Bezirk reicht von Nordbaden, angefangen ungefähr bei Mosbach, kennen Sie Mosbach, schönes Städtchen am Neckar, wenn man Zeit hätte, dann hinüber bis Rheinland-Pfalz und das Saarland, das ganze Saarland, jawohl. Diesen Bezirk muß ich Monat für Monat runternudeln, von Mosbach bis Saarbrücken, und das sind jeden Monat rund viertausend Kilometer. Darf ich? fragte der Patient und deutete auf die Kaffeekanne. Abschaffel nickte, und der Mann schenkte sich den Rest Kaffee in seine Tasse, die er sich vom anderen Tisch herübergeholt hatte. Auf diesem Gebiet muß ich jeden Monat für mindestens achtzigtausend Flöhe Umsatz machen, achtzigtausend, haben Sie das gecheckt? Die mach ich auch, ich liege immer so bei hundertacht, hundertzehn, manchmal sogar bei hundertfünfzehn Prozent Umsatzerfüllung, und trotzdem kriege ich Monat für Monat eins auf den Kopf, sagte er. Er war erregt und zündete sich mit seinen gelben Fingern eine Zigarette an. Alles, was ich verkaufe, sagte er, also Rechenanlagen, Büromöbel, Textautomaten und so weiter, das alles ist in fünfzehn Produktgruppen aufgeteilt, und die achtzigtausend Umsatz, die ich machen muß, sollen sich ziemlich gleich auf alle fünfzehn Produktgruppen verteilen. Und eben das ist nicht möglich. Es ist ums Verrecken nicht möglich, ich würd's ja machen, wenn es ginge. Es sind unter den fünfzehn Produktgruppen ein paar marktschwache Sachen dabei, die auslaufen, die einfach nicht mehr zu verkaufen sind, zum Beispiel mechanische Rechner, diesen Krempel kauft und verkauft heute kein Schwanz mehr, die wollen alle elektronische Rechner, ist ja klar, das kriegen sie ja auch dauernd vorgesagt. Meine Firma hat aber noch ein paar Eisenbahnzüge voll mit mechanischen Rechnern daliegen, und die können sie nicht einfach auf den Schuttplatz schmeißen, versteh ich, ist klar, versteht jeder. Also müssen wir sie verkaufen. Jetzt passen Sie einmal auf. Auf meinem Gebiet, also von Mosbach bis Saarbrücken, habe ich ungefähr hundertunddreißig Kunden, die ich jeden Monat anfahren soll. Von diesen hundertunddreißig machen aber nur dreißig den wirklich dicken Umsatz, auf den es ankommt. Die anderen hundert sind kleine Läden, die halt auch da sind, nicht wahr. Was soll ich jetzt machen? Wenn ich die marktschwachen Produkte verkaufen will, muß ich tatsächlich nach St. Wendel und Dudenhofen und Roxheim und sonstwohin fahren zu den maulfaulen Mostbauern und eine geschlagene Stunde lang quatschen, bis die mal eine gewöhnliche Schreibmaschine für vierhundert Mäuse kaufen. Wenn ich aber nur über die Kaffs fahre, komme ich niemals auf achtzigtausend, verstehen Sie das. Der Gebietsleiter Süddeutschland ist mit mir ja zufrieden, weil der guckt nur danach, was monatlich unterm Strich steht, und wenn das stimmt, hält er seinen Mund. Aber es gibt auch noch den Verkaufsleiter Deutschland, und der steckt mir jeden Monat einmal den Strumpf in den Mund. Der fährt extra mit dem BMW aus Frankfurt an, um es mir zu geben. Dann hat er meine Monatsabrechnung in der Hand und stellt wieder mal fest, daß ich meinen Umsatz nur mit den gutgehenden Produkten gemacht habe. Kunststück, nicht. Um die anderen Sachen, besonders um die alten mechanischen Rechner, malt er mit dem Filzstift kleine rote Kreise und sieht mich an. Dann geht's los. Ich sag nichts, und er sagt alles, ein schlimmer Beißer ist das. Na ja, er ist auch fünfzehn Jahre jünger als ich, und wenn er so weitermacht, guckt er hier bald auch in den Schnee. Und er kommt nur, um mir das Leben zu versauen. Am besten wäre, ich würde kündigen, aber das geht nicht. Soll ich Ihnen mal was sagen? Ich bin zweiundvierzig, ich kann nicht mehr wechseln. Alles wird einfach so weitergehen. Deswegen habe ich vorhin gesagt: Ich wollt, mich täten sie auch abholen, aber ich bin ja nicht abgedreht, das bin ich noch nicht, abgenippelt, nicht, ich bin bloß ein bißchen krank, Asthma hab ich, ich sitz abends eine halbe Stunde mit der Spraydose vor meinem Mund und mach, daß ich wieder Luft kriege, mein Therapeut nennt das einen organdestruktiven Prozeß, na ja, und redet mit mir. Vor fünfzehn Jahren habe ich einen fürchterlichen Fehler gemacht, und darüber rede ich heute am meisten. Damals ist eine Tante von mir gestorben, die hatte ein Schreibwarengeschäft, nicht groß, nicht klein, sondern einfach, gut und sauber, in Münster im Westfälischen. Die Tante war nicht verheiratet und hatte kein Kind und kein Rind, und sie hat meine Mutter gefragt, ob ich nicht Interesse hätte an dem Laden, ich könnte ihn haben. Ha! Aber ich war damals jung und blöd, und ich habe nur lachen können: ich als Radiergummihändler hinter der Glastheke! Heut könnt ich fast heulen, daß ich es nicht gemacht habe. Was hätt ich für ein schönes Leben. Nichts war's, nichts war's. Jetzt kommen Sie.

Abschaffel schwieg. Warum sagen Sie nichts? fragte der Gebietsreisende. Was soll ich schon dazu sagen? fragte Abschaffel zurück; ich kann an Ihrer Lage nichts ändern, und was soll ich dann viel sagen? Das stimmt auch wieder, sagte der Gebietsreisende. Sie schwiegen eine Weile, dann entfernte sich der Gebietsreisende von Abschaffels Tisch. Seine Zeitung hatte er liegenlassen, und aus Mitleid und Trauer mit dem Leben des Gebietsreisenden las Abschaffel ein wenig in seiner Zeitung. Es war das kleinformatige, dünne Blatt für den Landkreis Sattlach, schlecht und fettig gedruckt. Er fand fast ausschließlich kurze Berichte über das Vereinsleben und kirchliche Veranstaltungen in Sattlach und Umgebung. Abschaffel las einen Bericht über eine Kleintierzuchtausstellung, die zur Zeit im Keller der alten Volksschule von Sattlach zu sehen war. Sollte er den Gebietsreisenden fragen, ob sie zusammen die Ausstellung besuchen sollten? Wie kindisch und lächerlich! Die Sattlacher Kleintierzüchter seien mit dieser Ausstellung einen wichtigen Schritt vorwärtsgekommen, hieß es in dem Bericht. O Gott. Sogar eine kleine Tombola hatten die Kleintierzüchter für die Besucher der Ausstellung aufgebaut. Abschaffel war im Zweifel, ob er hingehen sollte oder nicht. Einerseits gab es in Sattlach für ihn nichts mehr zu sehen, und in dieser Lage war eine solche Tierschau eine Abwechslung. Vielleicht sah er einen wunderschönen weißen Hasen oder eine schöne Taube. Andererseits ahnte er, daß ihn die Ausstellung wahrscheinlich deprimierte. Er wollte sich diese langweiligen Tiere ansehen, damit er selbst hinterher über Langeweile klagen konnte. Am Ende wollte er sich wieder nur selbst als kleines Tierchen vorkommen, das ewig eingesperrt war. Er freute sich, daß es ihm gelungen war, sich zu durchschauen. Mit allen guten Vorsätzen machte er sich auf den Weg.

Es war sein letzter Spaziergang, sein letztes Umhergehen in Sattlach. Während des Gehens geriet ihm ein kleiner Stein in den linken Schuh. Er begann den Stein mit eindringlichen Bewegungen der Zehen in die Ritze zwischen dem größten und dem zweitgrößten Zehen zu drücken. Dort konnte er ihn halbwegs bequem halten und trotzdem fast ungehindert weitergehen. Diese Technik hatte er auf den Schulwegen in der Kindheit erlernt. Bei jedem Schritt mußte er die haltenden Zehen leicht krümmen, damit der Stein nicht wegrollen konnte. Sogar mit in die Kleintierzuchtausstellung nahm er den Stein. Der Keller der alten Volksschule stank nach dem Kot von Hunderten Kleintieren. Drei alte Männer saßen am Eingang des Gewölbes, kassierten das Eintrittsgeld und bewachten die Preise der Tombola. Ein Los kostete fünfzig Pfennig, und zu gewinnen gab es Wein, Porzellanschalen, Puppen, billigen Schmuck, kleine Lampen, Haushaltsgeräte.

In vier Reihen standen und saßen in Käfigen und Volieren die Tiere. Jedes Tier war für sich allein. Hasen, Hühner,

Hähne, Gänse, Enten, Tauben, in einer anderen Reihe Singvögel, Sittiche, Wachteln, Kanarienvögel. Abschaffel fing bei den Hasen an. Jedes Tier trug auf der Innenseite eines Ohrs einen Stempel mit einer violetten Nummer. Fast jeder Hase saß längs an der hinteren Wand seines Käfigs. Ihre flachen roten Augen sahen aus, als würden sie nirgendwo hinsehen. Aber wahrscheinlich entging ihnen nichts. Beim Anblick der vielen Hasen fiel Abschaffel das Wort Angsthase ein, und wirklich, wenn ein Wort die Haltung eines Tiers richtig beschrieb, dann war es das Wort Angsthase. Die Tiere saßen still da wie saubere Wollknäuel. Nur das obere Drittel ihrer feuchten Nasen zitterte unablässig auf und ab. Manchmal rieben sie die Kiefer aufeinander, auch dann, wenn sie gar nichts kauten. Die Gänse und Enten in der nächsten Käfigreihe saßen ebenfalls im hinteren Drittel ihrer Gehäuse. Die Enten streckten die Köpfe in die rechte Ecke ihrer Käfige. Die meisten von ihnen hatten die Augen geschlossen. Die rosa Haut ihrer Augendekkel sah aus, als wüßten die Tiere genau, daß sie ein künstliches Leben führten. Die Hühner und Hähne standen unbeweglich auf ihren verknorpelten Füßen. Nur manchmal schüttelten sie krampfartig die Köpfe, so daß die roten Lappen an ihren Schnäbeln hin- und herwackelten. Wenn sich Besucher über die Käfige beugten, schrien und gackerten sie an der hinteren Drahtwand entlang. Einige Kinder stießen mit Strohhalmen in ihre Käfige hinein. Daraufhin fiel manchem Huhn ein wenig Kot hinten heraus. Als Abschaffel die kotenden Tiere sah, erinnerte er sich an den Schluß eines Kriminalfilms, den er vor vielen Jahren einmal im Fernsehen gesehen hatte. Als die Verbrecher am Schluß des Films zur Hinrichtung geführt wurden und dann am Galgen hingen, öffneten sich in den letzten Lebenssekunden ihre Schließmuskeln. Der allerletzte Eindruck ihres Lebens waren aus Angst vollgeschissene Hosen. Dieses Detail hatte Abschaffel nicht vergessen können, und hier fiel es ihm wieder ein: Wahrscheinlich hatten die Tiere dieselbe Todesangst. Obwohl es nur Kinder waren, die mit Strohhalmen nach ihnen stachen.

Ganz hinten hockten die Tauben. An jedem Käfig hing ein kleiner Kasten, und in jedem Kasten steckte eine Bewertungskarte. Auf jeder Karte waren die Kategorien Vorzüge, Wünsche und Mängel aufgedruckt, und darunter standen handschriftliche Eintragungen. Sofort ging Abschaffel dazu über, nicht mehr die Tiere anzusehen, sondern nur noch die Bemerkungen auf den Bewertungskarten zu lesen. Auf den meisten Karten waren nur Herabsetzungen eingetragen. Einmal hieß es: Tier ist noch ganz unfertig. Oder: Tier ist zu alt für Ausstellung. Abschaffel war froh, daß die Tiere niemals ihre Bewertungen erfuhren. Obwohl manche von ihnen so aussahen, als kennten sie ihre Bewertungen besser als ihr Leben. Am unbarmherzigsten waren die Eintragungen in der Kategorie Wünsche. Nach Auffassung der Züchter konnte kaum ein Tier so bleiben, wie es war. Schnabelansatz kräftiger! stand an einem Käfig. Eine Idee mehr Stirn an einem anderen. Oder: Bauchfarbe satter erwünscht. Am Käfig einer großen, stillen Taube las er die Bemerkung: Etwas mehr Fusswerk, und am Käfig einer anderen: Auge reiner! War es denn möglich, daß Menschen in ihrer unersättlichen Wunschkraft sich Tiere sogar anders wünschten, als sie waren und sein konnten? War es denn zu fassen, daß es Menschen gab, die einem Vogel das Auge reiner machen wollten? Und wie?

Abschaffel verließ die Ausstellung. Nachlässig betrachtete er die drei Bauern, die die Ausstellung bewachten und betreuten. Aus Enttäuschung kaufte er sich im Vorraum bei der Tombola ein Los. Er hoffte, eine Niete zu ziehen, und wirklich war es eine Niete. Auf der Innenseite des aufgerollten Lospapierchens las er den Spruch: Geh zum Doktor, denn du hast Pech. Die Dummheit dieses Spruchs paßte so gut zur Hoffnungslosigkeit dieses ganzen Dorfes, daß Abschaffel noch zwei weitere Lose kaufte. Auf der einen Niete las er: Siehst du, so sieht eine Niete aus, und auf der anderen: Einmal kommt das Glück auch zu dir.

Mit unerwartet heftigem Abscheu lief er in Sattlach umher. Er hatte das Gefühl, es nur noch deshalb hier auszuhalten, weil er sich immerzu sagen konnte: Es ist das letzte Mal, es ist das letzte Mal. Einmal fiel ihm sogar Dr. Buddenberg ein, und er fragte sich, wie er es hier aushielt. Abschaffel kam an ein zweigeschossiges Haus in der Hauptstraße, dessen Erdgeschoß gerade umgebaut wurde. Erleichtert sah er eine Weile den Bauarbeiten zu. Das Erdgeschoß war in seiner ganzen Breite geleert. Vorn waren mehrere Stützbalken in den Bürgersteig eingerammt. Wahrscheinlich wurde im Erdgeschoß ein Ladengeschäft eingerichtet. Abschaffel sah eine Weile den Arbeitern zu. Zwei von ihnen hämmerten in dem leergeräumten Erdgeschoß herum, zwei andere fuhren auf Schubkarren den Mörtel heraus und schütteten ihn draußen auf einen Haufen. Hinter den Gardinen eines Fensters im Obergeschoß erschien eine Frau und zog die Gardinen zur Seite. Abschaffel staunte, wie er bisher nicht in Sattlach gestaunt hatte. Er hatte angenommen, daß das Haus während der Bauarbeiten unbewohnt war. Aber die Leute im Obergeschoß lebten weiter, als wäre ihnen nicht das Erdgeschoß ausgeräumt worden. Jetzt erst sah Abschaffel, daß hinter allen drei Fenstern des Obergeschosses ruhige Gardinen hingen. Die Frau am Fenster war bereits wieder in der Tiefe des Raums verschwunden. Wahrscheinlich hatte sie sich nur kurz vergewissert, daß draußen alles in Ordnung war. Verwirrt ging Abschaffel weiter. Nicht eine Stunde würde er es in einem Haus mit ausgeräumtem Erdgeschoß aushalten. Er würde ein solches Haus nicht einmal betreten können.

Sollte er, zum letztenmal und zum Abschied, noch einmal auf die Post gehen und ein wenig dort herumstehen und herumschauen? Eigentlich langweilte er sich schon wieder. Er betrat den Vorraum der Post. Erstaunlich viele Menschen hielten sich hier auf, füllten Formulare aus oder warteten vor den beiden Schaltern. Sogar ein Hund lag so endgültig in einer Ekke, als wäre die Post seine Wohnung. Der Hund hatte den Kopf zwischen den ausgestreckten Vorderpfoten auf dem Boden liegen, und manchmal öffnete er halb die Augen und sah, was sich vor den Schaltern zutrug. Schon bald versuchte eine

Frau, den Hund anzusprechen. Der Hund bewegte kurz den Schwanz, hob den Kopf und legte ihn dann wieder nieder. Abschaffel verhöhnte ein wenig dic Frau und reihte sich in eine der beiden Warteschlangen ein. Er wollte, um etwas zu tun, Briefmarken kaufen. Auf dem kleinen Bänkchen, auf dem die Leute ihre Zahlkarten ausfüllten, lag eine aufgeschlagene *Bild-Zeitung*, die niemand mitnahm und niemand wegwarf. Sie wurde immer wieder hin- und hergeschoben, und fast jeder, der an der aufgeschlagenen Zeitung vorüberging, las im Gehen ein oder zwei Schlagzeilen und ging dann weiter. Einer der beiden Schalterbeamten zerschnitt mit einem Taschenmesser einen kleinen roten Apfel in acht gleichmäßig aussehende Schnitze. Während er den Brief eines Gastarbeiters wog und frankierte, verteilte er in den freien Phasen dieses Vorgangs die acht Apfelschnitze in verschiedenen Ecken seines Arbeitsplatzes. Einen Schnitz legte er neben die Waage, einen anderen neben die Schreibgarnitur, zwei weitere in ein offenes Fach in der rechten Schreibtischhälfte. Einen Schnitz legte er genau neben sein tiefschwarzes Stempelkissen. Zugleich bediente er die Postkunden; Abschaffel wollte sehen, welchen Schnitz er zuerst aufaß. Seiner Meinung nach sollte der Beamte mit dem Schnitz neben dem Stempelkissen beginnen, denn dieser war durch die Arbeitsvorgänge des Beamten am meisten gefährdet. Wenn er mit dem Stempel versehentlich neben das Stempelkissen schlug, war der Apfelschnitz mit Sicherheit zerstört. Tatsächlich! Der Beamte aß zuerst den Schnitz neben dem Stempelkissen auf, und er bemühte sich, die Geräusche des Kauens möglichst zu drosseln, indem er mit geschlossenem Mund langsam und mahlend kaute.

Am Morgen des folgenden Tages erwartete ihn der Analytiker zum Schlußgespräch. Dr. Buddenberg setzte zu längeren Erklärungen an. Zunächst wiederholte er, was schon Dr. Haak gesagt hatte: daß Abschaffel in Zukunft einem regelmäßigen Bewegungstraining nachgehen müsse, und er ermahnte ihn eindringlich, diesen Rat nicht auf die leichte Schulter zu nehmen. Dann ging er dazu über, ihm zu sagen, was er über sein

Leben herausgefunden zu haben meinte. Schon ziemlich früh haben Sie vom Gruppengespräch keinen Gebrauch mehr gemacht, sagte Dr. Buddenberg, und Sie haben mir später einmal gesagt, daß Sie sich in diesen Gruppen nicht wohl gefühlt hätten, weil dauernd andere Patienten redeten und weil Sie nicht schon wieder in Situationen sein wollten, in denen Sie nicht zu Wort kamen. Es fiel Ihnen dazu die Grundsituation Ihrer Familie ein: Sie fühlten sich immerzu überfahren von den Erlebnissen der anderen. Sie sind dann nur noch zu mir gekommen, und Sie haben damit Ihren Therapieplan selbständig eingeschränkt, was eigentlich unzulässig ist. Aber weil Ihre Analyse, oder besser: die wenigen Bruchstücke einer Analyse, die wir seither zusammengetragen haben, nicht unergiebig waren, haben wir Ihren Rhythmus nicht stören wollen. Wenn ich nun versuche, unsere Sitzungen zu kommentieren, kann ich es nur mit der Einschränkung tun, daß meine Kommentare die Möglichkeit des Irrtums einschließen. Es ist sogar wahrscheinlich, daß ich da und dort irre. Die Wahrscheinlichkeit von Irrtümern ist deswegen so groß, weil ich zuwenig weiß von Ihnen. Ich würde Ihnen, und das ist eigentlich das Wichtigste, was ich Ihnen überhaupt sagen will, ich würde Ihnen raten, zu Hause eine regelmäßige und normale Analyse zu machen. Sie sind dazu begabt. Sie erinnern sich reichhaltig und präzise, und Sie können Ihre Erinnerungen in der Regel ausdrücken. Das ist viel wert und erfolgversprechend für eine weitere Behandlung. Ich würde Ihnen also raten, zu Hause einen Analytiker anzurufen und mit ihm eine Behandlung zu vereinbaren. Sie wohnen ja in Frankfurt, nicht wahr; ich gebe Ihnen eine Liste mit den Adressen von dortigen Psychoanalytikern mit, unter denen Sie wählen können. Sie müssen damit rechnen, daß Sie einige Monate warten müssen, ehe eine Behandlung beginnen kann.

Dr. Buddenberg redete weiter, und Abschaffel versuchte ihm weiter zuzuhören. Eigentlich wollte er ihn fragen, welche Krankheit er denn nun eigentlich habe, aber er traute sich nicht. Nach allem, sagte Dr. Buddenberg, was ich von Ihnen gehört habe, kann ich mit Vorsicht das folgende andeuten. Das Versagen Ihrer Mutter hat bei Ihnen zur phasenweisen Umkehrung familiärer Grundpositionen geführt. Anders gesagt: Sie mußten damit fertigwerden, daß Ihre Mutter eigentlich das Kind war und Sie der Vater, der die Mutter aus Ihrem Unglück meinte erlösen zu müssen. Im Grunde meinen Sie das wahrscheinlich heute noch. Natürlich waren und sind Sie damit überfordert, und in der Panik des Überfordertseins befinden Sie sich bis heute, wie mir scheint. Sie glauben, Ihre Mutter wartet noch immer auf Sie. Sie erliegen also der Täuschung, noch immer zu Hause bei Ihrer Mutter zu sein und zuerst sie erretten zu müssen, ehe Sie etwas für sich selbst tun können. Von hier aus ergibt sich auch ein Zugang zur Starrheit Ihres Berufslebens. Es ist, als hätten Sie sich absichtlich eine Beschäftigung gewählt, die Sie unterfordert, damit Ihre Hauptenergie weiterhin in die Lebenszusammenhänge Ihrer Herkunftsfamilie einfließen kann. Überhaupt ist Ihre ganze Kindheit durch eine offenbar übergroße emotionale Nähe Ihrer Eltern gekennzeichnet. Infolgedessen haben Sie alles, was sich ereignete, als bedrohlich nah erlebt. Durch diese Überstimulierung durch übergroße elterliche Nähe hat sich für Sie eine strukturelle Störung ergeben, eine Art Beeinträchtigungswahn, will ich mal sagen, aus dem Sie sich allein nur schwer befreien können. Deswegen rate ich ihnen zu einer weiteren Analyse.

Dr. Buddenberg schien zu Ende gesprochen zu haben und schwieg ein wenig. Und vergessen Sie nicht die Bewegung, sagte er dann und erhob sich, das dürfen Sie auf keinen Fall auf die leichte Schulter nehmen. Am liebsten hätte Abschaffel geantwortet, daß er noch niemals leichte Schultern gehabt hatte, aber noch mehr verspürte er das Bedürfnis, Dr. Buddenberg zu danken. Aber natürlich genierte er sich. Der Beeinträchtigungswahn! So stand er nur da. Wollte Dr. Buddenberg, daß er nun ging? Wahrscheinlich. Er kam hinter seinem Schreibtisch hervor und sagte in einem anderen, verabschiedenden Tonfall: Die Psychoanalyse müssen Sie sich ungefähr wie ein Kettenkarussell vorstellen. Sind Sie schon einmal mit einem solchen Karussell gefahren? Abschaffel nickte. Schön, nicht? sagte Dr. Buddenberg. Da setzt man sich unten rein in eine Sitzgondel, und wenn es losgeht, fliegt man in seinem Sitz immer höher, mit jeder Runde. Es ist wunderschön, den Rummelplatz und womöglich die halbe Stadt von oben zu sehen. Aber man kann nicht oben bleiben. Gerade wenn man angefangen hat, die Stadt genauer von oben zu betrachten und einen Überblick zu gewinnen, senken sich die Gondeln wieder nach unten. Für ein paar Augenblicke hat man ein paar Dächer gesehen und hatte das Gefühl, dem Gesamteinblick ganz nahe zu sein. Dann gleitet der Blick leider wieder abwärts, und man sieht wieder nur das, was man immer sieht. Man muß noch mal fahren und noch mal fahren und noch mal fahren, um immer mehr zu sehen. So ähnlich ist es mit der Psychoanalyse. Man muß sich erinnern und sich erinnern und sich erinnern, damit man an die Quellen des seelischen Geschehens allmählich herankommt, verstehen Sie? Abschaffel nickte. Dr. Buddenberg gab ihm die Hand, und wortlos verließ Abschaffel die Praxis.

Er ging gleich in sein Zimmer. Er fühlte sich angenehm verwirrt. Obwohl sein Koffer schon gepackt war, legte er ihn noch einmal auf den Tisch und nahm einzelne Gegenstände heraus, fühlte sie an und legte sie wieder zurück. Was sollte er mit der Tennisballhälfte machen? Er wollte sie nicht einfach in den Papierkorb werfen, und er wollte sie auch nicht mit nach Hause nehmen. Während er noch überlegte, was er mit dem halben Tennisball anstellen sollte, sprach er einige Sätze von Dr. Buddenberg nach. Sie erinnern sich reichhaltig und präzise, das ist erfolgversprechend. Er wußte nicht, wie er dieses Lob einordnen sollte. Begabt für eine Behandlung! Abschaffel öffnete das Fenster und sah hinaus. Er mußte dieses merkwürdige Lob zerstreuen. Obwohl er sich zugab, daß es für ihn schön wäre, wenn Dr. Buddenberg sein Kollege bei Ajax werden könnte. Ronselt, sein Schreibtischgegenüber, mußte versetzt werden, und Dr. Buddenberg nahm seinen

Platz ein, und dann könnten sie stundenlang über den Beeinträchtigungswahn sprechen und nebenher ein paar Waggons nach Augsburg, Hannover und Stuttgart fertig machen. Aber leider war Abschaffel nicht der Personalchef bei Ajax. Er entschied sich doch dafür, den halben Tennisball mit nach Hause zu nehmen. Vielleicht hänge ich ihn zu Hause an die Wand, überlegte er.

An einem nassen Mittwoch in der zweiten Februarhälfte traf Abschaffel in Frankfurt ein. Die Eisenbahnfahrt hatte ihn ungeduldig gemacht, und er war froh, am frühen Nachmittag endlich den Zug verlassen zu können. Im Hauptbahnhof überlegte er eine Weile, ob er mit der U-Bahn oder mit dem Taxi nach Hause fahren sollte. Aber er freute sich auf die Wiederbegegnung mit der U-Bahn, und so nahm er seine beiden Koffer und fuhr mit einer Rolltreppe in einen U-Bahnhof hinunter. An der Haltestelle wartete ein großer junger Neger, der einen schmalen schwarzen Kamm in seinen Haaren stecken hatte. Offenbar hatte der Schwarze es satt, den Kamm immer wieder in die Hosentasche zu stecken. Nachdem er eine Weile über den Kamm am Kopf des Schwarzen befremdet war, fand Abschaffel den Einfall des Schwarzen praktisch. Er selbst ließ seinen Kamm immer wieder auf Toiletten und Fensterbänken liegen, und er war deswegen dazu übergegangen, überhaupt keinen Kamm mehr mit sich zu führen. Kollege Ronselt war diesem Problem auf andere Weise ausgewichen; er hatte sich drei Kämme mit festen Standorten zugelegt: einer befand sich in seiner Schreibtischschublade, der zweite in seiner Aktentasche und der dritte zu Hause auf dem Badebord. Diese Regelung hielt Ronselt für seine Erfindung, und wann immer Abschaffel wieder einmal keinen Kamm hatte, pries Ronselt die Vorteile seiner Kammordnung. Nun überlegte Abschaffel, ob er, wenn er in ein paar Tagen die Arbeit wiederaufnahm, es genauso machen sollte wie der junge Neger. Natürlich überlegte er dies nicht wirklich. Er war nur guter Laune und beschäftigte sich mit allem möglichen, was es gar nicht gab. Er sah hinunter auf die U-Bahngleise. Hunderte von Zigarettenkippen lagen zwischen Schwellen, Schienen und Schottersteinen. Jeder Raucher, der in die U-Bahn einstieg, warf kurz vorher seinen Zigarettenrest auf die Gleise. Es waren inzwischen so viele Kippen geworden, daß die U-Bahn inzwischen vielleicht überhaupt nur noch auf Kippen fuhr.

Ein glücklicher Einfall half Abschaffel, das Wiedersehen mit seiner Wohnung erträglich zu gestalten. Als er sein Zimmer nach sechs Wochen zum erstenmal wiedersah, fiel sein Blick zuerst auf das fettige Kissen, über dessen Anblick er sich schon seit etwa eineinhalb Jahren ärgerte. Und im Augenblick des Wiedersehens fiel ihm der Entschluß, das Kissen sofort wegzuwerfen, sonderbar leicht. So gelang es ihm, den Gegenständen der Wohnung mit einem Gefühl des Erfolgs standzuhalten. Aus der Küche holte er sich eine Plastiktüte, die für das Kissen groß genug war. Noch ehe er seine Koffer auspackte und den Mantel ablegte, trug er das alte Kissen in einer Plastiktüte aus der Wohnung. Er wollte es nicht in eine Mülltonne werfen, weil er vermeiden wollte, daß sich Hausbewohner Gedanken darüber machten, wer es wohl war, der ein so schönes Kissen einfach zum Müll gab. Abschaffel lief eine Weile in seiner Gegend umher und überlegte, wo er das Kissen lassen sollte. Er sah alle die Geschäfte wieder, die er so lange nicht gesehen hatte. Es hatte sich überhaupt nichts verändert. Er staunte die Fassaden und Schaufensterscheiben an und blickte einigen Leuten nach, die er nur vom Sehen kannte und die er als zu seiner Welt gehörig empfand, obwohl er sicher niemals ein Wort mit ihnen sprechen würde. Alles war vertraut. Seine Erfahrung, die die Dinge rasch wieder annahm, arbeitete schneller als sein Bewußtsein, das sich abzuquälen versuchte. Mühsam machte er sich klar, daß er eigentlich erwartet hatte, sein Wohnviertel nicht mehr wiederzuerkennen. Während er planlos umherging, tröstete er eigentlich seine falsche Erwartung und wies sie sanft darauf hin, daß ihr fremdes Getue nicht angebracht war. Es war, als müßte Abschaffel eine fremde, zweite Person in sich beruhigen. Er verspürte Lust, diesen inneren Vorgängen, die er nur unklar wahrnehmen konnte, weiter nachzuhängen. So lief er länger umher, als er beabsichtigt hatte, weil er es darauf ankommen lassen wollte, den fremden Herrn in sich noch ein wenig näher kennenzulernen. Aber diese zweite Person schien ein äußerst scheues Wesen zu sein. Bald sah Abschaffel denjenigen Teil von ihm, der ihm noch immer weismachen wollte, er dürfe sich hier nicht sofort wieder heimisch fühlen, wie einen lausigen Vertreter an, der ihm verdorbene Ware anbieten wollte. Da erblickte Abschaffel an einer Ecke einen großen, eisernen Müllcontainer, der zur Hälfte mit Bauschutt gefüllt war. Der Container stand vor einem Altbau; Arbeiter gingen aus dem Haus ein und aus und schleppten alte Türrahmen, verrottete Bodenbeläge und zerbrochene Glasscheiben heraus und warfen alles in den Müllcontainer. In diesem Container ließ Abschaffel sein altes Kissen verschwinden. Als er das Ding endlich los war, atmete er beinahe auf.

Danach ging er nach Hause und packte mit ruhigen, langsamen Bewegungen die beiden Koffer aus. Mehr wollte er heute nicht mehr tun. Alle Kleidungsstücke, die er am nächsten Tag in die chemische Reinigung bringen wollte, verstaute er in einer großen Tasche. In einer kleinen Papiertüte am Boden des Koffers fand er die Ansichtskarten aus Sattlach, die er nicht verschickt hatte. Er holte sie aus der Tüte und sah sie an. Der Marktplatz, die kleine Kapelle auf dem Hügel, eine Gasse mit Fachwerkhäusern, der Fluß mit dem Damm, die Brücke, das Stadttor. Er sah die Ansichtskarten an und hatte das Gefühl, nie dort gewesen zu sein. Oder war das wieder der zweite Herr in ihm, sein Neben-Ich, das ihm mächtig seine Erlebnisse streitig machte? Abschaffel setzte sich auf das Bett, hielt die Ansichtskarten in der Hand und wartete ab. Und es dauerte nicht lange, dann war sein Distanzgefühl wieder verschwunden. Jetzt betrachtete er die Ansichtskarten wie jemand, der sich ein Andenken mitgebracht hat.

Am folgenden Morgen stand er früh auf und ging einkaufen. Zuerst lieferte er seine schmutzige Kleidung in der chemischen Reinigung ab. Auf dem Weg in den nächsten Supermarkt beschloß er, erst am folgenden Montag wieder zu arbeiten. Eine Weile hatte er geschwankt, ob er nicht schon heute die Arbeit wiederaufnehmen sollte, aber er fand dann doch, daß eine solche Überkorrektheit bei den Kollegen vielleicht nicht gut ankam. Wenn andere Angestellte ein paar Tage krank gewesen waren, fingen sie auch nicht mitten in der Woche wieder mit Arbeiten an, sondern warteten auf den nächsten Montag. Es war erst neun Uhr, als er den Supermarkt betrat. Nur wenige junge Mütter mit Kindern und ein paar Rentner hielten sich im weiten Gelände des Supermarkts auf. Die Verkäuferinnen waren noch frisch und freundlich und riefen sich scherzhafte Bemerkungen zu. Eine ganz junge Verkäuferin saß verträumt auf dem Rand einer großen Tiefkühltruhe und schnippte mit einer Handetikettiermaschine auf Dutzende von Milchtüten je ein Preisschildchen auf. So ähnlich mußten vor hundert Jahren junge Mädchen auf Brunneneinfassungen gesessen und Sommerkränze gewunden haben. Abschaffel sah erstaunt hin und nahm aus Sympathie für die Anmut der Verkäuferin gleich zwei Tüten Milch mit. Fast ebensogut gefiel ihm eine andere Verkäuferin, die unter ihrer weißen Kutte schwarze Trauerkleidung trug. Sie bediente an der Wursttheke und sah traurig umher. Unter den weißen Kuttenärmeln stießen die schwarzen Manschetten ihrer Bluse hervor. Während sie hier tagaus, tagein Wurst verkaufte, war ihr einfach jemand weggestorben. Aber das änderte ihr Leben nicht, denn sie mußte weiter Wurst verkaufen: als wäre ihr niemand gestorben. Das Leben war wieder einmal unglaublich. Abschaffel kaufte eine Menge Wurst und Salate bei ihr, weil er ihrem wässrigen Blick nahe sein wollte.

Er kaufte viel ein. Gurken, Obst, Tomaten, Brot, Käse, Margarine, Ölsardinen, Wein, Bier, Sprudel, Schokolade. Sein Eisschrank zu Hause war leer, ebenfalls der kleine Schrank in der Küche, in dem er gewöhnlich Konserven, Teigwaren, Kaffee und dergleichen unterbrachte. Manchmal blieb er stehen und bewunderte die Helligkeit des Supermarkts. Über allen Menschen, die etwas einkauften, lag die Seligkeit der hellsten Beleuchtung. Von einem Regal nahm er eine Dose mit Sahneleberwurst herunter und legte sie in seinen Einkaufswagen. Eine halbe Minute später stieß er sich an dem Wort SAHNELEBERWURST und nahm die Dose noch einmal in die Hand. Tatsächlich: Sahneleberwurst. Hatte es Sahneleberwurst schon vor seiner Kur gegeben oder war sie während seiner Abwesenheit erfunden worden? (Es mußte doch irgend etwas passiert sein während seines Kuraufenthalts.) Er konnte kaum begreifen, daß es dies nun geben sollte: Sahne in der Leberwurst. Oder Leberwurst in der Sahne? Mußte nicht jedem schlecht werden, der Sahneleberwurst aß? Aber vielleicht gab es heutzutage schon jüngere Menschen, die Sahneleberwurst essen konnten. Er jedenfalls zählte nicht zu ihnen. Mißtrauisch und schroff stellte er die Dose in das Regal zurück. Verächtlich sprach er noch einmal das Wort Sahneleberwurst aus. Genau daneben standen Dosen mit Kalbsleberwurst, und er nahm eine davon. An der Eierpyramide sah er eine Rentnerin, die eine Sechser-Packung Eier vorsichtig von der Pyramide herunternahm und sie auf einem Brotregal abstellte. Dann öffnete sie die Packung und prüfte nach, ob kein Ei zerbrochen war, und dann erst stellte sie die Packung in ihrem Einkaufswagen ab. Abschaffel ging ebenfalls zur Eierpyramide und ahmte das Verhalten der Rentnerin nach. Wie herrlich und gräßlich war es, in allerkleinsten Dimensionen Sicherheit zu haben. Abschaffels Einkaufswagen war ziemlich voll. Soviel hatte er schon sehr lange nicht mehr eingekauft. Er schob den Wagen zur Kasse. Vor ihm war eine junge Mutter mit Kind an der Reihe. Das Kind saß inmitten der eingekauften Lebensmittel im Einkaufswagen, und weil es mit den Waren an die Kasse herangefahren wurde, sah es aus, als werde das Kind auch hier bezahlt und zu Hause gegessen. Das Kind faßte die Flaschen an, die an seiner Seite hochragten, spielte mit Zitronen und Zwiebeln und bohrte mit den Händen in einem Blumenkohl. Als die Mutter den Einkaufswagen ein wenig zu heftig nach vorn stieß, kippte das Kind nach hinten um. Sofort sah Abschaffel in den Einkaufswagen hinein, weil er einige Sekunden lang glaubte, das Kind werde nun auslaufen wie eine beschädigte Milchtüte. Das Kind lief nicht aus, sondern krallte sich mit den Händen in den Drahtwänden des Einkaufswagens fest und richtete sich wieder auf. Es bewegte sich so selbstverständlich, als wäre es in einem Einkaufswagen geboren worden.

An der Haustür, als er seine beiden übervollen Plastiktüten kurz abstellte, um seine Schlüssel zu suchen, traf er Frau Kaiser. Sie steckte ihren Haustürschlüssel rasch vor ihm in das Schloß und öffnete die Tür dann doch nicht. Abschaffel fürchtete, nun in ein Gespräch verwickelt zu werden, in dessen Verlauf sie ihn zwingen würde, über die Gründe seiner langen Abwesenheit ein paar Worte zu verlieren. Da erst sah Abschaffel, daß in ihrer leeren Einkaufstasche eine kleine junge Katze saß. Und von dieser jungen Katze sprach Frau Kaiser sofort. Das ist ein ganz normaler schwarzer Kater, sagte sie; mein Mann und ich haben jetzt genug von den teuren Zuchtkatzen, man kann es diesen empfindlichen Dingern nicht recht machen. Die zweite ist uns erst vor zehn Tagen gestorben, und jetzt ist Schluß mit diesen Viechern. Es fing mit Brechen an, sagte Frau Kaiser; ich habe es nicht ernst genommen, schließlich kann sich auch eine Katze mal übergeben, was ist denn da dabei. Aber schon am nächsten Tag hat sie überhaupt nichts mehr gefressen. Ich habe den Tierarzt angerufen, und er hat gesagt, ich soll mit dem Tier kommen und eine Urinprobe mitbringen, aber die Urinprobe ist mir nicht geglückt, weil das Tier einfach nicht mehr gepinkelt hat. Daraufhin hat der Tierarzt aus einer Vorderpfotenvene Blut entnommen und hat eine Harnstoffbestimmung gemacht. Tatsächlich war der Harnstoffgehalt sehr hoch, sagte Frau Kaiser, das Tier litt an Nierenversagen. Der Arzt hat ihr ein Antibiotikum gespritzt, und dann bin ich wieder nach Hause gegangen. Aber es hat nichts geholfen! Das Tier hat eine Woche lang nichts gegessen und kaum etwas getrunken, und ich habe es künstlich ernähren müssen, aber trotzdem wurde die Katze immer dünner. Ach, machte Abschaffel. Ja, sagte Frau Kaiser;

ich bin wieder zum Tierarzt, das war genau an unserem zwanzigsten Hochzeitstag, und der Arzt hat festgestellt, daß die Harnstoffwerte noch schlechter geworden waren, und er hat mir empfohlen, das Tier einschläfern zu lassen. Ich habe die Katze noch einmal mit nach Hause genommen, weil ich dachte, ich mach ihr noch ein schönes Wochenende mit meinem Mann zusammen, aber danach muß ich gemein werden. So ist es dann auch gekommen. Die Sprechstundenhilfe hat mir am Montag den Korb mit dem kranken Tier abgenommen und ist damit in ein anderes Zimmer gegangen, und kurz danach ging die Tür wieder auf und ich habe den leeren Korb zurückgekriegt. Wahrscheinlich hat der andere Tierarzt, wo ich sie habe sterilisieren lassen, ein bißchen zuviel an ihrer Niere herumgeschnibbelt bei der Sterilisation, und dadurch ist das alles gekommen, sicher sogar, sagte Frau Kaiser.

Erst jetzt öffnete Frau Kaiser langsam die Haustür und hielt sie Abschaffel auf. Er machte einige bedauernde Bemerkungen. Er spürte, daß Frau Kaiser ihrerseits ein paar Sätze von ihm erwartete. Er war sogar kurz in Versuchung, ihr vorzuschwindeln, er sei in Winterurlaub gewesen: Skifahren im Ötztal (o weh), aber er schwieg und litt dabei. Er wollte ihr nicht sagen, daß er in Sattlach gewesen war, und er wollte sie auch nicht anschwindeln: Also mußte er schweigen. In seiner Wohnung packte er die Lebensmittel aus und räumte sie ein. Die wenigen Sachen, die er üblicherweise, wenn er nach Feierabend einkaufte, nach Hause brachte, stellte er gewöhnlich in einer Ecke des Eisschranks zusammen, so daß das Innere des Eisschranks immer wie eine erleuchtete Leere aussah. Diesmal wurde der Eisschrank fast voll. Auf jedem Zwischenregal lagen mehrere Stücke. Das Wochenende konnte kommen! Als er die Milchtüten einräumte, erinnerte er sich an die Verkäuferin, die die Preisschildchen aufgeklebt hatte, und vergaß sie gleich wieder.

Später ging er zum erstenmal nach sechs Wochen wieder in die Innenstadt. Er hatte seine Schuhe geputzt und trug ein frisches Hemd und hatte ein Gefühl, als werde er von allen erwartet. Er ging zu Fuß, und er tat, als sei er ein Kind, das den Weg noch nicht richtig kannte und deswegen die Schienen entlanggehen mußte. Er beobachtete ein paar Schulkinder, die ihre Schulranzen an einer großen Reklametafel abgestellt hatten und ein paar Coladeckel auf die Straßenbahnschienen legten. Die Bahn kam und walzte die Coladeckel zu flachen Plättchen nieder. Sie steckten die Plättchen ein und holten ein paar Orangenschalen aus ihren Ranzen heraus. Sie legten auch die Schalen auf die Schienen, und als die nächste Bahn kam und die Apfelsinenschalen zerquetschte, daß es unter den Rädern nur so spritzte und fletschte, schrien und lachten die Kinder. Abschaffel wurde vom Neid gepackt. So schöne Einfälle hatte er niemals gehabt, als er ein Schüler war. Die Kinder gingen zu ihren Ranzen zurück und zogen sie über. Sie klopften sich auf die Arme und spuckten den geparkten Autos auf die Dächer. Phantastisch, wie sie sich selbst gefielen. Wo hatten sie das nur gelernt? Jetzt sahen sie die Reklametafel, vor der sie sich die ganze Zeit aufgehalten hatten. Das Bild zeigte eine grundlos lachende junge Hausfrau, die ein neues Spülmittel in den Armen hielt und von hinten von ihrem Mann belobigend auf den Hals geküßt wurde. Der riesige lachende Mund der Hausfrau befand sich in Höhe der Köpfe der Kinder, die eben wieder ihre Ranzen absetzten und öffneten. Sie holten braune und schwarze Filzstifte aus ihren Schreibmäppchen heraus und begannen einige der Zähne aus dem strahlend weißen Gebiß der Hausfrau schwarz und braun anzumalen. In weniger als einer halben Minute war das große Reklamebild auf ergreifende Weise entstellt. Es sah nun aus, als hätten die Leute, die das Bild gemacht hatten, aus Versehen eine Frau mit kaputten Zähnen engagiert und es nicht bemerkt. Die Kinder lachten über das entstellte Bild und kickten mit ihren Schuhspitzen in ein paar Schneereste hinein, die am Straßenrand langsam alt wurden. Die Kinder liefen stadteinwärts wie er, und Abschaffel ging hinter ihnen her. Sie johlten, schlugen spielerisch auf sich ein oder kicherten, und Abschaffel war mit seinen Gedanken immer noch bei dem veränderten Reklamebild. Aus einem gräßlichen Schein hatten die Schüler einen gräßlichen Effekt geschlagen, und darüber hörte er nicht auf zu staunen. Sollte das bedeuten, daß die Kinder schon jetzt die Welt verhöhnten, in der sie doch leben sollten oder wenigstens mußten? Und wenn es so war, wer hatte ihnen den Hohn beigebracht und die erstaunlichen Mittel, ihn auszudrücken? Die Kinder hatten nicht einfach auf dem Bild herumgekritzelt. Das hatte Abschaffel vor zwanzig Jahren als Schüler auch getan. Sie hatten einen festumrissenen Einfall, der ein Bild in sein Gegenteil verkehrte. Er hatte nicht erwartet, daß ihm der Anblick der schwarz übermalten Zähne so zusetzen würde. Inzwischen beschäftigte er sich nur noch mit der Gewitztheit der Schüler, die ihn für ein paar Augenblicke so neidisch machte, daß er heftiger atmen mußte. Es war die Frechheit, die er ihnen stehlen und die er für sich, für sein eigenes Leben aufbrauchen wollte. Wenn er, als er so alt gewesen war wie diese Kinder, auch nur die Hälfte ihrer Frechheit gehabt hätte, dann würde er heute ein anderes Leben führen, überlegte er. Durch den Neid wurde ihm sein Leben unheimlich, und aus dieser Unheimlichkeit fand er nur schwer wieder heraus. Es war, als blickte er seinen letzten zwanzig falschen Lebensjahren in ihr verkrümmtes Gesicht, und das war ein Anblick, der ohne Beistand kaum zu ertragen war. Aber es gab keinen Beistand; er mußte nur dafür sorgen, daß er die frechen Kinder aus dem Blick verlor, und das war leicht zu machen.

Endlich kam er in die Innenstadt. Er sah einen italienischen Eissalon, in dem sich für die Dauer des Winters ein Pelzgeschäft eingerichtet hatte. Wo sonst im Sommer die Leute an kleinen Tischen saßen und ihr Eis leckten, saßen und standen nun mit teuren Pelzmänteln eingekleidete Puppen. Aus einer Passage kam eine Schar alter Leute heraus. Sie hatten die Gesten von Personen an sich, die gerade aus dem Kino kommen. Sie rückten ihre Kleidung zurecht, knöpften Jacken und Mäntel zu, betrachteten den Sitz ihrer Hüte in Schaufenstern und zogen sich die Hosen unter den Mänteln hoch. Sollte

Abschaffel vielleicht auch ins Kino gehen? Er sah sich die Fotos in den Schaukästen an, aber er sah nur die Gesichter von schmerzverzerrten Männern, die gerade andere Männer umbrachten oder selbst umgebracht wurden. Er betrachtete noch einmal die alten Leute, die aus dem Kino kamen. Offenbar kannten sie sich untereinander, und sie machten sich gerade einen schönen Nachmittag. Wahrscheinlich waren es Rentner, die ihre Zeit totschlugen, und sie waren so alt geworden, daß es ihnen egal sein konnte, wer gerade im Kino umgebracht wurde. Lachend winkten sie sich zu, als sie sich verabschiedeten.

Je tiefer Abschaffel in die Stadt eindrang, desto mehr spürte er seine Gier auf die Stadt. Am liebsten wollte er alles zugleich sehen, die Kaufhäuser, die Unterführungen, die Brücken, das Hauptpostamt, die Rolltreppen, die Börse, die Cafeterias, die Imbiß-Stuben, natürlich das Woolworth, nach dem er sich in Sattlach sogar einmal gesehnt hatte. Mit irgend etwas mußte er anfangen, und so lief er in das erstbeste Kaufhaus. Schnell durchquerte er die Schreibwarenabteilung, damit er rasch zur Rolltreppe gelangte. Er wollte sofort in die Radio- und Fernsehabteilung, von der er wußte, daß sie in diesem Kaufhaus im vierten Stockwerk war. Wie schön und besänftigend war es, im System der Rolltreppen stehend nach oben zu fahren und mit dem Blick von unten langsam in die Stockwerke zu gleiten. Tatsächlich: Im vierten Stock erwarteten ihn Dutzende von eingeschalteten Fernsehapparaten! Nur einige wenige Verkäufer gingen ruhig zwischen den Geräten umher und blieben manchmal vor ihnen stehen. Die Art, wie sie abwartend und zweifelnd herumstanden und ein wenig bekümmert auf die Fernsehapparate schauten, glich der Art, wie Männer in Bordellen die Mädchen ansahen und nicht wußten, ob sie sich eine nehmen sollten oder nicht. Sie schienen mit dem Gedanken zu spielen, ob nicht alles überflüssig oder vielleicht sogar schädlich war, aber jeder hatte eine ewig reißende Maschine in sich, die sich immerzu von allem etwas nehmen mußte: wieder und wieder. Abschaffel setzte einen Kopfhörer auf und hörte eine halbe Minute Musik. Wollte seine Maschine einen Kopfhörer haben? Nein, seine Maschine wollte zwar Fernsehapparate und Kopfhörer sehen, aber haben wollte sie etwas anderes. Abschaffel schlenderte weiter in die Elektroabteilung. Wollte er sich nicht schon seit zwanzig Jahren eine Taschenlampe kaufen? Das wollte er tatsächlich, aber immer wenn er kurz davor war, sich tatsächlich eine zu kaufen, kam er zu dem Ergebnis, daß er keine brauchte. So war es auch heute. Als Zehnjähriger hatte er sich eine gewünscht und keine bekommen. Das war nicht wahr, und er wußte, daß es nicht wahr war. Er hatte als Jugendlicher sogar mehrere Taschenlampen besessen, aber rätselhafterweise spielte ihm seine Erinnerung manchmal das Gegenteil vor. Aber weil es nur um eine Taschenlampe ging, erlaubte Abschaffel seiner Erinnerung ausnahmsweise das falsche Spiel, und er erlaubte sich selbst, daß er es bemerkte. Wieder ging er in der Elektroabteilung umher und glaubte, er hätte nie eine Taschenlampe besessen. Wenn es sich um größere, wichtige Angelegenheiten handelte, glaubte er natürlich seiner falschen Erinnerung, weil der Schmerz, den eine falsche Erinnerung hervorbrachte, leider nicht auch falsch, sondern echt und wirklich war. Jawohl, meine Herren Verkäufer, auch erfundene oder entstellte Erinnerungen tun so weh wie die richtigen, haben Sie das jetzt endlich kapiert, dann zeigen Sie mir bitte ein paar Taschenlampen. Da lagen sie schon, wundervoll blinkende Taschenlampen, eine neben der anderen. Abschaffel nahm ein paar von ihnen in die Hand, und er spürte, wie sich sein falscher Schmerz beruhigte. O Gott, wieviel tausend Besitzdämonen allein in einem einzigen Kaufhaus ungestört herumspuken durften. Abschaffel hatte große Lust, das Museum seiner Täuschungen endgültig abzuschließen und dann den Schlüssel für immer zu verlieren. Da heulte plötzlich, nicht weit von ihm, eine laute Sirene auf. Viele Kunden, unter ihnen Abschaffel, gingen sofort zu dem Tisch hin, wo die Sirene heulte. Dort stand ein verdutzter Mann, der eine zur Besichtigung aufgebaute Alarmanlage versehentlich in Betrieb gesetzt hatte und nun nicht wußte, wie er die Anlage wieder abstellen sollte. Er drückte auf alle möglichen Knöpfe, aber die Sirene hörte nicht auf zu heulen. Die Kunden amüsierten sich. Endlich sprang ein Verkäufer heran und schaltete den Heulton ab. Der Mann machte auch noch den Fehler, sein Versehen erklären zu wollen. Er hatte gar nicht wahrgenommen, daß die heulende Sirene dies bereits erledigt hatte. Vergnügt ging Abschaffel weiter. Er wünschte sich, daß es nur noch solche modernen, aber harmlosen Erfahrungen geben sollte. Er stellte sich vor, wie der Mann nach Hause kam und beim Mittagessen seiner Frau und seinen Kindern erzählte: Ich habe heute aus Versehen eine Alarmanlage ausgelöst, stellt euch das mal vor, das war vielleicht ein Ding. Und der Mann begann seine Geschichte zu erzählen und sie auszuschmücken, und er erzählte sie wahrscheinlich so oft, bis sie irgendwann in seine Biographie gehörte.

Bevor Abschaffel das Woolworth durchstreifte, wollte er in die Hauptpost. Er hatte dort nichts zu erledigen. Er mußte sich nur die riesige Schalterhalle der Post wieder aneignen. Das war allerdings die größte Erledigung, die mit der Post jemals vor sich gehen konnte. Aber weil das niemand verstand (oder verstand es jeder?), mußte er so tun, als wollte er Briefmarken kaufen. Er stellte sich in eine Reihe und eignete sich die Post wieder an. Die Schalterhalle war groß, warm und hell. Auf den Bänken in der Mitte saßen Rentner und Ausländer. Die Frau, die vor Abschaffel in der Reihe stand, gab dem Beamten einen Brief. Der Beamte frankierte den Brief und stempelte ihn ab, und als er abgestempelt war, verlangte die Frau den Brief überraschend zurück. Das geht nicht, sagte der Beamte. Warum nicht? fragte die Frau, das ist mein Brief. Ja, schon, sagte der Beamte, aber wenn er abgestempelt ist, gehört er der Post. Aber ich bitte Sie, rief die Frau, der Post gehört kein einziger Brief. Natürlich meine ich nicht, sagte der Beamte, daß der Brief der Post wirklich gehört, aber er ist jetzt im Verantwortungsbereich der Post, weil er von der Post befördert wird, deswegen ist er ja frankiert und abgestempelt worden. Der Brief ist sozusagen schon unterwegs, schloß der Beamte. Aber Sie haben ihn doch nur in der Hand, fing die Frau wieder an. Na also, sagte der Beamte und sah Abschaffel an, weil er wohl hoffte, von ihm in seiner Fassungslosigkeit unterstützt zu werden. Was wollen Sie denn mit dem Brief machen? fragte der Beamte. Ich möchte ihn selber einwerfen, sagte die Frau. Der Beamte zögerte und sah die Frau an, und dann gab er ihr den Brief zurück. Meinetwegen, sagte er, obwohl es nicht sein darf. Die Frau nahm den Brief an sich und ging. Abschaffel verlangte nur eine einzige Briefmarke, damit er Zeit gewann. Er hatte kurz zuvor den Plan gefaßt, die Frau ein wenig zu verfolgen, weil er sehen wollte, was sie mit dem Brief machte. Er hatte Glück. Der Beamte bediente ihn rasch, und Abschaffel zahlte passend.

Die Frau lief in Richtung Opernplatz. Vielleicht hatte sie in der Stadt nichts anderes zu erledigen als die Abstempelung ihres Briefs. Er folgte ihr im Abstand von etwa fünfundzwanzig Metern. Er überlegte, was es mit dem Brief auf sich haben könnte, und er vermutete, daß sie den Brief an sich selbst geschrieben hatte und die Abstempelung nur brauchte, weil sie eine andere Person überzeugen mußte, daß sie diesen Brief wirklich und tatsächlich bekommen hatte. Sie mußte den Brief nur noch aufreißen, dann würde er so aussehen, als hätte sie ihn am Morgen im Briefkasten gefunden. Die Frau überquerte die Neue Mainzer Straße und die Bockenheimer Landstraße und blieb dann an der Straßenbahnhaltestelle Opernplatz stehen. Offenbar wartete sie auf eine Bahn. Aus einem Automaten holte sie sich einen Fahrschein heraus. Da spürte er, daß er an der weiteren Beobachtung der Frau keine Lust mehr hatte. Es war alles bloß lächerlich. Er kehrte sofort um. Er war in einer ganz anderen Gegend gelandet. Das Woolworth, wo er eigentlich hin wollte, war in der Nähe der Konstabler Wache. Aus Verdruß sah er der Besitzerin eines Hundes, der gerade auf den Bürgersteig machte, so streng in die Augen, als sei sie es gewesen, die öffentlich gepinkelt hatte. Vor den Schaukästen einer Tageszeitung blieb er stehen und begann einen Artikel über den Prozeß gegen einen Heiratsschwindler zu lesen. Der Mann hatte sich, las Abschaffel, zur Anklage kaum geäußert. Statt dessen sagte er über die Schulter zu seinem Verteidiger: Wenn Sie nicht hinter mir sitzen würden, ginge es mir auch besser. Dieser Ausspruch des Angeklagten gefiel Abschaffel so gut, daß er die weitere Lektüre des Artikels einstellte. Diesen Satz, überlegte er, würde er gern am Montag, wenn er wieder im Büro war, allen Kollegen sagen, die hinter ihm saßen.

Am Eingang von Woolworth hatte ein billiger Jacob seinen Stand aufgeschlagen. Abschaffel stellte sich zu den paar Leuten hin, die dem Mann zuhörten, und sofort gefiel es ihm. Besonders die Art, wie der billige Jacob mit kleinem Aufwand große Lügen aussprach, machte ihn für Abschaffel anziehend. Er verkaufte kleine schwarze Kugelschreiber, die er LANGZEITSCHREIBER nannte. Zu jedem Langzeitschreiber gab es, natürlich gratis, eine Mine dazu, die er GROSSRAUMERSATZMINE nannte. Zum Schluß seines kleinen Vortrags kündigte er an, daß er alle seine Zuhörer für Hilfsschüler hielt, es sei denn, sie kauften seinen Langzeitschreiber mit Großraumersatzmine. Tatsächlich nahmen zwei Leute je einen Langzeitschreiber mit, und der billige Jacob lobte mit schneidenden Sätzen ihre phantastische Lebensklugheit.

Ein wenig müde und zufrieden betrat Abschaffel das Woolworth. Er wußte, daß er hier nichts wollte, und er wußte, daß hier nichts geschah. Er lief nur zwischen den Verkaufstischen umher, und die einzige Wohltat, die er empfand, bestand darin, daß der ewige schmerzliche Abstand zwischen sich und der Welt hier ein wenig kleiner zu sein schien. Die älteren Verkäuferinnen hätten alle seine Mutter sein können, und die älteren Männer, die hier ihre Werkzeuge und Fahrradschläuche kauften, hätten sein Vater sein können. Sein Blick schweifte über die Anhäufungen geschmackloser schlechter Waren. Billige Unterwäsche, Pullover, Schürzen, Berge von Plastikeimern, jede Menge Waschlappen und Wecker und gräßliche rosa Nachthemden, wie Frau Schönböck sie trug. Ein Türke prüfte einen grünen Plastikkoffer, indem er ihn mit beiden Händen an verschiedenen Stellen anfaßte; seine Frau stand neben ihm und sah ihm zu. Sie trug ein rosa Kopftuch, einen dunklen Mantel, einen grünen Rock unter dem Mantel und violette Pluderhosen unter dem Rock. Sie entdeckte ein Sonderangebot mit Suppenschöpflöffeln: das Stück für 1,50 Mark. Die Türkin bat ihren Mann um Erlaubnis, sich von ihm entfernen zu dürfen, und suchte aus dem Berg von Suppenschöpflöffeln den besten heraus und kaufte ihn. Dann ging sie zu ihrem Mann zurück und zeigte ihm den Suppenschöpflöffel, er nahm ihn in die Hand, prüfte ihn kurz und steckte ihn in die Einkaufstasche der Frau. Er kaufte den grünen Plastikkoffer, und gemeinsam verließen sie Woolworth.

Abschaffel betrachtete die ganz jungen Verkäuferinnen. Sie waren höchstens fünfzehn oder sechzehn Jahre alt, und er hatte den beruhigenden Gedanken, daß er, wenn er in fünfzehn oder sechzehn Jahren immer noch im Woolworth umherging, dann Verkäuferinnen sehen würde, die heute noch gar nicht geboren waren. Das Woolworth war klein. Er war schon fast wieder am Ausgang, da sah er rechts in der Kosmetikabteilung einen Sonderposten Haarshampoon. Er brauchte kein neues Shampoon, aber er empfand eine Regung der Verbundenheit und des Mitleids, als könne er hier nicht weggehen, ohne etwas gekauft zu haben. Aber er konnte sich nicht überwinden, eine dieser grünen Shampoonflaschen zu kaufen. Da sah er säuberlich nebeneinander aufgestellte Rasierpinsel. das Stück für 2,50 Mark. Es waren kleine, niedrige Pinsel mit harten weißen Borsten. Sofort dachte Abschaffel an seinen Vater. Wenn er wüßte, daß es hier Rasierpinsel für 2,50 Mark gab, würde er vielleicht anreisen. Abschaffel überlegte, ob er sich die einmalige Bosheit erlauben sollte, einen solchen Rasierpinsel zu kaufen und ihn dem billigen Vater mit der Post zu schicken. Aber wahrscheinlich würde der Vater den Spott bemerken. Oder? Wenn der Vater etwas geschenkt bekam, und gar noch etwas, was auch den Schenkenden kaum etwas gekostet hatte, dann war er gewöhnlich so selig, daß er weder etwas denken noch etwas bemerken konnte. Natürlich verschickte Abschaffel keinen Rasierpinsel an seinen Vater. Aber er entschloß sich trotzdem, zum Gedenken an seinen billigen Vater einen solchen billigen Rasierpinsel zu kaufen. Er bezahlte, und die Verkäuferin gab ihm einen halb eingerissenen Zehn-Mark-Schein zurück. Abschaffel verließ das Woolworth. Er hatte Hunger, und er sah sich um, wo es etwas zu essen gab. Er kam an einem Papierkorb vorbei, und mit einer sentimentalen Regung warf er den eben gekauften Rasierpinsel in die Tiefe des Papierkorbs. Die Quittung hinterher.

In den Schnellrestaurants, Cafeterias und Quickies verbrachten die Angestellten der Stadt ihre Mittagspause. Vergnügt aßen sie ihren FITNESS-Teller (»Herrliche Salate und vier halbe Eier«) oder, im Burger King, einen schnellen WHOPPER oder, im Wimpy, einen weichen WHEELER. Abschaffel hatte Lust, endlich wieder einmal, nachdem er sechs Wochen lang aus schwerem Porzellangeschirr gegessen hatte, mit Plastikbesteck von Papptellern herunterzuessen. Aber er fürchtete das Gedränge und das Gerede der Angestellten in den Cafeterias. Unschlüssig sah er sich um. Ein Arbeitsloser wühlte ohne Handschuhe in einem Papierkorb, aber er fand nichts. Abschaffel hatte Glück. Er entdeckte etwas ganz Neues: eine japanische Imbiß-Stube. Sofort ging er auf den Laden zu. Hinter der Theke stand eine wunderschöne junge Japanerin. Ihr Gesicht war flach und weiß: wie aus Papier. Alles an ihr war klein, der Mund, die Ohren, die Hände, klein und schön. Ehrfürchtig trat Abschaffel an die Theke, und weil er nicht wußte, was in japanischen Imbiß-Stuben gegessen wurde, deutete er mit dem Finger auf faustgroße, knödelartige Gebilde, die auf einer Kochplatte dampften. Die Japanerin bediente ihn schweigend und vorsichtig. Er bekam zwei der dampfenden Knödel, und während er langsam zu essen begann, las er auf einer Bildtafel, was er aß: Es waren Fleisch-Mandjus, ein Hefeteig, gefüllt mit Schweinefleisch, Zwiebeln, Kohl und Bambussprossen. Sie schmeckten matt und nichtssagend, aber vielleicht war er nur diesen Geschmack noch nicht gewöhnt. Aus der japanischen Imbiß-Stube heraus sah er hinüber in einen Kaffee-Stehausschank. Dort standen junge Angestellte und spülten für fünfzig Pfennig ihren Fitness-Teller hinunter. Rechts schepperte ein verwahrlost aussehender Mann, der ein nervöses Lama bei sich führte, mit einer Sammelbüchse. Der Mann hatte ein Schild mit der Aufschrift WER TIERE LIEBT, DER GIBT um den Hals hängen. Jeden Winter erschienen diese sonderbaren Tierquäler in der Stadt und gaben vor, hier das Geld für das Winterfutter ihrer Zirkustiere sammeln zu müssen. Abschaffel glaubte ihnen kein Wort. Da begann das Lama mitten in der Fußgängerzone zu pinkeln. Das Tier stand merkwürdig verkrampft da und ließ endlos viel Wasser aus sich heraus. Die Angestellten im Steh-Kaffeeausschank lachten vor Vergnügen und stellten ihre Tassen ab. Als das Tier fertig war, wurde es von dem Mann mit der Sammelbüchse zwanzig Meter weiter weggeführt und an einen Laternenmast gebunden. Abschaffel hatte seine Mandjus inzwischen gegessen und verließ den japanischen Imbiß. Er sah die Japanerin noch einmal an, aber sie schien nicht zu wissen, daß ihre Fremdartigkeit große Begehrlichkeit hervorrief. Draußen suchte er sich ein Taxi. Abschaffel war müde geworden. Er fand rasch ein Taxi. Der Fahrer wechselte gerade die Musik-Kassette in seinem Recorder, und es ertönte eine heitere, nichtssagende Musik.

Im Haus war es angenehm ruhig, und er hoffte, sofort einschlafen zu können. Er schlief auch ein, aber er träumte einen furchtbaren Traum. Er stand inmitten eines hochgewachsenen Feldes. Es mußte entweder Mais oder Tabak gewesen sein. Er stand in dem Feld wie festgewachsen, und rings um ihn waren Männer bei der Arbeit, die er durch das dichte Buschwerk zwar hören, aber nicht sehen konnte. Die Männer schlugen mit scharfen, langen Messern von oben auf das Buschwerk ein, so daß seitlich angewachsene Früchte auf den Boden fielen. Abschaffel hörte immer nur das näher kommende, zischende Geräusch der niedersausenden Messer, und es verging keine Minute, da schlug ihm ein solches Messer hart und genau einen Arm ab. Nun mußte er einen Winter lang in seinem Blut stehen und warten, bis ihm ein neuer Arm nachgewachsen war. Kalt und feucht am Körper wachte Abschaffel auf. Er ging in die Küche und war froh, daß er ein Glas Gurken eingekauft hatte, das auf dem Tisch stand. Er öffnete das Glas und aß eine Gurke. Essend und kauend rückte das Bild seiner Verletzung wieder von ihm ab. Er legte sich zwei Gurken auf einen Teller und trug sie in das Zimmer. Schlafen wollte er nicht wieder, und so schaltete er das Radio ein und setzte sich an den Tisch. Er nahm seine Brieftasche und räumte alles aus, was sich darin befand: Personalausweis, Firmenausweis, Briefmarken, Geldscheine und einen Zettel mit der Adresse einer flüchtigen Bekannten, die er schon lange anrufen wollte, es aber nie getan hatte. Er nahm den halb eingerissenen Zehn-Mark-Schein, den er bei Woolworth bekommen hatte, weil er ihn mit Tesaband flicken wollte. Er suchte die kleine Klebebandrolle und fand sie nicht gleich. Er riß den Zehn-Mark-Schein ganz durch und zwang sich auf diese Weise, die Klebebandrolle unter allen Umständen zu finden. Es sei denn, es käme ihm nicht mehr auf zehn Mark an. Sollte er die beiden Scheinhälften einfach in den Papierkorb werfen? So etwas hatte er noch nie gemacht. Dann fand er die Kleberolle in der kleinen Kommode auf dem Flur. Abschaffel setzte sich an den Tisch und klebte den Geldschein sorgfältig wieder zusammen.

Er beschloß, sich zu duschen und zu rasieren und später ins Kino zu gehen. Er nahm frische Unterwäsche mit ins Bad und ließ heißes Wasser ins Becken einlaufen. Zuerst wollte er sich rasieren. Als er den Rasierpinsel in die Hand nahm, fiel die untere Hälfte des Pinselknaufs wieder auf den Boden. Seit Wochen mußte er, wenn er sich rasierte, zugleich auch den Pinsel zusammenhalten, weil sonst der Knauf leicht auseinanderfiel. Im selben Augenblick, als er die beiden Knaufhälften wieder zusammensetzte, fiel ihm ein, daß er heute bereits einen neuen Rasierpinsel gekauft und ihn wieder weggeworfen hatte. Aus Fassungslosigkeit setzte er sich auf den Rand der Badewanne und sah auf das stille Rasierwasser im Waschbecken. Niemand als er selbst brauchte dringend einen neuen Rasierpinsel. Aber den Pinsel, den er sich gekauft hatte, hatte er wieder wegwerfen müssen, weil er nicht ertragen konnte, daß er so wenig gekostet hatte. Die Nähe zu seinem billigen Vater war für ihn zu groß gewesen. Und er hatte ihn wegwerfen müssen, weil das für ihn die einzige Möglichkeit gewesen war, sich noch länger zu verheimlichen, daß er ganz genauso war wie sein Vater: billig, geizig, schäbig.

Er saß und dachte und dachte und saß. Er wollte nicht so sein wie sein Vater. Er fühlte, daß die von ihm entdeckten Zusammenhänge für sein Leben bedeutsam waren. Er fühlte, daß ihn die Wonnen des Begreifens zuversichtlich stimmten. Er beschloß, sich noch heute einen neuen Rasierpinsel zu kaufen, und zwar den besten, den er finden konnte. Er zog seine Schuhe an und hatte das Gefühl, durch den Vater hindurchzugehen. Er schob ihn zur Seite, zugleich bat er ihn dafür um Entschuldigung, Verzeihung, Herr Vater. Abschaffel räumte seine Brieftasche zusammen und ging noch einmal in die Stadt.

Das Nachmittagslicht war schon grau und muschelig geworden. Vielleicht schneite es bald wieder. Die Spitzen der Hochhäuser waren von der Straße aus nicht mehr zu sehen; sie schienen sich im Nebel aufgelöst zu haben. Von unten sah es aus, als hätte oben jemand radiert. Vor der Börse kickte ein Junge heruntergefallene Pommes frites vor sich her. In der Hochstraße fand er einen Laden, der ihm geeignet erschien. Ein Verkäufer in schneeweißer Kutte trat auf ihn zu. Ich möchte einen Rasierpinsel kaufen, sagte Abschaffel. Der Verkäufer zog eine Schublade auf und fragte: Was wollen Sie denn ungefähr ausgeben? Wahrheitsgemäß antwortete Abschaffel, daß er nicht wußte, was ein wirklich guter und schöner Rasierpinsel kostete, und ebenso wahrheitsgemäß setzte er hinzu: Ich habe bisher immer nur billige gehabt. Ja, sagte der Verkäufer, die billigen Borsten quellen in spätestens zwei Jahren wieder auf. Was sind billige Borsten? fragte Abschaffel.

Schweinsborsten zum Beispiel, sagte der Verkäufer; das ist alles Schweinsborste, was Sie hier sehen. Abschaffel nahm ein paar von ihnen in die Hand und sah verstohlen auf die Preisschilder. Sie kosteten 23 Mark, 26 Mark oder 29 Mark, und das waren erst die billigen. Abschaffel erschrak, und einige Augenblicke lang wollte er zurück ins Woolworth. Gibt es bessere Rasierpinsel als diese? fragte er dann. Sicher, sagte der Verkäufer und zog eine andere Schublade heraus. Das sind die besten, die es gibt, sagte er, reine Dachshaarpinsel. Ach so, machte Abschaffel. Er nahm einen Dachshaarpinsel in die Hand, und tatsächlich, das Haarbüschel fühlte sich so weich an, als würde der Dachs im Pinsel noch leben. Abschaffel drehte den Pinsel um und sah, daß er 54 Mark kostete. Und als der Verkäufer bemerkte, daß Abschaffel über den Preis bestürzt war, sagte er: Wir haben Kunden, die rasieren sich schon seit zwanzig Jahren mit ein und demselben Dachshaarpinsel. Über diesen Satz war Abschaffel mindestens ebenso bestürzt wie über den Preis. Die Vorstellung, daß er ein und denselben Pinsel zwanzig Jahre lang morgens auf seinem Badebord sehen würde, belastete ihn jetzt schon. War es dann nicht besser, doch nur billige und schlechte Rasierpinsel zu kaufen? Die konnte er wenigstens von Zeit zu Zeit wegwerfen. Andererseits wollte er nicht rückfällig werden und nicht wieder in die Kleinlichkeit des Vaters verfallen. Der Verkäufer sah, daß Abschaffel unschlüssig war. Er hob sich den Dachshaarpinsel unter die Nase und sagte: Das riecht so schön nach Naphtalin. Abschaffel hielt sich den Pinsel ebenfalls unter die Nase, und obwohl er gar nicht wußte, was Naphtalin war, sagte er: Ahhh, sehr angenehm. Aber immer noch fand er nicht aus seiner Unschlüssigkeit heraus. Der Verkäufer drehte seinen Körper schon halb zur Seite. Also gut, machte Abschaffel, ich nehme den Dachshaarpinsel. Freudig drehte sich der Verkäufer zurück. Darf ich Ihnen noch einen Tip geben? fragte er. Bitte. Der Verkäufer holte aus einem Karton kleine Plastikgeräte heraus. Ich würde Ihnen raten, sagte er, sich einen solchen Aufhänger mitzunehmen. Wozu? fragte Abschaffel. Normalerweise steht ein Rasierpinsel, aber das ist für das Haar nicht gut. Der Pinsel sollte mit den Haaren nach unten hängen. Die meisten Rasierpinsel gehen frühzeitig kaputt, sagte der Verkäufer und hob sogar den Zeigefinger, weil sich, wenn sie stehen, Wasser- und Säurereste der Rasierseife tief im Pinselboden festsetzen und ihn mit der Zeit zerstören. Wenn er aber hängt, tropfen diese Reste heraus. Gut, sagte Abschaffel, ich nehme einen mit. Der Verkäufer packte beides sorgfältig ein, lobte noch einmal Rasierpinsel und Aufhänger und kassierte insgesamt genau 58,50 Mark.

Zu Hause packte Abschaffel den neuen Pinsel sofort aus, ließ heißes Wasser in das Becken einlaufen, zog sein Hemd aus und begann sich sorgfältig zu rasieren. Er spielte eine Weile mit dem weichen Dachshaar, bevor er wirklich anfing. Ruhig rasierte er sich, und dabei dachte er zum erstenmal ernsthaft an das Büro, an Ajax, an die Kollegen. Er überlegte, wie er sich in drei Tagen, wenn er wieder an seinem Schreibtisch saß, verhalten sollte. Natürlich fiel ihm nichts Besonderes ein. Am besten wäre, dachte er, wenn ich den Eindruck einer leicht kränklichen Empfindlichkeit aufrechterhalten könnte. Davon versprach er sich am meisten Schutz. Aber dann erinnerte er sich an einen früheren Kollegen, an Herrn Zeißberg, der bei den Zeugen Jehovas gewesen war und ebenfalls versucht hatte, mit der Zur-Schau-Stellung von Dünnhäutigkeit in Ruhe gelassen zu werden. Aber diese Rechnung ging leider nicht auf. Zeißbergs Zurückhaltung wurde von den Kollegen als Verachtung und Überheblichkeit aufgenommen, und sie gingen dazu über, ihn ihrerseits zu demütigen und verächtlich zu machen. Ein Lehrling war es gewesen, der eines Tages nicht mehr Herr Zeißberg, sondern Herr Schneißberg zu ihm sagte, und weil Zeißberg zu dieser Verunglimpfung tatsächlich nur überheblich grinste, nahmen bald auch andere Angestellte daran teil, seinen Namen zu verunstalten. So hieß er einmal Fleißberg, dann Reisberg, ein andermal Schleißberg. Und einmal, als er eines seiner religiösen Unterweisungsheftchen auf der Toilette liegengelassen hatte, brachte es ihm ein Lehrling an den Schreibtisch zurück und sagte: Herr Scheißberg, das haben Sie auf dem Klo verloren. Zeißbergs Gesicht zitterte ein wenig, weil diese Demütigung auch ihm zu weit ging, und eine halbe Stunde lang sah es so aus, als würde sich Zeißberg zum erstenmal bei Ajax beschweren. Es war klar, daß der Lehrling fristlos gekündigt worden wäre. Aber Zeißberg tat nichts: Er suchte sich eine andere Stellung. An seinem letzten Arbeitstag verließ er schweigend das Büro, ohne sich auch nur von einem Kollegen zu verabschieden. Das waren Zeißbergs stärkste Augenblicke gewesen.

Er mußte, soviel war Abschaffel immerhin klar, alles vermeiden, was ihn dazu bringen konnte, aus überstarkem Distanzbedürfnis um so rascher ein Opfer von Kränkungen zu werden. Obwohl er mindestens genausowenig Lust hatte wie Zeißberg, an irgendwelchen Bürokämpfen teilzunehmen. Im Grunde war es auch nicht schwer, nicht in den Kreis derjenigen abzurutschen, über die die anderen lachten. Ein Angestellter durfte sich keinerlei Blößen geben, und er mußte jeden Tag den Eindruck erwecken können, der Herr seines Geschicks zu sein. Er mußte Erschöpfer und Abnehmer einer übergeordneten Vornehmheit sein, die mit dem Leben keine Anstände hatte.

Abschaffel hatte sich zu Ende rasiert und ließ das Wasser ablaufen. Er spülte den neuen Pinsel aus und hängte ihn in die neue Vorrichtung, die er neben dem Spiegel angebracht hatte. Er zog sich an. Noch immer wußte er nicht, wie er sich am Montag verhalten sollte. Freundlich, aber gedämpft? Oder sollte er ein paar Geschichten aus Sattlach erzählen, sich dann aber vollkommen zurückziehen? Oder sollte er schon anfangen, so zu tun, als könnte oder müßte er jederzeit zu einem neuen Kuraufenthalt aufbrechen? Er ging in die Küche und machte sich eine Tasse Kaffee. Er trug Milch und Zucker in das Zimmer und wartete, bis er das Wasser in der Küche kochen hörte. Besonders im Frühjahr steckte das Büro voller heimlicher Kränkungen. Das Frühjahr war die Zeit der Gehaltserhöhungen. Ajax, der Chef, wartete jedes Jahr die Tariferhöhung im Februar ab, um danach zusätzliche Gehaltserhöhungen für einzelne Angestellte zu fixieren. Die beiden Referenten machten ihm Vorschläge, und Ajax entschied endgültig. Wer eine Gehaltserhöhung bekam, wurde von der Sekretärin, Frau Morlock, ins Chefzimmer gerufen. Im Chefzimmer übergab ihm Ajax einen Briefumschlag mit einem von Frau Morlock geschriebenen Brief, in dem stand, wieviel Gehaltserhöhung der Angestellte erhalten hatte. Der ausgezeichnete Kollege mußte sich bei Ajax bedanken und durfte dann, mit dem Briefumschlag in der Hand, das Chefzimmer verlassen und an seinen Platz zurückkehren. Natürlich waren es immer nur wenige Kollegen, die über die Tariferhöhung hinaus persönliche Gehaltserhöhungen bekamen, aber alle konnten sehen, wer die wenigen waren, und alle, die nichts abbekommen hatten, ÄRGERTEN SICH IM STILLEN. Auch Abschaffel ärgerte sich, wenn er nicht bedacht worden war, und dann gehörte er zu denjenigen, die in der Mittagspause die Gehaltserhöhung der anderen schlechtmachten: Von diesen 80 oder 100 Mark, die es maximal waren, schluckten das Finanzamt und der Staat eh die Hälfte, die Sozialversicherung knappte auch noch einen Zehner für sich ab, und was blieb dann? Einmal Volltanken und eine Schachtel Zigaretten, das war's dann. So höhnten die, die leer ausgegangen waren, über die anderen, die wenigstens so viel abbekommen hatten, daß sie in der Hand etwas spürten: einen Tag lang.

Das Wasser kochte, und Abschaffel brühte den Kaffee auf. Er setzte sich an den Tisch im Zimmer und sah aus dem Fenster. Wahrscheinlich entschied er sein Verhalten erst am Montagmorgen an Ort und Stelle. Das paßte ihm zwar nicht, aber er konnte es nicht ändern.

Inhalt